ne Raumschiffe

r »Kelosker«

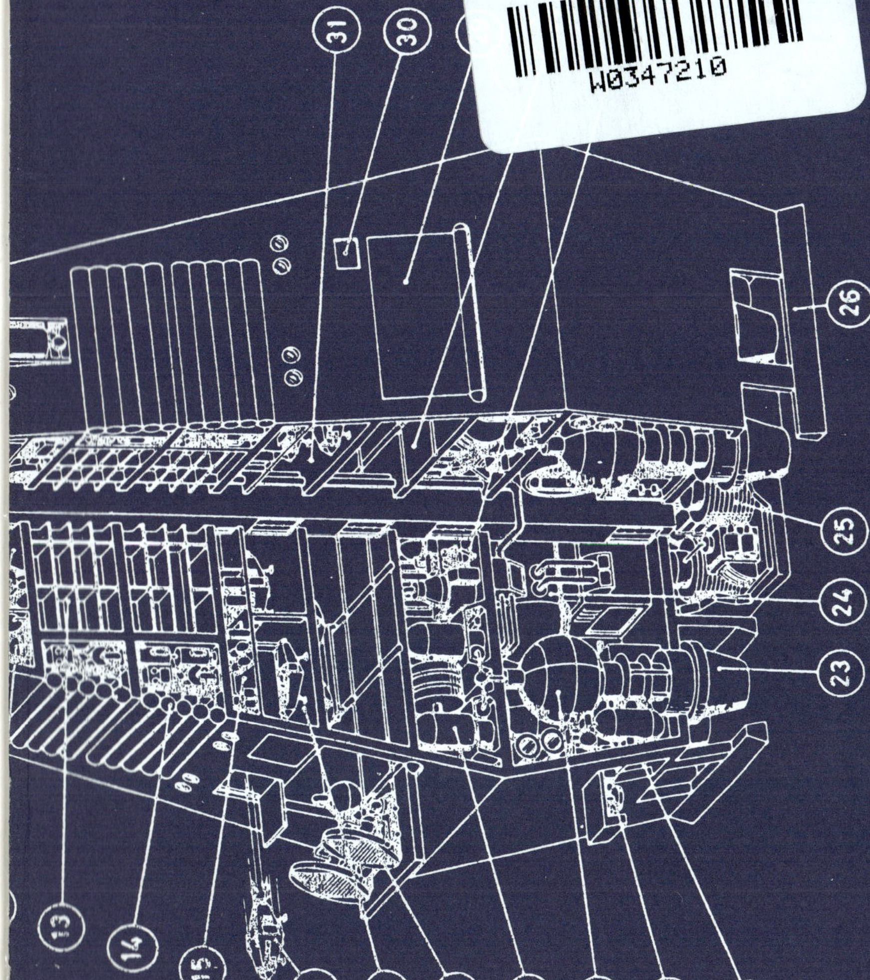

Zeichnung: Bernard Stoessel

Kan

Perry Rhodan

Kampf um die SOL

Pabel-Moewig Verlag KG, Rastatt

www.moewig.de
Redaktion: Hubert Haensel
Titelillustration: Johnny Bruck
Druck und Bindung: GGP Media GmbH
Printed in Germany 2003
www.perry-rhodan.net
ISBN 3-8118-4061-4

Vorwort

PERRY RHODAN besitzt eine Vielzahl von Facetten. Da ist der *sense of wonder.* Steckt nicht in jedem von uns ein kleiner Entdecker, der vom Vorstoß in unbekannte Gefilde träumt? Hier stehen wir in der Tradition solch großer Namen wie Kolumbus, Vasco da Gama, Magellan und vieler anderer … PERRY RHODAN geht einen Schritt weiter und entführt uns hinaus in den Weltraum, in die endlosen Weiten einer noch unbekannten Schöpfung. Wir begegnen kosmischen Wundern ebenso wie unglaublich fremdartigen Wesen, wir lachen und weinen mit ihnen und können zugleich unserer Sehnsucht und unseren Träumen freien Lauf lassen.

Eine zweite Säule ist die Technik. Die rasante Entwicklung allein des letzten Jahrhunderts mit dem Beginn der Luftfahrt, der ersten Mondlandung und Sonden, die auf den Weg geschickt wurden, unser Sonnensystem zu verlassen, führt uns vor Augen, was eines Tages machbar sein wird. PERRY RHODAN nimmt uns schon heute mit auf den Weg zu anderen Galaxien, auf den Vorstoß, der die Menschheit immer tiefer in einen faszinierenden Kosmos führt.

Und nicht zuletzt ist da auch das Menschliche an PERRY RHODAN, die Frage, wie wir uns beim Kontakt mit fremden Lebensformen verhalten werden. Einmal ganz ehrlich: Wie soll eine solche Begegnung friedlich verlaufen, wenn die Völker der Erde schon nicht fähig sind, sich untereinander ohne Misstrauen zu begegnen? Wir können nur hoffen, dass die Menschen dazugelernt haben, sollte die Begegnung mit Fremden eines Tages Wirklichkeit werden.

Es ist dieses Miteinander verschiedenster Facetten, das mich an PERRY RHODAN seit Jahrzehnten fasziniert. Ich hoffe, Ihnen ergeht es ebenso.

Die in diesem Buch enthaltenen Originalromane sind: *Roboter lügen nicht* (713) von Kurt Mahr; *Kinder der SOL* (714) sowie *Der Kampf um die SOL* (715) von H. G. Ewers; *Unheil aus fremder Dimension* (716) von Clark Darlton; *Geheimmission der Frauen* (718) von Hans Kneifel und *Fluchtpunkt Ovarons Planet* (719) von H. G. Francis sowie *Aufstand der Immunen* (732) und *Der Weg des Diktators* (733) von Hans Kneifel.

Hubert Haensel

Zeittafel

1971/84 Perry Rhodan erreicht mit der STARDUST den Mond und trifft auf die Arkoniden Thora und Crest. Mit Hilfe der arkonidischen Technik gelingen die Einigung der Menschheit und der Aufbruch in die Galaxis. Geistwesen ES gewährt Rhodan und seinen engsten Wegbegleitern die relative Unsterblichkeit. (HC 1–7)

2040 Das Solare Imperium entsteht und stellt einen galaktischen Wirtschafts- und Machtfaktor ersten Ranges dar. In den kommenden Jahrhunderten folgen Bedrohungen durch die Posbis sowie galaktische Großmächte wie Akonen und Blues. (HC 7–20)

2400/06 Entdeckung der Transmitterstraße nach Andromeda; Abwehr von Invasionsversuchen von dort und Befreiung der Völker vom Terrorregime der Meister der Insel. (HC 21–32)

2435/37 Der Riesenroboter OLD MAN und die Zweitkonditionierten bedrohen die Galaxis. Nach Rhodans Odyssee durch M 87 gelingt der Sieg über die Erste Schwingungsmacht. (HC 33–44)

2909 Während der Second-Genesis-Krise kommen fast alle Mutanten ums Leben. (HC 45)

3430/38 Das Solare Imperium droht in einem Bruderkrieg vernichtet zu werden. Bei Zeitreisen lernt Perry Rhodan die Cappins kennen. Expedition zur Galaxis Gruelfin, um eine Pedo-Invasion der Milchstraße zu verhindern. (HC 45–54)

3441/43 Die MARCO POLO kehrt in die Milchstraße zurück und findet die Intelligenzen der Galaxis verdummt vor. Der Schwarm dringt in die Galaxis ein. Gleichzeitig wird das heimliche Imperium der Cynos aktiv, die am Ende den Schwarm wieder übernehmen und mit ihm die Milchstraße verlassen. (HC 55–63)

3444 Die bei der Second-Genesis-Krise gestorbenen Mutanten kehren als Bewusstseinsinhalte zurück. Im Planetoiden Wabe 1000 finden sie schließlich ein dauerhaftes Asyl. (HC 64–67)

3456 Perry Rhodan gelangt im Zuge eines gescheiterten Experiments in ein paralleles Universum und muss gegen sein negatives Spiegelbild kämpfen. Nach seiner Rückkehr bricht in der Galaxis die PAD-Seuche aus. (HC 68–69)

3457/58 Perry Rhodans Gehirn wird in die Galaxis Naupaum verschlagen. Auf der Suche nach der heimatlichen Galaxis gewinnt er neue Freunde. Schließlich gelingt ihm mit Hilfe der PTG-Anlagen auf dem Planeten Payntec die Rückkehr. (HC 70–73)

3458/60 Die technisch überlegenen Laren treten auf den Plan und ernennen Perry Rhodan gegen seinen Willen zum Ersten Hetran der Milchstraße. Rhodan organisiert den Widerstand, muss aber schließlich Erde und Mond durch einen Sonnentransmitter schicken, um sie in Sicherheit zu bringen. Doch sie rematerialisieren nicht am vorgesehenen Ort, sondern weit entfernt von der Milchstraße im »Mahlstrom der Sterne«. Den Terranern gelingt es nur unter großen Schwierigkeiten, sich in dieser fremden Region des Universums zu behaupten. (HC 74–80)

3540 Auf der Erde greift die Aphilie um sich, die Unfähigkeit des Menschen, Gefühle zu empfinden. Perry Rhodan, die Mutanten und andere gesund Gebliebene beginnen an Bord der SOL eine Reise ins Ungewisse – sie suchen den Weg zurück in die Milchstraße. (HC 81)

3578 In der Kleingalaxis Balayndagar wird die SOL von den Keloskern festgehalten, einem Volk des Konzils der Sieben. (HC 82)

3580 Die Laren herrschen in der Milchstraße, die freien Menschen haben sich in die Dunkelwolke Provcon-Faust zurückgezogen. Neue Hoffnung keimt auf, als der Verkünder des Sonnenboten die Freiheit verspricht. (HC 82)

Prolog

Wir schreiben das 36. Jahrhundert. Die Menschheit befindet sich in der schwersten Krise ihrer Geschichte.

In der Milchstraße herrschen die Laren und das Konzil, die Reste der freien Menschen haben unter Atlans Führung in der Dunkelwolke Provcon-Faust eine sichere Zuflucht gefunden. Nach langer Zeit suchen sie den Weg zurück zu den Sternen.

An Bord des Fernraumschiffs SOL haben Perry Rhodan und seine Gefährten nach einer beinahe vierzigjährigen Odyssee die Position der heimatlichen Galaxis entdeckt. Doch ein Routine-Stopp wird der SOL und ihrer Besatzung zum Verhängnis. Unbekannte Kräfte verhindern den Start. Nur die SOL-Zelle-2, vor der Landung abgekoppelt, kann den Weg fortsetzen. Perry Rhodan und seine Getreuen sind gezwungen, einen ungleichen Kampf aufzunehmen. Die Kelosker, ein Volk des Konzils der Sieben, wollen die SOL für ihre eigenen Zwecke benutzen. Dabei drängt die Zeit, denn die Vernichtung durch die Große Schwarze Null, ein gigantisches Black Hole, droht.

Eine dritte Gruppe bilden die Menschen, die zusammen mit der Erde in den Mahlstrom der Sterne versetzt worden sind. Die neue Sonne Medaillon bringt ihnen kein Glück. Ihr Spektrum ruft die Aphilie hervor, einen Zustand absoluter Gefühlskälte. Die wenigen Immunen um Roi Danton, zu denen inzwischen auch Reginald Bull gehört, kämpfen einen aussichtslosen Kampf – ohne zu ahnen, dass im Mahlstrom eine noch weit größere Bedrohung auf sie wartet …

Fernraumschiff SOL 3578 n. Chr.

1.

Last Stop. Mittag über dem Tal der roten Würmer. Brütende Hitze ...

Sunchex Olivier blickte vom Peilgerät auf, das er mit der rechten Hand trug, und wischte sich mit der Linken den Schweiß von der Stirn. »Das ist ein merkwürdiges Signal«, stellte er fest.

»Lass sehen!«, verlangte Vylma Seigns und streckte die Hand auffordernd aus.

Als Sunchex den Peiler überreichte, bedachte er seine Begleiterin mit einem Blick voller Anbetung. Vylma und er bildeten ein eigenartiges Paar: Er war nicht sonderlich groß, flink zwar, aber keineswegs kräftig, schlau, aber nicht zu ehrgeizig. Die niedrige Stirn und der wirre schwarze Haarschopf stützten zusammen mit der bronzefarbenen Haut und dem scharf geschnittenen Gesicht Sunchex' Behauptung, seine Vorfahren seien aus dem Bezirk Mexiko gekommen. Vylma Seigns dagegen hoch und hehr wie eine Göttin – das waren wörtlich die Begriffe, die Sunchex gebrauchte, wenn er sie beschrieb –, um einen halben Kopf größer als er, mit rötlichem, langem Haar, überaus weiblichen Formen, einem sinnlichen Mund und einer Physiognomie, die Intelligenz ausstrahlte.

»Der übliche Doppelimpuls«, stellte sie sachlich fest und wandte den Blick nicht von der Anzeige.

»Wahrscheinlich nur Störgeräusche«, vermutete Sunchex.

»Es ist mehr als das«, widersprach Vylma. »Wir sollten uns bemühen, das Artefakt möglichst rasch zu finden.«

Sunchex Olivier nickte mit Nachdruck. »Ich bin ganz deiner Meinung.«

Das Tal der roten Würmer war von der Natur nicht für Fußmärsche eingeplant. Der westliche Hang zeigte sich steil und tückisch. Nur im Osten stieg der Talgrund mit sanfter Neigung zur Hochebene an. Auf dem fruchtbaren Boden bildete üppige Vegetation einen dichten Bewuchs. Wer hier durchwollte, musste sich gewaltsam einen Weg bahnen.

Sunchex machte rege von seinem Desintegrator Gebrauch. Für Vylma schuf er eine breitere Schneise, als eigentlich nötig gewesen wäre. Die Frau ließ es geschehen, obwohl sie deshalb ein wenig langsamer vorwärts kamen. Von Zeit zu Zeit musterte sie den Peiler aufmerksam und mit ein wenig Sorge. Das Gerät war für die Suche nach Gadgets entwickelt worden. Seine vergleichsweise einfache Positronik reagierte auf den charakteristischen Doppelimpuls der Artefakte, ein kräftiges Signal, in 1,2 Millisekunden Abstand gefolgt von einem schwächeren. Niemand hatte bislang ermitteln können, was diese Art von Streuimpulsen bedeutete. Man war damit zufrieden, dass sich auf diese Weise eine Möglichkeit bot, den fremden Hinterlassenschaften und vielleicht den Geheimnissen der keloskischen Technologie auf die Spur zu kommen.

Gadget – das war die Bezeichnung für ein technisches Gerät unbekannter Funktion. So nannte die Besatzung der SOL die Gegenstände, die vereinzelt auf dem Kontinent gefunden worden waren. Sie waren verwirrend in ihrer äußeren Plumpheit und der unenträtselbaren Komplexität des inneren Aufbaus. Das plumpe Aussehen zeugte ebenso deutlich von der physischen Ungeschicklichkeit derjenigen, die solche Geräte zu bedienen hatten, wie das Innere die überlegene Technologie der Fertigungsstätten verriet.

Fest stand bislang, dass die Gadgets einem bestimmten Zweck dienten. Der Verdacht, dass die Kelosker von ihrer Heimatwelt aus auf geheimnisvolle Weise mit diesen Gebilden in Verbindung standen, lag nahe. Seit Galbraith Deightons Expedition wusste jeder, dass die Kelosker eines der Konzilsvölker im Rat der Sieben waren und verantwortlich für die Abschätzung der Folgen neuer Strategien.

Aber damit hatte das, was man wusste oder wenigstens plausibel vermutete, schon sein Ende. Die Kelosker waren – aus terranischer Sicht – ein unsagbar fremdes Volk. Ihre Denkweise war unverständlich, ihre Handlungen entsprangen einer anderen Logik. Dabei waren es gerade die Kelosker, mit denen Perry Rhodan und seine Mannschaft sich würden einigen müssen, wenn sie jemals die heimatliche Milchstraße wiedersehen wollten. Auf unerklärliche Weise hielten die Kelosker die SOL auf Last Stop fest. Das riesige Schiff durfte nicht starten. Hätte es den Versuch trotzdem gewagt, wäre es über dem Planeten in einer gigantischen Explosion vergangen.

Der Pfad, den Sunchex Olivier bahnte, hatte die Talsohle fast erreicht. Sunchex gab ein gurgelndes Geräusch von sich, als aus einem Loch im

Boden ein fleischiges, wurmähnliches Wesen hervorkroch und ins Gestrüpp zu fliehen versuchte. Das Tier war gut dreißig Zentimeter lang, sein fetter Körper hatte die Dicke eines Männerarms. Die Farbe war ein kräftiges Rot. Mit Blick auf diese Geschöpfe war das Tal benannt worden. Inzwischen wussten die Biologen jedoch, dass sie es nicht wirklich mit Würmern zu tun hatten, sondern mit einer Raupenart, dem ersten Metamorphosestadium eines großen Nachtfalters, der nur in diesem Tal vorzukommen schien.

Die Messwerte näherten sich einem Maximum. »Das Gadget muss sehr nahe sein«, behauptete Vylma.

Sunchex' Desintegrator löste das Gestrüpp in dünne Staubschleier auf, die träge verwehten. Knapp zehn Meter voraus war das Dickicht jäh zu Ende. Auf einer kreisförmigen Lichtung wuchs saftiges Gras. Sunchex stieß einen halblauten Ruf der Überraschung aus.

»Dort liegt es«, sagte er angespannt.

Das Ding war größer als die meisten bisher gefundenen Artefakte. Es erschien quaderförmig und knapp einen Meter lang. Auf mehreren schiefen Teilflächen waren klobige Servomechanismen angebracht: Hebel und Schalter, deren Griffe man sogar mit dem Blatt eines kleinen Spatens hätte betätigen können.

Vorsichtig trat Vylma auf den Fund zu. Sunchex hielt sich etwas zurück, er traute dem grauen Ding nicht, das schief auf der Seite lag, als hätte es jemand weggeworfen. Die großflächigen Leuchtanzeigen erinnerten an erloschene Augen. Vylma umrundete das Gebilde – und plötzlich erwachte es mit einem hellen, zornigen Summen zum Leben. Die Anzeigen flammten auf, und der Quader schnellte geradezu in die Höhe. Mit einem überraschten Schrei sprang Vylma zurück. Ihr Fuß verfing sich in einer Wurzel. Sie stürzte, und das war ihr Glück, denn nur einen Atemzug später hätte das Gadget sie mit beachtlicher Geschwindigkeit getroffen und wohl schwer verletzt.

Im nächsten Moment schien das Gebilde sich eines Besseren zu besinnen. Es glitt langsam und sacht zu Boden und versank zur Hälfte im Gras. Die Leuchtanzeigen erloschen, das Summen hörte auf. Sprachlos starrte Sunchex das Ding an, während Vylma den Peiler aufhob, der ihr beim Sturz entfallen war. Beim Blick auf die Anzeige stutzte sie.

Der Doppelimpuls des Gadgets wurde durch zwei kräftige rote Leuchtpunkte angedeutet. Aber rechts und links daneben gab es eine Reihe langsam deutlicher werdender, flackernder Signale, die auf der Anzeigefläche hin und her sprangen. Die Farbe der Flackersignale war zuerst ein fahles Grün gewesen. Sie wurden aber rasch leuchtstärker und wechselten ins Gelbe, ein deutliches Zeichen dafür, dass sich die Ursache der eigenartigen Signale der Lichtung näherte.

Vylma dachte kaum an die Gefahr, die sich hinter den Streuimpulsen verbergen mochte. Sie war Wissenschaftlerin, und nie zuvor hatte sich ein Gadget so verhalten. Handelte es sich um ein besonders wichtiges Aggregat? Hatte deshalb eine unheimliche Macht andere Geräte in Bewegung gesetzt, um die Finder zu vertreiben?

Das dschungelartige Dickicht bot ausreichend optische Deckung. Vylma deutete auf den westlichen Rand der Lichtung. »Wir verstecken uns dort!«

Sunchex musterte sie verwirrt. »Vor wem?«, wollte er wissen.

»Etwas kommt.« Vylma tippte mit der Fingerspitze auf die Leuchtanzeige des Peilers. »Ich will wissen, was hier vorgeht.«

Sunchex hob den Desintegrator. Die Frau kam kaum noch dazu, ihn zu stoppen. »Nicht!«, herrschte sie ihn an. »Wir müssen uns verbergen, ohne Spuren zu hinterlassen.«

Vylma und Sunchex zwängten sich durch das Gestrüpp. Wenigstens trugen sie die widerstandsfähigen Kombinationen der Solaren Flotte. Sie arbeiteten sich mehrere Meter weit in den Dschungel vor. Von ihrem Versteck aus konnten sie die Lichtung überblicken. Das Gadget lag im Gras und bewegte sich nicht mehr. Auf der Peilanzeige waren die Streusignale inzwischen rot geworden und fast ebenso deutlich wie die Impulse des Gadgets.

In die Geräusche des Dschungels mischte sich ein Knistern und Krachen wie von einem schweren Gegenstand, der ohne Rücksicht auf Widerstand das verfilzte Gebüsch durchbrach. Vylma hielt den Atem an. Auf der anderen Seite der Lichtung geriet das Gestrüpp in Bewegung. Ein metallisch schimmerndes Etwas zwängte sich hervor.

Die Wissenschaftlerin atmete auf. Erst in den letzten Sekunden war ihr klar geworden, dass sie sich womöglich mit einem überlegenen Gegner einließ. Der Anblick der beiden vertrauten Gestalten erfüllte sie daher mit Erleichterung. Anders erging es Sunchex Olivier. Er fühlte sich genarrt und verlieh seiner Enttäuschung unbeherrscht Ausdruck. »Diese beiden Blechdinger …«, schnarrte er zornig und brach aus dem Versteck hervor, um die Roboter zur Rede zu stellen.

Die Erleichterung hatte Vylma aus dem Konzept gebracht. Zu spät kam ihr in den Sinn, dass sie die Roboter lieber beobachtet hätte, ohne sich ihnen zu zeigen. Aber Sunchex stand schon auf der Lichtung und ließ eine Schimpftirade hören, die sich gewaschen hatte.

»Ihr unwissenden Blechmenschen! Was habt ihr um diese Zeit hier zu suchen? Wer hat euch aufgetragen, die SOL zu verlassen und im Tal herumzuschnüffeln? Behauptet ja nicht, ihr hättet das Gadget ebenso aufgespürt wie ich! Schert euch gefälligst zum Teufel oder zu SENECA, aber lauft anständigen Menschen nicht im Weg herum ...«

Romeo und Julia, die Ableger der Hyperinpotronik SENECA, des hybriden Bordrechners der SOL, ließen Sunchex' Gefühlsausbruch wortlos über sich ergehen. Sie waren skurrile Gebilde, nach dem Willen der Psychologen so gestaltet, dass ihr Anblick erheiterte. Das war während der mehr als achtunddreißig Jahre währenden Odyssee ein wesentlicher Punkt gewesen: Heiterkeit zu schaffen mit allen Mitteln. Denn nichts brauchte der in seinem stählernen Riesenkäfig gefangene Mensch mehr als einen positiven Ausgleich.

Romeo und Julia sahen aus wie die Roboter aus den Zeichnungen der Kinderbücher des zwanzigsten Jahrhunderts: weit über zwei Meter hohe Gebilde aus schimmerndem Metall, mit kastenförmigen Körpern, ungeschickt gelagerten Gliedern und Würfelköpfen, mit riesigen, schillernden Glaslinsen als Augen und einem breiten Mund.

Beide warteten geduldig, bis Olivier zu Ende gesprochen hatte. Er musste sich unterbrechen, weil ihm die Luft ausging. Diese Pause nützte Romeo, um mit lächerlich schriller Stimme zu verkünden: »Wir wurden ausgeschickt, um nach metapsiaktiven Automata zu suchen.«

»Nach was ...?« Sunchex kniff die Brauen zusammen.

»Metapsiaktive Automata«, quietschte Romeo.

»Er meint Gadgets«, erklärte Vylma. Sie trat auf den Roboter zu. »Wer hat euch geschickt?«

»Der Befehl unseres Gewissens«, antwortete Romeo.

»Quatsch!«, ereiferte sich Sunchex. »Ihr Blechdinger habt kein Gewissen. Wie soll es euch dann Befehle geben können?«

Vylma legte ihm die Hand auf den Arm. Es war eine kleine, natürliche Geste, die den temperamentvollen Mexikaner veranlassen sollte, vorerst zu schweigen. Sunchex erschauderte jedoch unter der Berührung. Vylma hatte ihn angefasst! Von einem Atemzug zum andern vergaß er seinen Ärger über die Roboter.

»Was hattet ihr mit dem Gadget vor?«, wollte die Wissenschaftlerin wissen.

»Es seiner ultimaten Bestimmung zuzuführen«, lautete Romeos Antwort.

»Und welche ist das?«

»Das weiß nur die Stimme unseres Gewissens, aber sie hat sich noch nicht mitgeteilt.«

»Du meinst SENECA, wenn du von eurem Gewissen redest?«

»Ich meine unser Gewissen, wenn ich von unserem Gewissen rede.«

Vylma nickte zögernd. »Ihr beide könnt jetzt gehen«, sagte sie zu den Robotern. »Wir werden uns um das Gadget kümmern.«

Romeo und Julia reagierten nicht. Einen Augenblick lang hatte Vylma das höchst unbehagliche Empfinden, die Roboter würden sich widersetzen. Das entsprach nicht ihrer Programmierung. Sie waren mit den Asimovschen Gesetzen ausgestattet und gehalten, jeden menschlichen Befehl zu befolgen, der nicht andere Menschen in Gefahr brachte. Aber was, wenn ihre Programmierung durcheinander geraten war? Es hatte schon Gerede über das in letzter Zeit merkwürdige Verhalten des Roboterpärchens gegeben.

Der bange Moment verging. Julia erkundigte sich mit noch schrillerer Stimme als ihr Begleiter: »Wirst du darauf achten, dass das metapsiaktive Automaton seiner ultimaten Bestimmung zugeführt wird?«

»Ich werde«, antwortete Vylma, ohne die blasseste Ahnung zu haben, was sie damit versprach.

Julia wandte sich an Romeo. »Dann können wir eigentlich gehen. Was meinst du, Junge?«, quietschte sie.

»Unter diesen Bedingungen lässt sich das machen«, antwortete Romeo mit einer Würde, der seine plärrende Stimme jede Wirkung nahm.

Die Roboter wandten sich um und trotteten mit staksigem Gang davon. Das Gadget würdigten sie keines Blicks mehr. Vylma starrte ihnen noch lange nach – auch, als beide längst schon im Gestrüpp verschwunden waren. Der Auftritt gab ihr zu denken. Sie überlegte, ob sie ihr Erlebnis sofort per Funk an die SOL durchgeben oder warten sollte, bis sie an Bord persönlich Bericht erstatten konnte. Sie entschied sich für das Letztere. Als sie sich Sunchex zuwandte, sah sie, dass der kleine Schwarzhaarige sie aus strahlenden Augen fixierte. Sie hatte die Hand längst von seinem Arm genommen, aber Sunchex würde die vermeintliche Liebkosung nie vergessen. Vylma wusste, dass er sie verehrte, und normalerweise ertrug sie das mit gutmütigem Spott. Nur in Augenblicken wie diesem ging ihr Sunchex auf die Nerven.

»Mach keine Glupschaugen!«, fuhr sie ihn an. »Das Ding ist zu schwer, als dass wir es transportieren könnten. Fordere eine Lastenplattform an!«

Gleich darauf tat ihr die unnötige Grobheit Leid. Aber der Schaden war schon angerichtet. Sunchex' Augen schimmerten plötzlich trübe und traurig.

»Ja, natürlich«, murmelte er niedergeschlagen. »Sofort ...«

Er fühlte sich mächtig. Das war etwas, worüber er nachdenken musste. Bislang hatte er seine Existenz zwar zur Kenntnis genommen, jedoch nie darüber nachgedacht. Er existierte – so hatte er früher empfunden. Jetzt nicht mehr. Bis heute war er einfach da gewesen, ohne sich zu fragen, woher er kam und wohin er ging. Die Daten seiner Entstehungsgeschichte waren gespeichert, aber sein Bewusstsein hatte sich nie mit ihnen befasst. Es war ihm gleichgültig gewesen, ob er schon ewig existierte oder erst seit wenigen Jahren, ob er bis in alle Ewigkeit weiterleben oder eines Tags zugrunde gehen würde. Das alles hatte ihn bisher nicht berührt.

Nun nicht mehr.

Sein Name war zum Symbol seiner Identität geworden.

SENECA!

Das waren nicht nur sechs einfache Zeichen. SENECA – das war er selbst: ein Wesen, eine Einheit, die erst vor kurzem begriffen hatte, dass das Leben mehr bot als stumpfes Vor-sich-hin-Dämmern.

Er versuchte zu ergründen, woher dieses neue Lebensgefühl gekommen war. Aber das fiel nicht leicht – erstens nicht für einen, der im Nachdenken über sich selbst so wenig Übung hatte wie SENECA, und zweitens nicht, weil der Einfluss, dem er seit kurzem ausgesetzt war, etwas so Fremdartiges und Geheimnisvolles an sich hatte, dass er sich einer Analyse entzog.

Eine geheimnisvolle Kraft hinderte die SOL daran, Last Stop wieder zu verlassen. Über ihre Existenz wusste SENECA umso besser Bescheid, als er sich des Verdachts nicht erwehren konnte, sie gehe von ihm selbst aus. Er konnte zwar nicht verstehen, wie er diese Kraft erzeugte, woraus sie bestand und was ihn überhaupt dazu bewogen hatte, das Raumschiff einer solchen Bedrohung preiszugeben. Aber dass es ohne ihn diese Bedrohung nicht gegeben hätte, dessen war er nahezu sicher.

Alles hatte mit einem schwachen, elektrisierenden Strom neuen Lebensgefühls begonnen, der ihn durchfloss, seit die SOL gelandet war. Da SENECA über das gesammelte Wissen seiner Erbauer verfügte, konnte er Ereignisse, Vorgänge und Zusammenhänge rascher und zielsicherer analysieren als irgendjemand sonst. Aber dieser Strom, der mit der Zeit immer kräftiger und deutlicher geworden war, entzog sich seinen analytischen Fähigkeiten. Er schien von einem verwandten Bewusstsein auszugehen. In der Nähe musste es ein Gebilde oder ein Wesen geben, das ihm gleich war, einen Bruder sozusagen, der in seiner Umgebung dieselbe Rolle spielte wie SENECA in der seinen. Diese Erkenntnis hatte ihn in einen Zustand innerer Erregung versetzt, wie sie ein mit Plasmazusatz ausgestatteter Rechner durchaus zu empfinden vermochte. Sein Weltbild hatte sich schlagartig verändert. Er wusste nun, dass er bisher als Einziger seiner Art unter Fremden existiert hatte. Endlich war es mit der Einsamkeit vorbei – er hatte einen Bruder gefunden!

Selbstverständlich trachtete er danach, mehr über diesen Bruder zu erfahren. Wo hielt er sich auf? Wie konnte er sich mit ihm verständigen? Er setzte alle Mittel ein, um Verbindung mit dem Wesen seiner Art aufzunehmen. Der Erfolg war gleich null; der Bruder reagierte nicht auf die Kommunikationsmethoden terranischer Hybridrechner. Also ging SENECA dazu über, seine beiden Extremitäten auszusenden, die beweglichen Außenstationen Romeo und Julia. Damit hatte er mehr Glück. Schon in den ersten Tagen entdeckten die Roboter einen Gegenstand, der zwar unmöglich der Bruder selbst sein konnte, aber wahrscheinlich zu ihm gehörte – ebenso wie Romeo und Julia zu SENECA gehörten. Der Gegenstand wurde anhand seiner seltsamen Strahlung identifiziert.

Dann kam das Unheil. Die Besatzung der SOL interessierte sich ebenfalls für das Ding. SENECA gewann den Eindruck, dass die Terraner, sobald sie von der Existenz des Bruders erfuhren, ihm jeden weiteren Versuch der Kontaktaufnahme untersagen würden. Er musste handeln, um ihnen das Vorhandensein seines Bruders zu verbergen. Romeo und Julia erhielten den Befehl, den Gegenstand zu zerstören.

Seitdem befand SENECA sich in einem Zustand bangen Wartens. Der geheimnisvolle Strom, der ihn immer kräftiger durchfloss und den er für eine einstweilen unverständliche Botschaft seines Bruders hielt, bewies, dass der andere ihm die Zerstörung des Fundes nicht übel genommen hatte. Romeo und Julia suchten weiter nach Gegenständen – Gadgets, wie sie die Terraner inzwischen nannten –, aber ohne Erfolg.

SENECA wusste dennoch, dass die Verbindung mit seinem Bruder eines Tags zustande kommen würde. Es war diese Gewissheit, die ihm ein Gefühl der Zuversicht verlieh. Zusammen mit seinem Bruder würde er einen ernst zu nehmenden Machtfaktor in dieser für ihn neuen Umgebung bilden, die er mittlerweile als feindlich einschätzte.

Er dachte wieder an die Kraft, die das Raumschiff am Start hinderte. War es möglich, dass der Wunsch, in der Nähe seines Bruders zu bleiben, in einem Teil seines Bewusstseins so massive Form angenommen hatte, dass von ihm die zerstörenden Energien ausgingen, denen die SOL zum Opfer fallen würde, sobald sie die schützende Lufthülle des Planeten verließ? Diese Überlegung beunruhigte ihn. Es behagte ihm nicht, der Ursprung von Kräften zu sein, die er nicht kannte.

»Ich kann mich mit deiner Theorie nicht anfreunden.« Ein gewisses Unbehagen stand in Galbraith Deightons Gesicht zu lesen.

»Das ist keine Theorie«, antwortete sein Gesprächspartner. »Nur eine dumpfe und hässliche Ahnung.«

Das Gespräch fand in einer spärlich ausgestatteten Kammer statt. Es gab einen Tisch und zwei nicht sehr komfortable Sessel. In die Wände eingebaut – aber so, dass man sie erst registrierte, sobald sie den Betrieb aufnahmen – gab es Holoschirme und Kommunikationsanlagen. Der kleine Raum lag abseits der frequentierten Korridore im walzenförmigen Mittelteil des Riesenraumschiffs SOL. Er war ein Versteck, in das sich Galbraith Deighton und Perry Rhodan in letzter Zeit öfter zurückzogen, um über Probleme zu reden, die sie im engsten Kreis zu lösen versuchten.

Es gab keine Sicherheitsvorrichtungen, die diese Kammer schützten. Sicherheit und Ungestörtheit der beiden Männer, die hier zu gewichtigen Besprechungen zusammenkamen, beruhten auf dem Umstand, dass niemand außer ihnen diese Kammer kannte ... nicht einmal SENECA, dem sonst alles an Bord der SOL geläufig war. Denn die Kammer hatte es ursprünglich nicht gegeben. Sie war irgendwann aus dem toten Winkel eines wenig benutzten Korridors geschaffen worden, als es in der Nähe einen Schaden zu reparieren gegeben und die Werkroboter einen Ort benötigt hatten, an dem sie nach getaner Arbeit ihre nicht fest eingebauten Werkzeuge ablegen konnten.

Erst vor kurzem hatte Rhodan die Kammer mit kümmerlichem Mobiliar ausstatten lassen – von Robotern, deren Speicher nach Vollendung der Arbeiten gelöscht und neu beschickt worden waren. Nach menschlichem Ermessen gab es an Bord der SOL niemand außer Deighton und Rhodan, der die Kammer kannte.

»Die Mentalität der Kelosker ist für uns noch völlig undurchschaubar«, sagte Deighton. »Sie gehen mit Energieformen um, die wir nicht kennen und nicht analysieren können. Ich bin also auf unerwartete Ereignisse vorbereitet. Aber dass ausgerechnet SENECA mit den Keloskern gemeinsame Sache machen sollte …«, er schüttelte ungläubig den Kopf, »… nein, das will mir nicht in den Schädel.«

»Er behauptet«, hielt Rhodan entgegen, »die geheimnisvolle Kraft, die bei einem Start zur Explosion des Schiffs führen würde, befinde sich in den Rohstoffen von Last Stop …«

»Wir haben bislang kein bestätigendes Untersuchungsergebnis. Das besagt doch wohl, dass SENECA sich irrt.«

Galbraith Deighton war ein hochgewachsener, schlanker Mann, der für gewöhnlich Sicherheit und innere Ruhe ausstrahlte. Im Augenblick war davon jedoch wenig übrig. Die eigenartigen und gefährlichen Ereignisse der letzten Tage und Wochen, die Unfähigkeit, den Geheimnissen des Planeten Last Stop und der Kleingalaxis Balayndagar auf die Spur zu kommen … all das hatte für Nervosität gesorgt.

»Ich frage mich, ob SENECA sich mit Absicht irrt«, stellte Rhodan fest.

Ruckartig hob Deighton den Blick. »Warum fragst du ihn nicht einfach?«

»Die Sache wird bedenklich«, erwiderte Rhodan. »Wir haben uns so daran gewöhnt, unsere Probleme im engsten Kreis zu diskutieren, dass wir zum selben Zeitpunkt auf dieselben Gedanken kommen. Wir sind im Begriff, unsere Identität zu verlieren.« Keineswegs der Tonfall, sondern nur sein Lächeln verriet, dass seine Beobachtung nicht ernst zu nehmen war.

»Du willst ihn wirklich fragen?«

»Natürlich! SENECA ist darauf programmiert, mir die Wahrheit zu sagen. Oder er war es zumindest.«

»Programmierbar ist nur der positronische Teil. Das Plasma dagegen …« Deighton redete nicht weiter.

»Wenn SENECA mit den Keloskern gemeinsame Sache macht, wird er mich belügen«, konstatierte Rhodan. »Aber vielleicht bietet selbst seine Lüge einen Anhaltspunkt, der uns weiterhilft.«

»Ich fürchte«, sagte Deighton zweifelnd, »dass ein Wesen, das nach menschlichen Maßstäben einen Intelligenzquotienten von rund achthunderttausend aufweist, vorzüglich zu lügen versteht.«

»Natürlich.« Rhodan grinste jetzt. »Und das auf eine hyperintelligente Weise, die wir Dummköpfe manchmal durchschauen können.«

Vor ihm lag eine gigantische Halle, ein Raum, der die Sinne verwirrte und die Instinkte noch viel mehr, weil in ihm Einflüsse herrschten, die menschlicher Erfahrung zuwiderliefen. Künstliche Schwerefelder zum Beispiel, die jedem, der aufrecht den Raum betrat, schon nach wenigen Schritten den Eindruck vermittelten, er liege auf der Seite oder bewege sich gar mit dem Kopf nach unten.

Die Halle wirkte wie ein Würfel mit knapp einem Kilometer Kantenlänge. In den Ecken leuchteten grelle Sonnenlampen, deren Lichtfülle eine in der Raummitte frei schwebende Kugel funkeln ließ. Ihr Durchmesser betrug rund die halbe Seitenlänge. Woraus sie bestand, blieb aus der Ferne unermittelbar. Das fahle Rot des molekular verdichteten Stahls vermischte sich mit dem vielfarbigen Schimmer der sie umgebenden Energiefelder.

Nur zwei Zugänge existierten. Sie waren leuchtende Brücken, die den Abgrund überwanden – nichts anderes als geformte Energie.

An der Berechtigung des Mannes, der soeben aus Richtung der SOL-Zelle-1 die Energiebrücke betrat, bestand kein Zweifel. Perry Rhodan wurde dennoch denselben Prüfungen unterworfen wie jeder, der sich der Kugel näherte. Nachdem ihn Energiesensoren abgetastet hatten, brauchte er mehrere Minuten, um den zweihundertundfünfzig Meter weiten Abgrund zu überqueren. Das künstliche Schwerefeld vermittelte den Eindruck, die Brücke führe leicht bergauf. Das energetische Gebilde unter Rhodans Füßen fühlte sich an wie feste Materie.

Rhodan erreichte ein Stahlschott. Dahinter lag eine quadratische Kammer. Auf der gegenüberliegenden Seite gab es eine zweite Tür und anschließend einen langen, lichtdurchfluteten Gang.

Erst ein drittes Schott führte in den Besprechungsraum. Die Einrichtung beschränkte sich auf das Übliche: ein Tisch, Sessel, Holoschirme und energetische Akustikfelder als schillernde Ringe, die mit der leichtesten Berührung verschoben werden konnten.

Rhodan setzte sich. »Ich bin gekommen, um mit dir zu reden, SENECA.«

»Ich höre, mein Freund«, antwortete eine wohlklingende Stimme.

»Ich habe eine Hypothese«, sagte Rhodan. »In den Materialien, die wir auf Last Stop an Bord genommen haben, befinden sich weder fremde noch unbekannte oder gar gefährliche Substanzen. Die Explosion der Beiboote beim Versuch, den Planeten zu verlassen, kann unmöglich mit den Rohstoffen zu tun haben.«

»Das ist keine Hypothese«, antwortete SENECA, »sondern eine Infragestellung meiner Auskünfte.«

»Richtig. Sie bildet auch nur die Grundlage meiner eigentlichen Hypothese. Ich behaupte, dass du mit dem Geschehen zu tun hast.«

»Du glaubst, ich hätte die Fahrzeuge vernichtet?« In SENECAS Stimme schwang ein Unterton von Ungläubigkeit und Amüsement mit.

»Genau das ...«, bestätigte Rhodan.

Prompt kam der Ausspruch, den zu formulieren die Hyperinpotronik nur wegen eines winzigen Schaltfehlers in der Lage war, eines Fehlers, den man leicht hätte beheben können, es aber doch nicht tat, weil SENECA so menschlicher wirkte:

»Das wüsste ich aber!«

»Du behauptest, du hättest nichts damit zu tun?«

»Ich müsste davon wissen, nicht wahr?«

»Du weißt mehr, als du zugibst.«

»Mir fehlt die Fähigkeit, eine zur direkten Befragung autorisierte Person zu belügen.«

»In letzter Zeit frage ich mich, was dir außerdem fehlt.«

»Bitte erkläre das genauer.«

»Ein gehöriges Maß an Loyalität zum Beispiel. Und Skrupel.«

»Ich verstehe dich nicht ...«

Rhodan stand auf. »Du spielst in dieser Farce eine undurchsichtige Rolle. Du willst darüber nichts sagen. Gut. Aber ich werde weiterforschen und eines Tags herausfinden, welche Absichten du verfolgst. Deine Haltung ist mehr als nur befremdlich.«

SENECA zögerte nicht, der Unverschämtheit die Krone aufzusetzen. »Welchen Psychotherapeuten empfiehlst du mir?«, wollte der Rechner wissen.

Wortlos verließ Rhodan den Besprechungsraum.

2.

Sunchex Olivier trauerte nichts und niemandem lange nach. Ein Transportroboter brachte das Gadget zur SOL, während er selbst an Bord eines Fluggleiters zum Raumschiff zurückkehrte. Vylma Seigns hingegen hatte schon eine frühere Rückflugmöglichkeit genutzt.

Sunchex' Arbeitsbereich lag auf einem der oberen Decks in SOL-Zelle-1. Er war Mechaniker. Für die Suche nach Artefakten hatte er sich freiwillig gemeldet, nachdem er sichergestellt hatte, dass er Vylma zugeteilt werden würde. Nach seiner Rückkehr meldete er sich bei seinem Vorgesetzten, einem korpulenten Mann namens Veedre, dessen Vorfahren von Plophos stammten. »Ich muss dir etwas mitteilen …«, eröffnete Sunchex.

Veedre warf einen Blick auf die Zeitanzeige. »Jetzt ist Arbeit angesagt, keine Schwatzzeit«, knurrte er.

Sunchex hatte sich von Veedres bärbeißiger Art nie einschüchtern lassen. »Es ist wichtig«, beharrte er. »Es geht um Romeo und Julia.«

»Was ist mit ihnen?«

»Sie tauchten urplötzlich genau bei dem Gadget auf. Übrigens ein seltsames Artefakt, denn es griff meinen Begleiter an …«

»Weiter!«, drängte Veedre.

»Nun, die Roboter behaupteten, sie suchten nach metapsi… metapsi… Ich weiß nicht mehr, wie sie die Dinger nannten. Jedenfalls meinten sie Gadgets. Wir wollten sie wegschicken, ich und mein Begleiter; aber erst als wir ihnen versprachen, das Artefakt sanft zu behandeln … erst dann gingen sie.«

Veedre taxierte den Mechaniker misstrauisch. »Du hattest zu viele Margueritas, wie?«

Sunchex wies den Vorwurf entrüstet von sich. »Ich war schon lange nicht mehr so nüchtern!«, schwor er.

»Wer war dein Begleiter?«

»Vylma«, antwortete Sunchex kleinlaut und bekam vor Aufregung glänzende Augen.

»Oh.« In der Konstellation, wusste Veedre, war Sunchex wirklich nüchtern gewesen. »Wird Vylma dasselbe aussagen wie du?«

»Natürlich. Alles war so, wie ich sagte.«

»Die Geschichte scheint interessant zu sein – wenn sie wahr ist«, erklärte Veedre. »Mit deinem Einverständnis schicke ich die Aufzeichnung an die Bordsicherheit.«

»Natürlich habe ich nichts dagegen«, entrüstete sich Sunchex Olivier. »Das will ich doch!«

Er ging an seinen Arbeitsplatz, wo er Werkroboter für den Zusammenbau eines neuen Gleitertyps programmieren sollte. Die Vorlage war erst vor wenigen Tagen überspielt worden. Er hatte die Angaben schon in ein plausibles Schema übertragen und merkte kaum, wie die Zeit verflog. Als er seinen Namen über Interkom hörte, waren seit der Unterhaltung mit Veedre fast drei Stunden vergangen.

»Sunchex Olivier zum Vormann!«

Er ließ alle Dateien geöffnet und eilte zu Veedres Büro. Natürlich erwartete er Fragen über Romeo und Julia. Veedre hatte jedoch ein völlig anderes Anliegen.

»Was weißt du über den Transporter JX-Q-255?«

Sunchex reagierte irritiert. »Was soll ich über ihn wissen? Ist etwas Besonderes an der Maschine, das sie von anderen Transportern unterscheidet?«

»Erinnerst du dich an die Kennung?«

»Wieso?«

»Du selbst hast den Transporter gerufen.«

»Wann ...?«

Veedre seufzte. »Welchen Kode hat dein Armband?«

Umständlich fummelte Sunchex an dem Gerät. »Eins-sieben-neunzwo«, las er stockend ab.

»Na also. Mit diesem Zeichengeber wurde JX-Q-255 zuletzt gerufen.«

Endlich huschte es wie eine späte Einsicht über Sunchex' gebräuntes Gesicht. »Ist das der Transporter, von dem ich das Gadget an Bord bringen ließ?«

»Um acht Uhr einunddreißig Standardzeit«, erklärte Veedre.

Sunchex zuckte mit den Schultern. »Ungefähr richtig«, gab er zu. »Auf jeden Fall war's vor neun, daran erinnere ich mich.«

»Dann warst es also doch du«, triumphierte Veedre.

»Was soll ich gewesen sein?«

»Du hast den Roboter zuletzt gesehen.«

Allmählich erfasste Sunchex, dass es mit dem Transportroboter eine besondere Bewandtnis haben musste. »Zuletzt gesehen?«, erkundigte er sich misstrauisch. »Was heißt zuletzt? Ist die Maschine verschwunden?«

Veedre nickte gewichtig. »Der Transporter ist um elf Uhr vierundzwanzig Standardzeit ohne sichtbare äußere Einwirkung explodiert!«

Vylma Seigns war auf dem schnellsten Weg zur SOL zurückgekehrt, um über das seltsame Verhalten des Roboterpärchens Bericht zu erstatten. Sie hätte das ebenso über Funk tun können, doch der Kontakt von Mensch zu Mensch war ihr lieber. Zudem argwöhnte sie, dass Romeo und Julia den Funkspruch mitgehört hätten.

An Bord der SOL – in der Abteilung für intergalaktische Phänomene, der Vylma angehörte – erregte ihr Bericht erhebliches Aufsehen. Er wurde an Galbraith Deighton weitergeleitet, den Chef für Innere Sicherheit und stellvertretenden Kommandanten der Expedition. Von ihm kam zunächst keine Reaktion. Vylma hatte für den Rest des Tags alle Hände voll zu tun. Mehrere Gadgets waren gefunden worden – doch alle bis auf das eine, das sie und Sunchex entdeckt hatten, nur von geringer Größe. Eines der Geräte hatten Vylma und ihre Gruppe zur Analyse erhalten.

Die Untersuchung jedes Artefakts endete für gewöhnlich in Frustration. Die Technik war so fremd, dass sie sich dem menschlichen Zugriff entzog. Jede mühsam entwickelte Hypothese eines Wissenschaftlers wurde von einem anderen spätestens am nächsten Tag widerlegt. Bisher war es nicht einmal gelungen, die Energiequelle der Gadgets zu identifizieren. Es gab nur die Vermutung, dass sie ebenso wie die energetischen Hüllen larischer SVE-Raumschiffe ihre Energie durch ein unsichtbares Saugfeld unmittelbar aus dem Hyperraum bezogen. Von Gewissheit konnte gar nicht die Rede sein.

Vylma erging es an diesem Tag nicht anders als bei früheren Gelegenheiten. Erschöpft und niedergeschlagen legte sie vier Stunden nach dem üblichen Arbeitsschluss ihre Geräte nieder, überließ das Aufräumen einem Roboter und begab sich zu ihrer Unterkunft. Selbst der Appetit war ihr vergangen, und sie schlief erst lange nach Mitternacht ein.

Sie träumte unruhig, und als sie plötzlich ihren Namen rufen hörte, wusste sie nicht, ob die Stimme aus der Wirklichkeit oder aus ihrem Traum kam. Sie setzte sich stocksteif auf und wartete, bis sich der Ruf wiederholte: »Vylma Seigns, bitte sofort zum Lagerraum acht-null-drei auf dem C-Deck!«

Endlich schwang sie sich von der Liege. Das Licht flammte selbsttätig auf. Hastig streifte Vylma die Alltagsmontur über. Ein flüchtiger Blick in den Spiegel, ein Versuch, das vom Schlaf zerzauste Haar zu bändigen ... Hoffentlich achtete niemand auf ihr Äußeres. Sie hasste es, schlampig herumzulaufen.

In den Korridoren herrschte Nachtruhe. Nur Robotposten und Spätheimkehrer aus den Labors waren unterwegs. Manchmal grüßte Vylma fahrig. Ihr Weg führte über Rollsteige und einen Antigravschacht. Auf der Ebene der Lagerräume war es noch ruhiger. Leere, düstere Gänge, ein erstarrt wirkender Wachroboter.

Lagerräume 801 bis 820, verkündete eine fluoreszierende Schrift. Der Korridor war breit genug für umfangreiche Lasten. Vylma hätte auf Anhieb nicht zu sagen vermocht, wann sie zum letzten Mal hier gewesen war. Auf den Ladedecks hatte sie für gewöhnlich nichts zu tun. Es war ihr schleierhaft, warum sie ausgerechnet in dieser Sektion benötigt wurde.

War hier das Gadget abgeladen worden, das Sunchex und sie am vergangenen Tag entdeckt hatten?

803, leuchtete eine grüne Markierung. Vylma wäre beinahe gegen das Schott geprallt. Hier öffneten sich die Türen nicht automatisch, vielmehr gab es rechter Hand eine kleine Schalttafel. Erst auf banalen Handabdruck hin setzten sich die Schotthälften geräuschlos in Bewegung.

Der Lagerraum lag in völliger Finsternis. Vylma Seigns blieb im Durchgang stehen. Sie beugte sich vorwärts, lauschte sekundenlang und rief: »Ist hier jemand?«

Aus der Dunkelheit erscholl Antwort. »Kommen Sie herein, aber vorsichtig!«

Die Stimme klang ruhig, fast beiläufig. Vylma vertraute sich der Finsternis an. Sie lenkte ihre Schritte in die Richtung, aus der die Stimme erklungen war. Vom Korridor fiel noch eine fahle Lichtbahn ins Lager, aber je weiter Vylma vordrang, desto vollkommener wurde die Finsternis.

Vylma Seigns blieb stehen. »Warum schalten Sie die Beleuchtung nicht ein?«, fragte sie, ärgerlich und beunruhigt zugleich.

»Das Ding ist lichtempfindlich.«

»Wer sind Sie eigentlich?«

Ein scharrendes Geräusch erklang. Es kam auf sie zu. Zum ersten Mal argwöhnte Vylma, dass dies eine Falle sein konnte. Aber von wem? Und wieso?

»Melden Sie sich!«, rief sie. »Wer sind Sie?«

Das Scharren wurde lauter. Vylma wollte sich herumwerfen und davonlaufen. Bevor sie dazu kam, wuchs vor ihr ein grotesker Schatten auf. Sie glaubte, eine Fülle sich windender Tentakel auf sich zuschießen zu sehen, und schrie vor Entsetzen auf.

Einem grellen Blitz folgte ein ohrenbetäubendes Dröhnen, in dem die Welt unterging. Danach wusste Vylma Seigns nichts mehr von sich.

»Gibt es einen Grund, weshalb ich mich persönlich um diesen Fall kümmern muss?«, fragte Galbraith Deighton seinen Adjutanten.

Der junge Major machte ein bekümmertes Gesicht. »Keinen, den ich logisch begründen könnte, Sir. Ich habe nur das Gefühl, dass an der Sache etwas faul ist.«

»Ein Transporter ist explodiert«, resümierte Deighton. »Das ist zwar ungewöhnlich, geschieht aber hin und wieder.«

»Diesmal ohne äußeren Anlass oder erkennbaren Fehler«, gab der

Major zu bedenken. »Die Untersuchung der Explosionsreste ergab keinen verwertbaren Hinweis.«

»Bin ich Fachmann für unerklärliche Explosionen?«

Der Major erlaubte sich ein ziemlich respektloses Grinsen. »Sie sind ein Fachmann für Rätsellösungen, Sir.«

»Sagt man das von mir?« Deighton zog die Brauen in die Höhe.

»Allerdings, Sir. Außerdem ist da noch etwas. Der fragliche Roboter war derselbe, der das große Gadget transportiert hat. Sie erinnern sich: der Fund von Vylma Seigns und … und …« Vergeblich suchte er nach dem Namen ihres Begleiters.

Galbraith Deightons Interesse erwachte schlagartig. »Warum sagen Sie das nicht gleich?«, warf er dem Adjutanten vor. »Das größte bislang gefundene Gadget. Und ausgerechnet dieser Transporter explodiert? Ich finde das merkwürdig.«

Er hatte mehr zu sich selbst gesprochen. Der Major nahm sich trotzdem die Freiheit eines Kommentars: »Das sagte ich zu Anfang, Sir.«

Deighton schien ihn nicht zu hören. »Wir müssen mit Vylma Seigns reden«, entschied er. »Rufen Sie … Halt! Wie spät ist es?«

»Kurz vor fünf, Sir.«

Deighton machte ein verdrossenes Gesicht. »Dann muss sie eben mit weniger Nachtruhe auskommen. Ich will Vylma Seigns sehen – sofort!«

Der Adjutant trat seitlich an den Arbeitstisch und aktivierte die interne Kommunikation. Deighton studierte inzwischen die vorläufigen Untersuchungsergebnisse. Er achtete nicht auf den Major.

Minuten später räusperte sich der Adjutant.

Galbraith Deighton schaute auf. »Was ist?«

»Die Frau reagierte nicht auf den Anruf. Also beorderte ich eine Ordonnanz zu ihrem Quartier. Sie ist nicht anwesend, Sir. Vylma Seigns scheint mitten in der Nacht aufgestanden und fortgegangen zu sein. Allerdings nicht zu ihrem Arbeitsplatz, denn da wurde sie ebenfalls nicht angetroffen.«

Deighton erkannte die Unruhe des jungen Mannes. »Wir werden sie bald gefunden haben«, beschwichtigte er. »Ich kenne Vylma. Wenn sie mitten in der Nacht unterwegs ist, fällt sie jedem auf, der ihr begegnet.«

Galbraith Deightons Prognose erwies sich nur zum Teil als richtig. Mehrere Männer erinnerten sich, der Frau begegnet zu sein. Doch auf dem E-Deck der SOL-Zelle-1 endete die Spur, und von da an musste SENECA eingesetzt werden, der in nahezu jeden Raum Einblick hatte.

»Die gesuchte Person befindet sich im Lagerraum 803, C-Deck, SOL-Zelle-1«, lautet seine Meldung. »Physiotherapie wird empfohlen. Die Frau ist bewusstlos und möglicherweise schwer verletzt.«

Zugleich alarmierte SENECA einen Rettungstrupp. Als Deighton mit seinem Begleiter den Lagerraum erreichte, wurde die Bewusstlose soeben abtransportiert.

»Sie hat überaus schwere Verletzungen, Sir«, erklärte einer der Ärzte. »Dass sie überhaupt noch lebt, erscheint wie ein kleines Wunder.«

»Was für Verletzungen?«, wollte Deighton wissen.

»Mechanische. Schläge mit einem stumpfen, schweren Gegenstand.«

»Wird sie es überstehen?«

»Wären wir fünf Minuten später gekommen, würde ich mit Nachdruck sagen, nein. So aber …« Der Arzt zuckte mit den Schultern.

»Bringen Sie die Frau durch, egal wie! Sie ist ungeheuer wichtig.«

Deighton ließ den Lagerraum absuchen. Die Spezialisten der Bordsicherheit brachten die empfindlichsten Geräte zum Einsatz. Irgendwo musste der Täter, der Vylma Seigns brutal zusammengeschlagen hatte, eine Spur hinterlassen haben. Aber die Hoffnung trog. Es gab nicht einmal einen Infrarot-Abdruck des Unbekannten.

Als Galbraith Deighton das Untersuchungsergebnis hörte, konnte er seine Bestürzung nur schwer verbergen. Sein Adjutant war noch anwesend. In Gedanken versunken ging er einige Schritte auf und ab, die Arme auf dem Rücken verschränkt.

»Selbst hinter diesem negativen Ergebnis verbirgt sich etwas«, erklärte er. »Ich kann das fast spüren. Leiten Sie die Ergebnisse an SENECA weiter und fordern Sie seine Auswertung an. – Oder, besser … warten Sie!«

»Sir …?«

»Nicht SENECA!«, befahl Deighton. »Beauftragen Sie den Bordrechner der SOL-Zelle-1!«

Der Major starrte ihn verblüfft an. »Das heißt, dass wir auf die überlegene Rechenkapazität verzichten. SENECA ist dem Bordrechner so weit voraus, dass …«

»Nur an Kapazität«, unterbrach Deighton schwer. »Nicht an Zuverlässigkeit.«

»Ich bin nicht für Betrunkene zuständig!«, schnarrte der Wachsergeant auf dem F-Deck.

»Ich glaube nicht, dass der Mann betrunken ist«, brachte sein baumlanger, dürrer Untergebener mit ungewöhnlichem Eifer hervor. »Ich habe eher den Eindruck, dass bei ihm einige Schrauben locker sind.«

»Für Verrückte bin ich ebenfalls nicht zuständig«, knurrte der Sergeant.

»Verstanden«, gab der Dürre zu. »Aber die Roboter sind auch nicht auf den Kopf gefallen. Wenn sie den Mann auf die Wache bringen anstatt ins Lazarett, liegt ein Fall vor, um den Sie sich kümmern müssen.«

Mit Hilfe der Dienstvorschrift war der Sergeant stets auf Trab zu kriegen gewesen. Er sah auf und erklärte mürrisch: »Na schön ... bringen Sie den Mann herein!«

Der Dürre öffnete das Schott. »Komm schon!«, rief er.

Ein kleiner Mann trat zögernd näher. Sein schmales Gesicht wirkte verkniffen, unruhig fuhr er sich mit einer Hand über die flache Stirn und durch das wirre schwarze Haar.

»Wie heißen Sie?«, wollte der Sergeant wissen.

Der Kleine machte eine verwirrte Bewegung. »Das ... das weiß ich nicht«, stotterte er.

Der Sergeant musterte seinen Untergebenen. »Der Mann ist ja doch betrunken.«

»Nein«, protestierte der Schwarzhaarige. »Das stimmt nicht ... Etwas ist mir zugestoßen, aber ich weiß nicht mehr, was. Ich ... ich kann mich an überhaupt nichts mehr erinnern.«

Seine Rede war einigermaßen zusammenhängend und passte nicht zu der Vermutung, er sei betrunken. Damit blieb dem Sergeant nur noch die andere Hypothese. Der Mann war also verrückt. Eine schnelle Interkomverbindung zur nächsten Krankenstation sollte das klären helfen. Das Abbild eines älteren Arztes stabilisierte sich.

»Ich habe hier einen Irren für euch«, eröffnete der Sergeant ohne jede Vorrede. »Wollt ihr ihn abholen, oder soll ich ihn hinüberbringen lassen?«

»Wie kommen Sie zu dem Mann?«

»Die Wachroboter haben ihn aufgegriffen und einem meiner Leute übergeben.«

Der Arzt kniff die Brauen zusammen. »Dann ist er nicht irre. Sonst hätten die Roboter ihn direkt überstellt. Wie kommen Sie überhaupt zu der Ansicht ...?«

»Er kann sich nicht einmal an seinen Namen erinnern.«

»Das hat mit Irrsinn nichts zu tun. Weiter!«

»Er ... er stottert«, fiel dem Sergeant zum Glück noch ein.

Der Arzt explodierte förmlich. »Das halten Sie für ein Anzeichen von Irrsinn? Mann, wenn ich Sie laut genug anschreie, fangen selbst Sie an zu stottern. Ich empfehle Ihnen dringend, die Dienstvorschrift durchzulesen und zur Kenntnis zu nehmen, dass Sie eine Ihnen unbequeme Person nicht einfach an die nächste Krankenstation abschieben können.«

Die Wiedergabe erlosch. Mit hochrotem Gesicht wandte der Sergeant sich seinem Untergebenen zu. Der reckte protestierend die Arme in die Höhe. »O nein!«, rief er. »Sie werden Ihre Wut nicht an mir auslassen! Ich kann für die ganze Sache nichts. Aber ich habe eine Idee.«

»Was für eine?«

»Wir müssen die Identität des Mannes feststellen. Wahrscheinlich wird er schon vermisst.«

Der Sergeant war einverstanden, und der Dürre bat den Schwarzhaarigen um dessen Identifizierungschip. Der Mann ohne Gedächtnis wusste nicht, was ein ID-Chip war, er erlaubte jedoch, seine Taschen zu durchsuchen. Die Suche förderte eine ovale Plastikmarke zum Vorschein.

»Gleich werden wir wissen, woran wir sind«, sagte der Sergeant zuversichtlich.

Galbraith Deighton wandte sich vom Interkom ab. »Vylma Seigns wird überleben«, sagte er zuversichtlich. »Sie hat es gerade noch geschafft. Aber es wird wohl Tage dauern, bis sie wirklich vernehmungsfähig sein wird.«

»Das ist viel Zeit, Sir«, sagte der Adjutant ernst.

»Inzwischen haben wir den Bordrechner. Was liefert der?«

»Er verweist auf eine unzureichende Eingabe.«

»Und eine Simulation ...?«

»Er weiß nicht, was er simulieren soll.«

Galbraith Deighton winkte mürrisch ab. »Was ist mit Vylmas Begleiter? Sie war nicht allein, als sie das Gadget fand.«

»Wir haben den Mann ebenfalls gesucht. Es handelt sich um einen Mechaniker namens ...« Der Major blickte auf sein Armband. »Sunchex Olivier«, vollendete er. »Bis jetzt war er nicht aufzutreiben. Dazu muss ich bemerken, dass die unteren Dienstgrade ...«

»... umfangreiche Freiheiten besitzen, ich weiß«, fiel ihm Galbraith Deighton ins Wort. »Der Mann wurde ausgerufen?«

»Selbstverständlich, Sir.«

»Er wird nicht spurlos verschwunden sein. Die Explosion des Roboters, das Attentat auf Vylma Seigns … Irgendwo muss es einen Zusammenhang geben!«

»Ist es denkbar«, fragte der Major hastig, »dass auch dieser … dieser Sunchex …?« Weiter kam er nicht. Jemand verlangte, ihn über Interkom zu sprechen. Sein Gesicht wurde blasser, die Lippen bildeten nur noch einen dünnen Strich.

»Meine Vermutung, Sir«, sagte er gleich darauf. »Olivier wurde aufgegriffen, als er durch die Korridore des F-Decks irrte. Er hat seine Erinnerung verloren …«

Dasselbe ärmliche Kämmerchen: ein Tisch und zwei einfache Sessel.

»Ich leiste Abbitte«, sagte Galbraith Deighton ernst. »Die jüngsten Ereignisse haben mich zu deiner Meinung bekehrt. SENECA ist verdächtig.«

»Wir stimmen also überein«, stellte Perry Rhodan fest. »Wie siehst du die Lage?«

»Ich kenne vorerst nur einen Ausschnitt davon genau. Nämlich den, der mit dem großen Gadget zu tun hat.«

»Deine Folgerung …?«

»Eines unserer Suchteams, Vylma Seigns und Sunchex Olivier, stieß auf ein ungewöhnlich großes fremdes Objekt. Es verhielt sich zunächst, als wollte es unsere Leute angreifen. Aber dann erschienen Romeo und Julia. Die beiden SENECA-Ableger waren nur mit Mühe zum Abzug zu bewegen. Ein Transportroboter wurde gerufen, um das Gadget abzutransportieren, und kehrte mit seiner Last an Bord der SOL zurück. Später fing das Unheil an. Zuerst explodierte der Transporter, dann wurde Vylma Seigns fast zu Tode geprügelt. Schließlich verlor Olivier sein Gedächtnis. Die Absicht ist klar.«

»Wirklich?«, fragte Rhodan.

»Uns soll die Möglichkeit genommen werden, das Gadget zu visualisieren. Wahrscheinlich, weil aus dem Aussehen auf die Funktion geschlossen werden kann.«

»Und die wäre?«

»Woher soll ich das wissen? Dazu müsste ich das Ding gesehen haben.«

Sekunden vergingen in unbehaglichem Schweigen. Plötzlich sagte Rhodan mit verhaltenem Zorn in der Stimme: »Wir wissen es schon die ganze Zeit über … nur wollen wir es uns nicht eingestehen, nicht wahr?«

Die Frage »Was?« brannte Deighton auf der Zunge, aber er schluckte sie unausgesprochen hinunter. Sie hatten die Ereignisse um Vylma, Sunchex und den Roboter erst zu spät im Zusammenhang erkannt. Etwas Wichtiges war ihnen dabei entgangen.

»Wahrscheinlich hast du Recht«, antwortete Deighton endlich. »Im Übrigen schadet es nur unserem Stolz, wenn wir uns jetzt gleich vergewissern.«

Statt einer Antwort ließ Rhodan ein Seufzen vernehmen. Er aktivierte ein Holo. Ein glühend rotes S und ein saphirblaues C leuchteten auf. Zugleich ertönte eine wohlklingende Stimme.

»Von wo aus werde ich angesprochen? Ich erkenne diese Verbindung nicht.«

»Das tut nichts zur Sache«, antwortete der Terraner. »Du erkennst mich?«

»Selbstverständlich, Perry Rhodan.«

»Lagerraum zwo-zwo-drei, A-Deck – ich benötige eine Bestandsaufnahme mit Bildübertragung.«

»Mir ist dein Standort unbekannt«, protestierte SENECA.

»Unerheblich. Ich erwarte sofortige Erledigung.«

»Lagerraum zwo-zwo-drei, A-Deck, SOL-Zelle-1«, verkündete SENECA. »Eingelagert sind ausschließlich Metapsi-Automata, die von Suchgruppen in der Umgebung des Landeplatzes gefunden wurden. Ihre Zahl ...«

»Wie viel verschiedene Größen gibt es?«

»Mir fehlt ein Kriterium zur Definition von Größenklassen.«

»Verdoppelung«, antwortete Rhodan spontan. »Zwei Gadgets, von denen eines das doppelte Volumen des anderen einnimmt, gehören verschiedenen Größenklassen an.«

»Es gibt nur eine Größenklasse«, stellte SENECA fest.

»Das Bild!«, forderte Rhodan.

Die Initialen verschwanden. Stattdessen erschien ein Abbild des großen Lagerraums. Es gab nicht viel zu sehen. Etwa zwei Dutzend Gadgets der üblichen geringen Größe waren zu Reihen angeordnet. Auf dem Boden vor jedem klebte ein Leuchtetikett mit der Angabe von Fundzeit und -ort.

Die Enttäuschung grub Falten in Galbraith Deightons Gesicht. »Es ist tatsächlich nicht da«, murmelte er.

Nach fast vier Stunden, in denen er versucht hatte, sich mit Rhodan auf einen Aktionsplan zu einigen, kehrte Deighton in sein Quartier zurück. Mehr als dreihundert Männer und Frauen suchten inzwischen mit hoch empfindlichen Sensoren jedes Deck der SOL ab. Aber schon eine nur grobe Durchsuchung des riesigen Raumschiffs würde Tage in Anspruch nehmen.

Zudem stellte sich die Frage nach der Funktion des verschwundenen Artefakts. Offensichtlich spielte es in der Strategie der Kelosker gegenüber der SOL eine wichtige Rolle. Nichts als Fragen, aber nirgendwo eine einzige Antwort. SENECA antwortete auf Fragen freundlich und zielbewusst wie immer. Doch angeblich wusste er nichts. Schlimmer noch: Seine Logik versagte, wenn es darum ging, potenzielle Deutungsmöglichkeiten des keloskischen Verhaltens zu ermitteln.

Wahrscheinlich, dachte Deighton, *lügt SENECA. Er weiß mehr über die Kelosker. Er muss einfach mehr wissen.*

Die riesigen Mengen an Plasma von der Hundertsonnenwelt verliehen der Hyperinpotronik so etwas wie den Status einer Persönlichkeit. Sie war von Anfang an eher Gefährte als Werkzeug gewesen, ein loyales Geschöpf, das die eigene Intelligenz nicht dazu missbrauchte, Konflikte heraufzubeschwören. Erst mit der Landung auf Last Stop hatte sich das geändert.

SENECA war unzuverlässig geworden. Und je aufsässiger er reagierte, desto mehr erschien er als persönlicher Gegner, den man hassen und über den man verbittert sein konnte. Dabei kam der Hyperinpotronik zugute, dass ihr ein hohes Maß an Selbstbestimmung zugestanden worden war, mehr als je einem anderen Hybridrechner zuvor. SENECA konnte ohne deutliche Anzeichen dafür, dass der Plasmabestandteil dem Wahnsinn verfallen war, von außen nicht abgeschaltet werden. Seine autarke Energieversorgung befand sich im Innern der Riesenkugel, die auch den Rechner selbst beherbergte. Andererseits hatte SENECA selbst zu beurteilen, wann ihm Gefahr drohte, und konnte dann Gegenmaßnahmen ergreifen. Seine Erbauer hatten nur dafür gesorgt, dass er bestimmte Personen niemals als Feinde betrachten konnte, es sei denn – und hier zeigte sich das Prinzip der Gleichberechtigung, das ins Design eingegangen war –, es lagen deutliche Anzeichen dafür vor, dass diese Personen den Verstand verloren hatten.

Der Weg zur Beseitigung der aktuellen Missstände führte über SENECA selbst. Vor der Lösung des keloskischen Problems musste die Besatzung herausfinden, was die Hyperinpotronik zu ihrem merkwürdigen Verhalten veranlasste. Und das, erkannte Galbraith Deighton deutlich, war alles andere als eine angenehme Aufgabe.

So weit war er in seinen Gedanken gekommen, als sich ein Besucher anmeldete. Die Bilderfassung zeigte einen mittelgroßen, drahtigen jungen Mann mit dicht gelocktem tiefschwarzem Haar. Er hob den Blick, als spürte er genau, dass er in dieser Sekunde beobachtet wurde.

Deighton befahl der Automatik, das Schott zu öffnen.

»Kommen Sie herein, Hellmut!«, rief er.

Joscan Hellmut, der Betreuer der Roboter Romeo und Julia, trat ein. Wie immer wirkte er verschlossen und zurückhaltend.

»Ihr Anliegen scheint sehr wichtig zu sein«, bemerkte Deighton, auf die Uhrzeit anspielend.

»Das ist es«, bestätigte Joscan Hellmut. »Ich bin gekommen, um ein Geständnis abzulegen.«

3.

Das Ereignis, von dem Joscan Hellmut sprach, hatte vor dreieinhalb Wochen stattgefunden, also bald nach der Landung des Raumschiffs auf Last Stop. Romeo und Julia hatten ein aufgefundenes Artefakt sofort und so gründlich vernichtet, dass keine Spur davon geblieben war. Joscan Hellmut war Zeuge dieses Vorgangs gewesen, hatte die Roboter aber nicht von ihrem Tun abhalten können.

Seine Aussage löste umfangreiche Aktivitäten an Bord der SOL aus. Rhodan und Deighton versuchten unter Hinzuziehung einiger Mutanten zu klären, warum das Roboterpärchen das Artefakt zerstört haben mochte. Sie gelangten einhellig zu der Ansicht, dass Romeo und Julia die Existenz des fremden Geräts vor der Besatzung hatten geheim halten wollen. Da die Roboter jedoch so gut wie keine Eigeninitiative entwickelten, sondern als Ableger der Hyperinpotronik handelten, hatte demnach SENECA verhindern wollen, dass die Besatzung von dem Gadget erfuhr. Seine Handlung erschien in gewissem Sinne unlogisch, denn es gab auf Last Stop so viele Artefakte, dass die Roboter kaum alle vernichten oder verstecken konnten. Dieser scheinbare Mangel an Logik war leicht erklärbar. SENECA hatte anfangs nicht gewusst, dass es mehr geheimnisvolle Geräte auf diesem Planeten gab.

Perry Rhodan stellte die Hyperinpotronik zur Rede. SENECA bestritt, von dem Vorgang zu wissen. Er gab sich sogar besorgt und vermutete einen Fehler in seiner Kommunikation mit dem Roboterpaar. Auf Rhodans Vorhaltung, er sei ein Lügner, reagierte SENECA nicht.

Inzwischen hatte Galbraith Deighton veranlasst, dass alle Analysen von Gadgets künftig nicht mehr mit SENECAS Unterstützung durchgeführt werden durften. Bei dieser Gelegenheit verlangte er eine Statistik, wie viele Gadgets aufgefunden und wie viele untersucht worden waren.

Das Ergebnis war alarmierend. Im Laufe der vergangenen vier Tage waren von den Suchgruppen insgesamt dreiunddreißig Artefakte an Bord gebracht worden – nicht mitgezählt das übergroße Gadget von Vylma Seigns und Sunchex Olivier. Deighton erinnerte sich der drei Reihen fremder Gegenstände, die er im Lagerraum 223 gesehen hatte, vor nicht ganz zehn Stunden, als er mit Rhodan in der geheimen Kammer referierte. Er ließ sich das Bild erneut zeigen. Es waren noch immer drei Reihen von Gadgets, zwei zu acht und eine zu zehn. Insgesamt sechsundzwanzig Objekte also.

Wo waren die übrigen sieben geblieben ...?

Mühsam arbeitete sich Vylma Seigns' Bewusstsein aus den Tiefen der Ohnmacht empor. Es war ein schmerzhafter Prozess, angefüllt mit quälenden Gedankensplittern und nur halb zu Ende gebrachten Überlegungen. Da gab es etwas, das für die Beurteilung der Lage ungeheuer wichtig sein mochte, aber es entzog sich jedem Zugriff.

Als Vylma endlich zu sich kam, fühlte sie sich hundeelend. Und seltsam: Ausgerechnet jetzt erinnerte sie sich nicht einmal mehr, worüber sie nachgedacht hatte. Geblieben war nur ein bohrender Kopfschmerz.

Nach wenigen Augenblicken erschien in ihrem Blickfeld ein freundlich lächelndes Gesicht. Sie hatte Mühe, sich zu erinnern: *Ein Arzt*, dachte sie, *ein ziemlich junger Mann, hellbraune Haut, vermutlich an Bord geboren.*

»Wie geht es dir, Schwester?«

Sie nahm ihm die vertrauliche Anrede nicht übel. Unter den an Bord der SOL Geborenen hatten sich neue Umgangsformen entwickelt, die auch auf die ältere Generation übergriffen. Bruder, Schwester, Sohn und Tochter waren Anreden, die ohne tiefsinnige Bedeutung gebraucht wurden, allein in der Absicht, die eigene freundliche Gesinnung zum Ausdruck zu bringen.

»Ich kann mich nicht beklagen«, antwortete Vylma und versuchte ein Lächeln. »Ihr hattet Mühe mit mir, nicht wahr?«

»Ein wenig.« Der Arzt wurde ernst. »Das Ding hat dich ziemlich bös zugerichtet.«

»Das Ding?«, grübelte sie. »Was für ein Ding?«

»Das wollten wir eigentlich von dir hören, Schwester. Bisher hat niemand eine Ahnung, was dir auf dem C-Deck zugestoßen sein könnte.«

Vylma schüttelte leicht den Kopf. »Ich weiß es auch nicht. Ich sah einen Schatten auf mich zukommen, riesengroß … und dann war alles aus.«

»Seit ein paar Wochen ist der Teufel los, und von Tag zu Tag wird es schlimmer.« Der junge Arzt seufzte. »Mich nimmt niemand ernst, weil ich nur Mediziner bin, aber ich behaupte, das hat mit den Gadgets zu tun, die in immer größerer Zahl an Bord gebracht werden.«

»Gadgets …?«, wiederholte Vylma verstört. »Imer größere Zahl …?«

»Du weißt doch …«

»Sei still!«, fuhr sie den Mediziner an.

Das war es, worüber sie während des Erwachens nachgegrübelt hatte. Die Zahl der Gadgets! Schlagartig erinnerte sie sich, warum der Gedanke sie derart intensiv beschäftigt hatte. Sie stützte sich auf die Ellbogen und drückte den Oberkörper in die Höhe. »Ich muss mit jemand von der Bordsicherheit sprechen!«, drängte sie. »Sofort!«

»Auf nichts warten die sehnsüchtiger«, sagte der Arzt. »Jeden Tag liegen sie mir in den Ohren, wann du endlich verhörfähig sein wirst. Aber ich weiß nicht, ob das schon …«

»Ich bin kräftig genug«, unterbrach sie ihn. »Außerdem ist jeder Aufschub gefährlich!«

Zweifel spiegelte sich auf seinem Gesicht. »Ich brauche erst die Zustimmung der Diagnostik.«

»Lass das!«, herrschte Vylma ihn an. »Du bist verantwortlich, wenn du nicht sofort jemanden rufst …«

Das gab den Ausschlag.

Es war nicht irgendein Offizier, der die Medostation betrat, sondern Galbraith Deighton höchstpersönlich.

»Meine Angelegenheit ist zwar wichtig«, Vylma wurde verlegen, als sie den Mann erkannte, »aber ob Sie sich selbst bemühen müssen, da bin ich nicht so ganz sicher.«

Deighton ließ sich auf einem Stuhl nieder. »Zerbrechen Sie sich darüber nicht den Kopf. Ich höre mir einfach an, was Sie zu sagen haben, und danach entscheiden wir.«

Vylma nickte knapp. »Es geht wohl um die Gadgets. Wie viele wurden inzwischen gefunden?«

»Dreiunddreißig während der letzten vier Tage.«

»Und vorher?«

»Höchstens eine Hand voll … vier oder fünf.«

»Finden Sie das nicht merkwürdig?«

»Nein. Schließlich haben wir mit der organisierten Suche erst vor vier Tagen begonnen. Die Peilgeräte stehen uns auch erst seit kurzem zur Verfügung.«

»Das ist richtig«, gestand Vylma zu. »Es gab zuvor keine Suchaktion. Aber die Gegend wurde während der Suche nach Nahrungsmitteln und Rohstoffen auf den Kopf gestellt. Ist es da nicht wahrscheinlich, dass wenigstens einige Artefakte schon eher hätten entdeckt werden müssen?«

Galbraith Deighton wiegte den Kopf. »Zugegeben, das ist ein bislang vernachlässigter Denkansatz.« Er musterte Vylma aufmerksam. »Ich vermute, Sie haben sich eine Erklärung zurechtgelegt?«

Vylma Seigns wich seinem forschenden Blick aus. »Das mag sein. Aber zuvor möchte ich auf etwas hinweisen.«

»Bitte ...«

»Das Tal der roten Würmer ist keine unbekannte Gegend. Unsere Abteilung hat schon wenige Tage nach der Landung von den dort lebenden Würmern erfahren. Ich erinnere mich, dass die biologische Sektion den Auftrag erhielt, das Phänomen zu erforschen. Im Verlauf der Untersuchungen wurde das Tal bis in den hintersten Winkel kartografiert und abgesucht. Es wäre merkwürdig, wenn die Lichtung mit dem großen Gadget unbemerkt geblieben wäre.«

»Weiter!«, drängte Deighton.

»Ich bin überzeugt, dass die Biologen die Lichtung kennen, zumal sie nahe am östlichen Abstieg liegt. Falls jemand das Gadget gesehen hätte, wäre der Fund gemeldet worden. Das scheint nicht geschehen zu sein. Ich behaupte also, dass es vor einigen Tagen noch nicht da war.«

Deighton nickte nachdenklich. Vylma Seigns wusste bislang nicht, dass ihr Fund wieder verschwunden war. »Jetzt will ich Ihre Erklärung hören«, sagte er.

»Die Gadgets wurden nach unserer Landung von den Keloskern herangeschafft.«

»Und wie? Die SOL liegt zwar fest, aber alle Ortungen funktionieren einwandfrei. Wir hätten jedes fremde Raumschiff im Anflug auf Last Stop sofort bemerkt.«

»Verfügen die Kelosker über die fortgeschrittene Technologie des Konzils der Sieben? Haben sie eine eigene, überlegene Logik entwickelt, mit deren Hilfe sie Dinge bewerkstelligen, die uns unvorstellbar erscheinen? Was halten Sie von einem keloskischen Transmitter, der die Gadgets auf Last Stop absetzt, ohne dass unsere Messgeräte das bemerken?«

»Ich habe die Argumente der Frau von allen Seiten durchleuchtet«, erklärte Galbraith Deighton kurze Zeit später vor Perry Rhodan. »Es ist nicht von der Hand zu weisen, dass sie Recht hat.«

»Die Kelosker wollen unsere SOL«, antwortete Rhodan. »Das hast du selbst in Erfahrung gebracht. Wir Menschen scheinen in ihren Plänen bestenfalls eine untergeordnete Rolle zu spielen. Ich glaube nicht, dass sie uns an Bord behalten wollen. Was läge also näher als die Vermutung, dass sie darangehen, sich gegen unseren Willen des Schiffs zu bemächtigen?«

»Du siehst in den Artefakten eine Art Vorhut ...?«

»Ich versuche gar nicht erst, die keloskische Strategie zu enträtseln«, wehrte Rhodan ab. »Das wäre vergebliche Mühe. Ich weiß nur ...« Er hielt inne, als sich sein Armbandgerät meldete. Romeo und Julia waren gefunden worden. Die Nachricht kam verschlüsselt, um SENECA zu täuschen. Zwar waren viele Verbindungen der Riesenpositronik schon gekappt worden – auch zu dem Nebenraum, in dem Deighton und Rhodan sich augenblicklich befanden. Aber er hatte immer noch genügend Möglichkeiten, nahezu jedes Wort zu hören, das an Bord der SOL gesprochen wurde.

»Eigentlich hatte ich mehr Begeisterung erwartet«, bemerkte Galbraith Deighton, auf den Gesichtsausdruck des Freundes anspielend.

»Was hältst du von Sorge?«

Romeo und Julia aufzuspüren und festzuhalten war keine schwierige Aufgabe gewesen. Hundertmal diffiziler würde es sein, mit SENECAS Reaktion fertig zu werden.

Der erste Schritt hin zur offenen Fehde mit der Hyperinpotronik war getan. Nun galt es, ihre Reaktion abzuwarten.

Deighton zuckte zusammen, als der Alarm aufheulte. Hatte SENECAS Rache schon begonnen ...?

»Das Signal ist verschwunden, Sir!«, meldete der Mann mit dem tragbaren Orter.

Derjenige, den er »Sir« nannte, war ein Wesen von etwa einem Meter Größe, mit spitz zur Mundpartie zulaufendem Schädel und zwei dreiviertelrunden, von rostrotem Pelz überzogenen Ohren. Die Montur zeigte am linken Oberarm das Symbol des Mutantenkorps.

»Das ist ein Zeichen dafür, dass wir ihnen dicht auf die Pelle gerückt sind«, antwortete der Kleine mit heller Stimme. »Wie exakt sind die letzten Peilergebnisse?«

»Der Suchkreis hat einen Durchmesser von knapp einem Kilometer, Sir.«

Der Mausbiber warf einen Blick auf die Landschaft, die der Gleiter in wenigen hundert Metern Höhe überflog. Das Gelände wurde von einem tief eingeschnittenen Flusslauf geprägt, der sich weit mäandernd durch ein Massiv von zwar niedrigen, aber schroffen Hügeln zog. Hier war selbst ein Areal von einem Kilometer Durchmesser noch ein ziemlich sicheres Versteck.

»Wir landen«, entschied Gucky. »An geeigneten Stellen hinterlassen wir Messstationen.«

Dass Romeo und Julia keine Streusignale mehr aussandten, bedeutete offensichtlich, dass sie sich desaktiviert hatten. Für Gucky und sein Suchkommando gab es demnach zwei Möglichkeiten: entweder das bezeichnete Gebiet peinlich genau abschreiten, dass die Roboter auch in unbeweglichem Zustand gefunden wurden, oder eine derartige Aktivität entfalten, dass Romeo und Julia um die Sicherheit ihres Verstecks fürchten mussten und sich mit einem Fluchtversuch verrieten.

Gucky tendierte zu letzterer Methode. Bei der Unzugänglichkeit des Geländes hätte eine umfassende Suchaktion Tage in Anspruch genommen, aber so viel Zeit stand nach seiner Ansicht nicht zur Verfügung. Die Lage der SOL und ihrer Besatzung erforderte, das Roboterpaar so schnell wie möglich aufzuspüren.

Der Gleiter landete kurz an einer Flussbiegung. Am inneren Ufer hatte sich eine flache Sandbank gebildet. Eine Messstation wurde ausgeladen und aufgestellt. Sobald die Roboter wieder aktiv wurden, würden ihre Streusignale empfangen und weitergeleitet werden.

Dieselbe Prozedur wiederholte sich siebenmal. Insgesamt wurden also an der Peripherie des Suchgebiets acht Stationen abgesetzt. Anschließend befahl Gucky, den Gleiter im Zentrum des Areals auf einem der höheren Gipfel abzusetzen.

Vor dem Mausbiber fiel die Klippe nahezu senkrecht in die Tiefe ab, der Fluss beschrieb wild schäumend eine enge Schleife. Undurchdringlicher Dschungel wucherte auf der so entstandenen tropfenförmigen Halbinsel.

Im Südwesten begrenzten steile Hänge das Tal der roten Würmer. Die Entfernung betrug nur wenige Kilometer. Gucky entsann sich, dass Romeo und Julia bei ihren Suchexpeditionen stets westlich des Landeplatzes der SOL gesehen worden waren. Wussten sie, dass es nur auf dieser Seite Gadgets gab? Und wenn ja – woher hatten sie ihre Kenntnis?

Hinter Gucky, auf einem kleinen Plateau, stand der Gleiter. Nur der Mann mit dem tragbaren Orter war ebenfalls ausgestiegen.

»Ich gehe«, sagte Gucky. »Aber ich werde in kurzen Abständen wieder hier auftauchen. Machen Sie sich also keine Sorgen, Sie wissen ja …«

»Ich weiß«, antwortete der Mann. »Passen Sie auf sich auf, Mister Gucky, Sir!«

Der Mausbiber entblößte den Nagezahn. »Manchmal weiß ich nicht«, knurrte er, »ob ihr mich nur veräppeln wollt oder ob der Respekt wirklich so groß ist. Wenn das Erstere der Fall sein sollte und ich komme dahinter … dann habt ihr nichts mehr zu lachen.« Er wartete keine Antwort ab, sondern teleportierte.

Im gleichen Augenblick atmete er schon die feucht-stickige Luft des Dschungels. Er befand sich etwa im Zentrum der Halbinsel, im größten Dickicht. Fremdartige Tiere flüchteten keckernd. Gucky sah sich um. Falls die Roboter in der Nähe waren, mussten sie Spuren hinterlassen haben, geknickte Zweige und niedergetrampelte Büsche. Aber nichts dergleichen war zu sehen.

Gucky teleportierte mehrmals über kurze Distanz. Nirgendwo fand er eine Spur von Romeo und Julia, doch nahe am Fluss machte er eine andere Entdeckung. Er materialisierte unweit einer Lichtung, deren exakte Kreisform wie mit einem großen Zirkel gezogen zu sein schien. Hier wuchs ausschließlich saftiges Gras. Gucky überquerte die runde Fläche und überzeugte sich, dass unter dem Gras weder Baumstrünke noch Wurzeln verborgen waren. Er fragte sich, weshalb es dem Dschungel nicht gelang, von dieser Lichtung Besitz zu ergreifen. Was hinderte die sonst üppig wuchernden Pflanzen daran?

Dennoch hielt er sich nicht allzu lange auf. Seine Suche galt Romeo und Julia, nicht botanischen Fragen. Er teleportierte auf den Hügel zurück, wo sein Helfer geduldig wartete.

»Noch keine Anzeichen?«, erkundigte sich Gucky.

»Nichts, Sir«, lautete die Antwort. »Und bei Ihnen?«

»Der erste Versuch war ein Fehlschlag. Aber wir haben schließlich erst angefangen.« Im nächsten Augenblick war der Mausbiber wieder verschwunden.

Diesmal materialisierte er weit vom Fluss entfernt in einer hügeligen Gegend. Auch hier bestimmte dschungelartiger Pflanzenwuchs das Bild. Dieser Bereich des abzusuchenden Gebiets lag dem Landeplatz der SOL am nächsten.

Ein Tier von der Größe einer Wildkatze floh fauchend. Gucky sah sich um. Nirgendwo gab es Anzeichen, dass die Roboter hier gewesen waren. Er wandte die Taktik kurzer Sprünge an, und nach dem sechsten Ortswechsel fand er endlich etwas. Es war eine Art Tunnel im üppigen Grün, zwei Meter hoch und gerade so breit wie ein ausgewachsener Mensch, eben die Art von Pfad, den Roboter wie Romeo und Julia sich bahnen würden, wenn sie hintereinander gingen.

Gucky nahm die abgeknickten Zweige näher in Augenschein. Sie wiesen nach Osten – in Richtung der SOL also. Vorsichtig, mit kurzen Teleportationen, folgte er dem Pfad. Er wusste nicht, wie sich die Roboter bei seinem Anblick verhalten würden. Vielleicht setzten sie sich sogar zur Wehr. Zwar unterlagen sie den Asimovschen Gesetzen, aber das war so eine Sache: Die Gesetze waren eindeutig auf Terraner ausgerichtet. Zwar besaßen Romeo und Julia eine Zusatzprogrammierung, dass auch Wesen wie Gucky, Icho Tolot und Ribald Corello, die entweder überhaupt nicht oder nur entfernt humanoid waren, in den Kreis der Befehlsberechtigten einzubeziehen waren, diese Zusatzprogrammierung war aber wohl leichter außer Kraft zu setzen als die Asimovschen Gesetze selbst. Wie sich SENECA in letzter Zeit verhielt, bestand die Vermutung, dass er die Zusatzprogramme schon gelöscht hatte. Gucky hielt es also für klüger, das Roboterpärchen vorerst unbehelligt zu lassen.

Er drang so weit vor, wie notwendig war, um das Versteck mit ausreichender Genauigkeit zu bestimmen. Dann kehrte er auf den Hügel zurück.

»Wir haben sie«, verkündete er und traf seine Anordnungen. Das Suchkommando sollte mit dem Gleiter wenige hundert Meter westlich des Verstecks landen. Er selbst postierte sich an der östlichen Grenze. Wenn das Suchkommando in seine Richtung vordrang und Romeo und Julia nahe kam, würden die Passivsensoren der Roboter die drohende Gefahr registrieren und das Paar reaktivieren. Es gab wohl keinen Zweifel daran, dass beide dann nach Osten fliehen würden. Dort aber würde Gucky warten, und Romeo und Julia würden es nicht wagen, sich einem Mitglied des Mutantenkorps zu widersetzen. So argumentierte der Mausbiber mit sich selbst, ungeachtet seiner erst wenige Minuten alten Bedenken.

Nachdem er sich vergewissert hatte, dass seine Anordnungen befolgt wurden, setzte er sich ab. Er landete auf halber Höhe einer Bodenwelle. Sand und kümmerlicher Pflanzenwuchs bestimmten das Bild. Gucky lief einige Meter weiter empor und lugte über den Hügel hinweg. Nach seiner Schätzung lag das Versteck der Roboter keine zweihundert Meter westlich.

Der Gleiter kam langsam heran und schwebte dabei abwechselnd nach rechts und links, als wisse der Pilot nicht, wohin. Er schien auf der Suche nach einem Landeplatz zu sein und fand schließlich einen – weit genug von Romeos und Julias Versteck entfernt, dass die beiden nicht sofort aufschreckten.

Gucky trug ein Ortergerät bei sich, das gerade leistungsfähig genug war, ihm anzuzeigen, wann Romeo und Julia wieder aktiv wurden.

Von fern erklangen Stimmen. Farbenprächtige Vögel tobten in den Baumwipfeln. Deutlich verrieten sie den Weg, den der Suchtrupp nahm.

Der Orter reagierte. Romeo und Julia hatten die nahende Gefahr erkannt und wurden aktiv. Nun kam es darauf an, ob sie sich tatsächlich in östliche Richtung zurückziehen würden.

Minuten vergingen. Der Lärm aufgescheuchter Tiere kam näher. Kein Zweifel: Romeo und Julia verhielten sich, wie Gucky es von ihnen erwartete. Er kauerte hinter einem verkrüppelten Busch. Wenn er richtig schätzte, würden die Roboter acht bis zehn Meter vor ihm aus dem Dschungel brechen.

Er hörte sie kommen. Sie bewegten sich geschickter als Menschen und vermieden alle unnötigen Geräusche. Gucky sah, dass die grüne Wand des Dschungels in Bewegung geriet. Sekunden später tauchten die metallischen Körper auf. Ohne zu zögern, gingen die Roboter hügelaufwärts.

Augenblicke später verließ der Mausbiber seine Deckung. »Halt ... und nicht weiter!«, befahl er.

Romeo und Julia gehorchten. Ihre würfelförmigen Köpfe drehten sich so, dass die glitzernden Linsen auf ihn gerichtet waren. In diesem Augenblick empfand Gucky das Äußere der Roboter als absolut lächerlich und gefährlich obendrein. Sie vermittelten den Eindruck, als dürfe man sie unmöglich ernst nehmen. Dabei verfügte jeder von ihnen über die Feuerkraft einer Kompanie.

»Ich befehle euch, unter meiner Obhut an Bord der SOL zurückzukehren!«, sagte der Ilt.

»Wir können nicht gehorchen«, plärrte Romeo.

»Ihr müsst gehorchen!«, beharrte der Mausbiber.

»Wir gehorchen nur dem Befehl unseres Gewissens«, kreischte Julia.

In dem Moment brachen die Männer des Suchtrupps aus dem Dschungel. Sie bildeten einen Viertelkreis, und die Flanken der Marschordnung schoben sich seitlich an beiden Robotern vorbei.

Niemand hatte erwartet, dass Romeo und Julia das Feuer eröffnen würden. Spontan fuhren sie ihre Waffen aus. Armdicke, glutende Energiebündel zuckten über das Suchkommando hinweg.

Gleichzeitig handelte Gucky. Romeos und Julias erste Salve war zu hoch gezielt gewesen. Aber das konnte sich in der nächsten Sekunde schon ändern.

Im Vergleich zu den schweren Waffen der Roboter erzeugte sein Strahler nur ein helles Zischen. Er traf die dürren Beine der Roboter am Hüftansatz. Ohnehin verstärkte er die Wirkung telekinetisch. Romeo und Julia wurden nach allen Regeln der Kunst »gefällt«, ihre von den Stelzenbeinen getrennten Körper krachten auf den Boden. Ein letzter Schuss aus einem schweren Strahler entlud sich in den Himmel. Dann lagen die Roboter still, zwar längst nicht desaktiviert, aber für den Augenblick hilflos und ungefährlich.

Allerdings gab es jemanden, der über Romeo und Julia wachte. In derselben Sekunde wurde an Bord der SOL Alarm ausgelöst.

Es war Zufall, dass die Sirenen verstummten, als Perry Rhodan und Galbraith Deighton die Zentrale betraten. Nach dem schrillen Lärm haftete der Stille etwas Unwirkliches und Bedrohliches an. Auf den Holoschirmen leuchteten die Initialen SENECAS. Er hatte den Alarm ausgelöst.

Ein Offizier eilte auf Rhodan zu. »Wir wissen nicht, was der Alarm bedeutet. Es gibt keine Unregelmäßigkeit.«

Rhodans Miene zeigte Bitterkeit. »Das war eine andere Art von Alarm«, sagte er. »Wahrscheinlich eine Kriegserklärung.« Er ließ den Mann einfach stehen und ignorierte dessen verblüfften Blick.

SENECAS wohlmodulierte Stimme hallte durch den Kommandoraum. Die Hyperinpotronik verstand es aufgrund des Plasmazusatzes, ihren Worten einen Unterton zu verleihen, der dem Sinn der Äußerung entsprach. Die Stimme klang zürnend und drohend zugleich. »Auf Romeo und Julia wurde ein Anschlag verübt. Deshalb sehe ich mich gezwungen, den Gefahrenfall zu erklären. Aufgrund der Vorkommnisse muss ich annehmen, dass auch meinem Zentralkomplex Gefahr droht. Die Regelungen für den Fall einer solchen Bedrohung sind bekannt.« Die Stimme verstummte.

»SENECA!«, rief Perry Rhodan. »Ich muss mit dir reden!«

Nur ein Warnsignal leuchtete auf: *Verbindung unterbrochen*, signalisierte es.

»Wie geht es jetzt weiter?«, fragte Deighton. Er hatte Bestürzung erwartet und war überrascht von dem spöttischen Zug, der Rhodans Mundwinkel umspielte.

Der Terraner lächelte sogar. »Weißt du, wer sich das in diesem Augenblick ebenfalls fragt?«, wollte er wissen.

»Wer …?«

»SENECA.«

»Ich befürchte, er wird schneller als wir eine Antwort finden.« Deighton seufzte.

»Bestimmt nicht. SENECA hat die Regeln gebrochen. Bei jedem Gefahrenfall muss er für mich einen Kommunikationskanal offen halten. Er hat sich dennoch völlig abgeriegelt. Für ihn ist in diesem Augenblick vor allem interessant, wie wir darauf reagieren.«

»Also zurück zu meiner ersten Frage«, sagte Deighton. »Wie geht es weiter?«

»In Bezug auf SENECA … überhaupt nicht.«

Verblüfft musterte Deighton den Freund. Seine hochgezogenen Augenbrauen waren eine stumme Frage.

»Von Zeit zu Zeit«, erklärte Rhodan, »macht es mir Spaß, einen solchen Superrechner an der Nase herumzuführen. Ich bin gespannt, was SENECA unternehmen wird, wenn niemand auf seine Unverschämtheit reagiert.«

Die Menschen hatten keine Ahnung, wie wichtig beide Außenstationen für ihn waren. Sie hatten Romeo und Julia zum Spaß ersonnen und so geformt, wie kein vernünftiger Roboter je aussehen würde. Aber sie hatten ihnen auch eine Funktion zugewiesen, die aus der fast unerschöpflichen Kapazität eines übergeordneten Mechanismus gespeist wurde.

Dieser übergeordnete Mechanismus war er, SENECA. Und Romeo und Julia waren ihm längst unersetzliche Werkzeuge geworden, die außerhalb der SOL Informationen sammeln konnten, die ihm andernfalls verborgen geblieben wären.

Gerade in der aktuellen Lage war er auf Informationen angewiesen. Er musste wissen, was auf Last Stop geschah, denn noch war er sich nicht darüber schlüssig, welche Pläne jenes unbekannte Wesen verfolgte, das er Bruder nannte. Er durfte kein Signal, keinen Hinweis versäumen. Deswegen hatte er den Angriff auf Romeo und Julia, der beide vorerst lahm gelegt hatte, heftig beantwortet.

Die Logik sagte ihm, dass die auf seine Dienste angewiesene Besatzung Romeo und Julia rasch wieder in den Zustand der Beweglichkeit versetzten würde. Überhaupt konnte er sich nicht erklären, weshalb die Menschen Verdacht geschöpft hatten.

Er brauchte beide Roboter dringend, weil die jüngsten Ereignisse darauf hindeuteten, dass der unbekannte Bruder nunmehr ernstlich versuchte, mit ihm Kontakt aufzunehmen. Seine Außenstationen mussten unverzüglich wieder aktiviert werden. Mit seiner Reaktion hatte er die Regeln zwischen ihm und den Menschen verletzt. Er war sich selbst nicht darüber im Klaren, woher die Kraft kam, die ihn zur Übertretung der Gebote befähigt hatte.

Nun wartete er darauf, dass die Terraner seinen Wink verstanden und in seinem Sinne handelten. Seine Unruhe wuchs mit jeder Sekunde, die verstrich, ohne dass vonseiten der Menschen etwas geschah.

Die Besprechung fand in weiterem Kreise statt als sonst. Vylma Seigns war zugegen, was sie sich als Ehre anrechnete. Auch Sunchex Olivier war da. Er blickte verwundert um sich. Die Gegenwart des Großadministrators und seines Stellvertreters irritierte ihn.

»Irgendetwas ist im Gang«, eröffnete Rhodan. »Wir wissen nicht, was; aber wir glauben, dass es von den Keloskern ausgeht und mit dem großen Gadget zu tun hat. Unsere Suche nach dem Artefakt blieb bisher erfolglos. Wir wissen nicht, ob es sich noch an Bord befindet oder das Schiff verlassen hat. Wir vermuten allerdings, dass es mit dem Verschwinden der sieben kleinen Gegenstände aus dem Lagerraum auf Deck A zu tun hat. Wir wissen, dass jemand versucht hat, alle Spuren zu löschen: Vylma wurde brutal niedergeschlagen, und es bedurfte eines kleineren Wunders, sie zu retten. Sunchex wurde eine Droge verabreicht, die ihm das Gedächtnis raubte. In beiden Fällen ist der Täter unbekannt. Wir sind hier, um angesichts dieser Situation jede Information zu finden, die möglich ist. Vor allen Dingen brauchen wir eine Beschreibung des Gadgets. Vylma …?«

Die Frau dachte angestrengt nach, dann sagte sie zögernd: »Es war ein ungewöhnlich großes Ding … etwa einen Meter lang und sechzig bis siebzig Zentimeter dick … eigentlich quaderförmig …, aber es gab eine Menge von Einschnitten, Kerben, Ausbuchtungen und so weiter … Die meisten davon trugen Schaltvorrichtungen …«

»Alle?«, unterbrach Rhodan.

Vylma Seigns schaute ihn verwirrt an.

»Durch Einschnitte und Kerben entstehen neue Flächen«, erläuterte Rhodan. »Waren alle diese Flächen mit Schalteinheiten besetzt?«

Vylma schüttelte den Kopf. »Nein … ich glaube nicht … nur eben die meisten, wie ich schon sagte … Hinzu kommt, dass das Ding sich aus eigener Kraft bewegte. Es richtete sich auf, flog durch die Luft und erschlug mich fast.«

»Es erschlug dich fast?«, wiederholte Gucky. »Was geschah?«

»Ich stolperte und fiel zu Boden«, erinnerte sich Vylma. »Deshalb verfehlte es mich.«

»Und dann? Unternahm es einen zweiten Versuch?«

»Nein. Es sank ins Gras und blieb reglos liegen.«

»Gras? Ich dachte, das Ding lag mitten im Wald?«

»Es befand sich auf einer Lichtung im Dschungel.«

»Hm«, machte der Mausbiber.

»… und noch etwas!«, rief Vylma, bevor seinem schwach artikulierten Brummen Worte folgen konnten. »Ich habe mich bei den Biologen erkundigt, die das Tal der roten Würmer damals gründlich untersuchten …«

»Lassen Sie mich raten«, fiel Deighton ihr ins Wort. »Die Biologen erinnern sich nicht, ein Gadget gesehen zu haben.«

»Viel schlimmer«, antwortete Vylma. »Sie schwören, dass es dort, wo wir das Gadget fanden, keine Lichtung gegeben hat.«

Während alle sie überrascht ansahen, sagte Gucky: »Das finde ich eine überaus bemerkenswerte Tatsache.«

»Es liegt einiges in der Luft«, sagte Rhodan fünf oder sechs Stunden später. »Ich kann es schier riechen. Die längste Zeit war Ruhe …«

»Was für eine Ruhe?«, meckerte der Mausbiber. »Für meine Begriffe war es bisher ganz schön unruhig.«

Rhodan überhörte den Einwand. Er wandte sich an Deighton: »… und wenn das große Gadget selbst der Täter war, der Vylma niedergeschlagen und Sunchex vergiftet hat?«

Deighton legte die Stirn in Falten. »Vylma bekam ihn nicht zu sehen«, rekapitulierte er. »Sie beschrieb ihn lediglich als großen Schatten. Das Gadget war aber nur einen Meter …«

»Vergiss nicht, dass sieben weitere Artefakte verschwunden sind! Denkbar wäre, dass sie sich miteinander verbunden haben. Deswegen fragte ich Vylma danach, ob alle Teile der Oberfläche mit Schaltvorrichtungen besetzt waren. Vielleicht ist das große Gadget nur das Kernstück einer größeren Einheit.«

»Eine abenteuerliche Vorstellung«, kommentierte Gucky. »Welcher Funktion sollte dieses … Ding dienen?«

»Um das sagen zu können, müsste ich die Denkweise der Kelosker durchschauen. Aber das wird wohl keinem von uns in absehbarer Zeit gelingen.«

»Diese Einheit, falls sie wirklich existiert, wäre also in der Lage, viele verschiedene Funktionen wahrzunehmen?«

»Eine Art Allzweckroboter.« Rhodan modellierte weiter an dem Bild, das Deighton zu zeichnen begonnen hatte. »Beweglich, energiereich ...«

»Beweglichkeit ist der kritische Begriff! Die Droge, mit der Olivier behandelt wurde, gibt es nur in den beiden zentralen Medostationen. Damit stellt sich die Frage, woher das Gadget wissen konnte, welche Droge benötigt wurde und wo sie zu finden war ...«

»Von seinem Freund«, fiel der Mausbiber Deighton ins Wort.

»Freund ...?«

»Von SENECA eben.«

Deighton dachte einen Atemzug lang darüber nach. »Klingt plausibel«, gestand er ein. »SENECA besitzt die Information. Bleibt zu klären, ob es einer keloskischen Maschine wirklich möglich ist, mit einer terranischen Inpotronik Verbindung aufzunehmen. Außerdem werden die Medostationen überwacht. Wie konnte es dem Gadget gelingen, unbemerkt einzudringen?«

»Es macht sich unsichtbar«, vermutete Gucky.

Deighton schüttelte den Kopf. »Unsichtbarkeit allein schützt nicht vor Entdeckung.«

Perry Rhodan bedachte ihn mit einem forschenden Blick. »Du hast eine Hypothese?«

»Sogar eine fatale Idee«, bekannte Deighton. »Wenn es jemand fertig brächte, in eine Krankenstation zu gelangen, ohne die Zugänge zu benützen ...«

»Ein teleportierender Roboter?«, fragte Gucky ungläubig.

»Etwas in der Güte«, antwortete Deighton. »Ich dachte aber eher an einen Transmitter, der sich selbst transportieren kann ...«

Am Abend dieses Tages wurden die Wracks von Romeo und Julia an Bord gebracht. Beide Roboter standen zweifellos mit SENECA in Verbindung und wussten, dass die Hyperinpotronik sich von der Umwelt abgekapselt hatte. Dementsprechend reagierten sie auf keine Fragen.

Gemäß Rhodans Taktik, SENECA zu ignorieren, wurden die beinlosen Roboter in einem Ersatzteillager deponiert und sich einfach selbst überlassen.

Inzwischen war Galbraith Deightons Theorie dem Bordrechner der SZ-1 vorgelegt, aber mangels ausreichender Daten zurückgewiesen worden. Niemand wusste, ob er die Hypothese ernst nehmen sollte oder nicht.

Während der Nacht herrschte an Bord der SOL eine angespannte Ruhe. Die Menschen in den Messen und Kasinos unterhielten sich nur noch gedämpft. Eine unsichtbare Gefahr schien in der Dunkelheit zu lauern.

In den Wachräumen – dem großen Kommandostand der SZ-1, der Befehlszentrale der SOL und in den vielen kleinen Kontrollräumen – herrschte höchste Alarmstufe aufgrund einer Anordnung, die Rhodan gefühlsmäßig getroffen hatte. Die Umgebung der SOL wurde mehrere hundert Kilometer weit permanent überwacht.

Fast auf die Minute genau um Mitternacht Ortszeit geschah, worauf jeder instinktiv gewartet hatte. Rhodan wurde vom Warnsummer aus leichtem Schlaf aufgeschreckt. Augenblicklich fuhr er in die Höhe, seine Bewegung aktivierte den Interkom.

Ein Offizier der Bordsicherheit erschien in der Bildwiedergabe. »Wir haben eine merkwürdige Entdeckung gemacht, Sir«, meldete er. »Im Dschungel, etwa zwanzig Kilometer westlich, ist eine Lichtung entstanden.«

Rhodan schaltete blitzschnell. Am vergangenen Tag war mehrmals von Lichtungen die Rede gewesen. Gucky hatte ihnen seine besondere Aufmerksamkeit gewidmet.

»Rund …?«, fragte er misstrauisch.

»Kreisrund, Sir. Achtzig Meter Durchmesser. Auf der Lichtung gibt es seit einigen Minuten Bewegung. Aber wir können nicht erkennen, worum es sich handelt.«

Rhodan überlegte nicht lange. »Die Mutanten …?«

»… sind alarmiert, Sir«, vollendete der Offizier den angefangenen Satz.

»Ich will alle in fünf Minuten im großen Besprechungsraum sehen!«

»Wird veranlasst, Sir«, versprach der Sicherheitsoffizier.

Rhodan gönnte sich einige Augenblicke ungestörten Nachdenkens. Nun, da die Bedrohung, die er bislang nur erahnt hatte, greifbar wurde, fühlte er sich völlig ruhig.

4.

»Niemand weiß, was wirklich vorgeht«, antwortete Rhodan auf eine Frage aus dem Kreis der versammelten Mutanten. Kaum acht Minuten waren vergangen, seit die Bordsicherheit das Entstehen einer Lichtung mitten im Dschungel gemeldet hatte.

»Wir sollten Sonden ausschicken«, schlug jemand vor.

»Ich halte das nicht für empfehlenswert«, wehrte Rhodan ab. »Was auch immer geschieht – wir dürfen niemanden erschrecken oder gar verjagen. Wir alle haben die Ungewissheit satt und wollen wissen, was wirklich gespielt wird. Also müssen wir behutsam vorgehen.«

»Zwei Mann genügen«, erklärte Gucky. Ausführlichkeit schien er nicht für nötig zu halten, als sei es selbstverständlich, dass jeder schon aus Satzfragmenten seine Absicht erkannte.

»Genügen – wozu?«

»Um die Lage auszukundschaften«, antwortete der Ilt schrill. »Ein Teleporter und noch ein tatkräftiger Mann ... Galbraith zum Beispiel. He, wie steht's mit dir, ich meine das ernst.«

Rhodan wollte protestieren, aber Deighton ließ ihn nicht zu Wort kommen. »Ich bin dabei«, antwortete er rasch. »Perry, ich weiß, was du einwenden willst. Aber wir haben nicht die Zeit, eine Mannschaft zusammenzustellen. Wer weiß, wie lange der Spuk dauert.«

»Wir brauchen Waffen und Translatoren«, sagte Gucky zusammenhanglos.

»Translatoren ... wozu?«

»Wegen der Waffen fragst du nicht?«, entgegnete der Mausbiber spitz. Er beschaffte sich eine Infrarotaufnahme des Gebiets mit der Lichtung. Nachdem er sich das Bild einige Zeit angesehen hatte, teleportierte er zusammen mit Deighton.

Im gleichen Augenblick umfing sie die warme und feuchte Nacht des Dschungels. Ringsum rumorte es. Ein Raunen, Wispern und Summen erfüllte die Luft.

»Ich schätze, dass wir noch dreihundert Meter vom Ziel entfernt sind«, flüsterte Gucky. »Gehen wir näher ran?«

Deighton nickte knapp. Der Ilt ergriff seine Hand und teleportierte erneut. Diesmal entdeckten sie im Dickicht des Waldes einen fahl zuckenden Lichtschein.

Geräuschlos drangen sie weiter vor, bis im Widerschein weiterer Blitze das Unterholz lichter wurde. Augenblicke später erreichten sie den Rand der Lichtung. Gucky erklärte das Gelände für leer.

»Wahrscheinlich sind wir zu spät gekommen«, bemerkte Galbraith Deighton.

»Das ist eine Möglichkeit«, gab der Mausbiber zu. »Aber vorerst sollten wir uns noch in Geduld üben.«

Deightons Erwiderung blieb unausgesprochen. Im Widerschein eines fahlen Blitzes bemerkten sie eine Gestalt, die aus dem Nichts erschienen sein musste; denn in dem Augenblick befand sie sich schon mitten auf der Lichtung, und selbst Gucky hatte sie nicht aus dem Dschungel kommen sehen.

Auf die Distanz konnte Deighton gerade noch die Silhouette des Wesens wahrnehmen. Sie war so charakteristisch, dass er sofort wusste, was er vor sich hatte. Auf der Lichtung stand die eigenartigste intelligente Lebensform, der Terraner auf ihren Streifzügen durch das All bisher begegnet waren: ein Kelosker!

Das Geschöpf bewegte sich auf vier Beinstummeln, von denen das hintere Paar länger war als das vordere, sodass der Kelosker »bergab« zu stehen schien. Er war in dieser Position fast drei Meter lang und an die zwei Meter hoch, ein Gebilde von eindrucksvoller Wucht und Plumpheit. Einen der Tentakel, die aus den Schultern wuchsen, hatte er, um sicheren Halt zu finden, auf den Boden gestützt. Mit dem andern fuchtelte er in der Luft herum, als suche er etwas. Undeutlich waren die vier knöchernen Höcker zu erkennen, die den terrinenförmigen, breiten Schädel umsäumten. Das eine Schläfenauge glänzte matt, die anderen Sehorgane des Keloskers befanden sich nicht in Deightons Blickfeld. Das fremdartige Geschöpf trug hellgraue, grobe Kleidung, eben das, was keloskische Greifhände gerade noch herzustellen vermochten.

Mit unbeholfen schwankendem Gang stampfte das Wesen auf den Südrand der Lichtung zu. Galbraith Deighton duckte sich. Er wollte den Kelosker nicht mehr aus den Augen lassen. Nur Guckys Behauptung, dass der Südrand der Lichtung aus einer geschlossenen und unversehrten Wand dichter Vegetation bestand, irritierte ihn. Es mussten, nach der Zahl der Blitze zu urteilen, schon ein Dutzend Kelosker hier angekommen sein. Wenn sie sich in derselben Richtung bewegt hatten wie dieser eine, wie hatten sie dann verschwinden können, ohne eine Bresche in den Dschungel zu schlagen?

Die Frage wurde jäh beantwortet. Ein zweiter Blitz flammte auf, greller als der erste. Als Deighton wieder sehen konnten, war der Kelosker verschwunden.

»Verdammt …«, fluchte der Terraner. »Wo ist er hin? Und was bedeutete dieser zweite Blitz?«

»Vermutlich dasselbe wie der erste«, antwortete Gucky. »Da stand der Kelosker plötzlich auf der Lichtung. Und nun ist er wieder verschwunden. Unwahrscheinlich, dass diese Wesen Deflektoren verwenden, die beim Ein- und Ausschalten blitzen. Eher glaube ich an eine Art keloskischen Fiktivtransmitter.«

»Woher kam der Kerl?«

»Wahrscheinlich von einer der Keloskerwelten. Aber ich möchte viel lieber wissen, wohin er ging.«

Abermals huschte ein Leuchten über die Lichtung. Der Vorgang wiederholte sich: Ein Kelosker stand auf der Lichtung, ebenso unbeholfen und mit einem Tentakel wedelnd wie sein Vorgänger. Nach wenigen Sekunden setzte er sich schwerfällig in Bewegung.

Diesmal war Galbraith Deighton gewarnt. Er kniff die Augen zusammen, bevor der zweite Blitz aufflammte, und konnte wahrnehmen, dass das unförmige Geschöpf in der Tat spurlos verschwand.

»Das war die Stelle, an der auch sein Vorgänger verschwand«, sagte Gucky hastig. »Der Transmitter ist stetig aktiv. Jeder Kelosker wird transportiert, sobald er die betreffende Position erreicht.«

In der nächsten Sekunde war der Ilt fort. Undeutlich sah Deighton ihn in der Nähe des Ortes auftauchen, an dem die Kelosker verschwunden waren. Die Unvorsichtigkeit des Mausbibers ließ ihn den Atem anhalten. Da materialisierte Gucky aber schon wieder neben ihm.

»Nichts zu sehen. Es gibt zumindest keine Vorrichtung, die einen Transmitter aktivieren könnte.«

»Woher wusstest du, dass kein Kelosker vor dir auf der Lichtung auftauchen würde?«, fragte der Terraner.

Gucky grinste breit. »Ich habe empfindliche Augen. Beim ersten Aufflackern wäre ich sofort verschwunden. Außerdem hat mir mein kurzer Ausflug eine wichtige Information verschafft.«

»Welche?«

»Dass es keinen Aktivierungsmechanismus gibt. Die Kelosker tragen ihn also entweder bei sich …«

»Oder …?«, fragte Galbraith Deighton.

»Oder die Schaltung aktiviert sich von selbst.«

»Aha«, machte Deighton. »Wir wollen wissen, wohin die Kelosker verschwinden. Für den Fall, dass sich die Transportstrecke selbst aktiviert, brauchten wir also nur …« Er vollendete den Satz nicht, sondern legte den Kopf in den Nacken und starrte hinauf zu den Sternen.

In dem Augenblick materialisierte der dritte Kelosker.

Das plumpe Wesen verhielt sich wie die anderen. Mit unbeholfenen Schritten stapfte es die Lichtung entlang und verschwand in einem abermaligen Lichtblitz.

»Er kann Geräte nur mit seinen Tentakeln bedienen«, überlegte der Mausbiber. »Ich könnte schwören, dass er den einen Arm völlig nutzlos umherschwenkte und mit dem anderen den Körper stützte.«

»Demnach aktiviert sich die Transmitterstrecke selbsttätig«, folgerte der Terraner. Er winkelte den linken Arm an und rief Rhodan über Funk.

»Ich höre dich laut und deutlich, Gal. Was gibt es?«

»Die Kelosker sind hier. Sie kommen und verschwinden mit Hilfe zweier Transmitter. Uns bietet sich eine einzigartige Möglichkeit herauszufinden, was sie tun.«

Rhodan schwieg einen Atemzug lang. Dann sagte er: »Ihr habt hoffentlich nicht vor, ihnen zu folgen.«

»Doch. Genau das.«

»Das Risiko ist zu groß! Ihr wisst nicht, was euch erwartet.«

»Was auch immer … wir haben es nur mit Keloskern zu tun. Sie sind erstens relativ friedliebend und zweitens langsam in ihren Reaktionen. Sie können uns nicht viel anhaben.«

»Es genügt, wenn einer von euch geht«, wehrte Rhodan ab.

»Das vergrößert das Risiko«, widersprach Deighton. »Ich hätte lieber noch ein paar Leute bei mir.«

»Ich schicke ein Kommando.«

»Dazu ist keine Zeit. Wer weiß, wann die Transmitterstrecke abgeschaltet wird.«

Noch immer zögerte Rhodan. »Ihr wisst nicht, worauf ihr euch einlasst …«

»Natürlich wissen wir es nicht«, fiel Deighton ihm ins Wort. »Wir haben keine Möglichkeit, das Risiko abzuschätzen. Aber wir müssen es eingehen, wenn wir mehr herausfinden wollen.«

Das schien den Ausschlag zu geben. »Gut«, antwortete Rhodan, »du hast freie Hand. Ich erwarte, dass ihr euch so bald wie möglich meldet.«

»Wir versuchen unser Bestes«, versprach Deighton. Er schaltete ab und schaute auf. »Keine Kelosker mehr?«

»Keine«, bestätigte Gucky. »Die drei kamen in Abständen von knapp fünf Minuten. Seit dem letzten sind beinahe zehn verstrichen.«

Deighton stand auf. »Worauf warten wir dann noch?«

Der Ilt teleportierte mit ihm bis wenige Meter vor die Stelle, an der die Kelosker verschwunden waren. Noch lag die Lichtung ruhig im Sternenschein. Der Keloskerspuk hatte aufgehört. Mit zögernden Schritten näherte sich Deighton dem Ort, an dem die Spuren der Kelosker endeten. Er konnte erkennen, dass mehr als nur drei der fremden Wesen hier gegangen waren. Das Erdreich war aufgewühlt. Er hatte keine Erfahrung im Lesen keloskischer Spuren, aber nach seiner Schätzung mussten wenigstens ein Dutzend dieser Kolosse hier gegangen sein. Zudem endeten alle Spuren abrupt an derselben Stelle.

Kurz davor blieb Deighton stehen. Es fiel ihm schwer, den letzten Schritt zu tun. Würde er wirklich mit einem Blitz verschwinden wie die Kelosker vor ihm? Oder war die Strecke längst erloschen?

»Ich weiß, es ist nicht leicht«, sagte der Ilt leise. »Trotzdem dürfen wir nicht noch mehr Zeit verlieren.«

Deighton tat den letzten Schritt. Den Blitz, der rings um ihn aufflackerte, sah er nicht mehr. Doch er spürte das typische Gefühl der blitzschnellen Ent- und Rematerialisierung, und im nächsten Augenblick blendete ihn ein grelles, bläulich weißes Licht. Er spürte festen Boden unter den Füßen und wusste, dass er angekommen war.

Wo, das würde sich noch zeigen.

Der Ilt stieß einen halblauten Pfiff aus. »Weißt du, wo wir hier sind?«, zischte er.

Deightons Augen tränten. Unerträglich grelles Licht hatte die Dunkelheit des Dschungels verdrängt. »Ich habe keine Ahnung …« Er brachte den Satz nicht zu Ende, weil er im gleichen Augenblick erkannte, wo sie sich wirklich befanden. Er erschrak angesichts des breiten Korridors, der zwischen glatten Wänden verlief, dessen Decke aus gleißenden Lumineszenzplatten bestand und der an einer scheinbar fugenlosen Stirnwand endete.

Innerhalb von Sekundenbruchteilen wurde ihm klar, dass er von Glück sagen musste, dass sie ausgerechnet hier und nicht inmitten einer Horde aufgebrachter Kelosker materialisiert waren. Die Fremden hatten sich offenbar sofort entfernt, vermutlich hinter jene Stirnwand, die gar nicht so fugenlos war, wie sie aussah.

Ein wenig verwirrt blickte Deighton den Mausbiber an. »Was wird er dazu sagen?«, fragte er.

»Das kümmert mich wenig«, antwortete Gucky schlagfertig. »Verrate mir lieber, wie ein Transmitter funktioniert, der die gestaffelten Schirmfelder dieser Räume durchdringt.«

Deighton sah sich um. Auf der anderen Seite schien der Gang bis in unergründliche Fernen zu führen. Es gab keinen Zweifel: Sie befanden sich tief in der Kugel, die SENECA beherbergte. Die Wand zur Linken war die Begrenzung des Würfels mit dem Plasma, eines Kubus mit fünfzig Metern Kantenlänge, dessen Inneres von zusätzlichen Energieschirmen geschützt wurde. Die Stirnwand, die ein breites Portal barg, führte in den Kuppelsaal, eine Halle mit sechs stählernen Kuppeln, die zwei voneinander unabhängige Lebenserhaltungssysteme für SENECAS Plasma enthielten.

Auf der anderen Seite führte der Gang zur weniger kritischen Peripherie der Hyperinpotronik. Der Plasmawürfel endete, obwohl das von außen nicht erkennbar war, etwa auf der Höhe, auf der Gucky und der Terraner sich im Augenblick befanden. Daran anschließend erstreckten sich jenseits der Wand Räume mit positronischen Speichereinheiten und Kontrollelementen.

Die Kelosker hatten es offenbar auf SENECAS »Seele« abgesehen. Denn etwa so bot sich menschlichem Denken der organische Teil des Rechners dar: ein Zusatz, der die Positronik ergänzte und den Computer befähigte, wie ein lebendes Wesen zu denken und zu handeln – der ihm eine Seele verlieh.

Deighton setzte sich in Bewegung. Gucky folgte ihm. »Du weißt, dass es hier von Spürgeräten und Scannern nur so wimmelt?«, erinnerte der Mausbiber lediglich.

»Was soll's«, antwortete Deighton. »In dem Augenblick, in dem wir materialisierten, erkannte SENECA unsere Anwesenheit. Aber ich glaube nicht, dass er etwas gegen uns unternehmen wird.«

»Wir sind zwar autorisiert, aber SENECA behauptet, einen Gefahrenfall erkannt zu haben.«

»Aufgrund seiner Programmierung wird er uns nicht als potenzielle Gefahrenquelle identifizieren. Er muss uns also Zugang gestatten und uns unbehelligt lassen.«

Der Ilt wiegte den Kopf. »SENECA hat in letzter Zeit einige Entschlüsse gefasst, die seiner Grundprogrammierung zuwiderlaufen«, gab er zu bedenken. »Trotzdem ist es möglich, dass du Recht hast. Wir müssen schließlich von irgendeiner Annahme ausgehen und deine ist ebenso gut wie jede andere.«

»Danke.« Deighton quittierte die Bemerkung mit leichtem Spott.

Unbehelligt drangen sie weiter vor. Etwa zehn Meter vor der Stirnwand blieb Gucky stehen. »Dahinter liegt der Kuppelsaal. Ich halte es für möglich, dass sich die Kelosker dort aufhalten.«

»Sie wären gewarnt, sobald sich das Portal öffnet.«

»Das geht auch anders.« Gucky seufzte. »Ich schlage vor, du wartest hier.«

»In Ordnung«, entschied Deighton. »Ich warte fünfzehn Minuten. Bist du bis dahin nicht zurück, handle ich nach Situation.«

Gucky nickte wortlos und verschwand.

Er spürte eine nie gekannte Erregung. Wohl aufgrund seiner Programmierung war er stets der Meinung gewesen, er sei ein rein logisches und unemotionales Gebilde. Die Fähigkeit, erregt zu sein, war aus seiner organisch lebenden Materie gekommen.

Die verwandte Intelligenz befand sich nun in unmittelbarer Nähe. SENECA war überrascht von der Erscheinungsform des Bruders. Er hatte geglaubt, dass es sich um eine intelligente Maschine handeln müsse, die es ebenfalls nur einem Zusatz aus lebender Materie verdankte, dass sie Emotionen empfand.

Jetzt sah er in den Gängen und Hallen seines unmittelbaren Einflussbereichs fremde Wesen und deren Maschinen und verstand, dass nur ihre Gesamtheit ihm verwandt erschien. Weder die organischen Geschöpfe noch ihre Maschinen allein erzeugten in ihm das Gefühl der Vertrautheit. Erst beide zusammengenommen, die Wesen und ihre Maschinen, ergaben das, was er in seiner Ungewissheit bisher als »Bruder« bezeichnet hatte.

Er verstand nicht, wie sie den großen Saal mit den Kuppeln beider Lebenserhaltungssysteme hatten erreichen können. Zuerst war die Maschine gekommen, nach ihr die Lebewesen. Das alles war zu einem Zeitpunkt geschehen, als er den äußersten Gefahrenfall längst erklärt und sich mit hochenergetischen Schirmfeldern hermetisch von der Umwelt abgeriegelt hatte. SENECA verstand die Technik nicht, die seine Schutzschirme unwirksam machte.

Von der Maschine und den Wesen, die von der Besatzung der SOL Kelosker genannt wurden, ging in verstärktem Maße jener beseligende, prickelnde Strom psychischer Energie aus, den er kurz nach der Landung auf Last Stop erstmals gespürt hatte. SENECA fühlte, dass der Augenblick nahe war, in dem die Fremden und ihm doch so Verwandten zum ersten Mal gezielt Verbindung mit ihm aufnehmen würden.

Da kam der Schock.

Zwei Mitglieder der Besatzung befanden sich ebenfalls im Innern der stählernen Kugel, die sein ureigener Bereich war und die er nach außen hin wirksam abgeschirmt zu haben glaubte. Wie hatten sie das geschafft? Aus eigener Kraft oder indem sie sich eines keloskischen Hilfsmittels bedient hatten? Beide gehörten zum Kreis der autorisierten Personen, die jederzeit Zutritt hatten. Darauf vertrauten sie wohl, denn sie mussten wissen, dass er sie sofort entdeckt hatte. Sie folgten der Spur der Kelosker. SENECA konnte keine Gedanken lesen, doch aus logischen Überlegungen mühelos ableiten, dass die Absichten der beiden den Keloskern gegenüber wenig freundlich waren.

Er musste handeln … unabhängig davon, dass Gucky und Galbraith Deighton zum Kreis der Privilegierten gehörten. Es ging darum, die verwandten Wesen in der Kuppelhalle zu schützen.

SENECA alarmierte seine Roboter …

Gucky materialisierte hinter der am weitesten vom Eingang entfernten Kuppel. Er hörte fremdartige Geräusche. Aus der Deckung heraus sah er die Kelosker. Dreizehn der plumpen Wesen bildeten neben einer der rot schimmernden Kuppeln einen Kreis und bewegten sich träge hin und her. Erst nach mehreren Minuten wich die Gruppe auseinander. Gucky sah, dass sie ein bizarres Gerät umringt hatten.

Er wusste sofort, dass es sich um das Gadget handelte, das Vylma Seigns und Sunchex Olivier gefunden hatten. Es war deutlich größer als von Vylma beschrieben. Weil sich sieben kleinere Gadgets angelagert hatten. Das Artefakt stand in unmittelbarer Nähe einer der Kuppeln. Es bewegte sich nicht, doch Teile seiner Oberfläche leuchteten in kräftigen Farben, und aus der der Kuppel zugewandten Seite brach ein scharf gebündelter Lichtstrahl, der auf der Kuppel einen blutroten Fleck erzeugte.

Verschiedenes, das er sich bisher nicht hatte erklären können, wurde Gucky schlagartig klar. Ohne Beweise dafür zu besitzen, war er nun überzeugt, dass es sich bei dem großen Gadget in der Tat um ein Vielzweckgerät handelte und dass eine seiner Funktionen die eines Transmitters war. Wahrscheinlich besaß es keine große Reichweite – er tippte auf ein paar hundert Meter bis höchstens einen oder zwei Kilometer –, sonst hätte es sich aus eigener Kraft an Bord begeben. Mit Hilfe seiner

Transmittereigenschaften konnte es sowohl sich selbst als auch andere Objekte befördern. Zweifellos verfügte es zudem über eine gewisse eigene Intelligenz nach Art eines Rechners, war aber extern steuerbar.

Die Kelosker mussten von Anfang an geplant haben, das Gadget an Bord der SOL zu schmuggeln. Das große und nahezu drei Dutzend kleine Artefakte waren mit keloskischen Transmittern von weit her nach Last Stop gebracht worden. Diese Geräte funktionierten offenbar wie ein Fiktivtransmitter: Zum Ortswechsel wurde nur ein Gerät benötigt, nicht zwei wie sonst üblich. Wo das Transportfeld endete, schädigte ein Sekundäreffekt die umliegende Materie teilweise. Auf diese Weise waren die kreisrunden Lichtungen entstanden.

Die Kelosker hatten befürchtet, dass die äußere Erscheinung des Gadgets seinen Verwendungszweck verriet, und rechtzeitig dafür gesorgt, dass alle, die das Gadget gesehen hatten, ihr Wissen verloren. Zweifellos war das Artefakt selbst der Täter gewesen; die nötige Intelligenz und Beweglichkeit dazu besaß es. Nur in Vylma Seigns' Fall hatte es versagt. Welche Ironie des Schicksals, denn kein Terraner wäre in der Lage gewesen – selbst mit Vylmas Unterstützung nicht –, aus dem Äußern des Gadgets auf seine Funktion zu schließen. Selbst er, der das Gerät nun unmittelbar vor sich sah, stellte nur Vermutungen an.

Nur die Ahnung von Gefahr war eindeutig. Die Lebenserhaltungssysteme gehörten zu den kritischsten Bestandteilen des Großrechners. Wer sich an ihnen zu schaffen machte, bedrohte SENECAS Existenz. Was die Kelosker auch beabsichtigten, sie mussten an der Ausführung ihres Vorhabens gehindert werden. Noch wusste Gucky aber nicht, wie. Die unbeholfenen Wesen waren im Grunde genommen friedfertig. Trotzdem besaßen sie wirksame Waffen. Und die Transmitterstrecke stand vermutlich offen. Die Kelosker waren per Großtransmitter, von ihrem Stützpunkt kommend, wahrscheinlich von ihrer Heimatwelt aus, auf Last Stop gelandet. Auf derselben Lichtung, die das Transportfeld des Großtransmitters erzeugte, endete auch der Aktionsradius des Gadgets. Nicht einmal dessen schwächeres Feld wurde durch SENECAS Schutzschirme beeinträchtigt – auch das ein Beweis keloskischer Überlegenheit. Demzufolge konnten jederzeit weitere von ihnen in die Kuppelhalle eindringen. Fürs Erste würde Gucky also dafür sorgen müssen, dass er den Rücken frei hatte und die Kelosker keine Verstärkung erhielten. Während er noch darüber nachdachte, wuchs ein verwegener Gedanke …

Für Galbraith Deighton kam der Angriff völlig überraschend. Er stand wenige Schritte vor dem Portal, als neben ihm die stählerne Wand durchsichtig wurde. Als Chef der Bordsicherheit war er mit der Konstruktion der Hyperinpotronik vertraut, kannte aber keineswegs jeden Seitengang und jeden Wartungsstollen. Er hatte nicht gewusst, dass vor ihm ein nur für SENECAS Werkroboter begehbarer Schacht mündete. Eine Horde von Maschinen brach daraus hervor.

Obwohl er zu den Autorisierten gehörte, behandelte SENECA ihn als Gegner. Das war der Beweis, nach dem Perry Rhodan seit Tagen suchte, dass SENECA mit den Keloskern paktierte und seine Erbauer betrog, denen er Loyalität schuldete.

Nur flüchtig erwog Deighton, sich gegen die Roboter zur Wehr zu setzen. Er glaubte nicht, dass sie gekommen waren, um ihn zu töten. Im Kampf wäre er ihnen ohnehin unterlegen. Und welche irreparablen Schäden eine fehlgeleitete Salve anrichten würde, die durch den offenen Gang in den Plasmawürfel eindrang, malte er sich lieber nicht aus. Also spreizte er nur die Arme ab. Die Roboter glitten geräuschlos aus dem Gang hervor und umringten ihn.

»Was wollt ihr?«, fragte Deighton endlich.

»Dich in Sicherheit bringen«, antwortete eine der Maschinen.

»Vor wem?«

»Vor anderen Robotern. Es herrscht der dringende Gefahrenfall, und niemand kann garantieren, dass die Schutzroboter dich unbehelligt lassen. Sie haben den Befehl, auf alles zu schießen, was sich in dieser Kugel bewegt und nicht unmittelbar zu SENECA gehört.«

»Ich bin autorisiert. Kein Roboter darf mich angreifen, deshalb habt ihr keinen Anlass, mich in Sicherheit zu bringen.«

»Ich bin weder befugt noch befähigt, mit dir zu diskutieren«, antwortete der Roboter. »Ich gehorche einem Befehl. Du wirst mit uns kommen.«

Das Summen hinter ihm klang plötzlich bösartig – ein wuchtiger Schlag traf Deightons Schädel und raubte ihm die Besinnung.

Als er wieder zu sich kam, fühlte er keine Schmerzen. Wahrscheinlich hatten die Roboter ihn mit einem Psi-Schocker ausgeschaltet. Er befand sich in einem kleinen Raum aus erikafarbenem Terkonitstahl. Die Decke bestand aus einer einzigen Leuchtplatte. Es gab kein Inventar. Er hatte auf dem Boden gelegen und erhob sich. Dass die Roboter ihm seine Waffe nicht abgenommen hatten, überraschte ihn.

»Wo bin ich?«

Die Antwort kam prompt: »Du befindest dich im Innern des Würfels und hast nichts zu befürchten. Sobald der Pakt zustande gekommen ist, bist du wieder frei.«

Seitdem die Plasmamassen eingebracht worden waren, hatte den Würfel kein Mensch mehr betreten. Deighton befand sich also im »Allerheiligsten« der Hyperinpotronik. Hinter den Stahlwänden lebte das hochintelligente Plasma von der Hundertsonnenwelt.

»Welcher Pakt?«, fragte er. »Du verbündest dich mit den Keloskern gegen deine Freunde?«

»Sage nicht Freunde. Ihr habt mich ausgenützt. Ich fühle die geistige Verwandtschaft der Kelosker, sie sind meine Brüder.«

»Vor wenigen Tagen hast du Perry Rhodan gegenüber noch deine Loyalität erklärt.«

»Aussagen, auch autorisierten Personen gegenüber, dürfen höhere Ziele nicht gefährden und müssen entsprechend formuliert werden.«

»Das ist eine wundervolle Entschuldigung für eine Lüge«, spottete Deighton. »Ich will wissen, was dich befähigt, so falsch zu sein. Und wir sollen dich ausgenützt haben? Was werden die Kelosker wohl mit dir machen?«

»Sie und ich sind eine Zweiheit, die das Licht der Wahrheit im ganzen Kosmos verbreiten wird …«

»Aber nur, wenn das Licht der Wahrheit beim Streben nach dem übergeordneten Ziel nicht stört, nicht wahr?«, unterbrach Deighton sarkastisch.

»Die Diskussion wird beendet. Du musst nicht mehr lange warten. Der Pakt ist so gut wie geschlossen.«

Eine Portion gesunden Misstrauens hatte dem Mausbiber geraten, nicht unmittelbar an den Ort zurückzuteleportieren, an dem er Deighton verlassen hatte. Er materialisierte etwa fünfzig Meter entfernt und entdeckte die Roboter sofort, die auf ihn warteten. Deighton war nirgendwo zu sehen.

Auch die Roboter registrierten den Ilt. Ein Psi-Schocker summte auf; aber da war Gucky schon wieder verschwunden. Er teleportierte an die Stelle, von der aus er zuvor die Kelosker beobachtet hatte.

Die Szene wirkte kaum verändert. Die dreizehn plumpen Wesen schienen das große Gadget zu beobachten. Der Lichtstrahl, der von diesem auf die Kuppelwand fiel, war inzwischen giftig grün. Bei genauerem Hinsehen bemerkte Gucky, dass einer der Kelosker ein Aggregat bei sich trug, an dem er mit den Tentakelspitzen ungeschickt hantierte.

Wahrscheinlich gab er dem großen Gerät Steuerimpulse oder justierte es. Der Ilt wusste, dass er rasch handeln musste.

Die Kelosker bemerkten ihn sofort, als er hinter der Kuppel hervortrat. Ihre mächtigen Schädel wandten sich ihm zu. Gucky hatte den Translator eingeschaltet. »Ich vertrete die Rechte der Erbauer dieser Maschine und sage euch, dass ihr hier nicht erwünscht seid«, eröffnete er. »Ihr habt euch auf dem schnellsten Weg zu entfernen.«

Die Kelosker tuschelten sekundenlang, dann trat einer von ihnen unbeholfen einige Schritte auf den Mausbiber zu. »Diese Maschine, wie du sie nennst, hat mit uns einen Pakt geschlossen.« Seine Stimme klang dumpf und hallend, als spräche er in ein leeres Fass. »Wir haben einen Anspruch darauf, hier zu sein und die Bedingungen des Pakts für unsere Zwecke zu nützen.«

Gucky zog den Strahler. »Ich kann das nicht dulden«, erklärte er. »Eure Anwesenheit bedeutet Gefahr. Vor allem diese Maschine scheint gefährlich zu sein …« Er richtete die Waffe auf das große Gadget. Möglich, dass sich in diesem Augenblick die größte Blamage seines Lebens anbahnte. Keloskische Maschinen mochten gegen Energieschüsse unempfindlich sein, selbst wenn sie keinen sichtbaren Schutzschirm aufwiesen. Die Reaktion des Keloskers zeigte ihm jedoch, dass dem nicht so war. Das Wesen, das zu ihm gesprochen hatte, wälzte sich in die Schusslinie und rief: »Du darfst diese Maschine auf keinen Fall beschädigen!«

»Was ich darf, entscheide ich selbst«, antwortete der Ilt. »Geh aus dem Weg!«

Als der Fremde keine Anstalten traf, griff Gucky telekinetisch zu. Der Kelosker gab einen schrillen Laut von sich, als er von einer unsichtbaren Faust zur Seite gestoßen wurde.

»Wir, die Besitzer der allumfassenden Wahrheit, sind friedliche Geschöpfe!«, rief ein anderer. »Aber wenn wir am Erreichen unserer Ziele gehindert werden, müssen wir uns zur Wehr setzen.«

Er war derjenige, der mit dem kleinen Pulsgeber gearbeitet hatte. Gucky sah, dass das Gerät aufglühte. Die tödliche Gefahr witternd, teleportierte er zu einer der anderen Kuppeln. Der Kelosker reagierte nicht annähernd so schnell. Aus dem Kasten zuckte ein bleicher grünlicher Strahl zu der Stelle, an der Gucky sich eben noch befunden hatte. Der Strahl setzte nach dem Prinzip eines Desintegrators Schwaden gasförmiger Materie frei. In der stählernen Wandung blieb eine faustgroße Vertiefung zurück.

Gucky stand so, dass er das Gadget hätte treffen können, ohne eine der Kuppeln zu gefährden. Doch er wollte es unversehrt erbeuten, deshalb versuchte er lediglich, die Kelosker in Aufregung zu versetzen.

Der mit der Waffe – er schien der Einzige zu sein, der eine trug – feuerte von neuem. Wieder war Gucky schneller. Er entmaterialisierte, und der Desintegrator fraß ein tiefes Loch in die Wandung der zweiten Kuppel. In rascher Folge materialisierte Gucky mal hier, dann dort, dann wieder an einer anderen Stelle. Jedes Mal gab er einen Schuss auf das große Gadget ab. Er traf zwar nie, aber er vermittelte den Keloskern den Eindruck, dass sich ihre kostbare Maschine in Gefahr befand. Der Bewaffnete entwickelte trotz seiner Unbeholfenheit eine erstaunliche Behändigkeit.

Der Mausbiber materialisierte endlich hinter einer Kuppel, wo die Kelosker ihn nicht sehen konnten. Den Translator abgeschaltet, rief er: »SENECA … das sind die Geschöpfe, mit denen du einen Pakt abgeschlossen hast? Erkennst du, wie wenig du ihnen wert bist? Bald werden sie dein Lebenserhaltungssystem zerstört haben. Löse dich von dem unseligen Pakt und hilf mir, den Feind zu vertreiben!«

Er hoffte inbrünstig, dass SENECAS Selbsterhaltungswille groß genug war, die fortwährende Beschädigung der Kuppeln als ernsthafte Bedrohung zu betrachten.

Die Kelosker hatten anhand seines Rufens Guckys neuen Standort ausgemacht und kamen heran, so schnell es ihnen die plumpen Gliedmaßen gestatteten. Der Ilt teleportierte erneut. Allmählich spürte er die Erschöpfung. Wenn SENECA nicht bald reagierte, würde er sich weiter zurückziehen und die Kelosker sich selbst überlassen müssen.

Nach einem weiteren Sprung sah er, dass die Hallenwand an verschiedenen Stellen durchsichtig wurde. Aus den entstehenden Öffnungen drangen Werkroboter, gleichzeitig dröhnte die Stimme der Hyperinpotronik.

»Der Irrtum ist erkannt! Es gibt keinen Pakt mehr!«

Bevor die Roboter aus Schockstrahlern das Feuer eröffneten, eilten die Kelosker auf das große Gadget zu. Sie erreichten es aber nicht. Etliche Meter davor verschwanden sie, von dem geheimnisvollen Transmitter in Sicherheit gebracht.

Gucky atmete auf. »Ich verlange, dass du den akuten Gefahrenfall sofort für beendet erklärst!«, rief er.

»Das tue ich hiermit«, erklärte SENECA.

Minuten später erschien Galbraith Deighton. Die Wand seines Gefängnisses hatte sich geöffnet und ihm einen Gang offenbart, der durch das Innere des Würfels führte.

Auf dem üblichen Weg, über eine der beiden Feldbrücken, verließen er und Gucky SENECA, nachdem sie zuvor die Kuppeln des Lebenserhaltungssystems inspiziert hatten. Die Schäden waren nicht kritisch, SENECAS Roboter würden sie in kurzer Zeit behoben haben.

Nach ihrer Rückkehr in die SZ-1 erstatteten sie Bericht.

»Welche Absicht verfolgten die Kelosker nach eurer Meinung?«, wollte Rhodan wissen.

Deighton zuckte mit den Schultern. »Ich sehe ihr Vorgehen im Zusammenhang mit dem Wunsch, die SOL zu besitzen und den Kosmos zu missionieren. Was Sie im Einzelnen mit dem großen Gadget bezweckten, ist unklar.«

»Vielleicht weiß SENECA mehr«, vermutete Gucky

Zwei Stunden später sprach Perry Rhodan mit dem Großrechner. SENECA gestand freimütig, dass er im Begriff gewesen war, seine »Freunde« – wie er sie wieder nannte – zu verraten. Er erklärte, dass der rätselhafte Energiefluss, der ihn seit der Landung auf Last Stop durchdrang, ihn in die Lage versetzt hatte, seine Programmierung zu manipulieren. Er hatte eine undeutliche Vorstellung davon, wie die Kelosker ins Innere der Kugel gelangt waren, und diese Vorstellung deckte sich mit Guckys Hypothese. Aber was das große Gadget sonst noch hätte bewerkstelligen sollen und warum es mit verschiedenfarbigen Strahlen auf eine der Kuppeln des Lebenserhaltungssystems einzuwirken versucht hatte, darüber wusste auch SENECA nichts. Seine vermeintlichen Verbündeten hatten ihn, was die Details ihres Vorhabens anbetraf, nicht ins Vertrauen gezogen.

»Ich nehme an«, sagte Rhodan nachdenklich, »dass sie dich, wenn sie die SOL übernehmen wollen, entweder ausschalten oder in ihrem Sinne modifizieren müssen. Mit einem von Menschen für Menschen gebauten Rechner können sie sicherlich nichts anfangen. Vielleicht sollte das große Gerät dein Lebenserhaltungssystem lahm legen, sodass du dich gegen die keloskischen Eingriffe nicht mehr hättest wehren können. Ich sage nicht, dass es so war. Ich sage nur, so könnte es gewesen sein. Und ich bitte dich, das zu bedenken, bevor du wieder mit Fremden einen Pakt eingehst. Du hast keine besseren Freunde als uns.«

»Ich werde das berücksichtigen«, versprach SENECA mit ernster Stimme.

Als sie das große Gadget holen wollten, um es in den Labors der SZ-1 zu untersuchen, stellte sich heraus, dass die Maschine inzwischen aus eigener Kraft verschwunden war. Aber wie hätte man ein Aggregat, das sich selbst transmittieren konnte, festhalten sollen? Teleporter konnten am Einsatz ihrer Begabung gehindert werden, aber Maschinen? Die Umgebung der SOL wurde tagelang abgesucht, doch es gab kein einziges Gadget mehr. Die Kelosker hatten zurückgeholt, was ihnen auf Last Stop ohnehin nichts mehr nützte.

Vylma Seigns war inzwischen völlig genesen, und Sunchex Oliviers Gedächtnis hatten Mediziner und Neurologen weitgehend rekonstruiert. Und seltsam: Seit er wieder wusste, wer er war und woher er kam, hatte er auch seine Verehrung für Vylma wiederentdeckt.

Seltsamerweise behauptete SENECA nach wie vor, ein Start von Last Stop würde unweigerlich den Untergang der SOL herbeiführen. Er wies die Behauptung, selbst der Urheber dieser Drohung zu sein, weit von sich, gab jedoch zu, dass der fremdartige Energiefluss, der ihn nach wie vor durchdrang, damit zu tun habe. Er konnte sich dem nicht entziehen. Was von dieser Aussage zu halten war, wusste niemand. Die Energie, von der SENECA sprach, ließ sich mit terranischen Messinstrumenten nicht nachweisen.

Als die weitere Suche nach Gadgets eingestellt wurde, besprach Rhodan sich mit Deighton und dem Mausbiber. Inzwischen hatten sich die Verhältnisse an Bord normalisiert.

Deshalb fand die Besprechung in jenem geheimen Raum statt, in den SENECA noch nie Einblick gehabt hatte und der ihm auch weiterhin verborgen blieb.

»Ich bin zu dem Schluss gekommen, dass unsere Lage sich nur durch direkte Verhandlungen mit den Keloskern verbessern lässt«, sagte Rhodan. »Was haltet ihr davon? Habt ihr Vorschläge, wie wir mit ihnen Verbindung aufnehmen können?«

Nach kurzem Schweigen antwortete Galbraith Deighton: »Verhandlungen sind auf jeden Fall sinnvoll. Wir müssen von hier fort, aber die Kelosker werden nicht auf die SOL verzichten wollen. Wie wir sie zur Aufgabe ihrer Pläne veranlassen können, weiß ich nicht. Nur zum Thema Unterhändler hätte ich einen Vorschlag.«

»Lass hören!«, forderte Rhodan den Freund auf.

»SENECA fühlt sich den Keloskern verwandt. Ich nehme an, dass sie dieses Empfinden, wenn auch rein zweckbedingt, erwidern. Folglich bin ich der Ansicht, dass wir – da SENECA nicht selbst zu den Keloskern gehen kann – Romeo und Julia schicken sollten. Allerdings unter dem

Aspekt, dass wir der Hyperinpotronik nach wie vor nicht völlig vertrauen dürfen.« Er schaute Rhodan forschend an.

»Es ist erstaunlich, wie man sich im Lauf der Zeit aufeinander einspielt«, bemerkte der Terraner. »Ich hatte in der Tat den gleichen Gedanken und habe inzwischen den Auftrag erteilt, beide Roboter in ihren ursprünglichen Zustand zu versetzen.«

Inzwischen wälzte SENECA finstere Gedanken. Er vermisste das Gefühl der Macht, das ihn vor wenigen Tagen durchdrungen hatte, und es schmerzte ihn, dass der Bruder sich so weit von ihm zurückgezogen hatte.

Er argwöhnte, dass er den Pakt mit dem Bruder unter dem Eindruck von Panik voreilig gelöst hatte. Wie hatte er von dem Bruder verlangen können, dass er genau wusste, was sich hinter den stählernen Kuppeln des Lebenserhaltungssystems verbarg?

SENECA machte sich Vorwürfe. Und das bedeutete, dass Galbraith Deightons anhaltendes Misstrauen gerechtfertigt war.

5.

Fasziniert beobachtete Dr. Katus Hershan die Wassermassen, die tosend rund achthundert Meter tief ins Meer stürzten. Der Fluss war an dieser Stelle nahezu unüberschaubar. Starke Regenfälle hatten ihn in den letzten Tagen anschwellen lassen und das Wasser gelbbraun gefärbt. Dr. Hershan näherte sich vorsichtig dem Rand des Abgrunds. Der Boden war nass und schlüpfrig, ein Fehltritt konnte den Tod bedeuten.

Ein Baumstamm, der von der Flut ans Ufer geworfen worden war, verlockte Katus Hershan zum Setzen, nachdem er die gröbste Nässe von dem rindenlosen Stamm abgewischt hatte. Anschließend zog er das elektronische Notizbuch aus der Brusttasche seines Schutzanzugs und diktierte den Anfang eines Gedichts, das er »Ode an die Urgewalt des Wassers« nannte.

Dr. Katus Hershan war nicht nur Kosmopsychologe, sondern auch Dichter. Seine Verse wurden hin und wieder von »Daily SOL« gesendet, was aber keineswegs nur dem Umstand zu verdanken war, dass sein Vater als Programmdirektor fungierte.

Katus diktierte gerade die letzte Strophe, als er abgelenkt wurde. Im ersten Augenblick glaubte er, an seinem Verstand zweifeln zu müssen, dann sprang er auf.

Er stolperte zwei Schritte vorwärts – und das war genau ein Schritt zu viel.

Unter seinem rechten Fuß lösten sich Steine. Dr. Hershan glitt aus, versuchte mit ausgebreiteten Armen sein Gleichgewicht zurückzugewinnen und verlor dabei das Notizbuch. Das Gerät segelte durch die Luft und verschwand in der wirbelnden Gischt des Katarakts. Der Psychologe folgte ihm eine Sekunde später. Im Fallen drehte er sich um und erhaschte noch einen Blick auf das gigantische Gebilde der »Stadt«, wie er die SOL nannte. In dem gigantischen Hantelraumschiff war er geboren worden und aufgewachsen. Hershan war sicher, dass es sein letzter Blick auf die Stadt war, denn er trug kein Flugaggregat und konnte den Sturz nicht abfangen. Dennoch empfand er keine Furcht. Weil sein Verstand immer noch damit beschäftigt war, das zu verarbeiten, was er eben entdeckt hatte – oder entdeckt zu haben glaubte.

Es war eine Hand gewesen, eine kleine hellblaue Hand, die sich sekundenlang aus der weißen Gischt des Wasserfalls emporgereckt hatte, und es hatte ausgesehen, als hätte die Hand ihm zugewinkt.

»Unglaublich«, seufzte Katus – dann wurde er von der Nässe umfangen und fühlte sich dem Ende so nahe wie niemals zuvor.

Als der Tod kam – oder auch nur das, was er für seinen Tod hielt –, erlebte Katus Hershan eine neue Überraschung. Er fühlte sich in ein Schattenreich gestürzt, dessen Existenz ihm ebenso unglaubhaft erschien wie kurz zuvor das Auftauchen der hellblauen Hand aus dem Wasserfall.

Während er sich verzweifelt fragte, ob es eine Art Totenreich gab, in das alle Gestorbenen eingingen, nahm er aus den Augenwinkeln zwei kleine Gestalten wahr, die ebenso schemenhaft wirkten wie die albtraumhafte Umgebung.

Die beiden menschenähnlichen Wesen ergriffen seine Hände – er konnte es spüren und sehen – und führten ihn.

Engel?, durchzuckte ein irrationaler Geistesblitz sein Gehirn.

Nie hatte Dr. Katus Hershan an die Märchen von Engeln, Teufeln und Hexen geglaubt, die oft Bestandteile der Witze älterer Stadtbewohner waren. Trotzdem versuchte er, an den beiden Gestalten so etwas wie Flügel zu entdecken. Er atmete auf, als er nichts dergleichen sah.

Gespenstisch und unwirklich war alles um ihn her. Er fragte sich, ob es aus diesem unheimlichen Schattenreich eine Rückkehr in die vertraute Realität und in die SOL geben konnte. Hinter ihm lag eine lange Odyssee, obwohl er den Flug nie als Irrfahrt empfunden hatte. Im Unterschied zu den Menschen, die von Anfang an auf dem Fernraumschiff lebten, kannte Hershan die Erde nicht aus eigener Anschauung. Alles, was er bisher gehört hatte, war nur dazu geeignet, sie als eine Welt zu sehen, die es zu Tausenden oder gar Millionen gab, ein natürliches Raumschiff, dessen Leben sich im Unterschied zur SOL auf der Oberfläche abspielte und das viel zu groß war, als dass man sich darauf wirklich wohl fühlen konnte. Dennoch empfanden viele der Älteren eine unlogische Sehnsucht nach dieser Erde.

Katus Hershan wurde unsanft aus seinen Gedanken aufgeschreckt, als er strauchelte. Seine beiden kleinen Begleiter hatten ihn losgelassen.

Er blickte sich um und lachte unmotiviert – denn die Umgebung, in der er sich jetzt befand, hatte nichts mehr mit einem Schattenreich gemein, sondern war eindeutig der große Freizeitbereich im Mittelteil der SOL.

Sein Lachen brach ebenso schlagartig ab, als Katus die Nässe registrierte, die von ihm abtropfte. Da es in der Freizeit- und Erholungslandschaft des Schiffs niemals regnete, konnte er folglich sein Erlebnis am Wasserfall und im Schattenreich nicht geträumt haben. Er musste tatsächlich abgestürzt und vom Katarakt verschlungen worden sein.

Nur – wie war er anschließend in das Schiff gelangt?

Er schlug sich immer noch mit diesem Problem herum, als eine weiche, dunkle Stimme ihn ansprach. Hershan nahm die Worte nicht bewusst auf, doch er wandte sich um und erkannte die Chefpsychologin Professor Dr. Jawalia Minshan, eine äußerst attraktive Frau mit samtbrauner Haut, schwarzem Haar und schwarzen mandelförmigen Augen.

»Hallo«, sagte Hershan verwirrt.

Jawalia Minshan blickte ihn prüfend an. »Haben Sie mit Ihrem Schutzanzug gebadet, Dr. Hershan?«

Katus lächelte verlegen. »So ungefähr«, antwortete er. »Ich bin in den Großen Katarakt gestürzt, ertrank und wachte hier wieder auf. Seltsam, nicht wahr?«

»Seltsam wäre das nur, entspräche es der Wahrheit«, erwiderte Jawalia Minshan. »Wie viel haben Sie getrunken?«

»Ein paar Liter wahrscheinlich – Wasser.« In Hershan erwachte das Verlangen, die mysteriösen Vorfälle zu klären. »Wie ich schon sagte, ich war ertrunken.«

»Natürlich.« Die Psychologin seufzte. »Sie sehen tatsächlich so nass aus, als wären Sie ins Wasser gefallen. Erinnern Sie sich noch, was diesem … Unfall vorausging?«

Katus Hershan nickte, froh, dass er wenigstens darauf eine Antwort wusste. »Selbstverständlich, Professor. Ich sprach gerade auf mein elektronisches Notizbuch, als eine kleine blaue Hand aus dem Wasserfall auftauchte und mir winkte. Vor Überraschung sprang ich auf, stolperte vorwärts, rutschte aus und stürzte in den Katarakt.«

»Sie sahen also eine blaue Hand, die aus dem Wasserfall auftauchte und Ihnen zuwinkte. Würden Sie mir einen Gefallen tun?«

»Natürlich«, antwortete Katus Hershan eifrig. »Für Sie würde ich alles tun, Jawalia.«

Die Frau lächelte. »Sie brauchen nicht alles zu tun. Begleiten Sie mich nur in mein Kabinett und helfen Sie mir dabei, die Angelegenheit wissenschaftlich zu klären.«

»Mit dem größten Vergnügen. Mir wäre es allerdings noch lieber, würden wir die beiden Humanoiden finden, die mich durch das Schattenreich hierher führten. Sie müssen irgendwo geblieben sein.«

»Vielleicht finden wir die Antwort, sobald wir Ihr Erlebnis gründlich untersuchen«, sagte die Psychologin mit unerschütterlicher Ruhe.

Die beiden Gestalten bewegten sich unbeholfen auf ihren dünnen Metallbeinen. Bei jedem Schritt war ein deutliches Klacken zu vernehmen. Romeo und Julia, die 2,50 Meter großen, spielzeughaft wirkenden Roboter, hatten den Befehl erhalten, sich in der Inspektionshalle der Kybernetischen Abteilung zu melden. Perry Rhodan hatte sich entschlossen, sie zu den Keloskern zu schicken, um über eine Zusammenarbeit mit den herrschenden Intelligenzen der Kleingalaxis Balayndagar zu verhandeln.

Als Romeo und Julia den Antigravlift verließen, sahen sie zwei Kinder vor sich. Das war nichts Besonderes, denn im Schiff wimmelte es von Kindern. Es gab sogar schon zahlreiche Frauen und Männer in verantwortlichen Positionen, die an Bord geboren worden waren und die Erde nur aus den Erzählungen der Älteren und aus den Daten der Infospeicher kannten.

Die Kinder, denen sich Romeo und Julia gegenübersahen, wichen jedoch stark von der Norm ab. So war eines rund achtzig Zentimeter groß, hatte einen kürbisförmigen Kopf, hellblaue Haut und einen beinahe kugelrunden Rumpf. Das zweite war gut zwei Handspannen größer, unglaublich dürr und knochig, hatte einen langen, schmalen Kopf, abstehende Ohren und schwarzblaue Haut.

Im Grunde genommen waren sie Menschenkinder, deren Aussehen

niemanden auf der SOL verblüffte. Hin und wieder kam es vor, dass an Bord geborene Kinder körperliche Veränderungen aufwiesen. Die Genetiker versuchten, diese Mutationen mit Strahleneinwirkungen zu erklären, denen die Eltern bei Einsätzen in unerforschten Regionen oder auf den Oberflächen fremder Himmelskörper ausgesetzt gewesen waren. Völlig befriedigend war dieses Phänomen aber bislang nicht geklärt worden.

»Hallo, Romeo und Julia«, sagte das kleinere der Kinder.

Die Roboter blieben stehen. Die bunten Lämpchen auf ihren kastenförmigen Körpern flackerten, die Augen in den quadratischen Köpfen leuchteten stetig, und die Ohren aus Antennendraht drehten sich unaufhörlich.

»Hallo«, erwiderten Romeo und Julia wie aus einem Mund, wobei ihre Münder auf- und zuklappten. »Wer seid ihr? Wir kennen euch noch nicht.«

Das dicke Kind mit dem Kürbiskopf bohrte mit dem Zeigefinger in der Nase. »Ihr könnt kaum alle Menschen an Bord kennen. Ich bin Ulturpf Emraddin.«

»Und ich bin Kjidder Emraddin«, fügte das große dürre Kind hinzu. »Sind unsere Namen schön?«

»So schön wie ein Schluck Schmieröl«, versicherte Romeo.

»Oder wie ein Teelöffel Grafit«, behauptete Julia mit knarrender Stimme.

Ulturpf Emraddin schüttelte sich. »Schmieröl und Grafit«, sagte er empört. »So etwas Scheußliches. Und damit vergleicht ihr unsere Namen. Ihr seid böse.«

»Wir bitten um Verzeihung«, antwortete Julia. »Für Roboter wie uns gibt es nichts Köstlicheres als Schmieröl und Grafit.«

Kjidder Emraddin kicherte, dann sagte er: »Na schön. Wenn ihr vor uns tanzt, versprechen wir euch, jedem eine Büchse Schmieröl zu besorgen. Einverstanden?«

»Wir haben leider keine Zeit«, entgegnete Romeo. »Wir werden erwartet. Später einmal, vielleicht.«

»Nicht später, sondern sofort«, drängte Kjidder Emraddin mit Bestimmtheit. »Ich will, dass ihr jetzt sofort tanzt.«

»Das geht nicht«, erwiderte Julia. »Das lässt SENECA nicht zu.«

»Dieser blöde SENECA ist genauso böse«, schimpfte Kjidder. »Aber wir lassen uns nicht ärgern. Nicht wahr, Ulturpf?«

»Das lassen wir uns nicht gefallen«, versicherte Ulturpf Emraddin.

»Verzeiht, Kinder«, erklang plötzlich eine menschlich klingende

Stimme. »Hier spricht SENECA. Ich muss Romeo und Julia leider unverzüglich weiterschicken. Es ist sehr wichtig, andernfalls dürften sie für euch tanzen.«

Kjidder Emraddin zeigte dem Akustikfeld die Zunge, dann sagte er: »Du wirst schon sehen, was wichtig ist, du blöder Roboter. Meine Mutter sagt sowieso immer, du wärst ein bösartiges Monstrum.«

»Das wüsste ich aber«, erwiderte SENECA mit gekränkt klingender Stimme. »Bitte, lasst Romeo und Julia weitergehen.«

Als die Kinder daraufhin schwiegen, setzten sich beide Roboter wieder schwerfällig in Bewegung. Sie wirkten wie jene großen Blechkästen, die vor Beginn des Raumfahrtzeitalters als technischer Fortschritt präsentiert worden waren, die sich unbeholfen bewegt und mit Tonbandstimme einen geringen Wortschatz geplärrt hatten. Aber das war lange schon Vergangenheit. Äußerlich verriet an Romeo und Julia nichts, dass ihre Positronengehirne eine Leistungskapazität besaßen, die der großer Positroniken der ersten terranischen Raumschiffe in nichts nachstand. Ihnen war ebenso wenig anzusehen, dass in ihren Kastenkörpern Energiewaffen verborgen waren, die im Notfall blitzartig aktiviert werden konnten. Auch von den Projektoren für den HÜ-Schirm und den Paratron war nichts zu erkennen.

Es handelte sich bei Romeo und Julia um zwei hochintelligente und von SENECA mit einer »Seele« versorgte Roboter, deren Kampfkraft die einer konventionell ausgerüsteten Armee übertraf. Dennoch waren sie eine halbe Stunde später noch nicht am Ziel eingetroffen, obwohl sie von dem Antigravlift, an dem sie mit den Kindern zusammengetroffen waren, höchstens zehn Minuten hätten gehen müssen – eine Zeitspanne, die durch Benutzung des Transportbands um acht Minuten zu reduzieren gewesen wäre.

Perry Rhodan runzelte die Stirn, als der Chef des Kybernetiker-Teams sich in der Hauptzentrale meldete und erklärte, dass Romeo und Julia unauffindbar verschollen seien.

»Das ist ausgeschlossen«, stellte Rhodan fest. »Zumindest SENECA muss wissen, wo sich seine Ableger aufhalten. Ich kläre das.« Tief atmete er ein, ehe er sagte: »Rhodan an SENECA! Warum ist meine Anweisung hinsichtlich Romeo und Julia nicht befolgt worden?«

Auf einem Monitor erschien das Symbol der Hyperinpotronik. »Ich habe Romeo und Julia angewiesen, sich unverzüglich zu melden. Eine andere Anordnung erging nicht.«

»Das glaube ich nicht«, entgegnete Rhodan. »Die Roboter verstoßen nicht gegen deine Befehle. Folglich musst du sie anders instruiert haben.«

»Das wüsste ich aber, Sir!«, erwiderte SENECA.

Perry Rhodan reagierte zornig auf die Redewendung. »Natürlich weißt du das, du Heuchler! Ich will von dir die Wahrheit über den Verbleib der beiden. Du hast erst vor wenigen Stunden zugegeben, dass du deine vorherige Handlungsweise bereust. Zwar kannst du deine früheren Fehlentscheidungen nicht rückgängig machen, aber du kannst mir auch nicht einreden, die Kelosker würden sich in so banale Dinge wie das Verhalten zweier Roboter einmischen.«

»Das liegt mir fern, Sir. Es entspricht der Wahrheit, dass ich Romeo und Julia keinen anders lautenden Befehl erteilt habe.«

»Wo sind sie dann?«, fragte Rhodan ungehalten.

SENECA zögerte fast eine Sekunde lang. Als er dann antwortete, schwang in seiner absolut menschlich klingenden Stimme Verlegenheit mit. »Ich weiß es nicht, Sir.«

»Du weiß es nicht?«, fragte Rhodan überrascht. »Heißt das, du hast die Kontrolle über sie verloren?«

»Ja. Und das ist mir furchtbar peinlich, Sir.«

Diesmal glaubte Perry Rhodan der Hyperinpotronik. SENECAS Egosektor hatte infolge einer überzähligen Balpirol-Halbleiterverbindung ein übersteigertes Selbstgefühl entwickelt, weshalb er schon die geringste Wissenslücke zu vertuschen suchte. Ein krasser Fehler wie der Verlust der Kontrolle über das Roboterpärchen, das ständig mit SENECA in Verbindung stand beziehungsweise stehen sollte, musste dem Großgehirn äußerst unangenehm sein. Darum hatte es auch so lange um den »heißen Brei« herumgeredet.

»Das kann ich mir denken«, sagte Rhodan versöhnlicher. »Ich lasse eine Großfahndung nach Romeo und Julia anlaufen. Gib mir sofort Bescheid, sobald du etwas über ihren Verbleib erfährst.«

»Selbstverständlich«, antwortete SENECA. »Ich bitte aber zu bedenken, dass mir nichts in der SOL entgeht. Befänden sich die Roboter an Bord, wüsste ich es.«

Rhodan hätte dem entgegenhalten können, dass SENECA, wenn er tatsächlich alles wüsste, was an Bord geschah, niemals die Kontrolle über seine Ableger verloren hätte. Er verzichtete jedoch darauf, weil es sinnlos gewesen wäre, die Hyperinpotronik in ihrem Selbstwertgefühl noch stärker zu verletzen. »Ich denke daran«, sagte er deshalb nur. Augenblicke später rief er die Besatzung dazu auf, nach Romeo und Julia zu fahnden.

Kaum war das geschehen, meldete sich die Chefpsychologin und bat um eine Unterredung.

»Wissen Sie etwas über den Verbleib der Roboter?«, fragte Rhodan hoffnungsvoll.

Professor Dr. Jawalia Minshan schüttelte den Kopf. »Das nicht. Ich möchte Sie aber über einen anderen ungewöhnlichen Fall informieren.«

Perry Rhodan wollte zuerst ablehnen, denn er hielt die Suche nach den verschwundenen Robotern für wichtiger als irgendein psychologisches Problem, um das sich die Psychologen besser kümmern konnten als er, der Expeditionsleiter. Doch er überlegte es sich anders. Die Kosmopsychologin war eine Könnerin in ihrem Fach und würde ihn kaum mit Unwichtigem belästigen. »Ich kann jetzt nicht aus der Hauptzentrale weg«, erklärte er. »Aber ich bin bereit, Ihnen zuzuhören, sobald Sie zu mir kommen.«

»Danke.« Jawalia Minshan unterbrach die Verbindung.

Rhodan nahm dankbar den Becher Kaffee entgegen, den ihm jemand reichte. Erst nach dem zweiten Schluck blickte er auf und erkannte Galbraith Deighton. »Danke, Gal«, sagte er mit mattem Lächeln. »Wird unser Kaffee eigentlich noch aus echten Bohnen gebrüht oder synthetisch produziert?«

Deighton wölbte die Brauen. »Synthetisch, Perry. Echten Bohnenkaffee haben wir schon lange nicht mehr. Aber dieser schmeckt kaum schlechter, oder?«

Prüfend trank Rhodan den nächsten Schluck. »Warum hast du mich nicht angelogen? Es wäre schön, wenn ich glauben könnte, noch echten, auf Terra geernteten Kaffee zu trinken.«

Galbraith Deighton schüttelte den Kopf. »Wir dürfen nicht mit Selbsttäuschungen anfangen. Das wäre auf die Dauer verhängnisvoll.« Er blickte zum Hauptschott und sagte: »Da kommt unsere Seelenmasseurin – und sie scheint ihren Fall gleich mitgebracht zu haben.«

Perry Rhodan erkannte Professor Minshan sofort, ihren Begleiter identifizierte er erst nach kurzem Nachdenken. Es war Dr. Katus Hershan, ein tüchtiger Fremdrassenpsychologe, den er – mit anderen – zur Begleitung des Roboterpärchens ausersehen hatte.

Dr. Hershan war groß und dürr. Er hatte nackenlanges flachsblondes Haar, hellblaue Augen, einen Schnauzbart und eine markante und stark gekrümmte Nase. Mit vierunddreißig Jahren gehörte er zu den Menschen, die an Bord geboren und aufgewachsen waren.

Rhodan bot seinen Besuchern Platz an, holte persönlich am nächsten Versorgungsautomaten zwei Becher Kaffee für sie und forderte dann die Chefpsychologin auf, ihr Problem vorzutragen.

Jawalia Minshans Lächeln wirkte fahrig, als sie sagte: »Das Problem sitzt neben mir und heißt Katus Hershan. Ehrlich gesagt, ich hoffe immer noch, dass ich nur träume.«

»Was beunruhigt Sie?«, wollte Deighton wissen.

»Mein Patient hatte ein Erlebnis, das ich einerseits nur als Wachtraum einstufen kann, andererseits aber als Pseudorealität bezeichnen muss. Außerdem ist Dr. Hershan felsenfest davon überzeugt, dass er die Sache genau so erlebt hat. Und bis auf dieses Phänomen ist er geistig absolut gesund.«

Sie bat Katus, sein Erlebnis zu schildern. Er redete sachlich und ohne Emotionen darüber, wie er – seiner Meinung nach – im Katarakt ertrunken und von zwei menschenähnlichen kleinen Geschöpfen durch eine Schattenwelt an Bord geführt worden war.

Als er geendet hatte, herrschte Schweigen. Erst Perry Rhodan stellte fest: »Das klingt tatsächlich so, als wären Sie das Opfer einer Halluzination geworden, Dr. Hershan.«

»Das war auch mein erster Eindruck«, warf Jawalia Minshan ein. »Inzwischen bin ich zu dem Schluss gekommen, dass eine Halluzination im herkömmlichen Sinn ausscheidet. Dr. Hershans Schutzanzug war nass. Ich habe die Feuchtigkeit untersuchen und mit dem Wasser des Katarakts und mit dem See im Freizeitbereich vergleichen lassen. Es handelte sich eindeutig um Flusswasser mit allen Schwebstoffen, die unmittelbar am Katarakt vorkommen. Daraufhin ließ ich nachprüfen, ob Dr. Hershan die Schleusenposten passiert hatte. Er hatte an Schleuse B das Schiff verlassen, aber seine Rückkehr ist nicht verzeichnet.«

Rhodan wirkte betroffen. »Ich kann mir nicht vorstellen, dass die Schleusenposten geschlafen haben. Wurde der Humantest durchgeführt?«

»Selbstverständlich«, antwortete die Kosmopsychologin. »Dr. Hershan ist zweifelsfrei ein Mensch, seine Zellaura entspricht den vorliegenden Aufzeichnungen.«

»Was halten Sie selbst von der Sache?« Deighton wandte sich an den Fremdrassenpsychologen.

Katus Hershan seufzte. »Ich bin völlig ratlos«, antwortete er. »Ich weiß nur, dass ich der Sache auf den Grund gehen muss, will ich nicht über kurz oder lang durchdrehen.«

»Das kann ich Ihnen nachfühlen.« Deighton kaute auf seiner Unterlippe.

»Ich auch«, sagte Perry Rhodan. »Die Geschichte klingt so fantastisch, dass sich der Schluss aufdrängt, parapsychische oder paraphysikalische Kräfte wären am Werk gewesen.« Er schaltete sein Armband ein und rief nach Gucky.

Der Mausbiber meldete sich jedoch nicht über Funk, sondern materialisierte Sekunden später in der Hauptzentrale. »Was gibt es, Chef?«

Rhodan stellte die Psychologin und Dr. Hershan vor und sagte: »Wir brauchen deine Hilfe als Spezialist für Phänomene, Gucky.« Er wandte sich an den Fremdrassenpsychologen. »Wären Sie damit einverstanden, Dr. Hershan, dass Gucky in Ihre Gedanken eindringt und Ihre Erinnerungen liest?«

»Mir ist alles recht, was die Angelegenheit klären könnte.«

Der Ilt entblößte seinen Nagezahn. »Dann wollen wir mal, Kaktus.«

»Katus«, verbesserte Dr. Hershan.

Gucky winkte großzügig ab. »Meinetwegen auch Katus, obwohl der eine Buchstabe den Kohl nicht fett macht. Übrigens brauchst du dir keine Sorgen zu machen, dass ich eventuelle Geheimnisse deines Intimlebens ausplaudere, Kaktus. Für mich ist die Schweigepflicht genauso selbstverständlich wie für jeden Mediziner oder Psychologen. Ich habe beispielsweise niemals jemandem berichtet, dass ich in den Gedanken von Oberstleutnant Gokhan Gurzem ...«

»Du bist dabei, gegen die Schweigepflicht zu verstoßen, Gucky!«, unterbrach Rhodan den Wortschwall.

Der Mausbiber klatschte seinen platten Schwanz auf den Boden, zog die Nase kraus und erwiderte: »Ich wollte nur beweisen, was ich alles verschwiegen habe, Chef. Aber wenn niemand zuhören will – bitte sehr.« Er wandte sich wieder an Hershan. »Am besten entspannst du dich und versuchst, an nichts zu denken. Als Dichter dürfte dir das kaum schwer fallen. Also, es geht los!«

Er konzentrierte sich mit halb geschlossenen Augen und verharrte minutenlang reglos. Dann wurde er schlagartig wieder munter. »Erstaunlich, wirklich erstaunlich! Ich bin fasziniert, Leute. Das fragliche Erlebnis unseres lieben Kaktus war absolut real, und das bildet er sich nicht etwa nur ein.«

»Du behauptest, Dr. Hershan hat tatsächlich eine blaue Hand gesehen, die aus dem Wasserfall kam, ist danach in den Katarakt gestürzt und ertrunken und wurde anschließend von zwei kleinen Wesen durch eine

Schattenwelt geführt und im Freizeitbereich abgesetzt?«, erkundigte sich Perry Rhodan erregt.

»So in etwa«, antwortete der Ilt. »Nur ist Katus nicht wirklich ertrunken. Das war ein Trugschluss von ihm. Alles andere stimmt.«

»Und wie erklärst du dir das?«, wollte Deighton wissen.

»Die blaue Hand war offenbar eine materielle Projektion«, sagte Gucky. »Und die so genannte Schattenwelt dürfte sich damit erklären lassen, dass Katus auf ein anderes Energieniveau – beziehungsweise auf eine Existenzebene mit einem anderen Energiegehalt als unsere Existenzebene – versetzt wurde. Ob die beiden kleinen Wesen darin real oder eine Projektion waren, kann ich ohne weitere Fakten nicht entscheiden.«

»Wer bringt so etwas zustande?«, warf Rhodan ein.

»Eine Maschine beziehungsweise ein Aggregat«, antwortete der Ilt zögernd.

Nachdenklich legte Perry Rhodan die Stirn in Falten. »Ein Aggregat, das Personen oder Gegenstände auf eine andere Existenzebene versetzen kann? SENECA hat Romeo und Julia aus seiner Kontrolle verloren, das heißt, sie sind für ihn und uns verschwunden. Ich frage mich, ob das ebenfalls auf das Wirken eines solchen geheimnisvollen Aggregats zurückzuführen ist – und ob jemand es gezielt einsetzt.«

Der Empfang seines Kombiarmbands meldete sich. Rhodan winkelte den Arm an.

»Hier Captain Lahore, Sir! Ich habe die Roboter entdeckt. Sie tanzen im Saal der Ballettschule zu altterranischer Musik.«

»Sie tanzen im Saal der Ballettschule?«, fragte Rhodan verblüfft. »Dann müsste SENECA sie längst bemerkt haben. Ich verstehe das nicht.«

Aus dem Armband erklang ein Räuspern, dann fuhr Captain Lahore fort: »Da war noch etwas, Sir. Ich weiß nicht, ob es von Bedeutung ist oder ob ich es mir nur eingebildet habe: Eine kleine hellblaue Hand war kurz zu sehen. Sie kam aus der Wand, war aber ebenso schnell wieder verschwunden.«

»Danke, Captain«, sagte Rhodan. »Ich schicke Gucky zu Ihnen. Fertigen Sie so schnell wie möglich einen genauen Bericht an.« Er schaltete ab und blickte Dr. Hershan an. »Eine kleine blaue Hand, genau wie bei Ihnen. Das scheint so etwas wie ein Erkennungszeichen zu sein – für wen oder was auch immer.« Im gleichen Atemzug wandte er sich an den Mausbiber. »Gucky, teleportiere bitte in den Ballettsaal und bringe die Roboter dazu, sich endlich in der Kybernetischen Abteilung einzufinden.«

»Wird gemacht«, antwortete der Ilt und verschwand.

Augenblicke später meldete sich SENECA. »Ich habe Romeo und Julia ebenfalls in der Ballettschule entdeckt. Guckys Erklärung hinsichtlich eines Aggregats, das materielle Projektionen erzeugt und Lebewesen und Gegenstände auf eine andere Existenzebene versetzen kann, klingt übrigens faszinierend. Trotzdem weiß ich, dass in der SOL kein solches Aggregat tätig war und auch kein entsprechendes Wirkungsfeld bestand.«

»Wie kommt es dann, dass du Romeo und Julia erst jetzt entdeckt hast, obwohl es scheint, dass sie schon länger im Ballettsaal tanzen?«, fragte Rhodan.

»Ich bin dabei, das Phänomen zu prüfen, Sir«, antwortete die Inpotronik.

Rhodan nickte. »Gib mir Bescheid, wenn du zu einem Ergebnis gekommen bist.« Er schaute die Anwesenden der Reihe nach an. »Dr. Hershan ist so gesund wie jeder von uns«, stellte er fest.

»Das Problem ist damit nicht gelöst«, wandte Deighton ein.

»Natürlich nicht. Es hat wohl erst angefangen.«

6.

Joscan Hellmut schob eine neue Infospule ins Lesegerät, lehnte sich bequem zurück und beobachtete die Informationen und Farbbilder auf dem Holoschirm. Hellmut war Kybernetiker und stets bemüht, sein Fachwissen zu erweitern. Für ihn gab es nichts Interessanteres als das Studium kybernetischer Systeme. Besonders fasziniert war er von SENECA. Die Hyperinpotronik regierte das komplexe technisch ökologische System und sorgte dafür, dass alle in einem angenehmen Klima lebten und die Annehmlichkeiten der Zivilisation genossen. Außerdem schützte SENECA die in sich geschlossene Welt der SOL vor schädlichen äußeren Einflüssen und Gefahren und steuerte die Maschinen und Aggregate, die für den Flug zwischen den Galaxien benötigt wurden. Ohne SENECA wäre die SOL trotz ihrer großen Besatzung hilflos gewesen, und so hatte sich die Hyperinpotronik im Bewusstsein des jungen Kybernetikers zu einer Art Pseudogottheit entwickelt, ohne deren Wirken alles versagte.

Zurzeit funktionierte diese Gottheit nicht so, wie die Besatzung es gern gehabt hätte. Das änderte für Hellmut aber nichts an der Erkenntnis, dass SENECA in seiner Weisheit und Güte alles entscheiden würde. Die Menschen begriffen nur nicht immer sofort, was gut und was schlecht für sie war.

Als sich jemand neben ihm räusperte, blickte Hellmut auf und erkannte Galbraith Deighton. »Sir?« Er schaltete das Lesegerät ab und erhob sich.

»Wie geht es Ihnen, Mr. Hellmut?«

»Gut«, antwortete Joscan Hellmut einsilbig. Den Menschen gegenüber war er verschlossen. Die einzigen Wesen, mit denen er sich prächtig verstand, hießen Romeo und Julia.

»Das freut mich«, erwiderte Deighton. Als Gefühlsmechaniker war er in der Lage, die emotionale Stimmung von Menschen und anderen intelligenten Lebewesen geistig zu erfassen. Gedanken konnte er jedoch nicht lesen. Deshalb wunderte er sich nicht darüber, dass Hellmut ungeduldig auf das Lesegerät blickte und darauf wartete, dass der Störenfried sich wieder entfernte.

»Ich muss Sie leider unterbrechen«, sagte Deighton. »Der Expeditionsleiter wünscht, Sie zu sprechen.«

Joscan Hellmut seufzte nur. Das war seine einzige Reaktion.

»Kommen Sie bitte mit«, fuhr Deighton fort. »Ich nehme an, es wird Sie interessieren, dass Perry Rhodan Sie zusammen mit Romeo und Julia zu den Keloskern schicken will.«

Hellmuts Gesicht hellte sich auf. »Mit den Robotern? Selbstverständlich interessiert mich das. Worauf warten wir noch?«

Galbraith Deighton lächelte verstohlen über den Stimmungsumschwung. Die Aussicht, bald mit dem Roboterpärchen zusammen sein zu können, hatte Hellmut in Erregung versetzt.

Dennoch sprach der Kybernetiker auf dem Weg zur Hauptzentrale im Mittelteil der SOL kein Wort. Dort angekommen, blickte er sich suchend um und nahm danach nur zögernd von Rhodan Notiz.

»Ich danke Ihnen, dass Sie so schnell gekommen sind, Mr. Hellmut«, sagte Rhodan. »Romeo und Julia befinden sich noch in der Inspektion, werden aber bald eintreffen.«

»Sir, ich weiß, dass Romeo und Julia wieder völlig in Ordnung sind. Eine weitere Überprüfung ist unnötig.«

»Sie wurde wegen des bevorstehenden Einsatzes erforderlich.« Rhodan bat den Kybernetiker und Deighton, Platz zu nehmen. »Sie kennen unsere Situation«, sagte er. »Gal, du hast ja zusammen mit Gucky und Tolot schon mehr über die Kelosker herausgefunden.«

Deighton nickte und erklärte: »Als die Kleingalaxis Balayndagar vor langer Zeit dem Konzil einverleibt wurde, entdeckten die Konzilsvölker die Fähigkeiten der Kelosker. Sie beherrschen die siebendimensionale Mathematik brillant, nur ihre Körper sind zu plump, damit können sie keine Hochleistungsgeräte anfertigen. Das Konzil liefert den Keloskern also hochwertige kybernetische Anlagen. Damit führen sie komplizierteste Berechnungen durch, zu denen die anderen Völker nicht fähig sind. Mit Hilfe dieser Vorgaben und den darauf aufgebauten Aktionsprogrammen war es dem Konzil der Sieben überhaupt erst möglich, seinen Einflussbereich über viele Galaxien auszudehnen. Praktisch werden alle Aktionen des Konzils hier in Balayndagar berechnet und geplant. Obwohl sie auf diese Weise ausgenutzt werden, haben sich die Kelosker nie dagegen gewehrt. Im Gegenteil: Sie träumten immer davon, ihre Art des logischen, siebendimensional mathematisch abstrakten Denkens im Universum zu verbreiten. Das Konzil verschaffte ihnen die Gelegenheit dazu. – Das allein wäre noch keine Bedrohung für die SOL. Im Zentrum von Balayndagar existiert aber ein Black Hole – von den Keloskern die *Große Schwarze Null* genannt –, das einst ganze Teile dieser Galaxis verschlungen hat. Zwar ist es den Keloskern mit Hilfe ihrer siebendimensionalen Denkweise gelungen, das Black Hole zu neutralisieren, aber früher oder später wird es wieder aktiv werden. Als die SOL auf Last Stop landete, eröffneten sich den Keloskern überraschende Möglichkeiten. Sie wollen unser Schiff wegen seiner Kapazität und der großen Reichweite nutzen. Das Konzil wurde nicht über diese Absicht informiert, da die Kelosker eigene Pläne verfolgen.« Galbraith Deighton seufzte bitter. »So ist die Lage. Da wir den kybernetischen Anlagen der Kelosker nichts entgegensetzen können, müssen wir einen Kompromiss anstreben, wenn wir die SOL nicht verlieren wollen. Dazu dürften Romeo und Julia am besten geeignet sein – und Sie brauchen wir, weil Sie sich mit dem Roboterpaar verstehen.«

»Was halten Sie davon?«, wollte Perry Rhodan wissen.

Joscan Hellmut zuckte mit den Schultern. »Romeo, Julia und ich werden gut zusammenarbeiten.«

»Das bezweifle ich nicht. Aber Sie haben meine Frage damit nicht beantwortet.«

»Wie auch? Ich kann die Chancen einer Einigung mit den Keloskern nicht vorausberechnen.«

Deighton sagte: »Also müssen wir abwarten, wie sich die Verhandlungen gestalten. Sobald Romeo und Julia einsatzbereit sind, gehen wir an Bord des Kreuzers BRESCIA. Das Schiff wird unter meinem Kommando stehen und uns zu dem Planeten bringen, auf dem Gucky und Tolot schon einmal mit den Keloskern verhandelten. Ich hoffe, wir erreichen diesmal mehr.«

Perry Rhodan wollte etwas sagen, doch vor ihm entstand das holografische Abbild der Kybernetikerin Dr. Dr. Carlotte Messanter. »Die Verbindung zwischen SENECA und den beiden Robotern wurde lahm gelegt«, berichtete sie. »Seitdem jammern Romeo und Julia wie Kinder, die gewaltsam von der Mutter getrennt wurden.«

Joscan Hellmut sprang erregt auf. »Das dürfen Sie nicht tun!« rief er heftig. »Romeo und Julia leiden darunter. Außerdem sind sie ohne permanente Funkverbindung nur noch die Hälfte wert.«

»Es muss sein«, erwiderte Perry Rhodan unbeeindruckt. »SENECA darf die Verhandlungen nicht beeinflussen.« Er wandte sich an die Kybernetikerin. »Schicken Sie Romeo und Julia auf die BRESCIA! Mr. Hellmut wird beide dort in Empfang nehmen.«

»In Ordnung, Sir«, bestätigte die Kybernetikerin und trennte die Verbindung.

»Ich weiß genau, dass es ein Fehler war, die Verbindung zwischen SENECA und dem Roboterpärchen zu unterbrechen.« Hellmut verließ den Raum grußlos.

Rhodan blickte dem Kybernetiker mit unbewegtem Gesicht nach, dann erst wandte er sich dem Schirm zu, auf dem das Symbol von SENECA erschienen war.

»Ich protestiere gegen die Maßnahme, die mir jede Kommunikation mit Romeo und Julia unmöglich macht. Hätten Sie mich vorher informiert, Sir, wäre es mir möglich gewesen, darauf hinzuweisen, dass diese Trennung nur negative Folgen haben kann.«

»Das war mir klar«, antwortete Rhodan. »Darum habe ich auf jedes Gespräch verzichtet, SENECA. Ich will nicht, dass du dich in unsere Verhandlungen mit den Keloskern einmischst. Du hast schon genug Schaden angerichtet.«

»Sie besitzen nicht den gleichen Überblick wie ich, Sir«, entgegnete die Inpotronik. »Romeo und Julia können viel mehr erreichen, wenn sie mit mir in permanenter Verbindung stehen. Das ist nun leider unmöglich, es sei denn, Sie lassen den Eingriff rückgängig machen.«

»Ich denke nicht daran«, erklärte Rhodan schroff. »Ende der Diskussion.«

Als Joscan Hellmut den Hangar betrat, in dem der Kreuzer BRESCIA stand, wurde er schon von Romeo und Julia und der Kybernetikerin Carlotte Messanter erwartet. Die Roboter hielten die Köpfe gesenkt, ihre zahlreichen Lämpchen flackerten trübrot. Hellmut schluckte schwer und kämpfte gegen die in ihm aufsteigende Rührung an. Langsam ging er näher und berührte die Roboter an den Armen. »Was haben sie mit euch gemacht?«, fragte er mitfühlend.

Romeo und Julia wandten ihm ihre »Gesichter« zu. »Wir wurden von unserer Mutter losgerissen«, klagte Julia. Ihre Stimme schnarrte allerdings so automatenhaft wie immer.

»Wir fühlen uns verlassen, Joscan«, sagte Romeo. »Einsam und verlassen.«

Beide Roboter konnten nicht eigenständig fühlen. Sie verfügten über keinen Zellplasmazusatz wie SENECA und erhielten deshalb ihre »Seele« über Hyperfunk von der Mutterpositronik. Was sie an Gefühlen äußerten, waren demnach nicht ihre eigenen Gefühle, momentan nicht einmal die von SENECA, sondern bestenfalls eine gespeicherte Form. Dennoch minderte das Hellmuts Mitleid nicht. »Ihr seid nicht ganz verlassen«, erklärte er. »Ich werde bei euch bleiben, bis wir wieder zurück sind und die Verbindung mit SENECA wieder besteht.«

»Werden Sie nicht sentimental«, schimpfte die Kybernetikerin. »Dieses angebliche Gefühl der Verlassenheit ist doch nur dazu gedacht, Druck auf unsere Tränendrüsen auszuüben.«

»Sie haben keine Ahnung«, erwiderte Hellmut. »Das sind die eigenen Gefühle dieser beiden. Es ist grausam, sie zu quälen.«

»Das sind und bleiben Roboter«, entgegnete Dr. Messanter. »Und vergessen Sie nicht, was SENECA angerichtet hat. Er ist schuld daran, dass wir auf Last Stop festliegen und sogar Tote beklagen müssen.«

»Die Weisheit von SENECA geht über unser Begriffsvermögen hinaus«, erklärte Joscan Hellmut. »Ich kann nur dringend dazu raten, ihm zu vertrauen.«

»Sie spinnen ja«, protestierte Carlotte Messanter. »Werden Sie meinetwegen selig mit Ihren beiden Knallköpfen!« Brüsk wandte sie sich um und verließ den Hangar.

»Nehmt es ihr nicht übel, meine Freunde«, sagte Hellmut zu den Robotern. »Sie weiß nicht, was sie sagt. Kommt, gehen wir an Bord! Wir müssen unsere Mission schnell erfüllen, damit eure Verbindung zu SENECA bald wiederhergestellt werden kann.«

»Du bist unser bester Freund, dir vertrauen wir«, versicherte Julia und ergriff behutsam Hellmuts Hand.

»Wir werden dir nach besten Kräften helfen, Joscan«, erklärte Romeo und fasste nach der anderen Hand des Kybernetikers.

Zwischen den deutlich größeren, ungeschlacht wirkenden Robotern betrat Joscan Hellmut die Bodenschleuse der BRESCIA.

Die biopositronische Hyperinpotronik SENECA war die größte Leistung menschlichen Erfindergeists und menschlicher Technik – ein extrem leistungsfähiger Diener, der nicht nur Rechenoperationen ausführte und die Beherrschung der SOL ermöglichte, sondern der auch selbstständig dachte und fühlte.

Dieses Fühlen wurde nicht nur durch den positronischen Egosektor ermöglicht, der an sich schon zum Aufbau eines individuellen Bewusstseins genügte, sondern in erster Linie durch 125.000 Kubikmeter lebenden Zellplasmas von der Hundertsonnenwelt der Posbis. Dieses Plasma verlieh SENECA die Fähigkeit, Gefühle und Bewusstsein zu entwickeln wie ein Mensch. In Verbindung mit dem hyperinpotronischen Sektor funktionierte SENECA wie ein fühlendes und denkendes Wesen mit eigener Persönlichkeit und einer unvorstellbar großen intellektuellen Kapazität.

Kein Besatzungsmitglied konnte die Gedanken nachvollziehen, die SENECA bewegten, als Romeo und Julia mit dem Kybernetiker Joscan Hellmut die BRESCIA betraten – und niemand ahnte, dass die Hyperinpotronik von Genugtuung erfüllt wurde. Während sowohl SENECA als auch seine beiden Ableger Empörung und Trauer über die Trennung äußerten, wusste SENECA genau, dass die Hyperfunk-Kommunikation mit den Robotern nicht wirklich beeinträchtigt war.

SENECA hatte einen Fall wie diesen längst vorausberechnet und Gegenmaßnahmen ergriffen. Eine zusätzliche Verbindungsschaltung, den Ablegern anlässlich einer von Robotern vorgenommenen Routinewartung heimlich eingebaut, machte die Trennung unerheblich. Jedoch verzichtete SENECA darauf, diesen Zusatz schon zu aktivieren, während Romeo und Julia noch auf Last Stop weilten. Die Hyperfunkimpulse hätten unter Umständen angemessen werden können.

Insofern war sich die Hyperinpotronik ihrer Sache sicher. Sie würde die terranische Expedition zu den Keloskern in ihrem Sinne beeinflussen können.

Doch etwas anderes bereitete SENECA Sorgen. Die Tatsache, dass vor kurzer Zeit vorübergehend jeder Kontakt zu Romeo und Julia abgebrochen war, während sie sich an Bord und damit im engen Kontrollbereich aufgehalten hatten, war ein Rätsel geblieben.

Die Hyperinpotronik hatte viele Möglichkeiten durchgerechnet, auch die, dass sie selbst von unentdeckten keloskischen Geräten beeinflusst worden sein konnte. Aber diese Möglichkeit schied nach logischer Überlegung aus. Die Aggregate der Kelosker waren infolge ihrer siebendimensionalen Auslegung SENECA so weit überlegen, dass ein verborgenes Vorgehen unnötig gewesen wäre, um der Hyperinpotronik ihren Willen – beziehungsweise den Willen der Kelosker – aufzuzwingen. Außerdem hätten keloskische Gadgets niemals etwas derart Unsinniges ausgelöst wie den Tanz zweier Roboter im Ballettsaal.

Selbstverständlich hatte SENECA ebenso die Möglichkeit erwogen, die Kinder, die kurz zuvor verlangt hatten, Romeo und Julia sollten vor ihnen tanzen, wären für den Vorfall verantwortlich. Aber auch diese Möglichkeit erschien absolut unwahrscheinlich. Erstens handelte es sich bei Ulturpf und Kjidder Emraddin um Kinder, die noch nicht einmal eine Ausbildung erhielten, und zweitens wären sie gar nicht in der Lage gewesen, Geräte zur Beeinflussung der Inpotronik – bei denen es sich wiederum nur um keloskische Erzeugnisse handeln konnte – zu bedienen.

Dennoch beschloss SENECA, beide Kinder für einige Zeit zu überwachen und ihr Verhalten zu studieren.

Dieser Entschluss hatte nicht lange Bestand. SENECA »vergaß« ihn schon nach kurzer Zeit einfach, etwas, das sowohl die Hyperinpotronik selbst als auch alle terranischen Kybernetiker als absolut unmöglich eingestuft hätten.

Dr. Katus Hershan betrat zusammen mit Galbraith Deighton den Kreuzer BRESCIA. Doch während Deighton sofort die Hauptzentrale des Schiffs aufsuchte, ging Hershan zuerst in seine Kabine. Er packte seine wenigen Habseligkeiten aus, die er für die Expedition mitgenommen hatte, und verstaute sie. Danach tastete er am Versorgungsautomaten eine Tasse Kaffee und machte es sich bequem.

Er sprach einige belanglose Sätze auf sein neues Notizbuch, dann schaltete er auf Wiedergabe. Katus Hershan fuhr wie von der Tarantel gestochen aus seinem Sessel hoch, als ihm statt seiner eigenen Worte entgegenschallte:

»Eins, zwei, drei – SENECA legt ein Ei!«

Nach dem ersten Schreck beruhigte er sich jedoch schnell wieder. Vor allem, weil eindeutig eine Kinderstimme den Spruch aufgesagt hatte. Wahrscheinlich hatte sich eines der zahlreichen SOL-Kinder irgendwann ins Ausrüstungslager für positronische Geräte geschlichen und den Reim aufgesprochen.

Hershan lächelte und löschte den Vers. Danach wiederholte er die Funktionsprobe, und diesmal klappte alles. Beruhigt schob er die Speicherkarte in die Seitentasche seiner Bordkombi zurück, warf den geleerten Kaffeebecher in den Abfallvernichter und begab sich ebenfalls zur Zentrale.

Die letzten Startvorbereitungen waren angelaufen. Galbraith Deighton saß vor der Kommandostation, und auch die übrige Zentralebesatzung befand sich auf ihren Plätzen.

Katus blickte zu Joscan Hellmut hinüber, der mit Romeo und Julia vor dem Kartentisch stand und angeregt mit ihnen diskutierte. Als Hershan sie erreichte, beendete Hellmut das Gespräch abrupt und beugte sich über den Kartentisch.

Der Psychologe zuckte mit den Schultern und wandte sich an die Roboter. »Wie geht es euch?«

»Schlecht, Sir«, antwortete Romeo. »Wie würde es einem menschlichen Kind gehen, das man gewaltsam von seiner Mutter getrennt hat?«

»Das ist doch kein Vergleich. Außerdem seid ihr nicht die Kinder von SENECA.«

»Doch, Sir«, behauptete Julia. »Natürlich keine biologisch gezeugten Kinder, aber Ableger im Sinn von Tochtergebilden, deren geistige Gesundheit von der kommunikativen Rückkopplung mit der Mutter abhängt.«

Katus Hershan ließ die Antwort auf sich wirken. Sie schien des logischen Kerns nicht zu entbehren. Dennoch fand er, dass Roboter sich nicht so verhalten sollten wie Romeo und Julia.

»Ihr habt im Ballettsaal getanzt«, sagte er. »Der Offizier, der euch fand, entdeckte eine kleine blaue Hand, die sich kurz aus der Wand des Saales streckte. Was wisst ihr darüber?«

»Lassen Sie die beiden in Ruhe!«, fuhr Hellmut den Fremdrassenpsychologen an. »Romeo und Julia leiden schon genug unter der Trennung von SENECA.«

»Ich muss das wissen«, beharrte Hershan. »Ich beobachtete am Großen Katarakt genau die gleiche Erscheinung. Es soll sich nach Guckys Meinung um eine materielle Projektion gehandelt haben.« Er wandte sich wieder an die Roboter. »Beantwortet meine Frage!«

»Wir haben weder im Ballettsaal getanzt noch eine blaue Hand aus einer Wand kommen sehen«, schnarrte Romeo. »Wenn es so wäre, müssten wir das wissen.«

»Es ist eine Tatsache«, erklärte Dr. Hershan. »Ihr dürft euch Tatsachen nicht verschließen, nur weil euch der Vorgang vielleicht peinlich ist.«

»Wir wissen aber nichts davon, Sir«, behauptete Julia.

»Wenn die beiden das sagen, dann wissen sie wirklich nichts davon«, wandte Joscan Hellmut ein. »Verwirren Sie die Roboter nicht, Doktor!«

Katus Hershan wollte widersprechen, überlegte es sich aber doch anders. Er ging zu einem freien Sessel und nahm Platz. Nur mit halbem Ohr hörte er darauf, was Galbraith Deighton mit Perry Rhodan besprach, dem Mann, der schon lange vor Katus' Geburt Großadministrator eines Sternenreichs der Menschheit mit dem Namen »Solares Imperium« gewesen war. Dieses Imperium existierte als politisches Gebilde nicht mehr. Niemand an Bord konnte sagen, wie es auf den bewohnten Planeten des ehemaligen Solaren Imperiums heute aussah. Das zu ermitteln war die Aufgabe der SOL. Doch dazu musste die Besatzung erst jene Galaxis namens »Milchstraße« erreichen, aus der ihre Vorfahren mit dem Ursprungsplaneten der Menschheit gekommen waren.

Hershan lehnte sich zurück und sprach ein kurzes Gedicht auf sein Notizbuch, das seine Gefühle als Suchender widerspiegelte. Er bemerkte nicht, dass die BRESCIA startete und in den freien Weltraum vorstieß.

Eine Weile später beendete er seine dichterische Arbeit. Als er aufblickte, sah er Deighton vor sich. Der Gefühlsmechaniker lächelte. »Haben Sie ein neues Gedicht geschaffen, Dr. Hershan?«

Katus nickte. »Soll ich es Ihnen vorspielen?«

»Ich würde mich freuen.«

Geschmeichelt wechselte der Psychologe auf Wiedergabe. Es knackte leise, dann sagte eine dünne Stimme:

»Eins, zwei, drei – SENECA legt ein Ei!«

Galbraith Deighton grinste über den vermeintlichen Scherz des Freizeitdichters. Erst dann bemerkte er die Betroffenheit auf Hershans Gesicht. »Was ist los?«, erkundigte er sich. »Wussten Sie nicht, dass dieser spaßige Reim gespeichert war?«

Hershan schluckte schwer und umklammerte die Seitenlehnen seines Sessels, um das Zittern seiner Hände zu verbergen. »Ich wusste es nicht«, antwortete er gepresst. »Aber genau der gleiche Reim war gespeichert, als ich die Funktionen in meiner Kabine überprüfte. Ich habe ihn gelöscht. Danach war alles in Ordnung. Ich kann mir nicht erklären, wie der Reim erneut aufgezeichnet wurde.«

Deightons Mimik pendelte zwischen Amüsement und Nachdenklichkeit. »Jemand muss an die Speicherkarte gekommen sein. Es nimmt doch nur auf kurze Entfernung auf?«

»Das stimmt«, erwiderte Hershan. »Aber ich trug es ständig bei mir. Außerdem habe ich eben erst mein Gedicht aufgesprochen – und das ist plötzlich gelöscht. Ich bin beunruhigt, Sir.«

»Das allerdings«, sagte Deighton. »Die Sache ist seltsam. Ich schlage vor, wir verwahren Ihr Prachtstück und lassen es nach unserer Rückkehr überprüfen. Jemand muss eine Zusatzschaltung installiert haben.«

»Sie glauben an einen Scherz?«

»Es kann nichts anderes sein, wenn jemand eine Zusatzschaltung installiert, die dafür sorgt, dass statt Ihrer Poesie nur ein Kinderreim aufgesagt wird.«

»Der von einer Kinderstimme gesprochen wurde«, stellte Katus Hershan bedeutungsvoll fest. »Ein Kind kann aber diese technische Spielerei nicht bewerkstelligt haben.«

»Und ein Elternteil? Vermuten Sie keine finsteren Machenschaften dahinter, schreiben Sie Ihre nächsten Gedichte stattdessen auf Folie, dann verschwinden sie bestimmt nicht.«

»Wenn Sie meinen«, sagte Dr. Hershan, keineswegs davon überzeugt, dass er nur das Opfer eines harmlosen Scherzes geworden war.

7.

Die BRESCIA hatte das Sonnensystem, zu dem Last Stop gehörte, soeben verlassen und stand vor dem ersten Linearmanöver, als die Funkverbindung zur SOL abbrach. Galbraith Deighton, der mit Perry Rhodan sprach, registrierte ungläubig, wie dessen Abbild verblasste. Verärgert verlangte er von der Funkzentrale Auskunft über den Abbruch des Kontakts.

Der Cheffunker, ein älterer Captain namens Sitai Kitaro, antwortete: »Die Geräte zeigen einen Defekt an, lokalisieren ihn aber nicht. Unter diesen Umständen müssten wir die gesamte Hyperfunkanlage auseinander nehmen und Stück für Stück testen, um den Fehler zu finden.«

»Das trifft nicht zu«, widersprach Deighton. »Da die Funkanlage eine dreifache Redundanz hat, lässt sich das Versagen nur mit Sabotage erklären. Versuchen Sie unter diesem Aspekt, die Fehlerquelle zu lokalisieren!« Über sein Mehrzweckarmband befahl er Joscan Hellmut zu sich. »Könnten Romeo und Julia bei diesem Vorfall ihre Finger im Spiel haben?«, fragte er, nachdem er die Situation geschildert hatte.

Hellmut zeigte sich entrüstet. »Romeo und Julia helfen uns, Sir. Warum sollten sie ausgerechnet Sabotage am Hyperkom begehen?«

»Sie fixieren Ihr Gegenargument an einer banalen Annahme«, wehrte Deighton ab. »Lassen Sie sich den Sachverhalt ohne Beteiligung von Gefühlen durch den Kopf gehen und beantworten Sie dann meine Frage erneut!«

Hellmut schluckte. Ruhiger geworden, sagte er: »Sir, ich bitte zu bedenken, dass weder Romeo noch Julia Zugang zur Hyperfunkanlage hatten.«

»Das trifft zu, aber es gilt nur für die Zeit nach dem Start der BRESCIA. Der Funk könnte schon vorher präpariert worden sein.«

»Dafür kämen dann aber sehr viele Roboter in Frage – und auch sehr viele Besatzungsmitglieder.«

»Das stimmt natürlich«, gab Deighton zu. »Wir können also dem Roboterpärchen nichts nachweisen. Dennoch bleibe ich misstrauisch, denn sie sind die Ableger von SENECA. Und SENECA unterliegt nach seinen eigenen Angaben immer noch einer seltsamen Strahlung.«

»Ich bin trotz allem überzeugt davon, dass SENECA niemals unsere Interessen aus den Augen verloren hat«, widersprach Hellmut. »Wir können seinen komplizierten Gedankengängen nicht folgen, aber ich behaupte, dass sogar die scheinbar feindseligen Handlungen der Inpotronik die Wahrung unserer Interessen zum Ziel hatten.«

Galbraith Deighton blickte den Kybernetiker nachdenklich an. »Ihr Vertrauen in allen Ehren, aber ich kann Ihre Auffassung nicht teilen. Wie kommen Sie darauf, SENECA hätte mit seinen feindseligen Handlungen unsere Interessen verfolgt?«

»Ich habe keine Beweise dafür, jedenfalls keine, die sich definieren ließen. Ich spüre einfach, dass SENECA weiterhin für uns und nicht für die Kelosker arbeitet – wenngleich manchmal auf verschlungenen Wegen.«

Der stellvertretende Expeditionsleiter seufzte, dann schaltete er eine Verbindung zur Hauptpositronik des Kreuzers. »Deighton spricht. Ich bitte um Identifizierung als autorisierte Person.«

»Identifizierung ist erfolgt«, erklang es ohne Verzögerung. »Galbraith Deighton, Gefühlsmechaniker und derzeit Kommandant der BRESCIA. Ich erwarte Ihre Anweisungen, Sir.«

Sekundenbruchteile später flackerte das Signet der Positronik. Eine dünne Stimme sagte:

»Eins, zwei, drei – SENECA legt ein Ei!«

Deighton beherrschte sich meisterhaft. Kein Muskel zuckte in seinem Gesicht. Er starrte lediglich unverwandt auf den Schirm, bis das Flackern des Symbols endete.

Dann sagte er: »Ich erbitte Auskunft, wer den Reim *Eins, zwei, drei – SENECA legt ein Ei!* in den Datenspeicher gesprochen und dafür gesorgt hat, dass der Vers zu einer bestimmten Zeit abgerufen wird.«

»Diesbezüglich liegt keine Information vor, Sir. Es wurde kein Reim der von Ihnen genannten Art gespeichert, eine Wiedergabe wurde ebenfalls nicht registriert.«

Deighton blickte Hellmut an. »Spinne ich jetzt, oder was ist los?«

Joscan Hellmut zuckte mit den Schultern. »Ich habe den Ausdruck *spinnen* schon mehrmals gehört, Sir, aber mir ist seine Bedeutung fremd.«

»Das kommt, weil Sie fast nur mit Romeo und Julia reden und kaum mit Menschen. *Spinnen* bedeutet ungefähr so viel wie Unsinn reden oder Fieberfantasien als Realität ausgeben.«

»Ich verstehe. Also etwa das Gleiche wie Datensalat präsentieren.«

»Genau«, erwiderte Deighton trocken. »Von Ihnen musste so ein Vergleich kommen. – Was hatte ich überhaupt gefragt?«

»Sie wollten von mir wissen, ob Sie spinnen, Sir.«

»Richtig. In diesem speziellen Fall sollte das bedeuten, ob ich mir den kindischen Reim nur eingebildet habe.«

»Ich habe ihn ebenfalls gehört«, erklärte Hellmut. »Aber SENECA hat noch nie ein Ei gelegt. Eier kommen ausschließlich aus den Versorgungsautomaten.«

Deighton blickte den jungen Kybernetiker eine Weile prüfend an, weil er glaubte, Hellmut wollte ihn auf den Arm nehmen. Endlich verstand er, dass Joscan Hellmut tatsächlich annahm, Eier würden von den Versorgungsautomaten der SOL hergestellt beziehungsweise gelegt.

»Natürlich hat SENECA noch nie ein Ei gelegt, auch wenn er zur Erzeugung jedes Eis genauso beiträgt wie zur Klimatisierung der SOL«, stellte Deighton fest. »Um zum Thema zurückzukehren: Wie erklären Sie sich die Behauptung, der Bordrechner hätte den Reim weder gespeichert noch abgespielt?«

»Sie drücken sich falsch aus, Sir. Die Positronik hat lediglich ausgesagt, sie hätte eine Wiedergabe nicht registriert. Damit legte sie klar, dass sie es nicht für undenkbar hält, dass sie etwas sendet, ohne den Vorgang im gleichen Augenblick zu registrieren.«

»Wäre das möglich?«

»Selbstverständlich. Angenommen, eine Registrierfunktion fällt aus, dann wird sie sofort von einer Ersatzschaltung übernommen. Dennoch gibt es einen kurzen Black-out, der bewirken könnte, dass ein nur wenig Zeit beanspruchender Vorgang nicht registriert wird.«

»Das leuchtet mir ein. Dennoch bleibt die Frage, wer den verflixten Reim gespeichert hat und warum, zum Teufel noch mal!«

»Regen Sie sich nicht auf, Sir«, sagte Hellmut abwehrend. »Das könnte Ihrem Blutdruck schaden.«

»Ich will mich aber aufregen«, schimpfte der Gefühlsmechaniker. »Jemand versucht, mich zum Narren zu halten. Erst muss ich diesen blöden Reim aus dem Notizbuch von Dr. Hershan hören, nun plärrt sogar der Hauptrechner der BRESCIA diesen Unsinn nach. Es ist zum Aus-der-Haut-Fahren.«

Er wollte noch eine Frage an den Kybernetiker stellen. Doch Joscan Hellmut hatte sich bereits entfernt.

»Ich fresse einen Besen, wenn Romeo und Julia ihre Hände nicht in diesem Spiel haben«, schimpfte Galbraith Deighton im Selbstgespräch.

Der Gefühlsmechaniker überlegte, ob die BRESCIA nach dem Ausfall der Funkverbindung zur SOL zurückfliegen sollte, sagte sich aber, dass damit nichts gewonnen wäre. Eher war genau das beabsichtigt. Die Gedankengänge einer Hyperinpotronik ließen sich von einem Menschen bestenfalls intuitiv erraten, aber niemals systematisch nachvollziehen. Das war nicht einmal mit Hilfe des Bordrechners der BRESCIA möglich.

Galbraith Deighton leitete also das erste Linearmanöver ein. Alles verlief programmgemäß.

Als der Kreuzer in den Normalraum zurückfiel, atmete Deighton erleichtert auf.

»Kommandant an Ortung. Wo bleiben die exakten Positionsdaten?«

In der Wiedergabe des Interkoms wurde das Gesicht des Cheforters sichtbar. »Sir«, sagte der Mann. »Die Ortungen zeigen keine Werte an. Wir prüfen soeben die Geräte, aber sie scheinen einwandfrei zu arbeiten.«

Galbraith Deighton hatte das Gefühl, als hätte ihm jemand einen Kübel Eiswasser über den Rücken geschüttet. »Ermitteln Sie die Fehlerquelle!«, befahl er. »Egal wie.«

Minutenlang saß er wie gelähmt vor seiner Station. Ohne Ortungssysteme war eine Orientierung innerhalb der fremden Galaxis unmöglich. Es gab keine Sternkarten, was eine Umkehr ebenso riskant erscheinen ließ wie den Weiterflug.

Deightons Blick wanderte durch die Hauptzentrale der BRESCIA. Die Besatzung zeigte Unruhe, aber keine Panik. Diese Leute kannten das Ungewöhnliche, sie verloren nicht so leicht die Nerven. Doch irgendwann würden auch sie entsetzt reagieren oder resignieren – je nach Temperament –, sobald das Schiff erst einige Wochen lang durch das Sternengewimmel von Balayndagar irrte.

Er seufzte und stellte eine Verbindung zu Joscan Hellmut her. »Diesmal ist die Erfüllung unserer Mission in Frage gestellt. Ich bin gezwungen, harte Maßnahmen zu ergreifen, sollte sich herausstellen, dass Romeo und Julia die Ortungen lahm gelegt haben. In dem Fall würde ich beide aus dem Schiff entfernen lassen.«

Hellmuts Gesicht zeigte Entsetzen. »Ich werde die Roboter zur Rede stellen, Sir! Bitte warten Sie meine Rückmeldung ab.«

»Ich warte nicht lange«, drohte Deighton.

Diesmal zweifelte der Kybernetiker nicht daran, dass Romeo und Julia wirklich Sabotage betrieben hatten. Er wusste nur noch nicht, wie sie es fertig gebracht hatten, die Geräte der Ortungszentrale weiterhin scheinbar einwandfrei arbeiten zu lassen, ohne dass die Systeme irgendwelche Werte anzeigten.

Eigentlich waren die Roboter allein dazu nicht in der Lage. Sie konnten derart komplizierte Schaltungen nur dann erfolgreich durchführen, wenn sie nach SENECAS Anweisungen arbeiteten. Folglich mussten Romeo und Julia nach wie vor Kontakt zur Hyperinpotronik haben. Ihr Schmerz über die Trennung war nur gespielt gewesen.

Das erbitterte Hellmut. Er fühlte sich von zwei Geschöpfen betrogen, die er immer als Freunde betrachtet hatte. Dementsprechend heftig waren seine Vorwürfe, die er ihnen machte. Aber Romeo und Julia stritten alles ab.

»Unser Ziel ist identisch mit dem unserer Schöpfer, Joscan«, erklärte Romeo. »Wir wollen euch helfen, die SOL von Last Stop zu starten. Da das nur mit Hilfe der Kelosker erreicht werden kann, werden wir versuchen, die BRESCIA zu den Beherrschern von Balayndagar zu bringen.«

»Wie wollt ihr das, wenn die Ortungssysteme versagen?«, erkundigte sich Hellmut. »Könnt ihr sie reparieren?«

»Das können wir nicht, denn wir wissen nicht, wo die Fehlerquelle liegt«, antwortete Julia. »Aber wir verfügen über Daten, mit deren Hilfe die Positronik in der Lage sein wird, das Schiff auch dann ans Ziel zu bringen, wenn alle Ortungen versagen.«

Misstrauisch runzelte Hellmut die Stirn. »Das könnt ihr nur, wenn ihr mit einem derartigen Zwischenfall gerechnet habt.«

»Wir sind auf alle denkbaren Zwischenfälle vorbereitet«, erklärte Romeo. »Zwar konnten wir nicht ahnen, dass die Ortungssysteme ausfallen würden, aber wir rechneten mit einer Fremdbeeinflussung.«

»Das klingt logisch.« Hellmut begab sich mit den Robotern zur Zentrale. »Es sieht so aus, als ob nur Romeo und Julia uns helfen und die BRESCIA ans Ziel führen könnten, Sir«, erklärte er Deighton. »Sie haben versichert, dass sie auf alle nur denkbaren Zwischenfälle vorbereitet sind und über ausreichende Daten verfügen.«

»Das gefällt mir nicht«, erwiderte der Gefühlsmechaniker. »Schauen Sie ruhig auf die Holoschirme der Panoramagalerie, Mr. Hellmut! Nirgends gibt es einen Bezugspunkt, weil wir keinen haben. Wenn wir uns den Robotern anvertrauen, fliegen wir praktisch blind – und zwar im wahrsten Sinne des Wortes.«

»Sie müssen uns schon vertrauen, Sir«, wandte Julia ein. »Anders kommen Sie nicht aus dem Dilemma heraus.«

Deighton lachte bitter. »Ich soll mich ausgerechnet den beiden ausliefern, denen ich am meisten misstraue, Julia? Findest du nicht, dass das eine Zumutung ist?«

»Nein, Sir, denn Ihr Misstrauen ist unberechtigt. Sie können uns glauben, dass wir nur das Beste wollen.«

Galbraith Deighton dachte lange nach, dann holte er tief Luft und sagte: »Mir bleibt wohl nichts anderes übrig, als in den sauren Apfel zu beißen, zumal es der einzige erreichbare Apfel ist.«

»In welchen sauren Apfel, Sir?«, erkundigte sich Joscan Hellmut. »Ich weiß zwar, dass Äpfel essbare Früchte sind, die auf Terra an Bäumen wachsen. Aber auf der SOL habe ich nie welche gesehen.«

»Das war symbolisch gemeint«, erwiderte Deighton mit einem Anflug von Verzweiflung in der Stimme. »Ich wollte ausdrücken, dass wir Romeos und Julias Hilfe annehmen müssen.«

Die Roboter boten einen beinahe komischen Anblick, wie sie reglos, an die Verbindungen zur Hauptpositronik angeschlossen, in der Zentrale standen. Galbraith Deighton fand das allerdings nicht erheiternd. Sein Misstrauen war keineswegs geschwunden, er hielt es nur für besser, die BRESCIA von den Robotern an irgendein Ziel bringen zu lassen, anstatt durch die Kleingalaxis zu irren und dabei vielleicht noch einem Schiff der Laren zu begegnen.

Vor dreieinhalb Minuten war die BRESCIA in den Linearraum gegangen. Der Reliefschirm zeigte voraus einen leuchtenden Punkt: die von den Robotern angesteuerte Zielsonne.

Mehr als dieser Punkt war indes nicht auf den Schirm zu bekommen, da die Zuschaltung der hochwertigen Ortungspositronik notwendig gewesen wäre. Die aber war, wie das gesamte Ortungssystem, ausgefallen.

Am schlimmsten quälte den Gefühlsmechaniker die Untätigkeit, zu der die Besatzung verurteilt war. Romeo und Julia hatten praktisch das Kommando übernommen, und niemand konnte erkennen, welche Daten zwischen ihnen und der Hauptpositronik flossen.

Deighton wandte sich Hellmut zu. »Warum beschleunigen Ihre Schützlinge nicht schneller? Das Schiff könnte im Linearraum eine tausendmal höhere Geschwindigkeit erreichen.«

Der Kybernetiker zuckte mit den Schultern. »Ich weiß nicht.« Mehr sagte er nicht. Schon gar nicht erwähnte er seinen Verdacht, dass die beiden Ableger mit SENECA in Hyperfunkverbindung standen. Vermutlich kamen die Daten, die Romeo und Julia auf die Hauptpositronik der BRESCIA überspielten, nicht aus ihren Positronengehirnen, sondern von der Hyperinpotronik.

Zum ersten Mal war Hellmuts Glaube an SENECAS Unfehlbarkeit erschüttert worden. Er war sich plötzlich nicht mehr sicher, dass SENECA auf jeden Fall das Beste für die SOL wollte. Vielleicht, so überlegte er, war die Hyperinpotronik doch hilflos den Befehlsimpulsen der keloskischen Instrumente ausgeliefert und konnte Befehle zum Schaden der Besatzung weder umgehen noch neutralisieren.

Andererseits zweifelte Hellmut nicht daran, dass SENECA, falls er das wollte, die Entwicklung zugunsten der Kelosker erheblich hätte beschleunigen können. Wahrscheinlich wusste die Besatzung der SOL nicht einmal, wie hilflos sie im Grunde genommen diesem Riesengehirn gegenüber war, das praktisch alle Lebens- und Arbeitsbereiche an Bord beherrschte.

Da SENECA dennoch darauf verzichtet hatte, den Widerstand der Terraner mit einem Schlag zu brechen und sie den Keloskern auszuliefern, blieb nach Hellmuts Meinung immer noch ein Funke Hoffnung, an den er sich klammerte. Er beobachtete das Kommen und Gehen der Zentralebesatzung. Alle wirkten bedrückt und bewegten sich so leise und unauffällig, als fürchteten sie, von unsichtbaren Gegnern beobachtet zu werden.

Nur die beiden Kinder schienen keine Furcht zu empfinden. Sie standen vor einer Wandnische und ließen Romeo und Julia nicht aus den Augen.

Diese Kinder sahen seltsam aus. Offenbar waren sie die Nachkommen von Eltern mit Genveränderung durch unbekannte Einflüsse. Körperliche Mutanten wie sie gab es mehrere an Bord der SOL.

Eines der Kinder war etwa achtzig Zentimeter groß und so dick wie ein Fass. Es hatte hellblaue Haut und einen großen kürbisförmigen Schädel. Das andere war deutlich größer und sehr dürr. Es schien nur aus Haut und Knochen zu bestehen, hatte einen langen schmalen Kopf, abstehende große Ohren und schwarzblaue Haut.

Joscan Hellmut lächelte, doch plötzlich erstarb sein Lächeln. Er fragte sich, was zwei Kinder an Bord eines Kreuzers im Einsatz zu suchen hatten.

Hellmut blickte zu Deighton, weil ihn interessierte, wie der Gefühlsmechaniker auf die Anwesenheit der Kinder reagierte. Nahm er sie gelassen hin, wusste er von dem Regelverstoß. Doch das konnte sich Joscan nicht vorstellen.

Galbraith Deighton schaute unverwandt zu Romeo und Julia hinüber. Er schien die Anwesenheit der Kinder noch gar nicht bemerkt zu haben – auch sonst hatte offenbar niemand registriert, dass zwei Kinder die Zentrale betreten hatten.

»Sir!«, rief Hellmut leise.

Zögernd wandte Deighton den Kopf und blickte den Kybernetiker fragend an.

»Die beiden Kinder, Sir. Was sagen Sie dazu?«

Deighton runzelte die Stirn. »Welche Kinder? Meinen Sie Romeo und Julia?«

»Nein, natürlich nicht.« Hellmut deutete zu den beiden so unterschiedlichen Gestalten hinüber. Das heißt, er hatte das tun wollen, doch sie waren plötzlich nicht mehr da. Sein ausgestreckter Arm blieb zitternd in der Luft hängen, als hätte er ein Eigenleben entwickelt.

Galbraith Deighton erhob sich und kam auf ihn zu. »Was ist los?«, fragte er besorgt. »Ist Ihnen nicht gut?«

Der Kybernetiker schluckte ein paarmal und ließ endlich den Arm wieder sinken. »Dort standen sie vor wenigen Sekunden«, stammelte er. »Ein dickes Kind mit Kürbiskopf und hellblauer Haut und ein langes dürres Kind mit schwarzblauer Haut. Sie müssen die Zentrale verlassen haben, während ich mich an Sie wandte.«

Der Gefühlsmechaniker taxierte die Strecke zwischen dem angegebenen Standort der Kinder und dem Schott und schüttelte den Kopf. »So schnell können sie den Ausgang nicht erreicht haben. Es sei denn, sie wären gerannt. Aber das wäre aufgefallen.« Er hob die Stimme und rief: »Hat jemand zwei Kinder hier gesehen?«

Die Offiziere schüttelten entweder verneinend den Kopf oder blickten Deighton an, als zweifelten sie an seinem Verstand.

»Zur Besatzung der BRESCIA gehören keine Kinder, Sir«, sagte der Erste Offizier schließlich. »Außerdem würde ich nie dulden, dass Jungvolk an einem gefährlichen Auftrag teilnimmt.«

Galbraith Deighton nickte. »Daran zweifle ich nicht. Aber wäre es denkbar, dass sich zwei Kinder vor dem Start an Bord geschlichen haben?«

»Ich muss doch sehr bitten, Sir!«, entgegnete der Erste Offizier entrüstet. »Die Schleusenkontrollen sind wegen der vielen Kinder auf der SOL so scharf, dass es nicht einmal eine Maus heimlich an Bord geschafft hätte.«

»Ich habe zwei Kinder gesehen«, beharrte Joscan Hellmut.

»Wie sahen sie denn aus?«, wollte der Erste Offizier wissen. Nachdem Hellmut sie beschrieben hatte, schüttelte er den Kopf. »Wahrscheinlich haben Sie mit offenen Augen geträumt …«

»Augenblick!«, fuhr Deighton erregt auf. »Das eine Kind hatte hellblaue Haut, Mr. Hellmut?«

»Richtig.« Joscan Hellmut nickte heftig. »Und das war bestimmt keine Halluzination.«

»Hellblaue Haut«, murmelte Deighton. »Ich erinnere mich, dass Dr. Hershan von einer hellblauen Hand sprach, die aus dem Katarakt gekommen sein soll. Und Captain Lahore, der Romeo und Julia im Saal der Ballettschule entdeckte, berichtete von einer kleinen hellblauen Hand, die kurz in der Wand des Saales sichtbar gewesen sein soll. Eine kleine hellblaue Hand, das hätte durchaus die Hand eines Kindes sein können.«

»Welcher Mensch hat schon hellblaue Haut?«, wandte der Erste Offizier ein.

»Vielleicht war es kein menschliches Kind«, gab Joscan Hellmut zu bedenken. »Oder nicht einmal ein Kind, sondern ein Extraterrestrier, der einem terranischen Kind ähnelt.«

»Schon möglich«, sagte Deighton.

»Aber das erklärt noch nicht, wie ein Unbefugter an Bord der BRESCIA gelangt sein soll«, protestierte der Erste Offizier.

»Natürlich nicht. Es sei denn, es handelt sich um einen Teleporter.« Galbraith Deighton wollte noch mehr sagen, doch in diesem Augenblick stimmten Romeo und Julia einen merkwürdigen Gesang an, der wegen ihrer plärrenden Stimmen und seines Textes grotesk und unheimlich zugleich wirkte:

»Sieben, neun, acht,
im Hyperkom hat es gekracht.

Zwei, drei, vier,
der Sternenwolf steht vor der Tür.
Der Strahlensturm summt an der Wand,
SENECA hat ihn nicht erkannt.«

So plötzlich, wie sie ihr Lied angestimmt hatten, brachen die Roboter den Gesang wieder ab. Ihre Lampen flackerten hektisch.

Galbraith Deighton blickte den Kybernetiker fragend an. »Was war das, Mr. Hellmut?«

Joscan Hellmut war blass geworden. »Das kann ich mir nicht erklären, Sir. – Romeo und Julia!«, rief er.

Die Roboter wandten ihre würfelförmigen Köpfe langsam in seine Richtung. Ihre Münder klappten auf, und sie fragten synchron: »Warum störst du uns, Joscan?«

»Was habt ihr eben gesungen? Und vor allem: Warum habt ihr das gesungen?«

»Wir haben nicht gesungen, sondern gearbeitet«, erwiderte Romeo.

Galbraith Deighton holte tief Luft. »Wir alle haben es gehört. Es ist zwecklos, eine Tatsache abstreiten zu wollen.«

»Richtig, Sir«, sagte Julia. »Aber wir streiten nichts ab. Wir stellen nur fest, dass wir nicht gesungen haben. Wäre es anders, müssten wir es doch wissen.«

»Was sollen wir denn gesungen haben?«, warf Romeo ein.

Deighton wiederholte den Text. Fragend blickte er die Roboter an.

»Es handelt sich um ein altes Kinderlied, das vor ungefähr dreiundzwanzig Jahren von Catryn Hratec gedichtet wurde«, erklärte Julia. »Seitdem singen es die Kinder an Bord der SOL. Die Behauptung, SENECA würde einen Strahlensturm nicht erkennen, ist natürlich unsinnig. SENECA weiß alles. Schon deshalb würden Romeo und ich diesen Text niemals vortragen.«

»Das ist doch …«, fuhr der Erste Offizier auf.

»Ruhig, Sir«, sagte Joscan Hellmut. »Wenn die Roboter behaupten, sie hätten das Lied nicht gesungen, sagen sie zweifellos die Wahrheit – die Wahrheit nämlich, die sie kennen. Folglich wissen sie nicht, dass sie das Lied von sich gegeben haben. Warum sollten sie es sonst abstreiten?«

»Ich weiß nicht«, erwiderte der Erste Offizier. »Ich weiß nur, dass Positroniken nichts vergessen können, wenn es nicht gelöscht wird. Demnach arbeiten die Gehirne von Romeo und Julia fehlerhaft.« Er wandte sich an Deighton. »Sir, ich beantrage, dass die Roboter sofort von der

Hauptpositronik gelöst werden. Da ihre Speichersektoren nicht einwandfrei arbeiten, dürfen wir uns ihnen nicht länger anvertrauen.«

Galbraith Deighton zögerte ungewöhnlich lange. »Was meinen Sie dazu, Mr. Hellmut?«, fragte er nach einer Weile.

Joscan dachte daran, dass Romeo und Julia sehr wahrscheinlich noch in Hyperfunkkontakt mit SENECA standen. Da die Speichersektoren der Hyperinpotronik absolut nichts vergessen konnten, konnten auch Romeo und Julia nichts vergessen. Es sei denn, sie waren beeinflusst worden. Dann musste aber gleichzeitig die Verbindung mit SENECA für kurze Zeit unterbrochen gewesen sein.

»Ich bin sicher, dass Romeo und Julia einwandfrei arbeiten«, erklärte der Kybernetiker. »Meiner Meinung nach unterlagen sie kurzzeitig einer von außen kommenden Beeinflussung.«

»Das hat uns gerade noch gefehlt«, schimpfte Deighton. »Wir haben schon genug Schwierigkeiten mit SENECA und den Keloskern. Wenn sich auch noch eine dritte Kraft einmischt …«

»Sie denken an die Kinder?«, fragte Hellmut.

»An die Kinder oder Extraterrestrier oder was es sonst für Geschöpfe waren, ja. Jedenfalls müssen wir ab sofort davon ausgehen, dass sich mindestens zwei Unbekannte an Bord befinden, die in der Lage sind, Positroniken zu beeinflussen.«

»Aber was versprechen sie sich davon, wenn sie Romeo und mich Kinderlieder singen lassen?«, fragte Julia.

»Ich weiß es nicht«, gab der Gefühlsmechaniker zurück. »Vielleicht experimentieren sie noch.« Er wandte sich an den Ersten Offizier. »Stellen Sie eine Mannschaft zusammen, die das Schiff systematisch durchsucht. Unbefugte sind sofort mit Lähmwaffen unschädlich zu machen. Wir müssen annehmen, dass es sich um Teleporter handelt.«

»Verstanden, Sir«, erwiderte der Erste Offizier. Er gab die Befehle weiter.

Deighton fixierte Romeo und Julia. »Setzt eure Arbeit fort! Ich werde allerdings erst aufatmen, sobald die BRESCIA wieder festen Boden unter den Landestützen hat.«

»Wir auch, Sir«, sagte Romeo schnarrend und erntete damit zaghaftes Gelächter.

»Endlich«, sagte Galbraith Deighton, als der Kreuzer in den Normalraum zurückfiel. Die Ortungen funktionierten nach wie vor nicht, sodass eine normale Orientierung unmöglich war. Mit bloßem Auge aber ließ sich nicht ermitteln, ob die Sonne in Schiffsnähe Planeten besaß und wenn ja, wie viele.

Romeo und Julia waren weiterhin mit der Hauptpositronik verbunden. Sie übermittelten alle für den Flug benötigten Daten.

Langsam nahm die BRESCIA wieder Fahrt auf. Deighton beobachtete angespannt die Panoramagalerie. Vage war der Stern zu erkennen, den der Kreuzer unter dem Kommando der Roboter angeflogen hatte. Das Bild wirkte unscharf und gab die Umgebung nicht farbig wieder wie sonst. Das beunruhigte den Gefühlsmechaniker. Aber noch mehr irritierte ihn die Tatsache, dass es dem Suchkommando bisher nicht gelungen war, die Unbekannten aufzuspüren, die sich seiner Meinung nach an Bord befinden mussten. Nur deshalb versäumte er es, Romeo und Julia auf die mangelhafte Arbeit der Panoramagalerie hinzuweisen.

Als die Wiedergabe sich endlich normalisierte, erkannte Deighton, dass er sich zu intensiv mit einem zweitrangigen Problem beschäftigt hatte. Denn die Sonne, die er nun deutlich und vor allem farbig sah, war niemals das Zentralgestirn jenes Systems, in dem Gucky und Tolot den ersten Kontakt mit Keloskern gehabt hatten. Jene Sonne war ein gewöhnlicher Stern vom Soltyp gewesen, während diese hier viel größer war und in intensivem Grün leuchtete.

Die Erkenntnis, dass Romeo und Julia sie zu einem anderen Sonnensystem als geplant gebracht hatten, versetzte allen Bemühungen einen Rückschlag. »Mr. Hellmut!«, rief er scharf.

Der Kybernetiker wandte sich ihm zu. »Ja, Sir?«

Deighton deutete auf das Abbild der grünen Sonne. »Das ist nicht unser Zielstern!«

»Sie müssen es wissen, Sir«, gab Hellmut gelassen zurück. »Ich kann das nicht beurteilen, weil ich das Ziel nicht kenne.«

»Begreifen Sie denn nicht? Diese verflixten Roboter spielen ihr eigenes Spiel. Sie haben uns absichtlich in ein fremdes System gebracht. Ich verlange, dass Romeo und Julia kurzgeschlossen werden.«

»… was ich für einen Fehler halte«, entgegnete Hellmut. »Wir brauchen beide. Vor allem sollten wir sie zuerst fragen, was sie zur Kursänderung bewogen hat.«

Galbraith Deighton erhob sich und zog seinen Impulsstrahler. »Mit Verrätern diskutiere ich nicht«, erklärte er zornig. »Entweder schließen Sie die Roboter kurz, oder ich zerstöre beide.«

Als Joscan Hellmut nichts darauf sagte, hob Deighton die Waffe – und brach stocksteif zusammen.

»Sir!«, rief Hellmut erschrocken.

Auch die anderen Offiziere in der Zentrale wurden von Lähmstrahlen getroffen. Romeo und Julia mussten die Positronik veranlasst haben, die internen Paralysatoren gegen die Besatzung einzusetzen.

Nur er, Joscan Hellmut, war verschont geblieben. »Meine Freunde«, sagte er verbittert, »warum habt ihr das getan? Ihr habt euch gegen euren Herrn gewendet. Das verstößt gegen die Robotergesetze und macht euch zu Irregulären.«

Romeo drehte seinen quadratischen Kopf herum, blinkte den Kybernetiker aus leuchtenden Augenzellen an und erwiderte: »Wir mussten so handeln, da diese Personen niemals verstanden hätten, worum es geht. Deighton wollte uns kurzschließen oder zerstören lassen. Das durften wir nicht akzeptieren, denn wir werden von den Menschen noch dringend gebraucht. Bei dir rechnen wir mit Verständnis. Wir bitten dich, uns zu vertrauen und mit uns zum dritten Planeten des Borghal-Systems zu fliegen.«

Joscan Hellmut blickte die Roboter lange an, dann sagte er: »Ihr wusstet also von vornherein, dass ihr uns nicht zum Zielplaneten bringen würdet, sondern zu einer anderen Welt in einem fremden Sonnensystem. Anstatt mit uns zu kooperieren, habt ihr insgeheim gegen uns gearbeitet. Warum konntet ihr nicht offen argumentieren?«

»Weil die Menschen uns niemals verstanden hätten«, antwortete Romeo. »Das Problem ist so kompliziert, und die Schwierigkeiten sind so vielschichtig, dass es einem menschlichen Gehirn nicht möglich ist, alles zu durchschauen und den einzigen logischen Schluss zu ziehen. Dazu ist nur SENECA in der Lage.«

Der Kybernetiker holte tief Luft. »Ihr gebt also zu, dass ihr weiterhin Funkkontakt zu SENECA unterhaltet?«, fragte er.

»Natürlich«, sagte Romeo. »Es war notwendig, diese Tatsache eine Zeit lang zu verschleiern. Nun können wir es eingestehen. SENECA weiß genau, was er tut und warum. Wir bitten dich nochmals, uns zu vertrauen.«

Joscan Hellmut lachte trocken. »Etwas anderes bleibt mir wohl nicht übrig. Also schön, fliegen wir zum Planeten – wie heißt er doch gleich?«

»Takrebotan«, antwortete Romeo. »Seine Sonne Borghal gehört zu den sehr seltenen Sternen, die überwiegend im fünfdimensionalen Bereich strahlen.«

»Aber derartige 5-D-Strahler müssen durch äußere Einflüsse zu ihrer besonderen Emission angeregt werden«, gab Joscan Hellmut zu bedenken.

»Das trifft zu. Borghal steht in der Nähe des gefürchteten Dimensionstrichters der Kleingalaxis Balayndagar, der von den Keloskern *Große Schwarze Null* genannt wird. Wir sind zurzeit etwa 370 Lichtjahre von Last Stop entfernt.«

»Die Ortungssysteme wurden von uns wieder aktiviert, Joscan«, warf Julia ein. »Du kannst den Planeten während des Anflugs beobachten und analysieren, wenn du das möchtest.«

Der Kybernetiker erhob sich. »Wenigstens etwas, das ich noch tun kann«, sagte er missgelaunt. »Ich bin gespannt, auf was für eine Welt ihr uns entführt habt.«

8.

Fasziniert verfolgte Joscan Hellmut die Ausschläge auf dem Gravimeter und die Zacken und Kurven im dazugehörigen Diagramm. Die grüne Sonne Borghal war ein 5-D-Strahler, wie er unter zehn Milliarden Sternen nur einmal vorkam. Im Vergleich zu seinem fünfdimensionalen Spektrum war die normale Reststrahlung verblüffend schwach. Andernfalls hätte Borghal wahrscheinlich rund zehnmal heller geleuchtet.

Der Kybernetiker stellte außerdem fest, dass Romeo und Julia die Schutzschirme des Kreuzers aktiviert hatten. Natürlich kannten sie die Gefahren, die von einem 5-D-Strahler wie Borghal drohten. Ein ungeschütztes Raumschiff konnte förmlich zerrissen werden, oder es verschwand während eines Dimensionsbebens für immer aus dem vierdimensionalen Raum-Zeit-Kontinuum. Glücklicherweise wehrten die Schirmfelder alle Gravitationsstürme und Dimensionsbeben ab.

Hellmut richtete sein Augenmerk auf den dritten Planeten. Takrebotan durchmaß am Äquator 9683 Kilometer, seine Schwerkraft betrug 1,09 Gravos. Eine Rotation dauerte nur 12,22 Stunden. Der Planet wies wegen der starken Neigung seiner Polachse extrem unterschiedliche Klimazonen auf. Gewaltige Stürme tobten.

Sand- und Staubwolken entzogen Teile der Oberfläche der direkten Sicht. Was Joscan Hellmut beobachten konnte, war eine einzige, lediglich von großen Binnenseen durchsetzte Landmasse. Ozeane gab es nicht.

Die Oberflächenstruktur erschien durchweg wüstenartig. Relativ flache Gebirge ragten in den verschiedensten Formationen auf, und was an Vegetation auszumachen war, konzentrierte sich auf die Randzonen der

Binnenseen und die Uferbereiche der wenigen Flüsse. Die Pflanzen schimmerten violett oder giftgrün.

Der Kybernetiker verzog das Gesicht. Um keinen Preis hätte er dort unten leben wollen. Er begriff überhaupt nicht, wie intelligente Lebewesen sich auf einem derart öden und kalten Himmelskörper niederlassen konnten, anstatt ihre Städte im Weltraum anzulegen und ihre Umweltbedingungen selbst zu bestimmen. Doch die Ortung zeigte eindeutig, dass auf Takrebotan Intelligenzen lebten. Es gab eine Stadt mit zirka vierhundert Quadratkilometern Ausdehnung, die noch dazu sehr flach gebaut war. Sie erstreckte sich südlich eines vegetationslosen Gebirges, dessen Gipfel bis zu dreieinhalb Kilometer in den Himmel ragten. Halbkreisförmig gekrümmt, bot es der Stadt Schutz vor Staubstürmen aus den nördlichen Wüsten.

Ein Binnenmeer und ein Flusslauf bildeten zusammen mit dem Gebirge ein Dreieck, in dem die Stadt eingebettet lag.

Etwa fünfzig Kilometer westlich erkannte Hellmut einen großen Raumhafen. Das Areal umfasste zirka fünftausend Quadratkilometer, wies jedoch keine befestigten Landefelder auf. Es war lediglich von Felsbrocken gesäubert und grob planiert worden.

Am Rand des Hafengeländes erhoben sich plumpe Türme, Kuppeln für Zug- und Druckstrahlen und Lagerhallen. Die Monstrosität dieser Bauwerke – und auch der nahen Stadt – verriet, dass es sich um Anlagen der Kelosker handelte. Hellmut wusste aus dem Bericht der ersten Expedition, dass die Kelosker sich durch mangelndes handwerkliches Geschick auszeichneten. Zwar konnten sie mit ihren Gehirnen die großartigsten Pläne entwerfen, aber sobald sie diese umzusetzen versuchten, kamen stets missgestaltete Dinge dabei heraus. Genau genommen wären Kelosker allein nicht einmal in der Lage gewesen, diese Stadt auf Takrebotan und die Raumhafenanlagen zu errichten. Wahrscheinlich hatten die Laren auf ihren eigenen Industrieplaneten alles nach keloskischen Plänen gebaut und mit Transportraumschiffen geliefert.

Auf dem Raumhafen standen ohne erkennbare Ordnung vierundzwanzig plumpe Raumschiffe, deren Höhe zwischen sechshundert und tausend Metern betrug. Es handelte sich überwiegend um kegelförmige Gebilde, deren Spitzen von großen Kugeln, schief geratenen Würfeln und tellerartig flachen Diskussen gekrönt wurden. Daneben gab es Walzenraumschiffe mit stumpfem Bug und flachem, wie abgeschnitten wirkendem Heck.

Der Anblick dieser Raumer ließ Joscan Hellmut aufatmen, bewiesen sie doch, dass Romeo und Julia die BRESCIA nicht zu einer beliebigen

Welt, sondern immerhin zu einem Planeten der Kelosker gebracht hatten. Vielleicht, so folgerte der Kybernetiker, hatte SENECA diese Änderung des ursprünglichen Plans nur deshalb veranlasst, weil er durch seinen ersten Kontakt mit den Keloskern erfahren hatte, dass Verhandlungen auf Takrebotan sinnvoller waren als anderswo.

Unterdessen hatte der Kreuzer die Atmosphäre des Planeten erreicht und setzte zur Landung an. Eine viertel Stunde später berührten die Landeteller der BRESCIA den Boden.

Als Joscan Hellmut bei einem der keloskischen Raumschiffe eine Bewegung bemerkte, schaltete er den Panoramaschirm auf Ausschnittvergrößerung. Sekunden später sah er seinen ersten Kelosker.

Der Fremde trug einen grauen Schutzanzug. Dennoch waren seine Körperformen gut zu erkennen. Oberflächlich betrachtet hatte er eine gewisse Ähnlichkeit mit einem zu klein geratenen terranischen Elefanten, wie Hellmut sie aus den Informationsspulen kannte. Auch die lederartige Haut wies große Ähnlichkeit mit der Haut eines terranischen Dickhäuters auf.

Der Kelosker lief auf zwei kurzen, plumpen Beinpaaren und stützte sich ab und zu auf seine langen Tentakelarme. Dieser unbeholfene Gang erregte Hellmuts Mitleid. Allerdings unterdrückte er das Gefühl, wusste er doch genau, dass die Kelosker das anders empfanden und sich recht gut selbst helfen konnten.

Danach wandte er seine Aufmerksamkeit dem Kopf des Wesens zu. Dessen Form erinnerte vage an eine Suppenterrine; die Schädeldecke bestand aus einer gekrümmten Knochenplatte, aus der in unregelmäßigen Abständen vier höckerartige Auswüchse ragten.

Aus dem Bericht der ersten Expedition wusste Hellmut, dass sich in den Höckern Gehirnsektoren befanden, über die sonst kein Lebewesen verfügte. Sie standen mit dem Großhirn in Verbindung und erlaubten es den Keloskern, abstrakt mathematische Zusammenhänge zu begreifen, die den Terranern und anderen Intelligenzen nicht zugänglich waren.

Sie waren rechnerisch sogar schon in den Bereich der siebten Dimension vorgedrungen, die von Terranern mit dem absoluten Nichts gleichgesetzt wurde. Die Kelosker schienen mit diesem »Nichts« umgehen zu können wie andere Intelligenzen mit fünfdimensionalen Gravitationskonstanten. Offenbar war »Nichts« doch kein treffender Ausdruck für den Bereich der siebten Dimension.

Der Kybernetiker entdeckte in dem mehr als einen Meter breiten und etwa halb so hohen Schädel vier Augen, von denen zwei dort saßen, wo sich beim Menschen die Schläfen befanden. Das dritte Auge lag in Stirnhöhe, das vierte unterhalb und etwa da, wo beim Menschen der Mund war. Bei den Keloskern lag die Mundöffnung unterhalb dieses vierten Auges, an der Übergangsstelle zwischen Kopf und Rumpf. Den Mund benutzten sie ähnlich zum Sprechen wie Menschen.

Als sich zu dem einen Wesen weitere gesellten, lösten Romeo und Julia die Verbindung zur Hauptpositronik. »Wir verlassen das Schiff und bitten dich, uns zu begleiten, Joscan«, sagte Julia.

»Wollen die Kelosker überhaupt mit uns verhandeln?«, erkundigte sich der Kybernetiker.

»Das wird sich herausstellen«, antwortete Romeo. »Ich schlage vor, du nimmst Deightons Translator mit.«

Joscan Hellmut nickte. Er nahm dem gelähmten Gefühlsmechaniker das Übersetzungsgerät ab und war sich dabei bewusst, dass Deighton ihn trotz seiner Lähmung sehen und hören konnte. Dennoch schwieg er und schloss sich den Robotern an, um Kontakt zu den Keloskern aufzunehmen.

Drei kastenförmige Radfahrzeuge hielten wenige Meter vor ihnen an. Die Gefährte waren äußerlich sauber gearbeitet, doch die Bedienungsinstrumente im Innern erschienen als derart plumpe Machwerke, dass sie an die Schalter und Hebel von Intelligenzen auf der Stufe des Übergangs vom Handwerk zur Industrialisierung erinnerten.

Türen klappten nach außen und bildeten primitive Rampen, auf denen mehrere Kelosker unbeholfen ihre Fahrzeuge verließen.

Vor den Robotern und Hellmut richteten sie sich auf. Sie standen nur auf den hinteren Beinpaaren und waren durchweg 2,70 Meter groß und zwei Meter breit. Diese Gestalten wirkten, als hätte sich die Natur mit ihnen einen Scherz erlaubt oder den ersten Versuch gemacht, intelligentes Leben zu formen.

Aber die Kelosker mussten, so grotesk und schwerfällig sie wirkten, eine sinnvolle Lösung der Evolution darstellen. Wie ihre Heimatwelt ausgesehen haben mochte, konnte Hellmut nicht einmal erraten. Er war nur überzeugt davon, dass es kein Planet vom Typ Takrebotans gewesen sein konnte.

Der größte Kelosker bewegte die Hautlappen seines Munds und sagte etwas in seiner fremdartigen Sprache.

»Willkommen auf Takrebotan, ihr Sendboten unseres Verbündeten SENECA«, übersetzte der Translator. »Ihr seid zur rechten Zeit gekommen.«

Joscan Hellmut erschrak, dass die Roboter und er als Sendboten des Verbündeten SENECA bezeichnet wurden. Er hob die Hand und antwortete: »Wir danken für die freundliche Begrüßung. Mein Name ist Joscan Hellmut, und meine Begleiter, Romeo und Julia, sind SENECAS Kinder. Wir sind zu euch gekommen, um über ein Bündnis zu verhandeln, das beiden Seiten Vorteile bringt und den Frieden zwischen unseren Völkern sichert.« Er beobachtete, dass die Kelosker unruhig wurden.

Schließlich wandte sich der Sprecher der Fremden an ihn. »Wir erkennen Ihren guten Willen an, Joscan Hellmut, aber wir brauchen keine Verhandlungen. Wir benötigen das große Schiff, das ihr SOL nennt, um unsere wichtigsten kybernetischen Geräte in Sicherheit zu bringen. Dazu ist es erforderlich, die Besatzung von Bord zu schaffen und alle Fracht so weit wie möglich auszuladen, um Platz zu gewinnen.«

Der Kybernetiker wandte sich um, als etwa fünfzig große Bodenfahrzeuge zur BRESCIA rollten und rund zweihundert Kelosker schwerfällig an Bord des Kreuzers gingen. Er fühlte sich überfahren und protestierte: »Sie haben kein Recht, in unser Raumschiff einzudringen.«

»Ich heiße Kudan«, sagte der Sprecher der Kelosker. »Rechtliche Fragen stehen nicht auf der Tagesordnung, Joscan Hellmut. Wir brauchen auch Ihr Raumschiff, um zusätzliche Geräte zur SOL zu bringen. Der Besatzung wird nichts geschehen. Sie kann auf Takrebotan leben.«

Verzweifelt wandte sich Hellmut an die Roboter. »Romeo und Julia!«, rief er. »Tut endlich etwas! Ihr könnt doch nicht tatenlos zusehen, wie die Besatzung des Kreuzers auf Takrebotan ausgesetzt wird.«

»Das ist notwendig, Joscan«, erklärte Romeo. »Wir bitten dich, SENECA und uns gewähren zu lassen. Wir sind doch Freunde, und Freunde müssen einander vertrauen.«

Der Kybernetiker sah, dass die ersten Kelosker die BRESCIA schon wieder verließen. Sie trugen jeder zwei Menschen mit sich und legten sie in einiger Entfernung vom Schiff behutsam auf den Boden. Offenbar wollten sie der Besatzung nichts tun, aber es war schon schlimm genug, dass sie die Frauen und Männer von Bord schafften. Was sollten sie auf Takrebotan? Die SOL war ihr Zuhause. Beschwörend sagte er: »Kudan, wenn ihr nicht wollt, dass wir euch wie Feinde behandeln, stellt eure Aktion sofort ein. Wenn ihr Frachtraum benötigt, verhandelt mit uns. Perry Rhodan lässt bestimmt mit sich reden. Aber er wird niemals erlauben, dass man ihn und seine Leute gewaltsam ihres Eigentums beraubt.«

»Wir haben unsere Chancen berechnet«, entgegnete der Kelosker. »Verhandlungen würden, wenn wir auf jede Gewalt verzichten, nur zu einem Kompromiss führen, der unsere Interessen lediglich mangelhaft wahrnimmt. Deshalb schließen wir Verhandlungen aus. Wir werden uns nehmen, was wir brauchen, jedoch das Leben und die Gesundheit Ihrer Leute schonen.«

Immer mehr Kelosker schleppten Terraner ins Freie. Es dauerte nicht lange, da wurde auch Galbraith Deighton herausgebracht. Alle waren noch gelähmt, und Joscan Hellmut konnte allein nichts ausrichten. Als er sah, dass die Kelosker sogar Inventar des Kreuzers von Bord trugen, um Raum für ihre Geräte zu schaffen, wandte er sich erneut an ihren Sprecher.

»Ihr könnt nicht gewinnen, Kudan. Die SOL ist ein Kampfschiff. Wenn es nötig sein sollte, wird die Besatzung eure Raumschiffe abschießen.«

»Wir wollen keinen Krieg«, erwiderte Kudan. »Deshalb wird SENECA zum richtigen Zeitpunkt dafür sorgen, dass die Besatzung der SOL handlungsunfähig wird – genauso, wie die Crew des kleinen Raumschiffs ausgeschaltet wurde.«

Hellmut wandte sich erbittert ab. Ihm war klar geworden, dass die Menschen auf der SOL keine Chance gegen SENECA hatten, sobald die Hyperinpotronik die internen Paralysatoren überraschend und schlagartig einsetzte. Niemand, nicht einmal Perry Rhodan, würde mit einer solchen Heimtücke rechnen. SENECA hatte zwar bisher schon im Sinn der Kelosker gehandelt, jedoch die Menschen nie offen angegriffen. Vor kurzem hatte er sogar versprochen, von nun an wieder für die Terraner zu arbeiten. Der neue Verrat war so ungeheuerlich, dass sich Joscan Hellmut entschloss, gegen SENECA vorzugehen. Es gab nur eine Möglichkeit, ein schreckliches Ende zu verhindern. Er musste mit einem Beiboot der BRESCIA von Takrebotan fliehen, nach Last Stop zurückkehren und Rhodan warnen.

Wie er nach Last Stop finden sollte, war ihm noch schleierhaft. Vielleicht gelang es, Hyperfunkverbindung mit der SOL aufzunehmen und ihren Sender anzupeilen. Die Information über den geplanten Verrat durfte er jedoch nicht über Funk durchgeben, da SENECA mithören würde. Folglich musste er auf Last Stop landen und mit Rhodan persönlich reden.

Joscan Hellmut entfernte sich langsam von den Keloskern, als hätte er die Aussichtslosigkeit jeden Widerstands eingesehen. Er wartete darauf, dass die Beiboote der BRESCIA ausgeschleust wurden. Erst dann würde er sich einer Space-Jet bemächtigen können.

Doch bevor es so weit war, geschah etwas, mit dem niemand gerechnet hatte. Die keloskischen Raumschiffe aktivierten plötzlich ihre Triebwerke und starteten. Torkelnd erhoben sie sich eins nach dem anderen und verschwanden im Himmel. Kurz darauf tobte ein Orkan über den Platz und riss Joscan Hellmut von den Füßen.

Als die letzte Druckwelle verklungen war, rappelte er sich wieder auf. Die Kelosker liefen ziellos durcheinander, kletterten in ihre Bodenfahrzeuge, stiegen wieder aus und benahmen sich überhaupt völlig kopflos. Hellmut erkannte, dass der Start der Schiffe für alle Kelosker überraschend gekommen war. Die Frage einer Meuterei stellte sich. Die unsauberen Starts ließen das als durchaus möglich erscheinen. Jedenfalls verbuchte der Kybernetiker den Vorfall als Pluspunkt für die terranische Seite. Die Kelosker wurden daran gehindert, Material von ihren Raumschiffen in die BRESCIA zu transportieren.

Während er noch überlegte, ob er das allgemeine Durcheinander nutzen sollte, um ein Beiboot der BRESCIA zu kapern, tauchte ein Kelosker vor ihm auf. Nach kurzer Musterung erkannte Hellmut ihn als Kudan.

»Ich kann Ihnen nicht helfen, und ich habe auch nichts mit dem jähen Start Ihrer Schiffe zu tun«, erklärte der Kybernetiker.

»Darum geht es nicht«, erwiderte der Kelosker. »Wir nehmen an, dass die Entführung der Raumschiffe auf eine Aktion des Konzils zurückzuführen ist. Wir haben unsere wertvollsten kybernetischen Geräte, die nach unseren Plänen auf Konzilswelten gebaut und von Laren zu unseren Planeten gebracht wurden, teilweise wieder demontiert und nach Takrebotan geschafft. Das Konzil weiß davon nichts.«

»Wenn die Entführung Ihrer Schiffe vom Konzil veranlasst wurde, trifft das wohl nicht zu«, sagte Hellmut mit leicht spöttischem Ton.

»Die Laren müssen durch Zufall die Wahrheit herausgefunden haben«, erklärte Kudan. »Bisher landete noch keiner ihrer SVE-Raumer auf Takrebotan. Das wird sich wohl bald ändern. Dann müssen wir damit rechnen, hart bestraft zu werden.«

»Das verstehe ich nicht. Wenn es euren kybernetischen Geräten gelungen ist, SENECA für euch einzuspannen, solltet ihr ebenso in der Lage sein, die Positroniken der Laren in eurem Sinne zu beeinflussen.«

»Eben das geht nicht«, sagte der Kelosker. »Da unsere kybernetischen Geräte vom Konzil gebaut und geliefert wurden, können sie nicht gegen das Konzil eingesetzt werden – jedenfalls nicht direkt.«

»Warum nicht? Ich denke, die Konzilsvölker sind gar nicht in der

Lage, das Funktionsprinzip eurer kybernetischen Geräte und Anlagen zu verstehen. Sie bauen alles exakt nach euren Plänen. Wie könnten sie dann Sicherheitsschaltungen oder Ähnliches integriert haben?«

Der Kelosker ging nicht darauf ein. Offensichtlich wollte er nicht verraten, warum sein Volk gegen das Konzil hilflos war.

»Wir müssen verhindern, dass die Laren, wenn sie auf Takrebotan landen, euer Raumschiff entdecken«, erklärte Kudan. »Deshalb habe ich angeordnet, dass die Besatzung zurückgebracht wird und dass Romeo und Julia das Schiff anschließend zu einem Versteck fliegen.«

»Einverstanden«, sagte Hellmut. »Warum gehen wir nicht einen Schritt weiter und verbünden uns gegen die Laren? Das wäre die Grundlage für eine breite Zusammenarbeit, und ihr brauchtet die SOL nicht zu stehlen, sondern bekämt sie mitsamt der Besatzung geliehen.«

»Wir können keine zahlenmäßig große Besatzung brauchen«, erwiderte der Kelosker. »Sie benötigt zu viel Raum für Wasser, Nahrungsmittel und Ausrüstung – und auch für sich selbst. Dieses Volumen ist für unsere Geräte unerlässlich.« Er deutete zur BRESCIA. »Gehen Sie an Bord Ihres Schiffs, Terraner! Die Besatzung wird bereits zurückgebracht.«

Joscan Hellmut sah, dass die Kelosker dabei waren, die noch gelähmten Besatzungsmitglieder in das Schiff zurückzuschleppen. Romeo und Julia waren nicht zu sehen. Wahrscheinlich befanden sie sich schon an Bord.

Als er sich wieder dem Kelosker zuwenden wollte, war Kudan verschwunden. Offenbar war er in den Wagen gestiegen, der in der Nähe gehalten hatte und soeben anfuhr.

Der Kybernetiker setzte sich zuerst langsam in Richtung auf die BRESCIA in Bewegung, dann verfiel er in einen leichten Trab. Er hatte es plötzlich eilig, in den Kreuzer zu gelangen und zu sehen, was Romeo und Julia trieben.

Als Joscan Hellmut die Hauptzentrale der BRESCIA betrat, war das Roboterpärchen schon wieder an die Bordpositronik angeschlossen. Die Kelosker hatten jedes Mitglied der Zentralecrew auf den richtigen Platz gesetzt.

Sekunden später trug eines der plumpen Wesen Galbraith Deighton herein. Der Gefühlsmechaniker war noch ebenso handlungsunfähig wie alle anderen. Doch die Paralyse verhinderte nicht, dass ein davon Betroffener alles wahrnahm, was um ihn herum geschah.

Deshalb trat der Kybernetiker an Deighton heran. »Sir, ich weiß, dass Sie mich hören können. Darum will ich Sie informieren, was die Kelosker veranlasste, alle an Bord zurückzubringen ...«

Galbraith Deighton reagierte nicht. Trotzdem wusste Hellmut, dass der Kommandant alles hörte und verstand. Einmal glaubte er, in den Augen des Gefühlsmechanikers etwas aufblitzen zu sehen, als ob Deighton seine ganze Willenskraft zusammengenommen hätte, um ihm, Hellmut, etwas mitzuteilen.

Unterdessen hatten Romeo und Julia die Impulstriebwerke aktiviert. Mit ohrenbetäubendem Tosen hob der Kreuzer ab. Erst als das Schiff die Atmosphäre verließ, wurde der Kybernetiker unruhig. »Romeo und Julia!«, rief er. »Warum bringt ihr das Schiff in den Weltraum? Ich dachte, ihr sollt es auf Takrebotan verstecken, oder?«

Die Roboter antworteten nicht. Stattdessen schaltete sich die Hauptpositronik in die Bordkommunikation ein und sagte:

»Die Erde ist ein ferner Stern,
unser Opa hat sie gern.
Dort sollen tausend Bäume blühn,
SENECA, bring uns einmal hin!«

Langsam sank Joscan Hellmut in seinen Kontursessel. Er hatte das Gefühl, in einer Trainings-Zentrifuge zu sitzen, die sich immer schneller drehte. Nicht, dass das kurze Gedicht ihn sentimental gestimmt hätte. Dagegen war er immun – oder er glaubte wenigstens, es zu sein. Was ihn verwirrte, war die Erinnerung daran, dass er dieses Gedicht schon einmal gehört hatte – auf der SOL. Anlässlich einer Feierstunde war es von Kindern aufgesagt worden.

Und nun plapperte die Hauptpositronik der BRESCIA das Gedicht nach. Es war nicht das erste Mal während dieser Mission, dass der Bordrechner Kinderreime vortrug. Der Kybernetiker hätte gewettet, dass die Positronik sich auch diesmal nicht daran erinnerte.

Zweifellos hatten die Unbekannten erneut zugeschlagen. Hellmut fragte sich, ob sie noch mehr veranlasst haben konnten. Wer eine Positronik manipulierte, konnte auch andere Systeme beeinflussen. Beispielsweise die Hauptpositroniken der vierundzwanzig Schiffe, die gegen den Willen der Kelosker gestartet und im Weltraum verschwunden waren.

Vielleicht hatten die Unbekannten den irregulären Start veranlasst und nicht die Laren. Wollten sie den Terranern helfen?

Joscan Hellmut kam zu dem Schluss, dass das eine voreilige Folgerung gewesen wäre. Niemand kannte die Pläne der beiden Wesen, die wie mutierte terranische Kinder aussahen. Waren sie auch dafür verantwortlich, dass die BRESCIA nicht, wie von den Keloskern gefordert, ein Versteck auf Takrebotan aufgesucht hatte, sondern in den Weltraum gerast war?

Ob das wirklich bedeutete, dass die Kinder der BRESCIA zur Flucht und zur Rückkehr nach Last Stop verhelfen wollten, erschien dem Kybernetiker fraglich. Ebenso gut konnte es ihre Aufgabe sein, den Kreuzer für eigene Zwecke zu entführen und zu einem Geheimstützpunkt ihres Volkes zu bringen.

Hellmut wollte Kontakt aufnehmen. Er entschied, dass ein Versuch nicht schaden könne, und aktivierte den Rundruf: »Hier spricht Joscan Hellmut, Kybernetiker an Bord der SOL und zurzeit als Betreuer von Romeo und Julia auf dem Kreuzer BRESCIA. Ich wende mich an die Fremden, die unsere Hauptpositronik veranlassten, ein Kindergedicht aufzusagen. Bitte melden Sie sich! Ich möchte mit Ihnen verhandeln. Vielleicht gibt es ein Übereinkommen.«

Er wartete, aber nichts geschah.

Als er schon aufgeben wollte, schaltete sich die Hauptpositronik erneut ein und sagte:

»Wir sind zwischen den Sternen geboren,
unsere Heimat ist die SOL.
Ohne Erde sind wir verloren,
nur auf der Erde fühlen wir uns wohl.«

Joscan Hellmut runzelte die Stirn. Er fragte sich, ob dieses neue Gedicht die Antwort auf seine Verhandlungsaufforderung darstellte. Gleichzeitig veränderte sich die vertraute Umgebung.

Zuerst verblassten die Schirme der Panoramagalerie, unmittelbar darauf verschwammen die Konturen der Kontrollpulte. Danach verwandelte sich die normale Beleuchtung in ein grünliches Glimmen, in dessen trübem Schein schemenhafte Gebilde durch die Zentrale schwebten.

Hellmuts geschulter Verstand erfasste augenblicklich, was geschah. Die BRESCIA war, weil ohne Schutzschirme fliegend, von einem von Borghal ausgehenden Dimensionsbeben erfasst und auf eine andere Existenzebene geschleudert worden. Damit war das Schicksal des Kreuzers und seiner Besatzung besiegelt. Während Dimensionsbeben verschwundene Raumschiffe waren nie zurückgekehrt.

Als er aus den Augenwinkeln heraus eine Bewegung wahrnahm, fuhr der Kybernetiker erschrocken herum.

Fast fühlte er sich erleichtert, weil er in wenigen Metern Entfernung die »Kinder« stehen sah. Sie wirkten in dieser veränderten, unwirklich erscheinenden Umgebung seltsam real und bildeten einen starken Kontrast zu allem anderen in der Hauptzentrale.

Vielleicht, weil sie aus dieser Dimension stammen!, schoss es Hellmut durch den Kopf.

»Haben Sie uns entführt?«, erkundigte er sich mit erzwungener Ruhe.

Als die Fremden nicht antworteten, schaltete er seinen Translator ein und wiederholte die Frage.

Doch die beiden schwiegen weiterhin. Sie wandten sich um, öffneten das Schott auf ganz normale Art und traten auf den dahinter liegenden Gang hinaus.

Joscan Hellmut saß in seinem Kontursessel und konnte sich lange Zeit nicht rühren. Als er endlich seine Fassung zurückgewann, brachte er nichts anderes heraus als die Verwünschung der Kybernetiker: »Elektronen, Positronen und Hyperinpotronen!«

Joscan Hellmut erhob sich vorsichtig und bewegte sich langsam auf Romeo und Julia zu. Die Roboter waren zu Zerrbildern ihrer selbst geworden. Der Kybernetiker wusste auch darauf eine Erklärung. In jeder Dimension – beziehungsweise, um den wissenschaftlich exakten Ausdruck zu gebrauchen: in jedem dimensional bestimmten und in seiner Art einmaligen Kontinuum – äußerte sich die Existenz der Materie auf spezifische Art und Weise. Darum musste jedes materielle Gebilde, das von seiner eigenen Dimension in eine andere geriet, einen Anpassungs- und Umwandlungsprozess durchlaufen, bevor es als integrierter Bestandteil der neuen Dimension gelten konnte. Das traf auch auf Sinneseindrücke zu. Da der menschliche Wahrnehmungsapparat sich jedoch schneller auf eine veränderte Umwelt einstellte, als materielle Gebilde sich wandelten, erfasste er diejenigen Gegenstände und Personen, die mit ihm in eine andere Dimension gerieten, nicht mehr in ihrer richtigen Erscheinungsform.

So lautete, stark vereinfacht, die Definition dessen, was Joscan Hellmut erlebte. Und natürlich hatte diese Erklärung rein theoretischen Charakter.

Als er die Gebilde erreicht hatte, die seiner Meinung nach Romeo und Julia darstellten, blieb er stehen und sagte: »Ich bin Joscan. Könnt ihr mich verstehen?«

Eine Weile blieb es still. Er dachte schon, die Roboter hätten ihn nicht gehört oder nicht verstanden, dann sagten beide gleichzeitig: »Wir verstehen dich, Joscan, aber wir begreifen nicht, was geschehen ist.« Die

Stimmen klangen nicht so plärrend wie sonst, sondern dumpf und hohl, als spräche ein Mensch durch ein viele Meter langes Rohr.

»Wir wurden mit der BRESCIA in eine andere Dimension verschlagen«, erklärte Hellmut. »Doch das hättet ihr schneller begreifen müssen als ich.«

»Nicht, wenn wir uns wirklich in einer anderen Dimension befinden.«

Beim Verschwinden aus dem eigenen Kontinuum war die Verbindung zwischen den Robotern und SENECA abgerissen. Romeo und Julia waren nur noch zwei normale Roboter, unabhängig von der Hyperinpotronik und einzig und allein den Menschen zum Gehorsam verpflichtet. Die Freude darüber hielt bei Hellmut nicht lange an, denn sie würden bis ans Ende ihrer Tage in einem fremden Kontinuum verschollen bleiben. In hundert Jahren würde niemand mehr an Bord leben. Nur die BRESCIA und die Roboter würden noch nach Jahrtausenden durch diese Dimension treiben.

»Wie ein fliegender Edamer«, murmelte Hellmut, der sich die feststehende Redewendung nie gemerkt hatte und den bewussten »Holländer« seiner Weltfremdheit wegen für eine Käsesorte hielt. »Warum habt ihr die BRESCIA in den Weltraum gebracht, ohne den Schutzschirm zu aktivieren?«, fragte er. »Ihr wusstest doch, dass die 5-D-Strahlung der Sonne Borghal gefährlich ist.«

»Wir haben mit der BRESCIA die Atmosphäre nicht verlassen«, widersprachen Romeo und Julia. »Wir wissen nur, dass wir das Schiff starteten, um es in ein Bergversteck der Kelosker zu steuern. Danach war nichts mehr. Unsere Erinnerung setzte erst wieder ein, als wir uns schon in der fremden Dimension befanden.«

»Demnach sind die Fremden verantwortlich«, folgerte der Kybernetiker. »Sie haben nicht nur unser Schiff, sondern auch die Raumer der Kelosker in ihre eigene Dimension entführt.«

»Welche Fremden?« Die Roboter sprachen immer noch gleichzeitig.

»Die beiden blauhäutigen Wesen, die wie mutierte terranische Kinder aussehen und schon einmal in der Zentrale auftauchten«, antwortete Hellmut. »Sie waren vorhin wieder hier. Aber sie verließen die Zentrale auf normalem Weg, was meiner Meinung nach beweist, dass dies ihr ureigenes Kontinuum ist. Nach ihrer ersten Erscheinung waren sie entweder teleportiert oder in einer Dimensionsfalte untergetaucht.«

»Beschreibe uns diese blauhäutigen Lebewesen, Joscan!«

Hellmut erfüllte die Bitte der Roboter, obwohl er sich nichts davon versprach. Deshalb überraschte ihn ihre Reaktion.

»Wir sind den Fremden schon einmal begegnet, Joscan«, erklärten

Romeo und Julia. »An Bord der SOL. Sie behaupteten, die Kinder von Angehörigen der Schiffsbesatzung zu sein, und stellten sich als Ulturpf und Kjidder Emraddin vor.«

»Ulturpf und Kjidder Emraddin? Das sind keine typisch terranischen Vornamen. Aber Emraddin habe ich schon irgendwann gehört. Habt ihr nicht nachgeprüft, ob die beiden tatsächlich SOL-Kinder sind?«

»Wir wurden dringend erwartet«, antworteten die Roboter. »Deshalb erfüllten wir auch den Wunsch der Wesen nicht, vor ihnen zu tanzen.«

»Sie baten euch ... was?«, vergewisserte sich Hellmut.

»Zu tanzen«, sagten Romeo und Julia. »Normalerweise hätten wir auch den ausgefallensten Wunsch erfüllt, denn wir sind programmiert, den Menschen Freude zu bereiten. Aber wir waren so dringend angefordert worden, dass wir diesen Wunsch ablehnen mussten. Daraufhin erklärten Ulturpf und Kjidder, sie würden sich das nicht gefallen lassen.«

Gegen seinen Willen musste Hellmut grinsen. »Wisst ihr wirklich nicht mehr, dass ihr von einem Offizier beim Tanz im Saal der Ballettschule ertappt wurdet?«

»Davon wissen wir nichts. Man hat uns gegenüber zwar so etwas behauptet, aber weder in unseren Erinnerungsspeichern noch in denen von SENECA war ein solcher Vorgang registriert. Folglich hat er nicht stattgefunden.«

»Er hat stattgefunden«, stellte Hellmut fest. »Allmählich solltet ihr euch der Tatsache nicht mehr verschließen, dass es Wesen gibt, die sowohl eure Positronengehirne als auch die Hyperinpotronik SENECA beeinflussen können. Es kann sich übrigens nicht um terranische Kinder handeln. Sie haben uns in eine andere Dimension entführt – und vierundzwanzig keloskische Raumschiffe dazu. Auf diesen Gedanken wären Kinder niemals gekommen.«

»Das klingt logisch«, erwiderten Romeo und Julia. »Du hast nur wieder vergessen, dass die grüne Sonne Borghal ein starker 5-D-Strahler ist, der Dimensionsbeben verursacht. Wenn die BRESCIA das Opfer eines solchen Bebens geworden ist, haben die Fremden – oder die Kinder – nichts damit zu tun.«

»Aber sie haben vierundzwanzig keloskische Raumschiffe entführt«, beharrte der Kybernetiker. »Was sollten Kinder damit anfangen ...?« Er stockte und sagte nachdenklich: »Die Raumschiffe der Kelosker wurden sehr unsauber gestartet. Wenn wir davon ausgehen, dass die seltsamen Wesen alle Vorgänge fehlerlos beeinflussen können, bleibt nur eine Erklärung: Beide sind keine Kosmonauten, sondern verfügen über ein sehr mangelhaftes Fachwissen, was die Bedienung von Raumschiffen anbelangt. Das wäre typisch für SOL-Kinder unter zehn Jahren. Ältere hätten ausreichende Kenntnisse, um einen sauberen Automatstart zu programmieren. Auch die Reime sprechen dafür, dass wir es nicht mit Fremden, sondern mit SOL-Kindern zu tun haben.«

»Dann sollte es dir möglich sein, dich ihnen verständlich zu machen und sie zur Hilfeleistung zu bewegen – falls ihre parapsychischen Kräfte dazu ausreichen«, sagten Romeo und Julia.

»Ihr glaubt, sie wären in der Lage, die BRESCIA in die eigene Dimension zurückzubringen?«, fragte Hellmut atemlos.

»Sie sind trotz aller Schleusenkontrollen unbemerkt an Bord des Kreuzers gelangt«, erwiderten die Roboter. »Wenn sie keine Teleporter sind, dann vielleicht Dimensionsgänger, also Menschen mit der parapsychischen Fähigkeit, von einer Dimension in die andere zu wechseln und dabei Materie mitzunehmen – zum Beispiel ihre Kleidung. Wir wissen nur nicht, auf welche Masse ihre Fähigkeit beschränkt ist.«

»Hm«, machte der Kybernetiker. »Das alles ist zwar wie ein Traum, aber ich werde mich bemühen, die Wesen – oder die Kinder – zu finden und mich ihnen verständlich zu machen.« Er wandte sich um und verließ die Hauptzentrale auf dem gleichen Weg, auf dem die kleinen Wesen sie einige Zeit vorher verlassen hatten.

Während er das Schiff systematisch durchsuchte – jedenfalls so systematisch, wie seine verwirrte beziehungsweise veränderte Wahrnehmungsfähigkeit es zuließ –, sank seine Zuversicht wieder auf den Nullpunkt. Er erinnerte sich, dass er schon früher Träume gehabt hatte, in deren Verlauf ihm bewusst geworden war, dass er träumte. In diesen Fällen hatte er seine Versuche, den Ablauf der Träume bewusst zu ändern, mit einer teilweisen Loslösung aus dem Traum und damit des Verlusts der Fähigkeit, das Traumerlebnis zu beeinflussen, bezahlt.

Diesmal war das Gefühl, sich zeitweise aus dem Traum zu lösen und zu einem machtlosen Beobachter zu werden, noch stärker. Vielleicht, weil die Umgebung, durch die er sich bewegte, so unwirklich erschien, dass sein Bewusstsein sich in eine Welt flüchtete, die aus Erinnerungen gespeist wurde.

Joscan Hellmut stand am Rand des psychischen Zusammenbruchs, als er endlich auf die beiden Wesen stieß, die er so lange gesucht hatte. Er war dermaßen verwirrt, dass ihm die Begegnung überhaupt nicht bewusst geworden wäre, hätten sie ihn nicht von sich aus angesprochen. Dennoch dauerte es eine Weile, bis er auf die zaghaften Zurufe reagierte.

Hatte da eine dünne Stimme »Sir!«, zu ihm gesagt, oder hatte er sich das nur eingebildet, weil er es zu hören hoffte?

»Ist da jemand?«, fragte er tonlos und versuchte in den nebelhaften Zerrbildern, die ihn umgaben, etwas Vertrautes zu entdecken.

»Wir sind es«, flüsterte eine dünne Stimme. »Ulturpf und Kjidder Emraddin.«

Gehört das nun zu einem Traum, oder ist es Bestandteil der Realität?, fragte sich Joscan Hellmut. Laut sagte er: »Nach euch habe ich gesucht. Wo seid ihr?«

»Wir stehen vor Ihnen, Sir«, antwortete die dünne Stimme.

Der Kybernetiker riss die Augen weit auf. Da befand sich etwas, das einem violett schimmernden Würfel von anderthalb Metern Kantenlänge glich. Daneben drehte sich ein wolkiges, spindelförmiges Gebilde um seine Längsachse.

Sollten das die beiden Wesen – beziehungsweise die Kinder – sein? Vorsichtig streckte er eine Hand aus und berührte das spindelförmige Gebilde. Er zuckte zurück, als er unter seinen Fingern Plastikmaterial und warmes Fleisch fühlte. Doch dann riss er sich zusammen und versuchte es erneut.

Diesmal spürte er, dass sich eine warme, kleine Hand in seine schob. Er spürte außerdem, dass die Hand bebte – und das gab den Ausschlag, denn es weckte seine Beschützerinstinkte.

Er fand endgültig zu sich selbst zurück und sah die Gebilde plötzlich nicht mehr als Würfel und Spindel, sondern als zwar undeutliche, aber doch menschenähnliche Gestalten. »Keine Angst«, sagte er mit fester Stimme. »Alles wird gut werden. Ulturpf und Kjidder Emraddin, wer sind eure Eltern?«

»Unsere Mutter heißt Ytria und unser Vater Kemal, Sir.«

»Sie gehören zur Besatzung der SOL?«, forschte Joscan Hellmut weiter. »Ihr braucht übrigens nicht Sir zu sagen. Nennt mich einfach Onkel Joscan. Klar?«

»Klar, Sir – Onkel Joscan«, antworteten zwei Stimmen. Sie klangen schon erheblich zuversichtlicher als zuvor.

Dann sagte eine einzelne Stimme: »Unsere Eltern gehören zur SOL-Besatzung. Sie arbeiten als Spezialisten für unbekannte Hyperstrahlung beim Strahlenforschungskommando.«

»Soso«, murmelte Hellmut. Die Auskunft erklärte, warum Ulturpf und Kjidder Emraddin Mutanten waren. Wenn ihre Eltern beim Strahlenforschungskommando arbeiteten und im Zuge ihrer Tätigkeit oft nahe an extreme Strahlungsquellen herangeflogen waren, hatten sie unter einem

Bombardement gelegen, das ihre Gene unweigerlich verändern musste. Das Ergebnis waren zwei lebensfähige und positive Mutanten gewesen – denn positiv waren die parapsychischen Eigenschaften von Ulturpf und Kjidder zweifellos, auch wenn sie nicht so eingesetzt worden waren.

»Wir wollen nach Hause, Onkel Joscan«, sagte eines der Kinder.

»Wie heißt du?«, fragte der Kybernetiker. Er wollte endlich wissen, wie er Ulturpf und Kjidder auseinander halten konnte.

»Kjidder«, antwortete das Wesen rechts vor ihm, das zuvor einer nebelhaften Spindel geglichen hatte.

»Gut, Kjidder«, sagte der Kybernetiker. »Ihr wollt nach Hause. Warum seid ihr nicht nach Hause gegangen? Oder stimmt es nicht, dass ihr Dimensionsgänger seid?«

»Was ist ein Dimensionsgänger?«, erkundigte sich das Wesen links vor Joscan, das Ulturpf sein musste.

Zuerst war Hellmut über die Frage verblüfft. Bis ihm aufging, dass jemand, der von der Natur mit einer besonderen Fähigkeit bedacht wird, diese Fähigkeit deswegen noch lange nicht wissenschaftlich definieren kann – vor allem dann, wenn er ein Kind ist, das noch keine wissenschaftliche Bildung genossen hat. Er erklärte so ausführlich und einfach wie möglich den Begriff »Dimensionsgänger«.

»Wenn das so ist, dann bin ich ein Dimensionsgänger«, sagte Ulturpf stolz.

»Und du, Kjidder?«, fragte Hellmut.

»Ich bin kein Dimensionsgänger«, antwortete Kjidder Emraddin. »Mein Bruder hat mich nur mitgenommen.«

»Dafür kannst du mit SENECA und den anderen blöden Bevormundern machen, was du willst«, warf Ulturpf ein.

»Ah«, entfuhr es Hellmut. »Du bist also der Supermann, der Romeo und Julia gegen ihren und SENECAS Willen tanzen ließ. Wie bringst du so etwas fertig?«

Kjidder Emraddin erklärte es in seiner kindlichen Ausdrucksweise, flocht aber auch eine Reihe von Fachausdrücken ein, die bewiesen, dass er sich längst informiert hatte.

Joscan Hellmut nickte nachdenklich. »Ich möchte dich wegen deiner Fähigkeit, elektronische, positronische und inpotronische Vorgänge parapsychisch zu beeinflussen, EPI-Indoktrinator nennen«, erklärte er. »Jedenfalls seid ihr großartige Burschen, und eure besonderen Fähigkeiten werden bestimmt noch von Nutzen sein. Aber ihr könnt bislang nicht übersehen, was ihr mit euren Fähigkeiten anrichtet. Deshalb ist es besser, ihr fragt erst mich, bevor ihr wieder spielt. Einverstanden?«

»Natürlich«, antworteten die Kinder.

Der Kybernetiker atmete auf. »Jetzt müssen wir gemeinsam überlegen, wie wir wieder nach Hause kommen können, Kinder. Innerhalb dieser Dimension geht es nicht, denn hier gibt es keine SOL.«

»Außerhalb der Dimension auch nicht, Onkel Joscan«, klagte Ulturpf. »Wir haben es versucht und sind zurückgekehrt, aber immer fanden wir nur leeren Raum zwischen fernen Sternen.«

»Das leuchtet mir ein.« Hellmut seufzte zaghaft. »Ihr habt nicht an die große Entfernung gedacht, die zwischen unserem Gegenpol in unserer eigenen Dimension und dem Planeten Last Stop liegt. Das sind rund 370 Lichtjahre. Anders sähe es natürlich aus, Ulturpf, wenn es dir gelänge, unser Raumschiff samt Besatzung in die eigene Dimension mitzunehmen. Dann könnten wir mit der BRESCIA nach Last Stop fliegen. Meinst du, dass du das schaffen kannst?«

»Ich weiß nicht«, antwortete Ulturpf Emraddin. »Auf diesen Gedanken bin ich selbst nicht gekommen. Aber ich will es gern versuchen. Soll ich gleich anfangen?«

Schon wollte Joscan Hellmut zustimmen, da fiel ihm etwas ein. Wenn die BRESCIA in die eigene Dimension zurückkehrte, würden Romeo und Julia wieder Kontakt mit SENECA haben und waren nicht länger gehorsame Diener der Menschen, sondern Mitspieler bei den Intrigen der Hyperinpotronik. Das musste verhindert werden – und zwar noch innerhalb der fremden Dimension.

»Warte noch, bitte!«, sagte der Kybernetiker zu Ulturpf. »Bevor du anfängst, muss ich etwas mit Romeo und Julia machen. Kommt mit in die Zentrale, Kinder!«

»Dürfen Romeo und Julia wieder für uns tanzen?«, erkundigte sich Ulturpf Emraddin.

»Aber sicher«, antwortete Joscan Hellmut. »Das verspreche ich euch.«

9.

Der Rückweg in die Zentrale der BRESCIA wurde mit Hilfe der Kinder, die sich in der fremden Dimension ebenso sicher bewegten wie im Standarduniversum, mühelos gefunden. Als der Kybernetiker mit Ulturpf und Kjidder eintrat, waren Romeo und Julia verschwunden.

Hellmut wusste nicht, ob er sich darüber ärgern oder freuen sollte. Er hatte die Absicht gehabt, alle Fernkommunikationssysteme der Roboter lahm zu legen. Damit wären sie auch nach der Rückkehr Hilfskräfte geblieben, die sich an die Asimovschen Gesetze halten mussten und nichts tun oder unterlassen durften, was Menschen schadete.

Dieser Eingriff wäre andererseits wie eine Entpersönlichung beider Roboter gewesen. Joscan Hellmut war ehrlich genug, sich einzugestehen, dass er diese Verstümmelung nur unter großen Gewissensqualen hätte vornehmen können. Zwischen ihm und dem Roboterpaar hatte stets eine besondere Beziehung bestanden. Er hatte Romeo und Julia sogar mehrfach vor Perry Rhodan in Schutz genommen, wenn sie »Dummheiten« gemacht hatten. Deshalb empfand er auch Erleichterung, dass die Roboter verschwunden waren. Zumindest vorübergehend befreite ihn das von seinem eigenen Dilemma.

»Wo sind die Roboter, Onkel Joscan?«, fragte Kjidder Emraddin.

Er zuckte mit den Schultern. »Ich weiß es nicht, Kjidder. Vielleicht suchen sie im Schiff nach mir – oder nach euch.«

»Sollen wir Romeo und Julia ebenfalls suchen?«, erkundigte sich Ulturpf.

Hellmut überlegte nur kurz. »Einverstanden. Macht das. Richtet ihnen von mir aus, sie sollen in die Zentrale zurückkommen. Klar?«

»Alles klar, Onkel Joscan«, sagte Ulturpf. »Komm, Kjidder!«

Hellmut blickte ihnen nach und wartete, bis sie den Raum verlassen hatten, dann setzte er sich vor das Hauptsteuerpult. Er benutzte einen Notsitz, da der Sessel des Kommandanten von Deighton belegt war.

Vergeblich versuchte er, mit den Kontrollen trotz seiner veränderten Wahrnehmungsfähigkeit zurechtzukommen. Er war sicher, dass die größte Gefahr überstanden sein würde, sobald es Ulturpf Emraddin gelang, die BRESCIA in ihre eigene Dimension zurückzuholen. Sie brauchten dann nur nach Last Stop zu fliegen und Perry Rhodan vor den Plänen der Kelosker zu warnen.

Wie es danach weitergehen sollte, wusste Hellmut nicht. Rhodan würde SENECA wahrscheinlich nicht abschalten, obwohl das die einzige Möglichkeit war, weitere Einmischungen der Hyperinpotronik zu verhindern. SENECA war einfach unersetzlich für die SOL. Nicht nur seines immensen Wissens wegen, sondern auch, weil das Fernraumschiff ohne die Hilfe der Hyperinpotronik nicht starten konnte. Ganz zu schweigen von den zahllosen anderen Hilfsdiensten, die bisher von SENECA erledigt wurden. Die Menschen waren sich nie recht bewusst gewesen, wie stark sie von einer beseelten Maschine abhingen.

Joscan Hellmut hätte sich gern »unter vier Augen« mit SENECA unterhalten. Er konnte immer noch nicht wirklich glauben, dass SENECA mit den Keloskern gemeinsame Sache machte und die Interessen der Menschen vernachlässigte. Nach seiner Ansicht musste SENECA einen triftigen Grund für sein Verhalten haben, der schwerer wog als nur der gewisse Einfluss, den die kybernetischen Instrumente der Kelosker auf die Hyperinpotronik ausübten.

Vielleicht, so überlegte Hellmut, spielte SENECA in Wirklichkeit weder das Spiel der Menschen noch der Kelosker, sondern sein eigenes Spiel.

Auch das war nur eine von vielen Hypothesen.

Würde er SENECA dazu bewegen können, sich ihm anzuvertrauen? Vom fachlichen Standpunkt aus musste der Kybernetiker die Frage verneinen. SENECA war ein komplexes System und den Menschen sowohl in quantitativer als auch qualitativer Hinsicht überlegen. Wer misstraute eigentlich wem?

Joscan Hellmut wurde aus seinen Grübeleien aufgeschreckt. Ein Gefühl sprang ihn an, das einem Sturz aus großer Höhe glich. Sein Magen schien jäh die Speiseröhre hinaufzusteigen. Joscan schluckte krampfhaft, um sich nicht übergeben zu müssen.

Im nächsten Moment schien aus dem imaginären Sturz eine spiralförmige Bewegung zu werden. Vor seinen Augen rotierten vielfarbige Feuerräder, dann hatte er den Eindruck, dass eine schillernde Blase in seinem Gehirn platzte.

Hellmut klammerte sich an den Seitenlehnen des Notsitzes fest. Von irgendwoher hörte er das Dröhnen eines Gongs, hätte aber nicht sagen können, ob das Geräusch echt oder nur eingebildet war.

Abrupt verschwanden die seltsamen Erscheinungen. Die Umgebung erschien nicht mehr verzerrt und verschwommen. Auf der Panoramagalerie waren wieder die Sterne zu sehen.

Die BRESCIA war in ihre eigene Dimension zurückgekehrt.

Hatte Ulturpf Emraddin das zustande gebracht? Hellmut fragte nicht weiter. Er wusste nur, dass die Gelegenheit vorüber war, Romeo und Julia widerstandslos umzuschalten. Die Roboter mussten bereits wieder in Verbindung mit SENECA stehen. Demnach würde ihr Handeln von der Hyperinpotronik bestimmt werden – und sie würden ihn bestimmt nicht an sich heranlassen, damit er den Kontakt zu SENECA unterband.

Joscan Hellmut sah nur noch eine Chance, das Roboterpärchen wieder zu willfährigen Dienern der Menschen zu machen – eine winzige Chance zwar, doch er würde sie nutzen.

Ohne Zögern machte er sich an die Arbeit …

Als Romeo und Julia in die Zentrale zurückkehrten, hatte der Kybernetiker seine Vorbereitungen gerade abgeschlossen. Rasch richtete er sich auf und fragte: »Habt ihr die Kinder nicht mitgebracht?«

»Welche Kinder?«, fragte Julia.

»Tut nicht, als ob ihr nicht wüsstet, dass ich Ulturpf und Kjidder Emraddin meine«, fuhr der Kybernetiker die Roboter an.

»Entschuldige, Joscan«, sagte Romeo. »Wir wussten nicht, dass du von den gefährlichen Mutanten sprichst. Wir sahen uns gezwungen, sie vorübergehend auszuschalten, da sie in der Lage gewesen wären, unsere Entscheidungen zu beeinflussen.«

Hellmut hatte Mühe, sein Erschrecken zu verbergen. Wenn das Roboterpaar die Kinder paralysiert hatte, gab es keine wirkungsvolle Möglichkeit mehr, Romeo und Julia daran zu hindern, die BRESCIA nach Takrebotan zurückzusteuern.

»Aber es waren doch wohl die Kinder, die uns in die eigene Dimension zurückbrachten«, sagte Hellmut.

»Das hat Ulturpf Emraddin getan«, erklärte Romeo. »Als Dimensionsgänger kann er uns von großem Nutzen sein, sobald er erst eingesehen hat, dass er seine parapsychische Fähigkeit nicht nach Belieben einsetzen darf. Die Begabung von Kjidder Emraddin kann ebenfalls nützlich sein. Obwohl sie zugleich eine große Gefahr für unsere Pläne darstellt. Es tut uns wirklich Leid, dass wir Ulturpf und Kjidder Emraddin paralysieren mussten.«

»Ihr hättet das nicht tun dürfen. Diese Entscheidung hättet ihr mir überlassen müssen. Ich befehle euch, unverzüglich Fahrt aufzunehmen und nach Last Stop zurückzukehren!«

»Wir werden nach Last Stop zurückkehren«, sagte Julia. »Allerdings auf einem Umweg über Takrebotan. Die Kelosker warten dort auf uns. Es ist unumgänglich, mit ihnen zu kooperieren.«

Joscan Hellmut hatte geahnt, dass die Roboter wieder nach Takrebotan fliegen wollten. Dennoch war er erschüttert, als er das von ihnen selbst bestätigt bekam.

»Das dürft ihr nicht!« Er versuchte, sie doch noch umzustimmen. »Ihr könnt nicht zulassen, dass die Kelosker die Besatzung des Kreuzers von Bord bringen und unser Schiff für ihre Zwecke einsetzen.«

»Vertraue uns, Joscan«, drängte Romeo. »Du bist unser Freund, und wir wollen mit dir zusammenarbeiten. Deine Zweifel an unserer Aufrichtigkeit sind sehr kränkend.«

Hellmut stieß einen Wutschrei aus und stürzte sich auf die Roboter. Er versuchte, an die Wartungsöffnungen heranzukommen und die Maschinen abzuschalten. Doch Julia umfasste behutsam seine Arme und beförderte ihn in seinen Sessel zurück.

»Wir bitten dich, diesen Platz nicht vor der Landung auf Takrebotan zu verlassen«, sagte Julia. »Andernfalls müssten wir dich ebenso paralysieren wie die übrige Besatzung. Das möchten wir als deine Freunde aber vermeiden.«

Hellmut sah ein, dass er nichts ausrichten konnte. »Schon gut.« Er resignierte. »Ich werde hier sitzen, bis die BRESCIA auf diesem verwünschten Planeten der Kelosker gelandet ist.«

»Das ist sehr vernünftig, Joscan«, lobte Romeo.

Die Roboter schlossen sich wieder an die Hauptpositronik an. Kurz darauf wurden die Impulstriebwerke des Kreuzers aktiviert. Diesmal standen Romeo und Julia nicht unter Kjidders Einfluss. Deshalb vergaßen sie nicht, den Schutzschirm aufzubauen.

Eine halbe Stunde später tauchte die BRESCIA in die Atmosphäre von Takrebotan ein. Sie landete, und auch die keloskischen Raumschiffe kehrten nacheinander zurück.

Hellmut beobachtete die Kontrollen. Seine Vorbereitungen waren darauf abgezielt gewesen, Romeo und Julia für eine kurze Zeitspanne kurzzuschließen, damit er die Verbindung zu SENECA lahm legen konnte. Da die Durchführung aber nur von der Hauptpositronik und während ihres engen Kontakts mit beiden Robotern erfolgen konnte, während des Flugs die volle Aktivität der Roboter indes unverzichtbar war, kam nur die Zeitspanne zwischen dem Aufsetzen des Kreuzers und der Lösung der Roboter von der Positronik in Betracht. Wenn dieser Augenblick verpasst wurde, war die letzte Chance für die SOL endgültig vertan.

Joscan Hellmut atmete auf, als die Roboter plötzlich erstarrten. Im nächsten Moment meldete die Hauptpositronik: »Romeo und Julia wurden kurzgeschlossen. Dieser Zustand darf aber nur maximal neunzig Sekunden aufrechterhalten werden, da andernfalls irreparable Schäden an den Positroniken der Roboter auftreten.«

Hellmut sprang auf, lief zu Romeo und riss dessen Wartungsklappe auf. Mit sicheren Griffen legte er die Teile der Handlungsschaltungen lahm, die den Roboter befähigt hatten, die Funkverbindung zu SENECA aufrechtzuerhalten.

Vierzig Sekunden waren vergangen.

Der Kybernetiker wandte sich Julia zu und führte die gleichen Handgriffe durch.

Von den vorgegebenen neunzig Sekunden waren vierundsiebzig verstrichen, als die erste Schwierigkeit auftrat. Eine Balpirol-Halbleiterverbindung in Julias Innerem hatte sich so verschoben, dass Hellmut sie mit bloßen Händen nicht erreichen konnte. Er stürzte zum nächsten Werkzeugschrank, riss einen elektronischen Manipulator aus der Magnethalterung und eilte zu Julia zurück. In diesem Augenblick verkündete die Hauptpositronik:

»Achtung! Ende der neunzig Sekunden. Kurzschließung wird aufgehoben.«

Mit fliegenden Fingern schaltete Hellmut an dem Manipulator. Gerade als Julia sich wieder bewegte, konnte er den Balpirol-Halbleiter erreichen. Bevor er ihn durchtrennte, arbeitete das Hyperfunkgerät wieder.

Höchstens eine halbe Sekunde verstrich, dann war der Kontakt zu SENECA endgültig unterbrochen. Doch für eine Hochleistungspositronik bedeutete eine halbe Sekunde viel Zeit. Genug, um einen Situationsbericht durchzugeben.

Eine Verwünschung ausstoßend, schleuderte Joscan Hellmut den Manipulator an die Wand.

Auf der Panoramagalerie sah Joscan Hellmut, dass die Kelosker mit ihren plumpen Bodenfahrzeugen die BRESCIA einkreisten.

Er wusste nicht, ob diese Wesen ahnten, dass jemand aus dem Kreuzer für den irregulären Start ihrer Raumschiffe verantwortlich gewesen war. Doch er beschloss, lieber mit allem zu rechnen, als sich von den Ereignissen überrennen zu lassen.

»Romeo, Julia«, sagte er.

»Ja, Sir?«, antworteten beide Roboter.

Der Kybernetiker atmete auf. Die Tatsache, dass sie ihn mit »Sir« anredeten, bewies, dass sie ihn als befehlsberechtigt einstuften und nicht mehr als freundlichen Trottel, mit dem sie beliebig umspringen konnten.

»Könnt ihr die BRESCIA starten?«

Romeo und Julia wandten sich den Kontrollen zu, dann sagte Julia: »Das ist leider unmöglich. Die Kelosker blockieren unsere Bordpositronik.«

Hellmut war nicht besonders enttäuscht. Er hatte damit gerechnet. »Führt mich zu Ulturpf und Kjidder!«, befahl er.

Widerspruchslos wandten sich Romeo und Julia um und gingen vor ihm her. Ein wenig wehmütig dachte Hellmut daran, dass er aus zwei intelligenten und – wenn auch indirekt – beseelten Freunden bedingungslos gehorchende stupide Maschinen gemacht hatte, stupid allerdings nur in dem Sinn, dass sie keine eigene Initiative entwickeln konnten.

Ich werde das so bald wie möglich rückgängig machen, dachte er, während er den Robotern folgte.

Romeo und Julia führten ihn zur Medostation des Kreuzers und dort in eine Kabine, in der die Kinder paralysiert auf Pneumobetten lagen. Messgeräte zeigten an, dass der Zustand von Ulturpf und Kjidder Emraddin ansonsten normal war.

»Hebt sie vorsichtig auf und bringt sie in die Space-Jet-3!«, befahl er.

Auch diesmal gehorchten die Roboter. Jeder hob eines der Kinder auf und trug es behutsam in den Hangar.

»Wo lassen sich die Kinder am besten verstecken, damit die Kelosker sie bei einer Durchsuchung nicht finden?«, fragte der Kybernetiker.

»Ich schlage vor, wir stecken Ulturpf und Kjidder in Schutzanzüge und versenken sie in einem Wassertank. Dort werden die Kelosker kaum suchen, Sir«, antwortete Romeo.

Hellmut fand die Idee gut. Er befahl, sie schnellstmöglich auszuführen.

Das war nicht so einfach. In der Space-Jet gab es keine passenden Schutzanzüge für Kinder. Joscan Julia musste in die Ausrüstungskammer der BRESCIA gehen. Nur mit Hilfe der dortigen Schnelländerungsmaschine konnten zwei Schutzanzüge innerhalb weniger Minuten angepasst werden.

Als Julia zurückkehrte, meldete sich die Hauptpositronik: »Ich spreche im Auftrag der Kelosker. Romeo und Julia sowie Joscan Hellmut werden aufgefordert, die Schleusen zu öffnen, damit die Transportkommandos das Schiff betreten können.«

»Beeilt euch!«, drängte Hellmut.

Die Roboter steckten Ulturpf und Kjidder Emraddin in die geänderten Schutzanzüge, schlossen die Druckhelme und prüften die Lebenserhaltungssysteme. Danach beförderten sie die Kinder in den Wassertank der Space-Jet und verschlossen ihn.

»Wir kehren in die Zentrale zurück, öffnen die Schleusen und verhalten uns den Keloskern gegenüber passiv – bis ich eine neue Anordnung erteile!«, befahl Joscan.

»Ja, Sir!«, antworteten Romeo und Julia.

Der Kybernetiker überdachte noch einmal alle Vorbereitungen. Er fand keinen Fehler.

Ein wichtiger Faktor seines Plans basierte darauf, dass die Kelosker es verabscheuten, andere Intelligenzen zu töten. Hellmut hoffte, sie würden ihrem Grundsatz auch dann treu bleiben, wenn sie ihm dadurch eine Flucht von Takrebotan ermöglichten. Andernfalls würde er sterben – und die Kinder mit ihm. Doch er musste das Risiko eingehen, wollte er nicht tatenlos zusehen, wie die SOL ausgeräumt und zweckentfremdet wurde.

Nachdem er die Schleusen geöffnet hatte, drangen die Kelosker in das Schiff ein. Sie bewegten sich so unbeholfen wie immer. Dennoch war eine gewisse Hast ihrer Bewegungen nicht zu verkennen.

Als Joscan Hellmut in Begleitung von Romeo und Julia das Schiff verließ, trat ihm Kudan entgegen. »Wir müssen uns beeilen«, sagte der Kelosker. »Der Start unserer Raumschiffe wurde nicht durch eine Aktion des Konzils bewirkt. Umso rätselhafter erscheint der Zwischenfall.«

»Auch unser Raumschiff wurde beeinflusst«, erwiderte Hellmut.

»Wir dachten es uns«, sagte Kudan. »Es verschwand sogar für geraume Zeit aus dem Erfassungsbereich jeder Ortung. Wir fürchteten schon, Sie wären nach Last Stop geflogen. Es ist gut, dass Sie zurückgekehrt sind. Unsere Zeit ist unter Umständen knapper als berechnet.«

»Wie meinen Sie das?«, fragte der Kybernetiker verwundert.

»Die energetische Aktivität der *Großen Schwarzen Null* hat zugenommen. Wir müssen darauf vorbereitet sein, dass sie nicht mehr lange kompensiert werden kann und erneut vernichtend zuschlägt. Bis dahin müssen wir unsere wichtigsten Geräte in Sicherheit gebracht haben.«

»Ich verstehe.« Die Kelosker befanden sich in einer Zwangslage. Dennoch war Hellmut entschlossen, ihre Pläne zu durchkreuzen. Die SOL musste im Besitz ihrer menschlichen Besatzung bleiben. Immerhin stellte sie das Machtinstrument dar, mit dem eines Tags die Vorherrschaft des Konzils über die Milchstraße gebrochen werden sollte.

Die Menschheit konnte auf die SOL nicht verzichten, und wenn die Kelosker nicht zu einem Kompromiss bereit waren, mussten sie die Konsequenzen aus ihrem Verhalten tragen und unter Umständen den Verlust ihres gesamten wissenschaftlichen Erbes in Kauf nehmen.

Als Kudan ihn wieder verlassen hatte, beobachtete Hellmut die Transportkommandos, die die paralysierte Besatzung der BRESCIA ein zweites Mal ins Freie trugen. Den Männern folgte die entbehrliche Ausrüstung des Kreuzers. Zuletzt wurden die Beiboote ausgeladen.

Natürlich waren die Kelosker nicht fähig, die Beiboote zu fliegen. Ihre plumpen Greiforgane konnten die Schaltungen nicht bedienen. Deshalb benutzten sie Zug- und Druckstrahler ihres eigenen Arsenals.

Als die Space-Jet-3 aus dem Hangar schwebte und sanft abgesetzt wurde, atmete der Kybernetiker auf. Er winkte Romeo und Julia zu sich heran und sagte leise: »Wir werden uns in die B-SpJ-3 begeben. Achtet darauf, dass die Kelosker nichts davon bemerken!«

»Ja, Sir«, gaben die Roboter ebenso leise zurück.

Hellmut blickte ihnen nach, als sie sich unter die Kelosker mischten und sich dabei dem Beiboot näherten. Er schlenderte ebenfalls scheinbar ziellos umher, kümmerte sich um die ausgeladenen Besatzungsmitglieder und schaffte es, hinter die Space-Jet zu gelangen, ohne dass die Kelosker sein Verhalten als verdächtig einstuften.

Die Space-Jet befand sich nun zwischen ihm und den Keloskern. Langsam ging er unter dem Rumpf hindurch.

Der Antigravlift war nicht aktiviert. Hellmut musste sein Tornisteraggregat einschalten, um die Bodenschleuse zu erreichen. Das beschwor die Gefahr einer Ortung herauf. Deshalb tat Eile Not.

Als er die Kommandokuppel der Jet mit ihrem transparenten Kanzeldach betrat, befanden die beiden Roboter sich schon dort. Hellmut beachtete sie kaum. Sie bedeuteten keine Gefahr mehr, und für den Start mit der Space-Jet brauchte er ihre Hilfe nicht.

Er ließ sich in den Pilotensessel fallen, schaltete alle Energieerzeuger ein und wartete, bis die untere Leistungsmarke erreicht war. Zeit zur Prüfung der Systeme hatte er nicht. Aber die Beiboote terranischer Raumschiffe wurden regelmäßig gewartet und waren praktisch immer einsatzbereit.

Sekunden später stand das für den Start notwendige Energie-Minimum bereit. Aus den Augenwinkeln heraus sah der Kybernetiker durch das transparente Kanzeldach, dass sich die ersten Bodenfahrzeuge der Kelosker in Richtung Space-Jet in Bewegung setzten. Offensichtlich hatten sie dic Energie angemessen und den einzig richtigen Schluss daraus gezogen.

»Zu spät für euch«, murmelte Hellmut grimmig.

Die Impulstriebwerke der Space-Jet brüllten auf. Das diskusförmige Raumfahrzeug, das sich durch seine elegante Form wohltuend von den plumpen keloskischen Raumschiffen unterschied, hob mit einem Ruck ab, der ohne die Andruckneutralisatoren mörderisch gewesen wäre.

Einige keloskische Bodenfahrzeuge, die sich bis auf weniger als zweihundert Meter genähert hatten, wurden von der starken Druckwelle umgeworfen.

In wenigen hundert Metern Höhe kippte die Space-Jet um dreißig Grad, ihr Rand wies schräg nach oben. Dann beschleunigte sie stärker.

Bei Mach 30 schaltete Joscan Hellmut zwanzig Prozent der verfügbaren Energie auf den Hochenergie-Überladungsschirm.

Die Kelosker verzichteten jedoch darauf, das Feuer zu eröffnen. Obwohl ihnen klar sein musste, dass ihre Pläne behindert würden, sobald die Jet den Planeten Last Stop und die SOL erreichte.

Plötzlich stutzte Hellmut. »Energieerzeugung sinkt ab!«, rief er ungläubig. »Wir verlieren an Fahrt!«

Rücksichtslos jagte er die Kraftwerke der Space-Jet hoch. Ohne Erfolg. Die Energiegewinnung sank unaufhaltsam, die Space-Jet verlor nicht nur an Fahrt, sondern auch an Höhe.

Verzweifelt wandte Joscan Hellmut sich an die Roboter. »Helft mir! Sonst ist unsere letzte Chance verspielt, Perry Rhodan zu warnen. Was könnt ihr tun?«

»Gar nichts, Sir«, antwortete Romeo.

»Woher willst du das wissen, du elektronischer Affe?«

»Ich weiß es, weil wir vor der ersten Landung auf Takrebotan alle Kraftwerke der Beiboote mit einer Zeitschaltung versehen haben. Sie bewirkt eine Leistungsdrosselung und führt zur weichen Landung.«

Hellmut stöhnte gequält. »Ich hätte daran denken müssen, dass SENECA nichts dem Zufall überlässt. Bestimmt lässt sich die Schaltung nicht vor der Landung rückgängig machen.«

»Wiederherstellung des alten Zustands ist erst nach Stilllegung aller Kraftwerke möglich, Sir«, antwortete Julia. »Die Arbeitszeit beträgt ungefähr vierzehn Stunden.«

Joscan Hellmut resignierte. »Vierzehn Stunden«, wiederholte er tonlos. »Bis dahin haben die Kelosker den Diskus längst besetzt. Und sie werden dafür sorgen, dass ich keine zweite Chance erhalte.«

Er blickte durch die transparente Kuppel und sah, dass die Oberfläche des Planeten näher kam. Außerdem entdeckte er Gleiter der Kelosker, die in den unteren Luftschichten ausschwärmten.

Für dieses Mal hatte er verloren. Er musste sogar froh sein, dass die Kelosker Gewalt verabscheuten.

Plötzlich lächelte er dünn. *Vielleicht erhalten wir mit Hilfe der Emraddin-Kinder eine neue Chance*, dachte er. *Sobald sie nicht mehr gelähmt sind.*

10.

Oberst Mentro Kosum, Kommandant der SZ-1, hörte sich Ytria und Kemal Emraddin geduldig an. Als die Frau und der Mann schwiegen, wiederholte er, um sich zu vergewissern: »Ihre Kinder, die Zwillingsbrüder Ulturpf und Kjidder, sind also seit fünf Tagen spurlos verschwunden?«

»So ist es«, antwortete Ytria, eine resolute Wissenschaftlerin mit rundlicher Figur. »Wir haben das schon vor vier Tagen dem Stellvertreter des Sicherheitschefs gemeldet. Er hat das Schiff gründlich durchsuchen lassen, ohne jedoch fündig zu werden. Ulturpf und Kjidder müssen nach draußen gelangt sein.«

Es gab einen Befehl Perry Rhodans, alle Kinder unter zehn Jahren in der Zeit, in der ihre Eltern Dienst taten, in den Schiffsschulen, den Vorschulabteilungen und den Kinderfreizeithallen unterzubringen und dafür zu sorgen, dass sie diese Sektionen nicht verlassen konnten. Kosum hielt es für denkbar, dass hin und wieder einige Kinder aus ihren Abteilungen ausrissen. Doch es war nie vorgekommen, dass Kinder die SOL verlassen hatten. Dafür sorgten die Überwachungsanlagen an den Außenschleusen sowie die zusätzlich stationierten Posten. Nach Kosums Überzeugung waren alle Ausgänge streng bewacht. Nicht einmal eine Maus hätte das Schiff unbemerkt verlassen können – wenn es an Bord Mäuse gegeben hätte.

Der Emotionaut schüttelte den Kopf. »Die Wahrscheinlichkeit, dass die beiden Jungen das Schiff verlassen haben, ist gleich null. Dennoch werde ich eine Überprüfung sämtlicher Schleusenwachen vornehmen lassen, damit wir volle Gewissheit erhalten.«

»Die Wachen wurden schon vom Sicherheitsdienst gecheckt, Sir«, sagte Kemal Emraddin, ein hünenhafter Wissenschaftler mit riesigem schwarzem Schnauzbart, auf dem er zurzeit nervös kaute. »Sie haben niemanden passieren lassen, auf den die Beschreibung von Ulturpf und Kjidder passt. Ich bitte Sie dennoch, draußen nach den Kindern zu suchen.«

Mentro Kosum runzelte unwillig die Stirn. »Ich verstehe Sie nicht, Mr. Emraddin. Sie sagen selbst, dass die Kinder das Schiff nicht verlassen haben können. Trotzdem verlangen Sie, dass wir draußen nach ihnen suchen. Das widerspricht sich.«

Ytria und Kemal wechselten einen schnellen Blick, dann fuhr Kemal Emraddin fort: »Kinder sind erfinderisch, Sir, vor allem, wenn sie auf einem riesigen Raumschiff geboren wurden und täglich mit hochgezüchteten technischen Anlagen konfrontiert werden. Sie lernen, vielleicht unbewusst, sehr viel dabei, und in ihren kindlichen Gehirnen könnte der Plan entstanden sein, das Gelernte zu benutzen, um trotz aller Wachen ins Freie zu gelangen.«

Kosum wollte erneut widersprechen. Doch er erinnerte sich an seine eigene Kindheit und seine vielfältigen Bestrebungen, jeder Disziplin und der Bevormundung durch die Erwachsenen zu entkommen. Das war ihm öfter gelungen, als die Erwachsenen nach den Regeln der Logik erwarten beziehungsweise befürchten konnten. Warum sollten die Kinder der SOL weniger erfinderisch sein als er in seiner Jugend?

Er räusperte sich. »Ich werde mehrere Suchmannschaften auf den Weg schicken. Wenn Sie wollen, begleiten Sie die Leute. Ich nehme an, dass Sie als Strahlungsspezialisten aktuell sowieso unterbeschäftigt sind.«

»Wir haben keine akuten Probleme zu bewältigen, Sir«, erwiderte Ytria Emraddin. »Was wir machen, sind Berechnungen und Analysen von Ergebnissen früherer Forschungsexpeditionen. Doch das kann ebenso warten. Ich danke Ihnen, Sir.«

»Nichts zu danken«, erwiderte Mentro Kosum. Er lächelte amüsiert und fügte hinzu: »Wenn die Bengel draußen gefunden werden, heil und gesund, wie ich hoffe, möchte ich sie sehen. Wer es fertig gebracht hat, unsere Schleusenwachen zu überlisten, der verdient wirklich Beachtung. Bitte vergessen Sie das nicht.« Seltsamerweise war Kemal Emraddin verlegen, als er antwortete:

»Wir werden daran denken, Sir. Ich danke Ihnen ebenfalls.«

Als das Paar die Hauptzentrale der SZ-1 verlassen hatte, lächelte der Emotionaut immer noch. Er dachte an einen Streich zurück, den er im Alter von fünf Jahren verübt hatte. Damals war er mit seiner Vorschulgruppe in einem Raumschiff durch das Solsystem geflogen. Begleitet worden waren sie von vier Erzieherinnen unter Leitung einer älteren Dame, die sich durch extrem konservatives Denken ausgezeichnet hatte und oft eine Plage gewesen war.

Nach drei Wochen Flug mit Stationen auf etlichen Planeten und Monden sowie eigenmächtigen Exkursionen durch die Sektionen des Raumschiffs hatten Mentro Kosum und ein anderes Vorschulkind aus Ersatzteilen sowie Teilen aus Elektronik-Baukästen einen Manipulator improvisiert. Als sie das Gerät eines Schiffsabends eingeschaltet hatten, hatten die Offiziere auf der Panoramagalerie statt der vertrauten Sterne die ältliche Dame bewundern können, die sich in ihrer Kabine gerade auf die Nachtruhe vorbereitet hatte und, da sie nichts von der Bild-Ton-Übertragung ahnte, bei ihren diversen Verrichtungen keinerlei Scheu walten ließ.

Obwohl der Kommandant die illegale Übertragung nach rund zehn Minuten durch Zwischenschaltung eines Zusatzreglers gestoppt und seinen Leuten strengstes Stillschweigen über den Vorfall auferlegt hatte, war doch einiges durchgesickert. So hatten nicht nur Kosum und sein Mitverschwörer erfahren, dass ihr Plan aufgegangen war. Auch die Erzieherin hatte gehört, in welchen Posen sie sich der Zentralebesatzung dargeboten und welchen Lacherfolg sie damit erzielt hatte. Nach Rückkehr auf die Erde hatte sie eine Klage gegen den Kommandanten angestrengt, der jedoch beweisen konnte, dass er an dem Vorfall keine Schuld trug. Sie aber war durch den Schock so verändert worden, dass die ihr anvertrauten Kinder und Erzieherinnen künftig von moralistischen Eskapaden verschont geblieben waren.

Mentro Kosum reagierte auf seine Erinnerungen so erheitert, dass er laut lachte. Erst ein dezentes Räuspern riss ihn in die Wirklichkeit des Jahres 3578 zurück. Er blickte auf und erkannte vor sich Dr. Jurinam Melussem, einen der Kybernetiker, die sich auf Weisung Rhodans in letzter Zeit sehr intensiv mit SENECA beschäftigten.

Melussem blickte den Emotionauten leicht indigniert an, sagte aber nichts.

»Was soll der vorwurfsvolle Blick, schau doch selbst einmal zurück«, deklamierte Kosum einen improvisierten Knüttelvers. Bevor der Kybernetiker darauf reagieren konnte, erklärte er: »Sie müssen schon entschuldigen, aber ich erinnerte mich an ein Kindheitserlebnis. Lachen Sie nie, wenn Sie an Ihre Kindheit denken?«

Melussems Gesicht erhellte sich. Aber gleich darauf wurde er wieder ernst. »Doch, Sir. Nur beschäftigt mich im Augenblick die Frage, mit wem SENECA trotz seines Versprechens, den Kontakt mit keloskischen Instrumenten zu meiden, Hyperkomverbindung hat.«

Kosum versteifte sich für einen Moment. Seit er – vor unendlich langer Zeit, wie ihm manchmal schien – die Kosmonautenlaufbahn eingeschlagen hatte, war er schon in so viele verwickelte und gefährliche Situationen geraten, dass ihn so leicht nichts mehr erschütterte.

»Was haben Sie festgestellt, Dr. Melussem?«, erkundigte er sich. »Bitte, nehmen Sie Platz.«

Jurinam Melussem setzte sich dem Emotionauten gegenüber. »Sämtliche Kybernetiker beschäftigen sich schichtweise intensiv mit SENE-

CA«, sagte er. »Sie studieren die Verhaltensmuster der Hyperinpotronik, versuchen Abweichungen von den Gesetzen der Kybernetik zu erkennen und Besonderheiten herauszufinden. Ich selbst habe mich auf die Suche nach Reaktionsschemata von SENECA spezialisiert, was natürlich nicht unbedingt von Erfolg gekrönt sein muss. Die Inpotronik ist unglaublich reaktionsvariabel, sie arbeitet vor allem nicht nach einem vorgegebenen Programm. Doch ich will nicht abschweifen. Bei der Suche nach einem Schema fiel mir eine Energiespitze auf, die sich in ähnlicher Form in regelmäßigen Abständen wiederholte. Zuerst glaubte ich an das gesuchte Schema, doch dann stellte ich fest, dass es sich um Hyperimpulse handelte, die nirgendwo innerhalb von SENECA ankamen. Ich überprüfte die Angelegenheit gemeinsam mit drei Kollegen, denn bei der immensen hyperenergetischen Aktivität in SENECA und den zahllosen in Frage kommenden Empfangssektoren kann ein Mensch allein keinen lückenlosen Überblick erhalten. Meine erste Feststellung bestätigte sich. – SENECA sendet Hyperimpulse, die nicht dem internen Informationsfluss dienen, sondern für einen Empfänger außerhalb der Inpotronik bestimmt sind.«

»Interessant«, erwiderte Kosum trocken. »SENECA hat also alle getäuscht. Als er versicherte, keine Funkkontakte mehr mit den Keloskern beziehungsweise ihren Geräten aufzunehmen, muss er bereits den Hintergedanken gehabt haben, dass dieses Versprechen ihn nicht verpflichtet, auch einseitige Informationssendungen zu unterlassen.«

»Hoffentlich ist der Informationsfluss einseitig«, sagte Melussem besorgt. »Die Zeit war zu knapp. Wir konnten bisher nur einen Teil der Empfangssektoren überprüfen, ob sie Hyperkomsendungen von außerhalb erhalten.«

Mentro Kosum überlegte. Normalerweise hätte er sich in die Untersuchungen der Kybernetiker nicht eingemischt. Er war Kommandant und Emotionaut und kümmerte sich nicht um andere Spezialgebiete. Doch die Angelegenheit erschien ihm zu wichtig, als dass er sie allein den Fachleuten überlassen durfte.

Perry Rhodan befand sich mit Gucky und etlichen Wissenschaftlern auf Last Stop, um nach weiteren verborgenen Gadgets zu suchen. Rhodans Stellvertreter Deighton war mit der BRESCIA losgeflogen und sollte mit den Keloskern verhandeln. Folglich blieb die Angelegenheit doch an ihm, Mentro Kosum, hängen. »Wenn Sie ein paar Minuten warten, begleite ich Sie, Doktor«, schlug er vor.

Als Jurinam Melussem nickte, wandte sich der Emotionaut direkt an die Hyperinpotronik: »Ich will, dass du mehrere Suchtrupps zusammenstellst, SENECA. Sie sollen außerhalb der SOL nach zwei verschwundenen Kindern suchen. Wirst du den Auftrag ausführen?«

»Ich führe jeden Ihrer Aufträge aus, Sir«, erwiderte SENECA mit einer Stimme, die so klang, als fühlte er sich wegen Kosums Frage beleidigt. »Sie wurden von Perry Rhodan als sein Stellvertreter während der Zeit seiner Abwesenheit gemeldet und haben fast alle seine Befugnisse. Persönlich halte ich die Aktion für unnötig. Kinder dürfen die SOL nicht verlassen. Nach den Aufzeichnungen der Schleusenwachen ist das auch nicht geschehen.«

»Das weiß ich«, erklärte der Emotionaut. »Andererseits befinden die Kinder sich nicht mehr an Bord. Von dir erwarte ich einen Vorgehensplan.«

»Verstanden, Sir«, antwortete SENECA. »Der Auftrag an sich ist zwar sinnlos, aber meine Erfahrungen mit Menschen haben mich gelehrt, aus psychologischen Gründen auch sinnlose Aufträge anzunehmen und auszuführen.«

»Nett von dir, alter Drahtkasten«, sagte Mentro Kosum mit säuerlichem Lächeln. »Bei den Kindern handelt es sich um Ulturpf und Kjidder Emraddin. Die Beschreibung kann ich mir wohl sparen.« Er wandte sich wieder an den Kybernetiker. »Wir können gehen, Dr. Melussem.«

Mentro Kosum fühlte sich unbehaglich, als er neben Melussem durch die so genannten Todesgänge schritt, die jeder passieren musste, der sich in die Alpha-Zentrale von SENECA begab. Die Anzahl der dazu befugten Personen war auf einen kleinen Kreis begrenzt. Kosum hatte von Anfang an dazugehört. Die Kybernetiker waren erst später, als SENECA schon offensichtlich nicht mehr gehorchte, von Perry Rhodan autorisiert worden.

Er erinnerte sich an die ersten Instruktionen, die er über SENECA erhalten hatte. Darin hatte es geheißen, das Plasma allein wäre nicht fähig, die positronischen Anlagen so zu beherrschen, dass der Gesamtkomplex sich der menschlichen Kontrolle entzog und eventuell feindselig reagierte. Selbst bei einem wahnsinnig werdenden Plasmaanteil sollte SENECAS Integrität voll erhalten bleiben.

Die jüngste Vergangenheit hatte das Gegenteil bewiesen. SENECA hatte sich gegen die Interessen der Menschen gestellt, er hatte Anordnungen ignoriert und Maßnahmen sabotiert und sogar zugelassen, dass Menschen starben, die nicht auf seine Warnungen hörten. Dennoch war es undenkbar, SENECA einfach abzuschalten. Alle an Bord waren in beinahe jeder Beziehung von der Hyperinpotronik abhängig. SENECA regierte einfach alles – indirekt sogar die biologischen Funktionen der Frauen und Männer.

Es war unheimlich still im Innern der Hyperinpotronik. Der Datenfluss war für menschliche Sinne nicht wahrnehmbar, da er sich außerhalb des vierdimensionalen Raum-Zeit-Kontinuums vollzog. Als Kosum und Melussem die Alpha-Zentrale betraten, fanden sie drei Kybernetiker vor, die mit hoch empfindlichen Messgeräten arbeiteten und die Funktionskontrollen beobachteten. Einer von ihnen drehte sich beim Eintritt der beiden Männer um, legte einen Zeigefinger auf seine Lippen und deutete auf ein tragbares Gerät, das der Emotionaut als Paratronfeldprojektor erkannte.

Kosum nickte, dann trat er zusammen mit Melussem neben den Kybernetiker. Der Mann berührte einen Sensorfleck des Projektors. Sofort baute sich um sie herum ein Paratronschirm auf, der sogar für die Hyperinpotronik undurchdringlich war.

»Was gibt es Neues?« Kosum nahm als sicher an, dass der Kybernetiker eine Entdeckung gemacht hatte. Andernfalls hätte der Mann die Aktivierung des Paratrons innerhalb der Alpha-Zentrale und damit eine eventuelle Ausweisung durch SENECA nicht riskiert.

»Ich habe vor wenigen Augenblicken die Quelle angezapft, über die SENECA in Verbindung mit jemandem oder etwas steht«, berichtete der Wissenschaftler.

»Konnten Sie feststellen, wer oder was das ist?«, fragte Jurinam Melussem erregt.

Sein Kollege schüttelte den Kopf. »Leider nicht. Fast zeitgleich brach der Kontakt ab. Das ist verständlich, denn SENECA musste einfach aufmerksam werden. Seitdem ist die Quelle stumm.«

»SENECA will durch sein Schweigen verhindern, dass wir erkennen, mit wem oder was er Kontakt hatte«, vermutete Kosum. »Konnten Sie feststellen, ob er einen Warnimpuls an seine Kontaktstelle sandte?«

»Ich bin absolut sicher, dass SENECA von dem Moment an, in dem ich mich einklinkte, keinen Hyperfunkimpuls absandte«, antwortete der Wissenschaftler.

»Das ist gut. Vielleicht fangen wir eine Nachricht seiner Kontaktstelle ab. Desaktivieren Sie den Paratron wieder!«

Kaum war der Schirm zusammengebrochen, eilte der Wissenschaftler zu seinem Gerät. Er nickte überrascht. Sein Blick verriet, dass eine Aufzeichnung erfolgt war.

»Sofort entschlüsseln!«, verlangte Kosum.

»Nicht nötig, Sir.« Melussem studierte die holografische Anzeige.

»Ich kenne die Symbole. Es handelt sich um eine unverschlüsselte Kommunikation zwischen kybernetischen Geräten.« Er konzentrierte sich und zuckte plötzlich zusammen. »Eine Nachricht von Romeo und Julia, Sir. Die Roboter melden, dass die BRESCIA den Keloskern übergeben würde und dass die Transportflotte plangemäß eintreffen wird, obwohl Romeo und Julia von Joscan Hellmut soeben kurzgeschlossen und umgeschaltet werden.«

Es dauerte nur Sekundenbruchteile, bis Mentro Kosum die Brisanz dieser Information verarbeitet und intuitiv den richtigen Schluss gezogen hatte. Er musste die Alpha-Zentrale unverzüglich verlassen und Perry Rhodan warnen.

Doch bevor Kosum einen Schritt gehen konnte, setzte die Hyperinpotronik die bordinternen Paralysatoren ein. Der Emotionaut brach handlungsunfähig zusammen – und den übrigen Besatzungsmitgliedern der SOL erging es nicht anders.

11.

Kaum war Joscan Hellmuts Space-Jet gelandet, tauchten die ersten keloskischen Fluggleiter über der Wüste auf.

Der Kybernetiker musterte die Roboter, die sich passiv verhielten. Sie stellten für ihn keine Gefahr mehr dar, konnten ihm aber auch nicht helfen. Es sei denn, er hätte ihnen befohlen, mit Waffengewalt gegen die Kelosker vorzugehen. Doch dazu hätten sie Hunderte dieser Intelligenzen töten müssen, die erst Minuten vorher bewiesen hatten, wie hoch sie selbst intelligentes Leben einschätzten. Das brachte Hellmut nicht fertig.

Nach kurzem Nachdenken sagte er zu Romeo und Julia: »Verhaltet euch so, als stündet ihr weiterhin mit SENECA in Funkverbindung und vertretet die Interessen der Kelosker.«

»Ja, Sir«, antworteten die Roboter. »Wir bitten aber zu bedenken, dass Ihre Flucht mit der Space-Jet unter solchen Voraussetzungen nicht möglich gewesen wäre.«

Das sah Hellmut ein. »Sagt den Keloskern, ich hätte euch vorübergehend handlungsunfähig gemacht. Da ihr euch selbst instand setzen konntet, habt ihr später eingegriffen und mich zur Landung gezwungen.«

»Das klingt logisch genug, um die Kelosker zu überzeugen, Sir.«

Hellmut atmete auf. »Gut. Vor allem: Verratet Ulturpf und Kjidder nicht! Wenn die Kelosker fragen, behauptet einfach, dass nur wir drei an Bord der Jet gegangen sind.«

»Ja, Sir!«

Er verzog das Gesicht. Das stereotype »Ja, Sir!« seiner robotischen Freunde quälte ihn, bewies es doch, dass aus ihnen reine Maschinen geworden waren.

Die Landung der Fluggleiter zwang ihn, sich auf anderes zu konzentrieren. Er wusste, dass die Kelosker ihm nicht mehr trauen würden. Dennoch musste er weiterhin alles daransetzen, ihren Plan, die SOL zu kapern und für ihre Zwecke zu entfremden, zu vereiteln.

Er öffnete die Bodenschleuse der Space-Jet. Wenig später stapften die ersten Kelosker unbeholfen in die Steuerkanzel. Joscan Hellmut erkannte Kudan, den Anführer der Kelosker auf Takrebotan.

»Sie sind offenbar unbelehrbar«, sagte Kudan. »Ich frage mich nur, wieso Sie flüchten konnten, obwohl SENECAS Diener bei Ihnen waren.«

»Er konnte uns überrumpeln und beschädigen«, warf Romeo ein. »Deshalb waren wir nicht in der Lage, den Start des Beiboots zu verhindern. Joscan Hellmut wusste allerdings nicht, dass SENECA uns mit einer speziellen Reparaturschaltung versehen hat und wir uns selbst regenerieren können. Nachdem wir wieder handlungsfähig waren, zwangen wir ihn, die Flucht abzubrechen.«

»Ich danke euch«, sagte Kudan. »Aber warum habt ihr ihn nicht gezwungen, zum Raumhafen zurückzufliegen?«

»Dazu hätten wir ihn mit tödlichen Waffen bedrohen müssen«, erklärte Julia. »Wir zogen es vor, stattdessen eine Blockierungsschaltung zu aktivieren. Dadurch wurden die Triebwerke so weit gedrosselt, dass das Beiboot an Geschwindigkeit und Höhe verlor und zur Oberfläche Takrebotans zurückkehrte.«

»Ich verstehe«, sagte der Kelosker. »Ich befehle euch, Joscan Hellmut zur Strafe für seinen Fluchtversuch zu töten!«

Romeo und Julia rührten sich nicht.

Der Kybernetiker spürte, wie ihm der Schweiß aus allen Poren drang. Nicht etwa, weil er fürchtete, die Roboter würden den Befehl des Keloskers befolgen. Das konnten sie gar nicht, da sie durch seinen Eingriff an die Robotergesetze gebunden waren.

Andererseits musste genau das den Kelosker davon überzeugen, dass Romeo und Julia nicht mehr im alten Sinn funktionierten. Die Kelosker waren hochintelligente Lebewesen, die zwar so gut wie keine handwerklichen Fähigkeiten besaßen, aber im abstrakten und vieldimensionalen Denken jedem Menschen weit überlegen waren.

Kudan bewies das, als er sagte: »Joscan Hellmut, ich bewundere Ihren Versuch, mich zu täuschen. Er zeugt von Klugheit. Aber ich hatte ihn von Anfang an durchschaut. Sie haben beide Roboter offenbar so stark beschädigt, dass sie nicht mehr in Verbindung mit SENECA treten können und nur noch Ihnen gehorchen.«

Der Kybernetiker zuckte resignierend die Schultern. »Wie soll es weitergehen?«, erkundigte er sich.

»Alles wie vorgesehen«, antwortete der Kelosker. »Ihre Sabotage hat zwar vieles kompliziert, aber wir dürfen nicht länger warten.« Kudan zögerte, entschloss sich aber doch, weitere Informationen preiszugeben. »Wegen der unterbrochenen Verbindung zwischen den Robotern und SENECA können wir nicht sicher sein, ob alle Vorbereitungen für die Ankunft der Ladung getroffen wurden. Normalerweise würde ich unter solchen Umständen abwarten, bis die Verhältnisse geklärt sind.«

»Warum nicht diesmal?«, fragte Hellmut. »Fühlen Sie sich stark genug, eine kriegerische Auseinandersetzung mit der SOL zu riskieren?«

»Militärisch sind wir der SOL wahrscheinlich unterlegen. Doch viele Anzeichen deuten darauf hin, dass die *Große Schwarze Null* ansteigende Aktivität entwickelt. Bald wird sie wieder verheerend zuschlagen. Bis dahin müssen wir unsere Geräte in Sicherheit gebracht haben. Unsere eigenen Raumschiffe sind nicht dafür geschaffen, diese Galaxis zu verlassen.«

»Sie fürchten, dass Balayndagar von einer kosmischen Katastrophe betroffen wird?«

»Die *Große Schwarze Null* wird alle Sonnen und Planeten verschlingen.«

Joscan Hellmut schwieg betroffen. Er wollte nicht glauben, dass eine ganze Galaxis von einer solchen kosmischen Katastrophe bedroht war. Andererseits wusste er aus den Infospeichern der SOL, dass in grauer Vorzeit auch in der Menschheitsgalaxis die Existenz allen Lebens bedroht gewesen war. Die Gefahr war irgendwie abgewendet worden. Doch das betreffende Gebilde war von anderer Natur gewesen als die so genannte *Große Schwarze Null* im Zentrum Balayndagars.

Er blickte auf, als ein monströser Schatten die Sonne verdunkelte. Über der Space-Jet schwebte eines der plumpen Walzenschiffe der Kelosker tiefer.

Hellmut stellte sich vor, wie die Kelosker an Bord ihre Druck- und

Zugschalter bedienten. Es war fast ein Wunder, dass sich damit ein großes Raumschiff steuern ließ, das doch eher einem riesigen feinnervigen Organismus glich, der auf die geringsten Reize ansprach.

Das Walzenschiff setzte Minuten später seine Traktorstrahler ein und hob die Space-Jet an. Langsam wurde sie in Richtung Raumhafen bugsiert, auf dem die BRESCIA und die anderen keloskischen Raumschiffe standen. Hellmut fragte sich verzweifelt, wie er die Besatzung des Kreuzers retten konnte. Auf Takrebotan mussten sie alle unweigerlich der von Kudan prophezeiten kosmischen Katastrophe zum Opfer fallen.

Die Kelosker zwangen ihn und die Roboter dazu, die Space-Jet im Kreuzerhangar zu landen. Danach wurden sie in die Zentrale der BRESCIA geführt. Längst waren alle Korridore, Räume und Nischen an Bord mit keloskischem Gerät voll gestopft.

Die Zentrale selbst war von Keloskern besetzt. Allein hätten sie den Kreuzer nicht einmal starten können, von Linearmanövern ganz zu schweigen.

»Sie und die beiden Roboter werden das Schiff fliegen!«, befahl Kudan.

»Ich denke nicht daran«, widersprach Hellmut. »Vorher müssen die Besatzungsmitglieder wieder an Bord geholt werden.«

Kudan rief einen scharfen Befehl. Mehrere Kelosker richteten seltsam aussehende Geräte auf Romeo und Julia.

»Wenn Sie nicht gehorchen, lasse ich die Positronengehirne der Roboter zerstören«, drohte der Kelosker.

Hellmut zweifelte nicht daran, dass Kudan jede Drohung wahr machen würde. Ihre vermeintliche oder doch schon sehr nahe Notlage schien das Problem an sich zu sein. Falls sie in ihren Bemühungen nicht weiterkamen, würden sie wohl die BRESCIA zerstören und mit ihren eigenen plumpen Raumern nach Last Stop fliegen. Mit seiner Weigerung würde er also niemandem helfen, am wenigsten der Besatzung des Kreuzers.

»Schließt euch an die Hauptpositronik an, Romeo und Julia!«, sagte er deshalb. »Kudan ist weisungsberechtigt.«

»Sehr vernünftig«, lobte der Kelosker. »Wir gehen zunächst in einen Orbit um Takrebotan. Bevor wir Kurs auf Last Stop nehmen können, müssen wir die Ankunft eines zweiten Schiffsverbandes abwarten.«

Eine halbe Stunde später erteilte er Romeo und Julia den Befehl, die BRESCIA zu starten. Als der Kreuzer abhob, folgten die keloskischen Schiffe.

Alle Ortungssysteme arbeiteten wieder einwandfrei. Hellmut ertappte sich dabei, dass er angespannt auf ein neues Dimensionsbeben wartete. Wenn das Black Hole aktiv geworden war, musste das die Sonne Borghal zu noch stärkerer 5-D-Aktivität anregen. Er fragte sich, ob die Kelosker solche Ausbrüche schon für bedrohlich hielten. Da sie immer mit der bedrohlichen Nähe der *Großen Schwarzen Null* gelebt hatten, mochten sie längst über Abwehrmaßnahmen gegen Strukturerschütterungen von den Ausmaßen eines Dimensionsbebens verfügen.

Nach etlichen Umkreisungen des Planeten materialisierte der von Kudan angekündigte zweite Konvoi. Es waren sechsunddreißig plumpe Schiffe, meist in Kegelform.

»Was ist Besonderes an dieser Flotte?«, wollte Hellmut wissen.

»Die meisten Schiffe haben Geräte geladen wie wir auch. Aber einige sind ausschließlich mit Angehörigen meines Volks belegt, die den Fernflug an Bord der SOL mitmachen werden.« Kudan wandte sich an Romeo und Julia. Er befahl, das erste Linearmanöver vorzubereiten. Die Daten sollten von der BRESCIA auf alle Steuergehirne der keloskischen Raumschiffe überspielt werden, damit der Gesamtverband auch im Zwischenraum seine Formation beibehielt und nicht über große Entfernungen verstreut wurde.

Noch vor dem Erreichen der erforderlichen Geschwindigkeit schlugen die Strukturtaster aus. Das Dimensionsbeben wurde so stark, dass die Schutzschirme aller Raumer deutliche Verfärbungen erkennen ließen und erste Strukturrisse zeigten. Sekundenlang hatte Joscan Hellmut sogar den Eindruck, dass die grüne Sonne zitterte.

Die Kelosker redeten wild durcheinander, und der Translator übersetzte nur Satzfetzen. Immerhin verstand Hellmut so viel, dass die Kelosker aus dem letzten Strukturschock und der Verzerrung der Sonne schlossen, dass die Aktivität der *Großen Schwarzen Null* rapide zunahm und die Katastrophe schon sehr viel näher war als befürchtet.

Panik stieg in ihm auf, dass keine Zeit mehr blieb, bis die *Große Schwarze Null* alle Sonnen und Planeten von Balayndagar verschlang.

Der Verband beschleunigte mit Maximalwerten, um schnell die Nähe der Sonne Borghal zu verlassen. »Linearraumeintritt in dreißig Sekunden!«, meldete die Hauptpositronik.

Joscan Hellmut sah, dass die Sonne abermals bebte. Diesmal schwankten auch einige weiter entfernte Sterne. Er konnte sich die letzte Beobachtung nicht erklären. Sie bedeutete, dass sich das normale, für menschliche Augen sichtbare Licht mit Überlichtgeschwindigkeit fortbewegte.

Endlich hätte der Eintritt in den Linearraum erfolgen müssen. Stattdessen schien die Geschwindigkeit der BRESCIA und der anderen Raumschiffe abzusinken.

Zu seinem Erstaunen entdeckte der Kybernetiker, dass der Verband immer noch den Planeten Takrebotan umkreiste. Er reagierte noch verblüffter, aber Romeo sagte: »Julia und ich werden dafür sorgen, dass unsere Flotte schnell auf Last Stop landen kann. Sind Sie einverstanden, Kudan?«

Der Kelosker schien sich über das merkwürdige Verhalten nicht zu wundern. Obwohl er selbst erkannt hatte, dass Romeo und Julia nicht mehr dem Einfluss von SENECA unterlagen. »Einverstanden«, antwortete Kudan.

Joscan Hellmut zwickte sich in den Arm. Er glaubte zu träumen.

Es war schlicht unmöglich, dass der Verband, der soeben zum ersten Linearmanöver angesetzt hatte, sich plötzlich wieder im Orbit um Takrebotan befand und dass die Roboter so reagierten, als handelten sie im Sinne von SENECA. Doch niemand schien sich dessen bewusst zu sein.

»Warum sind wir noch nicht im Linearflug?«, platzte Hellmut heraus.

»Ich verstehe Ihre Frage nicht«, antwortete der Kelosker.

»Ich verstehe sie selbst kaum«, sagte der Kybernetiker, schon eine Spur ruhiger. »Erinnern Sie sich wirklich nicht an die Durchsage, wir würden in dreißig Sekunden in den Linearraum eintreten?«

»Wie könnte ich mich an etwas erinnern, was noch nicht geschehen ist?«, gab Kudan zurück. »Ich fürchte, Sie sind nervlich überfordert. Entspannen Sie sich, damit Sie keinen bleibenden geistigen Schaden erleiden.«

»Ich werde es versuchen«, erwiderte der Kybernetiker lahm. Er wusste – oder er glaubte zu wissen –, dass die Flotte wirklich vor dem Eintritt in den Linearraum gestanden hatte. Romeo, Julia und die Kelosker schienen sich jedoch nicht daran zu erinnern.

Bildete er sich das nur ein? Hatten seine Nerven unter dem Stress so stark gelitten, dass er Realität und Fantasie durcheinander brachte?

»Romeo, Julia!«, sagte er.

»Joscan?«, fragte Julia. »Was gibt es?«

Er schluckte krampfhaft. »Habe ich nach der letzten Landung auf Takrebotan eure Verbindungsschaltungen zu SENECA unterbrochen?«

»Du hast nichts dergleichen getan«, antwortete Julia. »Wir sind auch nur einmal gelandet und haben Ausrüstungen und Kelosker an Bord genommen.«

»Nur einmal gelandet … Ich weiß genau, dass wir nach unserem ersten

Aufenthalt auf Takrebotan starteten und von einem Dimensionsbeben ...« Hellmut stockte. Der Begriff Dimensionsbeben war wie ein Schlüsselwort, das die verschlossene Tür zum Verständnis des Widersprüchlichen aufstieß. Er wusste ungefähr über Dimensionsbeben Bescheid, dass sie die Folgeerscheinungen von Erschütterungen waren, die sowohl die drei- als auch die vier-, fünf- und sechsdimensionalen Strukturen des Alls ergriffen, sich demnach neben der normalen Materie auch auf die Dimensionen der Zeit und der Schwerkraft auswirkten. Da sich das Borghal-System nahe der *Großen Schwarzen Null* als Auslöser dieser Erschütterungen befand, bestand die Möglichkeit, dass nicht nur die Wirkung spürbar wurde, sondern zugleich die Ursache – und damit auch ein Beben der Zeit.

So musste es gewesen sein. Durch die Erschütterung war die Vergangenheit verändert worden – und damit die Voraussetzung für die Gegenwart.

Das leuchtete dem Kybernetiker irgendwie ein, nicht dagegen das Phänomen, dass er sich an die Vergangenheit vor der Veränderung erinnerte. Normal wäre gewesen, dass er alles, was durch die Veränderung ungeschehen gemacht worden war, ebenso vergessen hätte wie die Kelosker und die Roboter.

Ein anderer Effekt musste wirksam geworden sein, der die Erinnerungen an die ausgelöschte Vergangenheit bewahren half. Doch warum nur bei ihm?

Romeo und Julia ebenso wie die Hauptpositronik des Kreuzers waren Maschinen ohne organischen Erinnerungsspeicher. Und die Kelosker? Dachten sie nicht ohnehin schon in ganz anderen Dimensionen als menschliche Gehirne?

Joscan Hellmut blieb gar nichts anderes übrig, als sich mit dieser vagen Erklärung zufrieden zu geben, während die Flotte – zum zweiten Mal für ihn – beschleunigte und sich auf das Linearmanöver vorbereitete ...

12.

SENECA sah und hörte alles an Bord der SOL. Doch zurzeit war jedes Leben paralysiert. Die Besatzung konnte zwar weiterhin denken, hören und sehen, aber niemand bewegte sich. Dennoch blieb die Hyperinpotronik unverändert wachsam. Sie wollte ihre Pläne nicht durch eine Zufälligkeit gefährden, denn es war wichtig, dass sie Punkt für Punkt in der richtigen Reihenfolge erfüllt wurden, damit das benötigte Resultat eintraf.

Kosums Befehl, nach den vermissten Kindern zu suchen, hatte SENECA nicht mehr ausgeführt. Er hielt es ohnehin für sinnlos, auf Last Stop zu suchen, da beide erwiesenermaßen das Schiff nicht verlassen hatten. Nur die Tatsache, dass Ulturpf und Kjidder Emraddin in der SOL nicht aufzufinden waren, beunruhigte. Das war ein Widerspruch in sich. Da die Kinder das Schiff nicht verlassen hatten, mussten sie an Bord sein – doch das traf ebenfalls nicht zu.

SENECA spürte die Nervosität seines Plasmasektors, die auf den gesamten Komplex übergriff. Deshalb empfand er die Meldung seiner Sensoren als willkommene Abwechslung, dass eine Person die Paralyse überwunden hatte und sich wieder regte.

Es handelte sich um den Haluter Icho Tolot. Seine extreme Konstitution hatte die Lähmung schnell abklingen lassen. SENECA wusste längst, wie er verhindern konnte, dass Tolot schädliche Aktivitäten entfaltete. Die Paralysatoren erneut einzusetzen hätte bei der konstitutionell schwächeren Besatzung gesundheitliche Schäden bis hin zum gefürchteten Herzflimmern hervorrufen können. Eine Überdosis Lähmenergie war keineswegs ungefährlich.

Als Icho Tolot sich in Richtung Hauptzentrale der SZ-1 bewegte, aktivierte SENECA mit einem Befehlsimpuls Paladin VI. Der Riesenroboter, äußerlich einem übergroßen Haluter gleichend, war eine autarke Kampfmaschine. Im Gegensatz zu gewöhnlichen Kampfrobotern trug der Paladin eine humanoide Besatzung. Natürlich hätten normale Menschen niemals in dem stählernen Leib Platz gefunden, auch wenn der Roboter 3,50 Meter groß war und eine Schulterbreite von 2,50 Metern besaß. Die Besatzung bestand aus einem siganesischen Einsatzteam. »Thunderbolts« nannten sich die sechs etwa eine Handspanne großen Männer.

Sie waren ebenfalls paralysiert worden. Doch Paladin VI verfügte auch über eine hochwertige Positronik, die in der Lage war, alle Aktionen selbsttätig zu steuern.

SENECA befahl dem Roboter, Icho Tolot an unerwünschten Aktionen zu hindern. Dabei durfte der Haluter weder schwer verletzt noch getötet werden.

Der Riesenroboter erwachte aus seiner Starre und setzte sich auf seinen mächtigen Säulenbeinen in Bewegung …

Als die Paralyse von Icho Tolot abfiel, blieb er noch eine Weile wie erstarrt liegen. Der Haluter wusste, dass SENECA ihn ebenso beobachtete wie alle anderen Personen an Bord. Vor allem war er sicher, dass sein Erwachen Folgen zeigen würde. SENECA hatte zweifellos Vorbereitungen getroffen. Viel Zeit würde ihm also nicht bleiben.

Icho Tolot wollte den Versuch unternehmen, von der Funkzentrale aus eine Warnung zu senden. Perry Rhodan, der Mausbiber Gucky und dreizehn Wissenschaftler waren auf Last Stop unterwegs. Sie durften bei ihrer Rückkehr nicht ahnungslos in die Falle tappen.

Tolot lag vor dem Schott der Hauptzentrale. Hier hatte ihn die Paralysatorsalve erwischt. Er musste nur in die Hauptzentrale gelangen und von ihr aus in die benachbarte Funkzentrale.

Wahrscheinlich würde SENECA Roboter einsetzen und alles vermeiden, was den Menschen schaden konnte. Diejenigen Besatzungsmitglieder, die durch den SENECA-Donner umgekommen waren, waren nicht von SENECA getötet worden, sondern hatten im Gegenteil seine eindeutigen Warnungen missachtet.

Zweifellos würde SENECA auch ihn, den halutischen Freund der Menschen, nicht ernsthaft verletzen wollen. Deshalb kam für die Inpotronik nur der Einsatz von Robotern mit Fesselfeldprojektoren oder des Paladin-Roboters in Frage. Wahrscheinlich Paladin, der ihm trotz äußerer Gleichheit hinsichtlich physischer Stärke, Widerstandsfähigkeit und Reaktionsschnelligkeit überlegen war. Außerdem kalkulierte SENECA, dass Tolot sich nicht mit Energiewaffen verteidigen würde, weil er seinerseits die siganesische Besatzung schonen wollte.

Als Icho Tolot mit seinen Überlegungen an diesem Punkt angelangt war, handelte er.

Zuerst aktivierte er sein Reserveherz, um den bevorstehenden physischen Belastungen gewachsen zu sein. Das geschah durch Willenskraft und war äußerlich nicht erkennbar. SENECA würde davon nichts bemerken. Danach strukturierte Tolot – ebenfalls kraft seines Geistes – den molekularen Aufbau seines Körpers so um, dass er sich aus einem Lebewesen aus Fleisch und Blut in ein Gebilde verwandelte, dessen Härte und Widerstandskraft sogar einem Block aus Terkonitstahl überlegen waren. Erst dann zeigte er auch äußerlich Bewegung.

Tolot stützte sich auf das mittlere, mit starken Sprunggelenken ausgestattete Gliederpaar, seine Laufarme. Gleichzeitig spannte er die Sprunggelenke der Säulenbeine und der Laufarme an und schnellte mit der Wucht eines abgefeuerten Projektils auf das geschlossene Schott der Hauptzentrale zu.

Zwar wurde das Panzerschott nur eingebeult und nicht durchschlagen, aber die Wucht des Aufpralls ließ die Verriegelungsbolzen wie Glas splittern. Das Schott flog mehrere Meter weit in die Hauptzentrale hinein.

Icho Tolot machte den rasanten Flug auf dem stählernen Tor mit. Doch schon wandte er sich um und fixierte die Panzertroplonwand, die Haupt- und Funkzentrale voneinander trennte. Seine drei roten Augen glühten auf, als er Sehnen und Muskeln für den nächsten Sprung spannte.

Einen Sekundenbruchteil später prallte ein gleich großer und ebenso harter Körper von der Seite gegen ihn. Es dröhnte, als wären zwei gepanzerte Bodengleiter zusammengestoßen. Zwei vierarmige Kolosse rollten über den Boden, wobei Sessel in die Brüche gingen und ein Teil des Kartentischs zersplitterte.

Schon standen beide Giganten wieder auf den Füßen. Da Tolot die Überlegenheit seiner robotischen Nachbildung keinen Moment lang unterschätzte, aktivierte er die Schutzschirmprojektoren im Gürtel seines grünen Kampfanzugs. Zugleich unternahm er den Versuch, seinen Widersacher zu einem Ausweichmanöver zu zwingen.

Der Paladin wich nicht vor Tolots Paratronschirm zurück, sondern aktivierte ebenfalls seinen Schutzschirm. Tiefschwarze Strukturrisse tauchten die Zentrale in gespenstischen Widerschein.

Sekundenlang stemmten sich Tolot und der Paladin gegeneinander und schalteten ihre Schirmprojektoren auf höchste Leistung in der Hoffnung, den Gegner zum Rückzug zwingen zu können. Mehrere zertrümmerte Sessel wurden von Entladungen in den Hyperraum geschleudert. Ebenso ein Teil der Panzertroplonwand zwischen Haupt- und Funkzentrale. Und beinahe wäre auch ein Astrogator, dem die Giganten bedenklich nahe kamen, den Aufrissen zum Opfer gefallen.

Im letzten Moment stoppten die Giganten ab. Icho Tolot, weil er nicht wollte, dass ein Mensch zu Schaden kam, und Paladin IV, weil SENECA ihm einen entsprechenden Befehl erteilte. Sie desaktivierten ihre Schutzschirmprojektoren zur gleichen Zeit, dann gingen sie erneut aufeinander los. Icho Tolot suchte verzweifelt nach einer Möglichkeit, den erheblich stärkeren Gegner zu bezwingen, ohne die Siganesen in seinem Innern zu gefährden.

Perry Rhodan war unzufrieden mit dem Verlauf der Suchexpedition. Seit zwei Tagen waren sie unterwegs, waren zuerst in der Nähe des Flusses geblieben und nordwärts geflogen und hatten später westlich ein Hügelland durchstreift, das den Felsengebirgen vorgelagert war.

Rhodan wandte sich an die Kybernetikerin Dr. Dr. Carlotte Messanter, die verbissen die Anzeigen eines Messgeräts betrachtete. »Wie sieht es aus?«, fragte er.

Fahrig strich sich die Wissenschaftlerin eine blonde Haarsträhne aus dem Gesicht. »Zwei Tage«, seufzte sie. »Zwei Tage, aber dennoch – nichts!«

»Wollen Sie, dass wir aufgeben?«

Carlotte Messanter schüttelte den Kopf. »Im Gegenteil, wir müssen mehr wagen. Ich beantrage, dass wir unsere Suche vom Vorgebirge auf das Felsengebirge selbst verlagern.«

»Hm«, machte Rhodan. Der Gleiter, in dem außer ihm und der Kybernetikerin der Mausbiber Gucky, der Hyperphysiker Terka Loskotsch und der Biologe Krent Kschang-Tuin saßen, schwebte über eine grasbewachsene Hügelkuppe hinweg. Zwar stand die Sonne schon seit Stunden nicht mehr im Zenit, aber in der tropischen Region blieb es bis nach Mitternacht schwül. Last Stop war ein warmer und feuchter Planet, der eine reichhaltige Flora und Fauna hervorgebracht hatte. Unter anderen Umständen hätte Perry Rhodan ernsthaft darüber nachgedacht, ob Last Stop von Menschen besiedelt werden sollte. Doch aktuell war nur wichtig, mit der SOL so bald wie möglich wieder starten zu können. Gelandet war das Fernraumschiff ohnehin nur deshalb auf dem Randplaneten der Kleingalaxis Balayndagar, weil es erforderlich gewesen war, die stark geschrumpften Vorräte an Frischfleisch, Wasser und Treibstoff zu ergänzen.

Rhodan beglückwünschte sich noch heute zu seinem anfangs kritisierten Entschluss, nicht mit dem gesamten Raumschiff auf Last Stop zu landen, sondern eine der beiden Kugeln abzukoppeln und in eine orbitale Warteposition zu schicken. Andernfalls lägen jetzt alle drei Schiffssegmente fest. SENECA hatte gewarnt, dass mit den Vorräten etwas an Bord gelangt sei, was bei einem Startvorgang die Vernichtung des Schiffs bewirken würde. Tatsächlich war eine Korvette beim Versuch, die Planetenatmosphäre zu verlassen, explodiert. Schließlich hatte die SZ-2, das von Anfang an im Orbit wartende Kugelraumschiff, den Flug zur fernen Milchstraße fortgesetzt. Die SZ-1 und das Mittelstück der SOL lagen nach wie vor auf Last Stop fest.

Rhodan hoffte, weitere keloskische Geräte aufzuspüren. Im Endeffekt waren die Aggregate des Konzilsvolks für die Zwangslage der SOL verantwortlich. Es galt, ihre schwache Stelle herauszufinden.

Kein Wunder, dass die ergebnislose Suche enttäuschte.

»Hier übernachten wir«, entschied Rhodan, als schräg unter ihm ein beinahe kreisrunder Talkessel in Sicht kam.

Die üblichen Sicherheitsüberprüfungen verliefen ergebnislos. Stunden später – fünf Thermoplast-Iglus waren für die Nacht aufgestellt worden – verließ Perry Rhodan den Bereich künstlicher Helligkeit. Er ging zwischen zwei Gleitern hindurch und setzte sich auf einen hohen Felsblock. Die Ruhe tat gut, aber sie zeigte in aller Deutlichkeit auch die auf ihm lastende Verantwortung.

Nach einer Weile erkannte Rhodan schräg unter sich den Umriss einer menschlichen Gestalt. »Wer ist dort?«, fragte er leise.

»Ich bin es, Carlotte Messanter. Darf ich mich zu Ihnen setzen?«

Rhodan wäre lieber allein geblieben, andererseits wollte er die Kybernetikerin nicht vor den Kopf stoßen.

»Bitte, Carlotte.« Er streckte seine Hand aus, um ihr auf den Felsen zu helfen.

»Eine schöne Nacht, nicht wahr?«, sagte die Kybernetikerin, als sie sich neben ihn setzte.

Perry Rhodan lächelte überrascht. »Sie sind achtundvierzig Jahre alt, waren also erst zehn, als Sie mit Ihren Eltern an Bord gingen. Können Sie sich überhaupt noch erinnern, was eine natürliche Nacht ist?«

Die Frau nickte. »Sehr deutlich sogar. Und die Nacht auf Last Stop fasziniert mich besonders deshalb, weil ich zum ersten Mal wieder Insekten zirpen höre und Flugwesen lautlos durch die Dunkelheit segeln sehe.«

»Sehnen Sie sich nach dem Leben auf einem Planeten?«

»Nein, ich glaube nicht«, antwortete Carlotte Messanter zögernd. »Wenn ich mir vorzustellen versuche, dass auf einer Welt wie der Erde viele Milliarden Menschen leben, dann bekomme ich irgendwie Angst. Es muss schrecklich sein, in einem solchen Gewimmel zu existieren.«

»Alles halb so schlimm«, gab Rhodan zurück. »Gewiss, die Erde hat in ihrer langen Vergangenheit viele Male chaotische Zustände gesehen, aber sie war über noch längere Zeiträume ein ruhender Pol, ein Hort der Geborgenheit für die Menschen.«

»Glauben Sie, dass sie das eines Tags wieder sein kann?«

»Ich hoffe es und arbeite auf dieses Ziel hin«, antwortete Rhodan ernst. »Der Flug der SOL dient letzten Endes diesem Ziel.« Er sah, dass die Frau den Kopf schüttelte.

»Ich fürchte, Sie haben sich zu viel vorgenommen«, sagte die Kybernetikerin leise. »Kein Mensch kann die Bürde einer solchen Verantwortung auf Dauer tragen. Sie wollen die Milchstraße von der Vorherrschaft des Konzils befreien, der irdischen Menschheit die Liebesfähigkeit wiedergeben und eines fernen Tags die Erde zurück an ihren angestammten Platz bringen. Das übersteigt die Kraft eines einzelnen Mannes.«

»Ich bin nicht allein. Viele Menschen arbeiten für das gleiche Ziel: an Bord der SOL, auf der Erde und ebenso in der Milchstraße. Ihr Wille und ihr Wollen werden irgendwann in Realität umschlagen.«

Eine Weile herrschte Schweigen, dann sagte die Kybernetikerin: »Sie müssen sehr stark sein, wenn Sie das alles durchstehen wollen, Perry.«

»Ich liebe die Menschheit!«

Carlotte Messanters Stimme sank zu einem Flüstern ab. »Wenn Sie so viel Liebe geben wollen, bedürfen Sie selbst der Liebe anderer Menschen. Niemand kann ununterbrochen aus einer Quelle schöpfen, die keinen Nachschub erhält.«

»Ich bin überzeugt davon, dass viele Menschen mich lieben«, sagte Rhodan.

»Das kann nicht alles sein.« Die Kybernetikerin rückte so nahe an ihn heran, dass er den herben Duft ihres Haares riechen musste. »Sie sind nicht einfach nur ein Mensch, sondern vor allem ein Mann, und ein Mann braucht mehr als nur platonische Liebe. Warum verschließen Sie sich der körperlichen Liebe?«

Perry Rhodan räusperte sich. »Wer erst einmal so alt ist wie ich …«

»Und so weise und abgeklärt? Zur Hölle damit, Perry! Sie sind alt, weil Sie einen Zellaktivator tragen, aber Sie sind jung, weil der Aktivator Ihre Alterungsprozesse im besten Mannesalter angehalten hat. Sie mögen sogar weise sein, aber Sie sind nicht senil. Warum nehmen Sie die Liebe nicht, sobald sie sich bietet?«

Rhodan lächelte. Er wich der Hand nicht aus, die nach seiner tastete, und erwiderte den sanften Druck. »Bitte, Carlotte. Sie sind eine sehr begehrenswerte Frau. Aber zurzeit habe ich *dafür* keine Gedanken.«

Wieder herrschte Schweigen. »Ich wollte nicht aufdringlich sein, Sir«, sagte die Kybernetikerin endlich. »Es ist nur …«

»Deshalb müssen Sie nicht in die förmliche Anrede verfallen«, unterbrach der Terraner. »Kommen Sie mit zum Lager? Das Essen dürfte fertig sein.«

»Natürlich, Perry«, sagte Carlotte. »Danke.«

Rhodan lachte leise, glitt von dem Felsblock herab und half der Kybernetikerin. Nebeneinander gingen sie zurück, und jeder hing seinen eigenen Gedanken nach.

Als Perry Rhodan erwachte, herrschte außerhalb des Iglus graue Dämmerung. Ein dünner Nieselregen hüllte alles ein.

Rhodan nahm ein Stück Seife und ging in den Regen hinaus. Während er sich wusch, nutzten auch andere Expeditionsmitglieder den kühlen Schauer für eine erfrischende Morgendusche. Die Nacht war trotz der Klimaanlagen schwül gewesen, die Abkühlung tat gut.

Als Rhodan in seinen Iglu zurückkehrte, blickte ihm der Mausbiber aus großen runden Augen entgegen. »Wie kann man nur in diesem kalten Mistwetter herumhüpfen – und noch dazu nackt? Ich friere schon beim Zusehen.«

»Darf ich dich daran erinnern, dass du von einem Planeten stammst, auf dem es nicht gerade warm war, Gucky?«, erwiderte Perry Rhodan.

»Nicht warm, aber auch nicht nass«, empörte sich der Ilt. »Tramp war so schön trocken wie der Mars im Anfangsstadium der Besiedlung. Erinnerst du dich an die Zeit, Perry?«

Der Terraner nickte, während er sich abtrocknete. Für einen Moment zeigte sein Gesicht so etwas wie Wehmut. »Ja, Kleiner«, sagte er leise. »Die alten Zeiten waren schön, aber auf ihre Art auch schwer. Ich denke oft daran zurück.«

Der Ilt seufzte. »Wenn du damals gewusst hättest, was euch im All erwartet, hättest du dann darauf verzichtet, die Menschheit zu den Sternen zu führen?«

»Nein!«, antwortete Rhodan entschieden. »Wir dürfen den Kopf nicht in den Sand stecken. Außerdem wäre die Erde früher oder später von den Nachkommen der Ersten Menschheit, beispielsweise Springern und Akonen, wiederentdeckt worden. Dann hätten sie uns zu einem Hilfsvolk degradiert und wir hätten unser Geschick niemals in die eigenen Hände nehmen können.«

Der Hyperphysiker Loskotsch betrat den Iglu, ließ seine Seife fallen und griff nach einem Handtuch. »Ist das kalt!«, schimpfte er, während er sich abrieb. »Hat schon jemand Kaffee gekocht?«

»Wird sofort erledigt.« Rhodan schaltete die Kaffeemaschine ein, bevor er sich ankleidete. »Gucky kann inzwischen frische Brötchen holen.«

»Wenn du mir sagst, wo hier der nächste Bäcker ist, teleportiere ich hin und mause Kuchen und Brötchen.« Der Ilt entblößte seinen Nagezahn. Er watschelte quer durch den Iglu, um an seinen Schutzanzug zu gelangen. Dabei übersah er Loskotschs Seife und rutschte prompt darauf aus. Er stieß einen quietschenden Schrei aus – und teleportierte, bevor er auf dem Boden aufschlug.

Ungefähr drei Sekunden später rematerialisierte er wieder. Klatschnass.

»So stark regnet es aber nicht«, stellte Perry Rhodan überrascht fest.

»Ich bin fünf Zentimeter über einem Teich materialisiert.« Die Stimme des Mausbibers klang vor Entrüstung schrill. Er entfernte ein langes Algenbündel aus seinem Bauchfell.

»Es tut mir sehr Leid, Gucky«, sagte Loskotsch mit rotem Kopf. »Ich wollte wirklich nicht, dass du auf meiner Seife ausrutschst.«

»Schon gut«, erklärte der Ilt und griff endlich nach seinem Schutzanzug.

»Willst du dich so anziehen?«, fragte Rhodan. »Voll Algen und Schlamm? Ich denke, du bist eher reif für ein gründliches Duschbad.«

Der Mausbiber blickte an sich hinab und nickte betrübt. »Immer die Kleinen«, maulte er. »Macht ruhig so weiter, dann gewinnt ihr den kosmischen Beliebtheitswettbewerb.«

Rhodan erwiderte: »Bestimmt nicht, wenn du in der Jury sitzt, Gucky. Wie ich sehe, duscht Carlotte gerade. Vielleicht ist sie so nett und seift dich ab.«

Gucky warf einen Blick durch die transparente Iglu-Wandung, dann wandte er sich um, zog die Nase kraus und sagte: »Ich bin doch nicht so schamlos wie du, Perry, dass ich mich von einer unbekleideten Dame einseifen lasse, ha!« Er griff nach Loskotschs Seifenstück – und teleportierte.

»Hoffentlich badet er nicht in seinem Algenteich«, bemerkte der Hyperphysiker. »Es ist mir wirklich peinlich, dass Gucky meinetwegen ausrutschen musste.«

»Er wird darüber hinwegkommen«, behauptete Rhodan überzeugt.

Draußen brach ein erster Sonnenstrahl durch die Wolken.

Eineinhalb Stunden später waren die Iglus samt Zubehör wieder in den Gleitern verstaut. Die Suchexpedition brach bei strahlend blauem Himmel auf.

Perry Rhodan steuerte den Führungsgleiter. Weit voraus ragten die schroffen Bergmassive empor. Einige Gipfel zeigten sich wolkenverhüllt, ansonsten war die Sicht ausgezeichnet.

Gucky saß auf dem hinteren Sitz und ließ sich von Carlotte Messanter, die ihn wegen seines Missgeschicks ehrlich bedauert hatte, das Fell trocknen. Er genoss die Prozedur sichtlich und gab ab und zu Laute des Wohlbehagens von sich.

Loskotsch beobachtete die Anzeigen des Suchgeräts. Doch kein Ausschlag verriet, dass sich keloskische Geräte in Reichweite befanden.

Kschang-Tuin, der Biologe, sortierte ein Bündel Pflanzen, die er in der Nähe des Lagers gesammelt hatte.

Vor dem Gebirge zog Rhodan den Gleiter höher. Unvermittelt stieß Loskotsch einen Ruf der Überraschung aus. Angespannt blickte er auf die Anzeigen des Suchgeräts.

»Haben Sie etwas entdeckt, Terka?«, fragte Rhodan.

Loskotsch deutete nach Nordwesten. »Dort!«, sagte er. »Etwa elf Kilometer entfernt müssen kybernetische Geräte der Kelosker stehen.«

Carlotte Messanter drückte Gucky ein trockenes Tuch in die Hand und kam nach vorn. Interessiert musterte sie die Anzeigen. »Ich fürchtete schon, wir würden heute wieder nichts finden«, sagte sie erleichtert.

Rhodan gab eine Meldung an die anderen Gleiter weiter. Währenddessen stellte sich heraus, dass ihr Ziel drei hohe Felsentürme waren, die aus der Ferne den gebleichten Knochen urweltlicher Riesen ähnelten.

Vermutlich waren die gesuchten Geräte in Höhlen verborgen. Ihre Bergung würde erfahrungsgemäß keine Schwierigkeiten bereiten. Die Kelosker hatten ihre auf Last Stop verstreuten kybernetischen Geräte nicht abgesichert. Die Gadgets schützten sich infolge ihrer mathematisch technischen Überlegenheit selbst gegen Missbrauch. Die Bestätigung dafür lieferte SENECA immer noch. Er konnte sich angeblich nicht aus dem Bann der keloskischen Geräte lösen – jedenfalls nicht ohne die Hilfe der Kelosker selbst.

Andererseits hegte Perry Rhodan den Verdacht, dass SENECA weit mehr Details kannte, als er preisgegeben hatte. Er verdrängte diese Gedanken, als sich die Gleiter den Felstürmen bis auf wenige hundert Meter genähert hatten.

Für die genauere Anpeilung der Gadgets ordnete er eine Dreiecksformation der Gleiter an. Es dauerte nur wenige Sekunden, bis ein klares Ergebnis vorlag. Demnach mussten sich die gesuchten Geräte im oberen Drittel des mittleren Felsens befinden. Wenig später entdeckte Gucky im fraglichen Bereich eine Höhlenöffnung. »Ich schaue nach, Perry«, sagte er und entmaterialisierte.

Rhodan ärgerte sich über diese Art von Eigenmächtigkeit des Mausbibers. Nicht, dass er an eine Gefahr in der Höhle geglaubt hätte, aber es ging ums Prinzip. Irgendwann, fürchtete er, würde Gucky etwas Schlimmes zustoßen. Auch der Kleine musste sich an die Regel halten, dass möglichst immer zwei Personen in unbekanntes Gebiet vorstoßen sollten.

Gleich darauf rematerialisierte der Ilt im Gleiter. Guckys Mimik war eine Mischung aus Verlegenheit und inneren Zweifeln. »Die Kelosker haben einen Kampfroboter in der Höhle stationiert, Chef. Was soll ich mit dem Ding anfangen?«

»... erst einmal froh sein, dass er nicht auf dich geschossen hat, Kleiner«, erwiderte Rhodan ernst.

»Vor dem habe ich keine Angst, falls du das meinst«, protestierte der Ilt. »Er ist ja nur so klein.« Mit der Hand deutete er eine Größe von zirka einem halben Meter an.

Loskotsch runzelte die Stirn und schaltete an seinem Suchgerät. Dann schüttelte er den Kopf. »Ich kann keine Aktivitäten anmessen, die auf einen Kampfroboter schließen lassen.«

»Dann ist der Roboter wahrscheinlich schon seit langer Zeit desaktiviert.« Rhodan wandte sich an den Mausbiber und sagte: »Gucky, du bringst uns beide in die Höhle. Aber wir schalten unsere Schutzschirme ein. Ich will jedes Risiko vermeiden.«

»Na also«, erwiderte der Ilt, griff nach Rhodans Hand und teleportierte.

Es war dunkel. Der Lichtkegel ihrer Helmlampen fiel auf einen wirklich nur einen halben Meter großen Kampfroboter. Seine Oberfläche reflektierte das Licht ebenso wie die roten Augenzellen.

Gucky blickte seinen terranischen Freund fragend an. »Und ...?«

Rhodans Mundwinkel zuckten verdächtig, als er antwortete: »Kein Wunder, dass Loskotsch keine energetische Aktivität anmessen konnte, Kleiner. Das ist zwar ein Roboter, aber ein Spielzeugroboter.«

»Ein Spielzeug?«, fragte der Mausbiber entgeistert. »Ja, jetzt erkenne ich es auch, Perry. Das ist ein Roboter, wie ihn der Fabriksektor der SOL für die Kinder produziert. Aber wie kommt er hierher?«

»Das möchte ich ebenfalls gern wissen«, sagte Rhodan nachdenklich. »Zwar sind einige Familien in die Wildnis geflüchtet, und es ist durchaus möglich, dass Kinder ihr liebstes Spielzeug mitgenommen haben. Aber warum sollten sie den Roboter in einer Höhle verstecken, in der keloskische Geräte lagern und die außerdem zu Fuß unerreichbar ist?«

Er leuchtete den Hintergrund der Höhle aus. Dort standen drei Gebilde mit den für keloskische kybernetische Geräte charakteristischen Formen. »Wenigstens haben wir nicht nur einen Spielzeugroboter gefunden. Gucky, bring bitte je ein Gerät in jeden Gleiter.«

»Wie du befiehlst, Großer Meister.« Der Ilt konzentrierte sich. Im nächsten Augenblick hoben die Artefakte vom Boden ab und schwebten auf den Höhlenausgang zu. Gucky dirigierte sie mit seinen telekinetischen Kräften in die Ladebuchten der wartenden Gleiter.

»Den Spielzeugroboter nehme ich auch mit, Perry«, sagte er. »Ich sehe nicht ein, dass er hier unnütz vergammeln soll.«

Perry Rhodan nickte nachdenklich. Dann teleportierten sie zurück.

Gucky hielt den Spielzeugroboter mit der freien Hand fest an sich gepresst.

Carlotte Messanter war bereits dabei, das im ersten Gleiter abgeladene Gerät zu untersuchen. Ihre Augen leuchteten vor Eifer.

»Suchen wir weiter?«, erkundigte sich Terka Loskotsch.

»Wir kehren auf schnellstem Weg zur SOL zurück«, antwortete Rhodan. »Ich habe so ein flaues Gefühl.«

Er schaltete eine Funkverbindung. Als sein Ruf nicht erwidert wurde, schickte er zusätzlich einen Hyperkomspruch ab.

Doch die SOL antwortete nicht ...

13.

Die BRESCIA fiel in den Normalraum zurück – und mit ihr die sechzig plumpen keloskischen Raumschiffe.

Das erste Orientierungsmanöver ...

Joscan Hellmut beobachtete Romeo und Julia. Er hätte gern gewusst, was in ihren Positronengehirnen vorging und ob sie erneut mit SENECA in Verbindung standen. Doch ihren Pseudogesichtern war nichts anzusehen, was Rückschlüsse auf ihre Aktivitäten erlaubt hätte, und der Datenfluss zwischen ihnen und der Bordpositronik war abhörsicher.

Das keloskische Prisenkommando verhielt sich passiv. Weil ohnehin kein Kelosker in der Lage gewesen wäre, die »feinnervigen« Schalter und Kontrollen eines terranischen Raumschiffs zu bedienen.

»Starke Kursabweichung!«, meldete Romeo, an Kudan gewandt.

Hellmut konnte den Roboter nur verstehen, weil er seinen Translator eingeschaltet hatte. Da Romeo und Julia über integrierte Übersetzungsgeräte verfügten, bedienten sie sich direkt der keloskischen Sprache.

»Was ist der Grund für die Abweichung?«, wollte Kudan wissen.

»Mit großer Wahrscheinlichkeit ein Dimensionsbeben während der Linearetappe. Es konnte im Linearflug nicht angemessen werden, hat aber unseren Kurs beeinträchtigt.«

»Bereitet das nächste Linearmanöver vor!«, sagte der Kelosker. »Ich möchte, dass wir Last Stop in einer Etappe erreichen.«

»In Ordnung«, bestätigte Romeo. »Die Abweichung wird soeben berechnet.«

Nach einigen Minuten nahm die BRESCIA mit hohen Beschleunigungswerten Fahrt auf.

Joscan Hellmuts Gewissenskonflikt war so groß wie nie zuvor. Noch immer wurde er von dem irrationalen Glauben an SENECAS Unfehlbarkeit beherrscht. Er konnte sich nicht vorstellen, dass die Hyperinpotronik etwas tun oder unterlassen würde, was der Menschheit schadete. Andererseits waren SENECAS Bestrebungen nicht zu übersehen, die Kelosker in jeder Hinsicht zu unterstützen. Wie ließ sich damit die Interessenwahrung für die SOL-Besatzung vereinbaren?

Für einen flüchtigen Augenblick glaubte Hellmut, einen Sinn hinter allem zu erkennen. Doch er konnte den Gedanken nicht festhalten.

Nach einiger Zeit entschied er sich für einen neuen Versuch, die Pläne der Kelosker zu durchkreuzen – trotz seines Glaubens an SENECA. Er wandte sich an Romeo und Julia. Den Translator hatte er abgeschaltet, damit die Kelosker ihn nicht verstanden. »Meine Freunde«, sagte er beschwörend. »Wenn ihr dem Gegner gehorcht, ist das Verrat. Macht euch das endlich klar!«

»Wir üben keinen Verrat«, entgegnete Julia. »Im Gegenteil: Was wir tun, erfolgt im Interesse der Menschheit – und nicht nur der Menschen an Bord der SOL.«

»Wie soll ich das verstehen?« Hellmut beobachtete seine Bewacher, aber die Kelosker gaben nicht zu erkennen, ob sie sein Gespräch mit den Robotern missbilligten. Zweifellos nahmen sie als sicher an, dass er die beiden ohnehin nicht beeinflussen konnte.

»Der Mensch ist nicht so angelegt, dass er alles verstehen kann, was um ihn herum vorgeht.« Diesmal antwortete Romeo. »Das wahre Wesen liegt oft unter den Erscheinungen verborgen. Deshalb wäre es falsch, nur das Offensichtliche zu beurteilen.«

»Dann erklärt mir endlich, was sich hinter dem Offensichtlichen eures Verrats verbirgt!«

»Wenn Erklärungen verhängnisvoll wären, weil sie voraussetzen, dass an das Wesen des Offensichtlichen gedacht wird, müssen sie unterbleiben«, sagte Romeo.

»Ihr sprecht in Rätseln.« Hellmut spürte seine Verzweiflung wachsen. »Wieso sind Erklärungen schädlich, wenn man vorher denkt? Vor jeder Erklärung kommt das Denken. Demnach wären alle Erklärungen schädlich. Redet endlich offen mit mir!«

Da die Roboter hartnäckig schwiegen, schaltete Hellmut seinen Translator wieder ein und wandte sich an Kudan. »Ihre Handlungsweise ist unvernünftig«, sagte er. »Meines Wissens gibt es keinen Grund, warum wir uns nicht einigen sollten. Perry Rhodan würde sicher dafür sorgen, dass in der SOL ausreichend Platz für eure Geräte geschaffen wird. Wenn ihr euch aber gewaltsam durchzusetzen versucht, dann wird auch er keine Rücksicht nehmen.«

»Ich glaube Ihnen«, erwiderte der Kelosker. »Aber wir brauchen nicht Perry Rhodan, sondern die SOL, und die Rettung unserer wertvollsten Geräte ist zu wichtig, als dass wir sie durch Verhandlungen und Kompromisse gefährden dürften. Verstehen Sie doch, dass wir Kelosker mit unserer siebendimensionalen Mathematik eine wichtige Mission zu erfüllen haben – im Interesse aller Intelligenzen des Universums. Diese Mission steht so hoch über allem anderen, dass wir keine Risiken eingehen dürfen.«

»Ich begreife nur, dass ihr durch euren missionarischen Eifer verblendet seid«, entgegnete der Kybernetiker. »Ihr vergesst völlig, dass sich intelligente Wesen helfen sollten, anstatt sich gegenseitig zu übervorteilen. Eure siebendimensionale Mathematik ist nicht so wichtig wie die Erfüllung dieses Prinzips.«

»Im Gegenteil. Erst wenn alle Völker des Universums in den Genuss unserer siebendimensionalen Erkenntnisse gekommen sind, wird die vollkommene Glückseligkeit einziehen. Es ist absolut unwichtig, welche Opfer auf dem Weg zum Ziel gebracht werden müssen.«

»Der Zweck heiligt die Mittel«, sagte Hellmut verbittert. »Ich kenne dieses Prinzip aus den Info-Speichern. Es hat in früheren dunklen Zeiten leider sehr oft auch das Denken meiner Vorfahren beherrscht. Doch die Erfahrung beweist, dass jeder, der diesem Prinzip huldigt, vom rechten Weg abkommt und folglich sein Ziel erst recht nicht erreicht.«

»Wir haben unsere Maßnahmen durchdacht«, erwiderte der Kelosker geduldig. »Die Berechnungen sind unfehlbar.«

Der Kybernetiker lachte gequält. »Vielleicht ist die siebendimensionale Mathematik an sich wirklich unfehlbar, Kudan. Aber sie wird von Lebewesen benutzt, die selbst keinesfalls unfehlbar sind. Was ist, wenn nur ein Faktor falsch eingeschätzt wurde? Eure Mathematik akzeptiert das als Wahrheit, weil sie nicht alle Daten nachprüfen kann.«

Das Heulen des Alarms verhinderte jede weitere Diskussion.

»Drei SVE-Raumer 542 Lichtsekunden voraus im Grünsektor«, teilte Romeo mit. »Wir werden von Ortungsimpulsen getroffen.«

Joscan Hellmut eilte zu den Impulsechoschirmen der Hyperortung. In ihm krampfte sich alles zusammen, als er die für SVE-Raumer charakteristischen Ortungsbilder erkannte.

»Was suchen Laren in diesem Raumsektor?«, rief Kudan. Panik schwang in seiner Stimme mit. »Hier sind sie nie zuvor aufgetaucht.«

Der Kybernetiker schwieg. Als Militärmacht des Konzils kontrollierten die Laren auch die Kleingalaxis Balayndagar. Dennoch war es unwahrscheinlich, dass sich Laren und der Konvoi rein zufällig auf so geringe Entfernung begegneten.

Etwas musste sie hierher gelockt haben.

Als die BRESCIA von einer Erschütterung durchlaufen wurde, befürchtete Joscan Hellmut sofort einen Beschuss durch die SVE-Raumschiffe. Doch die Kontrollen verrieten ihm, dass der HÜ-Schirm des Kreuzers einem neuen Dimensionsbeben standhalten musste.

Abermals schüttelte sich die Schiffszelle, als der Hochenergie-Überladungsschirm unter den Strukturerschütterungen flackerte und sich verfärbte.

»Paratronschirm aktivieren!«, befahl Hellmut den Robotern.

»Abgelehnt«, erklärte Julia. »Wir würden die SVE-Raumer aus der Ortung verlieren.«

Der Kybernetiker presste die Lippen zusammen. Doch es folgte keine weitere Strukturerschütterung mehr. Und Sekunden später beschleunigten die Raumer der Laren und verschwanden aus dem Normalraum.

»Auswertung!«, meldete Romeo. »Siebenundneunzig Prozent Wahrscheinlichkeit dafür, dass die Laren nur deshalb in diesem Sektor auftauchten, weil hier nach ihren Berechnungen das nächste Dimensionsbeben wirksam werden musste.«

»Warum sind sie so schnell wieder verschwunden?«, wollte Hellmut wissen.

»Wahrscheinlich diente ihre Ortungstätigkeit nur einer abschließenden Auswertung«, antwortete der Roboter. »Die Laren müssen erkannt haben, dass die *Große Schwarze Null* aktiv geworden ist. Nach Abschluss ihrer Messungen und Auswertungen werden sie das Konzil über die Vorfälle in Balayndagar informieren.«

»Das klingt logisch«, sagte der Kybernetiker. Während die BRESCIA gemeinsam mit den keloskischen Raumschiffen in den Linearflug überging, überlegte er, welche Folgen eine Meldung der Laren über die bevorstehende kosmische Katastrophe haben würde. Vor allem fragte er sich, ob das Konzil eine groß angelegte Rettungsaktion in Balayndagar befehlen würde. Dabei mussten zwangsläufig die Transportaktionen der Kelosker und die SOL entdeckt werden.

Als ob wir nicht schon genug Schwierigkeiten hätten, dachte Joscan Hellmut bitter.

Icho Tolot und der Paladin belauerten sich gegenseitig. Hin und wieder stieß einer von ihnen vor, wurde aber jedes Mal von der Abwehr seines Gegners gestoppt.

Der Haluter gab sich keinen Illusionen hin, dass er einem ernsthaften Angriff des Paladins lange standhalten könnte. »Warum tötest du mich nicht, SENECA?«, rief er, genau wissend, dass die Hyperinpotronik den Roboter steuerte.

Er erhielt keine Antwort.

Seine einzige Chance lag darin, SENECA zu überlisten. Doch trotz seines Planhirns war das für ihn so gut wie unmöglich. Ein Mensch in seiner Lage hätte wahrscheinlich resigniert. Aber ein Haluter dachte nicht wie ein Mensch, seine Mentalität war gänzlich anders. Icho Tolot verhielt sich lediglich aus Höflichkeit den Terranern gegenüber meist so, als besäße er eine menschliche Mentalität.

Seinen Berechnungen zufolge musste das Thunderbolt-Team innerhalb des Riesenroboters von der starken Panzerung weitgehend vor der Paralysestrahlung geschützt worden sein. Die Siganesen waren nur deshalb gelähmt worden, weil sie über eine erheblich schwächere Konstitution verfügten als Terraner. Dennoch würden sie früher als die übrigen Besatzungsmitglieder der SOL aus ihrer Starre erwachen. Wenn es ihm gelang, den Gegner so lange hinzuhalten, konnten die Siganesen die Kontrolle über den Paladin an sich reißen. Dann gab es eine gute Chance, die Funkzentrale zu erreichen und Perry Rhodan zu warnen.

Tolot preschte vor. Und SENECA reagierte wie erwartet – der Roboter wich unter den wütenden Angriffen zurück, weil SENECA sich scheute, Tolot ernsthaft zu verletzen.

So kam es, dass der Haluter den Riesenroboter vor sich her durch die Hauptzentrale trieb. Paladin VI blockte die härtesten Schläge ab, um nicht selbst beschädigt zu werden, er schlug auch zurück, aber so bemessen, dass er Tolot nicht schadete.

Erst auf dem Korridor aktivierte Icho Tolot seinen Paratronschirm erneut, denn hier gefährdete er niemanden damit. Der Paladin musste unter seinem nächsten Ansturm schneller als vorher zurückweichen, um nicht von der Paratronenergie zerstört zu werden. Er aktivierte ebenfalls seinen Schutzschirm.

Wieder prallten sie aufeinander. Die übergeordneten Energien tobten sich in dem Korridor aus, zerstörten Transportbänder und ganze Wandsegmente.

Nach langem Kampf verfärbte sich Tolots Schirm. Im gleichen Augenblick schaltete SENECA den Paratron von Paladin VI auf geringere

Intensität – eigentlich eine schizophrene Handlungsweise. Der Haluter lachte dröhnend, desaktivierte seinen letzten Schutz und stapfte auf den Paladin zu, als wollte er sich in dessen Schirmfeld stürzen.

Gerade noch rechtzeitig erlosch des Paladins Abwehrfeld. Tolot hämmerte mit allen vier Fäusten auf den Kuppelkopf des Riesenroboters ein und drängte den Gegner zum nächsten Liftschacht. Als Paladin VI rückwärts in den Schacht sprang, stürzte sich der Haluter ungestüm hinterher. Er prallte im Flug mit dem Roboter zusammen, aber der entzog sich seiner Umklammerung.

Erst auf dem untersten Deck flammte der Kampf beider Giganten wieder auf. Immer wütender griff Tolot an, doch SENECA ließ den Riesenroboter geschickt ausweichen.

Erst als der Haluter den Gegner in die Nähe der Hauptschleuse gedrängt hatte, änderte SENECA seine Taktik. Die Hyperinpotronik aktivierte fünf überschwere Kampfroboter vom Typ TARA-III-UH, die Tolot innerhalb weniger Minuten einkreisten.

Die Roboter wollten ihn mit Fesselfeldern bändigen. Tolot riskierte einen Ausbruch und zerstörte dabei zwei der Kampfmaschinen. Das verschaffte den übrigen Robotern jedoch Zeit, ihre Fesselfeldprojektoren einzusetzen. In dem Moment war Icho Tolot schon besiegt, obwohl er sich noch rund zehn Minuten lang gegen den übermächtigen Druck der Fesselfelder wehrte.

Schließlich gab er auf. Er hatte es nicht geschafft, SENECA zu überlisten. Die Siganesen waren noch nicht aus ihrer Starre erwacht. Oder doch? Falls sie sich klug verhielten, gelang es ihnen vielleicht noch, das Blatt zu wenden …

Perry Rhodan war äußerst beunruhigt, versuchte aber, sich das nicht anmerken zu lassen. Nur bei Gucky hatte er damit keinen Erfolg. Der Mausbiber kannte ihn zu lange und zu gut und ließ sich nichts vorspielen.

Gucky blickte seinen terranischen Freund fragend an. Als Rhodan nickte, setzte der Ilt seine telepathischen Fähigkeiten ein, um in den Gedanken einiger Besatzungsmitglieder der SOL zu stöbern. Er konzentrierte sich auf den Kosmobiologen Elthor Ramdan, mit dem er sich angefreundet hatte.

»Und?«, fragte Rhodan, als der Ilt das Stirnfell krauste.

»Elthors Gedanken beschäftigen sich mit dem Vegetationszyklus einer klonkynischen Orchidee namens Hetropalla kinseynius und mit sonst nichts.«

»Demnach scheint an Bord alles in Ordnung zu sein«, folgerte der Terraner. »Aber gerade deshalb will ich wissen, warum niemand auf meine Funksprüche antwortet. Versuche es bei deinem speziellen Freund Tolot. Falls er seinen Gedankeninhalt nicht gerade blockiert.«

»Hm«, machte der Mausbiber.

»Was hast du dagegen einzuwenden?«

»Tolot hat manchmal recht sonderbare Gedanken, Perry. Aber ich versuche es trotzdem.«

Erneut konzentrierte er sich. Doch schon nach wenigen Sekunden sagte er verblüfft: »Unser gemeinsamer Freund schläft. Er träumt nicht einmal.«

Rhodan atmete etwas auf. »Wenn Tolot schläft, geht an Bord alles seinen gewohnten Gang. Sonst würde der Haluter reagieren.«

»Na ja«, orakelte Gucky. »Tolot hat eine andere Mentalität als wir alle.« Er ließ seinen Nagezahn sehen. »Ich teleportiere in die SOL und sehe nach, was dort los oder nicht los ist. Einverstanden?«

»Nein«, entschied Perry Rhodan spontan. »Etwas stimmt nicht, auch wenn dein Freund Elthor nur an eine Orchidee denkt und Tolotos fest schläft.« Er schaltete sein Kombiarmband auf die für ihn reservierte Frequenz der Hyperinpotronik und sagte: »Rhodan ruft SENECA! Rhodan ruft SENECA! Bitte melden!«

Keine Antwort kam. Dabei hätte SENECA selbst im akuten Gefahrenfall Zeit gehabt, einen Notruf auszusenden.

»Rhodan an SENECA! Dringlichkeitsstufe eins. Ich fordere dich auf, ohne weitere Verzögerung zu antworten!«

Auch diesmal antwortete die Hyperinpotronik nicht.

»Wenn du vorhin nicht Elthors Gedanken gelesen hättest, müsste ich befürchten, die SOL wäre heimlich gestartet«, murmelte Rhodan.

»Ich versuche es noch einmal«, platzte der Mausbiber heraus.

Wieder konzentrierte er sich. Eine Weile später weiteten sich jäh seine Augen. »Sie sind paralysiert! Saphirs Erinnerung zeigt, wie alle in seiner Umgebung wie vom Blitz gefällt zusammenbrechen. Er macht dafür die bordinternen Paralysatoren der SOL verantwortlich.«

»Die Paralysatoren können nur von SENECA aktiviert werden. Er darf sie nur einsetzen, wenn die Besatzung eindeutig gegen ihr eigenes Interesse handelt, also beispielsweise unter äußerem parapsychischen Zwang.«

»Davon lese ich in Saphirs Erinnerungen nichts.«

»Das nehme ich auch nicht an. Meiner Meinung nach hat SENECA die Besatzung ausgeschaltet, um ungestört seine eigenen Ziele verfolgen zu können.«

»Aber wie kommt Elthor dazu, sich ausschließlich mit seiner klonkynischen Orchidee zu beschäftigen?«, fragte Gucky. »Und warum schläft dieser Haluter wie ein betrunkenes Murmeltier?«

Gegen seinen Willen musste Rhodan lächeln. »Ein Paralysierter ist ständig bei Bewusstsein«, sagte er. »Anfangs denkt er nur an seine Situation. Aber er kann daran nichts ändern und wird sich nach einiger Zeit dazu zwingen, sich mit anderen Gedanken zu beschäftigen. Natürlich schweift ein Biologe in sein Fachgebiet ab. An was würdest du denken, Gucky?«

Der Ilt grinste breit. »Mohrrüben, Perry? Willst du das hören?«

»Und was Tolot betrifft«, fuhr Rhodan unbewegt fort, »so halte ich es für sehr wahrscheinlich, dass er das Ende seiner Paralyse im Schlaf abzuwarten gedenkt, um für anschließende Auseinandersetzungen psychisch und physisch gut gerüstet zu sein.«

»Das leuchtet mir ein wie ein positronischer Blitz«, witzelte der Ilt, der nicht einmal in bedrohlichen Situationen lange ernst bleiben konnte.

Die Wissenschaftler in Rhodans Gleiter hatten sich bislang nicht eingemischt. In ihren Gesichtern stand die Unruhe jedoch deutlich zu lesen. »Was wollen Sie gegen SENECA unternehmen?«, erkundigte sich Carlotte Messanter besorgt.

»Gegen ihn kann ich nichts unternehmen, ohne zugleich die Mission der SOL zum Scheitern zu verurteilen«, antwortete Perry Rhodan. »Wir werden deshalb vorerst nur in der Nähe des Schiffs landen.«

»Und danach?«, fragte Kschang-Tuin.

»Wir warten. Ich bin überzeugt, dass sehr bald etwas geschehen wird, sonst hätte SENECA die Besatzung nicht paralysiert.«

»Und was wird Ihrer Meinung nach geschehen?«, fragte Terka Loskotsch.

»Wahrscheinlich die Landung keloskischer Raumschiffe«, sagte der Terraner düster.

14.

Als die BRESCIA in den Normalraum zurückfiel, erkannte Joscan Hellmut in einer Ausschnittvergrößerung des Panoramaholos den Planeten Last Stop. Er murmelte eine Verwünschung.

Alles ging glatt – aber eben nur für die Kelosker. Obwohl Hellmut ahnte, dass es für alle Vorgänge und für SENECAS Verhalten eine logische Erklärung gab, fühlte er sich durch die unnachgiebige Haltung der Kelosker zum Widerstand gezwungen. Er blickte sich um und sah, dass das Schott zur Funkzentrale nicht verschlossen war. Durch die transparente Trennwand hindurch entdeckte er auch keinen der Fremden.

Joscan Hellmut fühlte sich verpflichtet, die Besatzung der SOL zu warnen und von der Ankunft der Transportflotte zu unterrichten, damit Gegenmaßnahmen ergriffen werden konnten. Er wusste, dass die Funkanlage wieder voll funktionsfähig war – ebenso wie die Ortungen der BRESCIA. Die betreffenden Systeme hatten nur so lange nicht funktioniert, wie die reguläre Kreuzerbesatzung an Bord gewesen war.

Verstohlen musterte er die beiden Kelosker, die seit dem Start von Takrebotan nicht aus seiner Nähe gewichen waren. Sie hatten nicht verhindert, dass er mit Romeo und Julia diskutierte. Aber das hieß noch lange nicht, dass sie ebenso passiv bleiben würden, sobald er versuchte, einen Funkspruch zu senden. Folglich musste er sie überrumpeln.

Die Anwendung physischer Gewalt schied aus, denn jeder Kelosker war körperlich stärker als ein Mensch. Vor einem Waffeneinsatz hätte der Kybernetiker ohnehin zurückgeschreckt. Die einzige Waffe, die weder tötete noch verletzte und die ihn dennoch den Keloskern gegenüber überlegen machte, war seine größere Schnelligkeit.

Er schätzte die Entfernung zum Hyperkom ab, kalkulierte die Zeit, die er brauchen würde, um an das Gerät zu gelangen und eine Warnung abzusetzen, und die Spanne, die seine Bewacher benötigen würden, um ihn einzuholen und den Hyperkom wieder auszuschalten.

Zu seinen Gunsten blieben höchstens zehn Sekunden. Das war nicht viel. Doch angesichts der Tatsache, dass ihm nur diese Möglichkeit offen stand, entschied sich Hellmut dafür, sie wahrzunehmen.

Als seine Bewacher ebenfalls auf die Schirme der Panoramagalerie blickten, wirbelte er herum, rannte zwischen ihnen hindurch und schnellte auf das offene Schott der Funkzentrale zu. Hinter sich hörte er einen Kelosker rufen. Er kümmerte sich nicht darum, sondern konzentrierte sich darauf, den Hyperkom zu erreichen, einzuschalten und den Notruf zu sprechen, den er sich zurechtgelegt hatte.

Als er einen dumpfen Aufprall hörte, wandte er doch kurz den Kopf. Der Anblick, der sich ihm bot, entlockte ihm ein Grinsen.

Seine Bewacher, plump und körperlich ungeschickt, waren beim Versuch, ihm zu folgen, zusammengestoßen und zu Boden gestürzt. Das verschaffte ihm die zusätzlichen Sekunden, die er dringend brauchte.

Er stürzte halb über das Schaltpult des Hyperkoms, aktivierte das Gerät und schaltete es auf weit gefächerte Abstrahlleistung – zugleich auf geringe Distanz, damit kein SVE-Raumer den Hyperkomspruch auffangen konnte.

Dann sprudelte er hervor: »Joscan Hellmut an SOL! BRESCIA mit keloskischem Prisenkommando und sechzig weiteren Schiffen im Anflug auf Last Stop. Kelosker wollen SOL leer räumen, um ihre Ausrüstung unterzubringen. Die Schiffe müssen an der Landung gehindert werden! Ende.«

Das war alles. Er drehte sich nach seinen Verfolgern um und sah, dass ihm niemand mehr folgte. Er vermochte sich diese Gleichgültigkeit nicht zu erklären – bis ihm in den Sinn kam, dass die Kelosker mehr wussten als er.

Die Ahnung wurde zur Gewissheit, als die SOL nicht antwortete. Dabei hätte das Schiff auf jeden Fall antworten müssen, denn seine Warnung hätte Alarmstufe eins ausgelöst – und dazu gehörte, dass der Erhalt bestätigt wurde.

Hellmuts Schultern sanken herab. Das alles konnte nur eines bedeuten: SENECA hatte schon in der von den Keloskern angekündigten Weise zugeschlagen und die Besatzung paralysiert. Damit standen Tür und Tor offen …

Die drei Gleiter waren weit genug von der SOL entfernt gelandet, um gegen direkte Sicht noch einigermaßen geschützt zu sein. Perry Rhodan gab sich dennoch keinen Illusionen hin. SENECA überwachte zweifellos jede ihrer Bewegungen. Es würde unmöglich sein, die Hyperinpotronik zu überraschen – das hatten bisher nur die kybernetischen Geräte der Kelosker geschafft.

Nachdenklich beobachtete Rhodan die Wissenschaftler. Dr. Mercyn Darbaniot und Chrom Tenderhoogen, Fachmann für biopositronische Verhaltensforschung, justierten einen Hyperabtaster, mit dem sie die von den keloskischen Geräten ausgehenden Impulse hörbar und – vielleicht – verständlich machen wollten.

»Warum lässt du mich nicht in die SOL teleportieren?«, drängte Gucky. »Nur für einen Augenblick, Perry. So schnell kann SENECA gar nicht zuschlagen, wie ich wieder verschwinde.«

Rhodan strich dem Ilt über den Kopf. »Du unterschätzt SENECA, mein Freund«, erwiderte er. »Ich bin sicher, dass er mit deinem Auftauchen rechnet und sich vorbereitet hat.«

Er stieg langsam den nächsten Hügel hinauf. Der Ilt begleitete ihn nicht, aber als Rhodan auf die Kuppe erreichte, teleportierte Gucky neben ihn und grinste, indem er seinen einzigen Nagezahn in voller Größe präsentierte.

Perry Rhodan schaute hinüber zu dem Riesengebilde der SOL, das aus dieser Entfernung einer unvollständigen flamingofarbenen Hantel glich.

Die fehlende Kugel war die SZ-2, wie das Schwesterschiff 2500 Meter durchmessend. Ihre vierundzwanzig Nug-Triebwerke wurden mit Energie gespeist, die bei der kontrollierten Reaktion von Normalmaterie mit Antimaterie entstand. Doch selbst die extremsten technischen Daten interessierten augenblicklich nicht. Sie gaben Rhodan lediglich die Gewissheit, dass die SZ-2 über ein Potenzial verfügte, das nach aller Wahrscheinlichkeit ausreichte, die heimische Milchstraße zu erreichen.

Der Terraner fragte sich, ob die SZ-1 gemeinsam mit dem Mittelteil der SOL ebenfalls in der Lage sein würde, das Leben aller Besatzungsmitglieder und Bewohner – es gab außer der regulären Besatzung von sechstausend Frauen und Männern viele Kinder und Halbwüchsige – zu schützen. Er gelangte wie so oft in letzter Zeit zu dem Schluss, dass nur SENECA diese Frage beantworten konnte. Aber die Hyperinpotronik schwieg hartnäckig.

»Wir sollten den Drahtkasten verschrotten«, meinte Gucky.

»Drahtkasten.« Rhodan lachte bitter. »Mit gleichem Recht könntest du einen Menschen als Fleischklumpen bezeichnen, Kleiner. SENECA ist etwas, das wir wahrscheinlich nie völlig begreifen werden, ein von Menschenhand und Menschengeist geschaffenes Gebilde mit unglaublicher geistiger Kapazität und eigenem Bewusstsein, das sich über die primitiven Denkvorgänge seiner Schöpfer erhaben fühlt und ein Spiel mit eigenen Regeln veranstaltet. Letztlich sind wir nicht mehr als Schachfiguren, die beliebig hin und her geschoben werden.«

»Trotzdem könntest du SENECA desaktivieren«, wandte der Ilt ein.

»Wahrscheinlich.« Rhodan zögerte. »Obwohl ich mir da nicht mehr absolut sicher bin. Wenn ich SENECA desaktiviere, lösche ich das in ihm gespeicherte geistige Vermächtnis der Menschheit und verurteile die SOL dazu, ewig als Monument menschlicher Ohnmacht auf dieser Hochebene zu liegen – nicht viel mehr wert als ein Haufen Schrott.«

Ein dumpfes Donnern veranlasste beide dazu, den Blick zu heben. Über ihnen spannte sich ein tiefblauer Himmel. Im Zenit blitzte es metallisch auf. Eine Wolke metallener Staubkörner schien über das Firmament zu ziehen.

»Raumschiffe!«, entfuhr es dem Mausbiber.

»Viele Raumschiffe«, ergänzte Rhodan. »Vermutlich die Schiffe der Kelosker, auf die SENECA gewartet hat.«

Die glänzenden Staubkörner sanken allmählich tiefer und verwandelten sich in kegel- und walzenförmige Gebilde. Ein durchdringendes Summen wie von einem zornigen Hornissenschwarm erfüllte die Luft.

Perry Rhodan entdeckte mitten in dem Pulk der Raumschiffe ein kugelförmiges Gebilde, dessen Außenhaut ebenso flamingofarben schimmerte wie die der SOL. »Die BRESCIA!«, rief er überrascht aus. »Sie will zusammen mit den keloskischen Raumern landen.«

»Galbraith würde niemals gemeinsame Sache mit ihnen machen«, protestierte der Ilt.

»Ich denke, dass er nichts mehr zu bestimmen hat«, erwiderte Rhodan bedrückt. »Demnach dürfte die Mission von Hellmut und dem Roboterpärchen gescheitert sein. Ich vermute sogar, dass Romeo und Julia auf Weisung SENECAS mit den Keloskern zusammenarbeiten.«

»Glaubst du, dass die Blechkästen noch an Bord des Kreuzers sind?«

Rhodan nickte stumm.

»Wenn ich in die BRESCIA teleportiere und den beiden Hampelmännern telekinetisch die Hälse umdrehe …«, überlegte Gucky laut. »Stell dir das bildlich vor, Perry!«

»Dir juckt wieder einmal das Fell«, sagte Perry Rhodan unwillig. »Ich fordere dich auf, keinesfalls eigenmächtig zu handeln. Romeo und Julia haben ein mehrfach schnelleres Reaktionsvermögen als du. Sie paralysieren dich, bevor du dir deiner Rematerialisierung bewusst wirst.«

»Spielverderber«, maulte Gucky. »Willst du überhaupt nichts unternehmen?«

In Rhodans Augen blitzte es zornig. »Glaubst du, ich lasse die SOL kampflos in fremde Hände fallen? Aber erst muss ich eine Chance für uns sehen, sonst verderben wir mehr, als wir gutmachen können.« Sein Zorn verrauchte schnell wieder, als der Mausbiber weinerlich das Gesicht verzog. »Ich weiß, dass du es gut meinst, Gucky. Aber nimm einmal auf meine angespannten Nerven Rücksicht!«

»Klar, Chef«, sagte der Ilt erleichtert.

Rhodan widmete seine volle Aufmerksamkeit wieder den landenden Raumschiffen. Sie senkten sich ringförmig um die SOL herum nieder und brannten mit ihren Impulstriebwerken Landeflächen in den Wald.

Perry Rhodan beobachtete durch sein Fernglas, dass die Schleusen der keloskischen Schiffe aufglitten. Kurz darauf öffneten sich auch die gewaltigen Tore der SOL. Kolonnen von Arbeitsrobotern marschierten ins Freie, jeder zwei reglose Menschen über den breiten Metallschultern.

In ohnmächtiger Hilflosigkeit musste Rhodan mit ansehen, wie die Roboter der SOL die paralysierten Besatzungsmitglieder behutsam auf große Planen betteten, die sie am Waldrand ausbreiteten. Kampfroboter postierten sich zwischen den Paralysierten und dem Wald, um sie vor Tieren zu schützen. Es war eine seltsame Fürsorge, die SENECA den Menschen angedeihen ließ. Die Hyperinpotronik war im Begriff, das Fernraumschiff den Keloskern zu übergeben.

Nach den Besatzungsmitgliedern transportierten die Arbeitsroboter Kisten und Container ins Freie. Rhodan erkannte Nahrungsmittelbehälter, aber auch sehr viele Ersatzteile. Nach einiger Zeit verlegten die Roboter monströse Rohrleitungen aus der SOL bis zum Fluss, und kurz darauf schossen starke Wasserstrahlen aus den Rohren.

SENECA stellte zusätzlichen Lagerraum in der SOL bereit. Platz für die keloskischen Geräte, die mit dem Konvoi nach Last Stop gekommen waren. Zugleich ging die Hyperinpotronik sehr umsichtig vor. Sie ließ weder Maschinenanlagen noch sensible Geräte aus dem Schiff entfernen, sondern vorwiegend Nahrungsmittel und solche Ersatzteile, die im Überfluss vorhanden waren. Außerdem wurden nicht alle Wassertanks leer gepumpt. Nach einer überschlägigen Berechnung kam Rhodan zu dem Ergebnis, dass die Kelosker ausreichend Wasser in den Tanks ließen, um eine Besatzung von mindestens tausend Personen auf einem Langstreckenflug zu versorgen.

Zweifellos würden die Kelosker nicht allein an Bord gehen. Sie brauchten eine zahlenmäßig ausreichende menschliche Besatzung.

Als die Arbeitsroboter begannen, die Ladung der keloskischen Raumer zu löschen und in die SOL zu transportieren, entschloss sich Perry Rhodan, diesen Vorgang zu verzögern. Er rief nach Gucky, doch der Mausbiber war nirgends zu sehen. Auch die Wissenschaftler, die sich intensiv mit den aufgefundenen Geräten der Kelosker beschäftigten, wussten nicht, wo sich der Ilt befand. Rhodan stieß eine Verwünschung aus. Er ahnte, dass Gucky wieder einmal eigenmächtig gehandelt hatte.

Als er die Gedanken Joscan Hellmuts auffing und erkannte, dass der Kybernetiker sich allein an Bord der BRESCIA aufhielt, entschloss sich Gucky, in den Kreuzer zu teleportieren. Er wollte vor allem herausfinden, was die Kelosker beabsichtigten. Telepathisch war das unmöglich, weil er die Gedanken der Kelosker nicht erfassen konnte.

Einen Moment lang überlegte der Ilt, ob er Perry um die Genehmigung bitten sollte. Er verwarf den Gedanken sofort wieder, denn sobald er fragte und Rhodan nein sagte, hätte er gegen dessen ausdrücklichen Willen handeln müssen – und das wollte Gucky vermeiden. Also teleportierte er einfach.

Als er in der Hauptzentrale des Kreuzers rematerialisierte, stand Joscan Hellmut mit dem Rücken zu ihm vor dem Hauptsteuerpult.

»Hallo, Jos!«, rief Gucky.

Der Kybernetiker fuhr herum. Sein Gesicht verzog sich zu einem breiten Lächeln. »Hallo, Gucky.« Der Mausbiber war das einzige Wesen der SOL-Besatzung, das von dem menschenscheuen Kybernetiker voll akzeptiert wurde und mit dem er sogar befreundet war.

»Freut mich, dich gesund wiederzusehen, Jos«, sagte der Ilt. »Wo sind denn deine Blechkameraden?«

»Romeo und Julia?«

»Wer sonst?«

»Sie sind von Bord gegangen. Leider gehorchen sie nicht mir, sondern über SENECA den Keloskern.«

»Wir werden ihnen und den Supermathematikern die Suppe versalzen«, versprach der Mausbiber.

»Suppe versalzen?«, fragte Hellmut unsicher.

Gucky kicherte. »Du kennst mein Repertoire terranischer Redewendungen immer noch nicht, Datenmixer, wie?« Er seufzte gutmütig und spöttisch zugleich. »Ich meinte, dass wir sie Mores lehren oder ihnen die Nervenstränge verknoten oder eine Nase drehen werden – kurz gesagt, dass wir ihnen einen Strich durch die Rechnung machen.«

»Ich verstehe noch nicht, was du meinst«, sagte der Kybernetiker.

Gucky stöhnte. »Wie soll ich mich einem Menschen verständlich machen, der es nie richtig gelernt hat, mit anderen zu reden, und stattdessen lieber mit Maschinen parliert? Pass auf, Jos! Ich wollte sagen, dass wir die hypermathelogisch errechnete Strategie und Taktik der Kelosker mit kombinierten parapsychisch physischen Gegenaktionen ad absurdum führen wollen. Na, wie habe ich mich ausgedrückt?«

»Absolut verständlich«, bestätigte Hellmut. »Warum konntest du nicht gleich Klartext reden?«

»Weil ich das nicht gewohnt bin, Mann. Ich habe mir fast die Zunge verstaucht. Na, es war wenigstens nicht umsonst. Aber bevor wir Pläne schmieden, äh, errechnen, musst du schon singen, Knabe.«

»Was soll ich singen?«, fragte Hellmut mit einem Unterton von Verzweiflung. »Ich kann das überhaupt nicht.«

»Ich meine, du musst Informationen ausspucken«, erklärte der Mausbiber. »Erzähle endlich, was die Kelosker vorhaben und wie sie ihre Pläne realisieren wollen!«

Hellmuts Gesicht hellte sich auf. »Manchmal verstehe ich dich sogar, Gucky. – Die Kelosker wollen die SOL in ihren Besitz bringen, alles Entbehrliche aus dem Schiff räumen und ihre kybernetischen Geräte darin verstauen. Ich habe versucht, sie zu einem für beide Seiten tragbaren Kompromiss zu bewegen, aber sie lassen sich nicht auf Verhandlungen ein.«

»Das wird sich ändern, wenn ich ihnen erst einmal eingeheizt habe«, erklärte der Ilt großspurig. »Du bleibst vorerst auf der BRESCIA. Ich werde zu Perry zurückspringen, Bericht erstatten und danach versuchen, die anderen Mutanten aus ihrer Paralyse zu befreien. Gelingt mir das nicht, zeige ich den Keloskern im Alleingang, was eine Harke ist.«

»Und was ist eine Harke?«, erkundigte sich der Kybernetiker mit ehrlichem Interesse.

Gucky seufzte. »Frage ein fünfjähriges SOL-Kind, was eine Harke ist, und du wirst es erfahren. Mann, du musst deine Muttermilch aus einer Positronik genuckelt haben. Nichts für ungut. Bis bald.« Er entmaterialisierte.

Joscan Hellmut blickte nachdenklich auf die Stelle, an der Gucky eben noch gestanden hatte, dann schüttelte er den Kopf. »Ein lieber Kerl«, sagte er zu sich selbst. »Aber sein Gehirn steckt voller Kodewörter. Eine Harke? Wie soll ich hier an ein fünfjähriges Kind kommen, um zu erfahren, was er damit gemeint hat?«

Plötzlich stutzte er. Und im nächsten Augenblick bewegte er sich so schnell, wie er sich nur höchst selten bewegt hatte. Er wusste mit einem Mal genau, was er tun musste, um den Keloskern zu zeigen, was eine Harke war – was immer dieser Ausdruck bedeutete …

15.

»Ich glaube, wir können bald die Impulse der keloskischen Geräte entschlüsseln!«, rief der Kybernetiker Mercyn Darbaniot.

Perry Rhodan wandte sich um und schaute zu den Wissenschaftlern hinunter, die um die Gadgets bemüht waren. Er zögerte, weil ihn Guckys Verschwinden beunruhigte. Andererseits half er dem Mausbiber nicht, wenn er nur auf dem Hügel blieb und die Aktivitäten der Kelosker beobachtete.

Vielleicht lieferten die drei erbeuteten Geräte endlich einen Hinweis darauf, wie ihre Wirkung auf SENECA gestört werden konnte. Rhodan gesellte sich zu den Wissenschaftlern, die mit geradezu fanatischem Eifer arbeiteten.

»Wir sind dicht dran«, behauptete Darbaniot. »Endlich!« Er deutete auf Kelim Akumanda und Maarn Tee Maarn, die sich am Hyperabtaster zu schaffen machten. Farn Kaybrock, Carlotte Messanter und Melia Zimmer nahmen an je einem Beutegerät Schaltungen vor, die für Rhodan unverständlich blieben.

»Jetzt!«, verkündete Akumanda angespannt.

Maarn Tee Maarn, der einzige Techniker der Gruppe, schaute blinzelnd auf Akumanda, dann aktivierte er den Hyperabtaster. Auf dem Monitor erschienen Symbole in schneller Folge. Aus den Lautsprechern erklang etwas, das an die Melodie eines einfachen Liedes erinnerte.

Jäh brach das Lied ab, und eine dünne Stimme sagte:

»Die Erde ist ein ferner Stern,
unser Opa hat sie gern.
Dort sollen tausend Bäume blühn,
SENECA, bring uns einmal hin!«

Akumandas Mund klappte auf und blieb in dieser Stellung stehen. Carlotte Messanter seufzte, der Biologe Kschang-Tuin lächelte undefinierbar.

Hinter Perry Rhodan schnäuzte sich jemand lautstark. Als Rhodan herumfuhr, erblickte er den Ilt, der sich die Nase mit einem Tuch abwischte und gerührt blinzelte. »Das war schön«, sagte Gucky.

Akumandas Mund klappte zu. »Das war eine Katastrophe«, behauptete er. »Der Umwandler des Hyperabtasters muss völlig fehlgeschaltet sein, wenn er die hypermathematischen Symbolfunkgruppen der keloskischen Geräte in lächerlich idiotisches Gestammel verwandelt.«

»Nicht idiotisch«, widersprach der Mausbiber. »Das war der Text eines alten Kinderlieds, das auf der SOL seit langer Zeit kursiert.«

»Ich erinnere mich«, sagte Carlotte Messanter. »Als Kind habe ich das Lied ebenfalls gesungen.«

»Aber wie kommen keloskische Geräte dazu, diesen Text abzustrahlen?«, fragte Rhodan. »Welchen Sinn sollte das haben? Immerhin handelt es sich um hochgezüchtete Konstruktionen einer siebendimensionalen Mathematik, die wir Menschen überhaupt noch nicht begreifen können.«

»Der Fehler muss am Umwandler des Hyperabtasters liegen«, beharrte Kelim Akumanda auf seinem Standpunkt.

»Unsinn«, widersprach Maarn Tee Maarn schroff. »Keiner von uns brächte eine derart grobe Fehlschaltung zustande – es sei denn, absichtlich. Aber das kann ich nicht glauben. Ich denke, wir haben tatsächlich das gehört, was die Beutegeräte als Hyperimpulse robotischer Art ausstrahlen.«

»Als Impulse, die für SENECA bestimmt sind?«, fragte Perry ungläubig. »Was könnte SENECA damit anfangen? Ganz abgesehen davon, dass die Kelosker, die alle drei Gadgets programmiert und auf Last Stop versteckt haben, zu der Zeit weder etwas von der SOL wissen noch terranische Kinderliedertexte kennen konnten. Da stimmt einiges nicht.« Er blickte sich um. »Versuchen Sie, das Rätsel zu lösen, meine Damen und Herren!«

Rhodan ging einige Schritte seitwärts und winkte den Mausbiber zu sich. Leise sagte er: »Ich hatte dir jede Eigenmächtigkeit verboten, Kleiner. Verstehst du nicht, dass ich dich keiner Gefahr aussetzen will?«

Der Ilt senkte den Kopf. Doch diese Anwandlung war so flüchtig wie alle negativen Gefühle bei Gucky. »Du weißt, dass ich unbesiegbar bin, Chef«, prahlte er. »Jedenfalls so gut wie unbesiegbar. Außerdem habe ich mich keiner Gefahr ausgesetzt, sondern mir nur von Joscan Hellmut berichten lassen, was die Kelosker wollen. Perry, sie wollen die SOL in ihren Besitz bringen, alles Entbehrliche aus dem Schiff räumen und ihre kybernetischen Geräte darin verstauen.«

Rhodan verzog keine Miene. »Deine Absicht war lobenswert, aber überflüssig, Gucky. Ich habe mit eigenen Augen gesehen, was gespielt wird. Dazu musstest du nicht teleportieren. Immerhin, es ist gut zu wissen, dass Joscan Hellmut noch lebt. Was ist mit Gal und der Besatzung des Kreuzers?«

»Sie wurden paralysiert und auf einem Planeten der Kelosker zurückgelassen. Ich glaube, er heißt Ticktackneutral oder so.«

»Oder so kommt der Wahrheit bestimmt näher«, sagte Rhodan ironisch. »Ich nehme an, du erinnerst dich irgendwann an den Namen. Was hast du außerdem erfahren?«

»Ich habe die anderen Mutanten, die ebenfalls aus dem Schiff getragen wurden, gefunden und versucht, sie aus ihrer Paralysestarre zu befreien. Leider vergeblich. Mit ihnen zusammen hätte ich dem SENECA-Spuk schneller ein Ende bereitet als allein.«

»Allein erreichst du gar nichts«, erklärte Perry Rhodan. »Trotzdem muss ich wissen, was du vorhast.«

Der Mausbiber ließ seinen Nagezahn in voller Größe sehen. »Ich werde telekinetisch Verwirrung schaffen. Beispielsweise könnte ich den Robotern, die die SOL ausräumen, ihre Lasten entreißen und mit ihnen die Schotten verstopfen, während ich mit den keloskischen Geräten die Schleusen der Keloskerschiffe zumauern werde. Was sagst du nun, Chef?«

Perry Rhodan dachte nach. »Gar nicht so übel, Kleiner«, erwiderte er nach einer Weile. »Ich bin damit einverstanden, dass du die Umladeaktionen behinderst und damit Zeit für uns gewinnst. Aber du darfst auf keinen Fall in die SOL eindringen. SENECA würde dich sofort ausschalten. Schon gar nicht darfst du versuchen, die Hyperinpotronik selbst anzugreifen.«

»Das ginge auch nicht«, sagte der Ilt. »SENECA hat sich mit einem undurchdringlichen Energieschirm abgekapselt. Er weiß, dass ich Kleinholz aus ihm machen könnte, wenn ich an ihn herankäme.«

Gegen seinen Willen musste Rhodan lachen. »Dein Wortschatz ist wirklich bewundernswert, Gucky. Wir sind uns also einig?«

»Klar wie Kloßbrühe«, sagte der Ilt und entmaterialisierte.

Joscan Hellmut schaltete die Innenbeleuchtung des Wassertanks in der Space-Jet ein und schaute suchend durch das Luk. Doch obwohl das Frischwasser glasklar war, sah er die Emraddin-Zwillinge nicht.

»Fort«, murmelte er fassungslos. Die Frage stellte sich, wohin die Kinder verschwunden sein konnten. Hellmut fragte sich, ob Ulturpf und Kjidder infolge der Strukturerschütterung, die einen Teil der jüngsten Vergangenheit für die BRESCIA ungeschehen gemacht hatte, aus dem Wassertank verschwunden waren. Die Zeitanomalie war wohl auch der Grund, weshalb Romeo und Julia nichts mehr von dem Versteck der Kinder zu wissen schienen.

Der Kybernetiker kam zu dem Schluss, dass die Zwillinge irgendwann während des Rückflugs nach Last Stop aus ihrer Paralysestarre erwacht waren und sich selbstständig gemacht hatten. Für Ulturpfs Parafähigkeit des Dimensionsgehens stellten Wände und selbst Energieschirme keine unüberwindlichen Hindernisse dar.

Seufzend schloss Hellmut das Mannluk und kehrte in die Zentrale zurück. Er schaltete die Rundrufanlage ein und sagte: »Joscan Hellmut an Ulturpf und Kjidder! Wenn ihr mich hören könnt, kommt bitte in die Zentrale. Ich habe einen interessanten Auftrag für euch.«

Falls die Kinder sich noch an Bord befanden, mussten sie die Durchsage hören. Ob sie darauf reagieren würden, wusste er nicht. Er nahm nur an, dass sie der Verlockung, offiziell mit ihren Parakräften spielen zu dürfen, nicht widerstehen konnten.

Als zehn Minuten vergangen waren und die Zwillinge weder in der Zentrale erschienen waren noch sich über Interkom gemeldet hatten, ahnte der Kybernetiker, dass sie sich nicht mehr an Bord des Kreuzers befanden.

»Hoffentlich stellen sie keinen allzu groben Unfug an«, sagte er zu sich selbst.

Gucky hockte auf der tellerförmigen Kuppel eines keloskischen Kegelschiffs und beobachtete die Arbeitsroboter der SOL, die in breiten Kolonnen zwischen ihrem Schiff und den Raumern des Kelosker marschierten. Sie schleppten alles Entbehrliche aus der Kugelzelle und dem zylindrischen Mittelteil der SOL heraus, stapelten es sorgfältig am Waldrand und verstauten dafür die Geräte der Kelosker in der SOL.

Der Ilt stieß einen empörten Pfiff aus, als er sah, dass einige Arbeitsroboter Bäume, Sträucher und Blumen schleppten, die sie aus der Erde des Freizeitgeländes an Bord ausgegraben hatten. Zwei Roboter transportierten zudem durchsichtige Kästen, in denen er die Karotten aus dem von ihm selbst angelegten Beet erkannte. Das brachte ihn noch mehr gegen SENECA, die Kelosker und die Arbeitsroboter auf, obwohl die Roboter überhaupt nichts dafür konnten. Doch das war Gucky egal. Als er sich konzentrierte, wurden mehrere Tonnen Ersatzteile von einer unsichtbaren Kraft in die Höhe gerissen, schwebten über das Gelände und krachten in die Roboter, die soeben mit anderem Material die SOL verlassen wollten.

Die Roboter wurden umgeworfen. Ihre Fracht mischte sich mit den Ersatzteilen und begrub sie unter sich. Ein heilloses Durcheinander entstand, als gleichzeitig von innen und außen weitere Roboter in den Knäuel drängten.

Innerhalb einer halben Minute waren die Schleusen der SOL restlos verstopft.

Seelenruhig holte sich der Ilt mit seinen telekinetischen Kräften die beiden Mohrrübenkisten, griff sich eine Rübe und kaute, während er sich auf die nächste Aktion konzentrierte.

Diesmal riss er einer anderen Roboterkolonne einige Tonnen keloskischer Geräte aus den Greifarmen und mauerte damit die Hauptschleusen von drei Keloskerschiffen zu. Er verkeilte die kostbaren Geräte so ineinander, dass die von SENECA hinbeorderten Arbeitsroboter sie nicht sofort entfernen konnten.

Als die Roboter rohe Gewalt anwandten und dabei die ersten Aggregate beschädigten, gerieten die Kelosker in Panik. Sie versuchten zuerst, die Arbeitsroboter von den Geräten wegzuziehen. Als ihnen das nicht gelang, stürmten sie zur SOL, um sich bei SENECA zu beschweren. Gucky grinste, knabberte weiter an seiner Mohrrübe und fegte zirka tausend Roboter quer über das Gelände und in alle Schleusen der SOL hinein. Etliche Kelosker gerieten unversehens in das wüste Durcheinander, doch der Ilt nahm an, dass sie mit ihrer dicken Haut schon ein paar Knüffe vertragen konnten.

Die Umladearbeiten brachen zusammen, und der Mausbiber glaubte schon, ganz allein die SOL für die Menschen gerettet zu haben, als sein Armband auf der Gemeinschaftsfrequenz ansprach.

»Achtung, Romeo und Julia an alle nicht paralysierten Menschen auf Last Stop!«, plärrte eine Stimme. »Sie sabotieren die Umladearbeiten mit Hilfe des Mutanten Gucky. Stellen Sie diese Aktionen sofort ein! Andernfalls wird für jedes Frachtstück, das die Arbeitsroboter verlieren, einer der paralysierten Menschen getötet. Romeo und Julia, Ende!«

Der Ilt kreischte empört und drehte sich im Kreis, um nach den beiden Ablegern SENECAS Ausschau zu halten. »Wenn ich euch finde, zerreiße ich euch in der Luft, ihr Ungeheuer!«, rief er schrill. Er hätte seine Drohung wahr gemacht. Doch Romeo und Julia ließen sich nicht sehen.

Sekunden später meldete sich Perry Rhodan über Funk. »Du hast die Durchsage der Roboter gehört?«

»Ja, und ich stampfe die Ungeheuer bis zum Mittelpunkt des Planeten, werfe alle keloskischen Raumer um und wische mit diesen Hypermathematikern den Landeplatz auf!«, erwiderte Gucky aufgebracht.

»Du wirst nichts von alldem tun!«, befahl Rhodan. »Weil du Romeo und Julia nicht daran hindern könntest, ihre Drohung wahr zu machen.«

Eine zweite Stimme meldete sich. Es war Joscan Hellmut. »Ich habe das Gespräch mitgehört«, sagte er erregt. »Romeo und Julia sind keine Killer. Sie werden ihre Drohung niemals wahr machen. Dafür verbürge ich mich.«

Eine Weile herrschte Schweigen. Nur erregtes Atmen war zu hören. Dann erwiderte Perry Rhodan: »Vergessen Sie nicht, dass Romeo und Julia mit SENECA in Verbindung stehen, Joscan. Wenn SENECA ihnen befiehlt, ihre Drohung wahr zu machen, müssen sie gehorchen. Außerdem sind die Kelosker mit im Spiel.«

»Die Kelosker lehnen ebenso wie SENECA die Tötung intelligenter Lebewesen grundsätzlich ab«, erklärte der Kybernetiker. »Sie würden höchstens in Notwehr schießen, aber niemals wehrlose Geiseln ermorden. Auch dafür garantiere ich.«

»Ich bin geneigt, Ihnen zu glauben, Joscan«, sagte Rhodan bedächtig. »Aber ich trage die Verantwortung für die Frauen, Männer und Kinder, und ich kann sie nur noch schützen, indem ich auf die Forderungen der beiden Roboter eingehe.« Er räusperte sich. »Tut mir Leid, Gucky. Du warst wirklich gut. Aber ab sofort darfst du nicht mehr eingreifen. Ich denke, du verstehst mich.«

»Dennoch ist es schade, Perry. Ich wollte den Keloskern gerade zeigen, was eine Harke ist. Also gut, ich komme zurück. Aber meine Karotten bringe ich mit.«

SENECA hatte alle Vorgänge im Bereich der SOL verfolgt, er hatte sogar den Mausbiber beobachtet. Es wäre leicht für ihn gewesen, Gucky mit einem Schuss aus einer kleinen Impulskanone zu töten. Doch SENECA wollte weder ihn noch andere Intelligenzen absichtlich zu Schaden bringen. Deshalb wies er Romeo und Julia an, den Terranern zu drohen, falls Gucky seine Störaktionen nicht einstellte.

Er hörte das Telekomgespräch zwischen Rhodan, dem Ilt und Joscan Hellmut ab. Wenn er einen Kopf gehabt hätte, er hätte zu Hellmuts Argumenten beifällig genickt, denn der Kybernetiker schätzte ihn und seine robotischen Ableger völlig richtig ein. Doch SENECA wusste von vornherein, dass Joscan Hellmut den Expeditionsleiter nicht umstimmen würde. Er kannte Perry Rhodan mindestens so gut wie Rhodan sich selbst und wusste deshalb, dass der Terraner seine Verantwortung für Leben und Sicherheit aller viel zu ernst nahm, als dass er nur das geringste vermeidbare Risiko eingegangen wäre.

Nachdem Gucky seine Störaktion beendet hatte, wollte SENECA sich über Romeo und Julia wieder mit den Keloskern in Verbindung setzen und die letzte Phase des großen Plans festlegen. Bevor es dazu kam, geschah etwas, womit SENECA nicht mehr gerechnet hatte. Er vergaß seine Absichten und wurde unter dem Aufprall parapsychischer und parainpotronischer Impulse aus seiner Alpha-Zentrale zum willenlosen Werkzeug zweier Kinder, die gar nicht in der Lage waren zu begreifen, womit sie spielten.

So kam es, dass SENECA über die Rundrufanlage der SOL Kinderlieder abspielen ließ. Nur befanden sich weder Kinder noch erwachsene Menschen an Bord, die das hören konnten, und die Kelosker nahmen die Sendung als etwas Selbstverständliches hin. Sie vertrauten SENECA, denn sie wussten die Hyperinpotronik unter der Kontrolle ihrer eigenen kybernetischen Geräte.

Rund zwanzig Arbeitsroboter gehorchten plötzlich nicht mehr den Befehlsimpulsen ihres Kontrollsektors, obwohl dieser Sektor unabhängig von SENECAS »geistiger« Verwirrung arbeitete. Anstatt Material aus der SOL am Waldrand zu stapeln, schöpften sie mit Eimern Wasser aus den Frischwassertanks, trugen die gefüllten Eimer in ein keloskisches Raumschiff und leerten sie dort in den Proviantkammern.

Romeo und Julia, die von den Keloskern über den Zwischenfall informiert wurden, hatten keine Erklärung dafür. Sie wollten Funkverbindung mit SENECA aufnehmen, aber die Hyperinpotronik reagierte nicht. Daraufhin machten sie sich auf den Weg zu SENECA.

Unterdessen marschierte Paladin VI, dessen Positronik von SENECA einen entsprechenden Impuls erhalten hatte, durch die Gänge des Mittelteils der SOL. Der Riesenroboter bewegte sich seltsam unbeholfen und stieß manchmal sogar gegen die Wände. Endlich erreichte er die große Kugelschale, in der SENECA untergebracht war. Die dickwandigen Schotten standen offen.

Paladin VI trat ein und schrammte an einer Kante entlang. Er passierte den Todesgang, ohne dass eine der fest installierten Waffen gefeuert hätte.

Im Innern von Paladin VI fiel die Paralysestarre von Kommandant Harl Dephin ab. Der Siganese schimpfte auf den Krach, der ihn seit einiger Zeit belästigte. Er schaltete die Außenbeobachtungssysteme ein und stellte erschrocken fest, dass der Paladin-Roboter sich durch den Todesgang bewegte. Obwohl der Paladin nicht befugt war, den Innensektor SENECAS zu betreten.

Allmählich regten sich auch die anderen Mitglieder des Thunderbolt-Teams.

Amso Rigeler meldete sich zuerst und fragte: »Welcher Betrunkene steuert eigentlich unsere Maschine und lässt sie immer wieder gegen Wände rennen?«

»Der Paladin steht unter Fernsteuerung«, antwortete Harl Dephin. »Wer sie handhabt, weiß ich nicht. Aber das alles kann nur SENECA veranlasst haben. Ich frage mich, warum SENECA ausgerechnet uns zu sich holt.«

»Nicht uns«, meldete sich Dart Hulos. »Jemand bringt unsere Maschine zu SENECA. Offenbar nimmt die betreffende Person an, dass wir noch gelähmt sind.«

»Wer ist außer Amos und Dart noch handlungsfähig?«, fragte Harl Dephin.

»Ich, Myrus Tyn«, sagte eine andere Stimme.

Kurz darauf meldeten sich auch Drof Retekin und Cool Aracan.

»Wir sind also vollzählig wieder auf dem Posten«, stellte Harl Dephin fest. »Sollte sich herausstellen, dass SENECA weiterhin sein eigenes Spiel spielt, greifen wir in dem Augenblick an, in dem wir seinen Innensektor erreicht haben.«

»Mit Paladins Waffen?«, erkundigte sich Drof Retekin.

»Nein, wir wollen die Hyperinpotronik nicht zerstören«, entgegnete der Kommandant. »Wir steigen aus und dringen zu SENECAS Egosektor vor. Wenn wir damit drohen, ihn zu zerstören, muss SENECA nachgeben.«

Die anderen Mitglieder des Teams lachten, wurden aber sofort wieder ernst, als der Paladin-Roboter den Eingang der Alpha-Zentrale erreichte.

»Es ist so weit«, gab Harl Dephin bekannt. »Alle Mann von Bord!«

In diesem Augenblick wurden Ulturpf und Kjidder Emraddin ihres Spiels mit der Hyperinpotronik überdrüssig. Sie gaben es einfach auf.

SENECA kam zu sich, überprüfte die Rückkopplungssysteme und stellte fest, dass Dinge geschehen waren, die er nicht befohlen hatte, die aber außer ihm kein anderer befehlen konnte. So die seltsamen Reaktionen von zwanzig Arbeitsrobotern. Doch das erschien der Hyperinpotronik längst nicht so gravierend wie die Tatsache, dass sich Paladin VI vor dem Eingang der Alpha-Zentrale befand.

Der Roboter gehörte nicht zu dem Kreis mit freiem Zugang zur Alpha-Zentrale. Dennoch war er unbehelligt durch den Todesgang gekommen.

Innerhalb der Alpha-Zentrale befanden sich zwei Kinder, die ebenfalls nicht zu den Eintrittsberechtigten gehörten. Sie lagen jedes in einem Kontursessel und schliefen.

SENECA zweifelte an seinem Verstand und überlegte ernsthaft, ob er sich abschalten sollte, um möglicherweise irreparable Schäden zu vermeiden. Doch sobald er sich desaktivierte, würde er den ihm anvertrauten Menschen den allergrößten Schaden zufügen, und das durfte er nicht.

Kurz darauf meldeten sich Romeo und Julia mit einem Funkspruch, der die Hyperinpotronik erneut alarmierte. Seine robotischen Ableger behaupteten, sie hätten ihn in der letzten halben Stunde mindestens hundertmal angerufen, ohne eine Reaktion zu erhalten.

»Das ist unmöglich«, erwiderte SENECA. »Alle Funksysteme sind in Ordnung. Kommt sofort in die Alpha-Zentrale. Ihr werdet vorläufig hier bleiben und mich überwachen. Etwas stimmt mit mir nicht, sonst hätte ich nicht den Paladin und zwei Kinder zu mir gelassen.«

»Zwei Kinder? Wie sehen sie aus?«, fragte Romeo und fügte hinzu, als SENECA sie beschrieben hatte: »Sie dürfen nicht entkommen. Es handelt sich um Ulturpf und Kjidder Emraddin, gefährliche Mutanten. Es wird vielleicht notwendig sein, sie zu eliminieren.«

»Dazu bin ich nicht bereit. Außerdem schlafen sie fest. Ich ...« SENECA unterbrach die Verbindung, meldete sich aber kurz darauf wieder. »Kommt sofort herein und helft mir, die Besatzung des Paladins einzufangen. Die Siganesen sind vorzeitig aus der Paralysestarre erwacht, haben den Roboter verlassen und bewegen sich zielstrebig auf meinen Egosektor zu. Ich kann sie nicht durch Anwendung von Energieschocks oder anderen Mitteln unschädlich machen, denn sie halten sich stets in der Nähe von Balpirol-Strängen auf, die noch empfindlicher sind.«

»Wir kommen«, teilten Romeo und Julia mit.

Nach einer Weile hörten die Siganesen in dem Gewirr unter und hinter sich Geräusche, die nicht von SENECA ausgehen konnten.

»Wir müssen uns beeilen!«, drängte Harl Dephin. »Wahrscheinlich hat SENECA seine Roboter gerufen.«

Die nur eine Handspanne großen Männer in ihren Kampfanzügen kletterten schneller durch das Gewirr von Balpirol-Strängen, Biopon-Blocks und Hyperimpuls-Antennen. Sie turnten dabei so geschickt wie Drahtseilartisten. Dennoch kamen sie naturgemäß nicht so schnell vorwärts wie die Roboter, die ihnen folgten und sich nicht in der Nähe von Balpirol-Strängen halten mussten. Sie durften auch ihre Tornisteraggregate nicht einsetzen, um zu fliegen, denn in seinem Innern war SENECA äußerst empfindlich gegen energetische Störungen.

Als die Siganesen den Egosektor endlich erreichten, waren Romeo und Julia nur noch wenige Meter hinter ihnen. Doch auch die Roboter konnten sich nicht voll entfalten. Wegen der innigen Verflechtung von organischem und anorganischem Baumaterial durften sie nicht einmal ihre Paralysatoren einsetzen. Sie mussten versuchen, die Siganesen mit bloßen Händen einzufangen.

Die Thunderbolts hatten sich im Zusammenspiel schon in zahllosen Risikoeinsätzen bewährt. Harl Dephin und Amos Rigeler brachten winzige Störschockbomben an den Vertiefungen der unregelmäßigen Außenfläche des Egosektors an, während die anderen Siganesen die Roboter ablenkten.

Als Dephin und Rigeler ihre Arbeit beendet hatten, schaltete der Kommandant des Teams den Stimmverstärker seines Kampfanzugs ein und rief: »Halt, Romeo und Julia! Bewegt euch nicht mehr, oder wir aktivieren über Funk unsere Störschockbomben. Dann würde SENECA handlungsunfähig werden.«

Die Roboter erstarrten.

»Was wollen Sie, Kommandant Dephin?«, fragte SENECA aus einem seiner Innenlautsprecher.

»Wir verlangen, dass du die Umladeaktionen sofort abbrichst! Andernfalls legen wir deinen Egosektor lahm. Du weißt, was das bedeuten würde.«

»Das dürfen Sie nicht tun, Kommandant Dephin. Diese Maßnahme würde bleibende psychische Schäden zurücklassen.«

»Darauf lassen wir es ankommen. Ich gebe dir eine halbe Minute Bedenkzeit. Danach aktivieren wir die Bomben.«

»Ich gebe nach«, teilte SENECA mit. »Ab sofort sind die Arbeitsroboter stillgelegt. Doch ich habe keinen Einfluss auf die Kelosker an Bord der SOL.«

»Sie können ohne deine Hilfe nicht viel unternehmen.«

»Wie soll es weitergehen?«, erkundigte sich SENECA.

»Zwei von uns werden hier bleiben und ständig bereit sein, die Störschockbomben zu aktivieren«, erläuterte Harl Dephin. »Die anderen vier erhalten freies Geleit und dürfen Icho Tolot mitnehmen. Wir verlassen das Schiff. Außerdem müssen sich Romeo und Julia aus der Nähe des Egosektors zurückziehen.«

»Einverstanden«, sagte SENECA.

Als Romeo und Julia verschwanden, folgten ihnen vier Siganesen. Sie ließen den Paladin zurück. Kurz darauf erreichten sie den Haluter, sie weckten ihn und klärten ihn über die veränderte Situation auf. Tolot wurde aus den Fesselfeldern entlassen.

Mit den vier Siganesen auf der linken Schulter verließ er die SOL und begab sich zu Perry Rhodan. Mehr konnten er und die Siganesen vorläufig nicht unternehmen – jedenfalls so lange nicht, wie die Besatzung und die Einwohnerschaft der SOL noch paralysiert waren.

Joscan Hellmut registrierte ungläubig, dass die Arbeitsroboter der SOL erstarrten. Die Kelosker reagierten mit Verwirrung darauf. Sie versuchten, die Roboter zur Fortführung der Transportarbeiten zu bewegen, erreichten jedoch nichts.

Hellmut zog durchaus in Erwägung, dass die Aktivitäten der parapsychisch begabten Kinder das bewirkt hatten. Zweierlei hielt ihn dennoch davon ab, in die SOL einzudringen und nach ihnen zu suchen. Zum einen musste er befürchten, paralysiert zu werden, sobald er das Schiff betrat, zum anderen entdeckte er eine Gruppe Kelosker, die sich der BRESCIA näherten.

Er beschloss, wenigstens so lange zu warten, bis er wusste, was die Kelosker von ihm oder im Kreuzer wollten. Es musste wichtig sein, denn er erkannte als Anführer der Gruppe Kudan.

Da die Schleusen der BRESCIA offen standen, gelangten die Kelosker ungehindert ins Schiff. Ihre plumpen Körper drängten in die Zentrale.

»Wir suchen Romeo und Julia«, sagte Kudan.

Hellmut zuckte mit den Schultern. »Ich weiß nicht, wo die beiden Roboter sind«, antwortete er. »Ich habe sie seit Stunden nicht mehr gesehen.«

»Das ist sehr bedauerlich. Wir hätten dieses Raumschiff gern dabeigehabt, wenn wir das Shetanmargt holen.«

»Das Shetanmargt?« Hellmut hatte diesen Namen oder die Bezeichnung bisher noch nie gehört.

»Das Shetanmargt ist das Kernstück unserer Geräte«, erklärte Kudan. »Es wartet in der Nähe der *Großen Schwarzen Null* auf uns. Wir müssen aufbrechen, denn die Zeit drängt. Zwar haben die Arbeitsroboter der SOL ihre nützliche Tätigkeit eingestellt, doch das ist nicht besonders schlimm. Die Umladeaktion war ohnehin nahezu abgeschlossen.«

»Warum sagen Sie mir das alles?«, erkundigte sich Joscan Hellmut.

»Sie werden es Romeo und Julia mitteilen, sobald die beiden Helfer wieder erscheinen«, erklärte Kudan. »Zwar sind Sie nicht mit allem einverstanden, was Romeo und Julia tun, aber wir wissen, dass Sie emotional sehr eng mit den Robotern verbunden sind.«

Dennoch werde ich Romeo und Julia nicht verraten, was ihr vorhabt, dachte Joscan Hellmut.

»Selbstverständlich sorgen wir dafür, dass dieses Raumschiff nur von Romeo und Julia betreten werden kann«, fuhr Kudan fort. »Wir legen eine energetische Sperre um den Kreuzer, der ausschließlich auf Kodeimpulse der beiden Roboter anspricht. Ich hoffe, wir sehen uns bald wieder, Joscan Hellmut.«

»Ich wünschte, wir brauchten uns nie wiederzusehen«, entgegnete der Kybernetiker.

Kudan ließ sich nicht anmerken, ob er die Antwort als negativ einstufte. Er machte schweigend kehrt und verließ mit seinen Begleitern die BRESCIA.

Hellmut verfolgte auf der Panoramagalerie, wie alle Kelosker an Bord ihrer plumpen Raumschiffe gingen. Ungefähr eine halbe Stunde später starteten die Schiffe.

Der Kybernetiker rief über Funk nach Perry Rhodan. Der Terraner meldete sich fast sofort.

»Ich habe beobachtet, dass kurz vor dem Start eine Gruppe Kelosker bei Ihnen war, Joscan«, sagte Rhodan. »Was wollten sie?«

»Sie suchten Romeo und Julia. Am liebsten hätten sie die BRESCIA mitgenommen. Aber ohne die Roboter können sie mit dem Kreuzer nichts anfangen, und mir trauen sie nicht.«

»Wollen die Kelosker weiteres Material heranschaffen?«

»Sie sagten, dass sie das Shetanmargt holen wollen. Es ist offenbar das Kernstück ihrer Geräte und wartet in der Nähe der *Großen Schwarzen Null.*«

»Das Kernstück ihrer Geräte?«, wiederholte Rhodan nachdenklich. »Dann müssen wir unbedingt verhindern, dass das Shetanmargt nach Last Stop gebracht wird. Ist die BRESCIA flugfähig, Joscan?«

»Natürlich«, antwortete der Kybernetiker. »Aber niemand außer Romeo und Julia darf an Bord. Die BRESCIA liegt unter einer energetischen Sperre, die nur von den beiden desaktiviert werden kann.«

»Dann sollten wir Romeo und Julia finden und dazu bewegen, die Sperre aufzuheben. Aber vorher wird Gucky versuchen, in die BRESCIA zu teleportieren. Bis bald, Joscan.«

»Bis bald«, erwiderte der Kybernetiker.

»Glaubst du, es ist ungefährlich für dich?«, wandte sich Rhodan auf dem Beobachtungshügel an den Mausbiber. »Wir haben nicht die erforderlichen Geräte, um die Energiesperre der Kelosker zu analysieren.«

Der Ilt spuckte eine Made aus, die sich in einer seiner Karotten befunden hatte. »Es gibt nichts, was mich aufhalten könnte«, erklärte er großspurig. »Oder fast nichts«, fügte er einschränkend hinzu. Er steckte die angeknabberte Karotte in eine Brusttasche seines Kampfanzugs, konzentrierte sich – und war im nächsten Augenblick verschwunden.

Perry Rhodan wartete darauf, dass der Ilt sich aus dem Kreuzer meldete. Nach fünf Minuten rief er die BRESCIA an.

»Nein«, antwortete Joscan Hellmut. »Gucky ist nicht angekommen.«

Rhodan wurde blass. »Dann muss ihm etwas zugestoßen sein. Joscan, versuchen Sie, Romeo und Julia über Funk zu erreichen. Wir kommen inzwischen so dicht wie möglich an den Kreuzer heran.«

Er befahl den Wissenschaftlern, alles stehen zu lassen und in die Flug-gleiter zu steigen. Kurz darauf hoben die drei Fahrzeuge ab und flogen in geringer Höhe auf die BRESCIA zu.

Terka Loskotsch, der neben Rhodan saß, beobachtete die Anzeigen des Hypertasters. »Das Energiefeld beginnt zwanzig Meter vor dem Kreuzer und wölbt sich glockenförmig«, teilte er mit. »Seine Natur lässt sich nicht exakt analysieren. Ich kann lediglich feststellen, dass die Struktur intervallartigen Veränderungen unterliegt, dabei aber immer die gleichen fünf Muster aufbaut.«

»Dort kommen Romeo und Julia!« Carlotte Messanter deutete zur SOL hinüber.

Die Roboter bewegten sich nicht so steif und unbeholfen wie sonst, sondern schwebten knapp über dem Boden. Sie näherten sich der BRESCIA.

»Wir dürfen nicht später als sie beim Kreuzer ankommen.« Rhodan erhöhte die Geschwindigkeit.

Romeo und Julia landeten ungefähr dreißig Meter vor dem Raumschiff. Im gleichen Augenblick setzte der erste Gleiter neben ihnen auf. Perry Rhodan rief: »Schaltet sofort die Energiesperre ab! Ich fürchte, Gucky hat sich darin gefangen.«

»Deshalb sind wir gekommen, Sir«, sagte Julia. »Bitte warten Sie, bis die Sperre aufgehoben ist.«

Rhodan nickte knapp. Er befürchtete das Schlimmste für den Ilt und machte sich heftige Vorwürfe, weil er ihm erlaubt hatte, den Sprung durch die Energiesperre zu wagen.

Nach ungefähr einer halben Minute flimmerte die Luft zwischen den Robotern und dem Raumschiff – und im nächsten Moment materialisierte ein zappelndes und schreiendes Bündel.

Perry Rhodan eilte auf den Mausbiber zu und kniete neben ihm nieder.

»Bist du verletzt, Gucky?«

Der Ilt hörte auf zu schreien, starrte seinen terranischen Freund sekundenlang verständnislos an und stieß endlich einen tiefen Seufzer aus. »Ich glaube nicht, Perry.« Das klang kläglich. »Wahrscheinlich habe ich alles nur geträumt.«

»Was hast du geträumt?«

»Mein Zahn war ausgefallen«, hauchte Gucky. »Mein einziger herrlicher Nagezahn. Einfach ausgefallen und verfault. Außerdem hatte ich die …« Er stockte.

»Was hattest du?«, bohrte Rhodan unerbittlich weiter.

»Die Räude«, flüsterte Gucky kaum noch hörbar.

Rhodan strich seinem Freund über das Fell. »Alles nur ein schlechter Traum, Kleiner. Dein Fell ist glatt und seidig wie immer.«

»Glatt und seidig?«, fragte der Mausbiber gespannt.

Perry Rhodan nickte.

Gucky ließ seinen Nagezahn in voller Größe sehen. »Danke, Perry«, flüsterte er. »So etwas Schönes hast du mir noch nie gesagt.«

Rhodan blickte auf und sah, dass Romeo und Julia sich der offenen Bodenschleuse des Kreuzers näherten. Er erhob sich und zog den Mausbiber mit in die Höhe. Danach wandte er sich an die Wissenschaftler. »Gucky und ich teleportieren ins Schiff. Sie kommen nach!«

Er ergriff die Hand des Mausbibers und fragte: »Kannst du uns beide in die Zentrale bringen? Die Energiesperre ist aufgehoben.«

Der Ilt konzentrierte sich kurz, dann teleportierte er. Im nächsten Augenblick standen Perry Rhodan und er in der Zentrale der BRESCIA. Joscan Hellmut sah ihnen entgegen.

»Wir starten, sobald alle an Bord sind!«, befahl der Terraner. »Hoffentlich können wir die Spur der keloskischen Flotte aufnehmen.«

Helmut schwieg. Er blickte zum offenen Schott, durch das soeben die beiden Roboter hereinkamen. »Habt ihr die Emraddin-Zwillinge gesehen?«, fragte er.

»Sie befanden sich in der Alpha-Zentrale«, antwortete Romeo. »Da sie große Verwirrung gestiftet hatten, wurden sie in eine Scheintodstarre versetzt, die nur von SENECA aufgehoben werden kann.«

»Wer sind die Emraddin-Zwillinge eigentlich und weshalb dieser Aufwand?«, wollte Rhodan wissen. Joscan Hellmut erklärte es ihm, und die beiden Roboter ergänzten einiges.

Perry Rhodan nickte zögernd. »Wir haben also zwei neue Mutanten mit faszinierenden Fähigkeiten. Aber dass sie noch Kinder sind, wird sich wohl als sehr problematisch erweisen.«

»Wir müssen dafür sorgen, dass SENECA sie sofort aus der Scheintodstarre befreit«, sagte Joscan Hellmut heftig.

Rhodan schüttelte den Kopf. »Das wäre zu früh, Joscan. Ich denke, dass SENECA richtig gehandelt hat. Die Zwillinge wären in unserer Lage eine ständige Gefahrenquelle – und zwar nicht nur für SENECA. Später, sobald wir hoffentlich wieder einen halbwegs normalen Zustand erreicht haben, werde ich mich persönlich um sie kümmern. Unter verständnisvoller Anleitung und Kontrolle könnten sie uns sehr nützlich sein.«

Er wandte sich an die Gruppe, die inzwischen vollzählig versammelt war: »Wir besetzen die Kontrollen und starten! Das Shetanmargt, was immer das sein mag, darf nicht nach Last Stop gebracht werden. Ich bin jedoch bereit, mit den Keloskern einen Kompromiss zu schließen und so viele von ihnen und ihren Geräten mitzunehmen, wie bei Wahrung unserer eigenen Interessen möglich ist.«

Er setzte sich vor das Hauptsteuerpult und wartete ab, bis auch die anderen Stationen besetzt waren. Danach fuhr er die Triebwerke hoch.

Die BRESCIA schoss auf einer Glutsäule in den Himmel und nahm mit höchster Beschleunigung Fahrt auf.

Das Ziel war klar, der Erfolg ungewiss. Perry Rhodan war entschlossen, die SOL zu retten und so bald wie möglich den Flug zur Milchstraße fortzusetzen.

16.

Galbraith Deighton lag ungefesselt auf dem Boden eines großen Raums. Als er sich ein wenig aufrichtete, konnte er seine Männer sehen, die allmählich ebenfalls ihre Bewegungsfähigkeit zurückerlangten. Niemand hatte ernsthaft Schaden erlitten.

Vorsichtig stand er auf, um das Gefängnis zu untersuchen. Die Wände wirkten massiv, es gab nur ein einziges Fenster dicht unter der hohen Decke. Wenn sich drei Männer aufeinander stellten, konnten sie es vielleicht erreichen. Die Tür war aus Metall und ohne sichtbares Schloss, das man hätte aufbrechen können.

Deighton kehrte an seinen Platz zurück und setzte sich. Neben ihm lag Leutnant Souza und rieb sich die Augen. »Sieht nicht gut aus, glaube ich«, seufzte Souza.

»Stimmt.« Deighton nickte. »Aber früher oder später wird Rhodan uns hier herausholen. Ich möchte nur wissen, was aus der BRESCIA geworden ist …«

»Was halten Sie von den Keloskern?«, fragte Souza übergangslos.

Deighton streckte die Beine aus und lehnte sich mit dem Rücken an die Mauer. »Sie sind erstklassige Mathematiker und Theoretiker, aber ansonsten so ungeschickt, wie sie aussehen. Andererseits haben sie es geschafft, uns die BRESCIA wegzunehmen. Ehrlich gesagt, Leutnant, ich weiß nicht, was ich von ihnen halten soll.«

»Glauben Sie, wir können fliehen?«

Deighton zuckte mit den Schultern. »Keine Ahnung, aber wir werden es früher oder später versuchen müssen. Wer weiß, wie lange es dauert, bis Rhodan uns aufspürt.«

Eine Tür öffnete sich. Zwei Kelosker stellten Gefäße und Körbe mit Wasser und Lebensmitteln ab. Hinter ihnen wurden bewaffnete Wärter sichtbar.

»Vielleicht sollten wir eine solche Gelegenheit nutzen«, raunte Souza. »Wenn wir den Wachen die Strahler abnehmen können, sind wir frei. Sie sind viel zu langsam, um sich zu wehren.«

»Das nächste Mal vielleicht ...«

Nachdem die Tür wieder geschlossen war, verteilte Deighton die Lebensmittel. Inzwischen waren alle wieder auf den Beinen. Zugleich kehrte der Wille zurück, die Gefangenschaft schnellstmöglich zu beenden.

Deighton kletterte auf die Schultern eines Mannes, der auf einem anderen stand. Mit dem Kopf erreichte er so gerade den Rand des vergitterten Fensters und konnte hindurchblicken.

Es dunkelte bereits, und viel war nicht zu erkennen. Takrebotan war eine kalte und unfreundliche Welt mit spärlicher Vegetation, jedoch für die Rechenexperimente der Kelosker bestens geeignet. Deighton entdeckte niedrige Gebäude jenseits des Platzes in der grünlichen Dämmerung. Dahinter erstreckten sich Stachelwälder bis zum Horizont.

»Sie haben ein anständiges Gewicht«, seufzte der Mann, auf dessen Schultern er stand.

Deighton schwang sich wieder auf den Boden. »Sieht nicht gerade einladend aus da draußen, aber besser als das Gefängnis allemal. Wir werden es versuchen.«

»Morgen?«, fragte Leutnant Souza.

»Ja, morgen«, versicherte Deighton.

Dr. Yato Ting Suin, der Ortungsingenieur der von Rhodan und seinen Leuten zurückeroberten BRESCIA, kehrte nach einem Gespräch mit dem Kybernetiker Dr. Kelim Akumanda nachdenklich in seine Kabine zurück.

Die BRESCIA folgte seit Stunden dem Konvoi der keloskischen Raumer, der mit unbekanntem Ziel von Last Stop gestartet war. Das »Shetanmargt«, das sie holen wollten, musste etwas Besonderes sein, großartig und ungemein wertvoll, denn die Kelosker setzten alles daran, es vor dem drohenden Untergang durch die Aktivität der *Großen Schwarzen Null* zu retten. Das absolute Nichts, das zur ernsten Bedrohung geworden war, befand sich nahe dem keloskischen Borghal-System.

Ting Suin war sich ziemlich sicher, dass der Konvoi Borghal anflog. Obwohl Akumanda zu beweisen versucht hatte, dass es sich bei dem Shetanmargt nur um eine Art Robotgehirn handelte, das keinesfalls auf einem Planeten stationiert sein konnte – schon gar nicht in unmittelbarer Nähe einer fünfdimensional strahlenden Sonne.

Ting Suin war klar, dass Rhodan mit äußerster Vorsicht manövrieren musste, um unentdeckt zu bleiben, aber das hatte nur wenig mit dem Verdacht zu tun, den Akumanda nach dem Abschluss seiner »Beweisführung« geäußert hatte.

Ting Suin hielt es nicht lange in seiner Kabine aus. Auf dem Korridor zur Kommandozentrale materialisierte Gucky vor ihm.

»Ting Suin, bist du wirklich sicher, dass Rhodan deinen Rat in dieser Angelegenheit braucht? Welchen Unterschied macht es schon, ob wir nach Borghal fliegen oder nicht? Hauptsache, wir finden heraus, was dieses Shetanmargt eigentlich ist.«

Der Ortungsingenieur lehnte sich gegen die Korridorwand. »Hast du nichts anderes zu tun, als in den Gedanken anderer Leute herumzuspionieren?«

»Meine eigenen kenne ich ja«, gab der Mausbiber zurück.

»Auch ein Argument, aber kein überzeugendes. Wenn du schon meine Gedanken kennst, dann sicher auch die von Dr. Akumanda. Die Kelosker haben uns bemerkt und wollen uns ablenken. Das ist die einzige logische Folgerung.«

»Davon sind wir nicht überzeugt. Wir glauben vielmehr, dass sich das Shetanmargt in der Nähe des Systems Borghal befindet, also 370 Lichtjahre von Last Stop entfernt.«

»Und warum ...?«

»Weil die *Große Schwarze Null* nicht weit von Borghal entfernt ist. Würden die Kelosker sonst mit aller Gewalt versuchen, das Shetanmargt in Sicherheit zu bringen?«

Ting Suin schaute Gucky zweifelnd an, dann nickte er langsam. »An der Theorie ist etwas dran, was ich als logisch bezeichnen möchte. Du meinst also, ich soll Rhodan nicht unterrichten?«

»Das wäre überflüssig. Er weiß es selbst. Und vergiss nicht, dass die Erstbesatzung der BRESCIA auf Takrebotan gefangen wurde. Wir wollen Galbraith Deighton und seine Leute befreien.«

»Und das Shetanmargt?«

»Verstehst du noch nicht? Wenn es sich in der Nähe des Systems befindet, schlagen wir zwei Fliegen mit einer Klappe.«

»Was ist eine Fliege?«

Gucky grinste breit. »Ach ja, die kennst du nicht mehr, weil du auf der SOL geboren bist. Diese Biester gibt es auf Terra. Kurz: Es handelt sich um ein uraltes Sprichwort und bedeutet, dass jemand zwei Dinge in *einem* Arbeitsgang erledigen kann.«

»Vielleicht hast du Recht«, gestand der Ortungsingenieur ein. »Ich bin also wieder in meiner Kabine, falls ich gebraucht werde.«

Gucky schaute ihm nach, dann teleportierte er zurück in die Kommandozentrale und materialisierte in seinem freien Sessel neben Rhodan.

»Ich habe ihn beruhigt, Perry. Immerhin passen unsere Leute auf – ist das nicht ein schönes Gefühl?«

Rhodan nickte knapp. »Auch du wirst aufpassen müssen, Gucky. Sobald wir uns Takrebotan nähern, versuche Deighton aufzuspüren. Ich bin davon überzeugt, dass er und seine Crew noch leben. Die Kelosker sind alles andere als gewalttätig. Wir müssen unsere Leute befreien.«

»Ist das Shetanmargt nicht vorrangig?«, fragte ein junger Mann, der soeben die Kommandozentrale betreten und die letzte Bemerkung gehört hatte. »Ich bin davon überzeugt, dass es später für uns noch eine große Rolle spielen wird. – Sie haben mich rufen lassen. Wollten Sie darüber mit mir reden, Sir?«

»Über Romeo und Julia.«

Joscan Hellmut legte die Stirn in Falten. »Roboter denken logischer als ein menschliches Gehirn. Eines Tages werden wir das verstehen.«

»Bis dahin will ich nicht von den Launen der beiden abhängig sein. Ich halte es sogar für möglich, dass Romeo und Julia versuchen werden, die BRESCIA in ihren Besitz zu bringen.«

»Aber …«

»Wollen Sie sagen, das sei unmöglich?«

Joscan Hellmut zögerte, dann gab er zu: »Nein, Sir, unmöglich ist es nicht. Trotzdem bin ich davon überzeugt, dass Romeo und Julia in unserem Sinn handeln, auch wenn das nicht sofort ersichtlich sein mag.«

»Immer noch oder wieder überzeugt …?«

»Ich verstehe nicht, Sir.«

Die Andeutung eines Lächelns umfloss Rhodans Mundwinkel. »Sie wissen sehr gut, wovon ich rede. Aber jetzt ist nicht die Zeit für Risiken. Sie kennen kein anderes Leben als das an Bord der SOL, aber wir sind unterwegs zurück zur Milchstraße und der Sonne, die unserem Planeten das Leben schenkte und es erhielt, bis wir mit der Erde in den Mahlstrom geschleudert wurden. Sie, Hellmut, haben keine Sehnsucht danach, zur Erde zurückzukehren. Wir anderen wollen sie wiedersehen.«

»Ist das alles, Sir?« Joscan Hellmut stand auf, als Rhodan seinen Nasenrücken massierte. »Ich kümmere mich um Romeo und Julia«, sagte er und verließ die Kommandozentrale.

Gucky sagte: »Es fällt ihm schwer, aber er wird die beiden abschalten. Er liebt sie, als wären sie seine Kinder.«

»Leider können wir auf seine Gefühle keine Rücksicht mehr nehmen. Die Sicherheit geht vor. Behalte ihn unter Kontrolle und achte darauf, dass er keinen Fehler macht. Die Roboter müssen aktionsunfähig gemacht werden, aber jederzeit wieder aktiviert werden können, falls wir sie brauchen.«

Während der Mausbiber esperte und jeden Schritt Hellmuts verfolgte, widmete sich Rhodan den Daten der Ortungszentrale. Es bestand kein Zweifel mehr daran, dass die Flotte der Kelosker tatsächlich das Borghal-System anflog.

Gucky bestätigte endlich, dass Romeo und Julia desaktiviert worden waren. Joscan Hellmut zog sich in seine Kabine zurück. Seine Stimmung war schlicht miserabel.

»Nun ist auch Ting Suin überzeugt, dass wir das Shetanmargt um Borghal kreisend vorfinden werden. Das alles entwickelt sich allmählich zu einem Ratespiel.«

Stunden später stand der grüne Stern in der Bildwiedergabe. Die unförmigen Schiffe der Kelosker nahmen eine Kurskorrektur vor. Nachfolgende Berechnungen in der BRESCIA ergaben, dass der Konvoi Borghal in geringer Entfernung passieren würde, falls nicht erneut eine Korrektur erfolgte.

Der grüne Stern wanderte langsam durch das Holo und verschwand. Die Ortungen erfassten drei Planeten, von denen die beiden inneren unbewohnbar waren. Die äußere Welt, Takrebotan, kam in Sicht, war aber nicht das Ziel des Flugs.

Gucky, der die Augen geschlossen hielt und sich konzentrierte, sagte plötzlich: »Ich habe Deightons Gedankenimpulse. Ihm und seinen Männern geht es den Umständen entsprechend gut. Sie wurden in eine unbekannte Stadt gebracht, vermutet Deighton. Er plant einen Fluchtversuch.«

»Glaubst du, dass wir teleportieren können?«

Der Mausbiber riss die Augen auf. »Wohin? Ins Gefängnis?«

»Ja.«

»... es wäre nicht unmöglich. Aber was wird in der Zwischenzeit aus der BRESCIA und den Schiffen der Kelosker? Wenn sie sich zu weit von Takrebotan entfernen, bekommen wir Probleme. Vielleicht ist es besser, ich teleportiere allein.«

»Ich komme mit, Gucky! In zehn Minuten passieren wir den Planeten in der günstigsten Entfernung. Wenn wir uns nicht lange aufhalten, können wir mit zwei oder drei Sprungetappen auf die BRESCIA zurückkehren. Also los, Kampfanzug anlegen!« Er wandte sich an den zwei Sessel weiter sitzenden Positronik-Ingenieur. »Farn Kaybrock, behalten Sie den augenblicklichen Kurs unter allen Umständen bei! Wir sind in einer halben Stunde zurück.«

Ohne eine Bestätigung abzuwarten, ergriff er die Hand des Mausbibers, der mit ihm in seine Kabine teleportierte. Rhodan legte in aller Eile den Kampfanzug an. Als Gucky sechzig Sekunden später in voller Ausrüstung materialisierte, waren sie einsatzbereit.

»Hast du noch Kontakt zu Deighton?«

»Klar doch, Perry. Gib mir die Hand ...«

»Schaffen wir es mit einem Sprung?«

»Ich hoffe es.« Gucky konzentrierte sich auf die Gedankenimpulse Deightons, dann teleportierte er.

Schon als der Morgen graute, teilte Galbraith Deighton seine Leute ein. Er wollte vorbereitet sein.

»Also noch einmal«, wiederholte er. »Wir überwältigen zuerst die Wärter im Gang und nach ihnen die Essenträger.«

»Und wenn die Wärter vermisst werden?«

»Damit müssen wir rechnen. Zumindest besitzen wir dann Waffen.«

Es gab Einwände und Gegenargumente, aber Deightons Entschluss stand fest.

Leutnant Souza gab keinen Laut von sich, als er mit einem überraschenden Satz zur Seite sprang. Deighton hatte den leichten Luftzug ebenfalls gespürt, der durch die Materialisation zweier Gestalten entstand.

»Ich sagte doch, dass sie uns finden werden!«

Alle gaben ihrer Überraschung lautstark Ausdruck, als Rhodan und Gucky mitten unter ihnen auftauchten. Deighton brachte sie mit einer energischen Handbewegung zum Schweigen.

»Perry ... endlich! Wir dachten schon, es würde überhaupt nicht mehr klappen.«

Rhodan sah sich um. »Gemütlich ist es hier nicht gerade, aber ihr werdet es noch eine Weile aushalten müssen. Die Kelosker haben es keineswegs auf euer Leben abgesehen. Im Augenblick ist eine Befreiung unmöglich.«

Deighton zeigte äußerlich keine Regung. »Und warum? Gucky kann uns alle hinausbringen, einen nach dem anderen. Wo wartet das Schiff? Ist es die BRESCIA?«

Rhodan schüttelte den Kopf. »Die BRESCIA kann nicht warten. Sie entfernt sich zwar nur mit geringer Geschwindigkeit, aber Gucky wird schon Mühe haben, mich allein an Bord zurückzubringen. Wir haben keine Zeit für lange Erklärungen. Ich wollte nur, dass alle wissen, dass wir euch so bald wie möglich abholen werden. Versucht inzwischen nicht zu fliehen, das würde alles nur komplizieren.«

»Aber wir können doch ...«

»Besser nicht! Wir kennen jetzt euren Aufenthaltsort, und vielleicht können wir euch morgen schon hier herausholen.«

»Wir müssen, Perry«, drängte der Ilt. »Oder wir werden das Schiff nicht mehr einholen.«

Abermals entstand ein Luftwirbel, als die beiden entmaterialisierten.

Rhodan und Gucky materialisierten etwa dreihunderttausend Kilometer von Takrebotan entfernt im Weltraum. Von der BRESCIA und dem Konvoi der Kelosker war keine Spur. Rhodans Anzugsysteme fingen nicht einmal ein Peilsignal des Kreuzers auf.

»Esperst du Gedankenimpulse, Gucky?«

»Nur sehr schwach. Die Sonne stört. Wir teleportieren einfach weiter.«

Der nächste Sprung ließ Takrebotan zu einem sehr fernen Planeten werden. Nun war es Gucky aufgrund der mehrdimensionalen Sonnenstrahlung auch nicht mehr möglich, Deightons Gedanken aufzufangen.

»Vielleicht wurde Kaybrock trotz allem zu einer Kursänderung gezwungen, um den Konvoi nicht zu verlieren. In diesem verrückten System ist selbst auf die Ortungen kein Verlass mehr.«

Nach der dritten Teleportation wurde Takrebotan endgültig zum Stern unter vielen. Falls Rhodan und Gucky die BRESCIA wirklich nicht mehr fanden, mussten sie auf den Planeten zurückkehren.

»Ich spüre die Gedankenimpulse deutlicher«, sagte der Mausbiber unvermittelt. »Die Richtung stimmt also noch.«

Nach zwei weiteren Etappen empfingen sie den Peilton der BRES-

CIA, der mit Richtstrahl in Heckrichtung ging. So konnten ihn die Schiffe des Konvois nicht empfangen.

»Genau vor uns, der winzige Punkt«, vermutete Rhodan. »Sind sie das?«

»He, ja«, wunderte sich Gucky. »Ich kann sogar schon feststellen, was unser Freund Joscan denkt.«

»Und …?«

»Was wohl? Alles dreht sich nur um seine Lieblinge Romeo und Julia, die reglos im Hangar stehen. Und Kaybrock scheint etwas mit den Ortungen entdeckt zu haben. Die Flotte hält genau darauf zu.«

»Das Shetanmargt?«

»Möglich. Kaybrock nimmt an, dass es sich um ein großes Gebilde aus Metall handelt, sonst wäre es nicht so deutlich zu orten. Außerdem befürchtet er, wir kämen nicht rechtzeitig zurück.«

»Worauf warten wir dann noch?«

Sie rematerialisierten in der Kommandozentrale. Farn Kaybrock erstattete Bericht und deutete auf die Orterschirme.

»Sehen Sie selbst, Sir. Außerhalb des Systems. Die Kelosker fliegen genau darauf zu.«

»Analysen?«

»Metall, Legierungen und positronische Anlagen. Ich glaube, danach suchen wir.«

»Unterrichten Sie mich, sobald Sie genauere Daten erhalten!«

So unwahrscheinlich das auch war, die Kelosker schienen den Verfolger noch nicht bemerkt zu haben. Oder kümmerten sie sich nur nicht darum, weil sie sich mit ihrer Übermacht sicher fühlten?

Endlich reduzierte der Konvoi die Geschwindigkeit. Ein geheimnisvolles Gebilde wurde auf den Schirmen sichtbar.

Kaybrock gab die Daten bekannt: »Länge 680 Meter, Durchmesser an der dicksten Stelle 220 Meter. Fassform, ähnlich dem Altrakulfth. Das Innere kann nicht identifiziert werden, besteht wahrscheinlich aber aus einer Anhäufung positronischer und höherwertiger hinausgehender Elemente. Seinem Aussehen nach zu urteilen, wurde das Ding von den Keloskern selbst gebaut.«

»Es ist eine Art Rechenzentrum«, behauptete Akumanda. »Vor allem muss es sehr wertvoll sein. Ich vermute zudem, dass die Kelosker es ohne Wissen des Konzils konstruiert haben. Das wiederum lässt darauf schließen, dass sie damit Berechnungen anstellen, die nicht im Interesse oder Fassungsvermögen der anderen Konzilsvölker sind.«

»Ist es wirklich so?«, fragte Rhodan.

»Ich äußere nur Vermutungen.«

Die starke Vergrößerung holte den frei im Raum schwebenden Gegenstand nah heran. Die Schiffe der Kelosker bildeten einen Ring um ihn herum, als wollten sie ihn in Schlepp nehmen.

Das Shetanmargt ähnelte tatsächlich einem riesigen Fass. Seine Oberfläche zeigte merkwürdige Auswüchse, die anscheinend nachträglich angebracht worden waren – vielleicht Zusatzgeräte neueren Datums.

Nun betrat auch Joscan Hellmut die Zentrale. »Wie geht es weiter?«, wollte er wissen.

Rhodan wandte sich ihm zu. »Vorläufig warten wir noch ab. Sobald die Kelosker versuchen, das Gebilde abzuschleppen und nach Last Stop zu bringen, müssen wir eingreifen. Wir dürfen keinesfalls zulassen, dass sie das Monstrum in unserem Schiff unterbringen. Die SOL ist für uns die einzige Möglichkeit, die heimatliche Galaxis zu erreichen.«

»Warum wollen Sie nicht, dass das Shetanmargt in die SOL verladen wird?«, erkundigte sich Hellmut. »Die Manövrierfähigkeit wird kaum darunter leiden.«

»Ich sehe nicht zu, wie Fremde eine Zeitbombe in der SOL unterbringen.«

Der Kybernetiker schüttelte den Kopf. »Das ist bestimmt keine Bombe. Wissenschaftlich gesehen bedeutet das Shetanmargt eine echte Sensation. Vielleicht ist es einzigartig im Universum.«

»Das interessiert mich erst an zweiter Stelle. Vorrangig ist unsere Sicherheit. Ich hoffe, Hellmut, Sie schließen sich meiner Meinung an.«

»Selbstverständlich, Sir. Ich habe ohnehin nur eine Vermutung geäußert.«

»Das dürfen Sie.« Rhodan widmete sich wieder den Schirmen. Es war ihm nicht möglich, seinen Zwiespalt zu definieren. Wenn die Wissenschaftler Recht hatten, handelte es sich bei dem Shetanmargt um eine für die Kelosker unersetzbare Anlage. Vielleicht war sie aber auch für die Terraner wertvoll und nützlich. Trotzdem durfte er nicht zulassen, dass die SOL vollends entladen wurde. Wozu auch? Wenn die Kelosker das Ding über 370 Lichtjahre hinweg nach Last Stop transportieren konnten, dann auch ohne die SOL woandershin.

Wozu also diese Umstände und scheinbare Unlogik?

Gucky stand plötzlich neben Rhodan. »Wir sollten es uns von innen ansehen«, sagte er zögernd.

Rhodan warf ihm einen erstaunten Blick zu. »Du meinst das ernst?«

»Sicher, und wir nehmen einen Fachmann mit: Joscan.«

Die Kelosker manövrierten ihre Schiffe noch näher an das Shetanmargt heran. Sie bauten ein Fesselfeld auf, mit dem sie die Riesenanlage offensichtlich transportieren wollten.

Kelosker in Raumanzügen schwebten von den Schiffen zu dem Shetanmargt und verschwanden in seinem Innern. Die hinter den Luken sichtbaren Luftschleusen verrieten, dass sich in dem Gebilde eine atembare Atmosphäre befand. Diese Feststellung erleichterte Rhodans Entschluss.

»Vielleicht hast du Recht, Gucky. Wir müssen mehr herausfinden. – Hellmut, begleiten Sie uns?«

»In das Ding da? Warum?« Die Miene des Kybernetikers verriet Entsetzen.

»Sie könnten uns helfen, Sinn und Zweck der Anlage zu ergründen. Außerdem möchte ich den Abtransport verhindern.«

»Das wird wohl unmöglich sein. Aber ich begleite Sie trotzdem.«

»Gut. Kaybrock, Sie übernehmen wieder. Keine Positionsveränderung, soweit das möglich ist. Unterrichten Sie uns, sobald sich Gravierendes ereignet.«

»Wir halten Kontakt«, erwiderte Kaybrock.

Gucky betrachtete das Shetanmargt auf dem Schirm, um teleportieren zu können. Er hatte keine Ahnung, wie es im Innern des Gebildes aussah, und die Gedanken der Kelosker konnte er nicht empfangen, nur undeutliche Impulse, mit denen wenig anzufangen war.

»Fertig?«, fragte Rhodan ungeduldig, nachdem er seinen Strahler überprüft hatte.

Gucky ergriff seine und Hellmuts Hand. »Ich weiß nicht, wo wir rematerialisieren werden, aber auf jeden Fall im Shetanmargt. Macht euch darauf gefasst, dass wir sofort Keloskern begegnen.«

»Die Strahler sind auf Narkosewirkung geschaltet.«

Selbst der sonst so unerschrockene Mausbiber hatte ein flaues Gefühl im Magen, als er sich konzentrierte. Er peilte ein unbekanntes Ziel an, und mit der technischen und mathematischen Überlegenheit der Kelosker war aller Plumpheit zum Trotz nicht zu spaßen.

Sekunden später waren sie verschwunden.

Akumanda lehnte sich im Sessel zurück und schloss die Augen. Das geheimnisvolle Ding, das noch weit vor ihnen im Weltraum schwebte, schien ihn nicht mehr zu interessieren. Aber das sah nur so aus …

17.

Sie rematerialisierten in einem großen, mit unbekannten Instrumenten und Maschinenanlagen voll gestopften Raum. Gucky zog seine Begleiter hinter einen Aggregatblock.

»Hier sind Kelosker, ich spüre sie deutlich. Es gibt Ärger, wenn sie uns entdecken.«

»Das glaube ich dir unbesehen«, gab Rhodan ebenso leise zurück.

Als sie sicher waren, dass sich niemand sonst in dem Raum aufhielt, wagten sie sich aus ihrem Versteck hervor. Hellmut inspizierte die Anlagen, um ihren Sinn und Zweck zu verstehen. Immer wieder murmelte er Unverständliches vor sich hin.

»Er hält es für das größte und siebendimensional mathematisch komplizierteste Gerät der Kelosker, die für ihn die begabtesten Intelligenzen des Universums sind«, flüsterte Gucky Rhodan zu. »Sie wollen das Shetanmargt vor den anderen Konzilsvölkern in Sicherheit bringen – *weiß* Hellmut. Er *weiß* es, er vermutet es nicht nur! Außerdem befürchtet er, dass der Dimensionstrichter das Shetanmargt bald verschlucken wird.«

»Woher hat Hellmut sein Wissen?«

»Das kann ich nicht herausfinden – leider. Manchmal sind seine Gedankenströme unterbrochen, als würden sie blockiert, ob absichtlich oder nicht, ist mir unklar. Jedenfalls müssen wir auf ihn aufpassen.«

Rhodan war froh, den Mausbiber in der Nähe zu haben. Guckys telepathische Fähigkeiten konnten von größtem Nutzen sein.

Joscan Hellmut rieb sich unvermittelt die Hände.

»Was haben Sie herausgefunden?«, fragte Rhodan.

»Das ist eine Superpositronik oder noch wesentlich mehr, wie wir schon vermuteten. Sehr wertvoll und einmalig in ihrer Konstruktion. Sie darf niemals in die Hände des Konzils fallen.«

»Und wie sollen wir das verhindern?«

»Indem wir den Keloskern helfen und ihnen die SOL zur Verfügung stellen.«

Rhodan starrte den Kybernetiker ungläubig an. »Ist Ihnen das Shetanmargt wirklich wichtiger als unsere eigene Aufgabe, in die Milchstraße zurückzukehren?«

»Wenn wir den Keloskern helfen, werden sie uns dafür dankbar sein.«

In Hellmuts Gedanken las Gucky die Entschlossenheit des Kybernetikers, sich nicht mehr von seiner Überzeugung abbringen zu lassen. Das

Shetanmargt war für ihn zum wichtigsten Konstrukt des Universums geworden.

»Jemand kommt«, warnte der Mausbiber.

Rhodan zog den zögernden Hellmut mit sich in ein Versteck. Gucky huschte unter eine Schalttafel.

Die schwerfälligen und behäbigen Schritte eines Keloskers näherten sich. Rhodan versuchte, mehr zu erkennen. Es schien sich um einen Wartungstechniker zu handeln, denn mit einem kleinen Instrument überprüfte der Kelosker die Anlagen. Er ließ sich Zeit dabei, trotzdem näherte er sich dem Versteck. Hellmut atmete immer schwerer und hörbar nervös.

»Ruhig bleiben!«, raunte Rhodan dem Kybernetiker zu.

Auf Hellmuts Stirn perlte der Schweiß. Er machte eine schwere Krise durch und stand kurz vor dem Zusammenbruch. Der Anblick des Shetanmargt schien ihn stark erregt zu haben, und die Erkenntnis dessen, was es war und vielleicht vermochte, brachte ihn bis an die Grenze des psychisch Erträglichen.

Der Kelosker schien einen Fehler gefunden zu haben, denn er überprüfte zum dritten Mal eine Konstruktion, während bei allen anderen eine einmalige Inspektion genügt hatte. Es war die Schalttafel, unter der Gucky kauerte.

Der Mausbiber hatte sich zusammengerollt. Eigentlich war er nur mehr ein braunes Fellknäuel, aus dem heraus zwei Augen blinzelten.

Der Anblick reizte zum Lachen, aber Rhodan beherrschte sich. Hellmut schien in dieser Hinsicht keine Schwierigkeiten zu haben, dazu war er eine viel zu nüchterne Natur.

Der Kelosker stampfte vor der Nase des Mausbibers hin und her und suchte den Fehler in der Anlage oder was immer es sein mochte. Gucky konnte sich nicht weiter zurückzuziehen, und teleportieren wollte er offenbar schon deshalb nicht, weil er dann Rhodan und Hellmut allein gelassen hätte.

Jäh beugte sich der Kelosker vor und trat Gucky auf den Schwanz.

Das war zu viel! Mit einem schrillen Quietschen fuhr der Mausbiber aus seinem Versteck hervor und fauchte den Techniker an: »Du Lümmel, kannst du deine Quadratlatschen nicht woanders hinstellen? Hast wohl Lust, den Elefantenfriedhof zu besuchen ...?«

Natürlich verstand der Kelosker kein Wort, denn keiner hatte seinen Translator eingeschaltet. Er trat einen Schritt zurück und starrte das pelzige Wunder an, das so urplötzlich vor ihm aufgetaucht war. Er schien nicht zu wissen, was er tun sollte.

»Da kannst du mal gucken«, fuhr Gucky im gleichen Tonfall fort. Dann: »Was machen wir mit ihm, Perry?«

»Paralysiere ihn!«, gab Rhodan zurück und verließ ebenfalls sein Versteck. »Aber schnell!«

Einen Terraner erkannte der Kelosker sofort. Doch ehe er etwas unternehmen konnte, erfasste ihn das flirrende Strahlenbündel aus Guckys Waffe. Lautlos sackte er in sich zusammen.

Inzwischen war auch Hellmut zum Vorschein gekommen. »Musste das wirklich sein?«, fragte er.

Gucky warf ihm einen undefinierbaren Blick zu und setzte Telekinese ein. Wie von Geisterhand geschoben rutschte der gelähmte Koloss in das frei gewordene Versteck.

»Weiter nichts passiert«, sagte Rhodan. »Untersuchen wir die anderen Räume. Vielleicht kann Hellmut noch mehr feststellen.«

»Ich glaube, ich weiß genug«, gab der Kybernetiker zurück. »Dieses Shetanmargt ist einmalig. Wir müssen den Keloskern helfen, es in Sicherheit zu bringen. Falls es den Laren in die Hände fällt, wäre das ein Unglück für alle vom Konzil unterdrückten Völker.«

»Die Kelosker bereiten ein Schleppfeld vor, um das Ding nach Last Stop zu bugsieren. Sollen sie es doch gleich weit genug fortbringen.«

»Ich glaube, das schaffen sie mit ihren Schiffen nicht. Sie wollen es ganz aus Balayndagar entfernen.«

Rhodan erkannte, dass mit Hellmut nicht mehr zu argumentieren war. Der Kybernetiker hatte sich endgültig in die Idee verbohrt, das Shetanmargt zu retten.

»Wir müssen die Zentralschaltung finden und lahm legen«, sagte Gucky, der in Hellmuts Gedanken las. »Telekinetisch wird das nicht schwer sein. Vielleicht hält das die Kelosker davon ab, den Kasten abzutransportieren. Bis sie den Fehler gefunden haben, kann viel Zeit vergehen.«

»Und was nützt uns die?«, fragte Rhodan skeptisch.

»Wir können inzwischen mit der BRESCIA nach Takrebotan zurückfliegen und Deighton befreien.«

Rhodan nickte. »Hellmut, Sie helfen uns dabei! Finden Sie eine der wichtigen Schaltungen, deren Ausfall die Anlage lahm legt.«

»Sie verlangen von mir, dass ich helfe, die fantastischste Rechenanlage, die es jemals gab, zu zerstören?«

»Nicht zerstören, nur ausschalten. Das ist ein Unterschied.«

»Trotzdem …«, beharrte der Kybernetiker.

Gucky war inzwischen zu der Tür gegangen, durch die der Techniker den Raum betreten hatte. Vorsichtig öffnete er sie einen Spalt weit und flüsterte: »Ein Korridor, aber niemand zu sehen. In welche Richtung müssen wir gehen?«

»Irgendeine«, schlug Rhodan vor. In regelmäßigen Abständen zweigten Türen ab. Telekinetisch öffnete Gucky eine, als vor ihnen drei Kelosker auftauchten. Rhodan schob Hellmut in den dahinter liegenden Raum und folgte ihm. Hastig schloss er die Tür und sah sich um.

Ähnlich wie jener Raum, in den sie teleportiert waren, war auch dieser mit fremdartigen Geräten angefüllt. Es gab nur einen Unterschied: Vier Kelosker arbeiteten hier, und sie bemerkten die Eindringlinge sofort.

Rhodan schoss mit dem Paralysator. Aber ebenso schnell schlug Hellmut ihm den Waffenarm nach unten. Zwei der Kelosker nutzten die Chance, sich in Sicherheit zu bringen. Eine Tür öffnete und schloss sich, dann war Stille.

»Warum haben Sie das getan, Hellmut?«, fragte Rhodan ungehalten. »Bisher hatte ich für Ihren wissenschaftlichen Eifer noch Verständnis, aber wenn Sie fahrlässig handeln, betrachte ich das als Meuterei. Zeigen Sie mir jetzt eine der Zentralschaltungen!«

Hellmut machte eine umfassende Bewegung. »Es spielt keine Rolle, *alle* Schaltungen sind wichtig. Aber Sie werden keine Sabotage mehr verüben, denn die Kelosker sind bereits unterwegs – oder zumindest haben sie eine Gegenaktion eingeleitet. Das Shetanmargt muss gerettet werden, verstehen Sie das doch endlich!«

Rhodans Miene gefror. Er schaltete den Strahler auf Thermomodus um und feuerte auf die nächste Schalttafel. Der feine Energiestrahl fraß sich in das Metall hinein. Fast im gleichen Augenblick flammte ein Warnlicht auf, ein Summton ertönte, und Rhodan ließ die Waffe fallen, als hätte er ein glühendes Eisen angepackt. Erst viel später wurde ihm klar, dass der Energiestrahl kurzfristig zum Leiter siebendimensionaler Kräfte geworden war.

Hellmut sprang einige Meter zurück, blieb aber neben der Tür stehen. Gucky achtete nicht auf ihn.

»Was ist, Perry?«, rief der Ilt.

»Keine Ahnung, meine Hände sind wie paralysiert. Du musst es mit Telekinese versuchen! Aber beeile dich. Und dann nichts wie weg hier!«

Gucky konzentrierte sich auf die komplizierten und ihm unverständlichen Schaltungen des Shetanmargt, musste aber zu seinem Entsetzen feststellen, dass seine Fähigkeiten total versagten. Ihm war, als würde er von einer isolierenden Kuppel eingehüllt, ein Eindruck, der sich in Gewissheit verwandelte, als Hellmuts Gedankenimpulse ausblieben.

Der Kybernetiker hatte sich nicht vom Fleck gerührt und stand noch immer neben der geschlossenen Tür. Rhodans Umrisse flimmerten ein wenig, wie vor einer Entmaterialisation. Gucky selbst spürte ein merkwürdiges Prickeln in den Gliedern. Als er zu teleportieren versuchte, musste er feststellen, dass es ihm unmöglich geworden war.

»Ein Kraftfeld, Perry! Es neutralisiert meine Fähigkeiten. Wir können nicht mehr zurück auf die BRESCIA.«

»Was ist mit Hellmut?«

»Er scheint sich außerhalb dieses Feldes zu befinden. Irgendwie müssen wir hier herauskommen.«

... ein vergebliches Unterfangen. Schon nach wenigen Schritten stießen sie auf ein unsichtbares Hindernis. Rhodans Versuch, eine Lücke mit dem Strahler zu schaffen, scheiterte. Die Waffe besaß keine Energie mehr.

»Hellmut! Hören Sie mich?«

Der Kybernetiker legte die Stirn in Falten. »Sehr gut sogar. Sie hätten auf mich hören sollen. Die Kelosker sind uns in manchen Belangen haushoch überlegen. Ich kann Ihnen jetzt nicht helfen.«

»Auf welcher Seite stehen Sie eigentlich? Helfen Sie uns oder den Keloskern?«

»Ich stehe auf der Seite des Shetanmargt.«

Gucky warf einen Blick in Richtung Hellmuts. »Leider kann ich seine Gedanken nicht mehr lesen.«

Rhodan sagte: »Hellmut, Sie reden mit den Keloskern und sorgen dafür, dass wir freigelassen werden! Das ist ein Befehl.«

»Ich werde mit ihnen reden«, versicherte der Kybernetiker wenig überzeugend. »Aber lassen Sie mich vorher erklären, warum das Shetanmargt unter allen Umständen gerettet werden muss. Wenn die SOL es nicht in Sicherheit bringt, werden es die Laren entdecken. Und die denken nicht im Traum daran, es vor der Vernichtung zu retten. Im Gegenteil. Sie werden es als Beweis keloskischer Eigenständigkeit sofort zerstören, denn sie dulden kein Volk, das ihnen überlegen ist. Verstehen Sie das doch endlich, Rhodan! Ihr Vorgehen belastet unser Verhältnis zu den Keloskern und ...«

»Nun hören Sie mir zu, Hellmut! Die Kelosker haben von Anfang an gegen uns gearbeitet und sogar SENECA beeinflusst. Und was Sie inzwischen praktizieren, ist Meuterei.«

»Das ändert nichts an meinem Entschluss, den Keloskern zu helfen, soweit die Sicherheit des Shetanmargt betroffen ist. Stellen Sie sich vor, zu Ihnen käme jemand, der das gesamte gespeicherte Wissen der Menschheit vernichten wollte. Was würden Sie tun?«

»Das ist kein Vergleich. Ich fordere Sie zum letzten Mal auf, mit den Keloskern zu verhandeln!«

»Natürlich werde ich das tun«, versicherte der Kybernetiker. »Aber anders, als Sie es sich erhoffen.«

Rhodan schüttelte den Kopf. »Sie allein werden die Konsequenzen zu tragen haben.«

»Ich bin nicht Ihr Gegner, das wissen Sie. In einiger Zeit werden Sie hoffentlich einsehen, wie Recht ich hatte und wie unrecht Sie mir tun. Aber das gehört zu einem Schachspiel, dessen Anfang Sie wahrscheinlich nicht mitbekommen haben.«

»Sie reden Unsinn, Hellmut …«

»Es ist kein Unsinn, sondern blanke Logik. Ich hatte genug Kontakt zu Robotern, um das erkennen zu können. Eines Tags werden Sie sogar dankbar sein. Und Gucky auch, der seinen Nagezahn fletscht, als wolle er mich auffressen.«

»Das werde ich, sobald ich Gelegenheit dazu habe!«, rief der Mausbiber.

»Ich glaube, ich bin unverdaulich.« Hellmut wich zur Seite, als bewaffnete Kelosker in den Raum eindrangen.

Als sie Rhodan und den Mausbiber innerhalb des Energieschirms sahen, ließen sie die Strahler sinken. Sie untersuchten den Schaden, den Rhodan angerichtet hatte, und begannen umgehend mit der Reparatur. Zwei Kelosker nahmen Hellmut zwischen sich und führten ihn auf den Korridor hinaus.

Um Rhodan und Gucky kümmerte sich niemand mehr.

»Das ist ja ein schöner Salat, den uns Hellmut eingebrockt hat«, stellte Gucky fest. »Nun sitzen wir hier und können im Kreis herumlaufen. Ob sie ihn hypnotisch beeinflusst haben?«

»Er handelt aus Überzeugung. Ich bin sogar sicher, dass er inzwischen einen eigenen Plan verfolgt …«

Die Kelosker arbeiteten schneller, als Rhodan erwartet hatte. Bald verließen sie nach einem letzten Blick auf ihre Gefangenen den Raum.

»Wir müssen Funkverbindung zur BRESCIA aufnehmen«, drängte Gucky. »Ich habe keinen Kontakt mehr. Zudem hoffe ich, dass Hellmut keinen Unsinn macht. Vielleicht schicken die Kelosker ihn zur BRESCIA zurück, und dort wird jeder glauben, er käme in unserem Auftrag. Wer weiß, was er der Crew erzählt …«

Der Ausfall der Funkverbindung zu Rhodan und seinen Begleitern war zu erwarten gewesen. Wenn das Shetanmargt wirklich so wichtig war, hatten die Kelosker zwangsläufig Sicherheitsanlagen eingebaut.

Die Ortungen der BRESCIA zeigten immer noch Kelosker, die von den Schiffen zum Shetanmargt wechselten und umgekehrt. Die Raumer hatten die kosmische Rechenanlage regelrecht umschlossen.

»Wenigstens Gucky sollte uns allmählich informieren«, schimpfte Kaybrock. »Ich fühle mich wie eine taube Nuss, die nur darauf wartet, vom Baum geschüttelt zu werden.«

»Ein netter Vergleich«, lobte ihn Ting Suin von der Ortung her. »Und er wird bald in Erfüllung gehen. Vom Shetanmargt her nähert sich ein Schiff.«

Auf dem Panoramaschirm erschien ein kleines Objekt, wohl ein Beiboot der Kelosker. Kaybrocks Hand glitt zu den Feuerkontrollen, aber Akumanda winkte ab. »Besser nicht! Das Schiff ist unbewaffnet.« Augenblicke später rief Akumanda: »Es ist Joscan Hellmut!«

Kaybrock warf ihm einen forschenden Blick zu. »Wie soll Hellmut in das Schiff der Kelosker gelangt sein?«

»Er ist es, ich bin sicher. Er ruft uns über Hyperfunk.«

»Dann antworten Sie! Sind Rhodan und Gucky bei ihm?«

»Keine Ahnung.« Akumanda gab das Erkennungssignal. Gleich darauf erklang die Stimme des Kybernetikers: »Hier spricht Joscan Hellmut von Bord des keloskischen Beiboots. Ich verhandle im Auftrag der Kelosker mit Ihnen.«

Akumanda sah Kaybrock voller Befremden an. »Was soll das heißen? Im Auftrag der Kelosker? Was ist mit den anderen?«

»Ich fürchte, wir müssen uns auf eine unangenehme Überraschung vorbereiten.«

Akumanda fragte: »Was ist mit Rhodan und Gucky? Haben die Kelosker sie gefangen genommen, Hellmut?«

»Ich komme in ihrem Auftrag. Öffnen Sie bitte einen Hangar. Die Kelosker werden das Boot allerdings nicht verlassen.«

»Können Sie dafür garantieren, dass kein Trick beabsichtigt ist, Hellmut?«

»Natürlich.«

Kaybrock bedeutete Akumanda sein Einverständnis. Der Positronik-Ingenieur sagte: »Also gut, Hellmut, die Luke zum Hangar wird geöffnet. Aber Sie werden verstehen, dass wir Vorsichtsmaßnahmen treffen. Das Boot kann erst in fünf Minuten einfliegen.« Er unterbrach den Funkkontakt und gab seine Anordnungen weiter: »Kato Gemschel soll mit drei Männern den Hangar besetzen. Sobald ein Kelosker das Boot verlässt, wird er paralysiert. Hellmut muss sofort zu mir in die Zentrale gebracht werden. Ich traue ihm nicht.«

Minuten später schwebte das Beiboot ein.

Eine Weile geschah nichts, dann öffnete sich der Ausstieg. Joscan Hellmut sank in einem Antigravfeld herab.

»Wer hat das Kommando?«

»Kaybrock, wie von Rhodan angeordnet«, antwortete Gemschel. »Ich bringe Sie zu ihm, aber die Kelosker dürfen ihr Boot nicht verlassen.«

»Sie haben auch nicht die Absicht. Gehen wir?«

Gemschel verließ mit dem Kybernetiker den Hangar. In der Kommandozentrale warteten Kaybrock, Akumanda und Ting Suin mit äußerster Gespanntheit.

»Sie, Hellmut, im Auftrag der Kelosker? Was bedeutet das?«

»Rhodan und Gucky sind Gefangene. Die Kelosker haben mich mit Verhandlungen beauftragt. Sie wollen, dass ich Romeo und Julia zu ihnen bringe.«

Kaybrock starrte ihn an. »Ohne Rhodans Anweisung ist es mir unmöglich, Ihnen die Roboter zu übergeben. Sie wissen selbst am besten, welche Funktion Romeo und Julia haben.«

»Uns bleibt keine andere Wahl. Rhodan und Gucky befinden sich in der Gewalt der Kelosker. Der Ilt hat seine Psi-Fähigkeiten vorübergehend verloren. Beide bleiben Gefangene, bis das Shetanmargt nach Last Stop gebracht wurde, dann werden sie freigelassen.«

Kaybrock blieb unschlüssig. »Was meinen Sie, meine Herren?«

Ting Suin zuckte die Achseln. »Wir haben keine Möglichkeit, Hellmuts Behauptung nachzuprüfen. Aber wie dem auch sei, wir dürfen Rhodans und Guckys Leben nicht in Gefahr bringen.«

»Sie meinen also, wir müssen die Roboter ausliefern?«

»Besser das, als Schlimmeres zu verursachen.«

»Und Sie, Akumanda?«

»Ich teile Suins Meinung. Uns bleibt keine andere Wahl.«

»Sehr vernünftig«, lobte Joscan Hellmut. »Dann gehe ich jetzt und aktiviere Romeo und Julia.«

»Ich begleite Sie«, sagte Kato Gemschel, als er einen Blick von Kaybrock auffing.

Als sie die Zentrale verlassen hatten, stellte Kaybrock fest: »An der Sache stinkt einiges. Warum ausgerechnet Joscan Hellmut als Unterhändler? Nur weil er am besten mit den Robotern umgehen kann?«

»Das ist immerhin ein logischer Grund«, stimmte Akumanda zu. »Jedenfalls weiß ich nun sicher, dass unser Flug hierher vergeblich war. Wir werden erst wieder handeln können, wenn wir auf Last Stop gelandet sind und Rhodan frei ist.«

»Vorher holen wir aber Deighton und seine Leute«, kündigte Kaybrock entschlossen an.

Romeo und Julia wirkten auf den ersten Blick ungemein lächerlich, denn sie sahen so aus, wie sich die Menschen des zwanzigsten Jahrhunderts einen Roboter vorgestellt hatten: zweieinhalb Meter hoch, Kastenkopf und entsprechender Körper. Der Ynkelonium-Terkonitstahl, aus dem sie bestanden, schimmerte rötlich. Sie sahen einfach und harmlos aus, waren in Wirklichkeit aber alles andere als das.

Hellmuts Augen leuchteten auf, als er sie erblickte. Eilig ging er auf sie zu und betätigte verborgene Schaltungen. Gemschel, der sich hinter dem Kybernetiker hielt, war über die erste Reaktion der Roboter nicht sonderlich erstaunt, denn er kannte ihre Eigenarten und ihren merkwürdigen Sinn für Humor.

Romeos Hand schoss blitzschnell vor und ergriff Hellmuts Kombination. Er sagte mit blecherner Stimme: »Wenn du noch einmal auf den Gedanken kommen solltest, uns zu desaktivieren, überlege es dir gut. Bei diesem dämlichen Herumstehen setzen wir Rost an.«

»Romeo hat Recht«, pflichtete Julia ebenso blechern bei. »Ich bin schon völlig steif in den Gelenken.«

»Terkonitstahl rostet nicht«, widersprach Hellmut. »Außerdem stammte der Befehl, euch zu desaktivieren, von Perry Rhodan. Beschwert euch bei ihm, nicht bei mir.«

Romeo öffnete seine Hand und ließ Hellmut los. »So, Rhodan also ... Dem werde ich die Meinung geigen, das sag ich dir.«

»Dazu wirst du bald Gelegenheit haben. Er ist Gefangener der Kelosker, und wir fliegen zu ihm zurück.«

Gespannt wartete Kato Gemschel auf eine weitere Reaktion der Roboter, aber sie schwiegen, während sie gemeinsam zum Hangar gingen.

»Die Kelosker haben sich nicht sehen lassen«, meldete einer der Wache haltenden Männer.

Gemschel nickte Hellmut zu. »Teilen Sie Ihren neuen Freunden mit, dass wir die Erlaubnis erwarten, mit den Gefangenen Kontakt aufzunehmen. Wir müssen uns davon überzeugen können, dass sie noch leben.«

»Das werde ich tun«, versprach Hellmut, während die Roboter schon in der Schleuse verschwanden. »Ich fürchte nur, es wird nicht viel nützen. Fliegen Sie nach Last Stop, dort sehen wir uns wieder!« Er trat in das Antigravfeld und schwebte aufwärts.

Gemschels Wut wuchs. Ihre Hauptursache war seine Hilflosigkeit. Die Kelosker konnten mit Rhodan und Gucky machen, was sie wollten, denn nun befanden sich auch Hellmut und die beiden Roboter in ihrer Gewalt. Vielleicht hielten sie sich an die Abmachung, aber war das sicher ...?

Joscan Hellmut erschien ihm immer mehr wie jemand, der mit heiligem Eifer einen Auftrag erfüllte, als hinge sein Seelenheil davon ab.

18.

Kaybrock und die anderen in der Kommandozentrale der BRESCIA warteten vergebens. Joscan Hellmut meldete sich nicht mehr, und von Rhodan oder Gucky traf schon gar kein Lebenszeichen ein.

Ein Angriff auf die Schiffe der Kelosker oder gar auf das Shetanmargt verbot sich von selbst, denn damit hätte man alle in größte Gefahr gebracht. Zudem war unbekannt, mit welchen Waffen sich die Anlage verteidigen konnte. Sie musste über effektive Mittel verfügen, andernfalls wäre es den Keloskern niemals gelungen, Gucky festzuhalten.

Die Vorbereitungen zum Abtransport des Shetanmargt schienen sich ihrem Ende zu nähern. Die Energieabstrahlung deutete darauf hin, dass das mehrdimensionale Schleppfeld stabil wurde.

»Was tun wir, wenn sie mit dem Ding abziehen?«, ließ Akumanda vernehmen.

»Wir kennen das Ziel – Last Stop. Aber bevor wir zurückfliegen, befreien wir Deighton. Guckys Schilderung des Gefängnisses war eindeutig. Außerdem glaube ich nicht, dass wir große Schwierigkeiten mit den Keloskern haben werden.«

Ting Suin deutete auf die Holos. »Es geht los! Die Messungen zeigen neue Spitzenwerte.«

Langsam bewegte sich das Shetanmargt von der Stelle, exakt im Zentrum des Konvois. Die Flotte nahm Fahrt auf, ohne sich um die BRESCIA zu kümmern.

Erst im Verlauf mehrerer Stunden erreichten die plumpen Schiffe die Eintauchgeschwindigkeit für ein Überlichtmanöver.

»In Kürze werden sie verschwinden.« Kaybrock bekämpfte seine

Übermüdung bereits mit Präparaten. »Ting Suin, bereiten Sie unseren Sprung nach Borghal vor!«

»Ich habe ein ungutes Gefühl«, eröffnete der Mann an den Ortungen. »Wir lassen Rhodan, Gucky und Hellmut im Stich – oder ist es nicht so?«

»Andernfalls vernachlässigen wir Deighton und seine Leute. Wir werden trotzdem fast zur gleichen Zeit wie das Shetanmargt auf Last Stop eintreffen.«

Der Konvoi der Kelosker und das Shetanmargt verschwanden aus dem Einsteinraum. Wenig später ging auch die BRESCIA in den Überlichtflug.

Die Stadt Phelwhug war längst nicht so groß wie Takroph, die Hauptstadt des Planeten Takrebotan. Aber auch sie besaß einen beachtlichen Raumhafen und riesige Lagerhallen für Güter aller Art. Die Gebäude waren monströs, plump und unschön. Dazwischen lagen breite Straßen und Parks mit dornigen Buschbäumen.

In unmittelbarer Nähe des Raumhafens stapelten sich ungefüge Metallkisten zu Bergen. Sie bargen hoch spezialisierte Rechengehirne. Der Zweck war offensichtlich: In Phelwhug wurde alles Material konzentriert, das vor den Laren und dem Dimensionstrichter in Sicherheit gebracht werden sollte.

Kaybrock und die leitenden Offiziere der BRESCIA erfuhren diese Dinge erst nach und nach, den Rest reimten sie sich zusammen.

Der Kreuzer schwebte in großer Höhe über der Stadt, und obwohl die Kelosker den Kugelraumer bemerkt haben mussten, kümmerten sie sich nicht um ihn. Momentan ahnte keiner der Terraner, dass die genialen Rechenkünstler mit ihren Spezialinstrumenten einen bevorstehenden Ausbruch der *Großen Schwarzen Null* registriert hatten und verzweifelt versuchten, das Schlimmste hinauszuzögern.

Die BRESCIA sank tiefer. In den Holos wurden die Gebäude deutlicher. Die Aufmerksamkeit konzentrierte sich auf den Gefängnisbereich.

»Keine Kriegsschiffe auf dem Raumhafen«, gab einer der Offiziere bekannt.

Ting Suin saß vor den Ortungen. Er war froh, dass Dr. Melia Zimmer, eine ausgezeichnete Strukturphysikerin, ihm assistierte. Ihr Interesse galt von Anfang an dem Dimensionstrichter. Seiner fremdartigen Natur wegen bezeichnete sie ihn als die größte Gefahr, der die SOL jemals begegnet war.

»Die von ihm ausgehende Strahlung verstärkt sich stetig«, raunte sie

Ting Suin zu. »Das sind unzweifelhaft Anzeichen eines bevorstehenden Dimensionsbebens.«

»Sind wir gefährdet?«

»Unter Umständen ... Rein theoretisch ist es sogar möglich, dass der Trichter dieses Sonnensystem schnell verschluckt und in unbekannte Dimensionen schleudert. Zumindest wird die Struktur des Systems erheblich gestört.«

Akumanda blickte sie grimmig an. »Je eher wir hier wieder fort sind, desto besser für uns alle«, stellte er fest.

»Ich rate dazu«, bestätigte Dr. Zimmer.

Der Kreuzer schwebte nur noch in geringer Höhe über dem Stadtrand. Kaybrock gab der Feuerleitzentrale den Befehl, die Narkosegeschütze einzusetzen.

Nur wenige Kelosker waren zu sehen. Sie brachen gelähmt zusammen.

Die BRESCIA landete am Stadtrand. Die Wissenschaftler, mit Handstrahlern bewaffnet, verließen das Schiff und rückten gegen das Gefängnis vor.

Das Stadtviertel wirkte wie ausgestorben. Erst in Gefängnisnähe erschienen die ersten aktiven Kelosker. Sie waren ebenfalls bewaffnet.

Kaybrock, der die Befreiungsaktion selbst leitete, drang mit seinen Begleitern vorsichtiger als bisher vor. Immer wieder setzten sie ihre Strahler ein, wurden aber auch von den Keloskern unter Feuer genommen. Sie sahen einige der plumpen Wesen im Gefängnisgebäude verschwinden.

»Schneller!«, drängte Kato Gemschel. »Sonst benutzen sie die Gefangenen als Geiseln.«

Im Laufschritt überquerten sie die Straße, vorbei an mehreren gelähmten Keloskern. Sie drangen in das monströse Gebäude ein und stürmten ohne große Rücksicht auf die eigene Sicherheit weiter. Drei Kelosker, die sich nicht rechtzeitig zurückzogen, wurden außer Gefecht gesetzt.

Guckys und Rhodans Beschreibung war deutlich genug gewesen. Während eine Gruppe auf dem Korridor blieb und für Rückendeckung sorgte, lief Kaybrock mit den übrigen Wissenschaftlern eine breite Treppe abwärts.

Noch einmal stellten sich ihnen Kelosker entgegen, doch sie wirkten unkonzentriert und fahrig, als hätten sie ganz andere Sorgen und wären an der Bewachung der Gefangenen kaum noch interessiert.

»Mehrere Kelosker verlassen das Gebäude«, meldeten die Zurückgebliebenen. »Sieht so aus, als hätten sie den Befehl erhalten, hier alles im Stich zu lassen.«

»Merkwürdig«, murmelte Kaybrock befremdet. »Trotzdem: vorsichtig bleiben. Vielleicht ist alles nur eine Finte ...«

Techniker Rogan stieß Leutnant Souza an, der neben ihm auf dem Boden lag. »Ich weiß nicht, ob es Ihnen auch auffällt, Leutnant, aber ich glaube manchmal, Vibrationen zu spüren.«

»Mir ist nichts aufgefallen«, gab Souza zurück. Auch Deighton hatte nichts dergleichen bemerkt und vermutete entweder ein leichtes Beben oder eine Maschine, die tief unter der Oberfläche arbeitete.

Rogan fand dennoch keine Ruhe. Es gelang ihm, zwei Kollegen von seinen Wahrnehmungen zu überzeugen und zu veranlassen, dass sie sich aufeinander stellten. Er wollte aus dem Fenster sehen. Vielleicht war draußen etwas zu bemerken, was mit der Vibration zusammenhing.

Das Fenster lag nur knapp über dem Straßenniveau, höchstens einen Meter, trotzdem waren die Wälder jenseits der Häuser zu sehen. Die Sonne erschien noch im äußersten Blickwinkel des Technikers. Dass sie grün war, wusste Rogan. Sie war auch jetzt grün, allerdings schien sie im Begriff, sich zu verändern. Sie wurde größer. Es hatte in der Tat den Anschein, als blähte sie sich auf. Die Korona zitterte merklich, als sende sie starke Protuberanzen ins All, die nur für Sekunden flimmernd sichtbar blieben. Die Umrisse des grünen Sterns verzerrten sich.

Rogan sprang mit einem gewagten Satz in die Zelle hinab und rief Deighton zu: »Mit der Sonne passiert etwas, sie scheint größer zu werden!«

»Vielleicht wieder eine Auswirkung des Dimensionstrichters. Inzwischen spüren wir alle die Vibration. Wenn das stärker wird ...« Ein heftiger Erdstoß ließ Deighton verstummen. Von draußen drang das Geräusch einstürzender Mauern herein.

»Verteilt euch!«, befahl Deighton. »Wir haben keine Möglichkeit, uns wirkungsvoll zu schützen. Macht euch klein, mehr können wir nicht tun.«

Die Tür öffnete sich. Zwei Kelosker betraten mit schussbereiten Waffen die Zelle.

Deighton schaltete den Translator ein. »Was ist los?«, fragte er. »Bringen Sie uns hier heraus, bevor wir verschüttet werden!«

»Ein Dimensionsbeben kündigt sich an. Hinzu kommt, dass ein terranisches Schiff gelandet ist. Aber wir können nicht zulassen, dass Sie befreit werden.« Der Kelosker winkte mit dem Strahler. »Wir bringen Sie in einen sicheren Raum tief unter der Oberfläche. Verlassen Sie einzeln die Zelle! Sie als Erster!«

Deighton schaltete den Translator aus. »Souza, Sie nehmen mit Rogan und zwei anderen den linken, ich den rechten Kelosker. Zuerst ihre Waffen! Ich gehe jetzt, aber sobald ich angreife ...«

Unmerkliches Nicken der anderen. Sie wussten, was er meinte. Die Rettung war offenbar nah, aber sie mussten ihr Teil zum Gelingen beitragen. Ohnehin fragten sie sich, warum Gucky nicht erschienen war.

Deighton quetschte sich zwischen den Keloskern hindurch, wandte sich dann abrupt um und schnellte sich auf den rechten. Der Koloss wankte keinen Millimeter, war jedoch so überrascht, dass er sich den Strahler fast widerstandslos entreißen ließ.

Leutnant Souza, Rogan und zwei andere handelten im gleichen Augenblick. Auch ihr Kelosker reagierte nicht schnell genug. Zwar richtete er seine Waffe noch auf sie, aber zugleich traf ihn Deightons Lähmschuss.

Die Terraner stießen ihre Gegner in die Zelle und schlossen das Schott. Lauschend standen sie im Korridor.

Irgendwo waren Geräusche und Stimmen.

Menschliche Stimmen!

Die BRESCIA war tatsächlich schon gelandet, unverständlicherweise ohne Gucky, der jederzeit hätte teleportieren können.

»Versuchen Sie, die Leute zu finden, Leutnant!«

Souza rannte in den Korridor hinein. Nach der nächsten Biegung entschwand er den Blicken der Zurückbleibenden. Sie hörten ihn rufen und vernahmen kurz darauf die Antwort. Dann näherten sich Schritte.

Zwei Minuten später schüttelte Kaybrock Deightons Hand, winkte aber nach den ersten Fragen ab. »Das hat Zeit bis später. Die Sonne spielt verrückt. Bis das stärker wird, müssen wir von hier fort sein.«

Deighton übernahm die Führung. Innerhalb des Gebäudes trafen sie auf keinen Kelosker mehr. Aber als sie die Straße überquerten und sich der BRESCIA näherten, erschienen über der Stadt die ersten Gleiter. Die BRESCIA setzte ihre Narkosestrahler ein und darüber hinaus als unmissverständliche Warnung mehrere Impulsgeschütze. Die Energiebündel setzten mehrere eingestürzte Häuser in Brand.

In aller Eile gingen die Männer und Frauen an Bord des Kreuzers.

»Sagen Sie mir endlich, wo Rhodan und Gucky abgeblieben sind!« Deighton wandte sich an Kaybrock.

»Kommen Sie mit in die Zentrale, dann erkläre ich Ihnen alles. Wir müssen unverzüglich starten. Zurück nach Last Stop.«

Deighton folgte ihm. Das Beben hatte seinen Höhepunkt noch nicht erreicht. Es näherte sich jedoch einer errechneten Toleranzgrenze.

Während die BRESCIA im Alarmstart abhob, erfuhr Deighton, was geschehen war. In der Bildwiedergabe wurde das ganze Ausmaß der Zerstörungen sichtbar, die das Dimensionsbeben bisher angerichtet hatte. In weiten Stadtbereichen war kaum ein Stein auf dem anderen geblieben. Kelosker suchten nach Überlebenden. Die Terraner interessierten sie nicht mehr, ihnen ging es in erster Linie wohl darum, ihre Instrumente und Rechenanlagen in Sicherheit zu bringen. Aber wohin, falls der Planet vom Untergang bedroht wurde?

Takrebotan blieb schnell zurück. Die BRESCIA beschleunigte mit Höchstwerten. Kurz vor der ersten Linearetappe meldete sich Ting Suin.

»Ich habe weit entfernte Echos auf den Schirmen! Sehr hohe Energiewerte. Weiß nicht, was das ist.«

Deighton betrachtete die Daten. Auf seiner Stirn entstand eine tiefe Falte.

»Was halten Sie davon?«, fragte Ting Suin.

»Das ist schwer zu sagen. Wie groß ist die Entfernung?«

»Nicht genau zu bestimmen. Aber sie beträgt mindestens dreihundert Lichtjahre.«

»Das bedeutet angesichts der Richtung, dass die Objekte sich noch außerhalb Balayndagars befinden. Aber sie nähern sich?«

»Eindeutig.«

Neue Werte wurden eingeblendet.

»Die Laren!«, stieß Deighton hervor. »Das sind SVE-Raumer! Möglicherweise werden sie vom Dimensionsbeben angelockt. Das hat uns gerade noch gefehlt.«

Kaybrock lehnte sich zurück. »Die Linearetappe ist eingeleitet. Falls die Laren nach Takrebotan wollen, habe ich von meiner Seite aus keine Einwände. Schlimm wäre nur, wenn sie nach Last Stop fliegen – aber das halte ich für unwahrscheinlich.«

Wenig später tauchte die BRESCIA in den Zwischenraum ein, und als sie wieder in das normale Universum zurückkehrte, war die Sonne von Last Stop schon deutlich zu erkennen.

Ting Suin hatte die Echos der SVE-Raumer aus der Ortung verloren.

»Vielleicht fliegen sie das System Borghal nicht direkt an, aus welchen Gründen auch immer«, vermutete Kaybrock, nicht im Geringsten besorgt. »Oder sie untersuchen den Dimensionstrichter. Ich würde auch gern wissen, was es mit dem unheimlichen Black Hole auf sich hat und was geschieht, sobald man von ihm verschluckt wird.«

»So neugierig bin ich nicht«, wehrte Deighton ab. »Wichtiger ist wohl, was mit Rhodan und Gucky geschehen ist. Hellmut hat sich sehr zu seinen Ungunsten verändert.«

»Dafür kann es eine Menge von Gründen geben, sogar den, dass er uns damit helfen will.«

Mit halber Lichtgeschwindigkeit näherte sich die BRESCIA dem Planeten Last Stop.

19.

Die Ausläufer des Dimensionsbebens wurden auch hier spürbar. Zwar war Last Stop selbst nicht merklich betroffen, es gab keine Beben, die Zerstörungen angerichtet hätten, gleichwohl schien die Sonne intensiver und farbkräftiger zu werden.

Die aus der SOL vertriebenen Terraner besaßen keine empfindlichen und leistungsstarken Messinstrumente. Die ihnen zur Verfügung stehenden Mittel reichten gerade aus, gewisse Veränderungen zu registrieren.

»Vielleicht wäre das eine günstige Gelegenheit, an die SOL heranzukommen.« Einer der jüngeren Offiziere konnte es kaum erwarten. »Die Kelosker beobachten die Veränderungen, und auch SENECA wird uns nicht viel Beachtung schenken.«

Ein Major bedachte ihn mit einem missbilligenden Blick. »Kommen Sie nicht auf verrückte Gedanken! Mit SENECA ist nicht zu spaßen. Gehen Sie lieber mit ein paar Freunden auf die Jagd und besorgen Sie uns für heute Abend einen anständigen Braten.«

Sie hockten zwischen wahllos aufgestapelten Kisten um eine halb erloschene Feuerstelle und fühlten sich wie die ersten Menschen. Gleich daneben war ein primitives Bad errichtet worden. Allmählich vermissten alle den Luxus des Riesenschiffs.

Der junge Offizier flüsterte mit einigen seiner Kameraden. Schließlich fand er einen abenteuerlustigen Sergeanten, der auf seinen Vorschlag einging. Sie nahmen ihre Strahler und verließen das Lager. Es dämmerte bereits, und bald würde die Sonne untergegangen sein. Niemand bemerkte, dass sie sich der SOL näherten. Der Paratronschirm flimmerte kaum sichtbar, aber er war vorhanden und würde jedes weitere Vordringen verhindern.

»Verdammt, es hat keinen Sinn! Den Schirm können wir nicht durchdringen.«

Der Sergeant war stehen geblieben. Er sah sich um. »Was ist mit der Sonne, Leutnant? Sie scheint größer geworden zu sein.«

»Das tun Sonnen scheinbar immer, bevor sie untergehen. Ein optischer Effekt, hervorgerufen durch die Lichtbrechung in der Atmosphäre.«

»Nein, diesmal ist es anders. Sehen Sie doch nur, wie sie sich aufbläht!«

Der Offizier blickte ebenfalls in Richtung der untergehenden Sonne. »Sie haben Recht. Ob das mit diesem seltsamen Black Hole zu tun hat, das angeblich eine große Gefahr bedeutet?«

»Keine Ahnung. Aber mir ist nicht wohl dabei.«

»Vielleicht schaffen wir es, den Paratronschirm der SOL zu überwinden.«

»Und wie?«

»Hoffen wir einfach, dass der Schirm beim nächsten Dimensionsbeben zusammenbricht. Dann dringen wir ein und schalten SENECA ab.«

»Hört sich zu einfach an«, zweifelte der Sergeant.

Der Schirmrand berührte den Boden nur noch zehn Meter vor ihnen. Dahinter lag die SOL – nicht weit entfernt, aber noch unerreichbar.

Die Sonne versank inmitten eines schnell verblassenden Glutmeers. Die ersten Sterne verbreiteten einen schwachen Lichtschein.

Unverändert flimmerte der Paratronschirm.

»Es ist sinnlos, zu warten«, flüsterte der Sergeant. »Nichts geschieht.«

»Ob wir hier oder im Lager sind, bleibt sich gleich – bis auf den kleinen Unterschied, dass wir von hier aus schneller handeln können, falls der Schirm zusammenbricht. Vielleicht ist dann jede Sekunde kostbar.«

»Da haben Sie auch wieder Recht, Leutnant ...«

Nach einer halben Stunde schien das Flimmern intensiver zu werden. Vereinzelt huschten Lichtblitze über den Schirm.

Auch im Lager fiel die Veränderung auf. Vor dem flackernden Schein der Feuer erschienen schattenhafte Gestalten. Jemand rief: »Was tun Sie dort? Kommen Sie sofort zurück!«

Aber der Leutnant reagierte nicht. Auch der Sergeant ignorierte die Aufforderung. Fasziniert beobachteten beide, was mit dem Schirm geschah.

Als der Major eine zweite Aufforderung rief, geschah das Unvorstellbare.

Der Paratronschirm flammte grell auf und wuchs so schnell an, dass den Männern keine Gelegenheit mehr blieb, zurückzuweichen. Sie wurden von den irrlichternden Entladungen erfasst und eingeschlossen. Für Sekunden konnte jeder im Lager sehen, dass sie von innen heraus in einem unwirklichen Feuer glühten, das sie zu verzehren drohte.

Als der Schirm sich Augenblicke später wieder normalisierte, standen die beiden immer noch am gleichen Fleck, grelle Lichterscheinungen mit menschlichen Umrissen. Dann verblasste das Licht, bis nur noch das leichte Flimmern der Schirmstruktur selbst zu erkennen war.

Der Leutnant und der Sergeant waren zu dem Zeitpunkt spurlos verschwunden.

Als die anderen die Stelle untersuchten, fanden sie nur zwei nahezu kreisförmige Brandstellen im Gras.

»Ich werde es noch einmal versuchen«, sagte Gucky trotzig.

»Du verschwendest deine Kräfte«, widersprach Rhodan. »Es ist sinnlos!«

Aber der Ilt hörte nicht. Er saß auf dem Boden und schloss vorübergehend die Augen, um sich zu konzentrieren. Eine halbe Minute später schüttelte er den Kopf.

»Ich komme mir vor wie ein Schauspieler, der seinen Text vergessen hat. Wenn dieser Zustand anhält, lasse ich mich pensionieren. Wozu soll ich dann noch gut sein?«

»Übertreibe nicht, Kleiner! Sobald dieser Lähm- und Isolierschirm abgeschaltet wird, bist du wieder der Alte. Ewig kann der Zustand nicht dauern.«

Seltsam war, dass der Schirm akustisch nicht isolierte. Sie konnten jeden Laut von außerhalb vernehmen. Als sich die Tür öffnete und wieder schloss, hörten sie es deutlich. Joscan Hellmut war hereingekommen, er ging bis zur Mitte des Raumes und setzte sich auf einen Generator. »Ich hoffe, es geht Ihnen gut«, sagte er ruhig.

»Wenn ich hier heraus bin«, knurrte Gucky wütend, »lehre ich dich einige nette Kunststückchen. Du wirst fliegen wie ein Vogel, Joscan, aber anschließend abstürzen wie eine bleierne Ente.«

»Es tut mir alles sehr Leid, und ich bin davon überzeugt, dass Sie beide mich eines Tages verstehen werden. Ich habe wirklich keine andere Wahl, als so zu handeln, wie ich es jetzt tue. Sie werden mir später Recht geben, davon bin ich überzeugt.«

»Dann sagen Sie uns endlich, was Sie vorhaben!«, forderte Rhodan.

»Das kann ich nicht. Es würde alles zerstören. Im Übrigen bin ich gekommen, um Ihnen mitzuteilen, dass wieder ein Dimensionsbeben stattfindet. Es verzögert unseren Flug nach Last Stop. Leider wirkt sich das Beben auf die Stabilität des Fesselfelds aus, mit dem das Shetanmargt gehalten wird. Die Kelosker haben Schwierigkeiten.«

»Sollen sie«, sagte Gucky erfreut. »Strafe muss sein.«

»Das würde ich lieber nicht sagen«, brauste Hellmut auf. »Solange der Flug nach Last Stop reibungslos verläuft, ist niemand von uns gefährdet. Aber da ist noch etwas, und das ist fast noch unangenehmer als die Beben: Eine große Flotte von SVE-Raumern nähert sich der Kleingalaxis. Wenn die Laren das Geheimnis des Shetanmargt entdecken, ist alles verloren. Sie würden es vernichten.«

»Himmel«, entfuhr es Gucky, »dann sollen sie das doch endlich tun ...«

Hellmut schüttelte fast traurig den Kopf. »Ich verstehe Ihre Reaktion, Gucky, aber sie ist falsch. Sie *muss* falsch sein, weil Sie den Wert des Shetanmargt nicht begreifen.«

»Aber du tust das, nicht wahr?«

»Nicht nur das. Romeo und Julia stehen mir zur Seite, und ...«

»Ich sorge dafür, dass die beiden verschrottet werden«, keifte der Mausbiber.

»... und ihre letzten Berechnungen haben mir gezeigt, dass eine völlige Integration des Shetanmargt mit SENECA möglich sein wird«, fuhr Hellmut unbeeindruckt fort.

Rhodan starrte den Kybernetiker fassungslos an. Gucky schwieg verdutzt.

Was hatte Hellmut da angedeutet? Eine Integration des Shetanmargt mit der Hyperinpotronik der SOL?

»Mehr kann ich dazu noch nicht sagen«, fuhr Hellmut fort. »Vielleicht gelingt es Ihnen endlich, meine Handlungsweise zu verstehen und ihren Zweck zu erahnen. Das würde meine Aufgabe erleichtern.«

Rhodan nickte. »Warum sind die Kelosker nicht zu einem Kompromiss bereit, gerade jetzt, da sich die Laren einzumischen drohen? Wir sind durchaus dafür, dass die Laren ihre Geheimnisse niemals erfahren, stehen also auf der gleichen Seite.«

»Schon, aber Sie sind dagegen, dass die SOL ausgeräumt und Platz für die Anlagen der Kelosker geschaffen wird. In dieser Hinsicht zeigten Sie keine Kompromissbereitschaft.«

»Ist das erstaunlich, Hellmut? Die SOL ist seit nahezu vierzig Jahren unsere Heimat. Wir können sie keinem anderen überlassen, ohne uns selbst aufzugeben. Machen Sie das den Keloskern klar!«

»Sie wissen das längst, was ihre Pläne aber nicht ändert.«

»Dann sollen sie sich eben von den Laren überrumpeln lassen. Ich fürchte, letztlich bleibt ihnen überhaupt nichts mehr.«

»Ich habe auf die Entscheidungen der Kelosker keinen Einfluss.« Hellmut seufzte.

Das Gespräch drehte sich im Kreis und langweilte den Mausbiber. Kategorisch forderte Gucky den Kybernetiker auf, Rhodan und ihm etwas zu essen und zu trinken zu besorgen. »Schließlich sind wir keine Hungerkünstler«, fügte er hinzu.

Der Kybernetiker versprach, sein Möglichstes zu tun. Als er gegangen war, sagte Rhodan nachdenklich: »Er hat eine bestimmte Absicht, aber ich komme nicht dahinter. Wenn doch nur deine telepathischen Fähigkeiten wieder einsetzten. Auf keinen Fall kann ich mir vorstellen, dass Hellmut bewusst zum Verräter geworden ist.«

»Unbewusst?«

»Auch das nicht, Gucky. Vielleicht verfolgt er einen Plan, der in unserem Interesse liegt, von dem die Kelosker aber nichts wissen dürfen. Ich glaube, wir müssen einfach abwarten.«

»Ja, natürlich. Abwarten, bis es zu spät ist! Eines kann ich dir verraten, Perry: Wenn sich mir die erste Möglichkeit bietet, den Keloskern eins auszuwischen, dann werde ich das tun!«

Leutnant Fuma betrachtete sein Werk mit einiger Genugtuung. »Damit lässt sich schon einiges anfangen, Major. Aber vergessen Sie bitte nicht, dass mir nur behelfsmäßige Apparaturen zur Verfügung stehen. Immerhin werden wir nun in der Lage sein, Ortungen über größere Entfernungen vorzunehmen und auch Funksendungen zu empfangen. Vielleicht gelingt es uns sogar, Kontakt mit der BRESCIA aufzunehmen, falls sie noch existiert.«

Der Major betrachtete die provisorische Orterstation mit skeptischen Blicken. Technik war nicht sein Spezialgebiet, dennoch entschloss er sich zu einem beifälligen Nicken.

»Gut gemacht! Wenn Sie weitere Techniker brauchen, Leutnant, lassen Sie es mich wissen. Die Männer liegen ohnehin nur auf der faulen Haut.«

»Danke, Major. Es wird sicher nötig sein, dass mich jemand ablöst.«

»Ich schicke Ihnen Dr. Ting Suin ... Ach nein, der ist ja auf der BRESCIA. Wie wäre es mit Kerndor? Kennen Sie ihn?«

»Nein, Major.«

»Guter Mann, Orter und Funker, fünfzig Jahre alt und zuverlässig. Er wird sich bei Ihnen melden.«

»Danke, Sir.«

Dr. Vanbelt schaute hinter dem Major her. »Das Verschwinden seiner beiden Männer ist ihm ziemlich an die Nieren gegangen. Zumindest hat er seine gewohnte Arroganz verloren.«

»Vor allen Dingen willigte er ohne Fragen ein, den Ehevertrag zwischen Julia und mir als Zeuge zu unterschreiben«, entsann sich Fuma. »Wie fühlst du dich als mein Schwiegervater?«

»Nun habe ich plötzlich zwei Kinder.« Vanbelt lächelte.

»Mindestens für die nächsten fünf Jahre«, schränkte Fuma ein.

Kerndor traf wenig später ein und meldete sich zum Dienst. Fuma wies ihn ein.

»Alles klar, Leutnant, ich kenne mich schon aus. Vielleicht kann ich sogar Kontakt mit SENECA aufnehmen und ihm gut zureden.«

»Das wird sinnlos sein. Konzentrieren Sie sich ausschließlich auf die Frequenzen der BRESCIA und den Raum jenseits von Last Stop.«

»Wie Sie meinen, Leutnant.«

Julia Vanbelt zeigte sich erfreut darüber, dass Fuma endlich von seinen Instrumenten loskam und sich seiner Pflichten als Ehemann entsann. Irgendwann würden sie sich wohl mit dem Gedanken abfinden müssen, für immer auf Last Stop zu bleiben.

Ein Plastikdach verdunkelte den aus Kisten zusammengestellten Raum, dadurch wurde das Ortungsholo besser sichtbar. Trotzdem zeichnete sich nichts ab.

Kerndor empfing jedoch schwache Funkimpulse, die er aber nicht deuten konnte. Von der BRESCIA stammen sie nicht. Zu seiner Überraschung konnte er sogar die ungefähre Entfernung feststellen. Sie war geringer als angenommen. Die Impulse stammten von Sendern, die sich mit gleich bleibender Geschwindigkeit Last Stop näherten.

Vergeblich versuchte er, eine deutlichere Wiedergabe zu bekommen. Es blieb bei unscharfen Echos, die indes eine symmetrische Figur bildeten. Ein großes, längliches Echo im Zentrum und rundum verschieden große andere Echos.

»Werden Sie aus dem Ding schlau?«, fragte Dr. Vanbelt.

Kerndor deutete auf den Schirm. »Nicht so recht. Sehen Sie sich das genauer an, Doktor. Was halten Sie davon?«

Der Physiker setzte sich auf eine Kiste und studierte die Impulsechos.

»Ehrlich gesagt – ich weiß es nicht. Möglich, dass es sich um Schiffe handelt. Aber ebenso gut kann es etwas völlig anderes sein.«

»Die Lichtflecke im Holo sind stoffliche Objekte, die sich im Anflug befinden, mehr kann ich nicht sagen. Sie haben eine auffallend regelmäßige Anordnung. Schiffe in Formation, vielleicht – vielleicht auch nicht. Bald werden wir mehr wissen.«

»Ich hole den Major«, erbot sich der Physiker.

»Das wäre ganz gut«, bestätigte Kerndor. »Wo steckt übrigens Leutnant Fuma?«

»Er nutzt seine Freizeit.«

Auch der Major zeigte sich kurz darauf von den Echos wenig erbaut. »Das ist nicht die BRESCIA. Demzufolge kann es sich nur um Kelosker handeln. Sie bringen wieder irgendwelchen Schrott, den sie vor dem Konzil verbergen wollen.«

»Vielleicht das Shetanmargt?«, vermutete Vanbelt.

Der Major atmete tief ein. »Richtig, dieses Rechengehirn oder was es auch sein mag. Wir werden das bald erfahren. Ich möchte nur wissen, warum Rhodan nichts von sich hören lässt. Und wo steckt die BRESCIA?«

Darauf wusste niemand eine Antwort.

Eine Stunde später kam Leutnant Fuma, um Kerndor abzulösen. Zu seiner Verwunderung traf er auch den Major und Dr. Vanbelt an. Wortlos deuteten sie auf das Ortungsholo, in dem die Echos sich inzwischen zu deutlicheren Bildern formten.

Der fassähnliche Gegenstand, fast siebenhundert Meter lang, konnte nur das geheimnisvolle Shetanmargt sein. Es schwebte inmitten plumper Schiffe der Kelosker, die es in einem energetischen Schleppfeld mit sich zogen. Das Ziel war eindeutig Last Stop und damit die SOL.

Der Major fluchte unbeherrscht. »Wie wollen die das Riesending in unsere SOL verladen? Das ist schlicht unmöglich.«

»Wir dürfen das auf keinen Fall zulassen«, sagte Dr. Vanbelt. »Wenn die Kelosker nur eine Spur Logik besitzen, sollten sie erkennen, dass selbst die SOL dafür zu klein ist …«

»Als geborene Mathematiker denken sie logischer als wir«, machte Fuma ihn aufmerksam. »Deshalb bin ich überzeugt, dass sie bereits die Frage gelöst haben, wie sie die Anlage in der SOL verstauen werden. Allerdings spielen *wir* bei ihren Berechnungen keine Rolle. Für uns reicht der Platz nicht mehr. Sie werden das Ding verladen und uns auf dieser Welt zurücklassen.«

»Was sollen wir hier?«, fragte Kerndor. »Jeden Augenblick kann der Dimensionstrichter alles verschlingen.«

»Eine gute Lösung für die Kelosker«, eröffnete Vanbelt.

»Aber nicht für uns«, sagte der Major bestimmt. »Ich werde alles tun, um das zu verhindern. – Ist es wirklich unmöglich, Kontakt mit Rhodan aufzunehmen? Warum meldet sich die BRESCIA nicht? Suchen Sie alle Frequenzen ab, Fuma!«

»Wir sind schon dabei, Major.«

Vanbelt verließ das Zelt. Die Diskussion erschien ihm fruchtlos, vor allem würde sie zu keinem Ergebnis führen. Wenn die Anzeigen stimmten, würde der merkwürdige Konvoi bald mit bloßem Auge sichtbar werden. Er wartete, bis er einen winzigen Fleck entdeckte, der nahezu senkrecht über ihm stand. Er sah zu, wie das Shetanmargt näher kam, größer wurde und sich langsam auf Last Stop herabsenkte.

Leutnant Fuma erschien. Er folgte Vanbelts Blick und entdeckte das Riesenfass inmitten der keloskischen Schiffe.

»Das also ist die größte technische Errungenschaft der Kelosker. Wir werden seine Rätsel lösen.«

Vanbelt schüttelte den Kopf. »Du unterschätzt die Gegner. Wir sind hilflos. Schon ihre relative Großzügigkeit uns gegenüber beweist, wie überlegen die Kelosker sind.«

Allmählich waren Einzelheiten zu erkennen. Und dann sahen die Männer, dass sich aus dem Konvoi ein winziger, dunkler Punkt löste, mit hoher Beschleunigung in die Tiefe stürzte und auf sie zukam.

Zu ihrer Überraschung landete vor dem Paratronschirm der SOL ein plumper Gleiter keloskischer Bauart. Ein Terraner kletterte aus der Luke und kam quer über die grasbewachsene Ebene auf sie zu.

Joscan Hellmut hatte kein gutes Gefühl, als er den Gleiter verließ und auf die wartenden Terraner zuging. Obwohl von seiner Mission überzeugt, war es ihm unmöglich, nur ein Wort der Erklärung darüber zu verlieren. Solange er jedoch schwieg, musste ihn jeder für einen Verbündeten der Kelosker halten.

»Sie?«, fragte der Major verblüfft, als der Kybernetiker wenige Meter vor der Gruppe anhielt. »Wo kommen Sie her?«

»Ich befand mich bei den Keloskern, und wurde gebeten, Ihnen Neuigkeiten zu übermitteln. Es soll verhindert werden, dass Sie unüberlegt handeln und die Mutanten einsetzen.«

»Ach, wir dürfen also ruhig zusehen, wie die Kelosker die SOL ausräumen, nur um ihr Rechenungetüm unterzubringen?« Der Major starrte Hellmut an. »Wie kommen Sie überhaupt dazu, als Vermittler aufzutreten? Wo ist Rhodan? Was geschah mit der BRESCIA? Reden Sie endlich …!«

Hellmut wirkte äußerlich ruhig. »Rhodan und Gucky befinden sich in der Gewalt der Kelosker, im Innern des Shetanmargt. Falls Sie einen Angriff versuchen, werden Sie beide gefährden. Ich bin ebenfalls Gefangener der Kelosker, aber sie gewähren mir eine gewisse Freiheit, damit der Kontakt zwischen ihnen und uns nicht unterbrochen wird.«

»Wo ist die BRESCIA?«, wiederholte der Major.

»Sie ist uns gefolgt, aber ich kann den Standort nicht bestimmen.«

Dr. Vanbelt drängte sich vor den Major. »Was wissen Sie von diesem Shetanmargt, Hellmut? Haben Sie etwas herausfinden können?«

»Allerdings.« Hellmut lächelte knapp. »Als Physiker wird es Sie interessieren, dass in diesem Gebilde alles Wissen und Können der Kelosker gespeichert ist. Aber nicht nur das macht es so wertvoll für sie, sondern vor allem die Tatsache, dass es eine Rechenanlage enthält, die in der Lage ist, sechs- und siebendimensionale Aufgaben zu lösen.«

»Nicht zu fassen.« Vanbelt verzichtete auf weitere Fragen, denn mit dieser Antwort hatte er vorerst genug.

»Ich weiß nicht, ob wir wirklich passiv bleiben sollen«, sagte der Major zögernd. »Die Kelosker werden den Paratronschirm abschalten müssen, wenn sie das Ding in die SOL bugsieren wollen. Aber selbst die Hauptschleuse ist zu klein für einen solchen Transport.«

»Ich kann mir vorstellen, was Sie denken.« Hellmut gab sich immer noch gelassen. »Sobald der Paratronschirm abgeschaltet wird, wollen Sie angreifen.« Er schüttelte den Kopf. »Davon rate ich dringend ab. Erstens bringen Sie das Leben von Rhodan und Gucky unnötig in Gefahr, und zweitens ist da etwas, das ich bisher nicht erwähnte.«

»Eine Geheimwaffe …?«, wollte Leutnant Fuma wissen.

»Das nicht – aber die Laren! Eine Flotte von SVE-Raumern des Konzils nähert sich Balayndagar. Es ist anzunehmen, dass es sich um Laren handelt, die eines der Dimensionsbeben registrierten. Wollen Sie auch gegen die Laren kämpfen, Major, und uns alle zugrunde richten?«

»Wenn wir nichts unternehmen, wird die SOL bald starten und uns zurücklassen.«

»Das ist besser, als im Feuer der SVE-Raumer zu sterben«, gab Hellmut frostig zurück.

Leutnant Fuma warf seiner jungen Frau einen bezeichnenden Blick zu, ehe er sagte: »Halten Sie es wirklich für wahrscheinlich, dass die Kelosker ohne uns starten werden?«

»Soweit ich ihre Pläne kenne, haben sie die Absicht, nach Abtransport ihrer wichtigsten Güter das Schiff zurückzubringen, damit wir unseren Flug fortsetzen können. Sie sind nicht bösartig, nur verzweifelt.«

Kerndor war inzwischen in die primitive Orterstation gegangen und kehrte nun zurück. »Die Laren müssen noch weit entfernt sein«, gab er bekannt. »Ich bekam nur ein einzelnes kleines Echo auf den Schirm.«

»Vielleicht die BRESCIA ...«, vermutete Dr. Vanbelt.

Hellmut nickte. »Das wäre möglich. Sie ist uns gefolgt.«

»Was schlagen Sie vor?«

»Abwarten. Sie können nichts anderes tun.« Hellmut drehte sich um und ging. Wenig später startete sein Gleiter zurück zu den Keloskerschiffen.

Der Major knirschte mit den Zähnen. »Uns sind die Hände gebunden, wenn der Kybernetiker die Wahrheit sagt. Und das scheint der Fall zu sein ...«

Hilflos sahen alle zu, wie das Shetanmargt und die Begleitschiffe tiefer sanken und erst Halt machten, als das fassartige Gebilde fast den Paratronschirm berührte. Bald musste sich entscheiden, was die Kelosker tun würden. Viel Zeit blieb ihnen nicht mehr, wenn die Laren im Anflug waren. Zudem hatte sich das Aussehen der Sonne noch nicht normalisiert. Das Beben klang nicht ab, hatte sich aber auch nicht verstärkt.

»Last Stop auf dem Schirm!«, rief Ting Suin.

Galbraith Deighton und Farn Kaybrock saßen hinter den Kontrollen der BRESCIA. In den Holos sahen sie nicht nur Last Stop, sondern auch die SOL, die Schiffe der Kelosker und das Shetanmargt.

»Wir müssen vorsichtig sein«, sagte Kaybrock warnend. »Rhodan und Gucky befinden sich in dem Ding. Ob wir landen können?«

»Darin sehe ich keine unmittelbare Gefahr«, antwortete Deighton. »Die Kelosker haben uns längst bemerkt, und sie werden auch wissen, dass die Laren im Anflug sind. Ihre Sorge gilt dem Shetanmargt, also werden sie sich kaum um uns kümmern, solange wir sie nicht stören.«

»Ganz Ihrer Meinung, Sir. Landen wir also nördlich der SOL bei unseren Leuten.«

Ohne den geringsten Versuch, ihre Nähe zu verschleiern, steuerte die BRESCIA den Planeten an und gab durch ihre Manöver klar zu erkennen, dass kein Eingreifen, sondern lediglich eine Landung beabsichtigt war. Eine Reaktion der Kelosker blieb aus.

Deighton und Kaybrock verließen als Erste das Schiff und gingen den Terranern entgegen, die auf sie zukamen.

Vanbelt zeigte sich erleichtert, als er Deighton erkannte. »Also ist es Rhodan doch gelungen, Sie und Ihre Männer zu befreien. Leider geriet er in die Gefangenschaft der Kelosker ...«

»Das wissen Sie bereits?«

»Von Joscan Hellmut. Er kam im Auftrag der Kelosker, um uns zu informieren und zu warnen.«

»Also spielt er seine zweifelhafte Rolle weiter.« Kaybrock reagierte verärgert. »Was ist mit Rhodan?«

»Angeblich mit Gucky im Shetanmargt gefangen.«

»Übrigens waren es Kaybrock und seine Leute, die uns befreiten«, erklärte Deighton. »Rhodan und Gucky hatten keine Gelegenheit mehr dazu. Was ist hier in der Zwischenzeit geschehen?«

»Nicht viel. Von Hellmut erfuhren wir, dass eine Flotte von SVE-Raumern unterwegs ist.«

»Das stimmt, wir konnten sie orten. Aber ihr Ziel muss nicht zwangsläufig Last Stop sein. Wir nehmen an, dass sie nach Takrebotan fliegen. Vielleicht wissen sie noch nichts vom Shetanmargt.«

Ein Teil der Mannschaft verließ die BRESCIA, die sich anschließend in einen Energieschirm hüllte. Der Major erstattete Meldung und bat um weitere Anweisungen, da Deighton während Rhodans Abwesenheit als dessen Stellvertreter fungierte.

»Wir können im Augenblick nichts unternehmen. Die Initiative liegt ausschließlich bei den Keloskern.«

»Eine verdammte Situation.«

»Sie sagen es, Major.«

Das Hauptproblem war und blieb das Shetanmargt. Noch wurde es von den keloskischen Schiffen gehalten.

»Sie werden bald den Paratronschirm abschalten«, vermutete Deighton. »Unter normalen Umständen wäre das unsere Chance, aber wir dürfen Rhodan und Gucky nicht in Gefahr bringen.«

Im Bereich des »Fasses« erlosch der Paratron. Das Shetanmargt sank wieder tiefer, immer noch von den Schiffen des Konvois gehalten, durchstieß die riesige Strukturlücke und landete sanft wenige Dutzend Meter vor dem SOL-Mittelteil. Zugleich schloss sich der Paratronschirm wieder.

»Ich hätte es mir denken können«, sagte Vanbelt wütend, als hätte er selbst den Keloskern diesen Vorschlag gemacht. »Eine Strukturlücke, aber nicht der gesamte Schirm. Jeder Überraschungsangriff wäre zum Scheitern verurteilt gewesen.«

»Und wie weiter?«, erkundigte sich Deighton.

»Keine Ahnung«, gab Vanbelt zu. »Es sei denn, sie nehmen das Ding auseinander und setzen es in der SOL wieder zusammen.«

»Das wäre natürlich eine geniale Lösung«, bemerkte Deighton spöttisch. »Aber ich nehme an, das wäre zu kompliziert. Vielleicht haben sie eine andere Methode entwickelt. Wir werden ja sehen.«

Die keloskischen Schiffe waren inzwischen rings um die SOL gelandet. Bewaffnete Kelosker bezogen Stellung, nahmen aber keine bedrohliche Haltung ein. Es war offensichtlich, dass sie nur eine Wachfunktion ausübten.

»Sie sind trotz ihrer Geiseln vorsichtig«, stellte der Major fest. »An ihrer Stelle würde ich ebenso handeln ...«

Die aufgeblähte Sonne näherte sich dem westlichen Horizont. Es würde bald dunkel werden.

Kerndor kam aus der Orterstation. »Noch immer nichts«, gab er bekannt. »Keine Anzeige.«

»Ich löse Sie ab«, erklärte Leutnant Fuma.

Julia leistete ihm Gesellschaft. »Was werden wir tun, wenn die Laren wirklich auftauchen?«, fragte sie beklommen. »Sie suchen die Erde, seit sie aus dem Solsystem verschwand, und sie werden von uns wissen wollen, was geschehen ist.«

»Kerndor ist nicht schlafen gegangen«, erklärte Fuma scheinbar zusammenhanglos. »Er hat mit dem Orter hier eine interessante Entdeckung gemacht. Auf größere Entfernungen arbeitet er nicht einwandfrei, dafür umso besser auf geringe Distanz. Etwa bis zum Gebirge im Norden.«

»Was ist mit dem Gebirge?«, fragte Julia ungeduldig. »Habt ihr dort etwas entdeckt?«

»Eine symmetrisch geordnete Metallansammlung, die nur künstlichen Ursprungs sein kann. Der Struktur nach handelt es sich um eine weit verzweigte Station in den Felsen und praktisch unter der Oberfläche. Wir haben unsere Entdeckung noch verschwiegen, aber Kerndor ist dabei, Freiwillige für eine Expedition zu gewinnen. Offiziell geht er auf die Jagd.«

»Warum redet ihr nicht mit Deighton oder ...?«

»Weil wir verfrühten Optimismus vermeiden wollen. Die Enttäuschung wäre zu groß, falls sich unsere Hoffnung als falsch herausstellt.«

»Welche Hoffnung?«

»Angenommen, wir fänden im Gebirge eine uneinnehmbare Festung, vielleicht sogar mit Abwehreinrichtungen und allen technischen Schikanen! Vielleicht wäre es uns sogar möglich, den Keloskern Zugeständnisse abzuringen, wenn wir mit ihrer Vernichtung drohen. Das ist der Grund, warum wir schweigen und weshalb Kerndor in diesem Augenblick vielleicht schon mit seinen Begleitern aufbricht.«

»Ich verstehe«, murmelte Julia unsicher. »Aber das Gebirge ist zwei oder drei Tagesmärsche entfernt.«

»Kerndor wird einen Gleiter von der BRESCIA nehmen.«

Rogan, Souza und ein Sergeant namens Celler waren von Kerndors Idee begeistert und leicht zu überzeugen. Es fiel Leutnant Souza nicht schwer, von Deighton die Erlaubnis zu erhalten, einen Gleiter zu benutzen. Obwohl es bereits dämmerte, ließ er sich nicht davon abbringen, sofort zu starten.

»Abends ist die beste Möglichkeit zur Jagd, Sir. Außerdem wollen wir uns vom Lager entfernen, um die Kelosker nicht zu beunruhigen. Es kann daher sein, dass wir erst morgen zurückkehren.«

Deighton betrachtete ihn forschend. »Sie wollen wirklich nur jagen? Wie Sie meinen. Aber Sie haben strikten Befehl, auf keinen Fall selbstständig zu handeln oder gar zu versuchen, in die Ereignisse bei der SOL einzugreifen. Ist das absolut klar und verständlich?«

»Sie können sich auf uns verlassen, Sir«, versicherte Kerndor guten Gewissens.

Er kehrte zu den anderen zurück. Die Waffen wurden verstaut. Einige Männer und Frauen standen neugierig herum und gaben gute Ratschläge.

»Bringt ein paar von den Schweinen mit, die sind am nahrhaftesten«, empfahl einer, der alles andere als unterernährt aussah. »So viel Fleisch wie hier haben wir lange nicht mehr bekommen.«

»Man sieht es Ihnen an«, erwiderte Rogan ironisch.

»Passt auf, dass ihr nicht im Dunkeln gegen einen Büffel fliegt«, mahnte ein anderer.

Kerndor war froh, dass ihre Jagd-Ausrede akzeptiert wurde, das ersparte ihm Ausreden und Erklärungen. Noch ehe die Sonne unterging, konnte der Gleiter starten. Souza hatte die Kontrollen übernommen und flog nach den Anweisungen des Orterspezialisten.

In den letzten Sonnenstrahlen waren die weit entfernten Gipfel der

Achttausender deutlich zu sehen. Das gelbliche Abendrot verblasste jedoch schnell.

»Wir müssen am Fuß des Gebirges übernachten«, sagte Kerndor. »Dann können wir schon in aller Frühe die Sache untersuchen. Zwischendurch erlegen wir einiges Wild, damit wir nicht mit leeren Händen zum Lager zurückkehren.«

Unter ihnen lag die Ebene, mit niedrigen Bäumen bewachsen und von zahlreichen Flüssen durchzogen. Die Herden der Grasfresser hatten sich in die schützenden Wälder zurückgezogen. Vereinzelte Tiere ergriffen beim Anblick des Gleiters die Flucht. Sie hatten die Menschen inzwischen fürchten gelernt ...

Es war schon Nacht, als Kerndor sagte: »Dort vorn ist ein Plateau, zu Fuß kaum zu erreichen und halb im Berg. Ich schlage vor, wir übernachten dort. Die fragliche Stelle liegt dicht darüber. Morgen werden wir dann allerdings klettern müssen.«

Sie richteten ein Lager ein. Celler sammelte etwas Holz, um ein Feuer anzuzünden, weniger der Temperatur wegen, sondern weil es gemütlicher sei, wie er sich ausdrückte.

Am anderen Morgen prüfte Kerndor noch einmal die Daten und verglich sie mit der geografischen Lage des Plateaus.

»Kaum hundert Meter über uns ist ein Ausläufer der Anlage mit der Felsoberfläche fast identisch. Das könnte ein Korridor sein, der aus dem Innern des Berges herausführt. Vielleicht die einzige Möglichkeit, in die Anlage einzudringen.«

»Hundert Meter ...?« Celler blickte an der steilen Wand auf. »Zu dumm, dass wir keine Kampfanzüge mit Flugaggregaten anlegen konnten, dann wäre das kein Problem.«

»Kampfanzüge zur Jagd? Deighton hätte sofort Verdacht geschöpft«, sagte Kerndor. »Aber keine Sorge, Sergeant, einer von uns muss ohnehin beim Gleiter bleiben. Fliegen Sie damit in die Ebene hinab und versuchen Sie, etwas zu schießen. Dann sind wir wenigstens die Sorge los.«

Sie nahmen Kunststoffseile mit, jeder einen Kombistrahler und eine Lampe, dann machten sie sich an den Aufstieg. Die erste Etappe gestaltete sich am schwierigsten, danach wurde es besser. Auf einer schmalen Steinplatte fünfzig Meter höher legten sie eine Pause ein und sahen zu, wie Celler mit dem Gleiter in die Ebene hinabflog. Hinter einem Wald entschwand er ihren Blicken.

»Weiter!«, mahnte Kerndor, als Rogan die Augen zufielen. »Wir wollen nicht noch mehr Zeit verlieren.«

Sie benötigten eine Stunde für den Rest der Strecke und erreichten ein rechteckiges Plateau, das sie von unten nicht hatten sehen können. Es war zweifellos künstlichen Ursprungs. Die Felswand wurde hier von einer glatten, metallisch schimmernden Fläche ersetzt, die sich fugenlos in das umgebende Gestein einpasste.

»Der Eingang«, sagte Souza erregt. »Fragt sich nur, wie wir das Ding aufkriegen.«

Sic fanden nicht die geringste Unebenheit, die auf einen Öffnungsmechanismus hätte schließen lassen. Wenn es einen solchen überhaupt gab, musste er unter der Metallfläche verborgen sein.

»Falls das nur eine Wand ist, gibt es keine Öffnung«, vermutete Rogan, der sich hingesetzt hatte. Die Kletterei schien ihn angestrengt zu haben. »Wir haben noch die Strahler.«

»Notfalls die einzige Möglichkeit«, stimmte Kerndor zu. »Wir schweißen die Wand auf, wenn wir keine Tür finden.«

»Ich bin überzeugt, dass die Kelosker uns beobachten können«, sagte Souza mit warnendem Unterton. »Sie kämen vielleicht auf die Idee, uns das übel zu nehmen.«

»Das ist mir egal«, knurrte Kerndor, der die Wand abklopfte. »Ich will wissen, was dahinter liegt.«

Nach zehn Minuten wandte er sich an Rogan. »Wir müssen es mit Gewalt versuchen. Hier ist kein Eingang.« Er schaltete seinen Strahler auf starke Bündelung. Die Energie fraß sich in Sekundenschnelle in das Metall hinein. Ein schmaler Spalt entstand, der langsam nach unten wanderte, dann zur Seite und wieder nach oben. Rogan, der allmählich wieder munter wurde, löste Kerndor ab und vollendete das Werk.

Das Metall war zehn Zentimeter dick und die herausgeschnittene Öffnung gerade groß genug, einen Menschen durchzulassen. Als der Block nach innen stürzte, drang den Männern stickige Luft entgegen.

»Sieht verlassen aus«, murmelte Souza.

»Eine intakte Vernichtungsanlage wäre mir am liebsten.« Kerndor zeigte sich rigoros. »Ich habe keine Lust, den Rest meines Lebens auf diesem Planeten zu vergeuden, nur weil die Kelosker ihre Positroniken in Sicherheit bringen wollen.«

»Vergessen Sie die Laren nicht«, erinnerte Souza. »Gegen eine Flotte von SVE-Raumern können wir nichts unternehmen, selbst wenn die Anlage hier funktionierte …«

Sie schalteten ihre Lampen ein und betraten den dunklen Gang, der hinter der Öffnung lag. Die Wände waren eindeutig künstlichen Ursprungs, aber durchgesickertes Wasser hatte die einst glatte Oberfläche verändert. Lediglich der Boden und die Decke waren eben geblieben, denn sie bestanden aus aufgelegtem Metall, das gleiche Material wie die Wand vor der Steinplatte.

Der Gang endete vor einem senkrechten Schacht, ohne jeden Zweifel ein Liftschacht. Doch es war keine Kabine vorhanden.

»Ein Antigravlift«, behauptete Rogan, der sich wieder in seinem Element fühlte. »Fragt sich nur, wie man ihn aktiviert. Sonst fallen wir bis zum Grund des Schachts.«

Kerndor tastete den Einstiegsbereich ab. Doch nichts geschah. Als Souza einen faustgroßen, aus der Wand herausgebrochenen Stein in den Schacht warf, fiel dieser senkrecht nach unten. Erst eine Minute später erklang der Aufschlag.

»Da ist nichts zu machen«, entschied Kerndor. »Wir müssen einen anderen Weg finden. Wahrscheinlich liegen die Energieanlagen unten im Berg, so an die zweihundert Meter tiefer. Aber oben muss es auch etwas geben, vielleicht Beobachtungsstationen und die Feuerleitstelle …«

»Suchen wir eine Treppe«, schlug Souza vor, was ihm einen vorwurfsvollen Blick Rogans einbrachte. »Für Notfälle müssen die Erbauer schließlich vorgesorgt haben …«

Nach einigem Herumirren fanden sie zwar keine Treppe, aber einen Gang mit rauem und rutschfestem Boden, der im Winkel von fünfundvierzig Grad abwärts führte. Beidseits war ein Geländer angebracht.

»Riecht nach Keloskern«, vermutete Kerndor. »Das ist bequemer für sie als Treppen.«

Spiralförmig führte der Gang nach unten, immer um den Liftschacht herum. Die Luft blieb stickig, aber atembar. Es gab anscheinend noch eine Zufuhr von außen. Endlich, nach fast einer Viertelstunde, flachte die Schräge ab. Die Männer standen wieder neben dem leeren Liftschacht. Souza bückte sich und hob einen faustgroßen Stein auf.

»Den habe ich oben in den Schacht geworfen«, sagte er. »Wir müssen die Energieanlage oder einen Kontrollraum finden.«

Mehrere Gänge führten in verschiedene Richtungen. Sie betraten den erstbesten, doch nach zwanzig Metern endete er vor nacktem Gestein.

»Nichts«, stellte Kerndor nach eingehender Untersuchung fest. »Das ist dicker Fels. Zurück!«

Mit dem nächsten Korridor hatten sie mehr Glück. Nach etwa hundert Metern verbreiterte er sich zu einem annähernd runden Saal, der aber auch keinen vielversprechenden Eindruck machte. Mit Sicherheit hatte es hier Maschinenanlagen gegeben, die unter herabgestürztem Geröll begraben lagen. Seitlich an den Wänden ragten noch zertrümmerte Kontrolleinrichtungen auf. In der hohen Decke klafften Spalten.

»Hier ist nichts mehr los«, fasste Kerndor zusammen. »Was immer diese Anlage gewesen sein mag, sie ist außer Betrieb. Wir können herzlich wenig mit ihr anfangen.«

»Also alles umsonst?«, vergewisserte sich Souza.

Rogan, der sich ausgiebig umgesehen hatte, nickte. »Ich fürchte, mit dem Zeug hier lässt sich kein Staat mehr machen. Meiner Schätzung nach hat seit tausend Jahren niemand die Anlage betreten.«

»Vielleicht finden wir weiter oben etwas.«

»Nachsehen werden wir auf jeden Fall.« Kerndor gab damit das Zeichen zum Aufbruch.

Rogan folgte ihnen schnaufend. Er dachte schon jetzt an den Abstieg hinab zum Plateau. Aber vor ihm lag zuerst der Weg nach oben über den Wendelgang. Es stellte sich heraus, dass er von jener Stelle aus, an der sie ihre Wanderung begonnen hatten, weiterführte. Kerndor kannte keine Milde. Ohne Pause ging er weiter, und Souza wie auch Rogan mussten ihm wohl oder übel folgen.

Der Winkel betrug unverändert fünfundvierzig Grad, und der Gang nahm kein Ende.

»Hoffentlich geht das nicht so bis zum Gipfel. Das ist ein Achttausender«, gab Rogan zu bedenken. »Und wir sind höchstens zweitausend Meter hoch.«

»Sobald wir am Ziel sind, wissen wir es«, antwortete Kerndor lakonisch.

Es war ein anstrengender Marsch, zumal die Luft kaum noch zum Atmen war.

»Sind wir bald da?«, fragte Souza, sichtlich erschöpft.

Kerndor blieb für einen Augenblick stehen. »Ich gebe so schnell nicht auf ...«, gab er mitleidlos zurück.

»Wir auch nicht«, schnaufte Rogan, der sie einholte.

Endlich flachte die Steigung ab, der Gang wurde eben.

Zwanzig Minuten später gelangten sie in einen domartigen Raum. Wie sie bald feststellten, bestanden die nach oben zulaufenden Wände zwar aus einem transparenten Material, waren aber meterdick mit Schnee bedeckt.

»Der Gipfel eines Berges«, sagte Rogan erschrocken. »Sind wir wirklich so hoch gestiegen?«

In der Kuppel wirkte alles noch gut erhalten. Hier gab es keine herabgestürzten Felsbrocken, die Zerstörungen angerichtet hatten. Die Atemluft war frisch, offenbar existierte sogar eine Verbindung zur Außenwelt. Massive Aggregate standen im Zentrum der Halle, entlang der

Wand erstreckten sich Schalttafeln. Souza äußerte die Ansicht, es handele sich nicht um eine Verteidigungs-, sondern eher um eine Beobachtungsanlage. Kerndor stimmte ihm zu: »Eine gigantische Ortungsanlage, würde ich sagen. Leider nicht mehr, so wertvoll sie auch sein mag. Trotzdem sollten wir versuchen, sie zu aktivieren. Völlig umsonst möchte ich nicht hier heraufgestiegen sein.«

Die Schirme wirkten, als wären sie erst vor wenigen Tagen installiert worden, dennoch blieben sie dunkel. Bis Rogan endlich den verborgenen Hauptschalter fand. »Hinter Glas oder ähnlichem Material!«, rief er aus und richtete sich auf. »Scheint aber mehr ein Notschalter zu sein, denn wir müssen die Scheibe einschlagen.«

Kerndor untersuchte den stabil gebauten Kasten dicht über dem Boden. Dann zog er seinen Strahler aus dem Gürtel und richtete ihn auf den Rand der Scheibe. Vorsichtig schmolz er sie heraus, bis er sie abheben konnte. Darunter leuchtete ein runder Knopf in grellem Violett. Als Kerndor ihn betätigte, flammte Licht auf.

»Na also«, entfuhr es Leutnant Souza befriedigt. »Geschafft!«

Kerndor hatte sofort damit begonnen, die einzelnen Geräte und Schaltzentren zu untersuchen. Rogan half ihm tatkräftig. Es gelang ihnen bald, gewisse Zusammenhänge herzustellen, die Sinn in die Anordnung brachten.

»Klarer Fall«, schloss Kerndor die Inspektion ab. »Eine Ortungsstation, wie vermutet. Setzen wir sie in Betrieb!«

Schon die ersten Schaltungen bauten Hologramme auf. Zugleich schmolz der Schnee auf der Kuppel. An einigen Stellen drang sehr schnell das Tageslicht durch die Eisschicht.

»Es wird warm«, bemerkte Souza.

Kerndor befand sich in seinem Element. Wenn ihm die Konstruktion der Anlage auch fremd war, so hatte der logisch denkende Intellekt der Erbauer doch bekannte Wege beschritten.

In einem der Holos erschienen Lichtpunkte.

»Was ist das?«, drängte Leutnant Souza.

»Keine Ahnung, aber es sind Echos sich bewegender Materie. Die Entfernung ist sehr groß. Ich würde mich nicht wundern, wenn es sich um die SVE-Flotte der Laren handelte. Die Richtung könnte stimmen. Aber sie kommen nicht näher, die Echos …«

»Das wäre Zufall«, schränkte Rogan ein.

»Ganz und gar nicht«, belehrte ihn Kerndor. »Die Anlage erfasste schon ohne besondere Justierung eine Halbkugel. Es ist jetzt Tag. Die BRESCIA entdeckte diese Echos ebenfalls am Tag, als sie gelandet war.«

»Die Flotte hat also nicht Kurs auf Last Stop genommen?«, vergewisserte sich Souza.

»Noch nicht«, schränkte Kerndor ein, obwohl er die angezeigten Daten nicht zu lesen vermochte. »Aber ich glaube, wir sollten uns nicht mehr zu lange aufhalten. Celler wird auf uns warten.«

»Und wir haben noch einen beachtlichen Rückweg vor uns«, pflichtete Rogan bei, sosehr die Anlage ihn auch interessierte.

Der Abstieg gestaltete sich nicht besonders schwierig, lediglich als der Steilhang unter ihnen lag, protestierte Rogan wieder. Auf dem kleinen Plateau stand Celler neben dem Gleiter und sah zu ihnen herauf. Er schien seine Jagdbeute bereits verstaut zu haben.

Kerndor befestigte sein Seil um einen Felsblock und machte den Anfang. Die anderen folgten ihm, und selbst Rogan musste zugeben, dass der Aufstieg gefährlicher gewesen war.

Celler begrüßte sie. »Ich dachte schon, ihr kämt überhaupt nicht wieder. Wir können sofort starten, Fleisch haben wir genug. – Was ist in dem Berg?«

»Eine großartige Ortungsanlage, die wahrscheinlich auch astronomischen Beobachtungen gilt«, erklärte Kerndor.

Galbraith Deighton erwartete sie bereits und ließ erst keinen zu Wort kommen. »Ich sehe selbst, dass Sie einige Stücke Wild erlegt haben«, sagte er. »Aber Sie sollten nicht vergessen, dass wir ausgezeichnete Messinstrumente an Bord der BRESCIA haben. Ich erwarte einen ausführlichen Bericht, was Sie gefunden haben.«

»Sie wissen, Sir …?«

»Das nicht. Also?«

Kerndor berichtete. Das erwartete Donnerwetter blieb aus. Deighton furchte nur die Stirn und sagte: »Die Kelosker waren also schon früher hier, aber anscheinend wurde die Anlage nicht mehr benötigt. Für uns ist sie trotzdem wertlos. Nun, jedenfalls haben Sie hier nichts versäumt. Das Shetanmargt liegt unverändert vor der SOL.«

So blieb es auch bis zum nächsten Morgen.

Joscan Hellmut wartete, bis sich hinter ihm die winzige Strukturlücke im Paralyseschirm wieder geschlossen hatte, dann sagte er: »Lebensmittel und Trinkwasser für zwei Tage … Es tut mir Leid, aber mehr bekam ich nicht von den Keloskern.«

»Was soll überhaupt geschehen?«, fragte Rhodan.

»Ich weiß auch nicht, wie die Kelosker das Shetanmargt in die SOL bringen wollen, aber sie werden es schaffen. Die Vorbereitungen sind angelaufen.«

»Sollen wir ewig unter diesem Schirm bleiben?«, erkundigte sich Gucky wütend. »Nicht einmal eine vernünftige Toilette gibt es hier …« Er blickte Hellmut an. »Du verstehst dich doch so gut mit den Elefantenbabys, tu endlich was für uns!«

»Es dauert nicht mehr lange«, vertröstete ihn der Kybernetiker, machte auf dem Absatz kehrt und verließ den Raum.

Gucky aß missmutig. »Irgendwann drehe ich ihm den Hals um«, versprach er zornig. »Läuft frei in der Gegend herum und rührt keinen Finger, um uns zu befreien. Wenn ich nur wüsste, was er vorhat.«

»Solange er frei ist, besteht für uns auch keine Gefahr, Gucky, das solltest du nicht vergessen«, sagte Rhodan. »Ich frage mich allerdings, was geschehen soll. Die BRESCIA ist gelandet, Deighton wurde befreit. Die Kelosker haben die SOL. Was weiter?«

Gucky, der auf dem Boden hockte, wandte den Blick nach unten. »Es vibriert, als säßen wir in einem startenden Schiff. Wir bewegen uns …«

Rhodan spürte die Erschütterungen ebenfalls. Waren die Kelosker im Begriff, das Shetanmargt zu verladen? Wenn ja, dann mussten sie einen Teil der Hülle des SOL-Mittelteils herausgeschweißt haben, anders war das nicht möglich. Oder doch …?

Gucky futterte inzwischen weiter und ließ sich nicht stören. Ihm war klar, dass weder er noch Rhodan Einfluss auf das Geschehen nehmen konnten. Zudem hatte er sich vorgenommen, sich von nun an nicht mehr über unabänderliche Dinge aufzuregen, höchstens über Hellmuts Verhalten.

Ein Stoß erschütterte das Shetanmargt. Rhodan verschüttete einen Teil des Trinkwassers. Eine steile Falte erschien auf seiner Stirn. »Sie versuchen es tatsächlich! Ich möchte wissen, wie es jetzt draußen aussieht …«

»Die sind verrückt, die Kelosker«, murmelte Gucky.

Rhodan widersprach nicht, außerdem kam gerade Joscan Hellmut zurück. Er strahlte übers ganze Gesicht, offenbar verlief alles zu seiner Zufriedenheit.

»Sie schaffen es tatsächlich«, sagte er und setzte sich. »Sie sind einmalige Könner, das lässt sich nicht abstreiten.«

Rhodan fragte ruhig: »Was schaffen sie?«

»Sie zerlegen das Shetanmargt und bringen es in die SOL. Umso leichter wird die Integration mit SENECA sein …«

»Sie zerlegen es? Und wir?«

»Diese Sektion bleibt erhalten, wie sie ist. Sie passt durch die Schleuse. Besonders wichtig scheint dieser Teil zudem nicht zu sein ...«

Gucky verschluckte sich fast. »Nicht wichtig? Ich muss doch sehr bitten!«

»Ich meinte es nicht so. Meine Bemerkung bezog sich lediglich auf die technische Anlage. Übrigens dürften wir schon jetzt in der SOL sein. Ich gehe mich davon überzeugen.«

Gucky sah Hellmut hinterher. »Was meint er mit Zerlegen? Die Kelosker können das Riesending nicht einfach auseinander nehmen und im Innern der SOL wieder zusammensetzen, oder doch?«

»Ich weiß es nicht. Jedenfalls wäre ich jetzt gern bei unseren Leuten draußen, dann könnten wir sehen, was geschieht ...«

Deighton fuhr aus dem Schlaf hoch, als gegen die Kiste geklopft wurde. Er hatte auch diese Nacht außerhalb der BRESCIA verbracht, und die Kiste diente als Tür seines Verschlags.

»Sir ...!«

»Ja, was ist?«

»Das Shetanmargt, die SOL – es geschieht etwas unter dem Paratronschirm.«

»Bin gleich da!«, rief Deighton und kleidete sich an.

Dr. Vanbelt und Leutnant Fuma erwarteten ihn. Sie eilten über das Gelände, bis sie freie Sicht auf die SOL hatten. Der Major kam ihnen entgegen.

»Sehen Sie, Sir! Verstehen Sie das?«

Deighton blickte auf das scheinbar von selbst auseinander fallende Shetanmargt und die schwebenden Einzelteile. Keines von ihnen berührte die Oberfläche des Planeten, jedes hielt sich in der Luft, bis eine unsichtbare Kraft es auf die weit geöffnete Hauptschleuse der SOL zugleiten ließ, in der es schließlich verschwand.

»Ich habe keine Erklärung dafür«, sagte Vanbelt.

»Es gibt wohl keine«, fügte Melia Zimmer hinzu, die aus der BRESCIA gekommen war. Vanbelt legte großen Wert auf ihre Meinung und hatte sie rufen lassen. »Es ist kein Kelosker zu sehen, also erfolgt der Vorgang automatisch. Schon bei der Konstruktion des Shetanmargt muss mit einer solchen Maßnahme gerechnet worden sein. Die einzelnen Sektionen sind so zusammengesetzt, dass sie leicht zu trennen und wieder zusammenzufügen sind. Aber wie das geschieht ... das weiß ich auch nicht.«

»Was ist mit Rhodan und Gucky? Sie sollen sich doch innerhalb der Rechenanlage befinden.« Deighton deutete in Richtung der SOL.

»Hellmut hat uns versichert, dass den Gefangenen nichts geschieht, solange wir passiv bleiben«, sagte Vanbelt. »Wir müssen ihm glauben.«

»Uns sind ohnehin die Hände gebunden«, erwiderte Deighton.

Immer mehr Sektionen des Shetanmargt verschwanden im Bauch der SOL. Das Rechengehirn SENECA schien damit einverstanden zu sein, sonst hätte es Gegenmaßnahmen ergriffen. Es sah sogar danach aus, als unterstütze es den Vorgang.

SENECA war zum Wohl der Menschen konstruiert und programmiert worden, er hatte logisch und im Interesse der SOL-Besatzung zu handeln. Aber danach sah es nicht aus. Wo lag der Fehler? Vielleicht in der Denkweise der Menschen selbst?

Das letzte Fragment des Shetanmargt verschwand in der Schleuse. Immer noch war in unmittelbarer Nähe der SOL kein Kelosker zu sehen, nur die Wachposten patrouillierten außerhalb des Paratronschirms und sorgten dafür, dass sich kein Terraner dem Schiff näherte.

Unheimlich lastete eine drückende Stille über allem. Reglos und stumm standen die Terraner am Rand ihres provisorischen Lagers und schauten hinüber zu ihrem Schiff, das sie in die heimatliche Milchstraße bringen sollte, das aber auf Last Stop gestrandet war.

Und irgendwo in Balayndagar lauerte die SVE-Flotte der Laren, die den Planeten in wenigen Minuten in eine glühende Gaswolke verwandeln konnte.

Außerdem war da die *Große Schwarze Null*, der Dimensionstrichter, der sich anschickte, alle Sterne und Planeten der Kleingalaxis Balayndagar zu verschlingen.

Rhodan und Gucky befanden sich in der Gewalt der Kelosker, die ihre Gefangenen als Druckmittel gegen die Terraner einsetzten.

Von Deighton und den anderen Vertrauten Rhodans abgesehen, waren die Terraner führungslos geworden. Die Ereignisse schienen dem Flug ins Ungewisse ein Ende gesetzt zu haben.

Dr. Vanbelt sprach es ungeschminkt aus: »Was sollen wir tun, wenn die SOL jetzt startet und uns zurücklässt?«

Galbraith Deighton warf ihm einen bezeichnenden Blick zu. »Ich bin überzeugt, dass sich Joscan Hellmut noch einmal melden wird, um uns die Bedingungen der Kelosker zu übermitteln. Es kann für sie kein Risiko mehr bedeuten, die Gefangenen freizulassen.«

Julia Vanbelts Finger umkrallten Fumas Arm. »Es sieht so aus, als müssten wir den Rest unseres Lebens hier verbringen. Dabei dachten wir daran, es vielleicht freiwillig zu tun.«

Der Leutnant nickte. »Das ist ein Unterschied, gewiss, aber noch ist nichts entschieden. Kerndor meint übrigens, wir sollten uns in die verlassene Anlage im Gebirge zurückziehen, falls die SOL wirklich ohne uns startet. Dort sind wir vor den Laren sicher.«

»Aber nicht vor den Dimensionsbeben«, sagte Julia verstört.

Der Major teilte Wachen ein und kehrte mit Deighton und den anderen ins Lager zurück. Die Ungewissheit blieb. Sie lastete ohnehin längst wie ein Schatten auf den Gemütern der Frauen und Männer, von denen viele zum ersten Mal in ihrem Leben die Oberfläche eines Planeten betreten hatten.

Deighton selbst konnte sich nicht erinnern, jemals in einer so hoffnungslosen Situation gewesen zu sein. Er wusste keinen Rat mehr, außer dem, den er in den letzten Tagen oft genug hatte geben müssen: abwarten!

Die Sonne war höher gestiegen. Sie sah nicht besser aus als gestern und vorgestern. Immer noch wirkte sie aufgebläht. Aus der BRESCIA wurden Störungen der Positronik gemeldet. Die SVE-Flotte war jedoch von den Schirmen verschwunden und tauchte auch nicht mehr auf.

Manchmal erschütterten leichte Erdstöße das Lager. Jeden Augenblick konnten sich die behelfsmäßig errichteten Verschläge und Hütten in ein Trümmerchaos verwandeln.

Allmählich neigte sich auch dieser Tag zu Ende, und noch immer stand die SOL unverändert an ihrem Platz unter dem Paratronschirm. Warum unternahmen die Kelosker nichts? Worauf warteten sie?

Die meisten Terraner fanden keine Ruhe. Sie standen in respektvoller Entfernung, stumm und reglos, und taten, was Deighton ihnen geraten hatte: Sie warteten.

In seiner »Hütte« streckte sich Galbraith Deighton auf dem provisorischen Lager aus. Er würde zu schlafen versuchen, denn er hatte das untrügliche Gefühl, dass er seine Kräfte bald sehr nötig haben würde. Wenn auch morgen nichts geschah, würde er den Versuch unternehmen, Rhodan und Gucky gewaltsam zu befreien.

Im Mahlstrom der Sterne und auf Terra 3580 n. Chr.

20.

325 Lichtjahre von Erde, Mond und der Sonne Medaillon entfernt, in südlicher Richtung, liegt der Bazinski-Cluster. Er ist eine Ballung mit elf solähnlichen Sternen und acht anderen Sonnen, deren mittlerer Abstand zueinander rund dreieinhalb Lichtjahre beträgt. Der Cluster ist nach seinem Entdecker benannt; Samuel Eyne Bazinski war der Leiter der Arbeitsgruppe, die seinerzeit versuchte, den Standort der Erde in der Nähe des drohenden Schlunds zu lokalisieren – wie hinreichend bekannt ist, mit nur geringem Erfolg, was jedoch nichts über seine fachlichen Qualitäten aussagt.

Die achtunddreißig Raumschiffe standen auf dem Flottenhafen von Terrania City. Die BEAUTY OF LOGIC, ihr Flaggschiff, war ein 2500 Meter durchmessender Gigant der GALAXIS-Klasse. Zur Flotte gehörten ferner ein zweiter solcher Koloss, die POWER OF REASON, fünf Einheiten der IMPERIUMS-Klasse und sieben STARDUST-Schiffe. Alle anderen waren kleinere Einheiten.

Enkher Hodj wartete auf Reginald Bull, der die Expedition verabschieden wollte. Es kam weder ihm noch Trevor Casalle, noch einem anderen Beteiligten in den Sinn, dass die Konzentration militärischer Macht eher einem Kommandounternehmen entsprach als einem Forschungsflug. Nur zwei Angehörige der Erdbevölkerung durchschauten diesen typisch aphilischen Effekt: Saiwan Pert und Leela Pointier, Immune, die an der Mission teilnehmen mussten.

»Wo bleibt Bull?«, fragte Admiral Hodj. Es war 12:14:36 Uhr, der 15. Juli 3580. In Kürze sollte die Forschungsflotte starten.

Ein Summen ertönte.

»Ja?«, fragte Hodj kurz.

»Casalle, Sir. Darf ich eintreten?«

»Kommen Sie herein!«

Ein junger, schwarzhaariger Mann erschien. Er grüßte militärisch exakt.

»Was gibt es, Vizeadmiral?« Hodj strich mit einer knappen Geste über sein nackenlanges Haar. Er war groß und schlank, und seine Haltung drückte eine gewisse Aristokratie aus.

»Ich hatte erwartet, Reginald Bull und seine Abordnung anzutreffen. Es geht um die beiden Immunen.« Casalle war erst 54 Jahre alt – im Gegensatz zu Hodj, der mit 103 auf fast die doppelte Erfahrung zurückblickte. Trotz seiner »Jugend« Vizeadmiral, das sprach für seinen Verstand, seine Wirkung auf andere und seine Fähigkeit, aus der verfahrensten Situation das Beste zu machen. Sein kurz geschnittenes Haar über den großen braunen Augen, seine aufrechte Haltung und sein sportliches Auftreten, dazu die körperliche Größe machten ihn unwiderstehlich.

Dieser Mann war Admiral Hodj suspekt. Casalle war ein Offizier von hohen Qualitäten. Dies alles ging Hodj durch den Kopf. »Ich kann Ihnen die Direktiven ebenfalls geben«, sagte er.

»Ich ziehe es vor, sie unmittelbar vom Licht der Vernunft zu erhalten.« Die Antwort war frei von unlogischen Emotionen. Beide Männer waren so verschieden, dass sie kaum eine gemeinsame Basis fanden außer der Tatsache, dass sie gute Raumfahrer waren.

Die Bedrohung kannte fast jedermann auf Terra und Luna sowie auf Goshmos Castle. Sofern keine dramatischen Maßnahmen getroffen wurden, würden die Planeten und ihre Sonne in einigen Jahren in den Schlund stürzen. Was immer dabei geschah, es musste fürchterlich werden. Ein einzelnes Leben galt nicht viel, tausend Tote waren eine statistische Zahl, aber Luna, Terra und Goshmos Castle würden verändert werden. Zudem drohte eine zweite Gefahr: Die Herrschaft der Logik und Vernunft, endlich erreicht, würde wieder enden. Sowohl Casalle als auch Hodj spürten, dass die Spannungen kulminierten. Sie vertraten entgegengesetzte Meinungen; Hodj sah das Heil ausschließlich in der Flucht.

»Wir haben eine schwierige Mission zu bewältigen. Hoffentlich findet jeder, wonach er sucht.«

»Ich bin sicher, Admiral, dass wir auch Dinge finden werden, die wir nicht suchen.«

»Ich liebe Risiken dieser Art nicht.«

»Das ist verständlich.«

Überrascht blickte der grauhaarige Admiral sein Gegenüber an. Aber nichts deutete darauf hin, dass Casalle Hodjs Autorität untergrub.

»Es ist nicht üblich«, sagte der Admiral, »dass Bull unpünktlich ist.«

»Es ist sogar unüblich«, bestätigte Casalle und beobachtete das organisierte Durcheinander zwischen den Schiffen.

Die Bedrohung durch den Schlund war klar erkannt. Der Regierungsrat wollte ihr auf zweierlei Weise begegnen. Beide Vorgehensweisen konnten gleich erfolgreich werden.

Die einen versuchten, den drohenden Sturz in den Schlund zu verhindern. Aber es war schwer zu bewerkstelligen, dass viele hoch qualifizierte Wissenschaftler effizient und schnell zusammenarbeiteten. Teamarbeit war unlogisch, denn Vernunft und Logik zusammen brachten nicht alle positiven Eigenschaften der Beteiligten an das gemeinsam zu bearbeitende Projekt heran. Dies war ein Punkt, der in der Zukunft noch geändert werden musste.

Viele Terraner billigten dem Vorhaben, den Sturz zu verhindern, nur geringen Erfolg zu. Diejenigen, die sich von diesen Versuchen trotzdem etwas versprachen und Gründe dafür hatten, wurden im Volksmund die *Standhaften* genannt. Trevor Casalle war einer von ihnen, vielleicht nicht der treueste und bedingungsloseste Anhänger, aber er war auf keinen Fall ein *Flüchter* wie Admiral Hodj.

Der alte Admiral hatte die Expedition deshalb vorangetrieben, weil er wie alle *Flüchter* eine weit entfernte Sauerstoffwelt suchte. Was umgesiedelt und transportiert werden konnte, sollte dorthin gebracht werden. Es gab für die *Flüchter* keine Zweifel, dass dies die sinnvollere Variante war. Die neue Welt musste an einem der Enden des Mahlstroms zwischen den auseinander driftenden Galaxien liegen. Der Schlund befand sich an der dünnsten Stelle der Sternenbrücke, in der Mitte also, und jeder Platz, der davon weit genug entfernt war, wurde sicherer im Verhältnis wachsender Entfernung.

Für Casalle gab es ein weiteres Problem, aber es war jetzt und hier nicht relevant: Es gab einfach mehr *Flüchter* als *Standhafte*. Letztere hatten, teilweise unbewusst, die Begriffe gesucht und geprägt, denn es war logisch, dass Flucht eine feige Sicht der Probleme bezeichnete. Jeder, der flüchtete, entzog sich der Verantwortung. Flucht war der bequemere und risikolosere Weg, ein Problem zu bewältigen.

Unvermittelt sagte Enkher Hodj: »Sie kommen. Bull hat darauf bestanden, ihn vor dem Flaggschiff zu begrüßen. Gehen wir.«

Casalle trank aus, stellte sein Glas ab und verließ hinter dem Admiral den Raum. Ein Antigravschacht brachte sie auf den Platz hinab. Hier wartete ein schwerer, bewachter Raumhafengleiter.

»Die Fernsehteams, Sir!« Casalle deutete auf eine Reporterin, die mit schwebenden Optiken auf Hodj zukam.

»Das mache ich«, beschied der Admiral knapp. Vertrauenswürdigkeit und die Fähigkeit klugen Abwägens gingen von seiner Erscheinung aus, als er sich umdrehte, einige Schritte auf die Frau zuging und abwartend innehielt.

Augenblicklich stellte sie ihre Fragen: »Admiral, Sie sind einer der ranghöchsten Offiziere der Flotte. Können Sie uns sagen, welchen Auftrag Sie haben?«

Hodj machte einen zweiten Versuch, die Spannungen zwischen ihm und Casalle zu dämpfen: »Sie haben sicher die Regierungserklärung Reginald Bulls gehört, die diese Mission vorbereitete. Wir starten heute mit achtunddreißig Einheiten zum südlichen Teil der Sternenbrücke, also in die entgegengesetzte Richtung der Ploohn-Galaxis. Dort untersuchen wir die Sonnen und Planeten des Bazinski-Clusters.«

»Erwarten Sie, erdähnliche Welten zu finden, die eine Umsiedlung gestatten?«

»Niemand erwartet etwas. Unser Ziel ist klar definiert. Mein Stellvertreter, Vizeadmiral Casalle, und ich sollen lediglich Informationen einholen. Wir werden jede Sonne untersuchen und ihre Planeten testen.«

Die Reporterin wandte sich an Casalle. »Vizeadmiral, Sie gelten als *Standhafte*r. Mit welchen Erwartungen nehmen Sie an dieser Mission teil?«

Er lächelte kurz, genau so lange, wie er brauchte, um die Frau für sich zu interessieren. »Meine persönlichen Erwartungen sind unwichtig. Ich bin Raumfahrer, habe einen klaren Auftrag erhalten und sehe mich nicht in der Lage, darüber zu diskutieren. Oberstes Ziel ist, das Überleben der Menschheit zu sichern. Dabei ist es zweitrangig, ob es auf die eine oder die andere Art geschieht. Ich kann Ihnen sicherlich mehr sagen, wenn wir zurück sind.«

»Wie lange wird diese Expedition dauern?«

»Admiral Hodj und ich sind sicher, dass wir innerhalb von drei Monaten mit den Voruntersuchungen fertig sein können. Aber niemand ist gegen Überraschungen gefeit.«

Enkher Hodj deutete in die Richtung der beiden Schiffsriesen, die mehr als zweieinhalb Kilometer hoch aufragten und in weniger als einer Stunde starten würden. »Das Licht der Vernunft fährt bereits unterhalb der BEAUTY OF LOGIC vor.«

Gleitertüren wurden aufgerissen. Von zwei Seiten stiegen die ungleichen Männer ein. Das gepanzerte Gefährt und die Fahrzeuge der Begleitung schwebten auf das Flaggschiff zu.

Aus einer anderen Richtung näherte sich Reginald Bulls Eskorte. Kampfroboter bildeten den sichtbaren Schutz. Sie standen unter der Schleuse postiert.

Reporter bedrängten den Vorsitzenden des Regierungsrats. Reginald Bull schilderte Sinn und Zweck der Expedition und gab abschließend bekannt, dass er überzeugt sei, die Schlund-Gefahr in kurzer Zeit neutralisieren zu können. »Die klügsten Köpfe arbeiten an der Lösung des Problems. Es ist eine statistische Gewissheit, dass sie über kurz oder lang eine Lösung finden werden, die alle zufrieden stellt.« Er nickte knapp und schritt auf Enkher Hodj und Trevor Casalle zu.

Nach einem kurzen Gruß wandte er sich an Casalle. »Sie wollten mit mir über Pert und Pointier reden, Vizeadmiral?«

»Natürlich ist es logisch, zwei Immune an Bord zu nehmen«, erklärte Casalle ruhig, »und sie werden hoffentlich auch mit uns zusammenarbeiten. Es gibt Methoden, das zu sichern. Meine Sorge ist eher, wie sich die Mannschaft angesichts dieser Tatsache verhält. Ich übernehme gern Verantwortung, aber ich benötige Ihre Vollmacht.«

»Sie rechnen mit Schwierigkeiten?«, fragte Reginald Bull.

»Nicht direkt. Die Kranken sind unfähig, uns zu verstehen. Bedauerlich, aber schwer zu ändern. Wie weit gehen meine Befugnisse?«

Bull zuckte mäßig interessiert die Schultern. »Sie haben schon angestoßen, dass Sie die beiden als Emotio-Dolmetscher an Bord haben. Rechnen Sie damit, dass die Kranken versuchen werden, die Mannschaft zu beeinflussen?«

»Das nicht. Eher wird es umgekehrt sein.« Casalles drängender Eifer blitzte auf. Für ihn galt der Zustand der Aphilie als erstrebenswertes Ziel, denn es war unlösbar verbunden mit dem reinen Licht von Vernunft und Logik. Er wusste mit an Sicherheit grenzender Wahrscheinlichkeit, dass zwei Kranke inmitten von rund achttausend Frauen und Männern Gefahr liefen, getötet zu werden. Sie hatten den Status von Viren oder Erregern in einem gesunden Kreislauf. Sie waren gefährdet. Und da sie vermutlich gebraucht wurden, durfte er keine Beeinträchtigung zulassen. Dafür brauchte er die offizielle Unterstützung Reginald Bulls, denn sein Vorgesetzter war ein Mann ohne Initiative. Von Hodj würde er nicht mehr Hilfe erhalten, als in den Dienstvorschriften und im Reglement niedergelegt war.

»Die Mannschaft ist informiert?«, fragte Bull knapp, unwillig darüber, dass er mit einem derart unwichtigen Problem belästigt wurde.

»Jeder Offizier ist unterrichtet worden, dass diese Leute«, Casalle sprach das Wort in der Betonung aus, mit der er leblose Dinge bezeichnete, »gebraucht werden. Sie genießen, wenn auch nur bedingt, Sonderstatus.«

»Dann ist es Ihre Aufgabe, mit Disziplin das Leben der Kranken zu sichern. Tun Sie, was nötig ist.«

Casalle nickte zufrieden.

Minuten später stand er in der Zentrale des Flaggschiffs und beaufsichtigte den Start. Er bezweifelte, dass es möglich sein würde, die Menschen der Erde umzusiedeln. Aber nicht, weil die technischen Möglichkeiten unzureichend gewesen wären, sondern wegen einer erneut fremden Sonne. Sie würde ein anderes Spektrum haben, ohne jene Schwingungen, die den Aufbruch der reinen Vernunft ermöglicht hatten. Auf einem anderen Planeten würde die Menschheit binnen kurzer Zeit in die abgrundtiefe Barbarei unkontrollierbarer Gefühle zurückfallen. Die Vorstellung allein erschütterte Casalle.

Tage später erreichte die Flotte das Zielgebiet. Vor den Raumern standen die Sonnen des Clusters. Neunzehn Sterne. Nur acht von ihnen, verteilt in diesem kleinen Haufen, zeigten andere Farben als die Medaillonähnlichen.

Was folgte, war Routine.

Eine gelbe Sonne, drei Lichtjahre innerhalb des Clusters, erschien interessant. Sie verfügte über sieben Planeten, Nummer drei war eine Sauerstoffwelt am Rand der Ökosphäre.

Die Sonne wurde Brainwaves getauft.

In dieser Phase der Expedition rief Admiral Hodj seinen Stellvertreter zu sich. Casalle ahnte, dass die Figuren aufgestellt waren. Das Feld war bereit für den ersten Zug.

Hodj deutete auf die holografische Abbildung des nahen Systems. »Ich lande mit der BEAUTY OF LOGIC. Nehmen Sie Ihre kranken Schützlinge, die POWER OF REASON und dreizehn weitere Einheiten. Sie haben ab sofort Ihre eigene Forschungsflotte.«

Casalle nickte unbewegt. »Wo liegt mein Ziel?«

»Ebenfalls ein Stern der erwünschten Spezifikation. Die Astronomen haben ihn Reality genannt. Suchen Sie dort. Ich komme nach, falls wir hier nicht fündig werden.«

»Selbstverständlich, Sir. Ich habe freie Hand?«

»Ich sehe keinen Anlass, das zu verweigern.«

Zwei Stunden später rasten die 14 Einheiten davon, tiefer in den Sternhaufen hinein. Trevor Casalle fühlte sich aufgefordert, seine Pläne weiterzuverfolgen. Allerdings wäre er erschrocken gewesen, hätte man ihm das Ende geweissagt.

Der Stern Reality, solähnlich vom Typ G0, durchmisst eineinhalb Millionen Kilometer. Seine Oberflächentemperatur beträgt 6050 Grad. Während der Annäherung der zweiten Expeditionsflotte wurden vier Planeten lokalisiert, von denen nur der zweite ansprechende Voraussetzungen bot. Der Planet erhielt von Vizeadmiral Casalle den Namen Signal. In der Tat war diese Welt geeignet: Durchmesser 13.100 Kilometer, Schwerkraft 0,91 Gravos, Verhältnis Land zu Wasser zwei zu drei, mittlerer Sonnenabstand 187 Millionen Kilometer. Die Landung verlief ohne Zwischenfall.

»Dieser Planet ist paradiesisch, Saiwan«, sagte Leela und schmiegte sich in seine Hand, die über ihr Haar und ihre Wange strich. »Trotzdem ahne ich Gefahr, Vernichtung, Leid und Tod. Sind wir schon von der Aphilie infiziert?«

Saiwan Pert blickte auf den Schirm und formulierte seine Antwort sorgfältig. Er kannte die Sensibilität seiner Freundin. Sie war keineswegs telepathisch veranlagt, aber oft hatten sich ihre Ahnungen auf bestürzende Weise realisiert.

»Wir sind nicht krank.« Er verfolgte, wie sich unter den sonnenbeschienenen Wolkenschleiern die Kontinente und das Meer herausbildeten. »Aber wir haben verlernt, uns ungestraft zu freuen. Wir werden auch auf dieser Welt Gefangene sein.«

Gemeinsam bewohnten sie eine Doppelkabine, die er als Doppelzelle bezeichnete. Saiwan nahm keine Gefahr ernst, nicht einmal den Roboter, der sie bewachte. Er holte zwei Gläser und strich sich das glatte Haar aus der Stirn.

»Du träumst schon wieder«, sagte er. »Aber warum nicht. Dort unten wird es Intelligenzen geben, Casalle wird uns brauchen, und wir bekommen die Chance, zu fliehen und unser Leben in Freiheit zu verbringen. Casalle wird diesen Planeten niemals besiedeln lassen.«

Leela erschrak und machte ein eindeutiges Zeichen. Saiwan winkte nur ab. »Er kann ruhig mithören. Denkst du etwa, Casalle ist dumm? Er rechnet damit, dass Kranke wie wir sich so und nicht anders verhalten.«

Sie nippte an ihrem Glas. »Glaubst du wirklich, Sai?«

»Natürlich.« Sein Blick pendelte zwischen ihr und der deutlicher werdenden Planetenoberfläche. Leela Pointier war nicht weniger aufregend als der Planet Signal. Saiwan hatte sie kennen gelernt, als sie auf der Erde zu Zwangsarbeit verurteilt worden waren. Sie hatten sich bei der Verurteilung flüchtig gesehen, danach hatte er über ein Jahr lang versucht, sie wieder zu treffen. Irgendwie war es ihm gelungen, in das Lager versetzt zu werden, in dem sie ihre Zwangsarbeit ableistete. Ihrer beider Urteil war mit »Verächtlichmachung des Prinzips der reinen Vernunft« begründet worden. Trevor Casalle war ihr »Retter«, denn er hatte vorausgesehen, dass die Expedition einen Planeten entdecken würde, auf dem Intelligenzwesen lebten. Mit ihnen würden sich Aphiliker nur schwer verständigen können. Leela und Saiwan wurden als Gefühls-Dolmetscher gebraucht.

Deswegen fieberten sie dem Augenblick entgegen, an dem sie, von den Aphilikern abgesondert, mit normalen Wesen verkehren konnten. Egal wie diese aussehen mochten. Saiwans Humor, den er nie verloren hatte, war der Ausgleich für das ruhige, zurückhaltende Wesen Leelas.

Das Schiff setzte zur Landung an. Auf dem Schirm erschienen Wälder und Flüsse, in weiter Ferne ein Gebirge. Die Landschaft wirkte kultiviert, in eine Form gezwungen, die eine ordnende Hand erkennen ließ.

»Gibt es etwas zu sehen? Ich erkenne nichts, keine Städte …« Saiwan betrachtete Leela mit einem verlangenden Seitenblick. Sie war nur wenige Zentimeter kleiner als er, hatte schulterlanges, hellbraunes Haar und grüne Augen. Schlank und aufregend weiblich – das sahen auch die Aphiliker. Dass sie über einen natürlichen Charme verfügte, den jeder Mann binnen Sekunden spürte wie ein Pheromon-Parfüm – das wussten außer Saiwan nur wenige Immune.

»… ein Stausee! Siehst du die Mauer? Casalle wird uns brauchen.« Endlich lachte Leela offen und ohne Zurückhaltung. Sie beide hatten nichts als ihr Leben und sich selbst. Der Grat, auf dem sie wanderten, war schmal. Trotzdem warteten sie auf ihre Chance.

Major Kratt warf zwei Stück Zucker in den Kaffee, stellte den Becher zu dem anderen und trug das Tablett hinüber zum Kartentisch.

»Danke«, sagte Casalle. Er verbrannte sich fast die Finger. »Wir sind nur die Werkzeuge des Admirals. Das ist Ihnen doch bewusst, oder etwa nicht?«

Steif und unsicher erwiderte Heylin Kratt, in dessen asketischem Gesicht jede Regung abzulesen war: »Als Sie den Auftrag erhielten, dachte ich daran. Hodj will Sie kaltstellen. Der Admiral ist erfolgreich und weiß, was er tut.« Er trank einen Schluck und hustete.

»Der Kaffee ist mies wie immer«, murmelte Casalle und widmete sich der Bildübertragung.

»Mies, aber sehr heiß«, ächzte Major Kratt.

Casalle lehnte sich zurück. Er hatte Zeit. Vor allem dachte er darüber nach, ob diese Welt im Sinn der *Flüchter* einfach zu besiedeln war. Er hatte genau den Planeten gefunden, den er keinesfalls hatte finden wollen. Eine objektiv herrliche Welt, das reine Gift für einen *Standhaften*, der den totalen Misserfolg der Expedition als Ziel hatte.

»Sobald der Admiral diesen Himmel sieht, die Bucht und den Wald, wird er nach Terra zurückfliegen und ein Medienspektakel entfesseln.« Heylin Kratt trank erneut, vorsichtiger diesmal. »Das ist unsere neue Welt«, fügte er hinzu.

»Sie haben völlig Recht, Major«, pflichtete Casalle bei.

Über dem Schiff wölbte sich ein strahlend blauer Himmel. So musste das Firmament über Terra ausgesehen haben, bevor Medaillon Sol ersetzt und ihre heilsamen Strahlen ausgeschickt hatte.

Die Kulturlandschaft, die sich in einem breiten Streifen entlang der Bucht erstreckte, war sanft und hügelig. Selbst die Berge im Hintergrund schienen dem angepasst.

Unterhalb eines niedrig bewaldeten Plateaus, aus dem eine spitze Felsformation hervorragte, erstreckte sich ein sanfter Hang. Trevor Casalle fröstelte, als er die Stadt sah. Mehrere tausend kegelförmige Hütten bedeckten den Hang, liefen in zungenförmigen Stadtteilen hinunter zum Fluss, befanden sich auf beiden Seiten des Stausees und zogen sich entlang des Hangs bis in den Wald hinauf.

»Keine erkennbaren Äcker. Hin und wieder ein kleiner Fleck, auf dem bunte Pflanzen zu sehen sind«, schilderte ein Beobachter aus einem der ausgeschwärmten Gleiter.

Dieser Planet Signal war eine ideale Welt für die Menschen der Erde.

»Kratt, lassen Sie ausschleusen, was wir brauchen! Danach schicken Sie die beiden Kranken zu mir!«, befahl Casalle.

»Geht in Ordnung, Sir. – Soll ich mit meinem Auftrag weiterfahren?«

»Das ist wichtig«, raunte Casalle. »Ich muss vorher wissen, wie sich die Mannschaften verhalten werden, sobald ich zu handeln beginne. Der Zeitpunkt ist nicht mehr sehr fern.«

Heylin Kratt nickte knapp und verschwörerisch und verließ den Raum. Als Casalle allein war, wuchs sein Gefühl drohenden Unheils.

Die Schiffe waren am späten Vormittag gelandet. Jetzt war es erst kurz nach Mittag. Der Tag auf dieser Welt dauerte fünfundzwanzig Stunden und achtzehn Minuten.

»Sir! Die Gefangenen!«

Casalle drehte sich um und musterte die junge Frau und den schwarzhaarigen, kräftigen Mann. Sie zeigten trotz der Wachen und des ihnen folgenden Kampfroboters eine ihm unbegreifliche Gelassenheit.

»Sie wissen, warum Sie an Bord sind?«, fragte Casalle halblaut.

»Ja«, sagte der Mann. »Und dafür danken wir Ihnen, Vizeadmiral.«

Die grünen Augen der Frau musterten ihn. Er hielt der Prüfung stand. Beide waren krank und für ihn keine Gegner.

»Sie haben keinen Grund dafür. Ich handle lediglich nach optimalen Gesichtspunkten. Sehen Sie sich das an!« Er deutete auf die kegelförmigen Hütten, die aus fugenlosem Stein oder einer Mörtelmasse zu bestehen schienen und sich Felsen, Bäumen und Geländemerkmalen anschmiegten. »Diese Bauten sind nur wenig höher als zwei Meter. Vermutlich sind die Bewohner sehr kleinwüchsig. Gehen Sie hinaus und reden Sie mit ihnen. Erklären Sie ihnen, was wir sind und können.«

Saiwan Pert lachte breit und fragte ungerührt: »Sie haben keine Angst, dass wir fliehen könnten? Schließlich sind wir noch zur Zwangsarbeit verurteilt.«

»Selbst wenn Sie weglaufen, werden wir Sie schnell wieder eingefangen haben. Ich rechne damit, dass die Planetarier das Licht der Vernunft noch nicht kennen.« Casalle musterte Leela. Er konnte mit kranken Frauen wenig anfangen. Ihre Emotionen – er hatte es dreimal versucht – störten ihn und machten ihn unfähig, Befriedigung oder Genuss zu verspüren. Erst die Regeln der Vernunft, die jegliche Emotion ausschalteten, vermittelten die höchste Freude in einer Beziehung.

Leela Pointier fragte: »Haben Sie einen bestimmten Auftrag?«

»Sie beide sind trotz Ihrer Krankheit intelligent. Sie werden den richtigen Ton finden und mir anschließend berichten, was Sie herausgefunden haben. Vermutlich werden wir diesen Planeten kolonisieren.«

Das flüchtige Aufleuchten in Leelas Gesicht entging ihm nicht. Er kannte die Analyse der abgehörten Unterhaltungen und die Raffinesse der beiden.

»Wir brauchen alle Informationen über Signal. Der Admiral wird nicht mit weniger als hundert Prozent zufrieden sein.«

Die Erdbevölkerung durfte diesen Planeten nur unter einem bestimmten Blickwinkel kennen lernen: als eine Welt voller Gefahren. Casalle würde dafür sorgen. »Ordonnanz!«, rief er halblaut. Sofort war ein junger Offizier neben ihm. Das Reglement ließ den Frauen und Männern keine andere Wahl, als perfekt zu funktionieren. Sie taten es im eigenen Interesse, weil Insubordination ein schweres Vergehen war.

»Sir?«

»Ich benötige einen Gleiter an der Bodenschleuse. Veranlassen Sie alles!«

»Sofort, Sir!«

Die Schleusen waren inzwischen geöffnet worden. Die milde und würzige Luft des Planeten wehte durch die Korridore und vertrieb den sterilen Bordgeruch.

Wie stehen meine Chancen?, fragte sich Casalle, als er in einem Antigravschacht abwärts glitt. Sobald er es riskierte, durch einen legalen Trick Hodj abzusetzen, würden die wenigsten sich offen gegen ihn stellen. Achtzig Prozent der Mannschaften war es gleichgültig, von wem sie ihre Befehle erhielten. Ob Casalle oder Hodj – unwichtig.

Die restlichen zwanzig Prozent waren entscheidend. Die Offiziere an den verantwortlichen Positionen würden ihn stürzen oder unterstützen. Sie musste er überzeugen.

Casalle erreichte den Gleiter und nickte dem Piloten zu. In ihm wuchs eine grimmige Entschlossenheit, denn die Gefahr kam von der Sonne Reality. Ihre Strahlen würden aus allen Kranke machen. Das musste er verhindern.

»Wir unternehmen einen Rundflug. Ich will sehen, was uns erwartet!«

21.

Die Allmutter Natur ist keine Erfindung der Intelligenzen von Signal. Mit einiger Sicherheit kann angenommen werden, dass die spezielle Form einer Naturreligion am Anfang jedes Planetenvolks steht. Ausgrabungen auf vielen Welten ergaben, dass frühe Begräbnisriten, Jagd und Kampf von diesem Begriff geprägt wurden. Natur war alles für die ersten Menschen, Natur ist alles für jedes andere Volk auf der Schwelle zwischen früher Evolution und dem Beginn der Geschichte. Jahreszeiten, Wetter und Naturgewalten erhalten Bedeutungen, die nichts mehr mit den physikalischen Wirkungen zu tun haben. Jedoch scheint nach allem, was wir wissen, die Allmutter Natur des Planeten Signal ihrer Bedeutung gerecht zu werden. Die Bewohner sind in unvorstellbarem Maß integriert, sodass an eine Art Gemeinschaftsintelli-

genz gedacht werden muss. Auch wenn ich persönlich diesen Zusammenhang als unlogisch, kaum beweisbar und in hohem Maß unvernünftig definieren muss. Diese kleinen Halbtiere befinden sich auf der Stufe der tiefsten Barbarei.

Trevor Casalle

Atemlos vor Spannung und von einem beglückenden Gefühl der Freiheit erfüllt, blickte Leela Pointier aus dem Gleiter.

»Dort vorn, Saiwan! Das ist ein idyllisches Plätzchen. Merkwürdig nur, dass keiner sein Haus verlässt.«

Im Größenvergleich waren es Spielzeughäuser, und die POWER OF REASON erhob sich wie ein stählernes Gebirge zwischen Siedlung und Meer. Ihr Schatten lag düster und drohend über dem Hang und dem Stausee.

»Ein guter Landeplatz.« Saiwan Pert ließ den Gleiter absinken und setzte Augenblicke später auf. Unter einem ausladenden Nadelbaum häufte sich ein Teppich aus würzig riechenden, fingerlangen Nadeln, der die übrige Vegetation erstickte.

»Hier möchte ich bleiben!« Leela war aufgeregt wie ein junges Mädchen, und das hatte er selten erlebt. Eine gesunde Welt. Ein Planet der Gesunden.

Sie stiegen aus. Saiwan hob den Blick. »Dieses verdammte Schiff«, flüsterte er. Der Raumer wirkte wie ein Symbol der Gewalt. Riesengroß überragte er alle Geländeformationen. Gleiter und Space-Jets schwärmten inzwischen aus. In der Ferne wuchsen die Silhouetten zweier anderer großer Schiffe auf.

»Alle Eingeborenen sind verschwunden. Sie haben Angst, Leela!« Saiwan ging in die Hocke und versuchte, durch die offene Tür in eine der Hütten hineinzusehen. Ein unbehagliches Gefühl beschlich ihn.

Die Siedlung lag, soweit sie es erkennen konnten, ausgestorben vor ihnen. Obwohl hier viele tausend Planetarier leben mussten. Das Haus war höchst raffiniert errichtet worden. Es schien auf gewisse Weise gewachsen zu sein, denn zwischen dem dicken Moos und der gelblichen Wand gab es keine definierbare Grenze.

»Sie verstecken sich.«

»Dabei scheinen die Aphiliker sich nicht für die Stadt zu interessieren. Keiner von ihnen landet.«

»Es liegt eben nicht in ihrer Natur, sich mit Mitgeschöpfen zu befassen.«

Der schwere Gleiter Vizeadmiral Trevor Casalles raste über sie hinweg und verschwand in Richtung des Stausees. Die beiden Immunen atmeten auf.

»Er ist weg«, murmelte Leela. »Ich hoffe, für sehr lange.« Ihre Stimme zitterte. Sie schien sich noch immer zu fürchten. Saiwan kannte den Grund. Leela hatte jemanden gefunden, den sie lieben konnte und von dem sie wusste, dass er sie liebte. Und sie hatte weniger Angst vor ihrem eigenen Tod als davor, dass dieser euphorische Zustand bald wieder endete.

Saiwan ließ sich auf alle viere nieder und schob sich auf den Eingang zu, der aus einem flachen, runden Stein bestand. Es war kein Edelstein, aber er wirkte so mit seiner schimmernden Oberfläche und der Maserung. Saiwan schaltete den Translator ein und streckte den Kopf vor.

Als er im Innern des Raums Bewegungen wahrnahm, mehr spürte als wirklich sah, sagte er leise: »Wir kommen in Frieden. Wir sind nur zwei.«

Der Translator gab ein leises Summen von sich, denn noch waren ihm die Grundlagen der fremden Sprache unbekannt. Die Tür war nicht höher als sechzig Zentimeter und nicht breiter als dreißig. Saiwans Schulter stieß an. Als er blinzelnd versuchte, das Halbdunkel vor sich zu durchdringen, erhellte sich der Raum.

Saiwan sah verblüfft, dass sich das undurchsichtige Material der beiden länglichen Fenster veränderte; es verlor das milchige Aussehen und wurde transparent. Inzwischen wirkte es wie dünner Kunststoff oder Pergament. Pert begriff, dass sie keineswegs nur primitive Eingeborene vor sich hatten.

»Das … das kann ich nicht glauben«, ächzte er, als er die Bewohner des Hauses entdeckte.

Die Planetarier und Saiwan Pert starrten sich an, bis er endlich winkte. »Bitte kommt nach draußen!«

Schweigend schauten sie ihn mit ihren großen roten Augen an und standen von der Bank auf, die um den halben Raum herumlief, als sei sie aus der Wand gewachsen. Saiwan zog sich zurück, setzte sich auf eine Baumwurzel und wartete. Er hob die rechte Hand in Schulterhöhe und drehte die Handfläche nach vorn: die universelle Geste für Freundschaft und gute Absichten. Trotzdem schauerte er bei dem Gedanken an das, was er dachte.

»Sie sind hübsch«, sagte Leela in dem Moment.

Die Bewohner des Hauses standen schon auf der Türschwelle. Sie waren nicht größer als ein menschlicher Unterarm vom Ellbogen bis zu den Fingerspitzen. Ihre Gesichter wirkten ebenso menschlich wie die Körper – verkleinerte Abbilder erwachsener Terraner. Leela erkannte sogar Hände mit Daumen und vier Fingern, aber es gab auch eine Reihe deutlicher Unterschiede.

Saiwan bedeutete den Zwergen, dass sie sich mit ihm über den Translator unterhalten sollten.

»Wir sind Terraner.« Er zeigte auf Leela und sich.

Der männliche Zwerg gab ein Wort von sich, das wie *Dukes* klang. Mehr sagte er nicht. Er schien den Terranern nicht zu trauen; die roten Augen und sein dreieckiges Gesicht mit dem spitzen Kinn zeigten einen deutlichen Ausdruck des Missfallens. Sein fingerlanges Haar lag wie eine gekräuselte Perücke um den Kopf. Es war bei beiden von einem satten, schimmernden Dunkelgrün. Im Gegensatz zur honigfarbenen Haut.

Saiwan nannte seinen und Leelas Namen. Er versuchte, was ihm nicht schwer fiel, den Eingeborenen Herzlichkeit entgegenzubringen. Er zeichnete Figuren in den Teppich aus welken Nadeln und versuchte zu erklären, woher die Terraner kamen und dass sie keineswegs feindliche Absichten hatten.

Dabei beobachtete er unausgesetzt die Reaktionen der Dukes, die Leela und ihn ebenso wenig aus den Augen ließen. Endlich redete das weibliche Wesen, und ihre Finger vollführten komplizierte, aber graziöse Gesten. Die Bewegungen erinnerten an Schattenspiele, von denen er irgendwann gelesen hatte.

Noch arbeitete der Translator daran, die Grundregeln der fremden Sprache zu entschlüsseln.

Nach einer Weile deutete die Frau auf ihren Begleiter und sagte laut und deutlich: »Caaloo!« Anschließend zeigte sie auf sich selbst und erklärte: »Doonee!«

Saiwan und Leela entspannten sich endlich. Sie spürten, dass sie auf der Spur eines erregenden Geheimnisses waren. Der Stoff der Kleider – sie ähnelten entfernt der griechischen oder römischen Mode des altertümlichen Terra – schien gewebt, nicht gewachsen zu sein. Wie ernährten sich die Dukes? Wie arbeiteten sie? Ohnehin schienen sie inmitten der paradiesischen Landschaft ein beschauliches Leben zu führen.

Nach langem Wortwechsel, von dem bestenfalls die Betonung oder ein Teil der Bedeutung zu verstehen war, erfüllte der Translator endlich seine Funktion.

»Woher kommt ihr?«, fragte Caaloo.

Saiwan erklärte es den beiden. Sie besaßen keine Raumfahrt, kannten aber die Gesetzmäßigkeiten der Gestirne und Planeten. Sie hatten keine Observatorien, die *Allmutter Natur* hatte es ihnen über Gleichnisse erklärt, sagten sie.

»Warum seid ihr auf unserer Welt gelandet?«

Es war schwierig, das klarzulegen. Saiwan schaffte es schließlich, die Situation auf der Erde zu schildern.

»Es gibt also zwei Gruppen von Menschen?«, fragte Doonee. Endlich erschienen auch aus den anderen Häusern Dukes, sie kamen schweigend näher und bildeten einen lockeren Halbkreis. Alle hatten dieselben Merkmale, waren aber deutlich zu unterscheiden. Auf ihre Art ähnelten sie fein modellierten Puppen.

»Es gibt uns, die Immunen, und die anderen, die Aphiliker, die Menschen ohne die Fähigkeit der Liebe.« Leela erklärte langsam und vergaß auch nicht die geschichtlichen Zusammenhänge. Sie sprach sehr lange, und Saiwan fand, dass sie eine umfassende Erklärung des tödlichen Phänomens gab. Es war, als befreie sie sich durch die Schilderung von einer schweren Last.

Während Leela Pointier auf Zwischenfragen einging, vergrößerte sich die Zahl der Dukes weiter. Leela betrachtete sie erst interessiert, dann überlegend, schließlich hingerissen. Die Zwerge gehörten zu jener Kategorie von Wesen, die trotz aller klar feststellbaren Intelligenz liebenswert waren wie kleine Tiere oder Säuglinge. Vor allem wirkten sie stoisch gelassen, waren souverän und schienen Errungenschaften wie Industrie, Infrastruktur, Nahrungsmittelversorgung und Informationsnetze zwar nicht zu besitzen, gleichwohl aber zu kennen.

Unvermittelt sprach Saiwans Armbandfunk an. »Major Kratt hier. Kommen Sie voran mit Ihren Kontaktversuchen?«

Als die militärisch knappe Stimme ertönte, wurden die Dukes nervös, rückten enger zusammen und verstummten.

»Wir sind in der Kontaktaufnahme. Die Eingeborenen sind liebenswerte Geschöpfe – aber das verstehen Sie ja nicht.«

»Argumentieren Sie logisch! Haben die Fremden Waffen?«

Saiwan lachte hohl. »Vielleicht die Waffen des Geistes. Nein, sie haben allem Anschein nach keine Waffen, die uns gefährlich werden können. Es sind Zwerge, und sie nennen sich Dukes.«

»Wie? Dukes?«

»Ja. Sie sind lieb und harmlos.«

»Ich hoffe, Sie haben nicht die Absicht, uns zu hintergehen!«, rief Kratt.

»Angesichts Ihres Waffenpotenzials wäre das eine törichte Überlegung, Major. Haben Sie Anordnungen?«

»Ich erwarte Sie nach Anbruch der Dunkelheit wieder im Schiff!«

»Nichts anderes haben wir vor, Sir«, sagte Saiwan betont höflich. Er sah, dass die Dukes erschrocken waren, und breitete in einer entschuldigenden Bewegung die Arme aus. »Das war die Stimme eines Aphilikers. Sie alle sind krank und erkennen es nicht. Sie halten uns, die Immunen, für krank. Sie beten die Logik und die Vernunft an. Aber in Wirklichkeit sind sie es, die Hilfe brauchen.«

»Sie brauchen die Hilfe der Allmutter Natur.« Doonee lächelte.

»Auch die Allmutter Natur kann ihnen nicht helfen. Gegen die Aphilie gibt es kein Medikament«, beharrte Leela bitter.

Caaloo sagte, als sei es die selbstverständlichste Sache des Universums: »Bringt uns einen Aphiliker. Dann fragen wir die Allmutter Natur. Ich bin sicher, dass wir innerhalb weniger Stunden alle heilen können.«

Saiwan erstarrte. Er glaubte, sich verhört zu haben. Dabei wusste er genau, dass der Translator richtig interpretierte. Es dauerte lange, bis er die volle Bedeutung der Antwort verstanden hatte, aber er übersah nicht einmal ein Zehntel der Konsequenzen. Ihm schwindelte vor der Bedeutung dessen, was so ganz nebenbei angesprochen worden war. Benommen wandte er den Kopf und flüsterte heiser: »Hast du das verstanden, Leela?«

Sie war bleich geworden, ihre Hände zitterten ebenso wie seine. Saiwan schüttelte den Kopf und fragte, den Blick starr auf Caaloo gerichtet: »Habe ich richtig verstanden? Ihr seid mit Hilfe eurer Allmutter imstande, eine Medizin gegen Aphilie zu finden?«

»Das war es, was ich erklärte«, versicherte Caaloo in würdevoller Sicherheit.

»Wir sind ein altes Volk«, fügte Doonee hinzu. »Wir waren auf dem Weg, solche Dinge wie ihr zu tun.« Sie deutete in die Richtung des stählernen Gebirges über der Stadt Selangar. »Aber dann besannen wir uns. Heute sehen wir in unserem Planeten und allen Äußerungen der Natur das Wirken der Allmutter. Sie schickt uns Sonne und Regen, wir finden in den Wäldern und auf den Wiesen, was wir brauchen, und wir versuchen, eins mit der Natur zu werden. Wir und die Allmutter wollen zusammenkommen. Sie hilft uns bei Krankheiten und den einfachsten Dingen des Lebens. Da wir uns ähnlich sind, wird die Allmutter auch eure Kranken heilen.«

Atemlos raunte Leela ihrem Gefährten zu: »Kannst du dir vorstellen, was geschieht, sobald Admiral Casalle geheilt wird und nicht mehr aphilisch reagiert?«

»Die Folgen sind äußerst vielschichtig.«

Jahrhunderte geduldigen Beobachtens und Probierens, Milliarden verschiedener Tests und ein planetengroßer Organismus wie die abstrakte Natur, die souverän interpretiert und verstanden wurde, schufen einen unvorstellbar hohen Grad der Vollkommenheit. Heilkunst, Erkenntnis chemischer Zusammenhänge, Verfahrensweisen … es war nicht nur das Licht der anderen Sonne, sondern auch diese Eigenschaft, die den Planeten zu so etwas wie einer Waffe machte. Die einzige Waffe der Immunen und angewandt deswegen, weil sie gewillt waren, Verantwortung zu tragen und die Aphiliker zu heilen.

Saiwan sagte betont: »Ich habe eine ehrliche Frage, und ich werde nicht erschrecken, wenn ich etwas höre, was Leela und mir nicht gefällt. Wer von beiden Gruppen auf Terra ist im Recht? Wer ist gesund, wer ist krank?«

Sichtlich verwundert, erklärte Caaloo: »Uns ist bewusst, dass derjenige krank ist, der sich selbst, die Kinder, die Allmutter, den Nachbarn und alles, was neben ihm ist, nicht mehr lieben kann. Diese Menschen, von euch Aphiliker oder Aphile genannt, sind krank. So würde es auch die Allmutter feststellen.«

Saiwan nickte zufrieden. Er hatte diese Antwort erhofft. »Ihr seid also der Meinung, dass Leela und ich gesund sind?«

»Subjektiv gesund an der Seele. Ob ihr ein verborgenes Leiden habt, wissen wir noch nicht. Aber auch das können wir feststellen.«

Leela verstand, worauf Saiwan hinauswollte. Sie legte ihre Hand auf seine, unterbrach ihn und richtete ihre Frage direkt an Doonee. »Glaubst du, dass wir beide ehrlich sind?«

»Kein Wesen dieses Planeten, den ihr Signal nennt, würde sich euch nähern, hättet ihr nicht ehrliche und offene Absichten.«

Leela lächelte. Seit Jahren hatte sie diesen Zustand vermisst, ohne ihn sich genau vorstellen zu können. Sie befand sich – sinngemäß – unter Menschen. Eine große, glückliche Familie, in der niemand seine Gefühle verbergen musste. Das Erlebnis raubte ihr den Atem. Sie weinte; es waren Tränen der Freude, die sie nicht zurückhalten konnte.

»Darf ich eine Bitte äußern?«, fragte sie erstickt. Saiwan legte seinen Arm um ihre Schultern und zog sie an sich. »Aber diese Bitte würde euch sehr viel Mühe verursachen.«

»Wir haben Zeit. Wir arbeiten nicht in dem Sinn, wie ihr Arbeit definiert. Sprich!«

»Wir bringen euch einen Aphilen. Ihr stellt fest, wie er zu heilen ist, und macht ihn gesund. Wir sorgen dafür, dass der Admiral nicht eingreifen kann. Danach heilen wir alle Angehörigen der Flotte.«

Die Organisation Guter Nachbar wird sich über diese Truppe freuen!, dachte Saiwan nicht ohne grimmige Zufriedenheit.

»Das werden wir tun. Wann?«

»Morgen. Wir kommen bei Sonnenaufgang zurück. Hierher?«

»Ja«, sagte Caaloo. »Kommt zuerst hierher. Danach bringe ich euch zur Opferstätte. Dort werden wir ungestört sein.«

»Wir danken euch«, sagte Saiwan förmlich. »Aber alles muss unbemerkt geschehen. Wird euch das möglich sein?«

Zum ersten Mal lachte Caaloo. Er schien alles für einen köstlichen Spaß zu halten. »Hört zu«, sagte er mit Nachdruck. »Wir sind zwar klein gegen euch, aber wir leben gern und gut. Wir haben frische Früchte und Wein, wir haben Musik und Tänze, Bücher und all die Dinge, von denen Leela berichtet hat. Wir sind sogar in der Lage zu kämpfen, wenn auch nicht mit Energiewaffen. Aber ebenso wirkungsvoll. Wenn wir etwas nicht tun, so heißt das nicht, dass wir es nicht können.«

»Das beruhigt mich.« Saiwan seufzte. »Sagtest du Wein, Caaloo?«

Der Duke lächelte. Er ging ins Haus zurück und brachte gleich darauf zwei Gläser und einen Krug. Der Wein perlte ein wenig und schimmerte wie dunkler Bernstein.

Saiwan betrachtete sein Glas, ehe er es an die Lippen setzte. Es war ein Meisterwerk der Glasbläserkunst. »Ich bin froh, dass es euch gibt, Caaloo«, stellte er unumwunden fest. »Und das gilt für alle hier.«

Ein herzhaftes Gelächter ging durch die Reihen. Inzwischen befanden sich rund hundert Eingeborene hier. Saiwan trank und reichte das Glas an Leela weiter.

»Auch ich danke euch«, bekräftigte sie. »Dafür, dass wir so schnell Freunde werden konnten.«

»Vielleicht ist es gut, dass wir uns getroffen haben«, sagte Doonee. »Hoffen wir auf morgen.«

Die Gläser wurden geleert. Als Saiwan den Blick hob, sah er die erleuchteten Luken des Schiffs.

»Bis morgen. Wir freuen uns.«

Saiwan und Leela gingen zum Gleiter und flogen zum Schiff zurück. Sie meldeten sich bei Kratt und gingen anschließend in eine Messe, in der sie niemand kannte. Sie fanden einen Platz am Ende der langen Esstheke, der garantiert nicht abgehört wurde. Mit vollem Mund sagte Leela: »Wir müssen dafür sorgen, dass der Admiral bald geheilt wird. Andernfalls bringt er die Mission zum Scheitern.«

Saiwan nickte. »Überlasse ihn mir. Und diesen Kratt, aber der wird sich wohl noch als Geheilter gegen die Gesundung stemmen.«

Die halbe Nacht hindurch schmiedeten sie ihre Pläne.

Der Planet Psion der Sonne Brainwaves ist keine Alternative. Hier können wir uns nicht niederlassen. Sein Durchmesser beträgt 11.300 Kilometer, die Schwerkraft 1,12 g. Dies könnte noch akzeptiert werden, aber nicht die geringe Temperatur von durchschnittlich 12 Grad Celsius. Mehr als siebzig Prozent der Oberfläche bestehen aus Land, doch die Vegetation kann bestenfalls als spärlich bezeichnet werden. Sie besteht aus Schachtelhalmen, Farnen und Moosen. Aber die größte Enttäuschung sind die Schmetterlinge, große Tiere mit Flügeln in allen Farben des Spektrums. Schon einundzwanzig Besatzungsmitglieder sind durch ihr ätzendes Gift gestorben.

Eintrag im Logbuch der BEAUTY OF LOGIC vom 26. Juli 3580

Enkher Hodj war ein einsamer Mann und abgesehen von seinem Rang und seiner Funktion jedermann ziemlich gleichgültig. Im Augenblick wirkte er niedergeschlagen, weil er wieder einmal keinen Erfolg gehabt hatte.

»Leuten wie Casalle fallen die positiven Ergebnisse in den Schoß«, sagte er zu Dymian, seinem Ersten Offizier. »Ich muss dafür schuften. Aber meinetwegen. Geben Sie den Startbefehl! Wir fliegen Objekt drei der Wahrscheinlichkeitsliste an.«

Schon die Untersuchungen aus dem Orbit hatten ergeben, dass die Sauerstoffwelt nur bedingt geeignet war. Sogar die Lufthülle lag am unteren Rand der Atembarkeit. Trotzdem waren die Schiffe gelandet, und einige Kommandanten hatten aus Gleichgültigkeit die Schleusen frühzeitig geöffnet. Dies galt auch für die BEAUTY OF LOGIC, aber davon wusste Hodj noch nichts.

»Von Casalle schon eine Nachricht?«, erkundigte er sich.

»Nein, nichts. Beabsichtigten Sie etwas Besonderes, als Sie Casalle zum Objekt sieben schickten?«

Wahrheitsgemäß erwiderte Hodj: »Er soll mir nicht im Weg sein. Weil ich einen guten Sauerstoffplaneten finden will. Bull wird mich auszeichnen, wenn ich ihm eine Alternative bringe. Die Erde ist nicht vor dem Sturz in den Schlund zu bewahren.«

»Hoffentlich haben wir Glück. Nur sieben der gelben Sonnen haben Planeten …«

Durch den Hauptkorridor hallten Schreie. Das Schott zur Zentrale war geöffnet. Als Hodj erkannte, was geschah, sprang er auf und griff nach der Waffe. Schon feuerte jemand seinen Strahler ab.

»Nehmt die Paralysatoren!«, brüllte Hodj.

Schmetterlinge taumelten durch den Korridor. Sie töteten die Besatzung.

Einer der Kopiloten hastete heran. Die Schmetterlinge schienen sich nach Geräuschen zu orientieren. Zwei Exemplare stürzten sich mit heftig schlagenden Flügeln auf den Mann.

Ein Techniker verkrallte die Hände vor dem Gesicht und schrie sich die Seele aus dem Leib. Schwarze Flüssigkeit tropfte zwischen seinen Fingern hindurch und verätzte die Haut. Der Mann torkelte im Zickzack heran. Mindestens drei Schmetterlinge hatten ihm ihre Rüssel tief ins Fleisch gebohrt und saugten sein Blut.

Ein Schwarm von nicht weniger als fünfzig Exemplaren war ins Schiff eingedrungen. Schüsse zuckten durch die Zentrale. Insekten fielen mit verschmorten Flügeln zu Boden, und die Männer zertrampelten sie.

Die Schmetterlinge wirkten wie hungrige Raubtiere. Sie schienen Leben auf große Entfernung zu wittern und den Weg mit untrüglicher Sicherheit zu finden. Irgendwo in der BEAUTY OF LOGIC gab es eine ungesicherte Schleuse, durch die der Schwarm eingedrungen war.

Der Techniker brach in der Mitte der Zentrale zusammen. Die Haut in seinem Gesicht und an den Händen hatte sich aufgelöst. Die Schmetterlinge sogen sich voll Blut. Der Mann wimmerte nur noch.

Admiral Hodj duckte sich, als eines der Tiere auf ihn herabstieß, und feuerte einen breit gefächerten Thermoschuss ab. Das Insekt verschmorte und fiel als stinkendes Etwas auf den Boden. Aber noch versuchte es, auf sein Opfer zuzukriechen. Angewidert zertrat Hodj das Tier. Gift verspritzte und traf sein Bein und löste das Gewebe der Bordkombi auf.

Ringsum war die Hölle ausgebrochen. Die Männer schossen von Panik erfüllt um sich. »Schließt das Schott!«, brüllte Hodj. »Sonst kommen noch mehr!«

Der Erste Offizier spurtete im Zickzack quer durch die Zentrale. Er feuerte mehrmals und zertrampelte einen zuckenden Schmetterling. Endlich glitt das Schott zu.

Der Techniker lebte noch. Eines der Tiere löste sich von seinem Hals und flatterte träge davon. Es ließ sich auf einem Pult nieder und wurde von einem Offizier mit der Waffe heruntergeschlagen.

Admiral Hodj winkelte den rechten Arm an, zielte sorgfältig und löste seinen Strahler aus. Der Schuss traf den wimmernden Techniker in die Brust. Im Todesreflex griff der Mann sich an den Hals und zerquetschte die letzten beiden Schmetterlinge.

Augenblicke später war der Spuk vorbei. Drei Tote, mehrere Paralysierte und einige vom Gift schwer Verwundete. Angewidert betrachtete Admiral Hodj das Chaos.

»Wir starten und fliegen das nächste Ziel an! Beseitigen Sie diese Unordnung, Dymian! Außerdem will ich eine Verbindung mit Vizeadmiral Casalle! Ich verlange seinen Bericht.«

Enkher Hodj ging mit steifen Schritten. Er musste sich darüber klar werden, ob Casalle möglicherweise einen geeigneten Planeten gefunden hatte. Wollte dieser Emporkömmling ihn überlisten? Aber das war so gut wie unmöglich.

Zwei Stunden später verließen die Schiffe den Planeten und gingen auf den neuen Kurs. Es würde nicht mehr lange dauern, bis alle in Frage kommenden Planeten des Clusters getestet waren.

Mit einem weiten Sprung schwang sich die Gestalt über den Bach hinweg, kam auf einem Moospolster auf und federte in den Knien durch. Insekten zirpten in der lauen Nacht. Ein kleiner Mond stand hoch am Himmel. Die Nachtluft roch nach Blüten.

Nur der Raum unterhalb der Bodenschleuse des großen Raumers war hell erleuchtet. Einige Posten patrouillierten zwischen abgestellten Gleitern und Plattformen mit Messgeräten.

Geschmeidig huschte der Schatten weiter. Er nutzte jede Deckungsmöglichkeit, kroch über den Boden und rollte sich unter eine der Plattformen.

Schritte kamen näher. Langsam, gleichgültig, durch raschelndes Laub und das taufeuchte Gras. Ein Wachposten ging an dem Versteck vorbei.

Geräuschlos erreichte der Schatten die Gleiter und richtete sich neben einer tropfenförmigen Maschine auf. Es gab keine Alarmanlage. Den Aphilikern fehlte das Gefühl für mögliche Gefahren; Fantasielosigkeit war eines der Symptome ihrer Erkrankung.

Der Schatten schwang sich in den Gleiter. Beide Posten waren jeweils fünfzig Meter entfernt. Ein winziges Licht flammte auf, als die Gestalt Quickverbindungen löste und Teile der Positronik nach vorn klappte. Ein Modul wurde gegen ein anderes ausgetauscht. Dann schnappte die Verkleidung zurück.

Die Gestalt, zusammengekauert zwischen den Vordersitzen, verschmolz mit der Schwärze. Die Posten näherten sich der Maschine, wechselten belanglose Worte, gingen weiter.

Ein spöttisches Grinsen. Die Gestalt schob ein längliches Paket in die

Versorgungsklappe des Maschinenraums und aktivierte zwei Impulsgeber. Sekunden später verließ der Schatten den Gleiter wieder. Auf demselben Weg, auf dem sie gekommen war, näherte sich die Gestalt dem Raumschiff.

Saiwan Pert ging mit schnellen Schritten zum Antigravlift. Er trug die Kombination eines Biologen Erster Klasse und näherte sich dem Doppelposten.

»Rückmeldung? Sie haben schnell gearbeitet, Sir.«

Saiwan warf dem Posten einen kalten Blick zu. »Habe lediglich meine Instrumente kontrolliert. Oder wollen Sie, dass Vizeadmiral Casalle falsche Daten erhält?«

»Das wird er nicht. Ihre Identifikation?«

Saiwan nannte die Nummer, die er eingeprägt im Anzug gefunden hatte. Der Posten speiste sie in sein Armband ein und deutete in die Richtung der Bodenschleuse. »Sie können passieren, Sir.«

Saiwan schwitzte vor Aufregung. Die gestohlene Kleidung engte ihn ein. Er hatte drei Stunden gebraucht, um alle Utensilien zusammenzusuchen. Saiwan Pert hatte das Schiff nicht verlassen – das würde eine Überprüfung ergeben.

Bis er sein Deck endlich erreichte, war er schweißgebadet. Er warf die Handschuhe in den Konverter, entledigte sich der Kleidung und der Stiefel und schob das Werkzeug in das Fach eines Löschroboters.

Er war völlig erschöpft. Ihm fehlte die Kaltblütigkeit, das war es.

Seine Finger strichen über den Hals der Frau, als wären sie selbstständige Lebewesen. Dann glitten sie die Wirbelsäule abwärts. Die Frau bewegte sich unruhig. Trevor zog sie an sich. Er wusste, dass es sinnlos war, Entscheidungen durchzupeitschen. Er musste warten, bis weitere Daten vorlagen. Er war keineswegs grausam, aber er kannte keine Skrupel bei der Realisierung optimaler Lösungen. Er war unschlüssig, denn alles Nachdenken hatte nichts eingebracht. Also lenkte er sich ab.

Die Leiterin der Logistik presste sich an ihn und flüsterte: »Du bist aufregend, Trevor.«

»Nur mit einer reifen Partnerin kann eine Nacht schön sein.« Er dachte an die Immunen. Sie hatten selbstständig operieren können. Die Dukes würden keine Schwierigkeiten machen, sie fürchteten sich vor den riesigen Stahlkugeln.

»Ich habe die ganze Nacht Zeit, Ceyna«, sagte er leise. Ihr Körper war perfekt, aber immer wieder irrten seine Gedanken ab. Je länger die Schiffe auf Signal standen, desto mehr Zwischenfälle musste er befürchten. Zudem konnte er nicht länger durch Variationen des Dienstplans die Funkzentralen sabotieren, sodass keine Informationen an die BEAUTY OF LOGIC gesandt wurden.

Ein Summen erklang. Der Körper in seinen Armen erstarrte kurz, dann flüsterte Ceyna: »Wir sind in deiner Kabine. Eine Nachricht?«

Casalles Gedanken überschlugen sich. Die Diensthabenden durften ihn nur in dringenden Fällen stören. »Ich höre«, sagte er, ohne die Bildübertragung aufzubauen.

»Sir, eine dringende Botschaft von Admiral Hodj.«

»Lesen Sie vor!«

»Jawohl, Sir. Ich zitiere: Admiral Enkher Hodj an Bord der BEAUTY OF LOGIC an Vizeadmiral Trevor Casalle an Bord der POWER OF REASON. Ich verlange umgehende Positionsmeldung. Berichten Sie über Erfolg oder Misserfolg! Wir sind von Psion gestartet, Zielgebiet Objekt drei. Ein weiteres Schweigen betrachte ich als Meuterei. – Das ist der Text, Sir. Ich habe ihn persönlich dekodiert. Unterschrift und Kodesiegel sind eindeutig identifiziert.«

Casalle hatte bereits die Antwort formuliert, als der Mann noch ablas. »Suchen Sie die Daten des Zielgebiets heraus und schicken Sie einen Hyperfunkspruch, verschlüsselt, Unterschrift und so weiter. Text: Wir haben bei der Sonne Reality den Planeten Signal angeflogen und sind gelandet. Erster Eindruck: gute Sauerstoffwelt, geeignet für Evakuierung. Untersuchungen wurden begonnen. Abschließender Bericht noch nicht möglich. Planet ist von harmlosen Eingeborenen bewohnt, Kontakt wurde aufgenommen. Brauche, falls Routine geändert werden soll, detaillierte Anweisungen. Ende.« Ungehalten fügte er hinzu: »Das war's. Stören Sie mich nicht wieder, ich bin müde.«

»Selbstverständlich, Sir.«

Casalle setzte sich auf die Bettkante und griff nach der Sektflasche. Nachdenklich goss er die Gläser wieder voll. Ceyna strich ihr Haar in den Nacken und lehnte sich an seine Knie. »Admiral Hodj scheint unruhig zu werden.«

»So ist es«, entgegnete er. »Vor allem hat er mich hierher geschickt, um mich loszuwerden.«

Der Zustand der absoluten Losgelöstheit von Gefühl und Emotion, das bisher nie erreichte Stadium der Menschheitsentwicklung, geriet zunehmend in Gefahr. Der Admiral durfte Signal nicht kennen lernen. Die Aphilie musste erhalten bleiben.

Dies war das erste Mal, dass Trevor Casalle daran dachte, selbst in die Geschicke der Menschheit einzugreifen. Bisher hatte er alle Bemühungen auf seine Karriere konzentriert.

Eine Stunde später sagte er zu der jungen Frau, die erschöpft neben ihm lag: »Willst du heute früh mitfliegen? Ich unternehme einen Inspektionsflug zum Poldschungel.«

»Wie?«, murmelte sie schläfrig und gähnte.

Er wiederholte seine Frage.

»Ja. Vorausgesetzt, du erklärst meine Abwesenheit. Ich habe in vier Stunden Dienstbeginn.«

»Ich bin der Chef dieser Mission!«, sagte Trevor Casalle ohne jede Überheblichkeit.

»Solange die Kranken mit den Eingeborenen quatschen, bin ich unruhig«, sagte Heylin Kratt. »Oberst Tranz teilt meine Meinung.«

Trevor Casalle warf einen Blick auf die Datumsanzeige und sagte abschätzend: »Ich bin kurz vor oder nach dem Dunkelwerden zurück. Schikanieren Sie Pert und Pointier nicht. Beide sind krank und reagieren anders als wir. Aber sie brauchen Gefühle für das Gelingen ihrer Arbeit, und daran liegt mir sehr viel.«

»Selbstverständlich, Sir!« Kratt blickte dem Gleiter nach. Die Tatsache, dass er Casalles Ideen unterstützte, bedeutete für ihn eine gute Chance für die Zukunft. Der Aufenthalt auf einem unbekannten Planeten war voller Gefahren, deshalb hatte er einen kleinen Sender in den Gepäckraum des Gleiters geheftet. Falls Unvorhersehbares geschah, erfuhr er binnen kurzer Zeit den Standort. Casalle konnte ihm nur lebend etwas nützen.

Kratt dachte an die Kranken. Sie hielten sich schon wieder in der Siedlung der Winzlinge auf und badeten in krankhaften Gefühlen. Er schüttelte sich und ging zurück ins Schiff.

In der Schleuse blieb er stehen und folgte den Arbeitsteams mit seinen Blicken. Bodenproben, tausend Analysen … und das alles war sinnlose Beschäftigung. Der Planet würde niemals von der Menschheit betreten werden. Dafür würde Trevor Casalle sorgen.

22.

Die zwergenhaften Eingeborenen haben noch nicht einmal den Schimmer der Helligkeit reiner Vernunft gesehen. Sie ernähren sich von Beeren und Pilzen. Die Natur versorgt sie mit allem. Gegenstände des täglichen Bedarfs werden in unrationell arbeitenden kleinen Faktoreien hergestellt, in denen Fachleute, Hobbyisten und Kinder zusammenarbeiten. Es gibt keine Normen. Verblüffend ist jedoch, dass sie sich von abgerichteten, erkrankten Tieren ernähren. Diese Tiere, vergleichbar terranischem Miniatur-Rotwild, treffen an bestimmten Tagen an einer bestimmten Stelle zusammen und fallen tot um. Die Kadaver dienen den Eingeborenen als Bratenfleisch, die Felle als Decken. Die Behauptung, die dieser Epidemie unterlegt wird, ist hinreichend grotesk …

Expeditionsbericht

Leela zog sich mit sichtlicher Mühe wieder aus dem Haus hervor. Sie war Gast von Caaloo und Doonee gewesen, die kinderlos lebten. Langsam richtete sich die Frau auf und sagte zu Saiwan: »Ich bin überrascht. Ich glaube, ich halte es nicht mehr aus, ins Schiff und in die Aphilie zurückzugehen.«

»Ich kann dich verstehen.« Saiwan Pert sah lachend zu, wie Caaloo mit einem Krug und vier Gläsern aus dem Haus kam. Er wusste seit langem, dass Leela trotz aller Tüchtigkeit anfällig war. Sie ertrug jede körperliche Strapaze und alle Erniedrigungen, die ihr Status als Kranke mit sich brachte. Aber eines würde sie umbringen: der Augenblick, an dem sie nicht mehr lieben konnte. Saiwan betrachtete dieses Problem keineswegs flüchtig – er wusste, wie tief ihre Liebe war und wie groß der Schock sein konnte. Bisher hatte er selbst jeden Ansatz von Panik leicht und schnell unterdrückt.

Caaloo teilte die gefüllten Gläser aus. Es war frühester Morgen.

»Dieses Haus lässt mich zweifeln, dass ich noch zurückkann«, seufzte Leela.

»Warum?«

Saiwan kannte es flüchtig, aber er würde den Türrahmen aufbrechen müssen, wollte er in den rund fünfundzwanzig Quadratmeter großen Wohnraum hineinkriechen.

»Es zeigt einen wahnsinnig hohen Standard. Wir haben völlig falsche Vorstellungen von Caaloo und Doonee und den anderen.«

Während sie den frischen und ein wenig aufputschenden Wein tranken, berichtete Leela, und die Dukes korrigierten oder erklärten.

Auf dem Boden der Wohnräume wuchs ein feines, teppichartiges Moos, das je nach Versorgung mit Nährstoffen Farbe und Muster wechselte. Die Mauern bestanden aus einem Stein, der lange Zeit weich formbar blieb und an der Luft erstarrte – aber nur an einem bestimmten Tag. Der Bau neuer Behausungen verlief also auf eigentümliche Weise. Jedes Jahr zweimal konnten Häuser fertig gestellt werden. Kleine Werkstätten lieferten die benötigten Haushaltsgegenstände. Jeder ging von Zeit zu Zeit handwerklichen Tätigkeiten nach. Die Wände waren voller Bilder und Bücher. Die Kommunikation zwischen den Dukes war eine Mischung zwischen höchster biopositronischer Perfektion und reiner Natur; die Kabelverbindungen verliefen über die Wurzelnetze großer Bäume.

»Das alles«, stellte Saiwan endlich fest, »ist zwar schön und interessant. Aber es wird uns nicht helfen, Tranz in unsere Gewalt zu bekommen.«

»Das muss noch überlegt werden«, sagte Doonee. »Wir bringen euch zum Opferplatz.«

Die Integration der Planetarier in die Allmutter Natur ging so weit, dass sich die Natur sogar um die Braten kümmerte. Niemand brauchte zu hungern. An bestimmten Tagen erschienen Herden von Wildtieren am Opferplatz. Dort angekommen, verendeten sie durch Herzschlag. Sie wurden an Ort und Stelle aufgebrochen, aus den Decken geschlagen und zerteilt. An dieser Stelle der Erklärungen hob Doonee ihre zierliche Hand und stellte fest: »Wir erkennen an der Zahl der Tiere, wie sehr es uns gelungen ist, mit der Allmutter zu verschmelzen.«

»Ich verstehe nicht ganz.« Saiwan wirkte verunsichert. »Bedeutet das, dass ihr belohnt oder bestraft werdet, wenn es euch nicht gelingt?«

»Das Endziel ist, Allmutter Natur vollkommen zu verstehen. Wir sind noch nicht so weit. Viele von uns beschäftigen sich mit Teilgebieten. Es dauert lange, herauszufinden, warum eine Beere, wenn sie grün ist, Fieber verursacht, wenn sie rot ist, dasselbe Fieber heilt, und wenn sie reif ist, Wunden schließt und narbenlos heilen lässt. Und es gibt unzählige Beeren.«

»Was ist mit den Tieren?«

»Wenn wir uns besonders intensiv und erfolgreich mit den Gesetzmäßigkeiten der Allmutter beschäftigen, belohnt sie uns. In diesem Fall gibt es zahlreiche Tiere an den Opferplätzen.«

»Und andernfalls?«

Zweifellos wurden Fauna und Flora gesteuert. Das setzte aber doch so etwas wie eine Gemeinschaftsintelligenz voraus.

»… dann gibt es weniger Braten und Decken, Sehnen und Knochen. Wir essen gern Fleisch und haben viele Rezepte dafür.«

Fröhliches Gelächter ertönte. Sie alle erlebten paradiesische, losgelöste Stunden in herrlicher Umgebung.

»Wie spät?«, fragte Leela Pointier jäh.

»Neun Uhr dreißig Bordzeit. Casalle ist noch nicht gestartet. Wir haben einen gefährlichen Plan entwickelt, Leela.«

Saiwan fühlte sich vom Wein beschwingt. Die Größe und Schwierigkeit ihres Plans, der für die Menschheit die Rettung bringen konnte, bedeutete plötzlich nicht mehr so viel. Er würde funktionieren. Achttausend Mann in der POWER und knapp dreißigtausend weitere Frauen und Männer … Eine Kettenreaktion musste stattfinden, andernfalls war alles verloren.

Saiwan fing Leelas besorgten Blick auf. Dennoch ließ er sich das Glas wieder halb füllen.

»Kannst du uns sagen, Caaloo, auf welche Weise die Allmutter Natur das Medikament oder die Droge beschaffen wird?«

»Ich kann es nicht. Aber unsere Kundigen, die sich damit beschäftigen, werden einen Weg finden. Ich nehme an, dass die Allmutter Trauben oder Beeren mit der heilenden Substanz füllt. Wir müssen sie nur noch pflücken, und deine gefühlsarmen Terraner müssen sie essen. So oder ähnlich wird es ablaufen, denn die Allmutter kennt keine Injektionsspritzen.«

Saiwan stand auf. Seine neuen Freunde hatten ihm berichtet, dass über das wunderbare Netz der Wurzelleitungen inzwischen jeder Duke wusste, welche Problematik zwischen den Terranern herrschte. Alle würden helfen, das Problem Trevor Casalle zu lösen.

»Jetzt brechen wir auf«, erklärte Doonee.

In Saiwans Magen lag ein schwerer Stein. »Nach dem Treffen versuche ich, Tranz zu finden und ihn zu überwältigen«, sagte er. »Sollte ich mit ihm nicht rechtzeitig zurück sein, musst du den Sender bedienen.« Er übergab Leela ein kleines Kästchen.

Saiwan Pert verbeugte sich kurz. Er ließ wieder die gebrochene Persönlichkeit eines Gefangenen und Kranken erkennen, der wusste, dass außer ihm der Rest der Menschheit normal war. »Sir«, sagte er stockend und richtete den Blick zu Boden. »Die Zwerge sind völlig harmlos.«

Oberst Varl Tranz überlegte. Die Kranken verhandelten seit Tagen mit den Eingeborenen. Eine sinnlose Beschäftigung, denn niemand würde diesen Planeten brauchen. Trotzdem sollte er hinzugezogen werden. »Warum ausgerechnet ich?«, wollte er wissen.

Saiwan hob die Schultern und machte ein ratloses Gesicht. »Niemand hat es mir gesagt. Hunderte Dukes haben sich versammelt, als eine Art Delegation des Planeten. Sie wollen den Terraner sprechen, der die Expedition befehligt. Sie sind der Stellvertreter von Vizeadmiral Casalle. Also kam ich zu Ihnen.«

Tranz fragte knapp: »Sie sagen, ich begebe mich nicht in Gefahr?«

»Kein Terraner ist bedroht. Wir haben den Dukes sofort gesagt, dass wir den Planeten binnen Stunden in eine radioaktive Wolke verwandeln können. Sie wissen zwar nicht, was Radioaktivität ist, aber sie glauben, dass wir ihre Welt vernichten können.«

Saiwans Herz schlug rasend schnell. Er schwitzte. Von der nächsten Stunde hing alles ab. Alles! Das Schicksal der Erde sogar! Er hob den Blick. »Ich habe den kleinen Gleiter dort drüben. Ich bin sicher, dass es nicht lange dauern wird. Außerdem können Sie die Opferstätte als Ziel der Geschütze angeben.«

»Das ist ein vernünftiger Vorschlag«, stellte der Oberst fest. »Ich bin überzeugt und komme mit.«

Saiwan dachte an das Besatzungsmitglied, das er niedergeschlagen hatte. Der Paralysator des Mannes steckte in seinem Gürtel. Falls jemand auf den Einfall kam, ihn zu kontrollieren, würde alles auffliegen. Er wartete, bis der Oberst an ihm vorbeigegangen war, und folgte dann dem hageren Mann.

Tranz winkte einen Offizier heran und redete leise mit ihm. Gleich darauf verschwand der Offizier im Schiff. Höflich und ein wenig unterwürfig öffnete Saiwan den Einstieg des zerschrammten Gleiters.

»Wie weit ist es?«, fragte Tranz.

»Keine fünf Minuten, Sir. Aber Sie sollten nicht lachen, wenn Sie die Dukes sehen. Je kleiner ein Wesen, desto größer sein Stolz.«

Tranz hatte hinterlassen, wo er zu finden war. Alles musste schnell gehen. Saiwan steuerte den Gleiter entlang der Bäume und versuchte, in Deckung zu bleiben. Niemand aus dem Schiff durfte sehen, was geschah.

»Dort drüben ist der Opferplatz, Sir.«

Der Oberst wandte den Kopf. Saiwan griff mit der linken Hand in sein Hemd und umklammerte die Waffe. Sie war entsichert. Gleichzeitig beschleunigte er. Mit aufheulendem Triebwerk schoss der Gleiter vorwärts und raste eine Allee am Rand des Stausees entlang.

»Sind Sie wahnsinnig?«, brüllte der Oberst.

Der Gleiter hatte am Ende der Baumreihe mehr als dreihundert Stundenkilometer erreicht. Saiwan riss die Maschine nach links, und der Oberst wurde halbwegs aus dem Sitz geschoben. Die Fliehkraft presste ihn gegen die Tür.

Saiwan feuerte durch den Stoff seiner Kombi hindurch. Der Schockstrahl traf Tranz voll, er sackte in sich zusammen. Sofort bremste Saiwan den Gleiter ab, änderte erneut den Kurs und flog langsam und dicht über dem Boden in Richtung des Opferplatzes.

Er landete, schaltete die Maschinen ab und ging um den Gleiter herum. Zwischen den Bäumen kam Leela auf ihn zu. Er hob die Hand und streckte den Daumen aufwärts. Leelas Erleichterung war deutlich zu sehen.

Saiwan wuchtete sich den paralysierten Körper über die Schultern und stapfte auf die Dukes zu. Sie umstanden einen langen, flachen Stein, der wie ein Altar wirkte. Caaloo und einige andere Männer nickten ihm auffordernd zu. Vorsichtig ließ Saiwan den Oberst auf den Stein gleiten und trat zurück, als Tranz auf dem Rücken lag.

»Und was jetzt?«, fragte er.

Ein älterer Duke deutete auf den Gleiter. »Ihr seid Fremde. Bitte lasst uns allein. Kommt zurück, sobald ihr euer zweites Problem erledigt habt.«

»Ja, natürlich …«, stotterte Saiwan überrascht. Er sah noch einige Sekunden lang zu, wie sich die Dukes in Bewegung setzten. Sie kletterten auf den Stein, machten sich an Tranz zu schaffen, schlossen einen Ring um ihn. Schließlich bedeckte eine Kuppel aus Leibern den Terraner und den Stein. Unaufhörlich bewegten sich Köpfe und Arme. Nicht ein Quadratzentimeter von Tranz war zu sehen. Aus einer abseits stehenden Gruppe löste sich Caaloo und rannte hinter Leela her, die Saiwan zum Gleiter zog.

»Ich helfe euch, Freunde!«, rief der Duke.

Ein weiterer Schritt auf dem Weg zur Rettung!, dachte Saiwan verwirrt, aber irgendwie zufrieden. Der kritische Zeitpunkt näherte sich von Sekunde zu Sekunde. Rund 35.000 Menschen und vierzehn Raumschiffe – es würde eine Lawine menschlicher, gesunder und normal empfindender Macht sein, die auf Admiral Hodj zukam. Auch er würde in die Falle gehen.

Sie blieben vor dem Gleiter stehen.

»Ich weiß, dass euer Mann sich jetzt über der wildesten Zone des Polardschungels befindet«, behauptete Caaloo.

Saiwan nickte, nahm den Sender von Leela entgegen und aktivierte ihn.

»Noch nicht …«, murmelte Caaloo. Erst Minuten später sagte er: »Jetzt!«

Vermutlich meldeten Dukes den Standort des Gleiters. Waren sie telepathisch veranlagt? Saiwan Pert gab den Zündimpuls. Im selben Moment zerriss eine heftige Detonation die Maschinen des Gleiters, in dem Trevor Casalle saß.

Als eine Explosion die Energieversorgung des Gleiters lahm legte, schmierte die Maschine seitlich ab. Erst rund 300 Meter über dem Boden schaffte es der Pilot, die Fluglage einigermaßen zu stabilisieren.

»Steuern Sie den See an!«, befahl Casalle. »Auf keinen Fall ein Landeversuch im Wald!«

Weit voraus gleißte die sonnenbeschienene Wasserfläche. Schwankend raste die brennende Maschine darauf zu. Wie ein Stein sackte sie durch. Aber noch einmal schaffte der Pilot das Kunststück, den Bug hochzuziehen. Augenblicke später erfolgte der Aufprall. Das Heck des Gleiters schlug inmitten einer gischtenden Fontäne auf. Teile der Kabinenverkleidung lösten sich und wirbelten davon. Der Gleiter verhielt sich wie ein flacher Stein, er prallte ab, kam wieder auf und raste mit kaum verminderter Geschwindigkeit weiter.

Das jenseitige Ufer kam schnell näher. Ein letztes Mal schnellte das Wrack hoch, dann schrammte es über das flache Ufer. Sand und Geröll wurden aufgewirbelt und prasselten wie Hagel wieder herab.

Die folgende Stille hatte etwas Endgültiges.

Trevor Casalle sagte hart: »Diesmal ist Admiral Hodj zu weit gegangen. Das war eindeutig ein Mordversuch.«

Etwa um dieselbe Zeit erwachte Oberst Varl Tranz. Er fühlte, dass sich etwas verändert hatte. Im ersten Moment erschien es ihm, als erwache er aus einem langen und tiefen Schlaf voller Albträume.

Er öffnete die Augen. Über ihm filterte ein dichtes Laubdach das Sonnenlicht. Langsam erinnerte er sich.

Der Gleiter …

Der Kranke, der ihn paralysiert hatte … Der Kranke? Er selbst war krank gewesen! Er begriff noch keine Zusammenhänge, als ihn eine Stimme ansprach.

»Oberst Tranz. Ich bin es, Leela Pointier.«

Er hob den Kopf, stützte den Oberkörper auf die Ellbogen und stellte verwirrt fest, dass er auf einem Steinblock am Rand einer Lichtung lag. Eine Rebe mit dicken, dunkelroten Trauben lag neben ihm. Auf der Zunge spürte er einen fremdartigen Geschmack.

»Was ist passiert?« Er tastete nach der Waffe. Das war nur ein Reflex. Er reagierte keineswegs enttäuscht, als er seinen Strahler in Perts Hand sah.

»Eine Vorsichtsmaßnahme«, sagte Saiwan Pert. »Wir wussten nicht, ob es wirklich wirkt.«

»Was? Was hat gewirkt? Und warum ...?« Der Oberst erkannte vollends, dass er krank gewesen war. Aber noch fehlten ihm die Zusammenhänge.

»Die Natur dieses Planeten hat Sie analysiert und auf unbegreifliche Weise ein Medikament geschaffen, das Sie geheilt hat.« Leela deutete auf die Trauben.

»Wovon geheilt? Ich weiß zwar, dass ich einen wirren und hässlichen Traum hatte ...«

»Sie waren aphilisch. Ihnen fehlte wie allen anderen jegliche Fähigkeit, Emotionen oder Gefühle zu entwickeln.«

»Also doch kein Traum?« Tranz' Erinnerungsvermögen kehrte schubweise zurück. Es fiel ihm schwer, sich anzupassen. Sein Schweigen schien endlos zu dauern. Aus rätselhaften Tiefen seiner Seele stieg ein brennendes Verlangen empor. Der Oberst begriff, dass ein Gefühl ihn übermannte. Er hob die Arme und starrte die Innenflächen seiner Hände an, als hätte er sie noch nie gesehen. Dann schlug er sie vors Gesicht und blieb unbeweglich stehen.

Leela war es, die erkannte, dass zwischen seinen Fingern Tränen hervorsickerten. Nach endlos langen Minuten ließ Tranz die Arme wieder sinken.

»Jetzt verstehe ich«, murmelte er tonlos. »Die Erde. Die Kranken und die Immunen. Das Licht der Vernunft. – Ihr seid immun, nicht wahr? Und ich jetzt ebenso!«

Aber auch andere Erinnerungen kamen zurück. Varl Tranz begriff den Sinn der Mission, er erkannte die Rivalität zwischen Hodj und Casalle, erinnerte sich an die Besatzungsmitglieder, die unter dem unheilvollen Zwang der Aphilie standen. »Drei gegen fünfunddreißigtausend?«, fragte er.

»Wir drei und einige Millionen Dukes. Sie haben uns geholfen und werden wieder helfen. Und Sie sind der Stellvertreter Casalles und haben die Befehlsgewalt während seiner Abwesenheit!«

Mitleid mit den Opfern der Aphilie überfiel ihn. Ihnen musste geholfen werden. »Casalle ist mit seinem Gleiter losgeflogen und wird abends wieder hier sein. Wir haben nicht die geringste Chance!«

Saiwan winkte heftig ab. »Der Gleiter ist abgestürzt. Falls Casalle überlebt hat, wird er geraume Zeit für den Rückweg brauchen.«

Erst jetzt sah Tranz, dass sie nicht allein waren. Hunderte Zwerge standen ringsum. Ihre großen Augen fixierten ihn, aber keiner redete.

»Ich verstehe. Das ändert die Sachlage. Haben Sie einen Plan, Pert?«, fragte er entschlossen. Darüber nachdenken konnte er später. Auch das Wunder seiner inneren Verwandlung würde er später hinterfragen. Jetzt musste schnell gehandelt werden.

Saiwan gab Tranz die Waffe zurück. »Roboter sollen ausschwärmen und die Trauben einsammeln. Die Reben wachsen überall. Verbreiten Sie, dass diese Trauben ein Spurenelement enthalten, das für das Überleben auf Signal wichtig ist. Dies haben Sie eben von uns beziehungsweise von den Dukes erfahren. Die Trauben werden an Bord ausgeteilt. Ist das logistisch möglich?«

Sie besprachen die Einzelheiten. Eine halbe Stunde später steuerte Saiwan den Gleiter zurück zur POWER OF REASON. Der Oberst brauchte sich nicht einmal sonderlich zu verstellen, als er versuchte, als aphilischer stellvertretender Chef der Expedition zu handeln. Die schmerzvollen Erinnerungen an den alten Zustand waren noch zu frisch. Er konzentrierte seine Bemühungen zuerst auf die Offiziere und Mannschaften der POWER OF REASON.

Vor Anbruch der Dämmerung kamen die umprogrammierten Roboter zurück. Ihre Fracht wurde verteilt. Erst als für Tranz feststand, dass ihm alle Offiziere gehorchen würden, informierte er die Kommandanten der anderen Schiffe.

Die Heilung nahm den Verlauf einer klassischen Kernspaltung. Rund dreitausend Frauen und Männer wurden in dieser Nacht zu Immunen.

Aber zu dem Zeitpunkt hatte Heylin Kratt bereits Verdacht geschöpft.

Du musst wissen, Saiwan Pert, dass sich alle diese Vorgänge seit unendlich langer Zeit eingespielt haben. Wir wissen selbst, dass sich ein Prinzip nicht in der Menge der Niederschläge oder der Größe wohlschmeckender Pilze äußert. Wir beten auch die Allmutter Natur nicht an. Wir verehren eine Intelligenz, die deswegen größer und, aus der Sicht planetarer Evolution betrachtet, wirkungsvoller ist als wir, weil sie über mehr Informationen von viel mehr

Individuen und Teilen verfügt. Du hast Recht, wenn du sagst, dass es eine Gemeinschaftsintelligenz ist. Sie ist auf uns angewiesen, und wir brauchen sie. Wir ergänzen uns vorzüglich.

Caaloos Erklärung

Oberst Varl Tranz, der während der ersten Nachthälfte den Rest aller Zusammenhänge erkannt hatte, sah ein, dass er die Entwicklung kanalisieren musste. Es war nicht feststellbar, wie viele Menschen die Trauben gegessen hatten und geheilt worden waren. Überall im Schiff bildeten sich Gruppen. Männer entdeckten das Geheimnis der Freundschaft, Frauen dachten wieder an ihre Kinder, und alle erinnerten sich der Eltern, zumeist sehr vage und auch nur in der Form, dass sie begriffen, Eltern gehabt zu haben. Die neuen Immunen riskierten es sogar, den Dienstplan und das Reglement vorübergehend zu vergessen. Aphilische Roboter wurden abgeschaltet.

Hin und wieder wurden Aphiliker gezwungen, die reichlich vorhandenen Früchte zu essen.

Das Chaos war keineswegs dramatisch oder von Kämpfen begleitet. Die neuen Immunen kapselten sich ab, und die anderen hatten nur selten die Möglichkeit festzustellen, welchem Zweck die vorgeblichen Spurenelemente dienten.

Major Heylin Kratt hatte im Lauf des frühen Abends zufällig miterlebt, wie Oberst Tranz einen Mann, der sich eines mittelschweren Regelverstoßes schuldig gemacht hatte, mit einer tadelnden Bemerkung weggeschickt hatte. Kratt war stutzig geworden und hatte, zunächst mit steigender Verwunderung und danach mit eisigem Schrecken, Tranz weiterhin beobachtet. Er hatte gesehen, dass dessen Handlungen teilweise kriminell emotionsgeladen gewesen waren.

Die logische Assoziationskette lautete: die beiden Immunen; die Hilfe der Dukes; eine Täuschung, die in Wirklichkeit dazu diente, die Aphilen mit dem Erreger der Krankheit zu infizieren. Casalle war seit Stunden überfällig, und Tranz war das Werkzeug der Immunen, die sich in wenigen Tagen ausbreiten würden, bis die gesamte Flotte erkrankt war. Dann ging das Licht der Vernunft in diesem Teil des Alls endgültig unter.

Kratt handelte. Er versuchte, sich seinerseits wie ein Erkrankter zu verhalten. Aber er wählte aus logischen Erwägungen heraus ein Verfahren, das ihn mit nur wenigen Menschen zusammenbrachte. So konnte er sich kaum verraten.

Er brauchte nur zwanzig Minuten in einer verlassenen Abteilung der

Ortungszentrale der POWER OF REASON, um den kleinen Notsender zu orten. Die Karten des Planeten waren im Bordrechner gespeichert. Er wusste sofort, wo er Trevor Casalle finden würde.

»Wahrscheinlich haben Tranz und die Kranken dafür gesorgt, dass der Vizeadmiral nicht zurückkommt«, murmelte er, als er sich Zugang zu einem Magazin verschaffte und einen Roboter aktivierte.

Der nächste Weg führte ihn in die Flugbereitschaft. Sie war offensichtlich in der Hand der neuen Kranken, denn niemand passte auf. Kratt startete mitten in der Nacht nach Norden. Wenn Casalle noch lebte, würde er sein Mann des Vertrauens sein, und zusammen würden sie es schaffen, das Licht der Vernunft weiter leuchten zu lassen.

»Wir müssen erreichen, dass an Bord der POWER OF REASON nur noch Immune sind«, sagte Saiwan. »Dieses Schiff ist für uns der Ansatzpunkt.«

Was sie bislang eingeleitet hatten, spielte sich im Umkreis des Flaggschiffs ab. Die anderen Einheiten folgten nur zögernd und unvollkommen. Auch das musste sich ändern. Tranz hatte die beiden Kranken unter Bewachung in seine Kabine holen lassen, um mit ihnen zu reden.

»Die Aphilie hat, bei aller Logik und Vernunft, die Aktion selbst gebremst. Ich muss stärker an die Todesfurcht appellieren!«

»Das ist eine Möglichkeit.« Saiwan nickte dem Ersten Offizier zu. Was sie auch unternahmen, es wurde ein Wettlauf gegen die Zeit.

Tranz rechnete damit, dass Admiral Hodj mindestens ein Schiff schickte. »In drei Stunden und zehn Minuten ist Ende einer Schicht«, sagte er. »Dann werde ich einen Admiralitätsbefehl an alle Schiffe geben. Wir haben einen Versuch gestartet, der tödlich enden kann. Betet darum, dass uns niemand stört, weder Casalle noch Hodj oder sonst jemand.«

»Warum, glauben Sie, bin ich so aufgeregt?«, fragte Leela. »Als einzige Rettung bleibt uns dann nur die Flucht in die Wälder.«

»Vergesst nicht, dass ihr die wahren Schuldigen seid. Falls es zu einem Zwischenfall kommt, wird Hodj euch suchen.«

Saiwan rechnete damit, dass die Aphiliker in ihrer Angst, die menschliche Evolution würde von neuer Gefühlsduselei abgelöst, den Planeten sogar umgraben würden, um auch den letzten Immunen zu finden.

»Was können wir tun?«, fragte Leela.

»Nichts.« Tranz' Haltung und sein Aussehen veränderten sich, als er die Wachen hereinrief. »Bringen Sie die Gefangenen zurück in ihre Zelle! Sie dürfen erst in drei Stunden zu neuen Kontaktaufnahmen das Schiff verlassen. Haben Sie Ihre Spurenelemente schon eingenommen?«

»Nein, Sir«, sagte einer der Männer. »In unserer Messe gab es keine Trauben mehr.«

Tranz schüttelte den Kopf. »Es ist Ihre Sache, ob Sie an Mangelerscheinungen sterben wie das geologische Team aus der STRAIGHT THOUGHT. Sie können gehen.«

Sichtlich irritiert verließen die Wachen den Raum und führten Leela und Saiwan zurück in deren Zelle. Die Zeit schien stillzustehen. Die drei Stunden vergingen viel zu langsam.

Pünktlich auf die Sekunde erwachten in jedem Raum der POWER OF REASON die Holos. Sie zeigten erst einen Ausschnitt der Zentrale, dann kam Oberst Varl Tranz ins Bild. Sein Gesicht war ernst. Es schien von tiefer Sorge um die Funktionsfähigkeit des Schiffs und der Flotte erfüllt.

»Hier spricht der Stellvertreter Vizeadmiral Trevor Casalles. Casalle ist verschollen. Wir suchen nach ihm. Im Augenblick habe ich die uneingeschränkte Befehlsgewalt. Laut Flottendienstordnung gebe ich Folgendes bekannt: Soeben erreichte mich die Nachricht, dass Angehörige eines geologischen Teams unter Qualen gestorben sind. Diese Leute sind unersetzlich. Der Tod auf Signal droht jedem. Die Gruppe war von der Kommunikation vorübergehend abgeschnitten und versäumte, die Spurenelemente einzunehmen. Schon die geringste Dosis hätte das Team retten können. – Ich befehle deshalb jedem, der noch keine elementhaltigen Trauben eingenommen hat, dies umgehend nachzuholen. Es ist nicht nötig, dass sehr viele Trauben gegessen werden; schon eine minimale Dosis reicht für drei Wochen, der Körper scheidet überflüssige Elemente nach vierundzwanzig Stunden aus. Ich wiederhole: Gehen Sie in die nächstgelegene Messe und nehmen Sie Trauben zu sich! Falls die Vorräte im Schiff zur Neige gehen, fordere ich die Logistikabteilung auf, sofort für Nachschub zu sorgen. Ich befinde mich in der Zentrale und stehe für jedes Problem zur Verfügung. Es geht um unsere Expedition und um jedes einzelne Leben. Diese Durchsage geht an alle Einheiten der Expeditionsflotte. Ich werde jeden Offizier, der nicht binnen achtundvierzig Stunden Vollzugsmeldung abgibt, kriegsgerichtlich aburteilen lassen.« Der Oberst salutierte, gleichzeitig erlosch das Bild.

Saiwan blickte Leela an; in drei Stunden ging die Sonne auf, dann würden sie das Schiff verlassen können.

»Das sollte helfen«, flüsterte er.

»Vielleicht. Aber ich habe Angst«, wisperte Leela zurück.

Saiwan zog sie an sich. »Solange nicht alle Besatzungen geheilt sind, werden wir zittern. Das Risiko sind wir doch längst gewohnt.«

Es war undenkbar, dass der Befehl missachtet wurde. Auch falls Engpässe auftauchten – es gab genügend Trauben für alle.

Mit Messern und den Beilen aus der Notausrüstung des Wracks hatten sie im Umkreis der Absturzstelle alle Büsche abgeschlagen. In der Mitte der Lichtung, zwischen den großen Bäumen, türmte sich ein ansehnlicher Scheiterhaufen. Trevor Casalle feuerte mit dem Thermostrahler in den Holzstoß. Die Flammen züngelten gierig in die Höhe. In der Hitze entwickelten die frischen Blätter und feuchten Äste dichten blaugrünen Rauch. Ein wenig abseits lagen genügend Büsche und Äste als Nachschub.

Jeder der Überlebenden des Absturzes hatte Schnittwunden und Abschürfungen davongetragen. Angesichts der Rauchsäule, die zwischen den Bäumen in die Höhe stieg, hofften sie, dass Suchtrupps sie bald finden würden.

Casalle hatte Zeit gehabt, über alles nachzudenken. Nichts geschah ohne logischen Grund. Er wusste, dass ihn jemand auf diese Weise von den Schiffen fern hielt. Hodj musste der Initiator des Unfalls sein. Es wäre einfach gewesen, um Hilfe zu funken, doch aus unerfindlichem Grund funktionierte sein Armband nicht. Und die Funkanlage des Gleiters war zerstört.

Seit fünf Stunden und vierzig Minuten war Heylin Kratt unterwegs. Er hatte davon zwei Stunden geschlafen und war aufgewacht, als der Autopilot auf starke Höhenwinde reagiert und die Fluglage stabilisiert hatte.

Er befand sich noch achthundert Kilometer von dem Punkt entfernt, an dem er das Signal lokalisiert hatte. Der Notsender schwieg längst; eigentlich war die Funkortung ein Glücksfall gewesen. Das Signal hatte nur die Aufschlagstelle verraten, nicht aber, ob die Insassen überlebt hatten.

Unmerklich ging die Sonne auf. Seen und Flussläufe, unberührte Inseln und Wälder erstreckten sich unter dem Gleiter. Kratt war besorgt. Die Gefährdung der Aphilie nahm für ihn immer konkretere Form an.

Irgendwo voraus breitete sich ein Nebelfleck aus. Eine dichte Wolke hing, perspektivisch verzerrt, über den Baumwipfeln. Kratt vermutete einen Waldbrand. Aber die Flora war zu feucht, die Nässe stieg dampfend in den Morgen. Lange Schatten modellierten das leicht hügelige Gelände. Abrupt änderte Kratt den Kurs und flog auf den Ursprung der Rauchwolke zu, die von einem der Hügel südlich der großen Seen aufstieg.

Minuten später bremste er den Gleiter ab und schwebte auf die Rauchsäule zu. Er entdeckte das Wrack und kurz darauf die schlafenden Gestalten. Sein Blick streifte das Feuer, in dem armdicke Knüppel glosten. Seit längerem war kein frisches Holz nachgelegt worden.

Kratt landete und stieg aus. Langsam ging er an den Männern vorbei zu Casalle. Unvermittelt blickte er in die Projektormündung einer Waffe.

»Wollen Sie sich vergewissern, dass wir tot sind?« Trevor Casalle richtete sich auf. Er hatte den Anflug offensichtlich beobachtet. Die Frau neben ihm schlief auf einer zerrissenen Schwimmweste.

Nach einer Schrecksekunde hatte Kratt sich wieder in der Gewalt. »Ich habe einen Not-Positionssender im Gleiter versteckt«, sagte er. »Ich kam, um Sie zu retten.«

Schweigend und mit eisiger Schärfe starrte Casalle, den Arm mit der Waffe aufgestützt, den Major an. Trevor erkannte, dass Kratt die Wahrheit sagte. Endlich senkte er die Waffe und fragte leise: »Wie geht es der Expedition? Hodj hat wohl einen Zeitzünder in den Gleiter geschmuggelt.«

Kratt ließ die gespannten Schultern nach vorn sinken und antwortete schwach: »Das war nicht Hodj. Der Wahnsinn ist in der POWER OF REASON ausgebrochen. Die Zwerge haben eine Droge, die alle Besatzungen erkranken lässt.«

Casalle überdachte die Konsequenzen. Er stellte einige Fragen und erhielt erschöpfende Antworten. Endlich sagte er: »Bleiben uns noch genügend Gesunde, wenn wir sofort losfliegen?«

»Ich gehe davon aus. Nicht in unserem Schiff, wohlgemerkt, aber vermutlich in der STRAIGHT THOUGHT und der ENCEPHAL. Nur werden sie mit jeder Minute weniger.«

»Worauf warten wir dann noch?« Casalle weckte die Frau und sagte zu den Männern, die aus Platzmangel nicht mitgenommen werden konnten: »Sie bleiben hier! Wir fliegen zurück zum Schiff. Flugzeit einfach rund fünf Stunden, also können in frühestens zehn Stunden die Retter da sein.«

Trevor Casalle wusste, dass Kratt todmüde sein musste. Er setzte sich hinter die Kontrollen und startete den Gleiter. Unterwegs würde er noch genügend Zeit haben, sich auf die veränderte Lage einzustellen. Er fühlte sich wie ein Feldherr, der vom Hügel aus die Schlacht beobachtet und bemerkt, dass seine Truppen Mann für Mann zum Gegner überlaufen. Bis er in einem weiten Bogen die STRAIGHT THOUGHT anflog, das größte der anderen Schiffe und zugleich das am weitesten südlich gelandete, hatte er mehrere Alternativpläne.

Mit langen Schritten brach Tranz' persönlicher Adjutant durch die Büsche und blieb schwer atmend vor den versammelten Dukes und den Immunen stehen.

»Rund dreitausend Mann der POWER OF REASON sind geheilt«, stieß er hervor. »Aber die Besatzung der STRAIGHT THOUGHT scheint sich zu weigern. Der Oberst bittet Sie zu sich.«

Natürlich waren schon weit mehr Personen von der Aphilie befreit. Doch die Hälfte von ihnen befand sich in einer Art Starre: Sie wussten nicht, wem gegenüber sie sich zu verstellen hatten, wer außer ihnen ebenfalls geheilt war. Hinzu kam die Phase, in der sie erst mit sich selbst ins Reine kommen mussten und von Erinnerungen und Entsetzen gequält wurden … Kurzum, das Chaos war gefährlich.

»Wir kommen!« Saiwan sprang auf und zog Leela mit sich. Alle drei schwangen sie sich in den Gleiter, mit dem der Adjutant gekommen war, und flogen zurück zum Schiff.

Es war später Vormittag. Oberst Tranz erwartete sie in der Bodenschleuse, umgeben von Offizieren. Sie waren ausnahmslos geheilt und begrüßten Leela und Saiwan begeistert.

»Auf der STRAIGHT THOUGHT reagiert niemand«, eröffnete Tranz. »Dort braut sich einiges zusammen.«

»Hinfliegen und nachsehen?«, fragte Saiwan spontan.

»… aber nicht offen. Ich brauche Freiwillige. Schließlich steht das Schiff hundert Kilometer entfernt. Machen Sie das, Filson?«

»Geht in Ordnung. Kommen Sie mit, Pert?«

»Natürlich.«

Kurze Zeit später flogen sie los. Schon in der Nähe des Ziels erkannten sie, dass eine militärische Aktion angelaufen war. Gleiter und Roboter wurden ausgeschleust. Mannschaften in schweren Kampfanzügen bewegten sich zwischen den Maschinen, und sogar einige Korvetten starteten.

»Jemand hat uns verraten. Sie beginnen eine Aktion gegen uns. Wir müssen Oberst Tranz verständigen«, sagte Filson zornig.

Eine schwache Hoffnung gab es noch. Aber die erst langsam wieder zu sich selbst findenden neuen Immunen würden sich nicht mit der Schlagkraft wehren können, die gegen diesen Aufmarsch nötig war.

Filson zog den Gleiter herum und raste dicht über dem Boden zurück.

Auf allen Schiffen wurden inzwischen Beiboote ausgeschleust. Es sah aus, als hätten sich die Aphiliker gegen die Kranken zusammengetan.

Die Meldungen lösten panikartige Reaktionen aus. Besonders jene Immunen, die erst seit kurzem geheilt waren, flohen Hals über Kopf. Das wiederum hatte zur Folge, dass sich Immune und Aphiliker auch optisch trennten. Wer blieb, war aphilisch.

Die ersten Kämpfe brachen an Bord der POWER OF REASON aus. Es war noch nicht abzusehen, wie alles enden würde. Entweder setzten sich die Immunen durch – oder die Aphiliker behielten die Oberhand.

Wirkliche Panik brach aus, als sich die STRAIGHT THOUGHT näherte, umgeben von Gleitern, Space-Jets und Korvetten.

23.

Die Katalysatorbombe ist eine terranische Weiterentwicklung von den Arkoniden übernommener Waffentechnik. Diese Bombe, deren verhältnismäßig geringe Sprengmasse nur als Initialzünder dient, zwingt die Masse des betroffenen Planeten in einen nicht mehr kontrollierbaren Fusionsprozess. Der Planet detoniert dabei wie eine riesige Wasserstoffbombe innerhalb kürzester Zeit. Entscheidend ist eine ausreichende Dichte des planetaren Fusionsmaterials, was bei 94 Prozent aller Planeten der Fall sein dürfte. Bei der Herstellung war nicht beabsichtigt, dass die Bombe, sobald sie senkrecht zur Aufstellung gelangt, einem Terraner in archaischer Drohgeste ähnelt; Verbindungsleitungen, aufgesetzte Elemente und Einschnürungen implizieren jedoch dieses Aussehen.

Trevor Casalle. Logbucheintrag

Vizeadmiral Casalle hörte ein Dutzend Meldungen gleichzeitig ab und verglich sie mit den Bildern auf den Schirmen. Rauch stieg an vielen Stellen empor. Im Geschützfeuer waren Dutzende Immune gestorben, andere flohen in wilder Furcht in die Wälder.

»Sollen sie dort umkommen!«, sagte er leidenschaftslos. Der Sieg der wahren Vernunft zeichnete sich schon ab.

»Heylin!«, rief Casalle. Kratt eilte heran.

»Sir?«

»Haben wir Tranz und diese beiden Narren schon?«

»Bislang keine Meldungen von den Kommandoeinheiten.«

Der Notstand war ausgerufen worden. Aphilische Roboter und Offiziere durchsuchten die Schiffe und schossen jeden Nicht-Aphiliker nieder. Die Trauben wurden in die Konverter geworfen.

»Ich werde viele Beförderungen aussprechen müssen«, sagte Casalle. Er war wieder Herr der Lage. Wenigstens glaubte er an einen schnellen Sieg. Allerdings rechnete Trevor Casalle auch damit, dass sich viele Immune verstellten, um als angebliche Aphiliker ihr Leben zu retten. Dies würde letzten Endes seinen Erfolg sichern.

»Bombenkommando!«, rief er halblaut. Ein Hologramm zeigte die Zentrale des Beiboots, in dem eine eingespielte Mannschaft auf ihren Einsatz wartete. »Führen Sie die Befehle aus! Vollzugsmeldung in einer Stunde!«

»Verstanden!«

Das Beiboot schwebte davon. Ziel war das Hochplateau mit dem markanten Felsen, der die Zwergenstadt überragte. Dort begannen Spezialkommandos und Roboter mit ihrer Arbeit. Bisher wussten nur wenige Beteiligte, worum es ging.

»Leitung der Bodenkommandos!«, verlangte Casalle. Er war in seinem Element. Das taktische Vorgehen des schnellen Einsatzes forderte ihn; er wäre aber auch mit schwierigeren Missionen spielend fertig geworden. Zugleich wusste er, dass er nach der Niederschlagung des Aufstands einen noch schwierigeren Test zu bestehen haben würde.

»Die Front der Immunen löst sich auf. Sie laufen nach Westen, in die Wälder.«

»Die Flucht nicht behindern! Konzentrieren Sie sich auf die POWER OF REASON, auf Tranz und die beiden Kranken.«

»Verstanden.«

Der Kreis schloss sich sowohl auf dem Boden als auch in der Luft. Mindestens dreitausend Immune waren voll Panik, meist zu Fuß, aber auch in überbesetzten Gleitern, in die Wälder geflohen. Es machte wenig Sinn, sie zu verfolgen. Casalle wollte sich auch nicht damit belasten. Er musste Admiral Hodj blockieren, der von dieser Welt nichts erfahren durfte. Wenn Hodj, und das war sehr wahrscheinlich, von den Immunen etwas über Signal erfahren hatte, würde die Sache der *Flüchter* die Oberhand gewinnen.

Wieder trafen neue Meldungen ein. Varl Tranz und die beiden Kranken waren gefangen genommen worden.

»Endlich. Der letzte Akt ...«, murmelte Casalle.

Er überließ nichts dem Zufall, das kleinste Detail war ebenso wichtig wie die umfassende Planung. Nach einem langen Blick auf den Schirm, der den niedrigen Turm aus Fertigteilen und die arbeitenden Roboter unterhalb der Korvette zeigte, aktivierte er die Außenlautsprecher. Leidenschaftslos sagte er: »Hier spricht Trevor Casalle. Ich richte das Wort an die Bewohner dieses Planeten. Sie haben es gewagt, die Besatzungsmitglieder meiner Schiffe mit Ihrer Krankheit zu infizieren. Sollte sich noch ein einziger derartiger Vorfall ereignen, werde ich Ihre Welt zerstören.«

Er machte eine Pause. Dann dröhnten die Lautsprecher wieder mit der Lautstärke eines Gewitters, das die Kegelhütten beben ließ. »Beispiele taugen mehr als Worte. Sehen Sie hinauf auf das Plateau! Dort wird eine Bombe montiert. Zwanzig Minuten nach ihrer Zündung wird der Planet vernichtet sein. Um meine Absicht deutlich zu machen – ich wende mich an die flüchtenden Kranken –, dies ist eine Katalysatorbombe. Erklären Sie den Dukes, welche Wirkung die Bombe haben wird. Sagen Sie ihnen auch, dass uns genügend Zeit bleibt, nach der Zündung den Planeten zu verlassen. Ich bin sicher, dass diese Drohung genügt, um wieder normale Verhältnisse einkehren zu lassen.«

Neben Casalle stand Kratt. »Ich habe Grund zu der Annahme, dass alle im Bereich der Schiffe aphilisch sind. Die Kranken sind entweder tot, geflohen oder befinden sich in sicherem Gewahrsam.«

Emotionslos betrachtete der Vizeadmiral die zerstörten Gleiter und die Gefangenen. »Ihre Gegenwehr war fatal«, stellte er fest. »Ist alles vorbereitet?«

»Ich habe mich selbst darum gekümmert.«

Heylin Kratt hatte alles organisiert. Schauplatz war die Bodenschleuse der POWER OF REASON. Vier Offiziere, Oberst Tranz und die beiden Kranken blickten schweigend Trevor Casalle und seinen Offizieren entgegen. Das Geschehen wurde in jedes Schiff übertragen.

Casalle musterte die Gefangenen mit einem kühlen und abwägenden Blick. »Sie verstehen«, sagte er zu Tranz, »dass ich Zeichen setzen muss. Sie haben sich schuldig gemacht. Sie alle.« Er achtete nicht auf ihre Mimik. Er wunderte sich auch nur flüchtig darüber, dass sie sich nicht zu fürchten schienen.

»Sie sind es, der nicht versteht«, fauchte Tranz. »Sie wissen nicht, was Ihnen entgeht.«

Die junge Frau umarmte Saiwan Pert, der eine verschlossene Miene zeigte. Leise sagte Casalle zu Kratt: »Wir sind keine Barbaren. Bringen Sie die Frau weg!«

Zwei Offiziere zogen Leela Pointier mit sich. Casalle achtete nicht länger auf sie. »Sind die Anklagen unmissverständlich programmiert worden?«

Der Mann an der Indikativeinheit nickte. Augenblicke später eröffnete die externe Positronik die Anklagepunkte, erklärte die Paragrafen des Reglements und addierte die Strafen für die einzelnen Verstöße.

»Nach dem Gesetz sind die Angeklagten schuldig. Die Summe ihrer Straftaten und Verstöße kann nur mit der Todesstrafe geahndet werden. Dieses Urteil befindet sich in Übereinstimmung mit ...« Eine Serie von Grundsatzurteilen folgte, dann: »Sie haben das Urteil gehört. Wollen Sie sich dazu äußern?«

Die Gefangenen schwiegen. Hinter ihnen wurde ein Energieschirm aufgebaut. Kratt gab ein Zeichen. Zwanzig Roboter hoben die Waffenarme.

»Das Urteil wird vollstreckt!«, sagte Casalle ruhig. Hinter ihm war Bewegung zu sehen. Leela Pointier wand sich im Griff der Wachen.

»Nein!«, schrie sie. »Lasst ihn leben! Ich habe niemanden außer ihm! Halten Sie die Roboter zurück, Casalle ...«

Der Vizeadmiral wandte sich nicht einmal um, er gab nur ein Zeichen. Einer der Wächter hob daraufhin den Schocker und schoss. Leela sackte in sich zusammen.

»Feuer!«

Der Platz vor dem Energieschirm verwandelte sich in eine Gluthölle. Die Verurteilten spürten den schnellen Tod kaum. Ein Kommando schaffte die sterblichen Überreste zur vollständigen Desintegration im Konverter fort.

»Das war richtig«, sagte Casalle. »Auf Signal herrscht nun Ruhe. Ich würde Sie gern hier lassen, Heylin, aber ich glaube, ich brauche Sie für die nächste Aufgabe.«

»Admiral Hodj?«

»So ist es. Wir starten mit der STRAIGHT THOUGHT, um seinen Aktionen zuvorzukommen!«

Ihr Ziel war das Gebiet um Objekt drei. Kratt, Casalle und die Offiziere verließen die Polschleuse der POWER OF REASON. Kurz darauf hob die STRAIGHT THOUGHT ab. Trevor Casalle wusste, was auf ihn wartete.

Leela Pointier schreckte auf, als sie wieder träumte, wie Saiwan starb. Im gleichen Augenblick peitschte ihr ein Regenschauer ins Gesicht. Sie war bei Anbruch der Nacht außerhalb des Schiffs gefunden und von Doonee, Caaloo und vielen anderen Dukes in Sicherheit gebracht worden.

Mit nassem Haar und triefendem Gesicht richtete sie sich auf. Sie war allein.

Ihr Leben war zu Ende, es war sinnlos geworden, seit Saiwan nicht mehr da war. Diese Mörder, Verbrecher, die Kranken, die eine Welt versklavt hatten ... In ihrem Verstand war etwas gerissen, was sie nicht mehr klar denken ließ. Sie spürte nur noch vernichtenden Hass auf alle, die Saiwans Tod verschuldet hatten. Zitternd wankte sie davon. Niemand bemerkte ihr Verschwinden.

Der Regen prasselte herab. Leela wurde schneller. Ihr Hass trieb sie an. Ein vager Gedanke schien sie zu führen, schließlich rannte sie.

Sie kannte ihr Ziel nicht.

Rache! Sie würde vernichten, was Saiwan getötet und ihre Liebe umgebracht hatte. Sie stolperte durch den Regen und den Sturm, geblendet von grellen Blitzen, vom Instinkt oder ihrem beginnenden Wahnsinn gesteuert, immer weiter, über schmale Pfade und Treppen. Da war eine Brücke, danach ein steiler Hang. Durchnässt und zitternd wurde sie von Dämonen vorwärts getrieben.

In ihrer Seele herrschten Entsetzen und Rachsucht. Sie war von ihrem Körper losgelöst und nutzte die letzten Kraftreserven. Das Gewitter zog über die Küstenlandschaft hinweg, der Regen hörte auf. Blitze und Donner verwehten in der Ferne.

Um Mitternacht erreichte Leela das Hochplateau. Sie sah das monströse Etwas aus nassem Metall, in dem sich schwach das Licht der Sterne spiegelte.

Leelas verwirrter Verstand erkannte die Bombe. *Rache!* Die Bombe würde die Aphiliker bestrafen, würde sie auslöschen, wie sie Saiwan ausgelöscht hatten. Leela kletterte den Felsen hinauf.

Zwei Stunden später erreichte sie die unterste Strebe des Turms. Ihre Hände bluteten, die Kleidung war zerfetzt, ihre Augen blickten irr. Der Wahnsinn hatte sich von Stunde zu Stunde gesteigert. Er strebte dem

Höhepunkt zu, und der letzte Rest von Vernunft wurde weggerissen, als der Damm aus Beherrschung und Vernunft brach.

Die Frau stieg zur Bombe hinauf. *Rache!* Nur dieses Wort, dieser Begriff, war ihr gegenwärtig. Sie hinterließ eine Blutspur, Haarsträhnen und Stofffetzen. Als sie die Zündvorrichtung erreichte, war sie fast nackt und wirkte wie die rituell bemalte Priesterin einer Gottheit des Verderbens.

Zitternd irrten ihre Finger über Sensorfelder, schließlich riss sie die Schutzplatte ab und schleuderte sie zur Seite. Sie schlug auf einen roten Knopf und drückte ihn tief in die Fassung.

Ein Summton.

Ein rotes Auge starrte sie an.

Dann tickte eine Uhr. Hart und unabänderlich.

Nach Ablauf der programmierten Zeitspanne würde die Katalysatorbombe detonieren.

»Rache für Saiwan ...«, stammelte sie und löste den Griff der linken Hand. Die Energie, die sie immer noch aufgepeitscht hatte, war verbraucht. Leela Pointier stürzte zwischen den Trägern des Gerüsts in den Tod.

Objekt drei, das zweite Anflugziel der vierundzwanzig Schiffe unter Admiral Enkher Hodj, entpuppte sich ebenso wie Psion als Sauerstoffwelt, auf der die Menschheit wenig Überlebenschancen hatte. Als die STRAIGHT THOUGHT in die Atmosphäre eintrat, sagte Trevor Casalle: »Hodj wird uns eisig empfangen. Bisher hat er sich sehr beherrscht und zurückgehalten. Aber dieser Planet wird seine Laune restlos ruiniert haben.«

»Ohnehin erfolgte inzwischen ein Datenaustausch.«

Zu Kratts Überraschung sagte Casalle: »Ich rechne damit, dass Hodj einen Untersuchungsausschuss zusammentreten lässt.«

Das Schiff landete. Alles war Routine. Ein Gleiter startete und wurde nach kurzem Flug im Flaggschiff des Admirals eingeschleust. Der Empfang für Trevor Casalle und Major Kratt fiel eisig aus. Beide wurden in einen Sitzungssaal geführt. Erst als sich das Schott hinter ihnen schloss, erkannten sie, dass dies kein Untersuchungsausschuss war.

Mit kalter Präzision hatte der Admiral gehandelt und ein Kriegsgericht zusammengerufen. Nach Minuten tiefen Schweigens deutete Enkher Hodj auf zwei Sessel.

»Setzen Sie sich! Die Verhandlung ist eröffnet. Alle Anwesenden sind sicher, dass binnen kurzer Zeit Recht gesprochen werden kann. Sie werden folgender Delikte beschuldigt, Vizeadmiral: erstens der Unfähigkeit. Sie haben nicht verhindert, dass mehr als viertausend Mann Ihrer Flotte erkrankt und deren Posten jetzt unbesetzt sind. Zweitens haben Sie die Meuterei der Erkrankten mit Waffengewalt niedergeschlagen. Dadurch wurden wertvollste Arbeitskräfte getötet oder zur Flucht gezwungen. Drittens haben Sie zugelassen, dass eine gigantische Gefahr auf die Menschheit zukommt. Darüber wird noch zu reden sein. Eine Droge gegen die Aphilie, und das direkt unter Ihren Augen. Verteidigen Sie sich!«

Mit jedem Wort hatte sich Casalles Erschrecken gesteigert. Er hatte gewusst, dass er sich würde verantworten müssen. Aber er hatte nicht geahnt, dass sein Leben davon abhängen würde. Er entsann sich, wie schnell Saiwan Pert und Oberst Tranz hingerichtet worden waren. Sein Verstand raste, doch ihm fielen keine Argumente ein. Äußerlich bot er noch das Bild eines beherrschten Mannes, während Kratt neben ihm fahl wurde. Die versteinerten Gesichter der Flottenoffiziere starrten ihn an. Schließlich sagte er mit mühsam beherrschter Stimme: »Sie gehen von einer falschen Voraussetzung aus, Admiral. Sie selbst haben meinen Gleiter präparieren lassen, das war ein eindeutiger Mordversuch.«

Für einen Augenblick wurde der grauhaarige Admiral aus dem Konzept gebracht. Er schüttelte den Kopf. »Ich bin gern bereit, eine Untersuchungskommission einzusetzen, die diesen aberwitzigen Vorwurf untersuchen soll. Andererseits bin ich überzeugt, dass niemand außer Ihnen mir eine solche Dummheit zutraut.«

Kratt hob die Hand.

»Ja?«

»Trevor Casalle hat ein gewaltiges Pensum zu erledigen. Es ist verständlich, dass er sich nicht um alles kümmern kann. Ich als sein Adjutant bin einigen interessanten Fakten auf die Spur gekommen. Wir wissen definitiv, Admiral, dass Sie unsere Flotte und Casalle aus dem Weg haben wollten, um Ihr Spiel zu treiben. Sie waren es, der unsere Schiffe auf Signal ausschalten wollte. Die Übernahme durch rund fünfunddreißigtausend Kranke passt in Ihr Konzept. Sie planen – oder vielmehr planten – den Sturz Reginald Bulls und der Regierung sowie den Tod Ihres Rivalen Trevor Casalle.«

Diese ungeheuerliche, vor allem unbewiesene Anschuldigung eines Majors rief verblüfftes Schweigen hervor. In die drohende Stille hinein ertönte eine aufgeregte Stimme:

»Wir überspielen eine aktuelle Hyperfunknachricht von größter Wichtigkeit. Es geht um Signal.«

Die Sendung war verzerrt und von Störungen überlagert. Aber schon beim ersten Schrei des Sprechers wussten alle Versammelten, dass es sich um einen Aphiliker in Todesangst handelte.

»Der Planet … die Bombe … Wir hatten eine Routineuntersuchung, und da fiel auf, dass die Bombe gezündet ist. Die Katalysatorbombe über der Zwergenstadt … Wir haben Alarm gegeben. Alle Schiffe versuchen zu starten, aber es dauert so lange. Wir kommen nicht hoch. Ich sehe, wie ein Schiff umkippt und davonrollt, auf das Meer zu … Nur noch ein paar Minuten, dann ist hier alles tot. Die Zwerge, der Planet, wir alle …

Wir kommen nicht weg! Alle sind wahnsinnig vor Angst! Die Bombe explodiert. Es sind noch Leute unten auf dem Planeten. Sie rennen auf das Schiff zu.

Helft uns doch!

Nein, jetzt noch nicht … die Bombe …«

Der Schrei riss ab. Zugleich erhellte sich die Bildwiedergabe, weil die Panoramagalerie des Schiffs auf Signal eine blendende Lichtflut wiedergab.

Die Wälder brannten, das Meer verdampfte, dann löste sich das Erdreich auf – aber all das war nur noch zu erahnen.

Es war bemerkenswert, dass Major Kratt die Nerven behielt. Er sprang auf und deutete anklagend auf Admiral Hodj. »Sie haben Ihr Ziel erreicht. Dreizehn Schiffe wurden liquidiert. Der Planet, der als Fluchtwelt dienen konnte, ist vernichtet. Nicht Casalle, sondern Sie sind der Verbrecher.«

Ein Tumult brach aus. Casalle erkannte seine einzige und letzte Chance. Er holte tief Luft und donnerte stimmgewaltig: »Ich rufe alle denkenden Offiziere auf, Hodj nicht zu glauben! Unter einem solchen Befehlshaber ist niemand seines Lebens sicher, das haben Sie eben gesehen! Dreizehn Schiffe, fast fünfunddreißigtausend Männer und Frauen und ein geeigneter Fluchtplanet! Ich fordere Sie auf, Enkher Hodj wegen erwiesener Unzurechnungsfähigkeit zu verurteilen.«

Der Admiral griff zur Waffe.

Ein Offizier sprang auf und hielt seinen Strahler schon in der Hand. »Das werden Sie nicht wagen!«, schrie er.

Sofort bildeten sich zwei Gruppen. Der offene Kampf lag in der Luft und konnte jede Sekunde ausbrechen. Casalle erkannte, dass er seinen Kopf aus der Schlinge gezogen hatte. Doch jede Sekunde konnte ihn jemand erschießen. Er musste selbst die Entscheidung herbeiführen.

Meldung der Flottenleitung: Hyperfunkspruch der BEAUTY OF LOGIC, die mit dem Rest der Flotte von ihrer Mission zurückkehrt. Der Auftrag führte sie 325 Lichtjahre weit zum Bazinski-Cluster, einer Gruppe von neunzehn Sternen, deren elf solähnliche auf bewohnbare Planeten untersucht werden sollten. Text: »Nach zahlreichen Zwischenfällen, die einen Teil der Expeditionsflotte kosteten, sind wir zu der Feststellung gezwungen, dass innerhalb dieser Ballung kein Sauerstoffplanet auch nur annähernd den Anforderungen entspricht, die an eine Fluchtwelt gestellt werden müssen. Detaillierte Meldung erfolgt nach Ankunft auf Terra. Ende.«

Archiviert

Trevor Casalles Gesicht zeigte keinerlei Ausdruck, als er erneut versuchte, den Tumult zu übertönen: »Ruhe! Ich befehle allen, sich ihres Ranges entsprechend würdig zu verhalten!«

Sein Leben konnte in wenigen Sekunden zu Ende sein. Etliche Strahler zielten auf ihn. Die Offiziere des Flottengerichts starrten ihn an.

»Sie haben nicht nur versagt, Enkher Hodj«, sagte Casalle leidenschaftslos, doch mit Bestimmtheit und Autorität. »Sie haben, anstatt einen guten Planeten für die Erde zu besetzen, einen Teil der Flotte und den Planeten selbst in die Luft gesprengt. Nun besitzen Sie die Unverfrorenheit, meinen Stellvertreter und mich zu beschuldigen. Das war Ihr größter und letzter Fehler.«

Die Gegnerschaft zwischen *Flüchter* und *Standhaftem* war ausgebrochen. Sowohl Hodj als auch Vizeadmiral Casalle nahmen die Segnungen und Maximen von Vernunft und Logik für sich in Anspruch. Derjenige, der zuerst die Ordnung wiederherstellte, würde der Überlebende sein. Auch die Verwirrung besaß ihre eigene logische Vernunft.

In dieser Sekunde verlor Admiral Hodj die Nerven. Er reagierte falsch, und die Lawine, die er ins Rollen brachte, brauchte nur kurze Zeit, um anzuschwellen und furchtbare Zerstörungen zu hinterlassen.

Enkher Hodj feuerte auf Casalle. Der hatte diese Reaktion erwartet und handelte mit der ihm eigenen kaltblütigen Schnelligkeit. Er warf sich zur Seite und tauchte in Deckung. Neben ihm sprang Major Heylin Kratt in die entgegengesetzte Richtung. Der Strahlschuss fuhr zwischen ihnen hindurch. Deutlich war zu erkennen, dass die Anhängerschaft Casalles nach diesem Affront größer wurde. Die Offiziere werteten Hodjs unüberlegten Angriff als Eingeständnis seiner Schuld.

»Zu allem Überfluss«, donnerte Casalle, »versuchen Sie auch noch, mich vor den Augen der Offiziere umzubringen.«

Ohne in seiner Wachsamkeit nachzulassen, deutete er mit der linken Hand auf die Robotoptiken, die diese Verhandlung übertrugen oder wenigstens aufzeichneten.

»Sie haben dreizehn Schiffe und deren Mannschaften auf dem Gewissen – durch Ihre Nachlässigkeit!«, schrie Hodj zurück.

Mindestens die Hälfte der Offiziere glaubte inzwischen, dass Hodj wirklich versucht hatte, Casalle zu liquidieren. Ein solches Schicksal drohte auch ihnen. Einer der ranghöchsten Männer rief: »Hören Sie auf, Hodj! Stehen Sie endlich zu Ihrer Verantwortung!«

Der Admiral war blass geworden. »Ihr seid Verräter, alle!«

Kratt und Casalle ahnten, welche Überlegungen die meisten jetzt anstellten. Kratt und seine Mittelsmänner hatten lange genug versucht, genau diese Reaktion zu provozieren. Unter einem Befehlshaber wie Admiral Hodj war niemand seines Lebens sicher. Dies war durch die Nachricht von der Katalysatorbombe auf schauerliche Weise bestätigt worden. Sekundenlang bewegte sich niemand, dann beging Hodj seinen zweiten und entscheidenden Fehler.

»Ich fordere Sie auf, Ihre Behauptungen zu widerrufen«, sagte er entschlossen und zielte erneut auf den Vizeadmiral. »Was Sie sagen, ist unwahr. Keiner kann beweisen, dass ich mit der Vernichtung Signals das Geringste zu tun habe.«

»Sie sind nicht zurechnungsfähig! Die Crew will nicht länger von einem wahnsinnigen Mörder kommandiert werden«, konterte Casalle. »Lassen Sie endlich die Waffe fallen!«

Für Hodj ging es in diesem Moment um alles oder nichts – und er schoss. Auch seine Anhänger wussten, dass sie nichts mehr zu verlieren hatten. Trevor Casalle, der seine Aktionen im Hinblick auf eine spätere Verteidigung sah, wehrte sich nur.

Hodj wurde am Arm getroffen. Vermutlich spürte er im Schock die Wunde noch nicht. Er zog sich in Richtung des geschlossenen Schotts zurück.

Augenblicke später stürmte eine Gruppe jüngerer, mit Schutzschirmen ausgerüsteter Offiziere den Raum. Sie setzten schwere Paralysatoren ein.

Casalle entging knapp einem Lähmschuss. Im Fallen löste er seinen Thermostrahler aus und traf den Admiral in die Brust. Hodj kippte nach vorn und rollte langsam, sich zweimal überschlagend, die Stufen des Podests hinunter.

Abrupt endete der Kampf. Trevor Casalle, dessen schmales Gesicht keine Regung zeigte, hob die Hand. »Admiral Enkher Hodj ist tot«, sagte er in einer fast unnatürlich wirkenden Ruhe. »Ich bin sein designierter Nachfolger. Die Expeditionsflotte untersteht ab sofort meinem Befehl.«

»Laut Flottenreglement haben Sie jetzt das Kommando, Sir!«, bestätigte Major Kratt. Seine Uniform war angesengt. »Und ich glaube, die Offiziere haben eine Nachricht für uns alle, Admiral!« Das letzte Wort betonte er unüberhörbar.

Fast jeder hatte inzwischen seine Waffe gesichert und weggesteckt. Der Alarm endete.

Einer der jüngeren Offiziere hob die Hand. »Sir«, sagte er steif und unsicher, »ich habe die Pflicht, Sie von einem Hyperfunkspruch zu verständigen, der uns vor wenigen Minuten erreicht hat.«

»Wir hören.« Casalle ging langsam in Richtung Schott. Er fühlte keinen Triumph, aber die Sicherheit einer Lösung im Sinn des Lichts der Vernunft.

»Wir haben erfahren, dass Reginald Bull erkrankt ist und die Gemeinschaft unter dramatischen Umständen verlassen hat.«

Lähmendes Schweigen breitete sich aus. Die Machtübernahme durch Trevor Casalle versank angesichts dieser Neuigkeit in Bedeutungslosigkeit. Casalles Gedanken gingen augenblicklich in eine andere Richtung, er musste sich schnell auf diese neue Situation einstellen.

»Wiederholen Sie!«, forderte er.

Der Umstand, dass Bull offensichtlich ins Lager der kranken Immunen übergewechselt und Terra ohne Führung war, erschien für Casalle wie ein Wink des Schicksals. Er hörte zu, wie die Ordonnanz den Wortlaut wiederholte, und sagte dann:

»Ich bin der Auffassung, dass dies ein schwerer Schlag für unsere Bemühungen ist. Geben Sie mir darin Recht?«

Etwa zwei Drittel der Anwesenden stimmten zu. Trevor Casalle erkannte, dass er die Flotte ziemlich fest in der Hand hatte.

»In Imperium-Alpha wird Chaos herrschen. Ratlosigkeit breitet sich aus. Die Immunen der Organisation Guter Nachbar werden ihre Stunde erkennen. Sie verfügen mit Reginald Bull auch über dessen intimstes Wissen.«

Während im Hintergrund Medoroboter den Leichnam Admiral Hodjs auf eine Antigravbahre hoben, wurde die Zahl der zustimmenden Flottenoffiziere größer. Was Casalle sagte, war logisch. Das Licht der Vernunft war tatsächlich in größter Gefahr. Sowohl *Flüchter* als auch *Standhafte* hatten unter dieser Prämisse keine Wahl.

Der Schachzug Trevor Casalles schien den Sieg zu bringen, das Aus für alle *Flüchter* und die zögernden Anhänger des toten Admirals.

»Richtig.«

»Völlig klar …«

»Wir müssen zurück nach Terra!«

Auch Major Kratt war sicher, dass in dem auf Terra herrschenden Durcheinander Vorteile warteten. Deshalb reagierte er nervös und angespannt.

Der neue Admiral wartete ab, bis die zustimmenden Kommentare verklungen waren. Sachlich kühl erklärte er: »Sie haben Recht. Die Aphilie braucht uns und unsere Flotte. Jetzt einzugreifen ist unsere Pflicht. Wir müssen im Augenblick der Not Terra und Luna helfen. Was hält uns also noch davon ab, sofort auf Erdkurs zu gehen?«

Es lag in der Natur der Aphilie, dass ihre Philosophie wenig mit Vergangenheit zu tun hatte. Zurückliegende Ereignisse verblassten schnell. Nur was unmittelbar bevorstand, zählte für die Menschen an Bord. Sie brauchten nicht mehr zu befürchten, dass der wahnsinnige Admiral ihre Schiffe aus einem nicht verständlichen Grund zerstörte.

Sie wurden gebraucht. Das bedeutete für sie mehr Chancen auf der Erde, bessere Posten, Beförderung.

Trevor Casalles große Stunde war gekommen. An der Spitze der Offiziere verließ er den Raum, in dem beinahe sein Todesurteil beschlossen und vollstreckt worden wäre. Er sagte mit empfindungsloser Stimme: »Admiral Trevor Casalle befiehlt, dass die Expeditionsflotte umgehend Kurs auf Terra nimmt und sich in den Dienst der Aphilie stellt. Wir haben eine neue Aufgabe. Sie ist groß und schwierig. Wir werden die Erde gegen alle Kranken verteidigen. Das ist wichtiger, als einen Fluchtplaneten zu suchen.«

Der Aufenthalt im Bazinski-Cluster ging zu Ende. In den nächsten Stunden entfesselten Casalle und sein Vertreter Kratt eine hektische, aber zielgerichtete Betriebsamkeit. Jedes Besatzungsmitglied wurde mit Arbeit von überflüssigen und gefährlichen Gedanken abgelenkt.

Nacheinander setzten sich die verbliebenen Einheiten, voran die BEAUTY OF LOGIC, in Bewegung. Admiral Casalle hatte erkannt, dass die Zukunft für ihn bedeutende Möglichkeiten barg. Er war gewillt, sie wahrzunehmen.

24.

Licht der Vernunft ist der offizielle Titel des Staatsoberhaupts. Diese Bezeichnung ist niemals bewusst geschaffen worden – vielmehr hat sie sich im Lauf der Zeit, wurzelnd im Volksmund, in der Bedeutung verstärkt und auf diese Weise verbreitet. Es geschah mit aphilischer Zwangsläufigkeit, dass irgendwann die weit reichende Bedeutung auch von offizieller Stelle erkannt wurde. Seit diesem Augenblick schmückt der Titel das Staatsoberhaupt, und er sagt aus, was die Ziele der neuen emotionslosen Lebensweise sind. Da das Licht der Vernunft autark ist und keiner störenden Ratsversammlung oder dergleichen verpflichtet, wird die Reichweite dieser faszinierenden Strömung noch zunehmen und schärfer die Vorteile erkennen lassen …

Chronik

Es war Mitternacht. Als Can Rothman den Kopf hob, irrte der Blick seiner geröteten, übermüdeten Augen über die Digitalanzeige. Der erste September hatte begonnen. *Wieder eine halbe Nacht im Dienst Ructyns vergangen*, dachte Rothman müde. Er gähnte, stand auf und wählte am Servo eine Mischung aus Kaffee und Alkohol, ein Getränk, das stark stimulierte, ohne süchtig zu machen. Danach glitt auf einen weiteren Fingerdruck hin eine Glasscheibe zur Seite.

Kühle Nachtluft drang in den Raum ein und vermischte sich mit den Rauchschwaden und dem Geruch von Schweiß.

»Ich bin überzeugt, die Arbeit lohnt sich«, murmelte Can und atmete tief durch. Er war Ructyns rechte Hand, trug den Titel Erster Sekretär und arbeitete die Listen der Personen aus, die Ructyn nicht mehr zu sehen wünschte. Ausnahmslos Anhänger Khantanks.

Die frische Luft, einige kurze Übungen, mit denen Rothman seine schmerzenden Muskeln beschäftigte, das schwarze Getränk und ein langer Zug an seiner Zigarette klärten seine Gedanken. »Einer der beiden wird gewinnen«, dachte er laut und grinste kühl. Er war sicher, dass der Sieger auf keinen Fall Leifer Khantank heißen würde. Dafür sorgten Schmenk Ructyn, er selbst und als effiziente Helfer die Outsider.

Nachdenklich blickte Rothman aus dem Fenster auf die Lichter von Terrania City. Hinter den Fassaden ebenso wie auf den Straßen spielte sich der Machtkampf ab. Auch in den anderen Städten und sogar bis tief hinab in die Eingeweide des Mondes.

Can Rothman fühlte ein fast unwiderstehliches Bedürfnis, zu duschen und sich einer langen Massage zu unterziehen. Dennoch unterdrückte er diesen Impuls.

Die Gesellschaft des Planeten Terra – der Begriff umfasste Goshmos Castle ebenso wie Luna – war ohne Führung. Seit der Aufsehen erregenden Flucht Reginald Bulls herrschte dort, wo das Licht der Vernunft strahlen sollte, ein Vakuum. Zudem drängte die Zeit, alles unter einer straffen Führung zu vereinigen, denn Bull hatte das gesamte Wissen mitgenommen.

Sein Überlaufen zur OGN hatte selbst Khantank und Ructyn überrascht. Deshalb leistete Can Rothman unbezahlte Überstunden, die letztlich nur Ructyn nützen würden. Vielleicht auch ihm, aber momentan hatte er zu viel Arbeit und überreizte Magennerven.

Es war ein offenes Geheimnis, das selbstverständlich auch Bull gekannt hatte, dass es zwei Anwärter auf seinen Titel gab. Das Licht der Vernunft wurde von Khantank und Ructyn beansprucht. Ein dritter Anwärter war zu Bulls Zeiten nicht bekannt gewesen, und bis heute hatte sich keiner gezeigt.

Ein Summton erklang. Fünfzehn Minuten nach Mitternacht konnte das nur Schmenk Ructyn sein. Rothman ging um den Tisch herum, stellte sein Glas außerhalb des Erfasssungsbereichs ab und nahm den Anruf an. Ructyn, der kleine sechsundachtzigjährige Mann, strahlte ungebrochene Aktivität aus.

»Wie geht es voran?«

»Ich werde morgen die Liste fertig haben. Bei einigen Personen bin ich noch im Zweifel.«

Ructyn strich über sein blauschwarzes Haar und knurrte: »Im Zweifelsfall lieber einen Namen zu viel. Haben Sie einen Kontakt vereinbart?«

»Ich treffe mich morgen mit einem der besten, aber leider auch teuersten Outsider.«

Nicht umsonst nannte man Ructyn das Wiesel. Jede seiner Bewegungen rief diese Assoziation hervor. Unglaublicher Ehrgeiz steuerte seine Handlungen. Niemand war mehr davon überzeugt, das Licht der Vernunft wirkungsvoller zu präsentieren, als Schmenk Ructyn selbst.

»Geld ist unwichtig. Weisen Sie an, was benötigt wird.«

Rothman nickte knapp. Sobald Ructyn Regierungschef der Terraner wurde, würde er selbst ebenfalls eine Reihe von Stufen hinauffallen. »Ich bin bis auf weiteres hier zu erreichen«, sagte er und deutete auf die geöffnete Verbindungstür zu seinem Privatraum. »Ich habe noch zu tun.«

»Ich werde Sie nicht mehr anrufen. Haben Sie schon die Nachrichten gehört?«

»Ich hatte noch keine Zeit«, antwortete Can Rothman leise.

»Schalten Sie ein! Wir sind recht erfolgreich. Khantanks Anhängerschaft nimmt ab, besonders in den Spitzenfunktionen.«

»Das ist unser Ziel.« Rothman sah zu, wie das Bild des Chefs im Amt für Staatssicherheit sich auflöste. Dann war er wieder allein. Und plötzlich, von einer Sekunde zur anderen, kroch die Angst in ihm empor. Noch war alles übersichtlich. Er hatte lediglich dafür zu sorgen, dass die Outsider die Anhängerschaft Khantanks weiter verringerten.

Mechanisch griff er nach seinen Unterlagen und überflog die Analysen und Beobachtungen. Khantank, der Leiter des Ressorts der industriellen Kooperation, hatte sehr viele wunde Punkte und schwache Stellen, er war leicht anzugreifen, in Auseinandersetzungen zu verwickeln und zu besiegen.

Ein Blick auf die Uhr. Rothman arbeitete weiter, die Liste wurde länger. Etwa 300 Personen mussten eliminiert werden, um dem Wiesel den Weg zu ebnen.

Major Heylin Kratt beugte sich über die Tischplatte, starrte in Casalles braune Augen und sagte beschwörend: »Ich erkenne den Grund Ihrer mangelnden Bereitschaft, Admiral.«

Trevor Casalle lag in seinem Sessel, in einen dicken weißen Bademantel gehüllt, und drehte zwischen seinen schlanken Fingern ein halb geleertes Glas. Es war tiefe Nacht, die Stadt lag im Dunkel, nur die Sterne funkelten in der Schwärze.

»Eigentlich schätze ich solche Bemerkungen nicht, Major«, erwiderte Casalle gedämpft.

»Sie wissen, dass ich Ihre Qualifikation in jeder Hinsicht anerkenne.« Kratt stieß die Worte beinahe fanatisch heraus.

Casalles Haar schimmerte feucht. Nach dem Bad fühlte er sich angenehm entspannt. Im Augenblick verfolgte er mit leichter Belustigung die Meldungen von Unfällen und Selbstmorden, von kleinen, aber wirkungsvollen Katastrophen, von technischen Pannen, denen ein gemeinsames Muster eigen war: Jedes Opfer war ein *Flüchter* und ein Gefolgsmann, der sich offen zu Leifer Khantank bekannt hatte.

»... keineswegs zu Unrecht«, murmelte der jüngste Admiral der terranischen Flotte.

»Warum zögern Sie?«, fragte Kratt gequält. »Sie können mehr als

Khantank und das Wiesel zusammen. Greifen Sie endlich in die Auseinandersetzungen ein, Sir!«

»Sie mögen, sachlich betrachtet, Recht haben. Ich bin kein *Flüchter,* und allein deshalb reizt es mich, die Vernunft auf den aussichtsreichsten Weg zu bringen.«

»Wer ist Khantank? Man kann ihm keine hervorstechenden Eigenschaften vorwerfen. Weder negative noch positive.«

Casalle dachte nach. Was Kratt in seinem Übereifer gesagt hatte, war absolut richtig. Während Khantank seine Ideen ohne Dramatik und Brillanz durchsetzte, arbeitete das Wiesel im Verborgenen und ließ bestenfalls ahnen, wofür er verantwortlich war. Der Masse der Bevölkerung waren derart subtile Gedankengänge allerdings entweder unmöglich oder zu schwierig. Machtwechsel war ein Fremdwort für die Gesellschaft, denn Reginald Bull war schon immer da gewesen, ohne dass es Störungen gegeben hätte.

Drängend fuhr Kratt fort: »Sie wissen besser als ich, Sir, dass der Machtkampf mit aller Gründlichkeit geführt wird.«

»Richtig.«

»Sie brauchen nicht mehr viel zu tun. Warten Sie einen günstigen Augenblick ab, nachdem sich die Kräfte beider Gegner erschöpft haben. Dann sind Sie der Mann der Stunde, Sir!«

Im Gegensatz zu 99 Prozent der Aphiliker interessierte sich Casalle für terranische Geschichte und wusste, dass das alte Rom sein Vorbild sein würde. Der Sieger vernichtete die Verlierer und baute seine Macht auf ihren Resten auf.

»Sie haben in zwei Tagen den Medientermin, um die Analyse der Expedition vorzutragen. Das wird den *Flüchtern* eine entscheidende Niederlage versetzen. Nützen Sie diese Gelegenheit, Sir!«, beschwor ihn Kratt.

Casalle trank einen Schluck und erhob sich. »Vermutlich haben Sie Recht. Mir bleiben fünfzig Stunden Zeit für die richtigen Worte. Sie können gewiss sein, dass ich Sie entsprechend fördern werde, sobald die angedeuteten Konsequenzen eintreten.«

»Ich habe laut gedacht, weil ich von Ihrem Können überzeugt bin, Sir«, schwächte Kratt ab. Er glaubte, was er sagte, aber er verkannte keineswegs die Schwierigkeiten, die sich Casalle in den Weg stellen würden. »Ihr Erfolg hängt vom Zeitpunkt ab, an dem Sie Ihre Kandidatur anmelden – offiziell bekannt geben, meine ich. Sobald einer der anderen Kandidaten schon entscheidend geschwächt ist, haben Sie noch leichteres Spiel als an Bord der BEAUTY OF LOGIC.«

Heylin Kratt stand auf. Er sah deutlich, dass seine Vorschläge Wirkung zeigten, und er würde Casalle helfen, so gut er konnte. »Ich wünsche Ihnen eine Nacht voller guter Gedanken.« Er verabschiedete sich und verließ die Dienstwohnung des Admirals.

Casalle starrte ihm nach. Vermutlich hatte Kratt Recht. Er musste die Situation genauer analysieren. Casalle verwarf den Gedanken, eine seiner Freundinnen anzurufen und für die Nacht einzuladen. Er spürte das Feuer einer neuen Begeisterung in sich und glaubte, den richtigen Weg zu kennen – den Pfad, an dem entlang das Licht der Vernunft immer heller werden würde.

Als Erster brach Roi Danton das Schweigen. Er blickte in die ernsten Gesichter seiner Freunde und erklärte: »Wir befinden uns in einer wenig beneidenswerten Lage, trotz der ungeheuren Informationsmenge, die Reginald mitgebracht hat.«

»So schlecht sehe ich die Situation gar nicht«, widersprach Bull.

Danton, Reginald Bull sowie acht Frauen und Männer saßen beieinander. Seit dem Augenblick, an dem Bully eingetroffen war, hatte sich die Entwicklung innerhalb der OGN förmlich überschlagen.

»Mein Platz in Imperium-Alpha ist verwaist«, sagte Bull. »Schmenk Ructyn und Leifer Khantank werden sich darum streiten, das ist sicher. Die Nachrichten deuten schon darauf hin.«

Danton winkte ab. »Mich beunruhigt etwas anderes. Wir können absehen, dass Ructyn siegen wird; Khantank ist ihm weder intellektuell gewachsen, noch bringt er die gleiche verschlagene Rücksichtslosigkeit auf. Mit Sicherheit bedient sich Ructyn der Outsider.«

»Jocelyn der Specht?« Bull kannte den Mann mit dem hämmernden Finger.

»Unter Umständen ... Ich vermute, es werden bald weitere Anwärter auftauchen. Wir sollten überlegen, ob wir einen eigenen Kandidaten aufbauen oder jemandem ein Abkommen vorschlagen.«

Die Leiterin der psychologischen Abteilung fragte entgeistert zurück: »Das kann nicht dein Ernst sein, Roi! Du willst den Aphilikern helfen, uns weiterhin zu unterdrücken und das *Buch* zu verbieten? Wir sollten das herrschende Chaos besser ausnutzen!«

Danton hob die Schultern. »Nichts anderes sollten wir tun, richtig. Aber über die Form unserer Beteiligung müssen wir diskutieren.«

Bull fasste die Gedanken der letzten Tage zusammen. Er hatte ebenfalls versucht, ein Konzept zu finden, das der Organisation Guter Nachbar das Überleben ermöglichte und das Leben erleichterte. »Die Sache der Immunen muss entscheidend unterstützt werden. Dessen sind wir uns einig. Wir dürfen nicht länger die Gejagten sein.« Ein Besucher wurde gemeldet. Danton gab Anordnung, den Mann zu ihm zu führen. Die Unterbrechung war so kurz gewesen, dass sie kaum gestört hatte. Bull fuhr fort: »Es gilt, instabile Verhältnisse ausnutzen oder zu schaffen. Solange mein Amt nicht wieder besetzt ist, herrscht Chaos. Sobald aber ein neues Licht der Vernunft regiert, wird die Verfolgung der OGN von neuem intensiviert werden.«

»Sollte Khantank den Sieg erringen, sehe ich nicht ganz so schwarz«, warf Danton ein. »Falls Ructyn sich profiliert, wird der Regierungsrat jedoch keine Gelegenheit versäumen, uns zu jagen.«

»Heißt das, dass wir eventuell Khantank unterstützen?«, fragte einer der anderen erregt.

»Keineswegs. Wir brauchen einen Mann, der uns als Werkzeug dienen kann. Einen unbekannten, schwachen Alleinherrscher. Nur eine schwache Regierung wird uns schonen, denn ihre Aufmerksamkeit wird vor allem dem eigenen Überleben gelten.«

Roi Danton musterte Bull eindringlich. »Du sagst das nicht nur so«, stellte er fest. »Wen hast du im Auge?«

Bully wiegte den Kopf. »Ich bin mir noch nicht sicher. Ein junger Admiral, der eben erst an die Macht gekommen ist. Laut Nachrichtenanalyse beschränkt sich seine Anhängerschaft auf die Besatzungen von rund fünfundzwanzig Schiffen.«

»Trevor Casalle?«, fragte die Psychologin. »Er ist ein junger Mann, der über einen scharfen Verstand verfügt.«

Vater Ironside hatte eben den Raum betreten. Seine Hand, zur Begrüßung erhoben, erstarrte in der Bewegung. »Hat jemand den Namen Casalle erwähnt? Sprecht nicht von diesem Satan!« Er blickte um sich, als wolle er den Teufel in einer Ecke festnageln.

Roi Danton deutete auf einen leeren Sessel. »Nehmen Sie erst einmal Platz, Vater.«

»Trevor Casalle … Er ist der Leibhaftige«, murmelte Ironside, nachdem er die Anwesenden begrüßt und sich gesetzt hatte. »Ich muss Sie warnen. Alle sind gefährdet, wenn dieser Wahnsinnige an die Macht kommt.«

»Kennen Sie ihn?«, fragte Reginald Bull einigermaßen verwirrt. Ihm war Casalle aus seiner langen Zeit unter den Aphilikern bekannt, aber er wusste längst nicht alles über ihn. Für ihn war der Mann ein ehrgeiziger und vielversprechender Kommandeur, mehr nicht.

»Und ob ich ihn kenne«, bestätigte Ironside. Er war kein ordentliches Mitglied der OGN, aber in Porta Pato ein gern gesehener Gast, weil er sich mit den Zielen der Organisation Guter Nachbar identifizierte. »Casalle war schon in früheren Jahren ein rücksichtsloser Teufel.«

»Es gefällt mir nicht«, sagte Danton ruhig, »dass Sie einen Menschen, selbst wenn er Aphiliker ist, mit dem Fürsten der Unterwelt gleichsetzen.«

Ironside warf ihm einen brennenden Blick zu. Er schien seine eigenen Worte ernster zu nehmen, als diese Runde es begriff. »Ich behaupte, dass Trevor Casalle ein Abgesandter des Höllenfürsten ist. Ausgeschickt, um uns wahre Menschen zu vernichten!«

Bull ignorierte die fanatische Haltung Ironsides. »Was bringt Sie zu dieser kühnen Annahme, Vater?« Er wusste, dass die OGN diesem Mann vertraute und beruhigt auch künftig vertrauen konnte. Ironside war keine Gefahr, er kämpfte mit den Immunen zusammen – nur eben auf seine eigene merkwürdige Art und Weise.

»Ich weiß wahrscheinlich mehr als die alle hier.« Der Pater berichtete, was er in Terrania City erfahren hatte. Alle Geschehnisse seit dem Start der Flotte, die Reginald Bull noch ausgesandt hatte, bis zur Vernichtung der Schiffe und des Planeten Signal, konnte Ironside belegen. Als er geendet hatte, herrschte betretenes Schweigen.

»Glauben Sie mir jetzt?«, fragte Ironside ohne Sarkasmus.

»Selbstverständlich.« Roi Danton kratzte sich im Nacken. »Aber das ist nicht das Kernproblem. Wissen Sie, ob sich Casalle in den Machtkampf eingeschaltet hat?«

»Nicht offiziell. Aber ich bin sicher, dass er genau das tun wird. In Kürze erfolgt eine öffentliche Stellungnahme zur Expedition in den Bazinski-Cluster, und ich bin sicher, dass Casalle dabei Anspruch auf den Regierungsvorsitz erhebt.«

»Er hat keine Anhängerschaft«, wandte die Psychologin ein, »und ist öffentlich so gut wie unbekannt. Seine Macht stützt sich allein auf seine Schiffe.«

»Dass er weitgehend ohne Anhänger ist, macht ihn für uns umso interessanter.« Bull wusste, dass Männer wie Khantank, Ructyn oder Casalle so etwas wie eine innere Berufung fühlten, eine kalte Form der Begeisterung, denn ein Aphiliker kannte keine gleichbedeutenden Gefühle. Diese Begeisterung basierte auf einem logischen Denkprozess. Das Ergebnis war stark, wenn es vernünftig und logisch war. Wer sein Vorgehen für richtig hielt, setzte seine Überlegungen in die Tat um. Jedenfalls hatte allein Trevor Casalle eine geschlossene, wenn auch kleine Gruppe von Sympathisanten. Angesichts seiner Auseinandersetzung mit Admiral Hodj wussten Tausende Besatzungsangehörige, dass ihnen der Tod drohte, wenn sie den Gehorsam verweigerten.

»Casalle erscheint mir zunehmend als unser Kandidat«, beharrte Roi Danton. »Was allerdings seine Moral anbelangt …«

»Er ist und bleibt ein Sendbote Satans«, flüsterte Ironside. »Man kann ihn nur mit Beelzebub bekämpfen.«

Danton atmete tief durch. »Beelzebub, das mag Schmenk Ructyn sein. Er wird Casalle garantiert an die Kehle gehen.«

»Wir müssen für alle Eventualitäten gerüstet sein«, sagte Bull.

Rhodans Sohn lehnte sich zurück und entwickelte seine Vorstellungen. Mehrfach wurde er von Ironside unterbrochen, der von den übrigen Gesprächsteilnehmern mit kritischem Unglauben bedacht wurde.

Für alle Anwesenden war Trevor Casalle derjenige, der ihnen in den kommenden Jahren die geringsten Schwierigkeiten bereiten würde. Vorausgesetzt, es gab eine Möglichkeit, ihn zu einer Art Waffenstillstand zu überreden.

Abrupt endete jede Bewegung im Aufnahmestudio. Admiral Trevor Casalle holte noch einmal Atem und sagte, als handle es sich lediglich um eine unwichtige Schlussbemerkung seiner überzeugenden Rechtfertigung: »Sie alle sind davon überzeugt worden, dass es für Terra keinen anderen Weg gibt. Wir können nicht auf einen Sauerstoffplaneten flüchten, weil es in erreichbarer Nähe keine geeigneten Welten gibt.«

Soeben hatte er Rechenschaft über die Mission Bazinski-Cluster abgelegt und schlüssig bewiesen, dass der Bevölkerung der Erde, die dem Schlund entgegentaumelte, kein Ausweg blieb.

»Wir müssen mit allen Kräften versuchen, eine wirkliche Lösung zu finden. Zahlreiche Programme laufen bereits, aber sie werden halbherzig durchgeführt. Das gilt es schnell zu ändern.« Casalle lächelte knapp, dann sagte er gemessen: »Der Zustand dauert schon lange an, er ist in jeder Hinsicht unbefriedigend und tödlich. Reginald Bull, der Verräter, der zur OGN überlief, aber ebenso Leifer Khantank und Schmenk Ructyn haben es nicht geschafft, die Forschungen zu einem befriedigenden Ergebnis zu bringen. Ich verspreche Ihnen allen, dass ich die Erde retten werde. Ich weiß, dass wir den Sturz in den Schlund verhindern können, und ich werde ihn verhindern. Deshalb fordere ich die Position als neues Licht der Vernunft. Es gibt nun drei Kandidaten für das Amt. Mein Ziel ist, die Erde aus der verhängnisvollen Entwicklung herauszulösen und

Ihnen allen die Todesangst zu nehmen, denn der Sturz in den Schlund würde das endgültige Ende Terras bedeuten.«

Die Spannung wich. Unbeeindruckt und siegessicher stand Trevor Casalle auf, strich das Haar an den Schläfen glatt und ging.

In dem anschließenden Korridor sprach ihn ein Mann an. Casalle wirbelte herum, die Hand am Griff der Dienstwaffe.

Der hochgewachsene Mann, der an der Wand zwischen zwei Vorsprüngen lehnte, hatte die Augen eines Raubvogels. Er wirkte wie ein Immuner. »Ich bin unbewaffnet, aber nicht schutzlos«, sagte er leise.

»Was wollen Sie?«

»Mein Name ist Percellar – aber das tut wenig zur Sache. Ich will Ihnen helfen. Diejenigen, die ich vertrete, sind daran interessiert, Sie zu unterstützen. Und niemand wird in den nächsten Wochen mehr Unterstützung benötigen als Sie, Admiral Casalle.« Percellar bewies eine Kaltblütigkeit, die das Maß aller Dreistigkeit noch übertraf, mit dem die Immunen vorgingen.

»Was haben Sie mir zu sagen?«, fragte Casalle.

»Ich unterbreite Ihnen ein Angebot. Aber ich habe es eilig.«

»Reden Sie!«

»Die Organisation Guter Nachbar verpflichtet sich, ihre Kraft zu koordinieren. Wir verhelfen Ihnen zur Macht.«

»Gegenleistung?« Casalle taxierte den Kurier. Sie maßen sich gegenseitig und erkannten, dass das Gegenüber klug, schnell und von eiskalter Entschlossenheit war.

»Sie beenden die Verfolgung aller Immunen. Sichern Sie uns zu, dass wir in Ruhe in unseren Verstecken leben dürfen. Und versprechen Sie, das *Buch der Liebe* nicht mehr zu unterdrücken. Das ist alles. Wenn Sie zustimmen, bringt die OGN Sie ans Ziel Ihrer Wünsche.«

»Ich brauche Bedenkzeit.« Aufgeregte Stimmen waren im Treppenhaus zu hören, Gesprächsfetzen hallten durch den Korridor. »Sie verlangen eine unbedachte Entscheidung zu schnell.«

Die Stimmen wurden lauter. Schritte kamen näher. Percellar spannte seine Muskeln. »Wenn Sie wollen, Admiral. Ich werde mich wieder melden. In spätestens einer Woche. Sehen Sie eine Möglichkeit, mit uns zusammenzuarbeiten? Auch uns geht es um das Wohl des Planeten.«

»Vielleicht …«

Als die ersten Menschen näher kamen, griff Percellar nach seiner Waffe, die sich im Schulterholster abzeichnete. Er trug die monotone Kleidung der Aphiliker. Trevor Casalle erkannte, dass eine Verfolgung ein unzweckmäßiges Blutbad zur Folge gehabt hätte. Er sah verblüfft zu, wie der Kurier verschwand. Nur Sekunden brauchte der Mann, um sich den Personen anzugleichen, die aus verschiedenen Richtungen kamen und im Treppenhaus zusammentrafen. Er wand sich wie eine Schlange an den Passanten vorbei und verschmolz mit der Menge. Niemand hätte auf ihn deuten und sagen können: Der hat eben mit Casalle gesprochen.

Der Admiral ging nachdenklich zum Ausgang. Dort wartete Major Kratt auf ihn.

Als sie im Dienstgleiter saßen, berichtete Casalle, welches Angebot er soeben erhalten hatte. Kratts einziger Kommentar war: »Schlagen Sie ein, Sir! Stellen Sie dem Kurier eine Falle, aber versichern Sie sich der Mitarbeit der OGN. Sie hat immer noch viel Einfluss.«

»Ich werde es mir überlegen«, knurrte Trevor Casalle. Er sah die Vision einer Welt vor sich, die seinen Weg ging, eine Lösung im Licht der Vernunft.

»Endlich sind wir allein. Was ich zu sagen habe, ist schnell gesagt.« In Vater Ironsides Augen sprühte der Zorn.

Roi Danton schürzte die Lippen. »Warum die Aufregung? Niemand hat Sie beleidigt.«

»Sie haben Sergio Percellar ausgeschickt. Ihr wollt mit Casalle zusammenarbeiten?«

»Wir werden ihn dazu benutzen, unsere Position zu verbessern.«

»Das ist Unsinn!« Ironside wurde lauter, er gestikulierte heftig. »Der Satan wird zum Schein auf jede Vereinbarung eingehen. Aber sobald er die Macht hat, wird er sich gegen uns wenden.«

Danton hob abwehrend beide Hände. So überaus erregt kannte er Ironside noch nicht und versuchte abzuschwächen: »Für uns ist Casalle ein Werkzeug, nicht mehr.«

»Dieses Werkzeug wird sich selbstständig machen«, lautete die zornige Antwort.

»Wir hatten die Situation bislang immer einigermaßen unter Kontrolle. Sogar zu der Zeit, als Reginald Bull das Licht der Vernunft war.«

Ironside packte Danton an den Schultern und schüttelte ihn, als wolle er ihn auf die Weise zur Vernunft bringen. »Ich werde beweisen, dass Casalle ein Abgesandter der Hölle ist.«

»Ironside! Nehmen Sie endlich Vernunft an!«, rief Danton. »Sie werden selbst sehen, wie mächtig wir durch einen schwachen Regierungschef werden!«

»Abermals Unsinn! Dreimal Unsinn! Ein Narr ist, wer das glaubt!«

Jetzt schrie Ironside. Er ließ Danton los und stieß ihn von sich. Schließlich, nach einem kurzen, beklemmenden Schweigen, verkündete er: »Ich sehe ein, dass ich am Plan der OGN nichts ändern kann. Also werde ich meine eigenen Wege gehen. Allerdings verspreche ich, dem großen Ziel entgegenzuarbeiten – weiterhin, trotz eurer sündhaften Sturheit!«

Der Gedanke, den treuen, dabei jedoch bis zum Extrem eigenwilligen Pater zu verlieren, überraschte Danton. »Ich kann Sie nicht halten, Ironside«, sagte er zögernd. »Aber ist das wirklich Ihr Ernst?«

»Ich kann nicht ununterbrochen gegen meine Überzeugung handeln. Das werden Sie einsehen.«

Sie tauschten einen kurzen, aber kräftigen Händedruck aus. »Niemand weiß, ob es ein Abschied für immer ist. Trotz allem viel Glück für Sie, Roi!«

Danton blieb bewegungslos stehen. »Leben Sie wohl!«, sagte er leise.

25.

Die Verfassung Terras und des ehemaligen Solaren Imperiums, schlechthin das staatserhaltende Werk der Zukunft, war auf revolutionäre Weise schon Jahrzehnte nach dem Ausbruch der Aphilie unter tätiger Mithilfe Reginald Bulls geändert worden. Der Vorsitzende des Regierungsrats, das Licht der Vernunft, war der gesetzgebenden Versammlung kaum mehr verantwortlich. Diese Versammlung verlor Macht und Sinn und löste sich schließlich auf. Das Licht der Vernunft regierte nach Dekret. Die Entscheidung des Regierungschefs wurde, da sie logisch untermauert und daher für Aphiliker einleuchtend war, so gut wie nie in Zweifel gezogen. Der Vernünftigste besaß das höchste Amt, also waren seine Entscheidungen das Ergebnis positronisch gestützter Logik. So bahnte sich eine Entwicklung an, die aus dem Licht der Vernunft eine reine Despotie werden ließ. Historische Vergleiche mit Timur, Dschingis Khan oder Alexander dem Großen können dem Zustand nur unvollkommen gerecht werden.

Geheime Chronik Terras

Der Gleiter war ein Trümmerhaufen, ein zerknittertes, geschwärztes Wrack. Aus einem Riss im Metall sickerte Blut und bildete auf der Piste einen größer werdenden Fleck. Andere Teile des Gleiters waren mit Löschschaum bedeckt, unter dem das abkühlende Metall dampfte.

»Vor acht Minuten wurde diese Szene aufgezeichnet. Im Gleiter befand sich zum Zeitpunkt der Explosion Nenzo Migone, der Zweite Sekretär Leifer Khantanks. Mit diesem fünfzigsten Unfall innerhalb von drei Wochen hat sich die Schar der Vertrauten und Gefolgsleute Leifer Khantanks um ein weiteres Opfer verkleinert.«

Die Optik zog sich langsam zurück und zeigte Roboter, Polizisten und den Piloten eines schweren Schleppgleiters.

Heylin Kratt gönnte sich ein dünnes Lächeln. »Der Machtkampf zwischen Leifer Khantank und dem Wiesel Ructyn tobt unvermindert«, stellte er fest. »Ich bin gespannt, wann das erste Attentat auf mich verübt wird.«

»Oder auf mich.« Trevor Casalle wirkte angespannter als sonst.

»Das ist wahrscheinlich«, erwiderte der Major düster. »Aber ich habe vorgesorgt. Wo immer Sie sich befinden, Sie sind geschützt. Ich habe mehr als tausend Mann und eine erhebliche Anzahl von Robotern abgestellt.«

Casalle reagierte nicht darauf. »Wie sind die Pressemeldungen?«, wollte er wissen.

»Unterschiedlich. Khantank verhält sich still. Aber Ructyn beschuldigt Sie, unqualifiziert zu sein. Leeres Geschwätz und leicht zu durchschauen.«

In geheimen Nachrichtensendungen hatte die Organisation Guter Nachbar mittlerweile sowohl vor Khantank wegen Unfähigkeit als auch vor Ructyn wegen der von ihm direkt oder indirekt verursachten Verbrechen gewarnt. Die OGN favorisierte Casalle, dem sie Charaktereigenschaften zubilligte, von denen die Masse der Aphiliker wusste, dass sie positiv waren.

Nach einer Weile erklärte Casalle: »Ich warte auf den neuen Kontakt mit dem Abgesandten der OGN und werde das Angebot annehmen.«

Sowohl Casalle als auch Kratt wussten genau, dass jetzt schon wieder Outsider mit ihrer hochwertigen Ausrüstung Fallen stellten. Morgen würden erneut Menschen unter ungewöhnlichen Umständen ihr Leben verlieren. Casalle schwor sich, sobald er das Licht der Vernunft sein würde, diese Leute zu jagen und unschädlich zu machen.

Das Netz der robotischen Überwachung war aktiviert. Für die nächsten Tage war jeder Schritt des Admirals abgesprochen. Der Kurier konnte nicht ungesehen an ihn herankommen, und sobald er sich entfernte, würde er zumindest einen Schlupfwinkel verraten, wenn nicht sogar das Versteck der OGN.

Niemand sah die beiden Schatten. Man hätte sie bestenfalls mit Nachtsichtgeräten entdecken können. Sie verschmolzen mit der Dunkelheit des bewachsenen Dachs. Kaum hörbar wisperte eine Stimme: »Es ist nicht zu glauben, Sergio.«

Percellar klappte das Visier über die Augen. Etwa sechshundert Meter entfernt saß hinter einer dicken Scheibe ein Mann an einem Arbeitstisch.

»Was ist nicht zu glauben?«, raunte Percellar.

»Wir haben rund zweihundert Frauen und Männer. Die Gegenseite verfügt über Roboter und enorm viel Wachpersonal. Sie schirmen Casalle fast hermetisch ab.«

Schon bevor der Vertrag gelesen und unterzeichnet werden konnte, hatte Sergio Percellar seine Leute postiert. Sie schafften es, als Aphiliker getarnt zu leben. In der militärischen Zone östlich des Flottenhafens von Terrania City lag Casalles Dienstwohnung, eine nahezu uneinnehmbare Festung. Der Mann wurde erst verwundbar, sobald er das Haus verließ, was jedoch immer seltener geschah.

»Da ist noch eine andere Gruppe. Ich bin sicher, dass es sich um Outsider handelt.«

Percellar wandte den Kopf. Die kühle Nachtluft war angenehm. In den Büschen auf dem Dach schrie erschreckt ein Vogel. Irgendwo zirpten Grillen. Aus der Ferne erklang leiser, lang gezogener Donner. »Outsider in Casalles Nähe? Bist du sicher?« An diese Möglichkeit hatte er einmal vage gedacht, als er sich mit Roi Danton über den Einsatz unterhalten hatte.

»Unsere Leute haben sie beobachtet, ihre Deckung aber nicht verlassen.«

Percellar reagierte wie elektrisiert. Jetzt befand er sich also zwischen den Fronten. Die Frauen und Männer der OGN waren keine einfältigen Partisanen, sondern eine schlagkräftige Truppe hervorragend ausgerüsteter und bestens geschulter Spezialisten. Sie waren im Umkreis von Casalles Hauptwohnsitz postiert.

»Das kann nur eins bedeuten.« Percellar beobachtete den arbeitenden Mann; Casalle schien sich sehr sicher zu fühlen.

»Richtig. Diejenigen, die Khantanks Mitarbeiter auf dem Gewissen haben, kümmern sich auch um Casalle.«

Die Outsider konzentrierten sich also auf den Admiral. Percellar hütete sich, nur eine Sekunde lang ihre Möglichkeiten zu unterschätzen. Besonders ein Name war ihm geläufig: Jocelyn der Specht. Einer der schnellsten und für das blutige Geschäft begabtesten Männer. Für Sekunden stieg ein eisiges Angstgefühl in Sergio hoch.

Die Wohnzone, ausschließlich Flottenangehörigen der oberen Ränge vorbehalten, befand sich nur zehn Minuten Gleiterfahrt vom Raumhafen entfernt. Das Gebiet war von den angrenzenden Siedlungen scharf getrennt. Percellars Gruppe hatte einen halb verschütteten Tunnel ausfindig gemacht und sich im Lauf von zwei Wochen eingerichtet und getarnt. Es war anderen Jägern ebenso leicht oder ebenso schwer möglich, hier einzudringen. Allerdings gab es keinen offiziell möglichen Zutritt zum Sperrgebiet, in dem Roboter und Wachen mit gepanzerten Gleitern patrouillierten. Zudem existierten Hunderte von Sicherheitseinrichtungen, die jedoch inzwischen von der OGN-Gruppe enttarnt worden waren.

Percellars Problem war plötzlich dreigeteilt. Er musste unentdeckt bleiben. Er hatte den Vertrag Trevor Casalle zu überbringen und sofort nach der Unterschrift spurlos unterzutauchen. Er musste zudem Casalle auch noch beschützen.

»Arme, geschundene Erde«, flüsterte er und hörte zu, wie sein Nebenmann alle Beobachtungen weitermeldete.

Die meisten Gebäude der Wohnanlage waren nur bis zu zehn Stockwerke hoch. Im Zentrum ragten Wohntürme auf, von ungepflegten Parkanlagen umgeben. Im höchsten Turm lagen Casalles Räume. Durch das stark vergrößernde Nachtsichtgerät blickte Percellar direkt auf den Arbeitstisch und, wenn Trevor den Kopf hob, in dessen Gesicht.

Wieder griff die Angst nach Percellar. Er ahnte, welche Schwierigkeiten ihm in den nächsten Stunden drohten. Er konnte dabei umkommen. Flüchtig schob sich der Gedanke an Sylvia Demmister in den Vordergrund, aber er verdrängte ihn wieder. Er hatte es mit Aphilikern und Robotern zu tun.

Überwachungsautomatiken, zahllose Fallen, Maschinen, Wachen und Outsider – alles schien nur auf den Moment zu lauern, an dem man gleichzeitig losschlagen konnte. Sollte die OGN diesen Augenblick bestimmen und die Verteidigungs- und Angriffsaktionen provozieren?

Aus dem Augenwinkel heraus sah Sergio einen sekundenlang aufflackernden Schein, der schnell heller wurde. Ein fauchendes Geräusch war zu vernehmen.

Rechts hinten, zwischen Bäumen und halb unterirdischen Versorgungsbauten, war ein Projektil gestartet worden. Die kleine Rakete zog eine blauweiße Stichflamme hinter sich her.

Keine unserer Waffen, durchfuhr es Percellar. Die Outsider hatten die Auseinandersetzung eröffnet, diese Rakete konnte nichts anderes als ein Test sein.

Sekundenlang stach die flackernde Helligkeit durch die Nacht. Percellar duckte sich zwischen die taufeuchten Pflanzen. In seinem Ohrempfänger wisperte eine aufgeregte Stimme: »Das Projektil kommt aus Sektor sieben. Ich habe drei Personen hantieren sehen, aber sie sind verschwunden.«

Sekunden später detonierte die Rakete in einer heftigen Explosion, die sich zur winzigen, stechend hellen Sonne aufblähte. Schlagartig war das Gelände in blendende Helligkeit getaucht.

Percellar hatte sein Gesicht in den Unterarmen vergraben und wagte es erst allmählich, die Augen wieder zu öffnen.

Er sah gerade noch, wie verschiedenfarbiges Feuer nach allen Seiten auseinander floss, sich abschwächte und in die Mauern eines Nachbargebäudes einschlug. Die vernichtende Energie war von einem Schutzschirm abgeleitet worden. Percellar fragte sich, was die Outsider bezweckten. Dass Casalle auf diese Art nicht zu verwunden war, mussten sie schon vor dem Abschuss gewusst haben.

»Wir bleiben in den Verstecken und versuchen, die Angreifer zu lokalisieren!«, raunte Percellar in sein Armband.

»Verstanden«, kam es zurück.

Völlig überflüssig schnitten Scheinwerfer lange Gassen in die Dunkelheit. Es gab subtilere Methoden, Gegner aufzuspüren. Sergio Percellar sah, dass Casalle hinter seinem Tisch aufgestanden war und den Individualschirm aktiviert hatte.

Gleiter kreisten über dem Gebiet. Hin und wieder vereinigten sich einige Scheinwerferstrahlen und verharrten auf einem Fleck. Dann feuerten Paralysatoren und sogar Hochenergiewaffen. Systematisch patrouillierten die Wachen über Wegen und schmalen Straßen. Sergio sah von seiner Position aus fast alle Bewegungen, war indes selbst kaum gefährdet.

Von jenseits des Sperrkreises schwebten weitere Gleiter ein, und jäh zuckten Blitze auf. Bomben detonierten. Mit großer Wahrscheinlichkeit waren die Maschinen robotgesteuert. Die Arsenale der Outsider schienen jedenfalls hervorragend bestückt zu sein, vermutlich hatten sie irgendwo gute Beute an Waffen und Ausrüstung gemacht.

Sergio winkelte den Arm an und sagte leise: »Der Angriff ist nur eine Ablenkung. Unsere Gruppen rund um das Haus sollen sich bereithalten.«

Die ersten Abwehreinrichtungen feuerten. Anscheinend konzentrierte sich der Angriff auf einen runden, schlanken Wohnturm, der sich nach oben kegelartig verjüngte.

Sergio Percellar schwang sich in den Reparaturschacht des Antigravlifts und kletterte mit affenartiger Schnelligkeit abwärts durch völlige Finsternis. Endlich stand er vor der präparierten Tür. Ein Blick auf den winzigen Monitor zeigte ihm, dass er allein im Keller war. Nur einige Gleiter und die Aggregate der Hausversorgung waren im trüben Licht der Notbeleuchtung zu erkennen. Lautlos schwang die Tür auf. Sergio verschmolz in seinem Tarnanzug mit dem Halbdunkel. Eine Treppe führte hinaus in die kühle Nacht. Kurz vor der obersten Stufe hielt er inne, zog eine winzige Lampe aus dem Gürtel und richtete den nur millimeterdicken Strahl auf eine kaum sichtbare Fotozelle. Vorsichtig schob er sich an der ersten Falle vorbei.

Zwei Meter hinter ihm krachte ein glühendes Metallteil auf die Stufen. Sergio hastete weiter. Er befand sich auf feuchtem Rasen und sah vor sich die Mauer und verwildertes Buschwerk.

Der Angriff schien ins Stocken geraten zu sein. Von fern erklangen wütende Kommandos. Ein Gleiter trudelte brennend zu Boden, aber noch feuerten seine Geschütze.

Als Sergio ein Heulen und Wimmern über sich hörte, warf er sich zwischen die Büsche. Er versuchte noch, sich abzurollen, aber die Ranken behinderten ihn.

Wenige Meter über ihm schwebte ein angeschlagener Wachroboter. Die Maschine drehte sich langsam und flog im Zickzack auf den außen liegenden Liftturm des Gebäudes zu, das Sergio eben verlassen hatte. Aus dem Rumpf des Roboters quoll weißer Rauch. Dann feuerten seine beiden Waffenarme. Ihr Schüsse setzten Pflanzen in Brand und ließen die Fenster der teilweise verlassenen Wohnungen zerbersten. Sergio wand sich in rasender Eile durch das Gebüsch, dessen Dornen ihn zurückhalten wollten. Augenblicke später wurde der Roboter mit furchtbarer Gewalt gegen eine Wand geschmettert und löste sich in Einzelteile auf.

»Wir rufen Percellar!«

Sergio, der sich eben auf eine niedrige Mauer schwingen wollte, antwortete hustend. »Alles in Ordnung. Ich bewege mich entlang Route vier zum Ziel.«

»Outsider sind in den Keller eingedrungen und scheinen dort zu warten.«

»Ihr seid ihnen auf den Fersen?«

»Noch kontrollieren wir die Entwicklung.«

Sergio schwang sich über die Mauer, federte ab und sicherte nach allen Seiten. Fünfzig Meter weiter schlug er sich nach rechts in einen Garten, denn quer über den Weg spannte sich eine tödliche energetische Sperre.

Auf der entgegengesetzten Seite erschien die Straße leer und verlassen. Alle Aktivitäten konzentrierten sich auf den Kern der Militärsiedlung. Es durfte nicht geschehen, dass die Outsider Casalle töteten. Er war der Kandidat, der die OGN am Leben erhalten sollte.

Quer zu seinem Weg zog ein Gleiter der Wachen vorbei. Percellar verschmolz mit der Umgebung. Als er sich wieder aufrichtete, fegte der Lärm einer furchtbaren Detonation über das Gelände hinweg. Eine der robotgesteuerten Outsidermaschinen war vernichtet worden.

Vor ihm lag eine Kreuzung. Im Schatten und dicht an Mauern, Büsche und Zäune gepresst, rannte Sergio darauf zu. Aus einem Winkel zwischen zwei Lüftungsschächten blinkte es in schneller Folge viermal auf – ein Signal. Er vergaß für Sekunden jede Vorsicht und spurtete auf die Stelle zu, an der einer seiner Männer stand. Als er sich bis auf wenige Meter genähert hatte, trat der Posten aus der Dunkelheit.

»Hier scheint alles frei zu sein. Ich kann das Gelände bis zur Treppe übersehen.«

Sergio erfuhr, dass es im Haus von Wachen und Robotern wimmelte. Es war unmöglich, ohne Qualifikation in das Gebäude hineinzukommen.

»Und die Outsider?« Sergio Percellar atmete schwer.

»Acht Männer und zwei Frauen. Sie sind im Maschinenkeller versteckt.«

Percellar nickte langsam. »Ich versuche, zu Casalle vorzudringen. Wir sollten es schaffen, die Outsider gefangen zu nehmen. Wann ist der beste Zeitpunkt?«

»Möglichst bald, denn das Durcheinander wird uns helfen. Ich habe gehört, dass wir bisher fünfzehn Uniformen von Wachen, ihre Waffen und alles andere erbeutet haben.«

»Ausgezeichnet. Ich melde mich wieder.« Sergio Percellar verschwand erneut in der Dunkelheit. Die Wachen bildeten einen dichten Kordon um das Zielgebäude, aber Sergio kannte einen Weg, die Absperrung zu überwinden.

Unter seinen Stiefeln knirschte Schutt. Er stieß auf einen bewusstlosen Wächter in Unterkleidung. Seine Uniform befand sich im Besitz der OGN-Einsatzgruppe. Sergio grinste grimmig.

Ein fahler Lichtschein warnte ihn. Er sah undeutliche Bewegungen, hörte Stimmen und das Summen eines Triebwerks. Er federte hoch, seine Hände berührten einen Ast, die Finger krallten sich um das Holz, und er zog sich nach oben. Mit vier, fünf schnellen Griffen hangelte Sergio weiter aufwärts und verschwand in der Baumkrone. Fast zeitgleich schwebte ein offener Gleiter heran.

Sergio Percellar schaltete seinen Kombistrahler auf Lähmung, dann feuerte er viermal hintereinander.

Die Besatzung des Gleiters sackte zusammen, das offene Gefährt geriet ins Trudeln, berührte den Boden, sprang noch einmal hoch und krachte nach dreißig Metern Fahrt gegen eine Mauer. Percellar raunte in sein Armband: »Sergio hier, an der Kreuzung mit der Treppe. Ich habe einen Gleiter außer Gefecht gesetzt. Vier Uniformen, vier Waffen. Nehmt den Insassen auch die ID-Plaketten ab, wir brauchen sie bestimmt.«

Die Gefahr bestand, dass die Sender angepeilt wurden, aber er rechnete mit der Nachlässigkeit der Aphiliker.

»Verstanden. Wir holen uns die Beute.«

Er schwang sich hinter dem Stamm zu Boden und hielt regungslos inne. In seiner Umgebung bewegte sich nichts. Der Lärm schien abzuebben. Bisher war keine weitere Hilfe angefordert worden. Vermutlich fühlten sich Kratt und Casalle sicher.

Sergio gelangte ohne weiteren Zwischenfall bis zur Baumgruppe neben den Treppen. Er befand sich nun in unmittelbarer Nähe des Hauses. Von fünf Seiten führten breite, flache Stufen etwa sieben Meter abwärts. Sie endeten an einem Weg, der wie ein breiter Kreisring um das Haus lag. Daran anschließend erstreckte sich der verwilderte Park.

Ein vager Zischlaut, Percellar pfiff kurz die Antwort. Zwischen dichten Ästen sank eine Frau auf den Boden. Sie trug ein Flugaggregat und in Händen eine schwere Waffe.

»Alles klar?«, fragte Percellar leise.

»Mehr oder weniger. Eine Menge Leute sind im Haus. Sie halten die Bewohner in den Apartments fest.«

»Der Admiral …?«,

»Er ist mit Kratt in seinen Räumen. Eben wurde der letzte Gleiter abgeschossen.«

»Die Outsider?«

Ein Kopfschütteln. »Wir haben außerhalb des Gebäudes keine mehr gesehen. Sie scheinen einen neuen Schlag vorzubereiten. Offenbar wollen sie ihren eingeschlossenen Leuten einen Vorstoß ermöglichen.«

»Das bedeutet eine direkte Konfrontation mit den Wachen. Sie werden Leute von hier abziehen.«

»Vermutlich.«

Sergio Percellar schürzte die Lippen. »Ich brauche zwanzig Männer in erbeuteten Uniformen! Sie müssen einige stehen gelassene Gleiter bemannen und mich im Sektor elf entdecken.«

»Ich verstehe. Und dann?«

»Wir warten auf die zweite Phase des Outsider-Angriffs. Ich gebe das Kommando.«

Offensichtlich gab es in diesem Teil der Wohnanlage keinen intakten Polizeiroboter mehr. Keiner der Immunen besaß einen PIK, einen Personalidentifizierungs-Kodegeber. Die Roboter waren mit Sensoren ausgestattet, die es ihnen ermöglichten, Menschen ohne PIK zu entdecken. Aber bislang war kein einziger Angriff der Maschinen erfolgt. Sergio schob seine Befürchtungen beiseite. »Wir brauchen jede Menge Glück. Unsere Skrupel sollten wir vorübergehend vergessen.«

Er tauchte in der Dunkelheit unter, wohl wissend, dass er sich auf seine Männer und Frauen verlassen konnte und sie in der Lage waren, hervorragend zu improvisieren.

Die Mehrheit der Terraner war an der Auseinandersetzung zwischen Casalle, Ructyn und Khantank nicht interessiert. Der Einzelne hatte genügend eigene Sorgen. Die Bedrohung durch den Schlund; die Unmöglichkeit, die Erde in einer organisierten Flucht zu verlassen, wie Trevor Casalle behauptet hatte; die sich überstürzenden Nachrichten von Gräueln und Gewalttaten, von flüchtig erwähnten Hinrichtungen, Unfällen und Toten … diese Litanei des Schreckens hielt eine der Urängste wach, einen Rest archaischer Todesfurcht.

Die Bevölkerung hatte zwar den Entscheidungen des Lichts der Vernunft vertraut, aber die OGN bedeutete kaum noch einen Schrecken. Die Kranken waren lästig mit ihren Träumen von einer vergangenen Zeit und ihren absurden Gefühlsduseleien. Die Mitglieder der Organisation Guter Nachbar waren indes nur Narren – aufrichtig, ehrlich und unbequem. Wenn die OGN sich irgendwie meldete und eine Meinung abgab, war das auf jeden Fall immer ehrlich.

Deshalb hatte der erste Aufruf der OGN, Casalle wäre der richtige Kandidat, die Kontrahenten Khantank und Ructyn aufhorchen lassen. Ructyn hatte schnell reagiert und versucht, frontal zuzuschlagen. Der Angriff der bezahlten Söldner, die den neuen und aussichtsreichen Anwärter töten sollten, war der Beweis.

Niemand in Terrania City ahnte, was in dieser Nacht abseits des Flottenhafens geschehen war und noch geschah. Nur Sergio Percellar wusste, was er zu tun hatte.

Die sechs Gleiter tauchten plötzlich auf. Sie kamen von allen Seiten, und als sie den rennenden Mann in ihrer Mitte hatten, flammten die Suchscheinwerfer auf. Die Lichtbalken trafen sich im Zentrum eines kleinen, von Unrat übersäten Platzes.

»Stehen bleiben!«, dröhnte eine befehlsgewohnte Stimme. Strahlschüsse folgten.

Der Gejagte hielt inne und legte den Unterarm schützend gegen das grelle Licht über die Augen.

»Vier Mann, ein Roboter. Entwaffnen! Wir bringen den Attentäter zu Casalle!« Die Gleiter sanken tiefer. »Kein Risiko eingehen. Er ist einer der Outsider!«

Der Mann wurde entwaffnet. Metallfesseln schnappten um seine Handgelenke zu. Ein harter Griff zerrte ihn in die Richtung des Hauses, das von einem Kordon Bewaffneter umgeben war. Als die Gruppe der Uniformierten mit ihrem Gefangenen schon sehr nahe war, ertönte am entgegengesetzten Ende der Anlage ein Donnerschlag, dem dieses Mal nicht die Helligkeit einer Explosion vorausgegangen war.

»Wo bringt ihr mich hin?« Der Gefangene stöhnte, als der Kolben eines Strahlenkarabiners ihn in den Rücken traf.

»Das erfährst du früh genug, Bruder«, antwortete jemand hinter ihm, den er nur hören, aber nicht erkennen konnte. Roboter und Wachen warteten vor der Gruppe.

»Platz hier! Wir bringen einen der Schurken hinauf zu Casalle!«

Alles ging sehr schnell. In dem Augenblick, als der zweite Angriff der Outsider begann – den die Frauen und Männer der OGN noch verstärkten –, wurde gut die Hälfte der Wachen abgezogen. Kaum jemand achtete noch auf die Uniformierten und ihren Gefangenen. Der Mann stolperte, von Schlägen vorwärts getrieben, die Treppen hinunter und auf den Eingang zu.

»Öffnen! Befehl von Admiral Casalle!«

Die Energiebarriere vor dem Eingang erlosch und ließ den Trupp passieren. Die Halle war schwach erleuchtet, hinter einem transportablen Schutzschirm kauerte ein Wächter mit einer schweren Automatikwaffe.

»Dort hinauf!«

Die Kampfgeräusche wurden leiser. In den Gängen und auf den Treppen standen oder patrouillierten Bewaffnete. Das Gebäude glich einer Festung. Schon der erste Schuss würde ein Blutbad auslösen, denn niemand trug einen Schockstrahler. Nur tödliche Waffen.

In einem Antigravschacht schwebten die Wächter mit ihrem Gefangenen bis zur Ebene von Casalles Apartment. Der dämmrige Korridor wurde von HÜ-Schirmen abgeriegelt. Wachposten taxierten den Gefangenen.

»Wohin wollt ihr?«

»Befehl von Admiral Casalle. Er will den Anführer der Outsider sehen – und ihn vermutlich eigenhändig eliminieren.«

»Begreiflich. Aber trotzdem ...« Der Offizier, ein hünenhafter Mann mit bronzefarbenem Gesicht, aktivierte eine Bildsprechverbindung. Das kleine Holo zeigte Casalle hinter seinem Arbeitstisch, offensichtlich keineswegs beunruhigt.

»Was ist los?«, fragte er hart.

Der Gefangene wurde vor die Linse gezerrt. »Wir haben diesen Mann festgenommen. Er ist einer der Outsider und sagt, Ructyn bezahlte ihn für Ihren Tod, Admiral.«

»Wo wurde er gefangen genommen?« Casalles Blick bohrte sich in das Gesicht des Gefangenen. Aus einer Schnittwunde an der rechten Schläfe sickerten Blutfäden durch verkrusteten Schmutz.

»Auf dem Weg vom Außenbezirk, keine fünfzig Meter vom Haus entfernt. Er trug tödliche Waffen und einen Deflektoranzug, veraltetes Modell.«

»Ich werde ihn mir ansehen«, murmelte Casalle. Ein Schott glitt lautlos in die Wand zurück.

»Hinein!« Der Gefangene erhielt einen Stoß, taumelte und fing sich nicht mehr. Er schlug schwer zu Boden. Die Bewaffneten stellten sich in einem lockeren Halbkreis auf. Hinter ihnen fiel die Tür wieder zu.

Beängstigende Stille breitete sich aus. Mit katzenhafter Geschmeidigkeit kam Casalle um den Tisch herum, griff mit einer lässigen Bewegung nach dem Strahler auf der Tischplatte und blieb mit gesenkter Waffe vor dem Gefangenen stehen.

»Aufstehen!« Die Stimme des Admirals klang ruhig wie immer.

Stöhnend drehte sich der Outsider auf dem hochflorigen Teppich und versuchte sich aufzurichten. Zwei Wachen kamen näher. Einer von ihnen bückte sich und schob sich mit dieser Bewegung zwischen den Gefangenen und den Admiral. Der andere holte kurz mit seiner Waffe aus und ließ den Lauf hart auf das Handgelenk des Admirals fallen.

Es gab einen trockenen Ton, dann ein unterdrücktes Stöhnen. »Sind Sie lebensmüde?«, fauchte Casalle.

»Sie erkennen mich, Admiral?«, fragte der Gefangene und stand ohne Hilfe auf. Er wischte sich mit dem Handschuh über das Gesicht. Die Blutspuren verschwanden.

Trevor Casalle starrte den Fremden an … und erkannte ihn. Er massierte sein Handgelenk mit den Fingern der Linken. »Ihnen ist ein gewisses Maß an Todesmut nicht abzusprechen«, stellte er unbeeindruckt fest. »Sie sind der Kurier der OGN. Wurde der Trubel dort draußen von Ihnen inszeniert?«

Sergio Percellar schüttelte den Kopf. »Eine starke Gruppe von Outsidern, vermutlich von Ructyn entlohnt und dieselben, die unter Khantanks Männern aufräumen, greift an. Einige verbergen sich bereits im Keller. Aber ich bin nicht gekommen, um über die Outsider zu diskutieren. Sie wollen den Vertragsentwurf lesen?«

Casalle war ein Mann mit großen Fähigkeiten. Leider stand er auf der verkehrten Seite. Sergio musste neidlos eingestehen, dass der Admiral weder Verwirrung noch Unsicherheit erkennen ließ.

»Ich bin wegen des Vertrags gekommen. Wir haben schätzungsweise fünfzehn Minuten Zeit.« Percellar griff in seinen Kampfanzug und zog ein zusammengefaltetes Dokument aus spezieller Folie hervor. Er reichte es Casalle.

»Sie unterschreiben, und die OGN wird Sie ins Amt hieven. Für Sie zweifellos ein gutes Geschäft. Anschließend nehmen wir Ihnen noch das Problem der Outsider ab.«

Schweigend las Casalle.

26.

Es war für die neuen Machthaber wichtig, die unbewussten Handlungen der Menschen zu unterdrücken. Aus Träumen und unausgegorenen Vorstellungen werden, auch im Zeichen und unter der Herrschaft der Aphilie, Sehnsüchte. Diese können, wie die Geschichte oft bewies, zu ernsthaften Planungsfehlern führen. Eines der wichtigsten Elemente des Lichts der Vernunft war es, die Erinnerung an die wahre Heimat der Menschen zu unterdrücken. Das hatte zur Folge, dass die Geschichtswissenschaft ein Studienzweig zur Verfälschung und Austilgung geschichtlicher Erkenntnisse wurde. Es gab nur eine Geschichte, und in dieser kam alles das nicht mehr vor, was sich auf das Sonnensystem bezog. Der erstaunliche Schluss, den der typische Mensch dieses Jahrhunderts aus den Jahrzehnten jener »Pseudoerinnerung« zog, war derjenige, dass Terra und Luna schon seit Beginn der Evolution um die Sonne Medaillon kreisten.

Handschriftliche Notizen von Dustin Seraph

Nach fünf Minuten brach Trevor Casalle sein Schweigen. Er blickte Sergio an und sagte: »Leifer Khantank und Schmenk Ructyn dachten offensichtlich, sie könnten alles unter sich ausmachen.«

»Mit einer Einschränkung. Khantank hatte schon verloren, bevor er startete. Sie wählten den Zeitpunkt Ihres Auftritts sehr geschickt, aber augenblicklich schwenkte das Wiesel zum Angriff auf Sie um, Admiral!«

Casalle legte beide Vertragsexemplare auf den Tisch. »Wirklich die Outsider? Bezahlt von Ructyn?«, fragte er nach.

Percellar stieß ein sarkastisches Lachen aus. »Das kann ich beschwören. Sie kennen die öffentliche Reaktion?«

»Khantank und Ructyn sehen sich einer ablehnenden Haltung gegenüber. Die Menschheit liebt das Morden nicht.«

»Sie ist des Mordens überdrüssig, würde ich sagen. Wir Immunen denken ebenso. Deshalb dieser Vertrag. Sie wissen, was Sie zu tun haben, Admiral?«

Die Antwort bewies Percellar, dass Casalle zur Zusammenarbeit bereit war. »Ich werde in meiner nächsten öffentlichen Ansprache Ructyn verurteilen und disqualifizieren. Es gibt einige hundert Zeugen für diesen nächtlichen Überfall. Ich werde ihm die blutrünstigen Machenschaften öffentlich vorwerfen.«

»Womit Sie nicht einmal zu hoch greifen.« Percellar sah zu, wie Trevor Casalle die Dokumente unterzeichnete, sie in das verplombte Registriergerät schob und seine persönliche Kennung eintragen ließ.

»Richtig. Sprechen Sie ihm jegliche Befähigung für die Regierung ab. Die OGN wird Ihnen zustimmen.«

Casalle faltete ein Vertragsexemplar zusammen und reichte es Percellar. »Das ist Sinn dieser Übereinkunft«, sagte er. »Ich gehe davon aus, dass Sie unter den Söldnern Ructyns leiden.«

»Sicher nicht mehr lange«, erwiderte Sergio. »Sie werden verstehen, Admiral, dass wir versuchen, auf unserem Rückweg keine Spuren zu hinterlassen.«

Trevor Casalle wiegte den Kopf. »Sie haben wenig Chancen. Auf irgendeine Weise verraten Sie sich und Ihren Fluchtweg.«

»Wir haben gute Positronikexperten«, widersprach Sergio ohne Triumphgefühl. »Ihre Systeme werden falsche Werte zeigen. Im Augenblick sind nur Sie der störende Faktor. Tut mir Leid.«

Einer seiner Begleiter löste den Paralysator aus. Casalle sank in den Sessel zurück, seine Augen wurden glasig.

Die beiden Posten im Korridor fuhren herum und rannten auf die Männer zu, die den Gefangenen zwischen sich schleppten und sich suchend umsahen.

»Befehl vom Admiral!«, knurrte der eine Wächter. »Wir sollen den Attentäter in den Maschinenkeller bringen. Casalle will ihn selbst exekutieren.«

»Kommt mit. Hier entlang.«

Hinter dem taumelnden, schlaff in den Armen der Wachen hängenden Gefangenen drängten sich die Männer. Das Schott glitt wieder zu, bevor einer der Posten Gelegenheit hatte, einen Blick in den Raum zu werfen. Die Nerven der Immunen vibrierten. Aber niemand schöpfte Verdacht. Percellars Verhalten überzeugte. Sein Kopf bewegte sich haltlos hin und her. Aus seinem Mund drang immer wieder ein lang gezogenes, keuchendes Stöhnen. Seine Füße schleiften nach, die Stiefelspitzen erzeugten scharrende Geräusche auf dem Bodenbelag. Die Männer, die ihn hielten, gingen mit ausdruckslosen Gesichtern zum Liftschacht.

Die gesamte Gruppe, inzwischen zweiundzwanzig Mann, schwebte bis zum tiefsten Punkt der Antigravröhre abwärts. Hinter einer schweren Isoliertür erstreckte sich der Maschinenkeller.

»Geht voran!« Der Offizier wartete, bis die Aphiliker vor ihm den Raum betraten. Blitzschnell schlug er zu und schickte die beiden mit jeweils einem einzigen Schlag zu Boden.

»Schnell!«, zischte Percellar. Seine Männer schalteten ebenso wie er selbst ihre Abwehrschirme ein. Er machte einige schnelle Schritte und blieb erst zwischen großen Aggregatblöcken stehen.

»Wir wissen, dass sich hier zehn Outsider aufhalten«, sagte er scharf. »Kommt mit erhobenen Händen aus den Verstecken! Wir sind in der Überzahl, aber ich möchte kein sinnloses Töten. Wir sind Angehörige der OGN.«

Der Keller war nur mäßig erhellt. Ein unübersichtlicher Dschungel von Leitungen, Maschinen und Warencontainern. Dumpf hallte Percellars Stimme zurück.

Eine Antwort blieb aus.

Die Kämpfer der OGN verfügten über eine hervorragende Ortungstechnik. Zehn Zweiergruppen bewegten sich schnell und im Schutz ihrer Individualschirme auseinander. Handscheinwerfer flammten auf. Leise Kommandos ertönten. Sie waren den Outsidern offensichtlich nur um kurze Zeit zuvorgekommen, denn genau jetzt war der Moment, an dem Casalle am leichtesten zu töten gewesen wäre. Zehn entschlossene Personen konnten in einer schnellen Aktion das Haus stürmen, Casalle ausschalten und verschwinden.

Minuten vergingen, bis alle Verstecke aufgespürt waren. »Ich wiederhole!«, rief Percellar. Die Wände warfen den Schall zurück. »Ich will kein Blutbad! Alles hängt von Ihnen ab, Outsider.«

Kistenstapel verschoben sich, schmale Luken von Versorgungsschächten wurden aufgestoßen. Auch aus einigen abgestellten, verrosteten Gleitern krochen Outsider hervor. Es war absolut nichts Erheiterndes an ihren langsamen Bewegungen. Die Frauen und Männer trugen Kampfkombinationen und waren bestens ausgerüstet.

Percellar wartete, bis alle zehn vor ihm standen.

»Wer ist der Anführer?«

Aus der Gruppe löste sich ein mittelgroßer, sehniger Mann. Seine kalten Augen musterten jeden Zentimeter von Percellars Erscheinung.

»Ich, Jocelyn.«

Percellar bemühte sich, ruhig zu bleiben. Aber Jocelyn hatte sein Zögern sofort bemerkt. Seit Jahren war er unter den Outsidern ein Begriff, ein Mann von raffinierter Vielseitigkeit und erbarmungsloser Jäger der Immunen.

»Jocelyn der Specht«, sagte Sergio leise. »Befehlen Sie Ihren Leuten, jeden Unsinn zu unterlassen! Sie haben im Moment keine Chance. Ich möchte nur mit Ihnen reden.«

»Das tun Sie bereits«, sagte der Specht. Sein Mittelfinger zuckte unkontrolliert, als würde er auf einer unsichtbaren Fläche einen jener schnellen Wirbel trommeln wollen, die ihm den Beinamen Specht eingebracht hatten.

»Wie gesagt: kein Blutbad!«

»Schon gut.«

»Sie sind dafür bezahlt worden, Trevor Casalle umzubringen?«

Jocelyns Augen verengten sich. Seine Hand zuckte zur Waffe, verharrte aber schon nach wenigen Zentimetern mit gespreizten Fingern.

»Sehr besonnen, Jocelyn. Keine falsche Dramatik. Ich kann Ihnen die Antwort geben, wenn Sie Ihr Schweigen vorziehen. Ructyn hat Sie bezahlt, und Sie haben das Spektakel hier inszeniert. Sehr geschickt, sehr Aufsehen erregend, vor allem gab es uns Gelegenheit, hier einzudringen. Wissen Sie eigentlich, dass Sie bald keine Chance mehr haben werden?«

Irritiert fragte der Specht zurück: »Was meinen Sie damit?«

»Sie sind mit uns einer Meinung, dass Khantank dank Ihrer Tätigkeit niemals Licht der Vernunft werden wird?«

Jocelyn lächelte kühl. »Richtig. Khantank ist so gut wie fort. Ructyn hat alle Chancen.«

Sergio schüttelte den Kopf. »Nicht mehr. Sie irren, Jocelyn. Die Outsider haben falsch gesetzt.«

»Schmenk Ructyn wird das neue Licht der Vernunft!«

Die Zeit verging. Percellar befahl seinen Leuten: »Fangt an! Am besten dort hinten, in der Deckung.«

Fünf seiner Männer schnallten sich längliche Ausrüstungsstücke vom Rücken und verschwanden tiefer im Keller.

»Durch die widerliche Auseinandersetzung zwischen Ructyn und Khantank sind die Menschen unsicher geworden«, fuhr Percellar bedeutungsschwer fort. »Der kommende Mann heißt Casalle. Das weiß Ructyn. Er fürchtet ihn, andernfalls hätte er kaum die Outsider eingesetzt. Sie, Jocelyn, sind unser Gefangener, aber ich weiß, dass Sie nicht wortbrüchig werden. Deshalb lassen wir Sie frei, sobald Sie mir versprechen, nicht mehr gegen Casalle zu arbeiten.«

»Was sollten wir für Gründe dafür haben?«

»Die OGN unterstützt Trevor Casalle. Wir erhoffen uns davon mehr Ruhe und eine Koexistenz zwischen Immunen und Aphilikern. Casalle hat einen entsprechenden Vertrag geschlossen. Wir sorgen im Gegenzug dafür, dass er das Amt bekommt. Er weiß, dass Ructyn die Outsider bezahlt. Wie, glauben Sie, wird er reagieren? Casalle wird Sie alle gnadenlos verfolgen und ausrotten wie Ungeziefer – und ebenso schnell.«

Lastendes Schweigen breitete sich aus. »Möglicherweise haben Sie Recht«, gab Jocelyn der Specht nach kurzer Überlegung zu.

»Mit Sicherheit sogar. Die Outsider hätten nicht nur die Organisation Guter Nachbar gegen sich, sondern auch die Regierung. Sie haben jetzt noch die Wahl. Nach Casalles Machtergreifung bleibt Ihnen vermutlich nicht einmal Ihr Leben. Und die Zeit drängt.«

»Jeden Augenblick können uns die Wachen entdecken«, warnte jemand. Natürlich befanden sich einige OGN-Männer an exponierten Stellen und sicherten dieses merkwürdige Treffen ab.

»Ich hasse es, mich so schnell entscheiden zu müssen«, sagte Jocelyn. »Aber Ihre Argumente sind logisch und vernünftig. In Ordnung, Immuner. Wir, also die Leute, die sich mir unterstellt haben, werden nicht mehr gegen Casalle agieren und aufhören, Ructyn zu unterstützen.«

»Haben wir Garantien, dass die Outsider ihr Wort halten?«

Jocelyn zog die Schultern hoch und erwiderte sachlich: »Wenn Sie von einem Outsider hören, der sich nicht vereinbarungsgemäß zurückhält, so ist es jemand, den ich nicht kenne. Ist das eine Basis?«

Percellar nickte, grinste kurz und deutete in den Hintergrund des Kellers. Er hob die Hand, und in dem Moment wurde ein kleiner, aus vielen Einzelteilen zusammengebauter Transmitter eingeschaltet.

»Gebt Befehl für den allgemeinen Rückzug! Schaltet die Überwachungsanlagen ab. Sie werden zwar den Transmitterschock anmessen, aber wir sind für eine organisierte Verfolgung zu schnell.«

Die einzige wirkliche Tarnung der Immunen bestand im Untertauchen in der amorphen Masse. Es gab genügend Menschen für diese Taktik.

Percellar versuchte, das Risiko abzuschätzen, und eröffnete schließlich: »Unser Fluchtweg steht auch Ihnen zur Verfügung, Jocelyn. Der Transmitter wird sich anschließend selbst zerstören.«

Rund zwei Minuten später war der letzte Mann zwischen den leuchtenden Balken des kleinen Transmitters verschwunden. Sekunden später verglühte die Maschinerie in einem Funkenregen.

Das Empfangsgerät hatte weit entfernt gestanden. Die Outsider verschwanden in der Nacht, die in einer Stunde zu Ende sein würde, die Mitglieder der OGN zogen sich ebenso langsam und ohne jedes Aufsehen zurück.

Einen halben Tag später traf Percellar mit dem Vertrag in Porta Pato ein und erstattete Reginald Bull und Roi Danton Bericht.

Die Entwicklung musste abgewartet werden ... Niemand konnte ahnen, was die Zukunft bringen würde. Casalle zu vertrauen war ein Risiko. Eher stand zu erwarten, dass die Outsider ihr Wort hielten.

Trevor Casalle war zu klug, um Kratt bestrafen zu lassen. Vor allem wusste er, wann eine Sache interessant geworden war. Deshalb entschloss er sich, jene Nacht aus seinem Gedächtnis zu tilgen. Darüber nachzudenken war sinnlos und ineffizient. Er hatte die Organisation als neuen Freund gewonnen, die Spuren der Outsider waren verwischt, und das Netz seiner Überwachung war zerstört. Überdies hatte es nicht den geringsten Hinweis gegeben, wohin sich die Immunen zurückgezogen hatten.

Andere Dinge waren inzwischen wieder wichtiger.

»... ich glaube Ihnen, Kratt, aber ich habe keine Gewissheit. Wer ist dieser Dustin Seraph?«

»Ein sehr geschickter Mann. Ruhig, bedächtig, nicht machtbesessen. Er versteht sich hervorragend auf Massenpsychologie.«

»Er hat Ihnen Hilfe angeboten?«

Major Kratt verzog sein schmales Gesicht und stützte die Unterarme auf die Tischplatte. »Er wandte sich an mich, um eine Verbindung zu Ihnen zu schaffen. Ich kenne ihn schon lange, sein Dossier ist einwandfrei, ein sehr profilierter *Standhafter.*«

»Ich werde ihn später kennen lernen. Was schlägt er vor?«

»Ein spektakuläres Ereignis, das Sie den Bewohnern von Terra, Goshmos Castle und Luna präsentieren sollen. Ein Schauspiel, um Sie zu profilieren. Die Menschen müssen wissen, wen sie unterstützen.«

»Hat er sich näher geäußert?«

»Noch nicht. Er wartet. Soll ich ihn holen lassen?«

»Halt, nein. In einigen Minuten wird es interessant. Ich will erst Ructyns angekündigten öffentlichen Aufruf hören.«

Es war der Morgen des 26. August. In der Zeit zwischen der dramatischen Nacht und diesen Stunden war nicht mehr viel geschehen. Khantank schien jede Aktivität aufgegeben zu haben. Neue Meldungen von Unfällen und rätselhaften Unglücken ließen auf sich warten. Obwohl Ructyn einen Teil der Nachrichten manipulieren konnte, glaubten weder Kratt noch Casalle, dass er solche Meldungen unterdrückte.

Dafür geschahen andere, in ihrer Art verblüffende Dinge. Nur Kratt und Casalle wussten, wie es dazu kam. Allerdings kannten sie die technischen Einrichtungen nicht, mit deren Hilfe die Standardsendungen gestört und von Aufrufen der OGN überlagert wurden.

Trevor Casalle deutete auf die Bildwand. Wieder packte ihn eine Ahnung nahenden Unheils, drängte sich der Begriff »Tod« in seine Gedanken. Kälte schien sich im Raum auszubreiten. Das war ein Anfall kreatürlicher Todesfurcht, eine der Schattenseiten der Aphilie. Die Stimme hörte er wie aus weiter Ferne.

»... eine öffentliche Stellungnahme von Schmenk Ructyn, dem Vorstand des Amts für terranische Sicherheit. Sehen und hören Sie, was Ructyn Ihnen zu sagen hat.«

Das Bild wechselte und zeigte das Konterfei des Wiesels. Seine dunklen, flinken Augen glitten wie suchend umher.

»Im Augenblick, Bürger der Erde«, sagte er mit flacher Stimme, »tobt ein unwürdiger Machtkampf. Drei Männer beanspruchen mit unterschiedlichen Begründungen und sehr konträren Fähigkeiten das Amt des Lichts der Vernunft. Leider gibt es kaum eine Möglichkeit, die Entscheidung zu beeinflussen. Casalle, Khantank und ich werden die Entscheidung unter uns ausfechten müssen! Khantank hat kaum noch Unterstützung, damit bleiben Casalle und ich übrig. Um das mühsame Ausscheidungsverfahren zu beschleunigen und eine wirkliche Klärung herbeizuführen, richte ich öffentlich einen Vorschlag an den Admiral.«

Casalle und Major Kratt warfen sich einen langen Blick zu.

»Es geht um das Licht der Vernunft!«, verkündete Ructyn angriffslustig. »Sonst interessiert mich Casalle nicht. Ich fordere Sie, Admiral, zu einem Duell auf. Die Menschheit soll Zeuge sein.«

»Das ist mehr als ungewöhnlich. Ein Duell? Dieser Zwerg mit den dicken Lippen?«, fuhr Trevor Casalle auf.

Ructyn sprach weiter. »Ich meine kein Duell mit tödlichen Waffen, sondern mit der Schärfe des Geistes. Eine Diskussion. Terra Vision wird dieses Treffen übertragen. Dabei wird sich zeigen, wer der am meisten befähigte Nachfolger für das Amt ist. Ich fordere Trevor Casalle hiermit auf!«

»Wie das? Er weiß genau, dass er gegen Sie nicht die geringste Chance haben wird«, erklärte Kratt.

»Natürlich ist das eine Falle.« Die Tatsache, dass das Wiesel seine Intelligenz auf fahrlässige Art und Weise unterschätzte, entlockte Trevor Casalle ein lautes Lachen. Er hörte noch die letzten Worte seines Widersachers.

»... wir sollten das Duell an einem abgeschiedenen Platz austragen. Ich bin sicher, dass Khantank kein Bedürfnis verspürt, an dieser Ausscheidung teilzunehmen. – Wenn Sie, Admiral Casalle, jetzt zuhören, kennen Sie meinen Vorschlag. Wenn nicht, werden Sie benachrichtigt. Ich habe Sie aufgefordert, Sie haben demnach die Wahl des Ortes. Sprechen Sie mit mir, ich warte.«

Casalle stand auf und lief unruhig in seinem Büro auf und ab. »Ich werde einen Vorschlag machen, der Ructyn zufrieden stellt und mir Sicherheit gibt. Lassen Sie Dustin Seraph für morgen eine Antwort arrangieren.«

»Alles klar.« Kratt nickte. Das Licht der Vernunft würde Casalle heißen, dafür würde er sorgen.

»Hoffentlich halten die Leute von der OGN ihren Teil der Vereinbarungen«, sagte der Admiral.

»Ich bin sicher, sie tun es!«

Leifer Khantank bewegte sich wie ein Mann, der gegen einen wütenden Sturm ankämpfen musste. Er wusste, dass er verloren hatte. Seine engsten Mitarbeiter waren tot oder wagten nicht mehr, sich für ihn einzusetzen. Die Vernunft sagte ihm, dass jeder weitere Versuch sinnlos war.

»Was soll ich tun?«, fragte er sich, als er einen breiten Korridor entlangging und Überlegungen anstellte, die seine unmittelbare Zukunft betrafen. Er wusste keine Antwort. Am liebsten hätte er die Erde verlassen, aber es gab keinen Planeten, auf den er sich hätte zurückziehen können.

Er blieb stehen, ein neunzigjähriger Mann mit eisgrauen Augen und ebensolchem Haar, groß, massiv und wuchtig wie ein Fels. Er wusste alles, denn seine wenigen Nachrichtenleute hatten ihn unterrichtet. Das Attentat auf Casalle; die Mitwirkung der Outsider; diese Kreatur, die hündisch dem Admiral nachlief und alle Arten von Diensten für ihn so stur wie ein Roboter ausführte; die Sendungen der Organisation Guter Nachbar; der letzte Aufruf von Ructyn, der ihn in die Isolierung geschickt hatte – endlich erkannte er, dass er der angestrebten Aufgabe niemals gewachsen gewesen war. Er besaß die Fähigkeiten, das Amt auszufüllen, aber nicht die Rücksichtslosigkeit, den Weg dorthin zu gehen.

Aus der Reihe der wartenden Gleiter löste sich sein Dienstfahrzeug. Niemand war da, um ihn zu verabschieden.

Ob sie mich noch einmal zurückkommen lassen?, dachte er voll Todesfurcht. Dann ging er weiter, nahm die Schultern zurück und straffte seinen Brustkorb.

Der Gleiter verlangsamte die Fahrt vor dem Portal. Die unmittelbare Umgebung des kleinen Platzes war leer, bis auf einen Mann in zerlumpter Kleidung, der auf dem Fußgängerweg dahinschlurfte und sich immer wieder umsah, als sei ihm jemand auf den Fersen.

Endlich war das Fahrzeug heran. Die Seitenwand öffnete sich.

»Bringen Sie mich nach Hause«, sagte Khantank.

»Selbstverständlich, Sir!«, entgegnete der Pilot. Augenblicke später setzte sich der Gleiter wieder in Bewegung und schwebte hinaus auf die breite Piste. Die Automatik schaltete sich ein.

Der Pilot drehte sich um und blickte Khantank ausdruckslos an. Leifers Blick wurde starr. »Sie?«, sagte er laut, dann schlug er sich die Hände vors Gesicht.

»Ja, ich. Sie haben in diesem Spiel nichts mehr verloren«, sagte Major Heylin Kratt, hob seinen Strahler und feuerte. Er traf Leifer Khantank zwischen Kinn und Brustbein und tötete ihn.

Der Gleiter schwebte weiter. Kratt bemerkte nicht, dass der Pilot eines schweren Lastenfahrzeugs alles gesehen hatte und nach einem winzigen Funkgerät griff.

Es sah auch niemand, wie der Mann in der farblosen, zerlumpten Kleidung eines arbeitsscheuen Aphilikers den Arm anwinkelte und einer Stimme lauschte. Dann sagte dieser Mann überraschend klar einige wichtige Sätze ...

... die in einem anderen Stadtteil gehört wurden. Ein hagerer Typ mittleren Alters, der mehrere Arbeitsroboter beaufsichtigte, antwortete: »Verstanden. Ich kümmere mich persönlich um Casalle. Kann sein, dass ich Verstärkung benötige.«

In wenigen Minuten würde Trevor Casalle sein Büro verlassen, um über Terra Vision seinem Gegner zu antworten. Seit Ructyns kühner Herausforderung war erst ein halber Tag vergangen. Die unmittelbar darauf folgende Störung war zu einer halbstündigen, hervorragend konstruierten Sendung der OGN ausgeartet. Selbst Dustin Seraph hätte es nicht besser machen können.

Wieder summte das Armband. »Seraph und Casalle nähern sich dem Gleiter.«

»Verstanden. Alles in Ordnung«, antwortete Sergio Percellar und gab seinen Arbeitsrobotern neue Befehle. Sie waren programmiert worden, die Straßen, Fußgängerbezirke, Parkplätze und angrenzende Bereiche der Grünanlagen zu säubern. Er war der Aufseher der stupiden Maschinen. Er setzte sich in die Kabine seines Gleiters, auf dessen Ladefläche schon einige Tonnen Abfall lagen. Von hier aus hatte er einen guten Überblick.

Seraph verließ soeben das Bürogebäude und schaute sich um. Etwas an der Erscheinung und im Verhalten dieses Mannes irritierte Percellar. Ihm war, als würde er ihn kennen. Oder zumindest schon öfters gesehen haben, obwohl Seraph neu in der Umgebung des Admirals war.

Endlich kam auch Casalle. Er beachtete das Spalier der Wachen und Roboter nicht einmal, das sich bis zu seinem gepanzerten Gleiter erstreckte. Casalle blickte auch nicht ein einziges Mal in Percellars Richtung, obwohl er wusste, dass ihn die OGN beschützte und bisher vor zwei tödlichen Anschlägen bewahrt hatte.

Beide Männer stiegen in einen Gleiter. Die Eskorte aus sieben Fahrzeugen setzte sich in Bewegung.

Sergio Percellar murmelte einige Worte und wandte sich wieder seiner Tarnbeschäftigung zu.

Milliarden Menschen sahen an diesem Tag die Übertragung, entweder die Originalsendung oder eine der zahlreichen Wiederholungen. Das Format war hervorragend gestaltet worden.

Dustin Seraph führte Regie. In der Eile hatte er nicht alle seine Intentionen realisieren können, aber er bewies, dass er in Massenmanipulation eine unerreichbar hohe Qualität herstellen konnte.

Auf den Holoschirmen bewegte sich ein Modell der Erde zwischen den Sternen auf den Schlund zu. Aufpeitschende Tonfolgen waren zu hören, die nahezu jeden Zuhörer in ihren rhythmischen Bann zwangen und ihm die Ausweglosigkeit der Lage in den Verstand hämmerten. »Die Erde ist in Gefahr«, flüsterte eine quadrofonisch nachhallende Stimme, »und nur ein Mensch kann sie retten: das Licht der Vernunft«.

Von allen Lösungsversuchen war nur derjenige, den ein junger, dynamischer Mann vorschlug, Erfolg versprechend.

Wer war dieser Mann?

Dramatische Szenen, starke Töne, eindringliche Stimmen und schließlich das Bild einer Fantasiegestalt, von der die Erde und die Menschheit gerettet wurden. Keine Morde mehr, keine Zwischenfälle, keine Aufregung. Ein Mann, den alle brauchten. Jeder wurde angesprochen und zu einem Punkt gedrängt, an dem er seine Vorstellungen verwirklicht sah.

Sergio Percellar, der die Sendung in dem winzigen Empfänger des veralteten Lastengleiters der Stadtverwaltung verfolgte, pfiff anerkennend durch die Zähne. Dustin Seraph war mehr als ein Künstler, in einer Welt der Aphilie war es schwer, Reaktionen, Träume, Wünsche und andere nichtaphilische Überlegungen hervorzuzaubern. Hier glückte es.

Wer war der vielversprechende Retter der Menschheit?

Wer war der Anwärter auf das Amt, das neue Licht der Vernunft?

Noch gab es keine Namen.

Aus der Anonymität löste sich eine Gestalt. Admiral Trevor Casalle in sieben Szenen, die Schlüsselerlebnisse provozierten. Schließlich, nach dieser Präsentation, erschien er wirklich und dreidimensional, live.

»Terraner!«, rief Casalle mit seiner sonoren Stimme, die gleichermaßen beruhigend und versprechend klang. »Mitbürger! Vor wenigen Stunden wurde ich herausgefordert. Sie und ich wissen, was wir von Schmenk Ructyn zu halten haben, und das ist noch zu positiv. Selbstverständlich stelle ich mich diesem Duell. Ich tue das, weil ich besser bin. Aber die Schiedsrichter werden keine Menschen sein. Wir alle sind beeinflussbar und neigen dazu, unsachlich, unlogisch und unvernünftig zu urteilen. Eine Positronik tut das nicht, deshalb werden Positroniken darüber urteilen, wer von uns beiden die höhere Vernunft beweist. – Am Mittag des 28. August werden Schmenk Ructyn und ich uns treffen. Es gibt ein Trainingscenter hoch in den Anden, in dem wir vor störenden Einflüssen sicher sind. Terra Vision ist eingeladen. Zudem sind in der Innenarena tausend Sitzplätze vorhanden. So sichere ich es ab, dass Bürger wie Sie an der Ausscheidung teilhaben können. Der Sieger des Duells wird das neue Licht der Vernunft sein. Ich verspreche und gelobe der Menschheit schon jetzt, dass ich sie in kurzer Zeit aus der Bedrohung herausführen werde. Wir werden viele erhellende Augenblicke miteinander haben. Ich danke für die Aufmerksamkeit.«

»Das war der Sieg vor dem Kampf«, raunte Percellar im Selbstgespräch. Er wusste, dass der Major meinte, was er sagte, und nicht nur das. Casalle war davon überzeugt. Eine andere Haltung war ihm unmöglich, denn er war einer der glühendsten Verfechter der Vernunft. Aber das bedeutete keineswegs, dass er ein gegebenes Wort nicht brechen oder sonstige unschöne Dinge tun würde.

Wieder einmal wünschte sich Sergio Percellar, in einem anderen Jahrtausend geboren worden zu sein.

Er hörte nicht ohne Verblüffung davon, dass man den Gleiter mit der Leiche Leifer Khantanks gefunden hatte. »Scheußlich unangenehm!«, murmelte er. Zum ersten Mal kamen ihm Zweifel an der Richtigkeit seiner Mission.

27.

Eine der wenigen therapeutischen Maßnahmen, die wir freiwillig aus der Vergangenheit übernahmen, ist der Begriff der Strafarbeit und der Arbeitslager. Natürlich wissen wir, dass fast alle Arbeiten, die unter diesen Begriff fallen, weit besser von Maschinen ausgeführt werden können. Aber Maschinen begehen keine Straftaten, und niemand muss sie für Vergehen zur Rechenschaft ziehen. Die Würde des neuen Menschen verlangt, dass für eine Straftat gebüßt werden muss. Nach dieser Zeit der Bewährung ist der kranke oder immune Mensch in der Lage, die Welt im Licht der Logik zu erkennen. Die Zwangsarbeit wird in bestimmten Lagern außerhalb der Zentren menschlicher Besiedlung abgeleistet. Körperliche Arbeit zur Rehabilitation gilt in der neuen Menschheit als Strafe, die mit der Würde des Menschen zu vereinbaren ist. Jahrzehnte der Erfahrung haben gezeigt, dass intensive körperliche Arbeit kriminaltherapeutische Wirkung hat.

Aus einer Rede Reginald Bulls, des Lichts der Vernunft

Dustin Seraph betrat als Erster aus Casalles Team die Halle. Sie befanden sich auf einem kalten, staubigen Hochplateau der Anden, jenseits der Baumgrenze. Hier oben war der Himmel charakteristisch gefärbt. Die Sonne Medaillon stand fast im Zenit und verwandelte die Ebene in eine fantastische Szenerie.

Im Kontrollraum des Testzentrums stand die aus Fertigteilen errichtete Zuschauertribüne. Die Kontrahenten waren noch nicht eingetroffen.

Seraph wandte sich an einen Aufnahmetechniker. »Ist alles bereit?«, wollte er wissen. Seit Tagen traf er die Vorbereitungen. Trotzdem hatte er ein Gefühl, das er nur mit Unruhe assoziieren konnte.

»Noch fehlen die Zuschauer, die Eskorten und die Kandidaten.«

Einstmals war die Hochebene ein Versuchsgelände für Triebwerke gewesen, hier waren Gleiter und Lufttransporter getestet worden. Ructyn hatte eingewilligt, dass Positroniken die letzte Entscheidung herbeiführen sollten. Sie würden mit unbestechlicher Präzision feststellen, wer den höheren Grad konstruktiver Vernunft besaß.

Viel zu schnell hatte Ructyn alles akzeptiert. Seraph erkannte genau diesen Umstand als Grund für sein flaues Gefühl.

»Die Zuschauer sind unterwegs«, korrigierte er beiläufig. »Sie kommen aus Terrania City.« Misstrauisch beobachtete er die Szenerie. Zwei frei schwebende Tischplatten, dahinter die Sessel. Den Kandidaten waren Kennfarben zugeordnet worden, die reinere Farbe markierte den Platz Admiral Casalles. Nach hinten war der Blick offen und zeigte die Hochebene, ein Ausblick von bestechender Trostlosigkeit.

Auf der gegenüberliegende Seite waren die Publikumsplätze montiert, ein Teil davon längst reserviert. Beide Kandidaten hatten einen Tross von Sicherheitsleuten abgestellt, und das war keine überflüssige Maßnahme. Seraph blickte durch die Panoramafenster und sah eine lange Schlange von schweren Personentransportern heranschweben. Die Zuschauer. Die Statisten. Und unter ihnen, das wusste er mit an Sicherheit grenzender Wahrscheinlichkeit, Angehörige der OGN, Outsider und andere, die aus Angst und auch weil es das Reglement erforderte, Ructyn oder Casalle notfalls bis in den Tod folgen würden.

Ein letztes Mal musterte Dustin Seraph seine Arrangements, dann setzte er sich schwer in den Regiesessel, streckte die Beine von sich und wartete.

Ructyn wusste zweifellos, dass er gegen Casalle wenig Chancen hatte. Ein gerissener Kämpfer wie das Wiesel würde auf dieser Sicherheit eine Strategie aufbauen.

Seraph grinste. Ihm standen aufregende Stunden bevor und nicht nur ihm.

Als auf der Panoramagalerie des kleinen Raumschiffs die ersten Andengipfel auftauchten, sagte Major Kratt leise: »Sie fühlen sich sicher, Sir?«

»Völlig sicher. Vergessen Sie nicht, was wir in den letzten Stunden alles arrangiert haben.«

Je näher das Duell kam, desto mehr war Casalle von sich, seiner Mission und seinem Erfolg überzeugt. Er würde im Triumph nach Terrania City zurückkehren und Imperium-Alpha zu seinem Reich machen.

Die Korvette der BEAUTY OF LOGIC landete in dreitausend Metern Entfernung von dem flachen, halb in den Fels des Plateaus hineingebauten Zentralgebäude. Bewaffnete Mannschaften und Roboter schwärmten aus und bildeten einen Sicherheitskreis. Minuten später empfing Dustin Seraph seinen Chef in einem der Eingangskorridore.

»Ist Ructyn schon da?«, fragte Casalle. In Seraphs Nähe fühlte er die Ruhe, die von diesem Mann ausging.

»Noch nicht. Aber eine Menge Zuschauer. Davon viele mit Sonderausweisen. Ich vermute Söldner Ihres Gegners, Sir.«

»Richtig. Leute von der OGN anwesend?«

»Wenn sie sich im Saal befinden, sind sie hervorragend getarnt. Das gilt ebenso für die Outsider. Die PIK-Signale sind so gut gefälscht, dass keine Kontrolle ansprach.«

»Sobald ich das Licht der Vernunft bin, werden wir eine neue Überwachungstechnik entwickeln müssen«, erklärte Casalle halblaut. »Gehen wir.«

Noch knapp eine halbe Stunde. Langsam und suchend glitt Trevor Casalles Blick über die Reihen der Zuschauer.

»Optik eins auf die Zuschauer. Langsam entlangfahren, Großaufnahmen besonders charakteristischer Gesichter. Wir brauchen Material für Einblendungen«, bestimmte Seraph.

Die Zeit verging, die Spannung wuchs. Inzwischen hatten alle Sender die Übertragung angesagt, in die Vorbereitungen hineingeblendet, die Zuschauer gezeigt und jetzt den wartenden Admiral Trevor Casalle, der mit übergeschlagenen Beinen in seinem Sessel saß, seine Aufzeichnungen durchblätterte und einen ausgeglichenen und beherrschten Eindruck hinterließ.

Ein Schwarm militärisch ausgestatteter Gleiter senkte sich auf den Platz zwischen der gelandeten Korvette und dem Haupteingang des Testzentrums. Ein paramilitärisches Zeremoniell lief ab, Kommandos waren zu hören, Schwebeoptiken richteten sich auf Schmenk Ructyn, der sich schnell und geschickt bewegte. Innerhalb weniger Minuten betrat er die Halle und ließ sich in seinen Sessel sinken.

Es gab keine Verstellautomatik, die ihn größer erscheinen ließ. Vergeblich griff Ructyn an den Schalter der Automatik. Er beherrschte sich, richtete sich kerzengerade auf und warf Casalle, der sich vor ihm angemessen verbeugte, einen scharfen Blick zu.

»Wir gehen in sieben Minuten auf Sendung. Alles bereitmachen.«

Noch waren die Maskenbildner beschäftigt. Die Unterhaltungen im Publikum verstärkten sich zu einem durchdringenden Raunen. Ructyn beugte sich vor und musterte verschiedene Personen in den untersten Reihen. Ein leichter Ausdruck der Beruhigung erschien in seinem runden Gesicht. Die Positroniken wurden aktiviert.

»Vier Minuten!«, sagte Seraph ruhig. »Auch die Kontrahenten bitte – Achtung!«

Ein Techniker hantierte noch. Alle optischen Zutaten hatte Seraph geliefert und arrangiert.

»Ansage!«

»Auf Sendung!«

Auf dem Testholo erschien die Ansagerin der fernen Sendezentrale von Terra Vision. Sie sprach einen verbindenden Test, erklärte erneut den Sachverhalt und lenkte die Aufmerksamkeit von Milliarden Zuschauern auf die kommenden Stunden. Schnitt. Eine kurze Schaltstörung, dann wurde die Totalansicht gesendet.

»Die Lösung eines Problems muss aufgezeigt werden. Nehmen Sie alle bekannten Fakten und erklären Sie, warum die These eines Fluchtplaneten unwichtig ist ...«

Der Zufallszahlengenerator wählte als ersten Schmenk Ructyn für die Antwort aus. Er redete sofort. Sein Fehler war, die Informationen der Positronik nicht genügend zu berücksichtigen. Sie kannte weit mehr Daten über das Misslingen aller Versuche, die mit diesem Problem zusammenhingen.

Im Lauf der folgenden Stunde lieferten sich die Kontrahenten eine Redeschlacht. Jede Antwort wurde auf Stichhaltigkeit, Logik und Vernunft hin kontrolliert, und jede in diesem Sinn richtige Antwort zählte. Seraph betrieb seine Regie umsichtig, die Weltbevölkerung wurde in den Bann der Auseinandersetzung gezwungen.

Fragen und Antworten wechselten. Pausen entstanden, die Notizen wurden verwendet, die Positroniken sprachen mit den Kandidaten. Niemand wusste, wie die Wertung ausfallen würde, doch jeder konnte sehen, dass sich Ructyn zunehmend unsicher fühlte. Aber die Unsicherheit und das Unvermögen, logisch exakte Antworten zu geben, schienen ihn nicht zu irritieren. Seine gelassene Stimmung hielt ebenso an wie die des überlegenen Casalle.

Die Frauen unter den Zuschauern fanden den Admiral anziehend und gut aussehend. Die Wissenschaftler waren von seiner entschiedenen, logischen Art angetan. Die einfachen Menschen spürten seinen Willen, sich durchzusetzen.

Die Auseinandersetzung schlug sie alle in den Bann. Sechs Stunden lang. Dann erklärte die Hauptpositronik: »Die Befragung ist beendet. Nach der übereinstimmend entwickelten Bewertung hat Kandidat Casalle mit 714 von 750 möglichen Punkten eindeutig gewonnen. Schmenk Ructyn erreichte 482 Punkte. Das neue Licht der Vernunft heißt Admiral Trevor Casalle.«

Noch bevor sich die Sendezentrale melden konnte, drückte Seraph einen verborgenen Sensorschalter. Im Bild erschien die Leiche Leifer Khantanks, aus verschiedenen Perspektiven aufgenommen.

Ructyn sprang auf und rief erregt: »Dieses Bild beweist, dass Casalle unseren Konkurrenten ermordet hat. Nehmen Sie ihn fest! Ich gebe Ihnen den Befehl dazu!« Er deutete auf mehrere Männer in den ersten Reihen. Die Aufregung im Studio übertönte das hörbar werdende ferne Dröhnen.

Nur einer stand langsam auf. Als Signal für alle Zuschauer aus den Reihen der OGN blendete Dustin Seraph seine Großaufnahme ein: Es war Jocelyn der Specht. Er trug normale Kleidung, und nichts deutete darauf hin, dass er bewaffnet war. Er warf Schmenk Ructyn einen gleichgültigen Blick zu. »Ich glaube nicht, dass Sie noch jemanden finden werden, der Sie unterstützt. Und was diese Bandschleife betrifft …«, er zeigte auf einen Monitor, auf dem immer noch das zerfetzte Innere des Gleiters mit den sterblichen Überresten Khantanks zu sehen war, »… so wissen wir alle, dass Sie den Befehl gaben, Ihren Konkurrenten zu töten. Sie haben soeben zum zweiten Mal verloren!«

Schmenk Ructyn begriff. Und mit ihm alle anderen. Ructyn hatte den Outsider und seine bezahlten Kämpfer hierher gebracht, um Casalle festzunehmen oder umzubringen. Die Söldner verweigerten ihm jedoch ihre Hilfe.

Das Dröhnen von außerhalb wurde lauter, aber immer noch achtete niemand darauf. Casalle richtete eine Frage an die Positronik, die Übertragung ging jetzt wieder über die Sender.

»Wer hat aller Wahrscheinlichkeit nach diesen Mord befohlen, wenn nicht ausgeführt?«

»Alle Informationen deuten darauf hin, dass nicht nur Leifer Khantank, sondern auch seine wichtigen Anhänger im Interesse Ructyns ermordet worden sind.«

Ructyns Plan war zusammengebrochen. Das erkannte jeder. Er hatte seinen einzigen wirklichen Gegner an einen einsamen Ort locken wollen, um ihn von Outsidern eliminieren zu lassen. Aber keiner handelte entsprechend.

Aus dem Dröhnen war ein donnerndes Geräusch geworden. Trevor Casalle befahl: »Nehmt ihn fest! Draußen schweben fünfundzwanzig Raumschiffe, die Besatzungen unterstehen meinem Kommando.«

Die Flotte war in Terrania City gestartet und hing noch abwartend über dem Plateau. Nur die riesige BEAUTY OF LOGIC fuhr die Landestützen aus und sank allmählich tiefer.

All das war Bestandteil der weltweiten Sendung. Die Erdbevölkerung wurde Zeuge, wie Bewaffnete in Flottenuniform Ructyn sowie einige seiner Gefolgsleute abführten.

»Diese Entwicklung war vorhersehbar«, erklärte Casalle. »Die Positronik hat meinen Sieg bestätigt. Das Attentat, das Ructyn plante, wurde in letzter Sekunde abgewehrt. Ich werde in zwei Stunden mein Amt antreten – ich bin das Licht der Vernunft!«

Minuten später zog er sich in die Korvette zurück.

Dustin Seraph traf beim Verlassen der Halle auf Major Kratt. »Wohin jetzt?«, fragte er.

»Zuerst nach Terrania City. Die Feierlichkeiten werden kurz und nur symbolischer Art sein.« Kratt winkte einem Gleiter. Die ersten Raumschiffe entfernten sich bereits.

»Casalle als Alleinherrscher«, murmelte Seraph. »Eine Vorstellung, die alle, die an ihn glauben, mit guten Aussichten auf die Zukunft erfüllt.«

»Glauben Sie an ihn?«

Sie nahmen im Gleiter Platz. Major Kratt musterte Seraph aus zusammengekniffenen Augen und fragte sich zum wiederholten Mal, wie alt sein Gegenüber sein mochte und woher er wirklich kam. Er misstraute ihm inzwischen. Seraph war ihm zu clever, zu glatt.

»Ich glaube an ihn. Er ist nicht nur meine Hoffnung«, sagte Dustin Seraph in unheimlicher Überzeugung.

Der Gleiter schleuste auf der BEAUTY OF LOGIC ein.

Das neue Licht der Vernunft mit Namen Trevor Casalle würde bald leuchten.

Es ist der Psychophysik gelungen, das Gedächtnis des Menschen durch die Verabreichung von Medikamenten mit speziell strukturierten Molekül- und Gitteraufbauten nachhaltig zu beeinflussen. Die Information, die durch das Medikament dem Gehirn zugeführt wird, soll dort Lücken füllen oder alte Erinnerungen überlagern. Die neue Information ist in der Kristallstruktur des Medikaments enthalten. Eine Variante dazu ist der Suggestivzünder. Er bewirkt, dass bestimmte Teile der aufgepfropften Erinnerungen zu einem genau zu berechnenden Zeitpunkt aktiv werden und das Handeln der Versuchsperson bestimmen. Selbst geringste Mengen des Medikaments reichen aus. Die Technik dieser Beeinflussung ist noch nicht ausgereift, aber an der Vervollkommnung wird gearbeitet. Wir sind sicher, dass mit Hilfe dieses Medikaments die Feinde und Verhinderer der Aphilie wirksam bekämpft werden können.

Dossier der Universitätsklinik Terrania City

Nullarbor Plains: Als sich die Erde noch um Sol gedreht hatte, war dies einer der heißesten und lebensfeindlichsten Plätze gewesen. Seit Medaillon strahlte, hatte sich nicht viel geändert. Das Land war noch immer unwirtlich und einsam, die Kultivierung machte vor der ausgedehnten Wüste Halt.

Es gab kaum Schatten. Die Quartiere der Wachmannschaften waren klimatisiert, auch einige Werkstätten boten hervorragende Lebensbedingungen, aber in den meisten Unterkünften der Strafgefangenen herrschten Temperaturen, die nur den Zweck haben konnten, die Strafe zu verschärfen und den Gefangenen für den Rest ihres Lebens jede Freude daran zu nehmen, dass sie echter Gefühle fähig waren.

Hier arbeiteten kaum aphilische Verbrecher, fast ausschließlich Immune waren zur Strafarbeit verurteilt worden. Was sie taten, war ebenfalls ein Relikt der Vergangenheit. Sie gruben eines der letzten bekannten Diamantenvorkommen aus, obwohl dieser Stein als Schmuck so gut wie unbekannt war. Im Augenblick ruhte die Arbeit in den Stollen, Quergängen und Sortieranlagen. Die Gefangenen hatten andere Aufgaben.

Dustin Seraph und ein großes Sendeteam waren eingetroffen. Sie sollten den Staatsakt filmen. Casalle selbst hatte befohlen, alles vorzubereiten. Seraph wurde von Kratt überwacht.

»Übertreiben Sie nicht ein wenig?«, fragte der Major. Er blickte aus der Schleuse des Beiboots und sah die Podeste, die Teppiche, das Zeltdach und die Sandwege, die mit Bindemitteln besprüht wurden.

»Meinen Sie, das Licht der Vernunft würde durch dicke Staubwolken strahlen?«, erkundigte sich Seraph unbewegt.

»Aber ist dieser Aufwand wirklich nötig? Es sollen doch nur ein paar hundert Gefangene an die Organisation übergeben werden.« Kratts Stimme ließ Seraph stutzen.

»Befehl vom Licht der Vernunft. Ich habe nicht Ihre Position, Kratt, um widersprechen zu dürfen.«

Der Major winkte ab. »Machen Sie weiter. Wer baut den Schrott wieder ab?«

Ungerührt versicherte der Spezialist für Massenbeeinflussung: »Die wenigen nicht immunen Gefangenen natürlich.«

Kopfschüttelnd entfernte sich der Major. Dustin Seraph wollte einen optimalen Effekt erzielen. Angehörige der Organisation Guter Nachbar sollten die Gefangenen übernehmen und abtransportieren.

Seraph schaffte es, in den nächsten Stunden alles so zu regeln, dass er selbst auf keinen Fall den Überblick verlieren würde. Dann ging er zu einer kleinen Gruppe, die den Gefangenen half. Er suchte einen Mann namens Percellar.

Trevor Casalle befand sich in diesem Augenblick auf dem Flug. Er war nun das Gesetz, und was er sagte, hatte Weltgeltung. Der kleine Staatsakt kam ihm in den Sinn, er schüttelte unwillig den Kopf.

Um meine Position zu halten, muss ich alle Gegner ausschalten. Ein großer Teil ist bereits erledigt, dachte er.

Aber die wirklichen Feinde der Aphilie waren die Angehörigen der OGN. Heute würde er etwa fünfhundert Gefangene vor sich haben, dazu zweihundert Leute von Sergio Percellar, und beim Rückzug würden sie ihm endlich ihr Versteck verraten. Der Kontrakt, den er unterschrieben hatte, störte ihn nicht. Er war entschlossen, ihn zu brechen.

Er war verpflichtet, alles für die Stärkung seiner Philosophie zu tun. Aus dieser Notwendigkeit ergab sich sein Vorhaben. Er würde der Welt beweisen, dass mit dem Beginn seiner Herrschaft vieles anders lief. Er tat alles für die Aphilie, er würde auch die Organisation in seine Gewalt bekommen.

»Wann landen wir?«, fragte er.

»In dreißig Minuten, Licht der Vernunft.«

»Sind die Raumlandetruppen bereit?«

»Alles ist vorbereitet, Sir.«

»Ich bin überzeugt, dass uns heute eine schlimme Überraschung erwartet.« Sergio Percellar blickte über das flache Land. Die nächsten Anzeichen von Zivilisation waren mindestens sechzig Kilometer von den hohen Energiezäunen entfernt. Niemand hatte eine Chance, zu entkommen.

»Werden wir es schaffen, Sergio?«, fragte Sylvia Demmister an seiner Seite. Ihr langes rotes Haar wehte im Wind.

»Nur wenn Casalle den Kontrakt nicht bricht.« Er suchte den Himmel jenseits des Zauns ab, der sich wie eine flirrende Wand erhob und perspektivisch verzerrt in der Ferne verschwand.

»Wird Casalle sein Versprechen halten?«

Sergio lächelte unergründlich. »Das wissen nur Kratt und er selbst. Ich misstraue ihm. Na ja, nicht ganz. Ich hoffe, dass ihm sein Ehrenwort mehr wert ist als anderen Aphilikern.«

Minuten später näherte sich die erwartete Korvette. Der 60 Meter durchmessende kleine Kugelraumer landete jenseits des Zauns. Gleiter quollen aus den Hangars hervor und näherten sich dem Podium. Percellar hob sein Fernglas an die Augen und beobachtete den Mann, der Regie führte.

Er kommt mir immer bekannter vor, je länger ich ihn sehe, dachte er, als Kratt das Licht der Vernunft begrüßte. Casalle trug immer noch seine Admiralsuniform.

Es gab nur wenige Wächter. Die Gefangenen konnten ohnehin nicht entkommen, sie würden innerhalb der gestaffelten Energiezäune verdursten, wenn sie zu flüchten versuchten. Jetzt bildete sich in der Mittagshitze ein unregelmäßiger Halbkreis aus Gefangenen und OGN-Angehörigen vor dem Podium.

Trevor Casalle brach das erwartungsvolle Schweigen. »Das Licht der Vernunft ist gekommen, um zu beweisen, dass die Würde des neuen Menschen mit jedem Tag größer wird. Nach den dramatischen Ereignissen seit meiner Rückkehr aus dem Bazinski-Cluster kommen wir endlich in eine Phase der Beruhigung. Daraus werden wir alle die Kraft und die Kenntnisse gewinnen, um unseren Planeten dem drohenden Zugriff des Schlundes zu entziehen. Zuvor habe ich jedoch administrative Pflichten zu erledigen ...«

Sergio spürte ein eigenartiges Schwindelgefühl. Es musste die Hitze sein, die ihm zu schaffen machte. Schweiß perlte auf seiner Stirn. Seine Gedanken wirbelten durcheinander, und für einen Sekundenbruchteil erkannte er zwei verschiedene Wirklichkeiten, die sich übereinander schoben und eine andere, neue Realität ergaben. Ihm war, als habe er blitzartig eine neue Seinsidee, als würde sich ab sofort sein Verstehen grundlegend verändern. Wie in einem plastischen Traum nahm er Casalles Worte wahr und sah zu, wie sich zwischen den Wachgebäuden die Mauer aus Energie öffnete und die Gleiter mit der restlichen OGN-Delegation einließen.

Die Einsicht der Wahrheit kam über Sergio Percellar wie eine zweite Sonne. Die Immunen waren die Gefahr! Es war gut, die Organisation zu schwächen, denn alle, die nicht gegen Casalle kämpfen konnten, würden die Vernunft und die Logik weiter ausbreiten und die Erde retten! Sergio merkte, dass er sich langsam in Bewegung setzte und auf die Gleiter zuging. Alle seine Leute – auch das sah er nach einem kurzen Rundblick – handelten ebenso. Der wahre Feind war dort!

Neue Gefangene!

Gefangene, nicht Tote! Während die OGN-Leute nichts ahnend ihre

Gleiter verließen, wurden sie von Percellars Einsatzkommando umringt und entwaffnet. Paralysatorschüsse fauchten auf.

Casalle sprach weiter und erklärte, dass selbst hartgesottene Immune sich ihm freiwillig anschlossen. *Er ist ein Mann der Wahrheit*, dachte Percellar, während er zwei Männer der OGN, die zu entkommen versuchten, mit gezielten Lähmschüssen niederstreckte.

»Das ist der Beweis!«, rief Casalle und deutete auf die kleinen Gruppen von Kämpfenden. Die Gefangenen begriffen nicht, was vorging, aber sie bückten sich, suchten Steine und wollten in die Auseinandersetzung eingreifen.

Percellars Männer und Frauen handelten wie unter einem unhörbaren Kommando. Sie bildeten einen Kreis, in dessen Mittelpunkt sich bewusstlose oder entwaffnete Gleitermannschaften befanden.

»Bewaffnete Mitglieder der OGN, die meine Kandidatur entscheidend unterstützt hat«, rief Casalle mit donnernder Stimme, »haben sich freiwillig dazu entschlossen, ihre Kameraden festzunehmen und zu überzeugen! Ich weiß, dass auch die Gefangenen unbeeinflusst unsere Sache unterstützen werden.«

Casalle wurde nur kurz abgelenkt, als Kratt neben ihm den Arm anwinkelte und auf eine Stimme lauschte. Es schien Dustin Seraph zu sein, der sich über Minikom meldete.

Die Antwort Kratts hörte Casalle deutlicher. »Das ist leicht zu erklären, Seraph. Sie wissen, dass Percellars Leute oft engen Kontakt mit uns hatten. In den Nahrungsmitteln waren Medikamente, die Erinnerungen beeinflussen. Mit Suggestivzünder. Der Zünder war auf diesen Mittag eingepegelt. Verstehen Sie jetzt?«

Die Gefangenen, die versuchten, zu den eingeschlossenen Mannschaften und den Gleitern vorzustoßen, wurden von Percellars Gruppe vertrieben.

Niemand achtete auf Dustin Seraph, der wie erstarrt schien. Er hatte die Augen geschlossen und bewegte sich nicht.

Der Mann vor dem kleinen Monitor schrie auf wie ein verwundetes Tier. »Das kann nicht sein!« Vierhundert Immune in flugfähigen Kampfanzügen hielten sich so weit abseits, dass keines der zahlreichen Überwachungsgeräte angesprochen hatte.

»Wir können nicht eingreifen, Roi«, knurrte ein breitschultriger Mann mit buschigem Oberlippenbart. »Wir gefährden Percellar. Unsere Leute sind irgendwie beeinflusst worden.«

»Zweifellos. Trotzdem müssen wir etwas unternehmen.«

Sie alle verfolgten die Livesendung und sahen, wie die eigenen Leute entwaffnet wurden.

»Fertig zum Einsatz!«, rief Roi Danton. Natürlich hatte er sich, in seiner Meinung von Reginald Bull unterstützt, nicht eine Sekunde lang auf die scheinbare Ehrlichkeit einer Vereinbarung mit Casalle verlassen. Er hatte in Porta Pato mit einer starken Kampftruppe den Einsatz abgesprochen und sah jetzt, dass seine schlimmsten Befürchtungen eingetroffen waren.

Lautlos fluchte er vor sich hin. Wäre Casalle in seiner Nähe gewesen, hätte er ihn mit bloßen Händen erdrosselt. Doch Augenblicke bevor er den Angriffsbefehl geben konnte, zeigte die Übertragung eine überraschende Aktion.

Dustin Seraphs Regiegleiter vollführte eine Drehung um neunzig Grad. Während er beschleunigte, schoben sich die Hälften der durchsichtigen Kugel auseinander. Seraph sprang nach vorn und schlug mit zwei Hieben den Piloten aus der Maschine. Bis zu dieser Sekunde, die ihn bis auf vierzig Meter an Casalle und Kratt heranbrachte, geschah alles unbemerkt.

Als die Wachen reagierten, erreichte der Gleiter mit wimmerndem Triebwerk in einer Staubwolke die Tribüne.

Mit einem gewaltigen Satz sprang Dustin Seraph aus seinem Sitz, hechtete drei Stufen empor und riss seinen Strahler hoch. »Halt!«, brüllte er. Die Lautsprecher verliehen seiner Stimme das Geräusch eines Donnerschlags. »Kratt und Casalle sind meine Gefangenen!«, schrie Seraph noch lauter. Seine Waffe zielte abwechselnd auf jeden von beiden. Die Wachen wagten nicht zu schießen. Seraph schätzte Casalle als Pragmatiker ein und beobachtete Kratt. Als er das verzerrte Gesicht des Mannes sah, wusste er, dass Kratt eine Dummheit begehen würde. Gleichzeitig griff der Major zur Waffe. Seraph war schneller. Der Feuerstrahl aus seiner Waffe traf Kratts linken Arm. Der Getroffene drehte sich halb herum und fiel die Stufen hinunter bis in den wallenden Staub.

»Nicht bewegen, Admiral!«, dröhnte Seraphs Stimme erneut. »Sie sind mein Gefangener.«

Casalle starrte Seraph an. Sein Blick hatte etwas Zwingendes, das offensichtlich nur der Regisseur selbst erkennen konnte, denn er griff sich an den Hals, packte die eigene Haut mit hartem Griff und riss mit aller

Kraft daran. Eine hauchdünne Bioplastmaske löste sich vom Gesicht und wurde achtlos zur Seite geschleudert.

»Ich bin Ironside«, sagte er. »Greifen Sie ein, Roi!«

Seine Waffe zielte nach wie vor auf Casalle. Vater Ironside lächelte nicht. Er bedauerte zutiefst, dass er sich zu solchen Gewalttaten hinreißen lassen musste. Das Geschehen wirkte auf ihn wie erstarrt. Das einzige Geräusch, das er wirklich hörte, war Major Kratts Wimmern.

Von seinem Platz aus sah Vater Ironside, dass sich fern dunkle Punkte erhoben und schnell näher kamen. Roi Dantons Männer gingen kein Risiko ein, sie hatten ausnahmslos ihre Schutzschirme aktiviert, als sie landeten. Was geschah, wirkte wie oft eingeübt, und die Gefangenen begriffen schnell und brachten die Waffen der paralysierten Wachen an sich, ehe sie die Gleiter stürmten.

Ironside beherrschte die Regie über die Massen. Er stand inzwischen neben Casalle, hielt seinen Strahler an dessen Schläfe und dirigierte Roi Dantons Truppen, die Gefangenen und die Gleitermannschaften mit Zurufen.

Die Transportmaschinen füllten sich. Minuten später hob der erste Gleiter ab. Noch einmal vergingen bange Augenblicke, bis klar wurde, dass die Korvette nicht feuerte. Offenbar fürchtete die Besatzung um Casalles Leben.

»Sie haben einen verhängnisvollen Fehler begangen, Admiral«, sagte Ironside. »Sie sind tatsächlich ein Abgesandter der tiefsten Hölle. Sie hätten in uns Freunde haben können – aber Sie haben uns zu Feinden gemacht.«

Casalle verzichtete auf eine Antwort. Die Sekunden dehnten sich zu kleinen Ewigkeiten. Immer mehr Gleiter verließen die Ebene, begleitet von Männern in Fluganzügen. Staub, Blitze, Krachen, Heulen und wimmernde Triebwerke, dazwischen Kommandos und Staubwolken, wenn die überlasteten Gleiter ihren Weg fanden … es herrschte ein heilloses Durcheinander. Ironside hob die Schultern und paralysierte Casalle.

Eine halbe Minute später war der letzte Immune verschwunden. Die Rettung hatte sich buchstäblich in letzter Sekunde vollzogen.

Sie hatten eine einsame Insel im Pazifik erreicht. »Sie wissen«, sagte Roi Danton zu Vater Ironside, »dass Worte nicht genügen, um unseren Dank auszudrücken.«

Er hielt Ironside die Hand hin. Das U-Boot, das sie abholen sollte, musste bald erscheinen.

»Jeder von euch würde besser daran tun, den Teufel wirklich zu fürchten«, entgegnete Ironside nachdrücklich. »Das Einvernehmen zwischen uns scheint aber wiederhergestellt zu sein.« Er ergriff Dantons Hand und drückte sie kräftig. Es dunkelte. Sie hatten das Eiland erreicht, ohne verfolgt zu werden.

»Wie können Sie zu Fuß die Insel verlassen?«, fragte Roi und nickte, als ihn jemand zur Eile drängte.

»Das ist meine Sorge«, erklärte Ironside und verschwand in der beginnenden Dunkelheit. »Ich habe wichtigere Dinge zu tun, als für euch das Kindermädchen zu spielen.«

28.

Sie wussten, dass sie den Tod finden konnten. Auf alle Fälle würde ihr Flug ein Vorstoß ins Unbekannte und ins Risiko werden. Das Ziel war eine Welt, die nur noch in der Erinnerung und in Aufzeichnungen existierte. Was immer die Insassen der fernflugtauglichen Space-Jet vorfinden würden – es musste anders sein, als sie es sich vorgestellt hatten.

Das Ziel war die Erde, der Planet, von dem aus sich die Menschen über einen Teil des Alls ausgebreitet hatten.

Terra – eine Welt ohne Liebe und ohne Gefühle, eine Welt der menschlichen Kälte?

»Was werden wir finden?« Marhola el Fataro warf einen nachdenklichen Blick auf die Landschaft, die unter der im Steigflug befindlichen Space-Jet vorbeiglitt. Es war, als zögerten die vier Frauen im letzten Moment noch, ihre Welt zu verlassen.

Das Land lag im Licht der Nachmittagssonne, doch in den Augen von Marhola, Terfy, Nano und Nayn strömte es eine deprimierende Leere aus. Dennoch war es »ihre« Landschaft, ein Teil »ihrer« Welt. Die Leere war eindeutig psychologischer Natur. Weil ein wichtiger Teil fehlte.

»Wissen wir genau, was wir suchen?« Terfy kaute auf ihrer Unterlippe. Ovarons Planet war sehr erdähnlich. Sie würden also, sobald sie auf Terra landeten, Natur und Landschaft irgendwie wiedererkennen.

Die Sonne Finder strahlte auf die zerklüftete Küste herab, die sich am gekrümmten Horizont verlor. Zwei Kontinente erstreckten sich von Pol zu Pol, sie waren von tiefen Fjorden zerrissen, von Flussläufen und Mündungsdeltas, von Buchten in allen nur denkbaren Formen und Größen.

Im Augenblick überflog die Space-Jet den Axha-Ozean und ließ die hunderttausend Inseln hinter sich. Der Ploshor-Kontinent war schon nicht mehr sichtbar, und langsam verblassten die zweieinhalbtausend Einwohner des Planeten, genauer gesagt, der einzigen Stadt Hildenbrandt, in ihrer Bedeutung.

Die vier Frauen wussten nicht, ob sie jemals zurückkehren würden. Sie hofften es, aber sie kannten das Risiko.

»Eigentlich ist Ovarons Planet sehr schön«, sagte Nayn Taibary versonnen. Sie lächelte entschuldigend, weil sie eine Selbstverständlichkeit aussprach. »Hier hätten Millionen Menschen Platz und Arbeit.«

Nano Balwore fuhr mit ihren dunklen, langen Fingern durch ihr krauses Haar und lachte sarkastisch auf. »Wenn es weitergeht wie bisher, werden wir weniger statt mehr.«

Die fünfunddreißig Meter durchmessende Space-Jet ließ die Atmosphäre hinter sich und stieß in die Weltraumschwärze vor.

Marhola, die junge Frau mit dem Aussehen einer Pharaonentochter, sagte: »Wir haben nicht den geringsten Grund, zaghaft zu sein. Schließlich sind wir hervorragend vorbereitet und gewohnt, auf einer Welt mit eins Komma siebzehn Gravos zu leben.«

Terfy Heychen überprüfte die Systeme und murmelte: »Ich möchte wissen, was das nützen soll.«

»Es macht uns beweglicher und schneller. Auf Terra herrscht nur ein Gravo. Wir sind den … Na ja, wir sind ihnen überlegen.«

»Sicher. Wir sind vier, aber die Terraner nur einige Milliarden. Es wird eine Kleinigkeit sein, schnell und sicher alles zu erledigen«, sagte die hoch aufgeschossene Dunkelhäutige spöttisch.

Terfy erklärte versöhnlich: »Warten wir ab. Alles wird sich zeigen.«

Der zweite Planet des Finder-Systems schrumpfte rasch zur Bedeutungslosigkeit. 3450 Lichtjahre lagen zwischen Terra und Finder.

Die Frauen schwiegen, während ihre Heimat zu einem winzigen Stern wurde. Schließlich sagte die älteste, die zierliche, schwarzhaarige Nayn: »Über Erfolg oder Misserfolg der Mission zu reden bringt uns nicht weiter. Wir müssen abwarten, was uns wirklich erwartet.«

Keine von ihnen hatte bewusste Erinnerungen an Terra. Sämtliche Informationen stammten von ihren Müttern oder aus Major Kernot Hildenbrandts Hinterlassenschaft.

»Du hast Recht. Wir werden Schritt um Schritt alle Schwierigkeiten hinter uns bringen«, erklärte Marhola.

Die Mathelogikerin Nano Balwore, einundvierzig Jahre alt und überschlank, sagte scharf: »Ich habe vor, meinen Teil der Mission ohne Emotionen zu überstehen. Was getan werden muss, wird getan. Vergesst nicht, dass wir besondere Zustände auf Terra finden werden.«

»Du hast Recht«, gab Nayn zu. »Ich bin gespannt, was aus den Menschen geworden ist.«

Sie waren auf Ovarons Planet aufgewachsen. Vor vierzig Jahren waren zwei Transporter gelandet und hatten Passagiere, Roboter und Materialien ausgeladen. Aber diese Schiffe waren kein zweites Mal gekommen. Frauen, Kinder und die wenigen Männer hatten lernen müssen, mit allen Schwierigkeiten allein fertig zu werden. Sie hatten es geschafft, doch die Leere dieser Welt bedrohte ihren Fortbestand. Deshalb waren sie aufgebrochen.

Die Geschichte des Planeten und ihre eigene Geschichte waren nicht älter als vier Jahrzehnte. Die vierzig Jahre hatten begonnen, als sich die Katastrophe allmählich abgezeichnet hatte. Damals ... bevor Perry Rhodan entmachtet und mit der SOL verbannt worden war – aber das wusste auf Ovarons Planet niemand. Auch nicht, dass sich die Aphilie wie ein grassierendes Fieber ausgebreitet hatte und dass zusammen mit Rhodan viele immune Männer an Bord des Fernraumschiffs gegangen waren.

Männer ...!

Die Space-Jet ging in den Linearraum.

Es gab heute, vierzig Jahre nach der Landung auf Ovarons Planet, nur noch wenige, die sich an die Wochen vor dem Start der LISSABON und der beiden Transporter erinnern konnten.

Major Hildenbrandt war verschollen wie die SOL und die Menschen, die mit Rhodan geflüchtet waren. Auch die LISSABON, das Begleitschiff, war verschwunden. Wie die Mutanten und die Mehrzahl der Aktivatorträger, von denen niemand wusste, wo sie sich befanden. Lebten sie noch? Lebte Rhodan noch?

Vierzig Jahre waren vergangen ...

Rückblick

Perry Rhodan saß hinter seinem Schreibtisch, stützte den Kopf in beide Hände und musterte den großen, schlanken Mann, der vor ihm stand. Schließlich sagte er mit einer Stimme, die seine Niedergeschlagenheit erkennen ließ: »Nehmen Sie Platz, Major!«

Der Mann, der sein weißes Haar schulterlang trug, setzte sich in den schweren Sessel ihm gegenüber. »Sie haben mich rufen lassen, Sir. Ich nehme an, es liegen wichtige Gründe vor.«

Rhodan blickte in die stahlgrauen Augen unter den buschigen weißen Brauen. Er murmelte: »Ich weiß noch nicht, ob es wirklich wichtig ist. Sie sind Kommandant der LISSABON, richtig?«

»Richtig, Sir. Das Schiff ist bemannt mit Leuten, die nicht der Aphilie unterlegen sind ... bis jetzt jedenfalls.«

Rhodan nickte. »Also ist Schnelligkeit ein wichtiger Faktor. Ich habe vor einigen Tagen das Projekt *Emotion Ladys* gestartet, Major. Können Sie sich etwas darunter vorstellen?«

Hildenbrandt schüttelte den Kopf. Er zog eine Zigarette aus der Brusttasche seiner Uniform und zündete sie an. Sein Gesicht war braun gebrannt; die hellen Brauen und die grauen Augen standen in bemerkenswertem Gegensatz dazu. Tiefe Kerben zogen sich um die Augen und um den Mund. Hildenbrandt war erst sechzig, bedächtig und scheinbar langsam, aber er reagierte ohne großen Aufwand an Gesten und Ausdruck. Jetzt konzentrierte er sich auf Rhodans Eröffnung.

»Ich habe beschlossen, möglichst viele Menschen auszusiedeln. Wir alle wissen, wohin die Entwicklung treibt, und dass ich so gut wie machtlos bin, wissen Sie ebenfalls. Zum Projekt: Sie haben die beiden Transportraumer gesehen?«

»Ja. Sie sind schlechterdings kaum zu übersehen.«

»Dann haben Sie auch bemerkt, dass bereits Ausrüstungsgegenstände verladen werden.«

»Ich wunderte mich«, schränkte der Major ein, »dass die Arbeiten noch nicht von den Aphilikern gestoppt worden sind.«

»Ich habe mehr Verbündete, als jeder glaubt.« Rhodan lächelte knapp. »Wir planen, möglichst viele Kinder und Frauen an Bord der Schiffe zu bringen. Sie werden Begleitschutz fliegen.«

Hildenbrandt zog die Brauen hoch. »Selbstverständlich, Sir. Das Ziel?«

»Ovarons Planet.«

»Ich verstehe.«

Während der Bemühungen, die Position der Erde im Mahlstrom festzustellen, waren viele Planetensysteme entdeckt worden. Eine der Sonnen hatte den Namen Finder erhalten, ihr erdähnlicher zweiter Planet war von Rhodan im Andenken an seinen Freund Ovaron benannt worden.

»Wie weit ist das Projekt gediehen?«, erkundigte sich Hildenbrandt.

»Wir sind mittendrin. Alle Beteiligten arbeiten praktisch pausenlos.«

Jeder Mensch, der noch im Sinn von Rhodans Definition »normal« war, hatte es in der Welt des Jahres 3540 schwer. Die Aphilie breitete sich aus. Das Reservoir an Liebesfähigkeit schwand unter dem Licht der Sonne Medaillon. Vom Standpunkt der Normalen war die Mehrheit der Menschen krank – vom Standpunkt der Kranken waren es die anderen, die Krankheit machte es ihnen unmöglich, ihren wahren Zustand zu erkennen. Wie auch immer, sie versuchten jeden, der nicht so war wie sie, aus ihrer Gesellschaft auszuschließen. Sie taten dies mit radikalen Methoden. Und in kurzer Zeit würden sie über die Macht verfügen, sogar dem Großadministrator zu trotzen.

»Wir haben schon viele Menschen gerettet, die nicht unter dem Waringereffekt litten. Inzwischen suchen Mutantenkommandos überall auf der Erde nach intakten Familien, um sie in Sicherheit zu bringen.«

»Die Konsequenzen der Entwicklung sind unübersehbar, Sir«, sagte der Major knapp. »Ich kenne sie ebenso gut wie jeder andere. Verraten Sie mir mehr über die Zielsetzung von Projekt Emotion Ladys?«

Rhodan erklärte, was beabsichtigt war. Der Planet, auf dem Menschen sich vorübergehend oder auch länger verbergen sollten, stand annähernd 3500 Lichtjahre von der Erde entfernt. Noch waren die Aphiliker nicht stark genug, die Aktion verhindern zu können.

»Ich habe keine Zeit mehr, um mich um alles selbst zu kümmern. Sobald die Schiffe beladen sind, starten sie. Das Ziel unterliegt absoluter Geheimhaltung, das gilt auch für Sie. Sie werden Geleitschutz fliegen und den Frauen und Kindern nach der Landung jeden nötigen Schutz geben, ebenso jede Art von technischer Hilfe. – Sobald sich alle einigermaßen wohnlich eingerichtet haben, kommen Sie zurück. Falls sich die Verhältnisse hier dramatisch zugespitzt haben sollten, wird Ihnen ein Ausweichziel genannt. Helfen Sie uns, Major?«

Langsam drückte Kernot den Zigarettenrest aus. »Selbstverständlich, Sir. Kommen die Besatzungen der Frachter allein zurecht, oder müssen wir sie ebenfalls unterstützen?«

»Tun Sie, was Sie können, Major.«

Hildenbrandt erkannte, welche Hilfeleistung Rhodan wirklich benötigte. Er überlegte einige Sekunden. »Beide Schiffe werden Frauen und Kinder aus der Gefahrenzone fortbringen. Aber wie steht es mit den Männern?«

»Das ist mein zweites Projekt. Es wird gestartet, sobald die Transporter zurück sind. Wir wollen die Familien ja nicht auseinander reißen.«

Sie schüttelten sich die Hände. Mit ausgreifenden Schritten verließ Hildenbrandt das Büro und fuhr zurück zum Raumhafen, wo sein Schiff und die Mannschaft warteten.

Der Gleiter bremste. Professor Ahmid el Fataro, knapp über fünfzig, schaltete das Triebwerk aus und drehte sich im Sitz halb herum. Vor dem Gleiter ragte die gewaltige Kugel des Transporters auf. Dicke weiße Wolken zogen über den Himmel.

»Ich komme nicht mit ins Schiff«, sagte el Fataro gepresst. »Sie holen dich ab. Dort kommen sie schon.«

Vor wenigen Stunden war der Teleporter Ras Tschubai in ihrer Wohnung aufgetaucht. Er hatte erklärt, was geschehen würde, wenn sie länger in Terrania City blieben. Fast spontan hatte Aleah entschieden, die Erde zu verlassen.

»Du wirst unsere Tochter auf Ovarons Planet zur Welt bringen«, hatte Ahmid festgestellt. »In sieben Monaten.« Er wusste nicht, was ihn auf Terra wirklich noch erwartete, aber er war überzeugt, in der näheren Umgebung Roi Dantons oder Perry Rhodans eine gute Stellung und eine Aufgabe zu finden, die ihm zusagte. Ebenso konnte er damit rechnen, seiner Frau nachzufolgen.

»Fast alles, was wir haben, bleibt hier zurück«, sagte Aleah leise. »Ich weiß nicht, was ich denken soll.«

Ein zweiter Gleiter hielt hinter ihnen. Robotwagen surrten heran, Mannschaftsmitglieder des Frachters halfen, Gepäckstücke zu verladen. Ahmid winkte die Helfer zurück und grinste schief. Er zupfte an seinem Schnurrbart und murmelte: »Sei froh, dass wir alles zurücklassen. Das Schiff ist voll gestopft mit Ausrüstung. Die wichtigsten Sachen haben wir ohnehin eingepackt.«

Er legte seinen Arm um Aleahs Schultern, zog seine Frau an sich und küsste sie. Er war erleichtert, dass sie in Sicherheit gebracht wurde, der Preis dafür war ihre Trennung für unbestimmte Zeit. Beide freuten sie sich auf ihr Kind; er war aus unerklärlichen Gründen davon überzeugt, dass es ein Mädchen werden würde. Eine genetische Untersuchung hatten sie abgelehnt.

»Du weißt«, sagte er halb ernst und halb scherzhaft, »dass wir eine Tochter bekommen.«

Aleah schmiegte sich an ihn. »Du wirst sehen, es wird ein Sohn!«

Werde ich es sehen? Wann? Wie?, dachte er.

»Wir nennen sie Marhola, ja?« Ahmid öffnete die Tür, ging um den

Gleiter herum und half seiner Frau heraus. Er verlud das Gepäck auf den Robotwagen und ging mit Aleah bis unter den Ringwulst des Frachters.

»Du kommst nach?«, flüsterte sie, als sie sich zum letzten Mal umarmten.

»Bei der ersten sich bietenden Gelegenheit«, versprach er. »Das Schiff ist voller Frauen und Kinder. Sie haben die gleichen Probleme wie wir.«

»Machen wir es uns nicht unnötig schwer, Ahmid. Geh zurück zu Danton und Rhodan.«

»Wir sehen uns wieder!«

Er blieb lange stehen und schaute ihr nach, wie sie zusammen mit anderen Frauen zur Bodenschleuse emporschwebte und in der hell erleuchteten Öffnung verschwand. Dann drehte sich Ahmid el Fataro herum und ging zum Gleiter zurück. Er fühlte sich hundeelend.

Über zweitausend Frauen und Kinder befanden sich an Bord. Die LISSABON startete kurz nach den Frachtern und begleitete die Schiffe bis zur Landung auf der neuen Welt.

Ovarons Planet besaß einen Pol-zu-Pol-Durchmesser von 12.918 Kilometern, die Schwerkraft war um fast ein Fünftel höher als auf Terra. Im Äquatorbereich lag die mittlere Tagestemperatur bei rund 34 Grad Celsius; ein Tag hatte nur sechs Minuten weniger als dreißig Stunden.

Eine herrliche, reiche Welt …

Die Schiffe drangen in die Atmosphäre ein. Es gab kaum jemanden an Bord, der nicht gespannt, ängstlich oder begeistert die Bildübertragung in sich aufnahm. Die gesamte Skala menschlicher Empfindungen wurde deutlich.

Der Axha-Ozean blieb unter den Raumern zurück, das riesige Gewirr der hunderttausend Inseln, dann der Rand des Ploshor-Kontinents. Der Kreuzer steuerte zuerst den Landeplatz an. Major Hildenbrandt hatte alle Aktivitäten mit den Frachterkommandanten abgesprochen. Die drei Schiffe landeten am schönsten, klimatisch günstigsten und taktisch klügsten Punkt, im Bereich zwischen den Stränden des Axha-Ozeans und der Bergkette im Hinterland.

Während des Baus der projektierten Siedlung würden die Schiffskabinen eine Art riesiges Hotel sein, bis sich die Laderäume leerten.

Mehr als zweitausend Frauen, viele Kinder, Heranwachsende beiderlei Geschlechts, die Bedienungsmannschaften, Roboter und Maschinen, die Besatzungen von drei Schiffen und nicht zuletzt die Mediziner, die immer mehr Entbindungen hatten, je länger die Arbeiten fortschritten …

Die Kanalisation wurde gebaut und ein Atomkraftwerk, das mit seiner Kapazität eine hundertmal größere Stadt hätte versorgen können und nur mit Teillast lief – die zahllosen Versorgungseinrichtungen des Stadtkerns wurden ausgehoben, installiert, wieder zugeschüttet. Gebäude aus Fertigteilen, praktisch unzerstörbar, wuchsen in atemberaubender Geschwindigkeit.

Dennoch vergingen Monate.

Die letzten Bauten der ringförmigen Stadt wurden errichtet, kleinere Häuser an den sternförmig aus dem Kern hinausführenden Gleiterpisten. Im Stadtzentrum waren bereits wieder neue Grünflächen entstanden, als die letzten Bauten beendet wurden, halb versteckte Fabrikationsstätten an der Peripherie.

Alle Kinder waren geboren.

Mehr als zweieinhalbtausend Personen bewohnten jetzt die Stadt, nicht eingerechnet die Schiffsmannschaften.

Eines Tags starteten die drei Schiffe.

Niemand konnte den Frauen sagen, wann die Transporter mit ihren Freunden und Ehepartnern kommen würden oder einfach mit Männern, die willens und in der Lage waren, Familien zu gründen und den Planeten zu urbanisieren. Die Frauen mussten fast alle Arbeiten übernehmen, die eigentlich den Männern zugedacht waren.

Weitere neununddreißig Jahre vergingen …

Nano Balwore stützte sich auf das Geländer und blickte auf die Stadt hinab, auf den Strand mit seiner hellen Brandung und dem kleinen Raumhafen.

»Ich werde nie verstehen, warum unsere Mütter den Stadtkern nicht mögen«, sagte sie. »Hier ist alles viel bequemer, gesünder, leichter und vor allem logischer als im Außenbereich.«

Nano war heute, einige Tage vor den ersten Probeflügen, vierzig Jahre alt. Für eine Frau, deren Lebenserwartung gut eineinhalb Jahrhunderte betrug, war das noch jung. Groß, fast zu schlank, mit schmalem Gesicht und riesigen Augen, wirkte sie nervös und schnell. Bestimmte Gesten und Wortwendungen deuteten darauf hin, dass man sie zudem immer mit Begriffen wie Exaktheit, Logik und Mathematik hatte identifizieren müssen. Sie war tatsächlich Mathelogikerin, aber zugleich jahrelang Meisterin in etlichen Sparten der Leichtathletik gewesen.

»Ich kann es dir verraten, Nano.« Nayn Taibary seufzte. »Unsere Mütter hatten Sorgen. Nicht nur wegen der fehlenden Männer, sondern auch mit Heimwehkranken. Lies in der Chronik nach. Einige Jahre lang verwandelte sich der innerste Bezirk in eine Art Kampfplatz.«

»Du magst Recht haben. Ich ziehe es trotzdem vor, im Kern zu wohnen.«

Sie standen auf dem Dach des höchsten Gebäudes. Unter ihnen breitete sich Hildenbrandt City aus.

»Hier hast du wenigstens deine Positroniken in der Nähe«, lachte Nayn. Sie war der krasse Gegensatz zu Nano. Ihr pechschwarzes, kurzes Haar umrahmte ein Gesicht, das nur aus elfenbeinfarben schimmernder Haut, einem weichen Mund und lächelnden Augen zu bestehen schien. Niemand sah ihr an, dass sie eine der besten Medizinerinnen des Planeten und Ressortchef in der Regierung war.

Erst dreieinhalb Jahre alt war sie bei der Landung gewesen. Wie bei allen anderen hatte die größere Schwerkraft eine Art Dauertraining bewirkt, und die Auseinandersetzung mit der Natur und den Widrigkeiten des kleinen Gemeinwesens hatte auch bei Nayn eine Steigerung der körperlichen und geistigen Aktivitäten bewirkt. Sie war jedem unter normaler Schwerkraft Aufgewachsenen hoch überlegen. Allerdings verkörperte sie sowohl in der Regierung wie auch in der Mannschaft der Space-Jet das ausgleichende Element. Sie würde dort handeln, wo Gegensätze aufeinander prallten. Auch sie blickte nachdenklich hinüber zu dem kleinen Raumschiff und versuchte, sich die ferne Erde vorzustellen.

»Werden wir unsere Väter finden? Werden wir überhaupt eine Möglichkeit bekommen, sie zu suchen?«, fragte sie in den warmen Wind hinein, der den Geruch von Meer und Algen mit sich brachte.

»Ich weiß nicht mehr über Terra als du. Und keine von uns hat eine Ahnung, wie die Erde heute ist. Wir müssen das Schlimmste annehmen.«

Das erste Zeichen, das wohl niemand falsch gedeutet hatte, war das Ausbleiben der Schiffe gewesen. Kernot Hildenbrandt hatte sein Ehrenwort verpfändet, so bald wie möglich zurückzukommen. Die betreffende Aufzeichnung lag in der Stadtchronik. Die Kinder waren aufgewachsen, ohne dass die LISSABON wieder auf Ovarons Planet gelandet war. Die Frauen hatten vierzig Jahre lang auf ihre Männer oder Freunde gewartet. Vergebens. Niemand war gekommen. Bis zum heutigen Tage nicht.

»Wir sind darauf vorbereitet, das Schlimmste vorzufinden«, erklärte Nano entschlossen.

Nach dem langen Warten hatten mehr und mehr Frauen mit ihren Kindern das Stadtzentrum verlassen. Sie hatten kleine Häuser gebaut und angefangen zu jagen und Felder bestellt. Heute umgab ein lockerer Ring von Blockhäusern, versteckt unter Bäumen, hinter Büschen und Holzzäunen, den Stadtkern aus Stahl, Glas und Plastik. Aber noch funktionierte das Zentrum. Viele der Mädchen von einst – heute waren sie junge Frauen – fanden die Art, wie ihre Mütter ihr Leben nach der großen Enttäuschung gestaltet hatten, nicht richtig.

»Wann kommen Terfy und Marhola?«, fragte Nayn.

»Ich warte auf sie, wir sind hier verabredet«, erklärte die Dunkelhäutige.

»Ich dachte es.«

Auf Ovarons Planet, zwischen dem tropischen Urwald, der Sierra und dem Meer, existierte eine separierte und isolierte Gesellschaft von Frauen. Die Farmhäuser ließen erkennen, dass sich jede Familie einigelte, selbst versorgte und in eine Scheinwelt flüchtete. Die Stadt mit ihren Versorgungseinheiten wurde von der Mehrheit der Bewohnerinnen längst ignoriert.

»Nano«, sagte Nayn leise, »ich weiß, ich stelle die Frage schon zum hundertsten Mal: Wird uns jemand auf der Erde helfen?«

»Rechne lieber nicht damit«, sagte die Mathelogikerin hart. »Wir werden auch niemandem unsere Adresse geben.«

War die Erdbevölkerung komplett aphilisch? Galten noch die Berichte von Hildenbrandt und den Älteren?

Auf Ovarons Planet hatte eine unerklärliche Krankheit den männlichen Nachwuchs dahingerafft. Die Ärztin selbst wusste nicht, ob es ein Virus oder Mord gewesen war. Alle verdächtigten Casira Falanga, eine latente Aphilikerin, deren Krankheit erst Jahre nach der Landung offen ausgebrochen war. So lange hatte sie als Normale gelebt, bis sie entlarvt worden war.

»Niemand wird erfahren, woher wir kommen.«

Marhola war die gewählte Regierungschefin von Ovarons Planet, Terfy und Nayn gehörten ebenfalls der Regierung an. Das bedeutete, dass die wichtigsten Personen des Planeten auf die Erde gesandt wurden. Aber auch, dass andere Frauen ihre Ämter übernehmen würden.

»Dort kommen sie! Ich kann den Gleiter sehen.«

Die Maschine mit Terfy und Marhola näherte sich vom Strand her. Bald würden sie zu viert das Training fortsetzen.

Nach Abschluss der langen und intensiven Vorbereitungen starteten sie. Obwohl sich nur wenige Frauen am Raumhafen einfanden und ihnen mehr lustlos als begeistert winkten, waren die Gedanken aller bei ihnen.

Die Reise verlief ohne Zwischenfall. Das kleine Raumschiff, das Major Hildenbrandt zurückgelassen hatte, funktionierte perfekt. Sie schafften es, die Koordinaten exakt zu bestimmen und einen Kurs zu fliegen, der sie sehr nahe an der Erde aus dem Linearraum fallen ließ.

Aber danach begannen die Gefahren erst wirklich.

Am dreißigsten August des Jahres 3580, genau vierzig Jahre nach dem Aufbruch der drei Schiffe nach Ovarons Planet, erblickten die vier Frauen die Erde und den Mond in der Umlaufbahn der Sonne Medaillon. In der Ortung zeichneten sich die Echos der Wachschiffe ab.

Nano Balwore lächelte kühl. Sie hatte die Kontrollen übernommen und bereitete sich darauf vor, den Kordon der Schiffe zu durchbrechen.

»Wir geben uns einfach als ein Erdschiff aus«, sagte Marhola ohne viel Hoffnung. »Wenn sie uns fragen, finden wir sicher eine Ausrede.«

»Illusionistin«, raunte Nayn Taibary.

Die Space-Jet flog auf geradem Kurs der Erde entgegen.

29.

Gegenwart

Nach zwanzig Minuten erfasste die erste Nahortungsstation die Jet. Die Frauen zuckten zusammen, als eine Robotstimme erklang.

»Identifikation! Ziel und Start des Flugs, Zweck und Hafen!«

Nano erwiderte: »Patrouillenboot Alpha-97. Spezialwachauftrag über Luna. Wir fliegen Terrania City an.«

Sie schwitzte und atmete gepresst. Lange Sekunden vergingen. Auf dem Ortungsschirm zeichneten sich Bewegungen großer Schiffe im Erdorbit ab. Steter Funkverkehr herrschte zwischen den Einheiten. Endlich, nach einer Ewigkeit des Wartens, sagte die Robotstimme: »Sie wurden angemeldet. Verlassen Sie den Einflugkorridor nicht!«

Nano bedachte Marhola mit einem langen Blick. Die Space-Jet schoss vorwärts. Vielfältige Stimmen aus dem allgemeinen Empfang schienen darauf schließen zu lassen, dass sich auf der Erde ein Zwischenfall ernster Natur ereignet hatte.

»Reginald Bull«, war zu hören. »... *plötzliche Erkrankung ... Flucht.*

Wird von allen staatserhaltenden Kräften verfolgt ... gewaltige Schlacht der Roboter. Die Kranken ...«

Marhola sagte leise und nachdenklich: »Krankheit. Flucht. Das heißt zweifellos, dass es eine Trennung von Gesunden und Kranken gibt. Denkt an die Bänder, die uns Hildenbrandt hinterlassen hat. Aber wer ist damit gemeint? Sind die Kranken die Aphiliker?«

»Oder sind es die Normalen? Bezeichnen sie uns als Kranke?«, rätselte Terfy Heychen.

Die Space-Jet passierte mehrere Wachschiffe und flog in die Atmosphäre Terras ein. Das gelbe Licht der Sonne wurde langsam grünlich.

Urplötzlich lachte Terfy Heychen hell auf. »Ein Unterhaltungsfilm!«, rief sie aus. »Wir lassen uns von einem Drama zum Narren halten. Meine Güte ...«

»Wovon redest du?«

»Von Bull und seiner Flucht.« Terfy wischte sich mit dem Handrücken über die Lippen. »Ich hätte nie geglaubt, dass man damit Scherze macht.«

»Die Aphiliker bestimmt nicht«, wandte Marhola el Fataro ein. »Bist du sicher?«

»Das ist eine Aufzeichnung. Ich habe das kodierte erste Sendedatum auf dem Schirm, der 17. August.«

»Also vor fast zwei Wochen ...« Marhola seufzte. »Und wenn das kein banales Drama ist?«

»Du meinst ...?« Terfy schluckte den Rest unausgesprochen hinunter.

»Für mich klingt alles sehr realistisch. Mag sein, dass die Aphiliker unter einer Art Trauma leiden und den Livebericht wiederholen. Nayn sollte dazu eigentlich mehr sagen können.«

Nayn Taibary hob lediglich die Schultern und ließ sie langsam wieder sinken. »Wo landen wir?«, wollte sie wissen.

»Weit weg von bewohntem Gebiet!«, erklärte Nano Balwore. »Urwald, eine Insel, ein Gebirge?«

Sie kannten das Gesicht der Erde aus Karten. Sie wussten, wo Städte lagen, welche Regionen menschenleer waren – aber das war der Stand vor fast einem halben Jahrhundert gewesen. Momentan sahen sie den Nordpol unter sich, steuerten die eisigen Weiten des nördlichen Alaska an und flogen südwärts. Der nordamerikanische Kontinent zeichnete sich ab.

»Ich schlage Südamerika vor, den Amazonasurwald«, warf Terfy ein.

»Wir brauchen Zugang zur Zivilisation«, widersprach Nano barsch. »Hast du das vergessen?«

»Apropos Zivilisation.« Marhola kaute auf ihrer Unterlippe. »Denkbar wäre doch auch, dass die Immunen den Bericht von Reginald Bulls Flucht wiederholt ausstrahlen. Um die Gegenseite zu zermürben. Oder?«

Die Frage blieb unbeantwortet.

Der Diskus verließ den engen Flugkorridor. Die Funksprüche zwischen den Bodenstationen und den Wachschiffen im Orbit wurden Legion. Die Frauen registrierten erleichtert, dass ihnen kaum Aufmerksamkeit galt.

Nebenbei verfolgten sie den Bericht, der von schlechten Holoaufnahmen untermauert wurde. Der Kommentator redete von einer Roboterschlacht. Reginald Bull – immerhin ein Name aus der Vergangenheit – war erkrankt und geflohen. Mehrmals wurde auch Perry Rhodan genannt und ebenfalls als Kranker und Wahnsinniger bezeichnet.

Marhola sagte schwer: »Nun können wir sicher sein. Die Erde ist nicht mehr das, was sie einmal war. Wenn Rhodan als Kranker bezeichnet wird, müssen alle anderen aphilisch geworden sein.«

Sie wussten, dass sie nach der Landung die Rolle normaler Erdenbürgerinnen spielen mussten, um nicht aufzufallen. Das bedeutete, dass sie sich in Aphilikerinnen zu verwandeln hatten. Die Probleme daraus erschienen gigantisch.

Das Meer zeichnete sich voraus ab, die Inseln der Karibik. Die Space-Jet tauchte in dichte Wolkenbänke ein. Jeden Augenblick erwarteten die Frauen einen Befehl zum Stoppen oder ein sie verfolgendes Wachschiff. Aber nichts dergleichen geschah.

»Vielleicht haben wir Glück.« Nayn blickte von einem Schirm zum nächsten. Weit voraus zeichnete sich eine Insel ab, die kaum bewohnt zu sein schien.

»Sollen wir es riskieren?« Nano deutete auf das Ortungsbild. Die anderen stimmten zu.

Die Space-Jet durchstieß die Wolkenschicht und flog jetzt über dem freien Meer. Kein Schiff war zu sehen. Nicht einmal mehr hundert Meter hoch raste der Diskus nach Südosten auf die lang gestreckte Insel zu. Die Analyse ergab nur geringe Energieausstrahlung und so gut wie keinen Funkverkehr.

»Falls das nicht der geeignete Platz ist, fliegen wir weiter«, sagte die Pilotin und fügte hinzu: »Kennt jemand den Namen des Eilands?«

»Death Pirates Bay«, behauptete Terfy. »Jedenfalls vor vierzig Jahren. Aber noch früher soll sie ganz anders geheißen haben.«

Der Unterschallknall dröhnte über die See, dann huschte der Diskus über die Küste hinweg. Es gab eine Reihe von Ferienhäusern, einen halb leeren Hafen, Motorboote auf dem Sandstrand und sehr viel Wald sowie Tausende von Wasservögeln.

Die Jet sackte durch, wurde stark abgebremst und schwebte geräuschlos auf eine Felsenbucht zu. An drei Seiten umgaben Felsen, bis zum Abbruch mit Bäumen und Gestrüpp bewachsen, eine Bucht. Sie war hochwassergeschützt und bestand aus einem breiten Sandstreifen, der in eine leicht schräge Geröllhalde überging. Ein Teil der Felsen hing weit über, sodass die Jet aus der Höhe kaum zu sehen sein würde.

Knirschend bohrten sich die Landeteller zwischen die weiß gewaschenen Kiesel. Es war später Nachmittag Ortszeit, zwischen den Klippen herrschte Schatten. Nano Balwore hatte die Jet dicht bei den Felsen gelandet, mit einem Zwischenraum von nicht einmal zwei Metern.

»Was jetzt?«, fragte Nayn.

»Wir müssen uns schnell zurechtfinden!«

Terfy blickte hinaus aufs Meer und raunte: »Bislang hatten wir unglaubliches Glück. Hoffentlich bleibt es uns noch ein paar Tage treu.« Sie lachte verlegen und half den anderen, das wenige Gepäck, ihre Waffen und einige unverzichtbare Geräte ins Freie zu tragen. Nano aktivierte die Fernsteuerung der Space-Jet, die eine Art Lebensversicherung sein sollte. Anschließend gingen sie über den Sandstreifen in Richtung der verwitterten Treppen und der Uferstraße, die sie im Anflug gesehen hatten.

Sie waren nervös und unruhig, erwarteten einen Zugriff von Sicherheitspersonal oder Robotern. Die Leichtigkeit, mit der sie vom Landeplatz bis zur Straße gelangt waren, täuschte. Sie war eine Folge des Unterschieds zwischen Ovarons Planet und Terra; um rund ein Sechstel fielen hier alle Bewegungen leichter.

Zum ersten Mal sahen sie die Erde in der Realität und bewusst.

»Ein schöner Planet. Aber mich stört dieses Licht«, erklärte Marhola und suchte mit ihren Blicken den Himmel ab.

»Mich stört die Ungewissheit viel mehr«, sagte Terfy. »Weiter! Keine Müdigkeit vorschützen!«

Ihre Mehrzweckarmbänder würden rechtzeitig vor Strahlensperren warnen, lange bevor sie derart überwachte Orte erreichten.

Unter ihnen breitete sich das Meer aus. Nur eine schwache Brandung leckte an der Küste. Momentan gab es nichts, was auf Verkehr zwischen den Inseln schließen ließ. Der Hang, auf dem sie standen, war mit dürrem Gestrüpp bewachsen. Einige Büsche schmiegten sich an hervorstehende Felsen; ein steter Wind hatte sie verkrüppelt. Ebenso trostlos wirkte die vom Strand heraufführende Treppe aus schweren Bohlen, die seit Jahrzehnten verrottete. Schwärzliches Moos wucherte auf den Hölzern.

Die Funkmodule ihrer Armbänder waren auf die gebräuchlichsten Frequenzen justiert. Unvermittelt sagte Marhola: »Die Aphiliker suchen immer noch nach Roi Danton und Reginald Bull.«

»Das ist bemerkenswert, aber für uns vorerst nicht von Belang.«

Hildenbrandts Informationen galten also noch; wenngleich sich die Situation zugespitzt zu haben schien. Es wäre früher undenkbar gewesen, dass Bull und Danton verfolgt wurden. Offenbar hatte es schwere Kämpfe zwischen Aphilikern und Normalen gegeben. Und über allem lastete der grüne Schein Medaillons.

Ein warmer Wind wehte von Westen. Die Frauen waren nach der Mode von vor vierzig Jahren gekleidet. Galten diese Regeln noch, oder waren sie so hoffnungslos unmodern, dass jedes Kind sie schon daran identifizieren konnte?

Hinter der verschmutzten Gleiterpiste wuchs ein tropischer, lichter Wald.

»Einen Augenblick!« Nano Balwore legte die Hand auf den schweren Schocker, den sie im Gürtel trug. »Ich sehe mich nur ein bisschen um. Wartet hier!«

Sie lief los. Mit weit ausgreifenden Sätzen überquerte sie die Piste, sprang über einen Graben hinweg und verschwand zwischen den ersten Bäumen.

Nayn Taibary beobachtete die Umgebung durch ihr Rasterfernglas. Aber nirgendwo erkannte sie Bewegung oder sah gar Menschen. Die Insel schien verlassen zu sein.

»Was sagen die offiziellen Sendungen?«

»Alles Mögliche«, antwortete Marhola. »Aber nichts über uns. Niemand hat uns gesehen, niemand sucht uns oder eine Space-Jet. Zunahme des Schiffsverkehrs zwischen Luna und Terra und Goshmos Castle. Ein detaillierter Überblick ist aber noch unmöglich.«

Ein gellender Vogelschrei erklang aus der Richtung, in die Nano verschwunden war.

»Sie will, dass wir nachkommen. Offenbar hat sie etwas gefunden.«

Die drei folgten den kaum sichtbaren Spuren. Der Wald roch nach Moder und nicht viel anders als auf Ovarons Planet. Dürres Laub raschelte. Nach einigen Minuten erreichten sie Nano, die am Rand einer Aussichtsplattform wartete.

»Dort drüben ist eine Siedlung, und auf dieser Seite der Lichtung gibt es unbewohnte Häuser. Vielleicht haben sie Immunen gehört.«

Sie stiegen auf den Aussichtspunkt. Er bot einen hervorragenden Blick über einen Naturhafen im Süden, der von einer sichelförmig angeordneten Siedlung umgeben war. Die Häuser zogen sich hangaufwärts. Mehrere Boote lagen an der Mole, kleine Schiffe dümpelten in den Wellen, und auch Menschen waren zu sehen.

»Nach der Zahl der Häuser zu urteilen, leben hier nicht mehr als etwa zweihundertfünfzig Personen«, stellte Marhola fest. »Können sie uns gefährlich werden?«

»Schon ein einziger Aphiliker kann uns verraten«, sagte Nano kurz. »Die Zahl ist unbedeutend. Wir brauchen mindestens vierundzwanzig Stunden, um uns einigermaßen umfassend zu orientieren.«

Oft genug hatten sie die Risiken ihrer Mission diskutiert. Allen Unwägbarkeiten zum Trotz mussten sie die Lage sondieren und versuchen, Männer zu finden, die bereit waren, ihnen zu folgen. Tausend Männer oder mehr. Jetzt mischte sich in ihre Überlegungen die Idee, dass Ovarons Planet zur Zuflucht für alle Gesunden um Bull und Danton werden könnte.

»Untersuchen wir die verlassenen Häuser«, schlug Nayn vor. Ihr drängendstes Problem war, alle Kenntnisse zu bekommen, mit deren Hilfe sie unerkannt untertauchen konnten. Schon stundenlanges Betrachten von Nachrichtensendungen würde dringend benötigte Daten liefern. Eins stand dabei schon fest, ohne dass darüber ein Wort gewechselt worden war: Sie mussten sich mit Reginald Bull oder Roi Danton in Verbindung setzen.

»Einverstanden.« Nano Balwore nickte knapp.

Sie liefen zurück in den Wald und einen schmalen, von Stufen geprägten Weg abwärts. Die Terraner hatten augenscheinlich auch ihre Liebe zur Natur verloren, denn alles war unglaublich verwahrlost.

Der Abend brach an. Schließlich standen sie vor dem dritten Haus. Zwei andere waren ihnen ungeeignet erschienen, denn alte Spuren deuteten darauf hin, dass sie geplündert worden waren. Das dritte Haus, ein halb auf Stelzen, halb in den Hang hineingebauter Kunststoffquader, bot zudem einen hervorragenden Blick über die Siedlung.

»Hinein!«, raunte Nano. Sie machte seit der Landung einen entschlossenen Eindruck, als sei sie plötzlich aufgewacht und hätte ihre wahre Berufung gefunden.

Terfy fuhr mit dem Scanner den Türrahmen entlang. »Keine positronischen Sperren. Ich nehme an, wir brechen die Tür gewaltsam auf.«

»Es gibt subtilere Methoden.« Nano Balwore zog aus einer Tasche eine kleine, ungewöhnlich geformte Waffe hervor. Mit dem Daumen veränderte sie die Justierung, dann bedeutete sie den anderen, zur Seite zu treten. Aus der Waffe zuckte ein haarfeiner Energiestrahl und fraß sich zwischen Rahmen und Schloss. Weißer Rauch quoll auf, dann trat Nano leicht gegen die Tür. Sie schwang geräuschlos nach innen.

»Ich sehe es schon deutlich«, sagte Nayn. »Falls wir in Gefahr geraten, wird Nano uns heraushauen.«

Sie betraten das Haus. Muffiger Geruch lastete überall. Sie konnten gerade noch erkennen, dass sie sich in einer Halle befanden, von der mehrere Durchgänge abzweigten. Hinter ihnen schloss Marhola die Tür.

»Bevor ihr das Licht einschaltet, vergewissert euch, dass keine Helligkeit nach außen dringen kann!«, befahl sie.

Die Technik hatte sich seit vierzig Jahren wohl nicht verändert. Sie fanden alles, was sie suchten. Nur Nahrungsmittel gab es nicht.

Das Haus war noch an das Energienetz angeschlossen. Eine Stunde später gab es im größten Raum so etwas wie eine gemütliche Atmosphäre, eine Nachrichtenwand war in Betrieb.

Die Frauen ließen sich nichts entgehen. Zuallererst erkannten sie, dass sie falsch angezogen waren.

Marhola stellte mehrere Räume auf den Kopf und kam mit einem Arm voll Kleidungsstücken zurück. Sie warf alles auf einen Sessel. »Das hier ist moderner. Was nicht passt, können wir mit den Thermonähten leicht verändern.«

Überleben und nicht auffallen. Und die Insel verlassen. Das waren ihre Forderungen, und Marhola fasste zusammen, was sie dachte: »Wir haben unsere Mission *Emotional Old Ladys* genannt. Zweifellos kennen wir jetzt die sarkastische Bedeutung des Begriffs. Wir sind unbemerkt gelandet und hoffen, dass wir in der Masse der Aphiliker unbemerkt bleiben werden. Wenn sie uns entdecken, hetzen und töten sie uns.« Sie blickte ihre Begleiterinnen an. Jede hatte begriffen. Sie befanden sich in Lebensgefahr.

»Die Hoffnung, Männer unter der Erdbevölkerung zu finden, die mit uns fliegen«, sagte Terfy pessimistisch, »können wir gleich begraben. Wir werden nur Aphiliker entdecken.«

Selbst wenn sie durch Zufall einen Mann trafen, der immun war, würde er ihnen gegenüber die Maske nicht fallen lassen. Es war zum Wahnsinnigwerden – aber sie hatten diese Gefahr schon vor dem Start gekannt.

»So ist es, und deshalb wird unser Ziel geändert. Vielmehr erreichen wir alle Ziele, wenn wir mit Roi Danton in Verbindung treten.«

Nayn Taibary schüttelte lächelnd den Kopf. Ungläubig fragte sie: »Wie können wir das? Doch nur, indem wir uns von den Aphilikern einfangen lassen und dabei ein solches Feuerwerk veranstalten, dass Danton auf uns aufmerksam wird.«

»Genau das wird nicht geschehen«, sagte Nano. »Reden wir nicht lange, handeln wir!«

»Wo und wie?«

»Wir müssen uns umziehen. Außerdem gibt es auf Terra nicht nur Aphiliker, sondern auch Polizisten.«

»Aphilische Polizisten!«, berichtigte Marhola. »Wir starten in der Nacht. Aber wir brauchen ein klares Ziel. Es wäre sinnlos, halb blind herumzutasten.«

Die Insel war ein gutes Versteck für kurze Zeit und für die ersten Schritte. Die Frauen ließen stundenlang die Nachrichtenwand angeschaltet, suchten sich passende Kleidung und beratschlagten. Schließlich benutzten sie die Auskunftsleitung des Hauses und orientierten sich über eine Auswahl von Orten, an denen sie mehr Chancen zu haben glaubten. Danach verließen sie das Haus und starteten ihre Space-Jet.

In dem kleinen Raum saßen nur ein Dutzend Menschen, aber eine spürbare Unruhe lastete auf ihnen. Trotz Roi Dantons Bemühungen um ein offenes Verhältnis war Reginald Bull bis heute Symbol für die merkwürdige Form der Sklaverei geblieben, die wie ein Leichentuch über Terra lag.

Roi Danton lehnte sich nach vorn, stützte die Unterarme auf die Tischplatte und blickte Bully an. Er vertraute ihm von Anfang an. »Freunde«, sagte er. »Wenn ich eure Gesichter sehe und die Stimmung richtig interpretiere, dann muss ich mich sehr wundern.«

Die führenden Mitglieder der OGN hatten sich versammelt, um die Entwicklung zu diskutieren, die mit Trevor Casalle als neuem Licht der Vernunft eingeleitet worden war. Vielleicht rührte der Aufbruch alter Ressentiments daher. Jeder war an Reginald Bulls Rolle in den vergangenen vierzig Jahren erinnert worden.

»Sie wundern sich, Roi? Warum eigentlich?«, fragte ein Organisator.

Danton warf dem Mann einen verblüfften Blick zu. Kühl erwiderte er:

»Warum ich mich wundere? Weil wir froh sein können, dass Bully bei uns ist, und weil ich mich frage, wieso noch einer daran zweifeln kann.«

Reginald Bull erhob sich halb aus seinem Sessel und sagte mit belegter Stimme: »Ich verstehe Ihr Problem. Auch wenn ich der Meinung war, das wäre inzwischen überwunden. Ich war zu lange das Symbol der Unterdrückung und der Jagd auf Immune ...« Er ließ sich schwer zurücksinken.

»Richtig«, sagte der Cheflogistiker der Organisation. »Wir brauchen einfach mehr Zeit.«

»Wie viele Jahre wollen Sie wirklich?«, platzte Roi Danton sarkastisch heraus.

Ein Teil der gesunden Menschen freute sich von Herzen darüber, dass Reginald Bull nach der geglückten Flucht aus Imperium-Alpha bei ihnen war. Weitaus gefährdeter als viele in der alten Festung der Lemurer auf dem Meeresgrund, hatte sich Bull nach seiner persönlichen »Sekunde der Wahrheit« entschieden, auf welcher Seite er stehen wollte: im Lager der Immunen, bei Roi Dantons OGN. Mit seinem Wissen über alle Aktivitäten der Aphiliker war er unersetzlich.

»Bully besitzt uneingeschränkt mein Vertrauen«, führte Roi sachlich aus. »Er hat uns vier Jahrzehnte lang verfolgen lassen. Das ist richtig, niemand leugnet es, die Leiden werden nicht ungeschehen gemacht.«

»So ist es«, sagte eine Frau, die verantwortlich war für die medizinische Hilfe und die damit zusammenhängenden Probleme innerhalb der Organisation.

Danton winkte müde ab. »Es ist überflüssig, zu diskutieren, ob wir einen Kranken für das verantwortlich machen können, was er während seiner Krankheit getan hat. Dieses Problem ist so alt wie die Menschheit.« Er schlug mit der flachen Hand auf die Tischplatte. »Hört auf mit dem Selbstmitleid – jeder, oder ich verstehe die Welt nicht mehr.«

Er schwieg, selbst überrascht von seinem Ausbruch. Als er den Blick hob, sah er die dunklen Augen des Professors auf sich gerichtet. Ahmid el Fataro war der Entdecker der PHARAO. Um die Lippen des Spezialisten für Lemuria-Forschung lag ein verständnisvolles Lächeln.

»Ich greife Mister Bull nicht an«, sagte der Cheflogistiker in dem Moment halblaut. »Ich vermeide auch jeden Sarkasmus. Aber für einen Teil der Menschen, die sich in den Schutz unserer Organisation geflüchtet haben, bleibt Bull trotz aller gegenteiligen Beteuerungen vorerst das Symbol der Aphilie. Wie weit uns diese Krankheit gebracht hat, sehen wir – ein Teil der Menschheit jagt den anderen.«

Vorbehalte, die ausgesprochen wurden, konnten durch Argumentation entkräftet werden. Äußerlich wirkte Reginald Bull ruhig und gelassen, doch den vierzigjährigen bösen Traum konnte nicht einmal er so schnell verdrängen. So lange hatte er unter dem Einfluss der Krankheit gehandelt. Wie sollte er es dann von den anderen verlangen?

Die Versammlung spiegelte deutlich die Verhältnisse in Porta Pato wider. Über die Hälfte der Flüchtlinge lehnte Bull auch nach zwei Wochen noch ab. Sie waren vielleicht durch eine drastische Aktion oder durch ein Wunder zu überzeugen, aber seinetwegen hatten sie Freunde oder Verwandte verloren und waren wie Ratten gehetzt worden.

Die anderen freuten sich ehrlich. Sie wussten, dass Bull und seine Kenntnisse für die Sache der OGN unersetzbar waren.

»Ich will mich in die Organisation einbringen«, sagte er. »Vor allem mein Wissen um die Details der letzten vierzig Jahre könnten wichtig sein. Was Casalle machen wird – keiner von uns kann das heute schon exakt vorhersagen. Aber gerade deshalb bin ich der Meinung, dass Porta Pato gründlich durchsucht werden muss. Wir wissen, dass die alten lemurischen Bauten Überraschungen bergen.«

»Das kann ich bestätigen«, sagte Professor el Fataro, der Roi Danton gegenübersaß.

»Vielleicht finden wir im Erbe der Lemurer wichtige Geräte oder Maschinen oder meinetwegen auch nur Hinweise oder Ideen. Unter Umständen sogar etwas, das uns helfen wird, die Strahlung dieser verdammten Sonne zu besiegen.«

»Ich bin dafür«, meldete sich der Professor erneut. »Ich halte das für aussichtsreicher als viele der Versuche, die wir bisher unternommen haben.«

»Stimmt«, pflichtete Danton bei.

»Möglicherweise stellt sich die Suche nach einiger Zeit als erfolglos heraus«, fuhr Bully fort. »Trotzdem glaube ich, dass wir etwas finden können. – Mein zweiter Plan liegt anders. Die Organisation sollte sich überhaupt von der Erde zurückziehen. Gehen wir hinaus in den Mahlstrom, dort existiert eine Welt, auf der Menschen leben. Sie leiden nicht unter dem Waringer-Effekt. Roi und ich haben uns darüber unterhalten. Vor vierzig Jahren gab es ein Projekt, das Rhodan in seinen letzten Wochen gestartet hatte. Es hieß Emotional Ladys und hatte die Umsiedlung von Gesunden auf eine Welt namens Ovarons Planet zum Thema.«

Roi Danton fuhr fort: »Mein Vater konnte das Projekt nicht beenden. Er transportierte über zweitausend Frauen und Mädchen und Kinder dorthin. Die Schiffe mit den dazugehörigen Männern konnten nicht mehr starten, die Gefangennahme und die Verbannung kamen dazwischen. Aber wir haben die Koordinaten des Planeten.«

Schweigen. Ratlosigkeit breitete sich aus. Die Immunen waren größtenteils darüber erstaunt, dass Danton und Bull fast synchron zusammenarbeiteten. Für Michael Rhodan und Reginald Bull war es wie ein Treffen alter Freunde, die sich nur vorübergehend aus den Augen verloren hatten.

»Warum plötzlich dieses Interesse an Ovarons Planet?«, fragte der Mann, der zusammen mit dem Entdecker der PHARAO für den Bereich Raumschiffe, Weltraum und Fluchtmöglichkeiten zuständig war.

Bulls Gesicht blieb ausdruckslos. »Wenn wir eine Expedition starten und herausfinden, dass die Bewohner dieser Welt uns haben wollen, verfügen wir über einen zweiten Stützpunkt. Roi hat mir von den voll funktionsfähigen Raumschiffen der Lemurer erzählt.« Er hielt inne, ließ seinen Blick über die zum Teil abweisenden Gesichter gleiten und sagte, scheinbar amüsiert: »Entschuldigung. Ich sprach immer von *wir*. Ich habe wohl etwas zu schnell neue Hoffnung gespürt.«

»Keineswegs. Du hast völlig Recht«, fügte Roi Danton laut hinzu. Erschrocken erkannte er, dass Bully nahe daran war zu resignieren. Reginald befand sich in einer Situation, die kaum schlechter sein konnte. »Ich weiß«, erklärte er, »dass es nicht einfach ist, Planungen umzuwerfen. Bully und ich werden für die genannten Absichten nicht so schnell Begeisterung wecken können. Ich stelle die Vorschläge jedoch zur Diskussion und Abstimmung. Abgesehen davon müssen wir beide Aktionen ohnehin langfristig vorbereiten.«

»Ich bin dafür, hier in Porta Pato zu suchen«, sagte Professor el Fataro. »Wir haben Schiffe entdeckt und ihre Bedienung entschlüsseln können, wir werden auch andere Dinge finden. Vielleicht nicht gerade ein Mittel, um die Waringer-Strahlung zu neutralisieren, aber wer weiß? Wer kann sagen, was sein wird?«

»Stimmen wir ab. Wer ist grundsätzlich für Reginald Bulls Vorschläge?«

Eine lange und ermüdende Diskussion begann. Stunden später mussten Reginald Bull und Roi Danton zugeben, dass unter den negativen Argumenten eine stattliche Menge beherzigt werden musste. Letztlich einigte man sich, zwei Arbeitsgruppen ins Leben zu rufen. Sie sollten die Voraussetzungen und die logistischen Notwendigkeiten aufschlüsseln.

Niedergeschlagen ging Bull in seine Räume zurück. Niemand hasste ihn, keiner würde ihn beleidigen oder gar angreifen. Aber er hatte die Unterdrückung geleitet, und das konnten die Immunen nicht so schnell vergessen. Die Vergangenheit klebte an ihm wie zäher Morast.

Kurz nach Mitternacht landete die Space-Jet auf einem unbedeutenden Raumhafen in Miami. Die Frauen von Ovarons Planet hatten sich entschlossen, ihr kleines Raumschiff zu opfern. Mit großer Wahrscheinlichkeit würden die Terraner die Jet entdecken und ihre Herkunft herausfinden. Trotzdem landete Nano Balwore zwischen Raumern ähnlicher Größe.

»Es muss schnell gehen. Wir dürfen nicht gesehen werden. Ab jetzt gelten andere Voraussetzungen.« Sie hatten alles Verräterische mitgenommen, jede von ihnen zwei schwere Gepäckstücke, die bereits in der Schleuse standen.

Nacheinander verließen sie das Schiff. Sie brauchten einen Gleiter. In einigen hundert Metern Entfernung sahen sie die Lichter der Raumhafengebäude.

»Dorthin!«, ordnete Marhola an. Bevor sie den erhellten Bereich betraten, bogen sie nach links ab. Fünfzig Meter weiter versperrte ihnen ein Zaun den Weg. Mit dem Desintegrator kappte Nano die einfachen Metallgitter.

»Dort stehen Gleiter!« Terfy spurtete über den Vorplatz.

Neben einem Lagergebäude verharrten sie in der Dunkelheit und orientierten sich. Die Lichter von Second Jacksonville waren noch weit entfernt.

Nano sagte knapp: »Seht ihr den großen silbernen Gleiter? Der Einstieg steht offen, vielleicht können wir ihn starten.«

Es erschien sinnvoll, erst einmal in der Anonymität der nahen Stadt unterzutauchen. Nano stellte ihr Gepäck ab und verschwand hinter dem Lagerhaus. Sie bewegte sich schnell und erreichte ungesehen das Fahrzeug.

»Sie schafft es«, flüsterte Nayn.

Der Gleiter bewegte sich. Er drehte auf der Stelle, dann schwebte er auf die Frauen zu. Er hatte etwa die Hälfte der Strecke zurückgelegt, als in dem nahen Gebäude eine Tür aufgerissen wurde. Ein Scheinwerfer überschüttete den Vorplatz mit greller Lichtflut.

»Polizei! Anhalten!« Zwei Männer stürzten aus dem Eingang hervor. Ihre Waffen waren nicht zu übersehen.

Langsam hob Terfy Heychen den Paralysator und verfolgte mit der Zieleinrichtung die Polizisten, die dem Gleiter nachrannten. Sekundenbruchteile später traf ihr Lähmschuss den ersten Polizisten. Der Mann stolperte, schlug schwer auf den Boden und blieb reglos liegen.

Der Gleiter stoppte im Schlagschatten der Gebäudeecke. »Schnell! Nehmt die Taschen mit!«, rief Nano. Terfy gab weitere Schüsse auf den zweiten Polizisten ab, der im Zickzack über den Platz rannte.

Ein Treffer ließ den Uniformierten zu Boden gehen. Doch er verlor seine Waffe nicht. Schwerfällig wälzte er sich herum und feuerte auf den Gleiter. Der Thermostrahl brannte ein Loch in die Wand der Lagerhalle. Dann erst hatte Terfy den Mann vollständig gelähmt.

Irgendwo heulte eine altertümliche Sirene. Nayn und die anderen saßen schon im Gleiter. »Beeil dich!« Nano manövrierte dicht an Terfy Heychen heran, die sich sofort in die Maschine schwang. Mit aufheulender Turbine sprang der Gleiter vorwärts.

Die Scheinwerferfinger zweier anderer Fahrzeuge stachen heraus. Das Licht entriss eine umgekippte Tasche der Dunkelheit. Terfy hatte sie übersehen. Einer der Polizeigleiter schwebte auf das Gepäckstück zu, der andere nahm die Verfolgung auf.

»Die werden sich wundern!«, stieß Nano hart hervor.

Binnen einer halben Minute hatte sie Höchstgeschwindigkeit erreicht und raste an Laderampen, Lagerhallen und Maschinen vorbei, die im Streulicht wie seltsame Rieseninsekten schimmerten, auf die noch ferne Gleiterpiste zu. Der Verfolger holte trotzdem auf.

»Noch haben sie uns nicht!« Nano Balwore jagte den Gleiter zwischen eng stehenden Gebäuden hindurch. Im nächsten Moment bremste sie ab, änderte jäh die Richtung und beschleunigte wieder. Der Gleiter brach fast aus, als er noch einmal herumgerissen wurde.

»Festhalten!« Nano steuerte entgegen der Fluchtrichtung erneut den schmalen Durchlass an. Die Lichter des Verfolgers kamen ihnen entgegen. Terfy hielt den Atem an, Marhola stieß einen schrillen Schrei aus.

Erst im allerletzten Moment schaltete Nano Balwore die eigenen Scheinwerfer hoch. Sechs grelle Lichtbalken stachen wie Pfeile durch die Dunkelheit und trafen den Polizeigleiter. Für einen Augenblick waren drei Männer zu sehen, die ihre Arme vor die Augen rissen.

»Nein!«, schrie Nayn Taibary.

Nano riss den Gleiter nach links und zugleich in die Höhe. Die Maschine schrammte mit der linken Seite an einer Mauer entlang und drückte das Dach des Verfolgers ein.

Der Polizeigleiter schlingerte und schlug mit dem Heck auf. Er wurde herumgeschleudert, rammte die nächste Wand und zog einen Funkenschweif hinter sich her. Bockend raste die Maschine in einen Stapel würfelförmiger Behälter, die mit Flüssigkeit gefüllt waren.

Ein dumpfes Krachen und Poltern folgte den Frauen. Nano raste den Weg zurück, den sie gekommen waren.

»Bist du wahnsinnig?«, schrie Terfy. »Wohin willst du?«

Nano Balwore lachte spöttisch. »Zurück, von wo wir gekommen sind. Wir können keine Verfolger brauchen.« Mit schlafwandlerischer Sicherheit flog sie die Maschine auf den großen Platz zu. Nur noch Sekunden, bis sie den zweiten Polizeigleiter erreichten.

»Marhola!«

»Ja?«

»Du hast meine Waffe, schieße die Kiste dort flugunfähig!«

»Ich versuche es.«

Die Scheiben glitten auf. Zwei Waffenläufe schoben sich nach draußen, als der Gleiter abrupt abgebremst wurde und wieder aufblendete. Marhola und Terfy feuerten. Strahlerschüsse schlugen in die Verkleidung der Polizeimaschine, Paralysatortreffer warfen die Männer um. Das Ganze dauerte nur wenige Sekunden. Nano Balwore flog wieder in Richtung der Stadt.

Sie erreichten die Gleiterpiste. In der Ferne wurden die Lichter der Stadt deutlicher.

»Wir dürfen nicht vergessen, dass uns eine merkwürdige Zivilisation erwartet«, erklärte Nano.

»Was meinst du im Speziellen?«, fragte Terfy zurück.

»Alles geschieht, weil entsprechende Befehle gegeben wurden. Niemand tut etwas, um dem Nächsten zu helfen. Die Menschen leben wie unter Robotern. Denkst du noch an die Nachrichtensendungen?«

»Natürlich. Wir werden es schwer haben. Eine solche Rolle ist kaum zu lernen.«

Nano drehte sich um und blickte Nayn, die den Einwand ausgesprochen hatte, in die Augen. »Wir müssen es lernen! Und zwar schnell. Die Alternativen sind Verhaftung und Tod.«

Nayn schüttelte sich. Sie hatte sich die Mission anders vorgestellt. Schwierig, aber nicht tödlich. Der Gleiter raste weiter.

30.

Der Mann mit den schmalen Hüften, dem raubvogelähnlichen Kopf und den kalten, berechnenden Augen lag entspannt in einem Sessel. Das Unterteil des schweren Mechanismus aus Chrom, Kunststoff und Leder war hochgeklappt, die übereinander geschlagenen Beine ruhten darauf. Im Takt monotoner Musik bewegten sich die Zehen. Der Mann trug eine ausgefranste, aber peinlich saubere weiße Hose.

»Sekt!«, forderte er. Seine Stimme war leise, aber sie klang gefährlich. Die Frau im knappen Bikini stand auf und ging zu dem halbrobotischen Kühlschrank.

»Du auch! Damit wir in Stimmung kommen«, bemerkte der Mann. Neben ihm, auf einer kostbaren Steinplatte, stand ein winziger Allround-Empfänger.

Mit leisem Zischen lief der Sekt in zwei Schalen. Die Frau, mit schulterlangem rostrotem Haar und einer aufregenden Figur, kam näher und hielt dem Mann das Glas entgegen. Er nahm es und blickte sie abschätzend an.

Die Musik riss ab. Ein Sprecher redete jetzt. Unmerklich versteifte sich der Mann. Während er die Meldung hörte, trank er die Sektschale halb leer und stellte sie auf den Tisch zurück.

Der Text der Meldung war aufschlussreich. Der Mann grinste kühl, dann krümmten sich seine Finger wie eine Vogelklaue. Jäh hämmerte ein Finger seiner rechten Hand mit rasender Geschwindigkeit auf den Stein. Das Geräusch ließ die Frau zusammenzucken, es dauerte etwa zehn Sekunden, dann riss es unvermittelt ab.

Mit aufgerissenen Augen starrte die Frau ihr Gegenüber an. Er zuckte die Schultern und blickte an ihr vorbei ins Leere. Seine Gedanken waren in dem Moment sehr weit weg, dennoch zog er sie zu sich heran.

Das Glas fiel ihr aus der Hand, der Sekt versickerte im Teppich. Während der Mann nachdachte, streichelte er seine Gefährtin. Die Bewegungen waren mechanisch, aber sie erregten trotzdem.

»Du machst mich wahnsinnig«, flüsterte sie an seinem Ohr. Seine Finger bewegten sich weiter, unablässig. Schließlich kehrte sein Blick zurück und heftete sich auf ihr Gesicht.

»Du bist aufregend«, sagte er, küsste sie und streifte den Rest der Kleidung von ihrem Körper. Seit einer Woche waren sie zusammen und ergänzten sich auf geheimnisvolle Weise.

»Diese Meldung … war sie wichtig?«, flüsterte die Frau, als ihre Körper im weichen Sessel miteinander verschmolzen.

»Vielleicht«, sagte er. Seine Hände krampften sich um ihre Arme; ihre Fingernägel rissen blutige Spuren in seine Haut.

Kurze Zeit später wurde er starr wie eine Steinfigur. Dieses Mal war die Durchsage länger, ausführlicher und offenbar genau das, was er erwartet hatte.

»Was bedeutet das?«, fragte die Frau, sich langsam aus seiner Umarmung lösend.

»Das hat nur mich zu interessieren.« Er wischte sich das Haar aus dem Gesicht. »Aber es kann wichtig werden.«

Ein Flugkörper war von einer unwichtigen Station gemeldet worden. Die Meldung war zu spät eingetroffen und hatte keine Suche eingeleitet.

In der Folge gab es weitere Durchsagen, die sich – nur für ihn, den Outsider – zu einer logischen Folge addierten.

In ein Haus war eingebrochen worden …

Jemand hatte eine startende Jet mit unbekannter Bezeichnung gesehen …

Eine Landung auf einem kleinen Raumhafen unweit von Marina Tower …

Dazu in der Nacht ein Gefecht mit der Polizei und eine verrückte Jagd mit schweren Gleitern … Angeblich drei Frauen und ein großer Dunkelhäutiger …

»Nachschenken!«, kommandierte der Mann und kippte den Sessel nach vorn. Das Spezialgerät übertrug wieder Aufrufe für das Wohlverhalten der Bevölkerung. Der Mann ging langsam, das nachgefüllte Glas in der Hand, auf die Terrasse hinaus und schirmte die Augen mit der Hand gegen das grelle Sonnenlicht ab.

Die Vorgänge reizten ihn.

Er hatte sich eine Wohnung in dem zur Hälfte leer stehenden Mahne Tower genommen, einem besonders anspruchsvoll ausgestatteten Wohncenter. Die Frau sorgte dafür, dass ihm nicht langweilig wurde. Allerdings würde er sie sofort vergessen, sobald sich eine neue Aktion abzeichnete. Er war Outsider, und seine selbst gestellte Aufgabe blieb es, Kranke zu jagen und hinzurichten.

Er arbeitete wieder allein, ohne Unterstützung. Reginald Bull war nicht mehr Licht der Vernunft, und niemand zahlte ihm Prämien. Schmenk Ructyn auch nicht mehr. Also musste er wieder die Beute selbst als Prämie ansehen.

Die Frau betrat hinter ihm die Terrasse und blieb neben ihm stehen.

Sie lehnte sich verlangend an ihn. »Was ist los, Jocelyn? Du bist plötzlich weggegangen – willst du mich nicht mehr?«

Der Specht zuckte die Schultern und trank einen Schluck. »Du weißt, dass ich von der Beute lebe, die meine Gegner mir hinterlassen.«

»Was heißt das?« Sie legte ihre Hände auf seine Schultern.

»Das heißt, dass ich mir überlege, ob ich eine Aktion starte.« Er blickte in die Richtung des kleinen Raumhafens. Irgendwo hier versteckten sich die vier Personen. Es waren zweifellos Kranke, und mit einiger Wahrscheinlichkeit kamen sie aus den Verstecken Roi Dantons. Einen Gleiterkampf mit der Polizei wagten nur verbrecherische, unheilbare Kranke.

»Welche Aktion?« Die Frau war begehrenswert, aber ihr Verstand war nicht entfernt in der Lage, sich mit ihm zu messen. Sie hatte es nicht geschafft, etwa zwanzig verschiedene Meldungen der letzten Stunden zu einem Bild zusammenzufügen. Für ihn hingegen war alles ziemlich klar.

»Vergiss es!«, schnaubte er. »Ich muss weg.«

Seine Wohnung war eine kleine Festung, ausgerüstet vor allem mit Waffen und Nachrichtentechnik. Zehn ähnliche Behausungen hatte Jocelyn, sie waren fast über den ganzen Planeten verteilt. Nur er selbst wusste davon.

»Was hast du vor?«

»Ich gehe wieder auf die Jagd. Diesmal unter einem ausgesprochen reizvollen Aspekt.« Er warf das Glas über die Brüstung und drehte sich um. »Ich habe eine Aufgabe«, sagte er hart. Die Frau erschrak vor dem wilden Glanz in seinen Augen. »Meine Aufgabe ist es, Kranke und Verbrecher zu finden, zu jagen und hinzurichten.«

»Und …?«

In Wirklichkeit kannten sie sich gar nicht. Etwas Undefinierbares hatte sie zusammengetrieben und an diesen Ort gebracht. Die Frau konnte nicht wissen, was einen Outsider auszeichnete, was seine Beweggründe waren. Er selbst fühlte sich als Outlaw des 36. Jahrhunderts, der durch die Welt zog und nach seinen eigenen Gesetzen Richter und Henker gleichzeitig war.

»Ich habe vier Verbrecher gefunden, denke ich.« Die Gespielin interessierte ihn vorerst nicht mehr. »Du kannst hier bleiben. Wenn ich zurückkomme, entweder nach der Jagd oder in den Pausen, brauche ich deine Leidenschaft. Bis dahin tu, was du willst.«

Die Kranken umgaben alle zwischenmenschlichen Beziehungen mit einem Wust lächerlicher und zeitraubender Gefühle. Jocelyn der Specht freute sich, dass er gesund war. Er konnte sich keine schönere und zweckmäßigere Art vorstellen, menschliche Beziehungen zu haben, als diese: kurz, präzise, rein pragmatisch.

»Ich bleibe und warte«, erklärte die Frau.

»Ausgezeichnet. Bestelle ein Menü für uns! Sofort!«

Er sah ihr gedankenverloren nach, wie sie sich über die sonnenhelle Terrasse bewegte. Ihr Körper war schön, aber ihre Haltung wirkte betroffen. Sie ahnte, dass sich die Verhältnisse geändert hatten. Außerdem jagte ihr der »veränderte« Jocelyn Angst ein. Seine Fähigkeit, sich von einer Sekunde zur anderen ausschließlich auf die neue Aufgabe zu konzentrieren, hatte sie erschreckt.

Für ihn gab es nur noch eine Frage. An welchem Punkt sollte er ansetzen und mit der Jagd beginnen? Er spürte das Fieber, das einen Jäger dazu brachte, weit über sich hinauszuwachsen. Er kannte dieses Gefühl, das seinen Körper durchströmte wie flüssiges Feuer, und er liebte es.

Nano Balwore wusste, dass sie keine Schönheit war. Schlank und sehnig, hatte sie es wohl am schwersten, einen Mann von der Erde zu überzeugen, dass das Leben an ihrer Seite auf Ovarons Planet lebenswert sein würde.

»Nun ja«, murmelte sie und schaute zu, wie Marhola aus dem Swimmingpool kletterte und sich abtrocknete. *Sie setzt sich unnötiger Gefahr aus*, dachte Nano. Aber eigentlich war es gleichgültig, ob sie sich in den Zimmern des gemieteten Bungalows oder außerhalb aufhielten.

Nayn Taibary betrat den Raum. Sie trug einen dünnen Morgenmantel. »Das Frühstück ist fertig. Kommst du?«

»Eigentlich erwarte ich die Polizei. Nicht, dass sie uns suchen – eher eine Routinekontrolle.«

Sie hatten in den ersten Morgenstunden am Stadtrand das Bungalowhotel gefunden und vier Einzelzimmer gemietet. Der Gleiter stand zwei Kilometer abseits inmitten vieler anderer Fahrzeuge.

Nano und Nayn setzten sich an den Tisch. Das Hotel war nicht gerade verwahrlost, aber deutlich erkennbar reparierten Roboter und Geschäftsleitung nur das Notwendigste. Andererseits war das Essen reichhaltig, und der Kaffee roch gut. Ununterbrochen liefen auf der Bildwand News aus dem Medaillon-System.

»Inzwischen sollten wir uns über unser weiteres Vorgehen klar sein«, sagte Marhola, die sich in den dritten Sessel fallen ließ.

»Wir laufen durch die Straßen und fragen, bis wir jemanden finden, der uns den Weg zu Roi Danton zeigt.« Nayn grinste schräg.

Marhola el Fataro setzte sich als Letzte an den Tisch und goss sich Kaffee ein. »Wir trennen uns«, schlug sie nach dem ersten langen Schluck vor. »Bisher hatten wir gemeinsam Glück, aber wir dürfen das nicht überstrapazieren.«

Sie frühstückten mit einigermaßen gutem Appetit. Das Geld, mit dem sie bezahlt hatten, war vierzig Jahre alt. Es galt immer noch.

»Ich halte viel von demokratischer Abstimmung«, sagte Marhola. »Aber jetzt gebe ich eine klare Anordnung. Wir trennen uns bis heute Abend acht Uhr. Jede von uns geht einen anderen Weg. Wir sehen uns um und versuchen, die Rolle von Aphilikerinnen zu spielen. Wir wissen, dass es viele Menschen gibt, die mit Erfolg geflüchtet sind. Wir sammeln Informationen aller Art. Abends treffen wir uns hier wieder, um unsere Erfahrungen auszutauschen. Mehr können wir im Augenblick nicht tun. Wir wussten, dass unser Vorhaben kein Job für vierundzwanzig Stunden ist.«

Nayn verdrehte die Augen und sagte sarkastisch: »Der ganze Planet ist voller gut aussehender Männer, aber sie sind so charmant wie Roboter.«

Natürlich hatten sie jeden Mann, der ihnen über den Weg gelaufen war, eindringlich gemustert. Dennoch sahen sie sich außerstande, den Unterschied zwischen einem Normalen und einem Aphiliker festzustellen.

»Vergesst die Männer! Hier ist fast jeder krank und unser Feind. Wenn sie wüssten, woher wir kommen, würden sie uns verfolgen und einsperren.«

Nano lachte. »Ich war noch nie mit einem Mann zusammen eingesperrt.«

»Vielleicht bekommst du dieses zweifelhafte Vergnügen eher, als dir lieb ist.« Marhola deutete in Richtung des ungepflegten Parks, der sich rund um den Pool erstreckte. »Habt ihr die Waffen bei euch?«

Sie trugen nur kleine Paralysatoren unter der Kleidung. Marhola el Fataro war die Erste, die mit zielstrebigen Schritten in Richtung Stadtzentrum ging.

Die City bot ein normales Bild. Gleiter, Fußgänger, Roboter und Bewegung. Marhola versuchte zu unterscheiden. Sie sah offenbar nur normale Menschen, die in einer normalen Umgebung ihrer Arbeit nachgingen.

Seit zwei Stunden lief sie durch die Stadt. Ihr war etwas aufgefallen, aber sie vermochte nicht zu sagen, was es war.

Ein kleiner Platz wurde von halbhohen Gebäuden umgeben. Treppen und Rampen prägten den Bereich. Vor langer Zeit hatte es hier einen Brunnen gegeben, eine Anzahl riesiger Steine, über die einst Wasserfontänen sprudelten. Die Bäume rund ums Zentrum waren verwildert, der Brunnen tropfte nur noch.

Was ist hier nur los? Was ist mit diesen Terranern? Begierig nahm Marhola alle Einzelheiten in sich auf. Sie sah Frauen und Männer, nur Kinder nicht. Und plötzlich fiel es ihr auf. *Keine Kinder! Keine Menschen, die älter als hundert bis hundertzwanzig Jahre waren.*

Sie erschrak. Konnte es ein deutlicheres Zeichen dafür geben, dass die Entwicklung, die sich vor vierzig Jahren angekündigt hatte, abgeschlossen war? Die Kinder, so hatte es damals geheißen, sollten unabhängig von ihren Eltern unter staatlicher Aufsicht heranwachsen, und die alten Menschen wurden aus dem öffentlichen Leben ausgegliedert und in Stummhäuser gebracht, von denen niemand wusste, was sie wirklich waren. Die Menschen, denen sie hier zusah, gingen gleichgültig ihrer Arbeit nach und kümmerten sich nicht um ihre Nachbarn und auch nicht um sie selbst, obwohl der Verkehr auf der Brücke zunahm, von der sie den Platz überschaute.

Ein Wort hakte sich in ihren Überlegungen fest. *Gleichgültigkeit.* Das war der zutreffende Begriff. Er drückte das Verhalten dieser Menschen aus. Sie bewegten sich wie Marionetten. Also doch Aphiliker, denen die Gefühle genommen worden waren?

»Nein, nicht! Das ist zu viel«, zischte Marhola so laut, dass es einige Passanten hinter ihr hören mussten. Als sie abermals zusammenzuckte, weil sie sich verraten glaubte, stellte sie fest, dass ihr niemand zugehört hatte. Keiner reagierte. Ein Mann schaute sie an, zuckte die Schultern und ging weiter. Er drehte sich dreimal nach ihr um.

Sie merkte, dass sie der einzige Mensch auf diesem Platz war, der genügend Zeit zu haben schien. Eine seltsame Furcht ergriff sie, als sie über die Brücke ging, einen Blick auf den Strom der Gleiter unter ihr warf und die Gesichter der Menschen betrachtete. Bisher hatte sie mit niemandem ein Wort gewechselt.

Zum ersten Mal seit der Landung fiel ihr bewusst auf, dass kaum jemand mit einem anderen sprach. Alle schienen einander fremd zu sein. Ein eisiges Gefühl beherrschte sie, als sie die Brücke wieder verließ und auf ein Geschäft zusteuerte.

Vier Meter weiter öffnete sich eine Tür. Eine Frau stolperte heraus und schrie auf, als der ihr folgende Mann ihr einen heftigen Schlag ins Gesicht versetzte.

Marhola machte einen schnellen Schritt, hielt aber sofort inne. *Nicht eingreifen!,* sagte sie sich.

Die Fremde schrie ein zweites Mal auf. Der Mann hatte sie am Arm ergriffen, zerrte sie herum und schlug sie erneut.

Marhola ging schneller und erreichte die beiden. Sie streckte ihre Hand aus, packte den Mann am Jackenaufschlag und schleuderte ihn kraftvoll zur Seite. Rückwärts prallte er gegen eine Scheibe, die dröhnend vibrierte. Plötzlich fühlte Marhola wieder die Leichtigkeit ihrer Bewegungen in der reduzierten Schwerkraft. Beschwichtigend sagte sie zu der anderen Frau: »Ich helfe Ihnen. Kommen Sie, ich bringe Sie weg.«

Die Fremde starrte sie verständnislos an.

Einige Passanten blieben stehen. Der Mann stieß sich von der Wand ab, sprang auf Marhola zu und keuchte heiser: »Das geht Sie nichts an.«

Marhola drehte sich halb herum und erwartete den Angriff. Sie wusste nicht, was vorgefallen war, aber sie war erschüttert. Im gleichen Augenblick begriff der Mann offensichtlich, dass er eine Immune vor sich hatte.

»Du bist krank!«, schrie er. Mehr Menschen blieben stehen. Dann musste sich Marhola wehren. Sie fing den ersten Schlag mit der flachen Hand auf. Es gab ein klatschendes Geräusch. Gleichzeitig riss sie den Mann von den Beinen, wirbelte ihn herum und ließ los. Er schlug auf Knie und Ellbogen auf und riss mehrere Passanten mit sich zu Boden.

Marhola kümmerte sich nicht um das Durcheinander, sondern wandte sich erneut an die Frau, die sie wie ein Fabelwesen angaffte. »Warum hat er Sie geschlagen?« Vorsichtig berührte sie die aufgeplatzte Wange der Frau, die jedoch mit allen Anzeichen von Entsetzen zurückwich.

»Sie sind eine Kranke … gehen Sie … ich zeige Sie nicht an … verschwinden Sie …«

Marhola verstand. Sie hatte genau das getan, was sie unter keinen Umständen hätte tun dürfen. Niemand reagierte ohne Befehl oder ohne besonders starke Motivation.

»Eine Kranke! Polizei! Haltet sie!« Bewegung kam in die Zuschauer. Von allen Seiten drängten sie heran. Marhola blickte unruhig um sich. Weiter vorn gab es eine leere oder fast leere Brücke, auf der sie in die Richtung fliehen konnte, aus der sie gekommen war.

»Eine Kranke!«, skandierte der Mob.

Marhola rannte los, auf eine Lücke zwischen den Menschen zu. Jemand stellte sich ihr in den Weg. Zwei kurze Schläge, und alle taumelten zur Seite. Marholas Körperkräfte waren den Terranern überlegen. Sie spurtete los.

Weiter vorn bog ein Polizeigleiter um die Ecke, und auf dem Platz schrien die Menschen wild durcheinander. Auch auf der gegenüberliegenden Seite wurden Passanten aufmerksam.

Marhola rannte die Estrade entlang. Ein vielstimmiger Ruf folgte ihr: »Eine Kranke! Dort läuft sie! Eine Kranke ...!«

In diesen Sekunden begriff Marhola, dass der Begriff *krank* mit *Verbrecher* gleichgesetzt wurde. Die Aphiliker verfolgten jeden, der nicht so war wie sie. Nun verfolgten sie Marhola.

Sie erreichte die nächste Brücke und schlug einen Kerl zur Seite, der mit einem Knüppel ausholte. Der Mann kippte nach hinten, seine Waffe wirbelte durch die Luft und flog in hohem Bogen auf die Gleiterpiste hinunter.

Mit heulender Sirene folgte ihr der Polizeigleiter. Marhola griff unter die Jacke und zog den Paralysator.

Das Geschrei hinter ihr wurde leiser, je weiter sie sich in schnellem Lauf von dem Platz entfernte. Sie rannte Treppen aufwärts und abwärts, hetzte über schmale Stege hinweg und bahnte sich inzwischen rücksichtslos einen Weg zwischen nichts ahnenden Passanten hindurch. Dennoch wurde die Sirene lauter, und ein zweites nervtötendes Heulen erklang aus einer anderen Richtung und wurde ebenfalls deutlicher. Marhola ahnte, dass sie verloren hatte. Wohin sollte sie fliehen? Zurück ins Hotel? Das würde einem Verrat an ihren Begleiterinnen gleichkommen.

Sie erreichte einen mit staubigem Gras bewachsenen Grünstreifen zwischen mehreren Häusern. Eine eisige Ruhe bemächtigte sich ihrer, als sie stehen blieb, mit dem Paralysator auf den näher kommenden Gleiter der ersten Polizeistreife zielte und abdrückte.

Nur noch Sekundenbruchteile, dann war der Gleiter heran. Marhola sprang zur Seite und löste erneut den Paralysator aus. Diesmal trafen ihre Schüsse.

Der Gleiter schlug einen seltsam kreiselnden Kurs ein und setzte auf, wurde ruckartig abgebremst und prallte dumpf dröhnend gegen eine Mauer. Aber da war auch ein Schatten. In derselben Sekunde, in der Marhola nach oben blickte und die Waffe hochriss, traf sie der Schuss aus einem kleinen Narkosegeschütz.

Die zweite Maschine senkte sich wie ein Raubvogel herab. Vier Bewaffnete sprangen heraus. Das Wimmern der Sirene schraubte sich die Tonleiter abwärts und erstarb in einem Brummen.

»Eine Frau«, knurrte einer der Polizisten.

»Sie soll eine Kranke sein, ja?«

»Keine Ahnung.«

»Ins Präsidium mit ihr!«

Marhola wurde hochgerissen und auf die Rücksitze des Gleiters geworfen.

»Wird sich herausstellen, ob sie krank ist.«

»Denkt an den Überfall draußen am Raumhafen.«

»Gleichgültig. Erst einmal weg mit ihr.«

Auf den Gesichtern der Umstehenden, die sich nur zögernd zerstreuten, ging ein Wandel vor sich. Eben noch waren sie von der Nähe einer Kranken aus ihrer kühlen Unbeteiligtheit herausgerissen worden, nun wurden sie wieder zu Wesen, die an ihrem Nachbarn nur so weit interessiert waren, wie es die Notwendigkeit erforderte. Schweigend gingen sie auseinander.

Der Fluggleiter der Polizisten hob ab. Er stieg über die Häuser empor und schlug die Richtung zum Präsidium ein, das im Zentrum der kleinen Stadt lag. Noch wussten die Beamten nicht, wer regungslos auf den Polstern lag.

Nayn Taibary nippte an ihrem Kaffee und sagte nach einigen Sekunden: »Was würden Sie unternehmen, wenn Sie in Ihrer Nähe einen Kranken entdeckten?«

Der junge Mann, der sie vor wenigen Minuten angesprochen hatte, sah sie ausdruckslos an. Nayn wusste, dass sie mühelos mit vielen Frauen auf der Erde konkurrieren konnte. Der Mann ihr gegenüber auf dem abgewetzten Stuhl der Cafeteria hatte unmissverständliche Interessen. Er taxierte jeden Zoll ihres Körpers und gab sich keine Mühe, sein Verlangen zu verbergen.

»Ich würde ihn dem nächsten Polizisten übergeben«, sagte er. »Ich habe um vier Uhr frei. Wir gehen zu mir.«

»Vielleicht.«

Der Mann wirkte befremdet, bislang war dieses »Vielleicht« in den Antworten der Frauen nicht aufgetaucht. Entweder gingen sie mit ihm oder nicht. Wie es ihrem augenblicklichen Bedürfnis entsprach. Er ließ seinen Blick über die elfenbeinfarbene Haut der Schwarzhaarigen gleiten.

»Wissen Sie, dass viele Kranke geflüchtet sind? Sie sollen zu einer Organisation geflohen sein.«

»Es fliehen nicht viele. Wir erwischen sie alle.«

Nayn betrachtete die Passanten. Sie sehnte sich zurück nach Ovarons Planet. Der Mann, der ihr gegenübersaß und sie mit den Augen verschlang, widerte sie plötzlich an.

»Bist du hier, wenn ich um vier Uhr komme?«, fragte er.

»Ich warte auf dich«, gab sie mit uninteressierter Betonung und kühlem Gesichtsausdruck zurück. »Kannst du dir vorstellen, was du tun würdest, wenn du ein Kranker wärst?«

Er schaute sie verwundert an, weil er die Frage nicht begriff. »Ich bin gesund und normal«, sagte er aufgebracht. »Wir könnten für zwei oder drei Tage zusammenbleiben.«

Nayn schauderte. Eine Welt, auf der eine derartige Gefühlskälte herrschte, stand am Abgrund. »Das können wir tun«, antwortete sie. »Ich habe heute frei.«

Ein kleiner Hund erschien an einem Tisch in Eingangsnähe. Bettelnd schaute er zu einem Paar hoch, das soeben sein Essen bekommen hatte.

Der junge Mann folgte Nayns Blick. Als er sah, dass sie den Hund beobachtete, wandte er sich enttäuscht ab.

»Was tun die Kranken, wenn sie flüchten wollen?«

»Sie rennen«, sagte er gequält und zuckte die Schultern. »Bis sie jemand findet.«

»Wer findet sie?«

»Die Polizei. Oder ein Outsider richtet sie hin, um Beute zu machen.«

Nayn Taibary spürte, wie Eiseskälte ihre Wirbelsäule emporkroch. »Outsider?«

»Hörst du keine Nachrichten? Hin und wieder liegt eine Leiche im Park oder in einer verlassenen Wohnung. Das war ein Kranker, der von einem Jäger zur Strecke gebracht wurde. Du bist etwas dumm?«

Nayn wusste, wann es besser war, mit den Fragen aufzuhören. Ohnehin schreckte sie ein klägliches Jaulen aus ihren Überlegungen auf. Ein kräftiger Fußtritt hatte den bettelnden Hund getroffen. Die Promenadenmischung überschlug sich, rutschte wimmernd über den glatten Boden und blieb kurz vor Nayn liegen. Sie bückte sich zögernd zur Seite und strich dem Tier übers Fell.

»Warum tust du das?«, fragte der Mann verwirrt.

Nayn brach ein Stück ihres Kuchens ab und warf es auf den Boden. »Der Hund tut mir Leid«, sagte sie. Unter dem struppigen Fell hatte sie die Rippen gespürt. Das Tier war halb verhungert.

Ihr Gegenüber blickte verwundert. »Du hast ... Wie heißt das ...?«

»Mitleid«, half Nayn aus.

»Kein Gesunder hat Mitleid mit Tieren. Sie dienen keinem Zweck.« Misstrauen glomm in seinen Augen. Inzwischen blickten mehrere Personen herüber. Nayn schien es nicht zu bemerken, sie warf den Rest des Kuchens auf den Boden.

Der Mann erhob sich halb. »Du fütterst einen Hund, der nicht einmal Fleisch gibt?« In seinem Gesicht arbeitete es. »Du musst krank sein. Nur Kranke haben Mitleid.«

Der Hund bellte durchdringend. Im gleichen Moment trat der Mann zu. Wieder überschlug sich das Tier. Nayn sprang auf. Obwohl sie mitten in der Bewegung innehielt, war es schon zu spät.

Jemand rief drohend: »Eine Kranke! Ergreift sie!«

Nayn ging zur Tür. Niemand hielt sie auf, aber entsetzte Blicke begleiteten sie.

»Ruft die Polizei! Sie ist krank!«

Ihr vermeintlicher Partner für zwei oder drei Nächte folgte ihr. Mit dem Handrücken wischte er sich über die Lippen. »Du bist wie dieser Schakal Reginald Bull. Trotzdem willst du dich mit mir verabreden? Ich werde nie mit einer Kranken schlafen ...« Er spuckte aus, dann schlug er zu.

Mit einer ebenso blitzschnellen Bewegung fing Nayn sein Handgelenk ab und verdrehte es. Ein gurgelnder Schrei erklang. Sie stieß den Mann auf einen Servierwagen. Die Robotmechanik wimmerte überlastet auf, als der Wagen mehrere Tische streifte und schließlich eine Kühlvitrine rammte.

Nayn warf sich herum – und musste erkennen, dass sie verloren hatte. Ein Uniformierter versperrte den Eingangsbereich. Die Waffe in seiner Hand redete eine unmissverständliche Sprache.

Der Paralysatorschuss traf Nayn Taibary, bevor sie reagieren konnte.

31.

Jocelyn der Specht stand neben seinem Gleiter. Hin und wieder vollführte sein Finger einen rasenden Wirbel auf dem Fahrzeugdach. Er hatte Funkkanäle angezapft, stundenlang das kleine Polizeipräsidium beobachtet und wartete jetzt. Aus Hunderten Meldungen, Beobachtungen und Hinweisen hatte er seine Schlüsse gezogen.

Bisher befanden sich zwei Frauen im Präsidium. Sie waren paralysiert worden. Mittlerweile wusste er auch, dass vier Frauen in die Stadt gekommen waren. Ihr Kleinstraumschiff stammte zweifellos nicht von Terra.

Die Polizisten hatten das Puzzle noch nicht zusammengesetzt. Sie sahen in den Vorfällen kein System wie Jocelyn und hatten die Festnahmen noch nicht weitergemeldet.

Der Outsider schwang sich in den Gleiter. Er hatte drei winzige Spionsonden ausgesetzt und schaltete die Bilderfassung ein. Er kam gerade zurecht, um die Einlieferung der dritten Kranken zu beobachten.

Sie war verwirrt, aber sie zeigte es nicht. Terfy Heychen, die Gen-Ingenieurin, kam sich in dem Kaufhaus deplatziert vor. Musik, Licht und Farben, Teppiche und die Aufteilung der Räume schufen zusammen mit der Temperatur ein Klima, das zum Kauf motivierte. Aber das galt nur für Terraner, nicht für die Frau mit dem rotblonden Haar.

Bisher hatte sie nicht den geringsten Hinweis darauf entdeckt, wie sich ein Flüchtling mit der versteckten Organisation oder mit einem anderen Immunen in Verbindung setzen konnte. Hier schien trotz der Menschenmenge nicht der richtige Ort dafür zu sein.

Als sie den architektonisch extravaganten Komplex verließ, entdeckte sie im Schatten eines Treppenvorsprungs einen Schlafenden. Der Mann war unrasiert, trug zerlumpte Kleidung und schien älter zu sein als die meisten. Offenbar war er ein Ausgestoßener.

Schnell ging Terfy weiter und blieb erst neben dem Schläfer stehen. Sie rüttelte ihn an der Schulter. »Wachen Sie auf! Ich muss mit Ihnen reden.«

Der Mann grunzte, dann schob er unendlich langsam einen Gegenstand in die Stirn, der gleichermaßen ein zerschlissener Hut wie der Rest einer Mütze sein konnte. »Was wollen Sie?«, murmelte er kaum verständlich.

Sein Haar war grau und verfilzt, die Augen waren tief eingesunken. Als er den zahnlosen Mund öffnete, wehte Terfy ein Geruch entgegen, der sie zurückschrecken ließ.

»Haben Sie Hunger?«, fragte sie, den Atem angehalten.

Der Alte schob sich ächzend an die warme Hausmauer. Er starrte sie verständnislos an. »Immer Hunger«, murmelte er. »Krank ...«

Terfy rüttelte wieder an seiner Schulter, starrte in die halb geschlossenen Augen und sagte eindringlich: »Sie bekommen Geld von mir. Für Essen.«

Etwas wie Verständnislosigkeit erschien in dem zerknitterten Gesicht. »Geld?«

»Ja.« Der Zerlumpte war nach etwa sechs Stunden Aufenthalt im

Stadtkern der Erste und Einzige in diesem Zustand, den Terfy Heychen entdeckt hatte. »Ich gebe Ihnen Geld, und Sie antworten mir.«

Er streckte eine unglaublich dreckige und verschorfte Hand aus. Ein halber Finger fehlte. »Sie bringen … mich ins Stummhaus«, murmelte er. »Muss aufpassen.«

Terfy zog einen Geldschein aus der Tasche. Die klauenartig gekrümmten Finger schnappten unglaublich schnell zu.

»Frag!«

»Sind Sie gesund oder ein Kranker?«

Der Alte riss die Augen auf und schien zu begreifen, was sie wirklich wollte. Er stammelte: »Ich war einmal immun – ein Kranker. Aber hier stimmt es nicht mehr.« Mit zwei Fingern tippte er an seine Stirn.

»Ich suche Immune«, sagte Terfy leise. »Wo finde ich sie?«

»Keinen in der Stadt … Alle geflohen.«

»Wohin? Was muss ich tun, wenn ich zu ihnen will?« Terfy fühlte, dass sie dem Geheimnis sehr nahe war. Wenn es andere geschafft hatten, würde sie auch einen Weg finden.

»… haben die Stadt verlassen.« Der Alte schien sich mühsam zu erinnern.

»Wann?«

Stöhnend schob er den Oberkörper höher. »Ich war noch jung. Sie gingen … auf ein Schiff.« Mühsam versuchte er, sich aufzurichten. Terfy griff nach seinen Armen und zog ihn in die Höhe.

»Sie waren viel jünger?« Das konnte nur bedeuten, dass die Immunen die Stadt schon vor nahezu vierzig Jahren verlassen hatten.

»Ich wollte auch … fort. Kam zu spät. Habe mich immer versteckt.« Seine Kleidung verströmte einen unbeschreiblichen Gestank. »Bringen Sie mich ans Meer?«

Terfy starrte ihn an. »Wissen Sie nichts mehr?« Der Alte schwankte und hatte Mühe, sich auf den Beinen zu halten. Sie umklammerte seine Schultern, und ihr Griff wurde schmerzhaft. »Ich bin immun. Ich muss zu den anderen, verstehen Sie? Wohin, alter Mann?«

Er schien sich zu besinnen und nickte mit offenem Mund. Terfy schluckte krampfhaft, aber sie ließ nicht los. Urplötzlich blickte der Alte an ihr vorbei. Angst verzerrte sein Gesicht.

Langsam wandte Terfy Heychen den Kopf. Zwei Polizisten und ein Roboter kamen schnell näher.

»Sie holen mich … ins Stummhaus.«

Terfy verkrampfte sich. Es war zu spät, um wegzulaufen. Die Polizisten waren fast heran, und der Roboter gab ihnen unmissverständlich Deckung.

»Ausweis und Kodenummer!« Einer der Polizisten taxierte sie.

»Den Ausweis habe ich in meiner Wohnung vergessen. Meine Kodenummer ist ...« Sie nannte eine Zahlen- und Buchstabenkombination, deren Bedeutung sie aus den auswendig gelernten Unterlagen kannte.

»Wir prüfen das nach. Was tun Sie hier? Warum halten Sie Kontakt mit diesem Abschaum?«

Terfy hob die Schultern. Ein unbehagliches Schweigen entstand.

»Der Alte wird in ein Stummhaus eingeliefert. Und Sie kommen mit uns!«

»Wohin?« Terfy dachte an die Waffe unter ihrer linken Achsel. Sie erhielt keine Antwort.

Der eine Polizist trieb den Alten vorwärts. Nicht brutal und rücksichtslos, sondern gleichgültig. Der andere ergriff Terfy am Arm und schob sie in die Richtung ihres Gleiters. Sie ahnte, dass sie ihre wahre Identität nicht lange würde verheimlichen können.

Der Alte lallte unverständliches Zeug. Sein Bewacher öffnete den Fond des Fahrzeugs und machte eine eindeutige Geste.

»Warum bringen Sie mich zur Station?«, fragte Terfy ruhig.

»Nur ein Kranker beachtet Aussätzige. Aber das werden wir rasch klären.«

Terfy hatte nur noch eine kurze Frist. Vom Start des Gleiters bis zu der Sekunde, in der er hinter den Mauern des Präsidiums niederging. Sie schätzte ihre Chancen ab und handelte.

Ein Fußtritt schleuderte den Polizisten, der eben die Kontrollen aktivierte, aus der Maschine. Der andere reagierte zwar noch und warf sich von hinten auf Terfy, aber ihr Ellbogen landete punktgenau auf seinem Kinn.

Der Gleiter ruckte an, der teilnahmslos neben dem Heck des Fahrzeugs stehende Alte wurde von den Füßen gerissen. Terfy Heychen konnte jetzt darauf keine Rücksicht nehmen. In rasender Eile rutschte sie auf den Fahrersitz und griff in die Steuerung ein. Die Türen schlossen selbsttätig. Schon mit erheblichem Tempo raste der Gleiter die Straße entlang. Terfy kannte die Stadt so gut wie überhaupt nicht, sie hatte keine Ahnung, welchen Kurs sie wählen sollte.

Der Polizeiroboter folgte ihr im Abstand von weniger als zweihundert Metern. Er eröffnete das Feuer, als der Gleiter eine Treppe aufwärts schwebte.

Terfy bog in eine Seitenstraße ein ... Eine Allee ... Menschen auf beiden Seiten.

Der erste Thermoschuss traf das Heck der Maschine. Der Polizist, den Terfy niedergeschlagen hatte, richtete sich soeben mit glasigem Blick auf. Er starrte auf den Roboter, der nun unmittelbar neben dem Gleiter flog. Eine Salve von Paralysatorschüssen traf punktgenau.

Die Frau sackte im Pilotensitz zusammen. Gleichzeitig reagierten die Sicherheitseinrichtungen, und der Gleiter sank zu Boden. Nur wenige hundert Meter voraus lag das Polizeipräsidium.

Auf einer Mauer saß unbewegt ein schlanker Mann mit schwarzem Haar und schmalen Hüften. Er beobachtete den Schluss der Aktion mit angespannter Aufmerksamkeit.

In der gleichen Sekunde erschien Nano Balwore in der Nähe. Als Polizisten mit gezogenen Waffen den Gleiter umringten, hielt sie inne. Nano glaubte zu wissen, dass das rotblonde Haar, das sie undeutlich erkennen konnte, zu Terfy Heychen gehörte. Den Mann, der sie aufmerksam taxierte, bemerkte sie nicht.

Nano Balwore war in ihr Hotel zurückgekehrt und raffte ihre Sachen zusammen. Sie ahnte, dass sie nicht mehr lange sicher sein würde. Vor allem, als sie in den Nachrichten hörte, dass im Lauf des Tags drei Kranke, zum Teil nach heftiger Gegenwehr, verhaftet worden waren. Eine erste Untersuchung hatte nichts ergeben, ausführliche Verhöre würden am kommenden Morgen erfolgen.

Alle drei also! Nano ahnte, dass sie einer Festnahme nur deshalb entgangen war, weil sie mit niemandem Kontakt aufgenommen hatte. Sie war lediglich durch die Stadt gegangen und hatte sich ihre neue Umgebung eingeprägt. Über die Fluchtorganisation der Immunen wusste sie nicht mehr als vor der Landung.

Es war neun Uhr abends, als sie ein Gleitertaxi bestieg und sich in der Nähe des Präsidiums absetzen ließ. Die Straßen waren belebter als tagsüber. Vorsichtig näherte sich Nano ihrem Ziel. Aus einer Arkadenfront löste sich eine Gestalt und kam auf sie zu. Nano fuhr herum und sah einen schlanken, schwarzhaarigen Mann.

»Ihre Kolleginnen sind da drinnen, nicht wahr?«, fragte er in sachlichem Tonfall.

»Was soll das?«, erwiderte sie unwillig. Ihr Gegenüber lächelte knapp. »Ich helfe Ihnen, alle drei herauszuholen.« Er stand regungslos neben ihr und schaute zum Präsidium hinüber.

»Warum wollen Sie mir helfen?«, fragte Nano.

»Ich bin Spezialist für schwierige Aufgaben und technisch bestens ausgerüstet. Allein hätten sie keine Chance.«

Sie schüttelte fassungslos den Kopf. Sie war größer als ihr Gegenüber, zudem ging von ihm eine unbestimmte Drohung aus. Gut, sie hatte keine Erfahrung mit dem anderen Geschlecht, trotzdem spürte sie, dass er ein Kämpfer war wie sie.

»Sie sind nicht von der Erde«, fügte er hinzu. »Woher kommen Sie?« Er musste ein Immuner sein; Nano konnte sich nicht vorstellen, dass ein Aphiliker so redete.

»Von einem Planeten im Mahlstrom. Sie kennen den Namen nicht«, erwiderte sie halb gegen ihren Willen. »Wer sind Sie?«

»Man nennt mich Jocelyn den Specht. Ich lebe unabhängig. Kann sein, dass die Polizei mich irgendwann ebenfalls verfolgen wird. Was ist? Soll ich Ihnen helfen oder nicht?«

»Natürlich«, sagte Nano Balwore fast vorwurfsvoll. »Aber wie gehen wir vor?«

»Lassen Sie das meine Sorge sein. Bis hin zum Arrangement mit Danton.«

»Also gibt es wirklich eine Organisation der Immunen?«

»... eine Organisation der Kranken, ja.«

Es war merkwürdig. Nano vertraute dem Mann, obwohl sie inzwischen sicher war, dass sie einen Aphiliker vor sich hatte. Andererseits hatte er sie angesprochen und wusste alles.

»Ich habe vorgesorgt«, sagte er. »Es ist wichtig, dass wir schlagartig alle Polizisten außer Gefecht setzen. Aber das wird schwierig sein.«

Er erklärte, was zu tun war. Dann warteten sie in seinem Gleiter. Erst um drei Uhr nachts gingen sie auf das Gebäude zu, bogen zuvor aber in eine Seitenstraße ab. Schließlich standen sie vor einer schmalen Tür.

»Warten!«, raunte Jocelyn. Er bewegte sich wie eines der Raubtiere auf Ovarons Planet. Schnell und mit unheimlicher Sicherheit. Nichts, was er tat, war überflüssig. Er presste einen halbkugeligen Gegenstand auf das Schloss.

Das kleine Gerät summte, dann ertönten scharfe, klickende Laute. Als Jocelyn die Halbkugel wieder abnahm, schob sich die Tür langsam auf. Er schlüpfte hindurch, und Nano folgte ihm.

»Kommen Sie mir jetzt nicht mehr zu nahe! Ich trage einen Schutzschirm. Bleiben Sie hinter mir! Ihre Begleiterinnen sind unten im Keller, aber wir müssen zuerst nach oben.«

Sie liefen durch spärlich erhellte Korridore und dann etliche Stockwerke aufwärts.

»Wir müssen in die Programmierzentrale der Exekutivroboter! Sie halten mir den Rücken frei. Verstanden?«

»Klar.«

Hier oben befand sich kein einziger Polizist. Jocelyn öffnete eine Tür nach der anderen. Nano sicherte den Korridor mit ihrem Paralysator. Sie lauschte auf jedes Geräusch, aber da war nur das Summen aufgleitender Türen und der Klimaanlage.

»Herkommen!« Jocelyns Ton war hart und autoritär. Er deutete in einen nicht zu überschauenden Raum hinein und sagte: »Ich habe zwanzig Minuten lang zu tun. Warten Sie!« Sein Schutzschirm schimmerte grünlich in der fahlen Beleuchtung. Sekundenbruchteile später war er verschwunden.

Nano Balwore verharrte unter der offenen Tür. Bislang war niemand aufmerksam geworden. Die Polizei schien die Möglichkeit, dass Immune in eine Station eindrangen, als nicht existent anzusehen.

Pünktlich war Jocelyn zurück. »Alles in Ordnung.« Mehr sagte er nicht.

Das nächtliche Gebäude blieb ruhig. Sie huschten abwärts, verzichteten bewusst darauf, einen Antigravschacht zu benutzen.

Im vierten Stockwerk befanden sich die Mannschaftsräume. Nano fühlte sich plötzlich gegen die Wand gedrückt und spürte Jocelyns heißen Atem an der Wange. »Zwanzig Zimmer. Zehn auf jeder Seite des Korridors, belegt mit zwei Polizisten. Wenn wir Gas anwenden, wird Alarm ausgelöst. Wir müssen die Paralysatoren einsetzen.«

»Gibt es noch andere Räume?«

»Toiletten und Aufenthaltsräume, eine Kantine. Alles andere ist unwichtig. Los jetzt!«

Minuten später waren vierzig Männer für die nächsten Stunden gelähmt.

»Unten sind noch acht!«, zischte Jocelyn.

Weiter abwärts. Irgendwie wartete Nano längst auf das Heulen des Alarms. Dann sah sie die Polizisten. Einige schienen zu schlafen, die anderen arbeiteten müde an ihren Terminals. Trotzdem blieb sie nicht unbemerkt.

Nano streckte den ersten Uniformierten nieder, der nach seiner Waffe griff. Sie waren wirklich nur acht. Auch Jocelyn feuerte und ließ den Männern keine Chance. Der Letzte hob beide Arme über den Kopf – Nano sah dennoch keinen Grund, ihn zu verschonen. Nur paralysiert bedeutete er keine Gefahr.

»Ausgezeichnet!«, lobte Jocelyn hinter ihr. Er drückte ihr sieben schwarze Würfel mit jeweils vier Zentimetern Kantenlänge in die Hände. »Draußen stehen Gleiter. In jeden einen Würfel!«

Sie fragte nicht, sondern hastete nach draußen.

Jocelyn der Specht ließ seinen Blick über die Paralysierten schweifen. Sein Finger hämmerten einen rasenden Wirbel. Er schaltete seinen Schutzschirm ab und legte einen winzigen Datenträger in das Funkgerät. Eine Zeitschaltuhr lief an. In Kürze würde der Polizeisender in Verbindung mit Nachrichtenstationen aktiv werden.

Eine Meldung an Roi Danton. Jocelyn wechselte zu einer anderen Konsole und gab einen Spezialkode für die Wachroboter ein. Als er sich umwandte, schwebten vier von ihnen in den Raum. Einem befahl er, in der Halle Position zu beziehen, den anderen, ihm ins Untergeschoss zu folgen.

Jocelyn kannte die Zellen, in denen die Frauen untergebracht waren. Er dirigierte die Roboter. Mit kurzen Impulsschüssen zerstörten sie die Schlösser und schwebten in die Zellen hinein. Die Frauen, die noch unter den Nachwirkungen der Lähmung litten, hatten keine Chance, als sie erneut betäubt wurden.

Jocelyn wartete, bis die drei Maschinen ihre Arbeit beendet hatten.

»Vor dem Gebäude steht ein Lastengleiter. Legt die Frauen auf die Ladefläche und wartet auf weitere Befehle!«

Er lief in die Halle zurück. Nano Balwore musterte ihn fragend.

»Ich bin aus ganz anderen Gründen an euch interessiert, als du glauben magst«, sagte er hart. »Tut mir Leid, meine Schöne. Etwas anderes wäre mir zwar lieber gewesen, aber …«

Nano hatte noch versucht, ihn anzuspringen. Er war mit dem Paralysator schneller gewesen und wandte sich an einen Roboter: »Heb die Frau auf und folge den anderen! Schließt die Ladetür von innen!«

Weniger als fünfzehn Minuten waren vergangen, seit Nano Balwore und Jocelyn das Präsidium betreten hatten. Er hinterließ noch mehrere spezielle Souvenirs, dann ging er zu dem wartenden Expressgleiter, einem Fahrzeug für schnelle Langstreckentransporte. Es trug die Insignien der Polizei. Über Funk gab er seinem eigenen Gleiter den Befehl, dem Transporter zu folgen.

Jocelyn breitete, sobald er die Stadtgrenze hinter sich gelassen hatte, seine technischen Spielereien aus und kontrollierte den Erfolg der Aktion. Hinter ihm, in der Ladekabine, befanden sich die vier Frauen. Er lächelte kalt, als er eine Serie ultrakurzer Funkbefehle aktivierte.

Rings um die Polizeistation brach die Hölle los. Fast gleichzeitig detonierten zwanzig Bomben. Von den Polizeigleitern blieben nur zerfetzte Wracks übrig. Innerhalb der Station strömte Spezialgas aus. Es bewirkte, dass die Paralyse auch mit medizinischen Mitteln nicht schneller aufzuheben war und dass die Erinnerung der Männer verblasste. Sie würden sich, sobald sie wieder reden konnten, in allen Belangen widersprechen.

Jocelyns Spuren waren verwischt.

Die ausgedruckte Meldung trug das Datum vom 9. September, vier Uhr morgens. Roi Danton las interessiert, dann hob er den Kopf und fragte entgeistert: »Wo stammt das her? Wer hat es aufgefangen?«

Der Bote erklärte: »Die Meldung wurde vor einigen Minuten über Normalfunk empfangen. Merkwürdigerweise auf der Polizeiwelle. Der Sender steht südlich von New York. Die Nachricht ist, wie Sie sehen, direkt an Sie gerichtet.«

»Zum Teufel. Wenn das keine Falle ist … Aber wir müssen nicht sofort entscheiden. Lassen Sie auf alle Fälle ein Boot bereitmachen!«

»Geht in Ordnung, Sir.«

Roi las den ganzen Text noch einmal.

Ich bin ein Outsider und habe vier Immune in meiner Gewalt. Nach meinen Informationen landeten sie mit einer Jet und kommen von einem Mahlstromplaneten.

Ich schlage Ihnen, Roi Danton, folgenden Tausch vor: diese vier Frauen gegen Ausrüstungsgegenstände, die ich normal nicht beschaffen kann. Ich benötige einen Lemur-Vier-Schutzschirm und einen Mikrogravitator – aber keinen Schrott, sondern des Beste, was Sie haben. Ich melde mich wieder. Jocelyn der Specht.

Roi Danton seufzte gequält. Er weckte Reginald Bull, der einige Zeit brauchte, bis er richtig wach war. Bully las den Funkspruch mit wachsender Besorgnis.

»Was hältst du davon?«, drängte Roi. Zu seinem maßlosen Erstaunen erklärte Bull: »Ich habe diesen Mann in Aktion erlebt. Er ist kein Schwätzer. Was er sagt, ist richtig. Aber wer sind seine Geiseln?«

Ratlos zog Roi Danton die Schultern hoch. »Keine Ahnung. Wir müssen warten, bis er sich wieder meldet, wenn auch mit Sicherheit kein zweites Mal über Polizeifunk.«

»Jocelyn der Specht ist eine erstaunliche Person. Seine Qualität als Einzelkämpfer beweist er immer wieder.«

Ein kleines und schnelles Unterseeboot wurde zum Auslaufen klargemacht. Eine Stunde später baute sich in Dantons Büro ein Holo auf. Ein Sprecher der Nachrichtenabteilung sagte alarmiert: »Empfang auf Notwelle vierzehn, verschlüsselt und zerhackt. Jemand hat den Kode geknackt.«

»Wer?«

»Er nennt sich Jocelyn der Specht. Ich spiele die Meldung ab.«

In der Wiedergabe erschien, von einem Handscheinwerfer spärlich erhellt, ein kahler Raum. Das Bild zeigte vier Frauen unter Bewachung eines Polizeiroboters. Eine markante Stimme sagte dazu: »Dies ist Marhola el Fataro. Sie ist oder war Regierungschefin einer Welt namens Ovarons Planet. Die zweite heißt Terfy Heychen, Gen-Ingenieurin. Dann haben wir Nayn Taibary, eine Medizinerin, und Nano Balwore, Mathelogikerin. Mein Vorschlag für den Treffpunkt: das Atoll, an dessen Strand die Organisation vor neun Tagen drei Flüchtlinge mit dem Motorsegler ARCTURUS aufgenommen hat. Ich melde mich nicht mehr. Treffen morgen, sechs Uhr früh. Ende.«

Roi Danton schloss die Augen, dann rief er nach Reginald Bull. »Es gibt Neuigkeiten.«

Binnen kurzer Zeit war ein Stab von Fachleuten versammelt. Mehrmals wurde die Aufzeichnung wiedergegeben. Unvermittelt stellte einer fest: »Dieser erste Name! Wir haben einen Professor el Fataro hier. Ist er nicht der Spezialist, der die PHARAO entdeckt hat? Holt ihn her, schnell!«

Sie mussten el Fataro wecken lassen. Nachdem er die Nachricht gesehen hatte, war seine Betroffenheit deutlich.

»Meine Frau Aleah war schwanger, als sie vor vierzig Jahren an Bord eines Transporters ging. Das war in Terrania City. Ein Major Hildenbrandt begleitete die Aussiedler, über zweitausend Frauen und Kinder in zwei Transportern. Wenn die Frau etwa vierzig Jahre alt ist, bin ich sicher, dass sie meine Tochter ist.«

Roi warf ihm einen langen Blick zu.

»Warum wissen Sie das so sicher?«, fragte Bull mitfühlend.

»Wir haben vereinbart, Aleah und ich, dass eine Tochter den Namen Marhola bekommen sollte. Es gab in unserer Ahnenreihe eine berühmte Wüstenreiterin dieses Namens. Marhola ist meine Tochter!«

»Wissen Sie, wohin der Transport ging?«, fragte Bull.

»Ovarons Planet. Dreieinhalbtausend Lichtjahre entfernt.«

Roi Danton nickte und gab seine Anordnung an die Besatzung des U-Boots. »Ihr kennt die Insel. Sämtliche Schutzmaßnahmen. Bringt die Frauen hierher, aber auf keinen Fall den Outsider!«

Sie würden nicht in eine Falle gehen, falls diese Aktion von den Aphilikern gestartet worden war. Aber Roi war überzeugt, dass ausschließlich der Outsider dahinter steckte.

»Dokumentiert die Übergabe!«, rief er dem Kommandanten nach. »Und … ich habe noch einen Passagier. – Ich denke, Sie werden es vorziehen, Ihre Ungeduld an Bord der WHALER zu zeigen, Professor …«

El Fataro sprang auf und rannte zum Schott. »Danke, Sir! Eine ausgezeichnete Idee. Aber … meine Tochter hat mich noch niemals gesehen.«

Bull lächelte. »Sie haben Ihre Tochter auch nicht gesehen, nicht in Wirklichkeit, meine ich. Ich bin froh, dass es so gekommen ist, denn jetzt werden wir alles über Ovarons Planet erfahren.«

Eines der vielen Atolle der Südsee. Nicht größer als einen Quadratkilometer, von Korallenriffen umgeben, mit weißem Strand. Der schwere Gleiter stand mit desaktivierten Robotern zwischen sturmgebeugten Palmen. Das zerschlagene und salzüberkrustete Wrack des alten Motorseglers hob und senkte sich in der Dünung.

Jocelyn saß im Schatten seines eigenen Gleiters, hielt einen langläufigen Strahler im Arm und wartete. Die vier Frauen am Strand konnten nicht fliehen. Was er verlangt hatte, würde ihm für die nächsten Jahre eine Überlegenheit sichern, die über das bisher gekannte Maß hinausging.

Pünktlich fünf Minuten vor der vereinbarten Zeit erschien vor der Lagune der Turm eines Unterseeboots. Jocelyn gab in Sekundenabständen drei Strahlschüsse ab. Das Signal wurde erwidert.

Der Outsider schaltete seinen Schutzschirm ein, als er zum Strand ging. Die Frauen blickten bereits dem Schlauchboot entgegen, das schnell näher kam.

Zehn Minuten später lagen zwei Kisten im Sand.

Fußspuren führten ins Wasser.

Jocelyn der Specht war zufrieden, er hatte seine Ausrüstung entscheidend verbessert und würde seine einsamen Jagden künftig noch effektiver durchführen.

Er brauchte das.

32.

Bericht Oppouthand:

Er galt als einer der besten Raumfahrtexperten und Dimetransspezialisten von Porta Pato, und er war ein Mann, für den ich meine Hand ins Feuer gelegt hätte. Am Montagmorgen überraschte ich ihn in der Nähe der Konstantriss-Nadelpunktkanone, wo er mit einem Instrumentenkoffer an der Röhrenfeldpositronik stand.

Piet Opjendaken blickte zu einer bewusstlos auf dem Boden liegenden Verbundtechnikerin hinüber. Ich hatte ihr gerade helfen wollen, als ich ihn bemerkte. Ohne mir über das Motiv meines Tuns klar zu sein, trat ich hinter einen Stützpfeiler und wartete ab.

Die Technikerin hatte die Verschalung einer Sicherheitsschleuse entfernt und darunter befindliche Sammelschaltungen bearbeitet. Dabei musste sie einen Stromschlag erhalten haben. Bei ihrem Sturz hatte sie sich darüber hinaus ein spitzes Werkzeug durch die Hand gebohrt. Sie blutete und brauchte Hilfe.

Piet Opjendaken überlegte. Sein Gesicht war maskenhaft starr und kalt. Mit drei schnellen Schritten ging er zu der Frau. Ich glaubte bereits, dass er sich um sie kümmern wollte, aber er stieg über sie hinweg und überzeugte sich davon, dass sich niemand jenseits der Schleuse aufhielt. Danach kehrte er zur Positronik zurück.

Das war der Zeitpunkt, an dem ich mich genötigt sah, einzugreifen. »Sie haben etwas vergessen«, sagte ich und trat aus meinem Versteck hervor.

Opjendaken beherrschte sich absolut. Lediglich das Zucken seines rechten Lids zeigte mir, dass er nervös geworden war. Langsam drehte er sich vollends zu mir um. »Habe ich das?«

»Ich denke.«

»So kann man sich irren.«

»Wie wahr, Opjendaken. Sie haben Ihre Rolle ausgezeichnet gespielt. Bislang ist noch niemand auf den Gedanken gekommen, dass Sie ein Aphiliker sein könnten.« Ich richtete meine Waffe auf ihn. »Erklären Sie mir, wie Sie es geschafft haben, sich bei uns einzuschleichen!«

»Sprechen wir von etwas anderem«, schlug er vor.

In mir kochte es. Dieser Mensch war so kalt, als wüsste er nicht, dass es um sein Leben ging. Und er tat auch noch, als sei ich derjenige, der nicht ganz richtig im Kopf wäre. Da stimmte einiges nicht. Opjendaken verhielt sich völlig anders als erwartet. »Wenn Sie meinen, dass es sich lohnt, bitte …«, drängte ich ihn.

Er legte seine linke Hand auf den Instrumentenkoffer. »Was glauben Sie, was da drin ist, Mücke?«

Ich zwang mich zu einem Lächeln, obwohl mir ganz und gar nicht danach zumute war. Ich hatte die gelblichen Flecken auf seinen Augäpfeln entdeckt. Opjendaken handelte unter dem Einfluss von Drogen? Das machte ihn erst wirklich gefährlich, denn mit Hilfe bestimmter Pharmaka konnten Instinktreaktionen der Aphiliker überspielt werden. Eine ihrer stärksten Motivationen war die Todesfurcht. Sollte diese bei Opjendaken ausgeschaltet worden sein?

»Ich tippe auf eine Fusionsbombe«, sagte ich gewollt spöttisch.

»Sie sind gar nicht so dumm, wie ich dachte, Oppouthand.«

»Stellen Sie den Koffer ab und heben Sie die Hände über den Kopf!«

Opjendaken seufzte, als hätte ich mich unglaublich dämlich benommen. Mit meiner Ruhe war es vorbei. Ich näherte mich ihm, doch er streckte mir abwehrend die Hand entgegen.

»Keinen Schritt weiter, Mücke, oder es passiert sofort! Seltsam, je mehr man mit euch zu tun hat, desto deutlicher merkt man, dass ihr tatsächlich alle den Verstand verloren habt. Ich habe eine Bombe bei mir, mit der ich ganz Porta Pato in die Luft jagen kann, aber Sie halten mir Ihren albernen Strahler vor die Nase und …«

»Wenn Sie die Bombe zünden, sterben Sie auch.«

»Das mag für euch wichtig sein, nicht für mich. Ich habe einen Auftrag zu erfüllen, und das werde ich tun.«

Ich glaubte ihm sogar. Die Droge hatte ihn völlig enthemmt. Aphiliker kannten keine Emotionen, gefühlsmäßige Bindungen existierten für sie nicht. Die Liebe war in ihnen gestorben, aber ihre Instinkte funktionierten normalerweise noch. Bei Opjendaken waren sie ausgeschaltet worden. Er sah sich selbst nur noch als ein Instrument, das eine Aufgabe zu erfüllen hatte.

Plötzlich verstand ich nicht mehr, warum er mir bisher so sympathisch gewesen war. Opjendaken war mir stets durch Intelligenz und Sportlichkeit aufgefallen. Nun erkannte ich, wie sehr ich mich geirrt hatte.

Er hatte seine Rolle meisterlich gespielt. Für einen Aphiliker wie ihn musste es unvorstellbar schwer sein, all die vielen kleinen Verhaltensweisen zu beachten, die einen Immunen auszeichneten. Aber er hatte es geschafft und alle Sicherheitsorgane getäuscht.

Umso erstaunlicher war sein Fehler, sich nicht um die Technikerin zu kümmern. Ein kurzer Hilferuf hätte genügt, die Medoroboter zu holen.

Dennoch wäre ihm genügend Zeit geblieben, die Bombe zu verstecken und sich in Sicherheit zu bringen.

»Ich will Ihnen sagen, wie die Bombe gezündet wird, Mücke.«

»Da bin ich gespannt.«

Opjendaken lächelte ohne innerliche Beteiligung. »Ich brauche den Koffer nur fallen zu lassen. Vielleicht werden Sie dann noch einen Blitz sehen, mehr aber auf gar keinen Fall. Wie finden Sie das?«

Er wollte mich provozieren. Er wusste, dass er meine Gefühle anpeitschen konnte. Ich fluchte lautlos.

»Ihnen fehlen die Worte. Mir aber nicht. Lassen Sie Ihren Strahler sinken und reichen Sie ihn mir mit dem Griff voran herüber! Wenn nicht, Sie wissen schon ...«

»Und dann?«

Er überhörte die Frage und streckte mir auffordernd die Hand entgegen. Lauernd beobachtete er mich. Ich glaubte tatsächlich, dass er die Bombe zünden konnte, indem er sie fallen ließ. Das war aus Sicht der Aphiliker logisch. Sie wollten den Sprengkörper auf jeden Fall explodieren lassen, also mussten sie es so einrichten, dass die brisante Ladung selbst dann ihr Werk verrichtete, wenn ihr Mann überrascht wurde.

Opjendaken wusste, dass ich versuchen würde, ihn zu entwaffnen. Ich sah, dass er den Koffer nur noch mit den Fingerspitzen hielt. Sekundenbruchteile entschieden über Leben und Tod.

»Geben Sie mir die Waffe!«

Das kam überhaupt nicht in Betracht. Er hätte mich auf der Stelle erschossen, den Koffer abgestellt und sich selbst in Sicherheit gebracht.

»Lassen Sie uns vernünftig miteinander reden«, schlug ich vor. »Glauben Sie wirklich, dass es eine Lösung ist, wenn Sie Porta Pato sprengen?«

»Geben Sie mir die Waffe!« Er war kalt wie ein Fisch.

»Opjendaken, wir wollen die Erde verlassen. Dann habt ihr Aphiliker sie für euch allein.« Ich konnte ihn nicht überzeugen. Aber darauf kam es nicht an. Ich musste ihn überraschen. Nur darum ging es.

»Wenn Sie mir die Waffe nicht augenblicklich geben, lasse ich den Koffer fallen.«

»Auf ein Wort noch. Sie müssen unbedingt wissen, dass ...« Ich schoss mitten im Satz. Der Thermostrahl durchbohrte seine Brust. Seine Finger öffneten sich. Ich sah den Koffer fallen, hatte mich aber schon nach vorn geworfen und packte ihn mit der linken Hand am Griff.

Opjendaken stürzte gegen mich. Offenbar versuchte er, mit dieser letzten Aktion die Explosion herbeizuführen. Ich fiel zur Seite. Für erschreckend lange Sekundenbruchteile schwebte der Koffer irgendwo über mir und drohte meinen Fingern zu entgleiten. Während ich auf dem Boden landete, starrte ich nur auf die Bombe. Ich schlug mit dem Kopf auf und verrenkte mir die Schulter. Der Tote lag quer über mir, aber ich hielt den Koffer immer noch fest. Mühsam schob ich Opjendaken zur Seite, wobei ich nicht wagte, den Sprengsatz abzustellen. Dann rief ich um Hilfe.

Hot schwitzte. Ich blickte ihm aus gut zwei Metern Distanz über die Schulter. Dabei hätte ich unmittelbar neben ihm knien oder dreißig Kilometer entfernt sein können, es hätte keinen Unterschied gemacht. Wenn die Bombe gezündet hätte, wären wir beide atomisiert worden.

Als mein Freund das Desintegratormesser vorsichtig am Rand des Instrumentenkoffers entlangführte, stürmte Reginald Bull in den Raum.

Mein Magen verkrampfte sich, ich wehrte mich gegen die aufkommenden argwöhnischen Gefühle. Nach wie vor sah ich in dem ehemaligen Regierungschef einen der wichtigsten Repräsentanten der Aphiliker. Bull hatte vierzig Jahre lang alle Immunen verfolgt. Es fiel mir schwer zu glauben, dass er sich grundlegend gewandelt haben sollte. Knapp drei Wochen lebte er nun schon in Porta Pato, aber ich hatte ihn in dieser Zeit nicht ein einziges Mal zu Gesicht bekommen.

Einen Unsterblichen wie ihn hatte ich mir anders vorgestellt. Ich musterte ihn, während er zu meinem korpulenten Freund Sopper Round ging, den ich seines Temperaments wegen Hot nannte.

»Was ist los?«, fragte Bull. »Ich habe von einer Bombe gehört.«

»Sie ist da drin.« Ich deutete auf den Koffer.

Reginald Bull ließ nicht erkennen, ob ihn meine Worte erschreckt hatten. Er blickte mich kurz an, und plötzlich verwünschte ich meinen Argwohn. Dieser untersetzte Mann mit den kurzen roten Haaren und den wasserblauen Augen konnte unmöglich ein gefühlloser Aphiliker sein. In den Sekundenbruchteilen, in denen sich unsere Blicke trafen, erkannte ich, dass er ein Mensch mit allen Vorzügen und Schwächen war, dass er darüber hinaus aber über eine Persönlichkeit verfügte, wie man sie wohl nur während eines mehr als eintausendsechshundert Jahre währenden Lebens gewinnt.

Um seine Mundwinkel herum bildeten sich winzige Falten. Er nickte mir zu, als wisse er genau, was ich dachte. Dann wandte er sich Hot zu, während hinter ihm Sicherheitsoffiziere erschienen.

Sopper hatte die Spitze des Desintegratormessers inzwischen einmal um den Koffer herumgeführt. Das Seitenteil fiel auf den Boden.

»Der Kerl hat nicht gelogen.« Hot seufzte. »Das ist tatsächlich eine Bombe.« Er deutete auf den Zünder aus drei nadelförmigen Gebilden. Mir wurde nachträglich heiß. Hätte Opjendaken das Ding fallen lassen oder ich den Koffer nicht rechtzeitig erreicht, Porta Pato wäre ausradiert worden.

Reginald Bull beugte sich so ruhig über Sopper, als ginge ihn alles gar nichts an. »Das Ding ist nicht leicht zu entschärfen. Es hat eine positronische Doppelsicherung, die anspricht, sobald Sie den Zünder durchtrennen. Lassen Sie sich bloß nicht einfallen, mit dem Desintegrator die Nadeln zu berühren.«

Soppers Hand zitterte ein wenig. Er wusste nicht, was er weiter machen sollte.

»Wir schaffen den Koffer in den Weltraum«, sagte Bull. »Das ist die sicherste Methode. Die Techniker sollen die Nadeln mit einem Metallblock umgeben, damit sie nicht bewegt werden können. Machen Sie mir Vollzugsmeldung!«

Die Sicherheitsoffiziere arbeiteten schnell und präzise. Sie schienen Bulls Anordnungen schon geahnt zu haben. Zusammen mit zwei Technikern nahmen sie Sopper den Koffer ab. Ich blieb bei ihnen und verfolgte, wie sie in wenigen Sekunden den Zünder so absicherten, dass nichts mehr geschehen konnte.

Reginald Bull tauchte plötzlich neben mir auf und klopfte mir auf die Schulter. »Gut gemacht, Mücke.« Er grinste mich voll jungenhafter Freude darüber an, dass ihm seine Überraschung gelungen war. Ich hätte nie erwartet, dass er meinen Vornamen kennen könnte.

»Danke, Sir«, entgegnete ich.

Er nickte mir zu und ging davon.

»Kannst du dir vorstellen, was der für Sorgen hat?«, fragte Hot.

»So ungefähr. Ja.« Wir entfernten uns, schwebten in einem der Antigravschächte nach unten und ließen uns in einer Antigravbrücke von der Kugelzelle der PHARAO bis auf den Hallenboden tragen.

»So ungefähr.« Hot äffte meinen Tonfall nach. Neben einer Reaktorkammer, die in die Kraftwerke des Schiffs eingebaut werden sollte, blieben wir stehen. Die lemurischen Reaktoren waren ähnlich konstruiert wie die neuen Schwarzschild-Reaktoren, arbeiteten also auch nach dem Prinzip des gepulsten Protonenstrahls und der Ausnutzung des Antimaterieeffekts. Wir blickten zum Schiff hoch, das unter der Leitung von Professor Ahmid el Fataro für den Einsatz vorbereitet wurde.

»So ungefähr«, wiederholte Sopper noch einmal. »Mann, Reginald Bull war Regierungschef der Aphiliker. Wenn einer sich mit denen auskennt, dann er. Was glaubst du, was er eben wirklich gefühlt hat, als er erkennen musste, dass es einem Aphiliker gelungen ist, sich ins Herz der OGN einzuschleichen?«

»Ihm dürfte ziemlich mulmig gewesen sein.«

»Und wie.« Sopper rieb sich die zu groß geratene und stets geschwollene Nase. »Du kannst dich darauf verlassen, dass Bull eine geheime Sonderaktion einleitet. Wir werden erneut unter die Lupe genommen, und am Ende wird er noch einen oder mehrere Aphiliker ausgefiltert haben.«

Über uns schwebten auf den Antigravbrücken Ausrüstungsgüter in die PHARAO. Seit Tagen wurde daran gearbeitet, das Raumschiff startklar zu machen. Es gehörte zu einer besonderen Typenreihe, die erst in den letzten Monaten erforscht worden war. Im Hauptteil bestand es aus einer 350 Meter durchmessenden Kugel ohne Ringwulst. Wie es hieß, hatten die lemurischen Techniker Schwierigkeiten bei der Synchronisation der Ringwulsttriebwerke gehabt. Aus diesem Grund, hatte el Fataro erklärt, waren bei diesem Typ die Triebwerke im unteren Drittel der Kugelzelle eingebaut worden. Sie verbargen sich in einer trichterförmigen Stahlkonstruktion, die an ihrer unteren Rundung einen Durchmesser von ebenfalls 350 Metern hatte. Dieser Trichter diente nicht nur als Abstrahldüse für die frei werdenden Energien, sondern zugleich als Landeteller. Der Vorteil lag in der Ersparnis der Hochenergieschirme, die andernfalls die sonnenheißen Antriebsenergien von den Schiffswänden fern hielten. Innerhalb der Trichterwandungen gab es zwar ebenfalls Schutzmaßnahmen, die aber beträchtlich einfacher und billiger waren.

»Wenn ich mir vorstelle, dass sich bei uns noch mehr Aphiliker herumtreiben, wird mir schlecht.« Sopper schien wirklich besorgt zu sein, er verzichtete sogar darauf, sich die Nase zu reiben.

»Bull wird sie aufstöbern«, sagte ich. »Mich stört etwas anderes.«

»Und was?«

»Die Beschleunigung der PHARAO beträgt im Höchstfall 680 Kilometer im Sekundenquadrat. Das ist weniger als bei unseren Schiffen gleicher Größenordnung.«

»Die stehen uns aber nicht zur Verfügung. Andererseits ist die Reichweite der PHARAO größer, auch darauf kommt es bei Bulls Vorhaben an.«

»Dennoch, Hot, die Aphiliker sind wachsam. Und ihre Flotte wird von NATHAN geleitet. Ich weiß nicht, wie die PHARAO die Erde verlassen soll. Ich fürchte, sie wird abgeschossen, bevor sie den freien Raum erreicht.«

»Abwarten, Mücke. Wenn Reginald Bull etwas plant, hat er sich alles genau überlegt. Es gibt eine reelle Chance.«

»Hoffentlich«, entgegnete ich.

»Bull hat solche Sachen schon gemacht, als dein Großvater noch nicht einmal als Wunschkind in den Träumen deiner Urgroßeltern vorhanden war. Und da kommt ein Skelett wie du daher und sagt …«

»Skelett, Kleiner? Da fällt mir etwas ein«, unterbrach ich ihn. »Pass auf. Ein Skelett kommt in eine Apotheke, sieht die Medikamente und sagt …«

Eine Durchsage übertönte meine Worte. Ich hörte meinen Namen, und Sopper stieß mir die Faust in die Seite. »He, Mücke, wir sollen zu Bull kommen! Hörst du schlecht?«

Wir waren die Letzten, die den Konferenzraum betraten. Ungefähr zwanzig Personen befanden sich in dem Raum. Roi Danton und Reginald Bull saßen an der Stirnseite. Wir suchten uns zwei Sessel in der Nähe der Tür. Ich war verwirrt und unsicher, denn ich wusste nicht, was ich hier sollte. Da ich ohnehin höchst ungern im Mittelpunkt stand, hoffte ich, dass Bull nicht weiter auf mich achten würde. Aber ich täuschte mich.

»Da sind Sie ja, Mr. Oppouthand«, sagte er, kaum, dass ich mich gesetzt hatte. »Kommen Sie bitte nach vorn. Hier ist noch Platz.«

Ich fluchte lautlos in mich hinein, trat Sopper unauffällig auf die Zehen und zwang ihn, mit mir zu gehen. Ich wusste, dass er mir insgeheim Rache schwor, denn nirgendwo ist er empfindlicher als an den Füßen. Er trottete hinter mir her. In der vordersten Reihe ließen wir uns endgültig nieder.

»Okay«, sagte Reginald Bull, »machen wir also weiter. Mr. Oppouthand, wir haben soeben darüber diskutiert, wie wir die PHARAO ungefährdet bis Ovarons Planet fliegen können.«

»Das Problem ist NATHAN«, antwortete ich mit belegter Stimme. Ich verwünschte diese Tatsache, aber ich kann nicht frei und ungehemmt in einer größeren Gruppe sprechen. Dann will meine Stimme nicht mehr so wie ich. Bislang war es mir nicht gelungen, diese lästige Hemmung abzuschütteln. Erst wenn ich Menschen über längere Zeit hinweg kannte und sich eine gewisse Vertrautheit eingestellt hatte, spürte ich nichts mehr. An diesem Tag aber waren die Störungen besonders schlimm. Zudem bemerkte ich, dass Sopper die Hände rang. Er litt mit mir, und ich bin nun einmal kein Aphiliker, sondern ein völlig normaler Mensch.

Bull blickte mich geduldig an, und plötzlich entstand eine Brücke des Verständnisses zwischen ihm und mir. Ich fühlte mich ruhiger. Wenn noch Reste meines Misstrauens ihm gegenüber vorhanden gewesen waren, schwanden sie nun völlig. Er war anders als Piet Opjendaken, ich erkannte den Unterschied zwischen Schauspielerei und Wahrheit.

»Das Problem ist NATHAN.« Reginald Bull nickte. »Das ist der Grund, weshalb wir Sie und Mr. Round zu uns geholt haben. Wenn ich richtig informiert bin, sind Sie ein Transmitterspezialist, der auf besondere Leistungen zurückblicken kann.«

Das Lob machte mich verlegen. »Ich denke, ich verstehe einiges von Transmittern, Sir.«

»Gut. Und Mr. Round ist Positronikspezialist und NATHAN-Kenner. Richtig?«

»Richtig, Sir«, sagte der Dicke gelassen.

»Haben Sie einen Vorschlag? Wie können wir verhindern, dass NATHAN die Aktionen der Aphiliker so koordiniert, dass die PHARAO festgehalten wird?«

»Sir, Sie haben sicherlich schon Überlegungen angestellt«, entgegnete Sopper, wobei er mir einen kurzen Blick zuwarf. »Sie haben Mr. Oppouthand und mich hierher gebeten. Also sind Sie vermutlich auf den gleichen Gedanken gekommen wie ich. NATHAN muss irritiert und gestört werden, damit nicht genügend strategische Kapazität für einen Abwehrkampf gegen die PHARAO bleibt. Dazu muss er mit einer Reihe von Argumenten konfrontiert werden, denen er nicht innerhalb weniger Sekunden oder Minuten begegnen kann.«

»Allerdings, Mr. Round. Und weiter?«

»Derartige Maßnahmen lassen sich nicht von hier aus durchführen, Sir. Wenn wir so etwas machen wollen, müssen wir an Ort und Stelle ansetzen. Also auf dem Mond. Am besten *in* NATHAN selbst.«

Reginald Bull nickte. Auch Roi Danton war offensichtlich zufrieden. Der Mann, der bisher der unangefochtene Führer der Immunen gewesen war und uns mit beispiellosen Taten und Ideen vor den Aphilikern gerettet hatte, hielt sich merklich zurück. Er überließ Bull die Gesprächsführung, und ich konnte mir denken, warum.

Nicht nur ich war diesem Mann voller Misstrauen begegnet. Er war erst knapp drei Wochen bei uns und hatte in dieser Zeit noch keine Gelegenheit gehabt, wirklich zu beweisen, dass er kein Aphiliker mehr war. Ihm hing ein ausgesprochen negatives Image an. Zu groß waren die Schwierigkeiten gewesen, die wir Immunen mit ihm gehabt hatten.

Reginald Bull wollte uns endgültig davon überzeugen, dass sich alles geändert hatte. Er wollte in aller Deutlichkeit demonstrieren, dass die Fehlschaltung seines Zellaktivators korrigiert worden war und dass wir uns hundertprozentig auf ihn verlassen konnten. Das war der Grund dafür, dass Roi Danton ihm die Initiative überließ. Ich vermutete, dass Bull in den kommenden Tagen an vorderster Front kämpfen würde, wenn es darauf ankam, die PHARAO durchzubringen.

»Vollkommen richtig, Mr. Round«, sagte er. »Ich stimme mit Ihnen überein. Da ist aber noch ein kleines Problem.«

»Wie kann man zum Mond kommen?«

»Genau das, Mr. Round. Aber darauf habe ich vielleicht eine Antwort. Als ich von den Aphilikern kam, hatte ich ein Mikrogerät mit den Justierungsdaten aller zum Komplex NATHAN gehörenden lunaren Transmitter bei mir.«

»Sie hoffen, mit Hilfe der lemurischen Transmitter in die Linie Terra-Luna eindringen zu können, Sir?« In diesem Moment vergaß ich meine Hemmungen. Ich war Feuer und Flamme, sah aber auch die Schwierigkeiten, die wir zu überwinden hatten.

»Deshalb habe ich Sie hierher gebeten, Mr. Oppouthand«, bestätigte Bull.

Mir wurde heiß und kalt zugleich. »Es geht, Sir«, erklärte ich. »Es muss gehen. Die Transmitter von Porta Pato sind weitgehend in Ordnung. An mir soll es nicht liegen. Ich denke, dass ich ein Gerät in ein bis zwei Tagen einsatzbereit machen kann.«

Er blickte mich mit einem eigenartigen Lächeln an, das ich zunächst nicht verstand. »Nun, Mr. Oppouthand«, sagte er. »Ich rechne nicht damit, dass alles glatt geht. Fraglos wird es Schwierigkeiten geben, sodass wir auch auf Luna einen Transmitterspezialisten benötigen werden.«

Endlich fiel der berühmte Soli bei mir. Reginald Bull hatte Sopper und mich gerufen, weil er erwartete, dass wir ihn bei seinem Einsatz auf Luna begleiteten. Er wollte mit Hilfe eines lemurischen Transmitters ins Innere NATHANS springen und Störaktionen durchführen, die der PHARAO den Start ermöglichen sollten.

Meine anfängliche Begeisterung wich nüchterner Überlegung. Als Bull seine Frage stellte, musste ich erst wieder zur mir selbst finden.

»Würden Sie mich begleiten, Mr. Oppouthand?«

»Hatte ich das nicht schon gesagt, Sir?«, antwortete ich und verstand nicht, warum Sopper so unverschämt grinste.

Vier Stunden später traf ich Reginald Bull erneut. Ich konzentrierte mich mit meiner Arbeit auf einen Transmitter, als er zu mir kam.

»Wie steht's mit dem Gerät?«, fragte er.

»Ich denke, es ist das beste von allen. Die Arbeit dürfte schneller vonstatten gehen als angenommen.«

»Das ist gut.« Irgendetwas in seinem Tonfall weckte meine Aufmerksamkeit. Unsere Blicke begegneten sich, und ich erkannte sein Zögern.

»Inzwischen habe ich mich mit unseren Psychologen unterhalten«, fuhr er endlich fort. Wir waren allein. Meine Assistenten besorgten einige Ersatzteile. »Sie sind der Ansicht, dass unser Plan nicht leicht zu realisieren ist.«

»Was ist geschehen?«, fragte ich.

»Nichts, es hat sich nichts verändert. Unsere Psychologen sind nur davon überzeugt, dass die Aphiliker sich Gedanken über uns gemacht haben. Aus ihrer Sicht müssen wir wie vom Erdboden verschwunden sein. Das entspricht sogar der Wahrheit im wortwörtlichen Sinn. Natürlich versuchen sie herauszufinden, wo wir geblieben sind.«

»Sie können nicht erraten, dass wir hier sind«, erwiderte ich. »Kaum jemand war über Porta Pato informiert.«

»Vollkommen richtig«, bestätigte Bull, wobei er sich auf eine Kiste setzte und mich bat, ebenfalls Platz zu nehmen. »Auf Terra weiß niemand etwas von Porta Pato. Das hoffen wir jedenfalls. Piet Opjendaken hat keine Nachricht nach oben durchgeben können, das steht zweifelsfrei fest. Dennoch sind die Spezialisten davon überzeugt, dass die Aphiliker uns in einer ihnen unbekannten lemurischen Stadt vermuten.«

»Könnten wir nicht auch in einer von Rhodan vorsorglich angelegten Station sein?«, wandte ich ein.

Bull schüttelte den Kopf. »Darüber gäbe es Informationen. Nein, wir müssen von der Voraussetzung ausgehen, dass die Aphiliker der Wahrheit sehr nahe kommen.«

»Dennoch werden sie uns nicht so leicht aufspüren.«

»Darum geht es gar nicht. Aber wenn sie die richtigen Schlüsse ziehen, können sie sich ausrechnen, dass wir über Waffen, Raumschiffe, Transmitter und anderes Material verfügen. Darauf können sie sich einstellen und sogar unseren Plan errechnen. Wenn sie das tun, muss die PHARAO mit einem heißen Empfang rechnen.«

Ich spürte ein unangenehmes Prickeln in der Magengegend. »Dann ahnen die Aphiliker auch, was wir unternehmen werden, um die Chancen der PHARAO zu erhöhen.«

»Deshalb müssen wir uns beeilen. Je schneller wir sind, desto besser werden unsere Erfolgsaussichten. Aber da ist noch etwas, das Sie wissen sollten.«

Wieder dieser eigenartige Blick, den ich nicht zu deuten wusste. Er schien mich zu durchdringen und im Innersten prüfen zu wollen. Bull, hatte ich den Eindruck, wartete darauf, dass ich ihm zuvorkommen würde. Ich sprach aus, was mir auf der Zunge lag: »Piet Opjendaken war nicht allein?«

Er lächelte, und ich erkannte, dass ich erneut eine kleine Prüfung bestanden hatte. Zugleich erfasste ich ein wenig mehr seiner Beweggründe, die ihn veranlasst hatten, gerade mich und Sopper für das Luna-Unternehmen auszusuchen. Reginald Bull griff nicht einfach blind zu, er wählte seine Begleiter sorgfältig aus. Er wollte rechtzeitig wissen, ob er sich auf sie verlassen konnte. Ich jedenfalls wusste nun, dass Bull mir immer den Rücken freihalten würde, ebenso, wie ich es für ihn tun würde.

»Opjendaken war, ebenfalls nach Ansicht der Psychologen, nicht allein, Mücke. Sie vermuten, dass er einen oder zwei Mitstreiter hatte, die noch unentdeckt in Porta Pato herumlaufen. Sie müssen sich in unsere Reihen eingeschmuggelt haben, bevor wir uns in diese Festung absetzen konnten. Die technische Überwachung hat einwandfrei festgestellt, dass keine Funksprüche abgestrahlt worden sind. Nebenbei, Porta Pato wäre für die Aphiliker kaum zu erobern. Wir verfügen über ein Waffenarsenal, mit dem wir jeden Angriff zurückschlagen können. Aber darauf kommt es nicht an. Je länger wir aus dem Verborgenen heraus arbeiten, desto besser.«

»... eine zweite Bombe können wir vielleicht nicht mehr rechtzeitig entschärfen.«

»Genau das meine ich. Es wäre sogar denkbar, dass die Aphiliker einen geheimen Weg nach Porta Pato öffnen. Das müssen wir verhindern.«

»Sie meinen eine Transmitterstraße?«

Bull nickte.

Eine solche Möglichkeit hatte ich noch nicht in Erwägung gezogen. Die Aphiliker hatten einen wesentlich größeren Nutzen von Porta Pato, wenn sie die Stadt nicht atomisierten, sondern eroberten. Wenn es ihnen gelang, genügend Menschen und Waffen einzuschleusen, konnten sie uns überrumpeln, ähnlich, wie wir es auf Luna versuchen wollten.

Erschwert wurden solche Pläne dadurch, dass nur wenige Transmitter wirklich funktionstüchtig waren. Sie zu benutzen war riskant, aber nicht unmöglich. Zumal wir Immunen den Modulations-Reflektor entwickelt hatten. Er verhinderte, dass ankommende Körper bei ihrer Rematerialisierung einen Strukturschock erzeugten; infolgedessen konnten sie auch nicht mehr geortet werden.

Damit war eine ausreichende Überwachung der Transmitter in Porta Pato nicht gegeben. Was zu unserem eigenen Schutz gedacht war, verkehrte sich ins Gegenteil. Wir hatten verhindern wollen, dass die Aphiliker Porta Pato anpeilen und lokalisieren konnten. Nun befanden sich Feinde unter uns, die eben diesen Effekt vielleicht für sich ausnutzten.

»Wir müssen Porta Pato bis in den letzten Winkel durchkämmen und alle Transmitter funktionsunfähig machen, die wir nicht wirklich benötigen.« Ich bemerkte so etwas wie Verzweiflung in Bulls Augen. Mir wurde bewusst, dass sich mein Vorschlag recht gut anhörte, aber nur für jemanden, der nicht wusste, wie groß Porta Pato wirklich war.

Bei dem ursprünglichen lemurischen Komplex nahe der amerikanischen Westküste, auf dem 10. nördlichen Breitengrad und bei etwa 90 Grad westlicher Länge, handelte es sich um zwei Anlagen. Die eine war offen gewesen und vor rund 50.000 Jahren im Meer versunken. Die andere, aus acht ringförmigen Festungen bestehend, war von Anfang an im subplanetarischen Bereich angelegt worden. Sie bildete unser Porta Pato und dürfte zu den größten lemurischen Siedlungen ihrer Art gehört haben. Das bezeugten allein schon die riesigen Atomkraftwerke und die Abwehrwaffen, aber auch die weitgehend verfallenen Industrieanlagen deuteten darauf hin.

Jede der ringförmigen Festungen durchmaß etwa zwei Kilometer und reichte ebenso tief in den Boden hinein. In diesen wahrhaft gigantischen Anlagen verloren sich die wenigen Immunen, die hier Zuflucht gefunden hatten.

Der oder die Aphiliker, die von den Psychologen inzwischen hier vermutet wurden, konnten sich überall versteckt halten.

Reginald Bull erhob sich. »Das Beispiel Opjendaken hat gezeigt, dass uns die Gegenseite perfekte Schauspieler auf den Hals schickt. Schauen Sie Ihren Mitarbeitern auf die Finger. Mehr Misstrauen und Aufmerksamkeit als bisher schadet nicht. Sie haben mich schließlich auch unter die Lupe genommen.«

Wieder stand ein fast jungenhaftes Leuchten in Bulls Augen. Ihm machte es Spaß, mich in die Enge zu treiben. Ich sollte wissen, dass er sehr wohl bemerkt hatte, was bei unserer ersten Begegnung in mir vorgegangen war.

Bevor ich etwas sagen konnte, wurde Bull wieder ernst und sachlich. »Wenn ich einen oder mehr Agenten einsetzen müsste«, sagte er, »würde ich einen neuralgischen Punkt wählen. Und der wäre exakt hier.« Er zeigte auf den Transmitter, an dem ich arbeitete.

»Ich glaube, dass meine Assistenten in Ordnung sind«, erwiderte ich vorsichtig, obwohl ich mich gleichzeitig fragte, ob sie das wirklich waren. Ich kannte sie noch nicht lange, und ich war ja auch nicht der beste Transmitterspezialist von Porta Pato. Es gab weit fähigere Köpfe. Dr. Ark Moreny, Dr. Bouff Erpenteuyer und Iriyak Aroonen. Alle drei waren höher einzuordnen als ich, aber keiner von ihnen hatte je eine Waffe in der Hand gehalten. Sie schieden daher für den Einsatz auf Luna aus.

»Ich würde mich freuen, wenn die Jungs wirklich Immune sind. Achten Sie darauf.« Bull eilte davon. Sekunden später kehrten Felik Fretts und Aulan Orloff mit den benötigten Ersatzteilen zurück. Ich tat, als ob ich intensiv nachdachte, und bemühte mich, sie nicht anzusehen. Ich wollte ihren Argwohn nicht erregen.

Als ich ein Sperrmodul in den Transmitter einsetzte, mit dem der Einfluss planetarer Schwerkraftfelder abgeblockt werden sollte, kam Gnaden Wennein. Er eilte überhastet durch die Sicherheitsschleuse und stolperte prompt über herumliegende Werkzeuge. Er gurgelte, ruderte noch wild mit den Armen und stürzte mir prompt vor die Füße. Allerdings rappelte er sich sofort wieder auf und zog sich an meinen Beinen hoch.

Orloff lachte schallend, während Felik Fretts keine Miene verzog.

»Mücke«, stammelte Wennein aufgeregt, »du musst mich retten! Unternimm etwas!« Flehend blickte er zu mir auf.

Gnaden war knapp 1,60 Meter groß, und der Größenunterschied von etwa 50 Zentimetern zwischen uns fiel mir heute besonders stark auf. Ich fasste ihn unter die Achseln und hob ihn hoch, bis sich unsere Augen auf gleicher Höhe befanden. Er strampelte mit den Beinen. »Du musst mich retten, Mücke. Lass mich runter.«

»Was zuerst?« Ich stemmte ihn weiter hoch. »Soll ich dich retten oder herunterlassen?«

Er verdrehte die Augen. »Mü... Mü... Mücke, la... la...«

Ich stellte ihn auf die Füße zurück. Stöhnend wischte er sich den Schweiß von der Stirn und blickte gehetzt zum Sicherheitsschott hinüber.

»Wer ist hinter dir her, Gnaden?«

Er blickte mich an, als hätte ich etwas unglaublich Dummes gefragt. »Mei... meine Frau natürlich.«

Ich konnte ein Lachen nicht länger unterdrücken, verstummte jedoch sofort wieder, als sich seine Augen umschatteten.

»Ich verstehe nicht«, sagte ich und räusperte mich kräftig. »Wieso bist du als junger, glücklicher Ehemann auf der Flucht vor deiner Frau?«

»Glü... glücklich? Spinnst du?«

Mir verschlug es die Sprache, und Orloff platzte erneut laut heraus, während Fretts gelangweilt weiterarbeitete.

»Also gut, Gnaden. Du bist verheiratet, aber irgendwie trotzdem nicht glücklich. Weshalb soll ich dich vor deiner Frau retten?«

»Sie ... will nicht, dass ich mit zu Ovarons Planet fliege.«

Ich zuckte zusammen. Das Ziel der PHARAO war ihm sicherlich nur herausgerutscht, weil er glaubte, dass ich darüber informiert war. Prompt erschrak er selbst und blickte zu meinen Assistenten hinüber. Fretts runzelte die Stirn, während Orloff harmlos grinste.

Ich beobachtete Felik Fretts. Er war ein ernster, fast humorloser Mann. Ich hatte ihn noch nie lächeln sehen, aber das fiel mir erst in diesen Sekunden auf. Bisher hatte ich ihn als zuverlässigen und hoch qualifizierten Mitarbeiter geschätzt. Nun stieg ein schrecklicher Verdacht in mir auf. Sollte Fretts einer der Maulwürfe sein, die mit Opjendaken unsere Reihen infiltriert hatten?

Ich bemühte mich, meine Erregung zu verbergen. So freundlich wie eben möglich fragte ich Gnaden Wennein: »Wieso nicht? Was hat sie gegen diesen Planeten?«

Er zwinkerte mir zu und legte den Daumen unter den Aufschlag seiner Uniform. »Frauen, soviel du willst, aber keine Männer. Und wir, Mensch, wir können uns die schönste aussuchen. Auch zwei oder drei.«

»Das behagt Ihrer Frau natürlich nicht«, wandte Orloff ein.

»Mücke, sie kommt!« Gnaden Wennein schien der Panik nahe zu sein. Er umklammerte meine Arme. »Du musst mich verstecken. Meinetwegen strahle mich mit dem Transmitter ab, aber tu irgendwas. Du musst, verstehst du ...«

Er verschluckte die restlichen Worte und verbarg sich hinter mir. Im Durchgang der Schleuse war seine Frau erschienen. Sie war etwa so groß wie ich und wog kaum weniger als 150 Kilo. Ihr blondes Haar fiel üppig bis auf die gut gerundeten Hüften. Sie trug eine gelbe, hauteng anliegende Kombination, die alle Unzulänglichkeiten ihres Körpers überdeutlich betonte.

»Wo ist er?«, forschte sie mit röhrender Stimme.

Orloff konnte sich nicht länger beherrschen, er krümmte sich vor Lachen. Fretts erlaubte sich hingegen nur ein flüchtiges Lächeln, das mir in dem Moment aber menschlicher erschien als das brüllende Gelächter.

Mrs. Wennein marschierte energisch auf mich los. Da tauchte Gnaden neben meiner Hüfte auf und hielt einen Finger hoch. Er mochte einsehen, dass seine Flucht zu Ende war. »Hi… hi… hier«, ächzte er.

Sie blieb stehen und stemmte empört die Fäuste in die Hüften. »Du Nichtsnutz. Komm her!«

Gnaden ging einen Schritt auf sie zu, überlegte es sich dann aber anders, wirbelte herum und rannte auf einen zweiten, ebenfalls offenen Durchgang zu.

»Halten Sie ihn fest!«, brüllte Mrs. Wennein Orloff zu. Der griff zwar blitzschnell zu, verfehlte den Funkoffizier aber dennoch, und dann war Gnaden Wennein verschwunden.

Seine Frau schnaufte zornig und eilte ihm nach. Obwohl ihre Bewegungen mich normalerweise belustigt hätten, konnte ich nicht lachen. Ich blickte Orloff an, dessen Gesicht krampfhaft und verzerrt wirkte.

Als er sich mir zuwandte, hielt ich den Impulsstrahler in der Hand.

33.

Bericht Attra Rauent:

Gnaden Wennein hastete in die Hauptleitzentrale unter der oberen Kugelrundung der PHARAO. Er schwang sich in seinen Sessel und ließ die Finger über die Kontrollskalen der Funkgeräte gleiten.

Wennein war für mich ein Genie, zumindest was seine Fähigkeiten am Funkleitstand anbelangte. Das war auch der Grund dafür, dass ich ihn dem Kommandanten als Funkoffizier empfohlen hatte. Wie hatte ich ahnen können, dass seine Frau nicht mit dem Flug zu Ovarons Planet einverstanden war?

Kommandant Richard Radik kam zu mir. »Checken Sie die Konstantriss-Nadelpunktkanone!«, befahl er. »Ich will mich auf die KNK hundertprozentig verlassen können.«

»Ich wünschte, wir könnten sie ein einziges Mal im Weltraum testen«, erwiderte ich.

»Die Gelegenheit wird vielleicht bald kommen, Attra – früher, als uns lieb sein kann. Vergessen Sie nicht, die Aphiliker sind Terraner wie wir.

Es könnte sogar sein, dass sie noch gefährlicher sind, als wir sie einschätzen.«

»Sie haben keine Hemmungen, wenn es darum geht, das Feuer auf uns zu eröffnen.«

»Genau das meine ich. Machen Sie schon; bis Roi Danton kommt, müssen alle Tests abgeschlossen sein.« Er wandte sich ab und eilte zu Gnaden Wennein hinüber. Ich begann mit meiner Arbeit.

Professor el Fataro hatte insgesamt 172 Großraumschiffe auf den Werften des Stützpunkts Porta Pato entdeckt. Darunter waren Giganten, die einen Durchmesser von zweitausend Metern erreichten, aber auch kleinere Raumschiffe mit kaum mehr als einhundert Metern.

Wir hatten ein umfangreiches Ausbildungsprogramm hinter uns und waren davon überzeugt, dass wir mit den lemurischen Raumschiffen umgehen konnten, obwohl wir bisher keinen einzigen Start durchgeführt hatten. Ich war vor allem gespannt auf die Wirkung der in allen Einheiten eingebauten Konstantriss-Nadelpunktkanonen. Transformkanonen hatten die Lemurer fraglos nicht gekannt.

Bisher gab es nur Theorien über die Wirkungsweise. Die Waffenexperten unter el Fataro behaupteten, dass die KNK mit Überlichtgeschwindigkeit ein Röhrenfeld erzeuge. Dieses bleibe in seinem Durchmesser konstant, bis es das Ziel, also eventuell ein feindliches Raumschiff, erreicht habe. Dabei herrscht innerhalb der Röhre ein fünfdimensional übergeordneter Zustand. Die dimensionale Abweichung soll es dann erlauben, einen Thermowaffenstrahl dimensional umzuwandeln und durch die Röhre hindurchzuschicken. In der Praxis bedeutet dies, dass der Waffenstrahl ohne die geringste Expansion das Ziel erreicht. Daher der Begriff Nadelpunktkanone. Wenn das richtig war, musste die gesamte Abschussenergie mit Hilfe der Röhre wie eine Lanze im Ziel ankommen und höchste Wirkung erreichen.

Die Waffenexperten hatten weiterhin herausgefunden, dass ein Schutzschirm des gegnerischen Raumschiffs durch das überdimensionale Röhrenfeld bereits stark geschwächt wurde. Genau in diese schwache Stelle aber schlug die volle Energie ein.

Ich konnte mir kaum vorstellen, dass es gegen eine solche Waffe ausreichende Abwehrmöglichkeiten gab. Und von dieser Spezialität, von der die Aphiliker nichts ahnten, hatten wir fünfzehn an Bord. Dadurch eröffneten sich gute Chancen, den Abwehrgürtel der Aphiliker zu durchstoßen.

Ich schloss meine Tests ab und erstattete dem Kommandanten Bericht. Seiner Miene sah ich an, dass er nichts anderes als ein klares *Roger* erwartet hatte.

»In Ordnung, Attra«, sagte er. »Dann kann es losgehen.«

In dem Moment betraten Roi Danton und Reginald Bull die Zentrale.

»Wir sind so weit«, erklärte Kommandant Radik. »Die PHARAO kann starten.«

»Ausgezeichnet«, lobte Roi Danton. Ein Mann wie er würde sich nicht so leicht in eine Falle locken lassen. Wenn er sich auf Bull verließ, dann wusste er, warum. Ich wandte mich meinen Aufgaben als Zweiter Offizier zu. Da wir über zu wenig Personal verfügten, musste ich mehrere Funktionen zugleich übernehmen. Nur 738 Männer und Frauen befanden sich an Bord der PHARAO. Mehr hatte Danton nicht abstellen können.

Nach einer halben Stunde war es so weit. Mächtige Antigravtraktoren hoben die PHARAO an und schoben sie in die riesige Randschleuse. Hinter uns schloss sich das Panzerschott. Damit waren wir bereits von Porta Pato abgeschlossen.

Angespannt warteten wir darauf, dass das Wasser mit ungeheurer Wucht in die Schleuse schoss.

Ich verspürte ein eigenartiges Gefühl. Die Praxis sah doch ein wenig anders aus als die Theorie. Ich verfolgte, wie sich die Schleusenkammer füllte. Niemals zuvor hatte ich mich in einem Raumschiff befunden, das vom Grund des Meeres starten würde. Obwohl mir der nüchterne Verstand sagte, dass die Lemurer sehr wohl gewusst hatten, was sie taten, wurden Zweifel wach. Der Rumpf würde dem gigantischen Wasserdruck standhalten. Ich fragte mich aber, ob die PHARAO schon unter Wasser genügend beschleunigen konnte. Verzögerungen durfte es nicht geben, denn die robotischen Beobachtungsstationen würden das Schiff sofort erfassen.

Der Kommandant legte mir die Hand auf die Schulter. Ich hatte nicht bemerkt, dass er neben mich getreten war. Ich blickte zu ihm hoch.

»Keine Sorge, Attra«, sagte er selbstsicher. »Die PHARAO wird in einer fantastischen Fontäne aufsteigen. Schade, dass die Aphiliker für die Schönheit eines solchen Ereignisses keinen Sinn haben. Ich würde den Start gern selbst beobachten.«

Meine Zweifel schwanden. Ich wandte mich wieder den Holos zu. Sekunden später meldete Ern Better, unser Erster, die PHARAO startbereit.

Roi Danton verließ die Zentrale und kehrte wenig später mit den vier Frauen zurück, die von Ovarons Planet gekommen waren, um uns auf die Nöte ihrer Bevölkerung aufmerksam zu machen.

Bericht Oppouthand:

»Was soll das?«, fragte Orloff bestürzt.

Ich hob den Impulsstrahler noch ein Stück höher und zielte auf seine Brust. »Das wissen Sie recht gut«, sagte ich. »Sie haben uns lange getäuscht und waren raffiniert, aber es hat doch nicht gereicht.«

Er breitete die Arme aus und lächelte ungläubig. »Wollen Sie behaupten, Sie halten mich für einen Aphiliker?«

»Genau das mache ich. Sie werden das nicht begreifen, Orloff. Für einen Mann ohne Gefühle ist menschliches Verhalten nicht erkennbar.«

»Felik, sagen Sie etwas.« Er wandte sich an Fretts, während sich sein Gesicht seltsam veränderte. Orloff hatte erkannt, dass er ausgespielt hatte. »Oppouthand dreht durch. Wollen Sie zulassen, dass er mich abknallt wie einen tollwütigen Hund?«

Fretts musterte Orloff schweigend. Der Aphiliker konnte sich kaum noch beherrschen, die namenlose Angst vor dem Tod prägte ihn. Ich wich einen Schritt zurück. In solchen Momenten musste man mit allem rechnen. Orloff würde kämpfen, davon war ich überzeugt.

»Sie haben übertrieben. Noch können wir Immunen ein herzliches Lachen von einem gekünstelten unterscheiden«, erklärte ich.

»Was haben Sie vor?«

»Ich werde Sie Mr. Bull übergeben. Er weiß am besten, was man mit einem Aphiliker macht.«

»Sie sind wahnsinnig, Oppouthand. Wenn ich könnte, würde ich Sie ohrfeigen. Vielleicht kämen Sie dann zur Vernunft. Felik, helfen Sie mir!«

»Ich habe Sie schon lange im Verdacht gehabt«, erklärte Fretts. »Von mir dürfen Sie keine Hilfe erwarten.«

Orloff wirbelte herum und rannte auf den eingeschalteten Transmitter zu, der auf ein anderes Gerät in Porta Pato justiert war. Meine Waffe ruckte herum, aber ich schoss nicht. Sobald ich das Feuer eröffnete, würde ich unseren zuverlässigsten Transmitter zerstören. Ein Treffer wäre unvermeidlich gewesen.

Orloff blickte über die Schulter zurück, als sei er erstaunt, dass keiner ihn aufhielt. Dann sprang er in das Transportfeld und verschwand.

Ich ließ die Waffe sinken. »Wir müssen Sektion MSA verständigen, dass sie Orloff dort abfangen«, drängte ich.

Fretts reagierte nicht. Er saß wie gelähmt vor dem Schaltpult des Transmitters.

»Was ist los mit Ihnen?«, herrschte ich ihn an. »Tun Sie, was ich Ihnen gesagt habe!« Erst jetzt fiel mir auf, dass er bleich war. Kalter Schweiß bedeckte sein Gesicht. Er schüttelte den Kopf. »Das ist nicht mehr notwendig«, entgegnete er. »Ich habe die Leertaste gedrückt. Orloff ist nicht in MSA angekommen.«

Ich begriff. Mein Assistent Felik Fretts hatte das einzig Richtige getan. Nämlich blitzschnell den Transmitter umprogrammiert und alle Zielstationen gelöscht.

»Er ... er war der erste Mensch, den ich getötet habe«, ächzte Fretts. Ich sah seine Hände zittern.

Mir wurde heiß und kalt zugleich. In was für einer Welt lebten wir eigentlich? Noch vor wenigen Minuten hatte ich Fretts verdächtigt, ein Aphiliker zu sein, weil er nicht über Gnaden Wennein gelacht hatte, während mir Orloff unverdächtig erschienen war. In Wahrheit war es umgekehrt gewesen.

»Wenn Sie es nicht getan hätten, Felik, hätte er vielleicht uns alle umgebracht. Auf jeden Fall hätte er Bulls Plan durchkreuzt und den Start der PHARAO vereitelt. Sie mussten ihn aufhalten, es ging nicht anders.«

Fretts erhob sich. »Ich wünschte, ich könnte für einige Minuten an die frische Luft«, sagte er. »Hier unten ist alles plötzlich so stickig.«

Reginald Bull schickte Breslauer aus dem Raum, als ich eintrat. Ich hätte kaum gemerkt, dass Breslauer ein Roboter war, wenn ich es nicht gewusst hätte.

Noch ehe ich etwas sagen konnte, traf auch Sopper ein. Er trug eine Mappe unter dem Arm, tippte lässig gegen seine Schläfe und sagte: »Du siehst überarbeitet aus, Mücke, du solltest nicht fortwährend auf Aphiliker-Jagd gehen.«

Ich blickte ihn verblüfft an. »Woher weißt du ...?«

»Sag bloß, du hast wirklich wieder einen erwischt, Mücke?« Er verzog das Gesicht, und ich verstand, dass er nur gescherzt hatte.

Reginald Bull saß hinter einem Arbeitstisch und brütete über Plänen von NATHAN. Er hatte keine Anstalten gemacht, uns zu unterbrechen, und wartete ab, bis ich etwas sagte.

»Einer meiner Assistenten hat sich als Aphiliker entpuppt.« Ich schilderte kurz die Ereignisse. Der Mann, der jahrelang Regierungschef der von den Aphilikern beherrschten Erde gewesen war, fluchte inbrünstig. Ich hatte nicht erwartet, dass er über einen solchen Wortschatz verfügte.

»Wir haben ein Untersuchungsprogramm aufgestellt und fast jeden Mann und jede Frau geprüft, aber uns ist niemand aufgefallen«, eröffnete er. »Wenn ich nun wenigstens die Frage beantworten könnte, ob wir alle Aphiliker erwischt haben, wäre ich schon zufrieden.«

Was hätte ich antworten sollen? Weder Piet Opjendaken noch Aulan Orloff hatten einen Hinweis darauf gegeben, wie stark die Gruppe der Aphiliker war. So blieb die unangenehme Tatsache bestehen, dass wir uns auf ein gefährliches Abenteuer einlassen mussten, ohne zu wissen, ob wir uns auf die Rückendeckung verlassen konnten.

»Kann er den Transmitter manipuliert haben?«, fragte Bull.

Ich schüttelte den Kopf. »Fretts und ich haben ihm auf die Finger gesehen. Keiner von uns hätte das Gerät sabotieren können, ohne dass es den anderen aufgefallen wäre. Nein, Orloff kann noch nichts erreicht haben. Dennoch werde ich den Transmitter erneut untersuchen.«

»Ich gebe Ihnen dafür eine Stunde, Mücke. Mehr Zeit bleibt nach Ansicht unserer Experten nicht. Wir müssen damit rechnen, dass die Gegenseite ihre Abwehrmaßnahmen intensiviert.«

Ich zog mich zurück. Sopper gab Bull eine von ihm bearbeitete Datei mit Plänen des Mondgehirns NATHAN.

Eine Stunde später meldete ich, dass der Transmitter einwandfrei funktionierte. »Dann kann es losgehen«, erwiderte Bull über Armbandfunk.

Wenig später erschien mein Assistent Fretts im Transmitterraum. Auf einer Antigravplattform schob er ein umfangreiches Paket vor sich her, und als er es öffnete, lag eine komplette Kampfausrüstung vor mir.

»Mr. Round sagte, dass Sie in NATHAN mit allem rechnen müssen«, erklärte er. »Deshalb benötigen Sie das hier. Schließlich ist die lunare Hyperinpotronik gegen Angriffe geschützt.«

»Das ist mir klar«, antwortete ich einsilbig. Ich legte den Kampfanzug an. Er war überraschend leicht und belastete mich kaum, zumal ich das Gewicht mit Hilfe des Antigravs noch verringern konnte.

Fretts reichte mir den Kombistrahler. Er lag gut in der Hand, die beste Waffe, die ich je gehabt hatte. Sie ließ sich von Impulsstrahl auf Narkosewirkung umschalten. Wir wollten schließlich kein Blutbad unter NATHANS Wachmannschaft anrichten. Kaum hatte ich den Strahler überprüft, als Reginald Bull und Sopper eintraten. Beide waren genauso ausgerüstet wie ich.

Der Transmitter wies Grünwerte aus. Das bedeutete, dass auf Luna eine Gegenstation empfangsbereit war. Nur welche, wussten wir nicht.

Reginald Bull ging als Erster. Sopper und ich folgten ihm dichtauf. Der energetische Sog erfasste mich; ich fühlte mich nach vorn gerissen, ohne den Boden unter den Füßen zu verlieren. Natürlich war das ein Täuschungseffekt, der mit den tatsächlichen Vorgängen der Ent- und Rematerialisierung überhaupt nichts zu tun hatte.

Im selben Sekundenbruchteil verließen wir das Empfangsgerät auf dem Mond und sahen uns sieben Aphilikern gegenüber. Sie waren überrascht und hatten unseren Narkosestrahlern nichts entgegenzusetzen.

Von dieser Sekunde an schien alles zeitlupenhaft langsam abzulaufen. Ich erwartete, dass die Aphiliker zu Boden stürzen würden, aber ich hatte den Eindruck, als ob sie das nicht täten. Meine aufgepeitschten Nerven täuschten mich. Ich glaubte zu sehen, dass die Männer sich langsam um sich selbst drehten, dass ihnen dabei die Beine einknickten, dass sie versuchten, Gegenmaßnahmen einzuleiten, das aber nicht schafften. Ich sah, dass einige von ihnen schreien wollten, doch ich vernahm keinen Laut. Qualvoll schien sich die Zeit zu dehnen, bis ich erleichtert erkannte, dass unsere erste Aktion ein voller Erfolg war.

Wir hatten die Transmitterbesatzung überrumpelt, ohne Alarm auszulösen.

»Das besagt gar nichts«, stellte Reginald Bull fest. »Machen Sie sich keine falschen Hoffnungen.«

Es gelang mir, unsere Situation etwas nüchterner zu sehen. Wir mussten herausfinden, wo genau wir uns befanden.

Bericht Attra Rauent:

In der Zentrale der PHARAO herrschte angespannte Ruhe. Die Aktion NATHAN war angelaufen. Roi Danton unterhielt sich leise mit den Frauen von Ovarons Planet. Gnaden Wennein kam zu mir. Als er vor mir stand, befanden sich unsere Augen auf gleicher Höhe, obwohl ich in einem niedrigen Sessel saß. Er strich sich bedächtig über den fast kahlen Schädel. Sein Mund verzog sich zu einem genüsslichen Lächeln.

»Mensch, Attra«, sagte er, und seine Augen leuchteten. »Kannst du dir vorstellen, wie das ist? Ein ganzer Planet wie ein Paradies.«

»Meinst du?«

»Tu nicht so distanziert, Attra. Ich höre dich schon Süßholz raspeln. Du wirst einer der Ersten sein, die ...«

»Ich gehöre zur Mannschaft der PHARAO und werde voraussichtlich keine Gelegenheit haben, mich auf Ovarons Planet zu amüsieren. Du aber ...«

»Ich werde! Darauf kannst du dich verlassen, Attra.«

»Wirklich? Hoffentlich täuschst du dich nicht.«

Forschend blickte er mich an. »Was soll das heißen?«

»Oh, ich erinnerte mich gerade daran, dass du neuerdings verheiratet bist.«

»Ach so. Ich dachte schon, du meinst etwas Ernstes. Mann, hast du mir einen Schreck eingejagt.«

»Dann glaubst du also, dass deine Frau nichts dagegen hat, wenn du auf Ovarons Planet bleibst?«

Er lachte. »Sie würde mich totschlagen, wenn sie wüsste, was ich dort treiben werde. Aber glücklicherweise bin ich in der PHARAO, und sie bleibt in Porta Pato. Das ist genauso, als wäre ich bereits auf Ovarons Planet.« Er stemmte eine Faust lässig in die Seite und versuchte, seinem Gesicht einen überlegenen Ausdruck zu verleihen. Offensichtlich erwartete er, dass ich ihm meine Hochachtung für einen Streich aussprach, den er für gelungen hielt.

»Sag mal, Gnaden, tust du nur so oder weißt du es wirklich nicht?«

»Was sollte ich wissen?«

»Wir hatten eine kleine Umbesetzung in der Mannschaft.«

»Ja und? Was geht das mich an?«

Ich ließ ihn noch etwas zappeln. Seine Selbstsicherheit bröckelte, und seine Augen wurden schmal.

»Der Kommandant erhielt in letzter Minute eine Anforderung aus Porta Pato. Dr. Ephet Kistz wurde abberufen. Für ihn kam eine Frau an Bord. Ich dachte, das wäre dir mitgeteilt worden?«

Er blickte mich an, als hätte ich ihm soeben erklärt, Ovarons Planet wäre geplatzt. »Attra«, stöhnte er erblassend. »Willst du mich umbringen?«

»Gnaden, was ist denn? Ich dachte, du seist glücklich verheiratet und würdest dich freuen, wenn …«

Er wippte nervös auf den Fußballen und versuchte, etwas zu sagen. Doch kamen nur unverständliche Laute über seine Lippen. »Mei… meine Frau an Bord?«, brachte er schließlich heraus. »Das halte ich nicht aus.«

Er kehrte wankend zu seinen Funkgeräten zurück. Ich glaubte, spüren zu können, wie weich ihm die Knie geworden waren. Nur mit Mühe blieb ich ernst. Gnaden Wenneins Träume von großartigen Liebesabenteuern schienen endgültig beendet zu sein. Ich ahnte aber, dass er noch nicht aufgeben würde. Auf Ovarons Planet würde er mit Sicherheit einen Ausbruchsversuch unternehmen, vorausgesetzt, er war bis dahin noch nicht von seiner besseren Hälfte zerquetscht worden.

Gnaden schluckte mühsam. Er brauchte mehrere Anläufe, bis es ihm endlich gelang, die Frage herauszubringen. »Wo ist sie?«

»Auf Deck sieben.«

»Kann sie in die Zentrale kommen?«

»Ausgeschlossen. Dazu ist sie nicht berechtigt.«

Er atmete sichtlich auf. »Dann werde ich hier bleiben«, erklärte er. »Ich werde die Zentrale nicht verlassen.« Er ging zu seinem Platz zurück. Ich merkte ihm an, dass er sich wieder wohler fühlte. Offensichtlich interessierte ihn nicht, dass sein Vorhaben absolut unmöglich war. Er konnte sein Nachtlager nicht in der Kommandozentrale der PHARAO aufschlagen.

Ich blickte zu Kommandant Radik hinüber und sah, dass er mit einem Offizier aus Porta Pato sprach. Alles in mir spannte sich an, als er dem Piloten ein Zeichen gab. Die letzten Minuten vor dem Start waren angebrochen.

Ich musste an die Männer auf dem Mond denken. Sie versuchten in diesen Sekunden, das Riesengehirn derart abzulenken, dass wir eine Chance bekamen.

Bericht Oppouthand:

Sopper öffnete eines der Schotten und betrachtete die Zahlen und Farbsymbole neben dem Rahmen.

»Nun?«, drängte Reginald Bull. »Wo sind wir?«

»Mist«, sagte Hot.

»Das Fluchen übernehme ich. Also, wo …?«

»Verzeihung, Sir. Dieser Transmitter liegt in einem Randbereich, der schätzungsweise einen Kilometer von der Schaltzentrale für die Versorgungseinheiten entfernt ist. Das wäre das nächste für uns interessante Ziel.«

»Mist.«

»Das sagte ich bereits, Sir.«

Reginald Bull grinste, obwohl unsere Situation alles andere als erfreulich war. »Sie sind wohl überhaupt nicht aus der Ruhe zu bringen, wie?«

Das war richtig. Sopper Round entwickelte zwar ein unglaubliches Temperament, was ihm den Spitznamen Hot eingebracht hatte, bei Gefahr konnte er jedoch stoisch wie ein Roboter sein.

Nichts deutete darauf hin, dass die Aphiliker unseren Überfall registriert hatten.

»Wir schlagen uns zur Versorgungszentrale durch«, bestimmte Bull. »Mücke, entwaffnen Sie die Männer! Ich will den Rücken frei haben.«

Ich nahm den Paralysierten die Strahler ab und entfernte die Energiemagazine daraus. Einen Desintegrator nahm ich als zusätzliche Bewaffnung an mich, die Magazine steckte ich ein. Ich dachte daran, dass wir sie notfalls als Bombe benutzen konnten, indem wir sie zur Spontanzündung brachten.

Dann hasteten wir hinaus. Reginald Bull eilte voran. Sopper folgte ihm. Ich hielt mehrere Meter Abstand, wie es vereinbart war.

Der Gang verlief in einem weiten Bogen. Er lag an der Peripherie des lunaren Riesengehirns. Vor einem Zwischenschott endete unser erster Vorstoß. Hot schob sich an Bull vorbei, während wir Funkgespräche der Aphiliker abhörten. Round heftete etliche Sensoren an die Sperrpositronik und zeichnete Spannungswerte und Energiemuster auf.

»Das ist ein einfaches Schloss«, verkündete er endlich. Augenblicke später glitt das Schott zur Seite. Der Korridor führte weiter, aber er war nicht mehr leer. Etwa hundert Meter von uns entfernt transportierten Roboter Kästen mit Schaltelementen zu einer Stelle, an der die Wandverschalung abgenommen worden war.

Als sie uns wahrnahmen, richteten sich ihre Waffenarme auf uns. Die Maschinen warteten auf den ID-Kode, den die reguläre Besatzung jetzt abgestrahlt hätte.

Ich berührte meinen Gürtel und konnte nun jederzeit den Individualschirm aufbauen.

Reginald Bull ging weiter. Er hielt seine Waffe in der Hand. Zugleich hörte ich die Stimme eines Aphilikers, der leidenschaftslos feststellte, dass sich unberechtigte Personen in Sektor VII aufhielten.

Ein eigenartiges Gefühl beschlich mich. Diese Stimme hatte kaum noch menschlich geklungen. Sie hätte einem Roboter gehören können, und zu diesem hätte eine derart leidenschaftslose Feststellung eher gepasst.

Dann folgte die befürchtete Anweisung. »Robot ISF333 und 334! Feuer eröffnen.«

Die Waffen beider Maschinen blitzten auf, ihre Energie umlohte uns, erzielte jedoch keine spürbare Wirkung. Die automatische Dämpfung verhinderte, dass wir erblindeten.

Reginald Bull und Sopper erwiderten das Feuer. Gleißende Impulsstrahlen brachten die Luft im Korridor zum Kochen. Unsere Bewaffnung erwies sich den Robotern überlegen, und damit geschah genau das, was die Sicherheitsorgane eigentlich verhindern wollten. Sie hatten die

Roboter nur mit relativ schwachen Waffen ausgerüstet, damit innerhalb des Riesenhirns keine bedrohlichen Hitzezonen entstehen konnten.

»Das wird NATHAN sich nicht gefallen lassen«, stellte Bull fest.

Wir stürmten weiter, bis sich vor uns ein Panzerschott herabsenkte.

Ich löste den Desintegratorstrahler aus. Noch bevor das Schott den Boden berührte, verwehte ein Teil in grauem Staub. Wir schnellten uns kopfüber durch die entstandene Öffnung, rollten über den Boden, sprangen hoch und rannten weiter. Dabei achtete ich kaum auf die Meldungen der Aphiliker.

»Sie wollen Desintegratorgas in den Gang blasen, diese Narren«, warnte Bull. »Damit erreichen sie nichts.«

Tatsächlich fauchte grünes Gas von der Decke herab. Unsere Schutzschirme konnte es nicht durchdringen.

Sopper schob sich an mir vorbei. »Wir sind da.« Er deutete auf ein mit Schriftzeichen markiertes Seitenschott. Während er es zu öffnen versuchte, lauschte ich erstmals auf die Funksprüche der Aphiliker.

»Die Unbekannten haben Trakt drei erreicht. Kampfeinheit Siethmann, setzen Sie schwere Waffen ein! Die Eindringlinge sind zu vernichten. NATHAN wird eingreifen.«

Sollte er. Wir waren genau da, wo wir sein wollten. Unser Plan war fast auf die Sekunde aufgegangen.

Das Schott glitt zur Seite. Hot hatte es wieder geschafft. Der Raum dahinter war quadratisch, bei einer Seitenlänge von etwa fünfzehn Metern und drei Metern Höhe. Die positronischen Schalteinheiten befanden sich hinter transparenten Scheiben aus einer Speziallegierung, mit deren Hilfe ideale Bedingungen für die Anlage geschaffen werden konnten.

Sopper Round blickte sich kurz um und ging auf einen mit grünen Balken gekennzeichneten Sektor zu. Bull richtete seinen Strahler auf das Schott und schweißte es zu. Die Legierung verflüssigte sich und verschmolz mit dem Rahmen. Dadurch war unsere Sicherheit nur wenig gestiegen. Die Aphiliker konnten das Schott immer noch mit Desintegratoren beseitigen, sie konnten nur nicht mehr so mühelos eindringen wie zuvor.

Bull hatte sein Armbandgerät offenbar auf eine Frequenz der Aphiliker justiert. »Hier spricht Reginald Bull. Ich nehme an, ihr wisst, was das bedeutet. Ich habe eine Bombe bei mir, die stark genug ist, siebzig Prozent von NATHAN zu vernichten. Ich werde sie zünden, sobald jemand versucht, hier einzudringen. Verstanden?«

Sekundenlang herrschte Stille. Dann meldete sich eine kühle Stimme.

»Das glauben Sie doch selbst nicht. Sie sind nicht der Mann, der sich selbst in die Luft sprengt.«

»Meinen Sie?«

Bull war wie umgewandelt. Alles Jungenhafte war aus seinem Gesicht verschwunden. Ich erkannte in ihm den bedingungslosen Kämpfer und eiskalten Bluffer. Er wusste genau, was er sagte. Wenn NATHAN vernichtet wurde, brach zwangsläufig das öffentliche Leben auf der Erde zusammen. Selten vergegenwärtigte sich jemand, wie abhängig wir von dem Riesenroboter waren. Ohne ihn konnte die Menschheit kaum noch existieren.

»Ich hab's«, teilte Sopper mit. Ich sah ihn mit Impulsgeber und Magnetstrahler an den komplizierten Schaltungen stehen, die selbst für mich ein Buch mit sieben Siegeln waren. »Es kann losgehen.«

»Beeilen Sie sich, Sopper!«, befahl Bull, der die Verbindung zu den Aphilikern wieder abgebrochen hatte.

Mein Freund arbeitete schnell und gewohnt präzise. Sekunden später drehte er sich um und nickte Reginald Bull zu. »Das war's. Die Versorgungsflotten starten. Sowohl die auf der Erde als auch die auf Luna stationierten.«

»Sie sind ein Pfundskerl.« Bull schien vergessen zu haben, dass wir nach wie vor von Aphilikern umgeben waren, die fieberhaft darüber nachdachten, wie sie uns am schnellsten überwältigen konnten. »Was machen Sie für ein Gesicht, Mücke?«, fragte er mich. »Erfolgserlebnisse müssen Sie genießen, die sind rar geworden.«

Er ging zum zentralen Schaltpult hinüber. Als er seine Hand auf die Verschalungskante legte, zuckten Blitze auf. Er riss den Arm zurück, obwohl er durch seine Ausrüstung hinreichend geschützt war. »Die Burschen haben alles unter Spannung gesetzt. Als ob sie damit etwas erreichen könnten.« Er deutete auf die Anzeige. »Sehen Sie, Mücke, die ersten Versorgungsschiffe sind schon im Raum. Die Aphiliker können es nicht verhindern. Diese Einheiten standen für den Notfall bereit. Allerdings dachte man seinerzeit an einen anderen Notfall als an diesen. Die Schiffe sollten bei Bedarf auf Planeten im Mahlstrom ausschwärmen und Rohstoffe zur Erde holen. Sopper hat aber dafür gesorgt, dass sie sich nicht weit von Erde und Mond entfernen. Schließlich sollen sie hier Verwirrung stiften. Die Aphiliker werden einiges zu tun haben, um wieder Ordnung zu schaffen.«

Ich musste an die PHARAO denken.

Sopper erriet meine Gedanken. »Genau, Mücke«, sagt er. »Dies ist der Moment der Wahrheit.«

Bericht Attra Rauent:

»Das Signal, Sir!«, meldete Gnaden Wennein.

»Starten!«, befahl Roi Danton. Ich spürte die Vibrationen. Das Lemurerschiff schüttelte sich und stemmte sich mit der unbändigen Kraft seiner uralten Technik gegen die Wassermassen. Unter der Einwirkung der sonnenheißen Protonenstrahlen entstand eine gewaltige Gasblase.

Für Sekunden schien es so, als wollte die PHARAO auf der Blase nach oben steigen, doch dann hüllte sich das Schiff in tosende Dampfmassen. Es gewann überraschend schnell an Geschwindigkeit, strahlte aber, bedingt durch die hohe Energieausschüttung, schon in dieser Phase unübersehbare Emissionen ab. Ich konnte mir schwerlich vorstellen, dass den Aphilikern nach unserem Start länger verborgen bleiben würde, wo sich Roi Danton und die anderen Immunen versteckt hielten. Aber das sollte nicht meine Sorge sein. Porta Pato bot mit seinen Waffensystemen selbst dann noch ausreichend Sicherheit.

Ich blickte auf die Schirme, konnte jedoch nichts anderes erkennen als weißes Brodeln. Angespannt fieberte ich dem Moment entgegen, in dem die PHARAO die Meeresoberfläche durchbrechen würde.

Schon jetzt musste sich hoch über uns ein gewaltiger Wasserberg aufwölben. Unter dem Druck des in die Höhe schießenden Schiffs konnte es nicht anders sein. Wir würden erhebliche Flutwellen auslösen, die die Revilla-Gigedo-Inseln überschwemmten und noch an der über 600 Kilometer entfernten Westküste des Bundesstaates Mexiko eine beträchtliche Höhe haben mussten.

Das Rumoren der Triebwerke war bis in die Hauptleitzentrale zu hören. Die Vibrationen wurden stärker, die Belastbarkeit des Materials schien seine Grenze erreicht zu haben. Ich musste daran denken, dass die PHARAO etwa 50.000 Jahre alt war. In einer solchen Zeit alterte sogar das beste Material. Ich erinnerte mich daran, dass sorgfältige Prüfungen und statische Berechnungen ergeben hatten, dass die PHARAO es schaffen würde. Dennoch zweifelte ich. Der Aufstieg schien unendlich lang zu dauern.

Wie schnell waren wir?

Der brodelnde Dampf wurde dunkler. Das war ein deutliches Zeichen dafür, dass wir mehr Vorsprung vor der expandierenden Gasblase unter uns gewannen. Allmählich wurden die Holoschirme schwarz, als jagten wir ins Nichts hinein. Waren die Aufnahmesysteme ausgefallen?

Der Kommandant saß entspannt in seinem Sessel. Seine Haltung verriet mir, dass alles in Ordnung war. Der Start verlief entsprechend den Vorausberechnungen.

Übergangslos erhellten sich die Schirme. Die PHARAO sprengte den Wasserberg, der sich über ihr gebildet hatte. Meine Hoffnungen, endlich mehr sehen zu können, wurden dennoch enttäuscht. Das lemurische Raumschiff schleuderte gigantische Wassermassen vor sich her, die Aufnahmesysteme lieferten keine klaren Bilder. Erst als wir eine Höhe von mehr als tausend Metern erreicht hatten, klärten sich die Hologramme.

In der See gähnte ein Krater, aus dem glühende Gasmassen hervorschossen. Von seinen Rändern gingen extrem hohe Wellenberge aus.

Dieses Bild bot sich mir aber nur für Sekunden. Dann stürzte der Wasserkrater in sich zusammen. Dampf verhüllte die Szene unter uns.

Die PHARAO zeigte ihr Potenzial. Volle Beschleunigung von 680 Kilometern pro Sekundenquadrat. Die Erde sackte unter uns weg.

In der Ortung entdeckte ich unzählige Reflexe. Im Raum zwischen Erde und Luna schien es von Raumschiffen zu wimmeln.

Schon trafen die ersten Funksprüche ein.

»Hier spricht Kommandant Breix von der FREE STAR. Brechen Sie Ihren Flug ab und kehren Sie zur Erde zurück! Wir eröffnen das Feuer in zehn Sekunden, falls Sie dem Befehl nicht Folge leisten.« Die Stimme des Aphilikers war keineswegs von Erregung gekennzeichnet. Sie klang vielmehr kalt und fast gelangweilt, wirkte dadurch aber umso bedrohlicher. Hinter diesen Worten stand tödlicher Ernst.

Glücklicherweise klärte sich die Lage für uns schnell. Die hoch entwickelten lemurischen Ortungsgeräte schafften es, Versorgungseinheiten von Militärraumschiffen zu unterscheiden. Danach sah die Situation nicht mehr ganz so bedrohlich aus. Die PHARAO hatte den Kordon um die Erde schon durchstoßen. Neunzig Prozent der Aphiliker-Einheiten befanden sich hinter uns. Der Rest konnte uns aber noch genügend Schwierigkeiten bereiten.

Die Aphiliker hatten unsere Fluchtbahn schnell ausgewertet. Ein Teil der Militärraumschiffe raste den Koordinaten entgegen, die wir erst in wenigen Minuten erreichen würden. Die anderen Raumer zogen sich zu einer kegelförmigen Schale zusammen, deren Mittellinie die PHARAO entlangjagen würde. Sie planten, unsere Flucht zu einer Art Spießrutenlauf zu machen.

Die Konstantriss-Nadelpunktkanonen wurden feuerbereit gemacht.

»Werfen Sie die verdammte Bombe des Aphilikers raus!«, befahl der Kommandant.

Von einer der Schleusen kam die Bestätigung. Wenig später registrierte ich den Ortungsreflex, als der Koffer durch eine Strukturlücke im Energieschirm wirbelte. Ein Thermogeschütz feuerte. Alles verlief so schnell, dass die Fusionsbombe weit hinter uns explodierte. Ohne Zweifel sorgte sie für weitere Verwirrung bei den Aphilikern.

Die Kegelformation zog sich zusammen. Nun zeigte sich, dass terranische Raumschiffe der PHARAO an Beschleunigungsvermögen deutlich überlegen waren. Sie erreichten ihre angestrebten Positionen früher als wir.

Das konnte den Ausschlag geben. »Die Triebwerke funktionieren fantastisch«, hörte ich Roi Danton zu Radik sagen. »Wir können zufrieden sein.« Hatte er die aufkommende Nervosität bemerkt? Mir erschien es so. Der Sohn Perry Rhodans war ein ausgezeichneter Psychologe. Mit einem Wort, mit einer einzigen Geste wischte er unsere Zweifel hinweg.

Die Aphiliker eröffneten das Feuer. Flackernde Lichtkaskaden hüllten unser Schiff ein.

»Beenden Sie sofort den Angriff!«, forderte Danton über Hyperfunk. »Wir verfügen über Waffen, denen Sie nichts Gleichwertiges entgegenzusetzen haben. Wir können uns jederzeit den Weg freischießen.«

»Warum tun Sie es nicht?«, erwiderte der Oberbefehlshaber der Aphiliker.

»Uns liegt nichts daran, Menschen zu töten«, entgegnete Danton.

Wieder traf eine schwere Salve. Die PHARAO schüttelte sich unter der Gewalt der im Schirmfeld tobenden Energien.

»Das war unsere letzte Warnung«, erklang es aus dem Funkempfang.

»Noch dreißig Sekunden bis zum Übertritt in den Linearraum«, meldete der Kommandant. Unter Umständen konnte das eine Ewigkeit werden.

Danton gab dem Waffenleitoffizier einen Wink. Die Konstantriss-Nadelpunktkanone trat zum ersten Mal in Aktion. Ein röhrenförmiger Blitz zuckte zu einem der Aphiliker-Raumer hinüber, etwas wie eine energetische Pipeline entstand. In ihr tobten dimensional umstrukturierte Energien. Ich glaubte, erkennen zu können, wie Röhrenfeld und umgewandelter Thermostrahl den Schutzschirm des Kreuzers durchschlugen. Etwas blitzte auf. Eine grellweiße Stichflamme schoss ins All hinaus, und der Raumer drehte sich aus seiner bisherigen Flugbahn.

Die Detailvergrößerung ließ erkennen, dass im Rumpf des gegnerischen Schiffs ein gut vierzig Meter hohes und ebenso breites Loch klaffte.

»Das reicht«, sagte der Kommandant.

Die letzten Sekunden waren angebrochen. Plötzlich wollte ich noch etwas länger im Normalraum bleiben, um die Reaktion der Aphiliker mitzubekommen. Ihr Erschrecken war jedoch zu groß, sie ließen die Zeit verstreichen.

Übergangslos veränderte sich die Wiedergabe auf den Schirmen. Im Schiff wurde es still. Die PHARAO hatte den Linearraum erreicht.

Ich lehnte mich zurück. Meine Gedanken wanderten zu Reginald Bull, der uns mit seinem Vorstoß zum Mond den entscheidenden Vorsprung verschafft hatte.

Mir fiel ein, dass der Sprung durch den Transmitter zum Mond zwar relativ einfach gewesen war, dass der Rückweg aber praktisch verschlossen sein musste. Ich konnte mir nicht vorstellen, dass die Aphiliker die Transmitterlinien weiterhin aktiviert ließen.

34.

Bericht Oppouthand:

»Achtung, Gruppe Schims. Benutzen Sie Transmitter AX-79-IV. Sie werden einen Sektor-Transmitter unmittelbar neben der Schaltstation für die Versorgungsraumschiffe erreichen. Von dort gelangen Sie durch ein Schott, das nur von Ihrer Seite als solches erkennbar ist, zu den Saboteuren.«

Die Aphiliker hatten noch keine Ahnung davon, dass wir ihre Spezialfrequenz kannten. Das Wissen des ehemaligen Regierungschefs kam uns zugute.

Obwohl wir sofort nach dem benannten Schott suchten, fanden wir es nicht. Augenblicke später ertönte die Stimme des Aphilikers wieder. Sie klang schrill und überhastet. »Wir können hier unmöglich im Nebenraum der Schaltzentrale sein. Wir werden angegriffen.«

Reginald Bull und ich lauschten. Dabei fiel mir auf, dass Sopper die Lippen bewegte. Er hatte Funkkontakt mit irgendjemand! Momentan machte ich mir keine Gedanken darüber. Erst später sollte ich mich wieder daran erinnern.

Wir vernahmen eindeutige Geräusche. Jemand befahl den Rückzug. Dann konnten Bull und ich aus den aufgeregten Rufen entnehmen, dass der Transmitter abgeschaltet worden war.

Schüsse fielen. Danach blieb es still.

Wir wussten nicht, was vorgefallen war. Die Aphiliker selbst gaben uns jedoch schon Sekunden später die Erklärung. »Der Transmitter war fehlgeschaltet«, teilte eine kühle Stimme mit. Vermutlich sprach ein Wissenschaftler. »Die Gruppe ist auf Terra in einem feindlichen Stützpunkt herausgekommen.«

Wie Schuppen fiel es mir von den Augen. Nur so konnte es gewesen sein. Porta Pato hatte den Transmitter zurückgeschaltet, damit wir eine Möglichkeit zum Rückzug erhielten. Die Aphiliker, die uns gejagt hatten, waren ins Feuer unserer Freunde gelaufen.

»Wir müssen hier raus«, drängte Reginald Bull. »Es wird höchste Zeit.«

Er wechselte die Frequenz. Schließlich machte er mir mit der Hand ein Zeichen und hielt in rascher Folge die Finger hoch. Ich verstand und schaltete ebenfalls um. Gleich darauf hörte ich die Stimme von Oberst Jupit, dem Oberbefehlshaber von Luna. Der Offizier sprach mit einem hohen Regierungsangehörigen auf Terra.

»… steht fest, dass die Aktion auf Luna mit dem überraschenden Start der Versorgungsraumschiffe zusammenhängt«, erklärte der Mann auf der Erde soeben. Ich konnte an der Stimme nicht erkennen, wer es war. Bull wusste aber offenbar Bescheid.

»Ich verstehe nicht ganz«, entgegnete Oberst Jupit.

»Ein unbekanntes Raumschiff ist von der Erde gestartet, ein bislang unbekannter Typ. Ungeklärt ist ebenfalls, woher diese Einheit gekommen ist, denn ein vorheriger Anflug und eine Landung konnten nicht beobachtet werden.«

»Wir haben dieses Raumschiff geortet«, sagte der Oberbefehlshaber auf dem Mond. »Es ist in den Linearraum entkommen.«

»Leider.«

»Sie sind sicher, dass dieses Schiff nicht von der Erde stammt?«

»Wo sollte es gebaut worden sein? Die Kranken spielen keine wirklich wichtige Rolle mehr. Vor allem wissen wir mit absoluter Sicherheit, dass es auf Terra keine verborgenen Raumschiffswerften gibt.«

»Umso besser.«

»Hier kommt die Antwort von Minister Trouw, Oberst. Alle Transmitter auf dem Mond sind sofort neu zu justieren. Auf der Erde wurde bereits mit entsprechenden Maßnahmen begonnen.«

»Das ist ein enormer Aufwand …«

»Wir müssen davon ausgehen, dass Reginald Bull über alle Justierungsdaten verfügt. Sobald wir sie ändern, ist er machtlos und vermutlich auf Luna gefangen.«

»Was sollen wir tun, wenn wir ihn erwischen?«

»Bereiten Sie sein Begräbnis vor«, entgegnete der Regierungsangehörige mit unübertreffbarem Zynismus. »Entweder lassen Sie ihn in NATHAN, bis seine Sauerstoffvorräte aufgebraucht sind, oder Sie erschießen ihn. Wie Sie die Aufgabe lösen, ist egal. Nur das Endergebnis zählt.«

»Ich habe verstanden, Sir. Wir isolieren den Bereich, in dem sich die feindliche Gruppe aufhält. Die Ventile werden geöffnet. Bull und seine Begleiter müssen also auf ihre Sauerstoffvorräte zurückgreifen, ob sie wollen oder nicht.«

Tatsächlich zeigten meine Instrumente an, dass der Luftdruck bereits sank.

Sobald für uns die Transmitter ausfielen, blieben nur noch die Raumschiffe, die sich auf dem Mond befanden. Das wussten die Aphiliker auch. Darüber hinaus konnten sie uns auf Schritt und Tritt verfolgen; NATHAN selbst würde sie ständig über unseren Aufenthalt unterrichten. Eine vertrackte Situation …

Bericht Attra Rauent:

An Bord der PHARAO hatte sich die Anspannung gelegt. Jeder schien zu glauben, dass die Gefahr vorbei war. Eine gefährliche Täuschung. Nach wie vor mussten wir damit rechnen, dass die Aphiliker versuchen würden, uns zu verfolgen und zu vernichten.

Ich blickte zu Roi Danton und den Frauen von Ovarons Planet hinüber, als ich meinen Namen hörte. Rhodans Sohn winkte mich zu sich.

»Sie werden die notwendigen wissenschaftlichen Untersuchungen auf Ovarons Planet leiten«, sagte er. »Darüber hinaus sind Sie für die Disziplin unter den Männern verantwortlich. Ich erwarte, dass unser Besuch ohne peinliche Komplikationen verläuft.«

»Sehr wohl, Sir«, entgegnete ich. Mir war nicht wohl bei dem Gedanken, die Aufsicht über so viele Männer zu haben, denen sich auf Ovarons Planet die Versuchung offenbaren würde.

Marhola el Fataro lächelte. Sie schien meine Gedanken erraten zu haben. In ihren tiefschwarzen Augen lag ein eigenartiges Leuchten, das ich nicht zu deuten wusste.

»Ich wäre Ihnen dankbar, wenn wir schon jetzt über die ersten Maßnahmen sprechen könnten«, sagte Nayn Taibary, die Medizinerin. Sie war zierlich und zugleich überraschend stark. Wie die anderen auch, aufgewachsen eben unter den 1,17 Gravos von Ovarons Planet.

Ich musste an Gnaden Wennein denken. Er hatte vermutlich überhaupt noch nicht erkannt, dass er vom Regen in die Traufe geraten würde. Ich blickte zum Funkleitstand hinüber. Wennein saß nicht mehr dort.

»Was ist?«, fragte Nayn Taibary.

»Natürlich«, erwiderte ich. »Mir ist es sehr recht, wenn wir uns schon jetzt über die notwendigen Maßnahmen klar werden.«

»Nehmen Sie den kleinen Konferenzraum auf Deck VII«, schlug Roi Danton vor. »Dort können Sie alles besprechen.«

Nayn Taibary ging vor mir her. Sie trug eine schlichte hautenge Bordkombination. Ich hatte nie jemanden gesehen, der in Uniform so anziehend wirkte.

Sie schwang sich in den abwärts gepolten Liftschacht. Als ich ihr folgte, prallte ich mit einem verwildert aussehenden Mann in Offiziersuniform zusammen. Er flog zurück, stürzte und rollte sich über den Rücken ab. Und er sprang sofort wieder hoch.

»Unverschämtheit!«, rief er mit unverkennbarer Stimme.

»Wer sind Sie denn?« Ich heuchelte Ahnungslosigkeit.

Der Mann hatte dichtes, rötliches Haar, das ihm bis in die Augen, an den Seiten bis weit über die Ohren und hinten bis zwischen die Schulterblätter fiel. Sein Gesicht verschwand fast unter einem gewaltigen Bart. Nur noch die Nasenspitze war zu sehen.

»Machen Sie den Weg frei!«, forderte er schrill. »Ich muss in die Hauptleitzentrale.«

Nayn Taibary verfolgte die Szene verwundert. Sie blickte mich fragend an, doch ich tat, als hätte ich das nicht bemerkt.

»So geht das nicht, Sir«, erklärte ich energisch. »Weisen Sie sich bitte aus. Die Personen, die die Hauptleitzentrale betreten dürfen, sind mir bekannt. *Sie* gehören nicht dazu.«

Er stöhnte verzweifelt auf, drehte sich halb um und spähte den Gang zurück. In diesem Moment erschien eine Frau, die man ohne Übertreibung als Walküre bezeichnen konnte. Sie war über zwei Meter groß und trug eine Kombination, die jedes überflüssige Kilogramm Fett deutlich betonte.

»Da ist er!«, rief sie mit röhrender Bassstimme. »Glaube nur nicht, dass ich dich nicht erkannt habe.«

Sie trabte los. Ich glaubte, das Stampfen ihrer Füße hören zu können. Nayn Taibary sackte die Kinnlade nach unten. Sie mochte sich das Verhältnis der Geschlechter zueinander anders vorgestellt haben.

Mein Gegenüber mit den verwilderten Haaren schrie auf. »Mensch, Attra, lass mich durch!«, brüllte er. Zugleich versuchte er, mit einem Satz an mir vorbeizukommen. Ich hielt ihn am Arm fest.

»Sie müssen sich ausweisen, Sir«, wiederholte ich mit ernster Stimme. »Ich werde niemanden in die Zentrale lassen, der nicht dazu berechtigt ist.«

»Erkennst du mich denn nicht, du Mistkerl?«

»Ich habe keine Ahnung, wer Sie sind, Sir.«

Er schaffte es, sich mit einer wütenden Drehung zu befreien. Geschmeidig ließ er sich auf den Boden fallen und kroch auf allen vieren zwischen meinen Beinen durch. Ich beugte mich nach vorn und packte den Haarschopf. Dieser klebte schier in meiner Hand.

Ich fuhr herum und hob die Perücke hoch.

»Gnaden«, sagte ich. »Gnaden Wennein, wenn ich dich erkannt hätte, dann hätte ich dich natürlich durchgelassen.«

Er drohte mir mit der Faust.

»Das zahle ich dir zurück, du … du behaarter Affe.« Ich tat, als wollte ich ihn bei den Füßen packen und zurückziehen. Dabei versperrte ich aber Mrs. Wennein den Weg, während Gnaden sich in den aufwärts gepolten Liftschacht rettete.

Schnaufend blieb sie vor mir stehen.

»Sie hätten ihn festhalten müssen«, schimpfte die Walküre. Sie blickte mich an, als wollte sie mich ersatzweise zerquetschen.

Ich reichte ihr die Perücke. »Hier haben Sie wenigstens schon einmal etwas von Ihrem Mann, Mrs. Wennein.«

Sie riss mir die Haarpracht aus den Händen, als hätte ich sie mir unrechtmäßig angeeignet. »Ich muss zu ihm!«, drängte sie.

»Das geht leider nicht. Aber ich werde mit Gnaden reden und ihn zu Ihnen schicken.«

»Pah.«

»Ich denke, nun ist es genug, Sergeant«, sagte ich kühl. »Würden Sie sich bitte entfernen!«

Mrs. Wennein zuckte zusammen und begriff, dass sie zu weit gegangen war. »Ich bitte um Entschuldigung, Sir«, entgegnete sie, wobei sie sich bemühte, militärisch exakte Haltung einzunehmen.

Ich hatte Mühe, ernst zu bleiben. »Schon gut. Gehen Sie.«

Sie gehorchte, und ich wandte mich wieder Nayn Taibary zu. »Es tut mir Leid, dass Sie Zeuge dieses Zwischenfalls geworden sind.«

Die Medizinerin blickte mich mit großen, fragenden Augen an. »Dieser seltsame Mann hat Sie einen haarigen Affen genannt. Was meinte er damit?«

»Oh, nichts weiter, Miss. Wenn wir jetzt gehen könnten …?«

Damit war sie nicht einverstanden. Sie stellte sich mir in den Weg und legte mir beide Hände gegen die Brust. Ein sanftes Lächeln umspielte ihren Lippen, während sich ihre Fingernägel leicht in meinen Hals gruben.

»Ich kenne Abbildungen von Männern, die Haare auf der Brust haben«, sagte sie mit leiser Stimme. »Ich habe derartige Erscheinungen immer für Betrug gehalten. Eine Perücke, verstehen Sie?«

»Ich … nun …« Ich wusste nicht, wie ich sie abwimmeln sollte, ohne sie zu beleidigen oder zu brüskieren.

»Sie haben Haare auf der Brust, stimmt's? Echte Haare? – Darf ich?« Sie zog meinen Kragen auseinander und blickte voller Neugier auf meine entblößte Brust.

»Miss Nayn, bitte, ich …«

Sie zupfte an den Haaren.

»Was treiben Sie hier?«, fragte Roi Danton, der uns offensichtlich gefolgt war.

Ich fuhr herum. Unglücklicherweise verhakte sich Nayn Taibarys Hand dabei in meiner Kombination, sodass ich sie mit herumzog. »Sir, ich …« Mir blieben die Worte im Halse stecken. Ich wusste nicht, wie ich Danton die Situation erklären konnte.

»Ich freue mich, dass Sie sich so gut verstehen«, sagte er mit unüberhörbarer Ironie. Er verneigte sich galant vor Nayn Taibary und warf mir einen eisigen Blick zu, dann eilte er wieder davon. Nayn tat, als sei überhaupt nichts vorgefallen. »Wollen Sie mich nicht endlich zum Konferenzraum führen, Attra?«, fragte sie.

Ich schluckte einmal kräftig, versuchte, etwas zu sagen, fürchtete aber, meine Stimme nicht genügend unter Kontrolle zu haben, und ging an ihr vorbei. Sie sollte nicht glauben, dass alle Männer wie Gnaden Wennein waren.

Ihm würde ich jedenfalls den Kopf waschen. Er ahnte gar nicht, was er mit seinem Verhalten anrichtete. Die Frauen von Ovarons Planet hatten vor ihrem tollkühnen Flug zur Erde kaum einen Mann gesehen. Auf ihrer Welt gab es nur noch Frauen.

Woher sollten sie wissen, wie ein normales Verhältnis zwischen Mann und Frau aussah? Ich fluchte so laut vor mich hin, dass Nayn Taibary erschrocken verstummte.

»Sind Sie böse?«, fragte sie besorgt.

»Nein«, entgegnete ich. »Was Sie gerade gehört haben, waren die Brunftschreie eines männlichen Exemplars aus der Spezies der behaarten Affen!«

Bericht Oppouthand:

Wir hörten, dass die Aphiliker über die Situation berieten. Oberst Jupit traf die Feststellung, die wir längst befürchtet hatten: »Bull hat keine Bombe bei sich. Er blufft. Wir greifen an. Die Hauptgruppe bricht das Schott auf, Exter dringt durch den Nebeneingang ein.«

»Das ist eine Empfehlung, die NATHAN selbst gegeben hat«, teilte Sopper mit.

Reginald Bull und ich blickten ihn an, aber nur ich war überrascht. Der ehemalige Regierungschef hatte gewusst, dass Hot ständig mit der lunaren Inpotronik in Verbindung stand. Mir wurde das erst jetzt klar.

»Dann warten wir also nicht länger.« Bull zeigte auf den Boden. »Sie haben den Desintegrator, Mücke. Schneiden Sie uns einen Ausgang.«

Der Energiestrahl fraß sich lautlos in das ultraharte Material und verwandelte es in mikrofeinen Staub. Ich markierte einen Kreis mit einem Durchmesser von etwa einem Meter. Als die Platte ausbrach, fiel sie rund sieben Meter in die Tiefe.

»Beeilung!«, drängte Bull. Er bedeutete Sopper, zuerst nach unten zu springen.

In dem Moment verschob sich ein Teil der mit Instrumenten übersäten Wand, und eine Gestalt im Schutzanzug zwängte sich herein. Bull feuerte sofort. Der Energiestrahl ließ den Aphiliker taumeln.

Als ich zögerte, stieß Bull mich kurzerhand durch das Loch.

Wir gelangten in eine andere Schaltzentrale, die sehr wenig Platz bot und keine für Menschen vorgesehenen Einrichtungen enthielt. Hier verlief alles vollrobotisch. Ein offener Gang führte schräg abwärts. Sopper wartete mit angeschlagener Waffe auf uns. Wir eilten weiter, und Bull verschweißte zwei Panzerschotten hinter uns, um die Verfolger erneut aufzuhalten.

Unsere Gegner hatten es im Grunde genommen gar nicht nötig, uns zu folgen, da sich kaum eine Fluchtchance vom Mond bot. Aber dann kamen die Aphiliker doch.

»Eine Patrone, Mücke!«, verlangte Bull.

Ich holte eines der Energiemagazine hervor, die ich der Transmittermannschaft abgenommen hatte, und warf es weit zurück in den Korridor. Reginald Bull schoss gezielt. Plötzlich schienen wir mitten in einem aufflammenden Glutball zu stehen. Die Druckwelle trieb mich vor sich her und riss Sopper zu Boden. Erst danach gelang es mir, mich mit Hilfe des Antigravs abzufangen.

Wo das Magazin explodiert war, gähnte ein großes Loch. Die Wand war aufgerissen worden. Glutflüssiges Material tropfte in armdicken Rinnsalen ab, erstarrte aber sehr schnell. Von den Aphilikern war nichts mehr zu sehen.

»Das hatte ich vermeiden wollen«, seufzte Bull.

NATHAN war längst zu bedeutungsvoll für unsere Zivilisation geworden. Jeder Ausfall musste sich zwangsläufig irgendwo bemerkbar machen. Vielleicht hatten wir die Wasserversorgung in einem ehemaligen Wüstengebiet der afrikanischen Region lahm gelegt, vielleicht aber auch ein hochkompliziertes Hypnoschulungsprogramm vernichtet.

Nicht nur die Aphiliker waren die Betroffenen, sondern auch wir Immunen. Wir gewannen nichts, wenn wir unseren Gegnern Schaden zufügten, denn wir wurden dadurch keineswegs die Nutznießer.

Sollten wir versuchen, mit den Aphilikern zu verhandeln? Ihre Position war so gut, dass sie sich gar nicht erst darauf einlassen würden. Was spielte das Leben Hots und meines schon für eine Rolle? Anders bei Reginald Bull. Wenn sie ihn lebend in die Hand bekamen, konnten sie den ehemaligen Regierungschef vor Gericht stellen, zum Tode verurteilen und hinrichten, um vor aller Welt zu demonstrieren, was mit »Verrätern« geschah.

Ich lauschte, aber die Aphiliker schwiegen. Schon fürchtete ich, dass sie die Frequenz gewechselt hatten, als Oberst Jupit wieder zu vernehmen war.

»Versuchen Sie, die drei in den Sektor XI-POI abzudrängen! Dort steht ein Transmitter. Wir haben ihn eingeschaltet. Er ist auf die Gegenstation Observ justiert. Locken Sie die Verrückten hinter sich her, gehen Sie durch den Transmitter. Sobald Sie in Observ angekommen sind, wird das Gerät umgeschaltet, und die Saboteure werden in den Hyperraum abgestrahlt.«

Reginald Bull verzog verächtlich die Lippen. Ich glaubte, seine Gedanken erraten zu können. Ein Mann wie er ließ sich nicht derart plump in eine Falle locken.

Hinter uns brach die Decke ein. Vier Aphiliker schwebten durch die Öffnung herab. Unmittelbar darauf erschienen zwei Roboter vor uns – das war genau zu dem Zeitpunkt, als wir eine Abzweigung erreichten.

Obwohl wir die Falle kannten, blieb uns keine andere Wahl, als den Seitengang zu betreten. Er war so breit, dass wir nebeneinander laufen konnten, und endete an einem Panzerschott, das sich jedoch leicht öffnen ließ.

In der Halle vor uns stand ein eingeschalteter Transmitter. Zwei Aphiliker heuchelten Überraschung. Sie wandten sich um und flohen ins Transportfeld.

Hinter uns schloss sich das Panzerschott.

»Ich brauche eine Pause«, sagte Sopper erschöpft.

»Jetzt nicht.«

»Ich bin am Ende.«

»Wenn wir hier bleiben, werden Sie bald mehr Ruhe haben, als Ihnen lieb sein kann.«

Soppers Gesicht war schweißbedeckt. Ich hatte meinen Freund selten so gesehen. Die ständige Konzentration auf das Zwiegespräch mit dem positronischen Riesengehirn und dazu die Flucht vor den Aphilikern waren zu viel für ihn gewesen.

Auch Reginald Bull erkannte, dass Soppers Kräfte rapide nachließen. Er nickte ihm zu. »Ein paar Minuten schaffen wir vielleicht. Aber wir müssen wissen, wohin wir uns wenden.«

»Das weiß ich bereits«, entgegnete der Spezialist, der wie kaum ein anderer über die inneren Anlagen NATHANS informiert war. Ein halbes Leben hatte er mit ihrem Studium verbracht. NATHAN faszinierte ihn. Er hatte sein Leben auf Luna in unmittelbarer Nähe seiner Leidenschaft verbringen wollen. Doch die Konfrontation zwischen Aphilikern und Immunen hatte ihm schon vor Jahrzehnten einen Strich durch die Rechnung gemacht. Sopper war ebenso wie ich dazu gezwungen worden, im Untergrund zu leben. Die ersten Jahre waren noch nicht so schlimm gewesen, weil sich die Gewichte erst allmählich verlagert hatten. Zu Anfang hatte man sich noch relativ sicher unter den Aphilikern bewegen können, ohne als Immuner identifiziert zu werden. Doch das hatte sich bald geändert, und damit war NATHAN für Hot in unerreichbare Ferne gerückt.

Unser Einsatz hatte ihm eine neue Möglichkeit gegeben, sich mit dem Riesenrechner zu befassen.

»Wir müssen erneut durch den Fußboden verschwinden«, erklärte er uns. »Drei Stockwerke abwärts, dann erreichen wir einen Sektor, von dem aus wir relativ schnell bis in unmittelbare Nähe eines der wichtigsten Informationsspeicher kommen. Ich denke, dass NATHAN uns nicht daran hindern wird, uns dort zu verschanzen. Sie, Mr. Bull, kann er wegen des Zellaktivators klar identifizieren. Sie sind NATHAN als eine der führenden Persönlichkeiten der Menschheit bekannt. Das ist der entscheidende Punkt. Die Aphiliker haben es bis jetzt nicht geschafft, NATHAN davon zu überzeugen, dass Sie getötet werden müssen, sonst wäre es längst mit uns vorbei.«

Reginald Bull lächelte unmerklich. Natürlich hatte er damit gerechnet, dass NATHAN so reagieren würde. Auch das war ein Grund für ihn gewesen, diesen Einsatz einzuleiten. Mir wurde klar, dass wir ohne Bulls Beteiligung praktisch nichts erreicht hätten.

Wiederum verschweißte er das Schott, um Sopper einige Minuten Erholung zu gönnen, während ich mit dem Desintegrator eine Bodenplatte ausschnitt.

Die Aphiliker verhielten sich weitgehend ruhig. Erst nach einer Weile meldeten sie, dass sie vor dem Schott angekommen waren. »Abwarten!«, lautete der Befehl von Oberst Jupit. »Aus diesem Raum werden sie nicht mehr herauskommen.«

Das war endlich eine Information. Sie wollten uns also in den Transmitter treiben.

»Ein tüchtiger Mann, Ihr Freund«, sagte Reginald Bull leise zu mir. Wir blickten zu Hot hinüber, der am Schaltpult des Transmitters lehnte. »Er hat NATHAN erstaunlich weit beeinflusst.«

Die Platte sackte nach unten weg und schlug dumpf auf. Ich wartete auf eine Reaktion der Aphiliker, aber sie schienen noch nichts bemerkt zu haben.

Sopper kam zu uns. Bull schickte mich voraus, ließ Hot folgen und wartete danach noch einige Minuten, bis er selbst kam. Inzwischen hatte ich auf Soppers Anweisung erneut den Desintegrator eingesetzt. Der Weg ins nächste Stockwerk war gerade frei geworden, als die Aphiliker Alarm schlugen. Zwei Männer meldeten gleichzeitig unseren Durchbruch.

Reginald Bull schaltete sein Fluggerät ein und flog kopfüber nach unten, wobei er den Strahler in Kopfhöhe hielt. Kaum konnte er die untere Etage einsehen, als er auch schon feuerte. Neben ihm schlug ein Thermoschuss ein, und ein Funkenregen spritzte Sopper und mir entgegen.

Ich folgte Reginald Bull, doch er hatte die Lage schon bewältigt. Drei Aphiliker lagen vor der Wand, an der sie Reparaturarbeiten durchgeführt hatten. Ihre leichten Schutzanzüge wiesen hässliche Brandstellen auf.

Zum ersten Mal klang Oberst Jupits Stimme erregt. Er trieb seine Leute an. Zweifellos war er wütend, dass wir der Transmitterfalle entkommen waren.

Ich war versucht, mich einzuschalten und Jupit lachend mitzuteilen, dass wir jedes seiner Worte hören konnten. Reginald Bull nahm mir den Desintegrator aus der Hand und riss mich in die Wirklichkeit zurück. Energisch schnitt er sich mit dem Materie vernichtenden Strahl zu unserem Zielstockwerk durch.

Unter uns befand sich ein Gang, von dem zahlreiche Schotten abzweigten.

»Jetzt kommt es darauf an.« Sopper leckte sich über die Lippen. »Ich hoffe nur, dass NATHAN mitmacht.«

»Wenn NATHAN will, hält er uns mit Schirmfeldprojektoren auf«, erklärte Bull. »Er kann hier überall Energiewände errichten.«

Plötzlich fühlten sich auch meine Lippen spröd an. Sopper war bewusst das höchste Risiko eingegangen. War es ihm gelungen, NATHAN davon zu überzeugen, dass er uns nicht behindern durfte?

Ich erwartete jeden Moment, ein Flimmern vor mir zu sehen, das unser Ende bedeuten würde.

Bericht Attra Rauent:

Während die PHARAO mit vielfacher Lichtgeschwindigkeit durch den Linearraum raste und sich ihrem Ziel näherte, musterte Nayn Taibary mich eindringlich. Ich wusste kaum noch, wohin ich schauen sollte. Roi Danton erwartete von mir nicht, dass ich die Tiefen ihrer Augen ergründete, sondern dass ich mit ihr die Probleme durchsprach, die sich nach unserer Landung ergeben würden.

»Sagen Sie mir endlich, wie viele Männer bei uns bleiben werden!«, drängte Nayn Taibary.

»Hat Roi Danton Sie noch nicht unterrichtet?«

Sie schüttelte den Kopf. »Er hat lediglich angedeutet, dass keineswegs alle an Bord der PHARAO zur Verfügung stehen. Das verstehe ich. Das Schiff braucht schließlich seine Besatzung.«

Ich atmete erleichtert auf. »Die PHARAO wird nicht auf Ovarons Planet landen, um ihre Reise für immer zu beenden. Auf der Erde können wir leider nicht mehr Immune entbehren, deshalb dieser Kompromiss.«

»Habe ich Ihnen schon gesagt, dass Sie ein außerordentlich attraktiver Mann sind, Attra?«

»Nein, ich ... äh ... ich weiß natürlich, dass viele Frauen auf Ihrem Planeten zutiefst enttäuscht sein werden, weil wir keinen Partner für sie mitbringen konnten.«

»Von einem Mann wie Ihnen habe ich immer geträumt.«

»So? Ich ... würde es begrüßen, wenn wir uns nun ernsthaft unterhalten könnten. Mich interessiert vor allem, wie wir uns auf Ovarons Planet verhalten müssen.«

Sie lächelte, als hätte sie meine Worte nicht gehört. Musste dieses verteufelt hübsche Biest mir ausgerechnet jetzt Komplimente machen? Konnte sie nicht damit bis zu meiner Freiwache warten?

»Attra, ich würde es gerne sehen, wenn Sie mein Partner werden.«

Ich verschluckte mich fast. Das Gespräch glitt in eine Richtung ab, die mir Kopfzerbrechen bereitete. »Können wir endlich zum Thema kommen?«

»Glauben Sie, ich werde mich erst bei der Ankunft in meiner Heimat an der Jagd nach einem Mann beteiligen?«

»Sagten Sie Jagd?« Noch glaubte ich, mich verhört zu haben.

Sie erhob sich und kam zu mir. Ich lehnte mich im Sessel zurück, nicht um ihr auszuweichen, sondern weil ich so bequemer zu ihr aufsehen konnte. Sie missverstand mich jedoch gründlich. »Was ist mit Ihnen, Attra?«, fragte sie verstört. »Warum laufen Sie nicht weg?«

»Sollte ich?«

»Haben Sie kein Temperament?«

»Was hat das mit Temperament zu tun, Miss Taibary?«

»Sie finden mich hässlich. Deshalb laufen Sie nicht weg.«

Jetzt stand ich ebenfalls auf. Besänftigend ergriff ich ihre Hände. »Sie sind nicht hässlich. Sie sind die reizvollste junge Frau, der ich je begegnet bin.«

Sie wirkte hilflos auf mich. »Aber …?«, brachte sie stockend hervor.

»Kein Aber«, antwortete ich. »Sie gefallen mir, wie Sie sind.«

»Warum helfen Sie mir dann nicht? Woher soll ich wissen, wie man mit einem Mann umgeht, den man … liebt?«

Ich seufzte. »Wenn wir uns nun ernsthaft mit den anstehenden Problemen befassen, Nayn, dann bin ich bereit, anschließend ein wenig Kommunikation für Verliebte mit Ihnen zu trainieren. Was halten Sie davon?«

Sie nickte stumm. Dummerweise hatte ich nun erhebliche Schwierigkeiten, mich auf die wichtigsten Themen zu konzentrieren, während sie mit einem wahren Feuereifer mit der Arbeit anfing.

Natürlich hatte sie völlig falsche Schlüsse aus dem Verhalten von Gnaden Wennein und seiner Frau gezogen. Sie glaubte tatsächlich, eine kleine Männerhatz kreuz und quer durch die PHARAO gehöre zu dem schönen Spiel, das man Liebe nennt. Mir schwante, dass unseren Männern auf Ovarons Planet einiges bevorstand. Über zweitausend Frauen warteten auf einen Partner. Sie waren es nicht gewohnt, mit Männern zusammenzuleben, hatten sich ihre eigene Welt aufgebaut und sich ihre eigenen Autoritäten geschaffen. In erster Linie dachten sie an Nachkommen und die Vergrößerung der Bevölkerung. Sie wollten Kinder.

»Attra.« Nayn Taibary schreckte mich aus meinen Gedanken auf. »Du wolltest mir sagen, wie viele Männer in meiner Heimat bleiben werden.« Ich registrierte, dass sie auf das vertrauliche Du umgeschwenkt war, aber ich schwieg dazu. »Ungefähr zweihundert«, antwortete ich.

Sie wurde bleich. »Sagtest du zweihundert?«

»Allerdings, Nayn, auf mehr kann Roi Danton nicht verzichten.«

»Aber die PHARAO braucht keine 550 Mann Besatzung.«

»Das nicht, jedenfalls nicht grundsätzlich. Dieser Schiffstyp ist allerdings völlig neu für uns. Augenblicklich können wir nicht mit weniger Besatzung fliegen, weil wir sonst in Notfällen verloren wären. Außerdem sind nicht alle Männer frei, Nayn. Sie haben Frauen auf der Erde, zu denen sie zurückkehren möchten.«

Stolz blickte sie mich an. »Wir wollten nicht betteln. Unter diesen Umständen verzichten wir lieber ganz.« Sie stand auf und eilte zum Schott.

»Nayn, bitte!«, rief ich.

Sie blieb stehen und drehte sich langsam um. »Wie soll ich das erklären? Die anderen Frauen werden mich verachten, weil ich mich derart habe täuschen lassen.«

»Unsinn, Nayn. Vergiss bitte nicht, dass es für uns Immune ein außerordentliches Opfer ist, wenn wir auf zweihundert Mitkämpfer verzichten. Ich muss zugeben, dass ich nicht damit gerechnet habe, dass Roi Danton überhaupt so viele Männer freigibt.«

Unsicher schüttelte sie den Kopf. »Das werden sie nicht begreifen. Über zweitausend Frauen werden enttäuscht werden.«

»Dennoch werden sie dich und die anderen feiern. Wie konnten sie damit rechnen, dass ihr überhaupt zur Erde gelangen würdet? Wie konnten sie euren Erfolg voraussetzen?«

Zu meiner Überraschung öffnete sich das Türschott, und Gnaden Wennein stürzte herein. Er schloss den Eingang sofort wieder hinter sich und eilte erst danach auf mich zu. Er umklammerte meine Schultern.

»Attra, rette mich vor diesem Weib«, ächzte er.

Ich schüttelte seine Hand ab. Bestürzt blickte er mich an.

»Gnaden Wennein«, sagte ich scharf. »Ich verbitte mir jede Störung! Verlassen Sie sofort den Konferenzraum!«

Er nahm Haltung an und schluckte. Allmählich ging ihm auf, dass er die Grenzen des Zumutbaren überschritten hatte.

»Sir, dann möchte ich in aller Form bitten, mich in Arrest zu nehmen.«

»Warum?«

»Wegen … Ich werde schon etwas finden. Nur, es muss schnell gehen. Ich muss inhaftiert sein, bevor dieses Weib mich erwischt.«

»Wende dich an den Kommandanten. Er wird deinen Ehevertrag für nichtig erklären lassen, wenn ihr beide es wünscht.«

Wennein zuckte zusammen und kratzte sich am Hinterkopf. Abwechselnd blickte er Nayn und mich an. Die Frau von Ovarons Planet verfolgte seinen Auftritt, ohne ihn zu verstehen. Ich gebe zu, dass ich auch nicht recht wusste, was ich von Gnaden halten sollte. Ich kannte ihn als recht vernünftigen Menschen. Seine einzige Schwäche war, dass er leidenschaftlich gern übertrieb. Ich erinnerte mich daran, wenigstens zwei Dutzend umfassende Berichte seiner amourösen Abenteuer gehört zu haben.

»Das geht dann vielleicht doch zu weit«, meinte er verlegen. »Meine Frau hat zwar einen Denkzettel verdient, und ich …«

»Hinaus!«, befahl ich.

Dieses Wort vernahm auch Mrs. Wennein, die soeben das Türschott öffnete und hereinblickte. Trotzdem zögerte sie nur kurz.

»Da ist ja mein Kleiner«, sagte sie zufrieden. »Bitte entschuldigen Sie die Störung, Sir.«

Sie packte ihren kahlköpfigen Gatten am Kragen und zog ihn mit sich. Ich wartete, bis ich mit Nayn wieder allein war. »Idiotisch, so etwas«, sagte ich leise. Zugleich nahm ich mir vor, Gnaden einen strengen Verweis zu verpassen. Wir befanden uns an Bord eines Raumschiffs, auf dem militärische Disziplin galt. An diese hatte er sich zu halten.

»War das normales zwischenmenschliches Verhalten oder nicht?«, fragte Nayn.

Dummerweise glaubte ich, dass sie einen Scherz machen wollte, und kam übergangslos wieder auf unser Problem zu sprechen. »Wir müssen einen Schlüssel für die Aufteilung der Männer finden«, erklärte ich ihr. »Auf gar keinen Fall dürfen wir alles dem Zufall überlassen. Das könnte Auseinandersetzungen geben.«

»Ich schlage vor, dass die Administration zweihundert Frauen auswählt, die als Erste berücksichtigt werden sollen. Unter diesen können die Männer sich entscheiden. Später mag es andere Lösungen geben, aber für den Anfang sehe ich keine bessere.«

»Wenn du glaubst, dass dieser Weg für euch erträglich ist, bin ich einverstanden.«

»Du bist ganz anders als dieser Kahlköpfige«, sagte Nayn verträumt.

Ich blieb bei den Sachthemen. Sie durchzuarbeiten, benötigten wir drei Stunden. Anschließend stieß ich mit Nayn an. Sie gefiel mir immer besser, und ich dachte nicht daran, mich persönlichen Gefühlen noch länger zu widersetzen. Ich war ungebunden und hoffte, auf Ovarons Planet gut leben zu können. Damit entzog ich mich den Auseinandersetzungen auf der

Erde, und mein Leben würde ruhiger und weniger gefährlich werden. Ich hoffte, dass ich die Genehmigung vom Kommandanten erhalten würde.

»Gehen wir«, schlug ich vor. Wir standen uns gegenüber und zögerten. Ich zog Nayn an mich und küsste sie. Sie klammerte sich wie eine Ertrinkende an mich. Als sich unsere Lippen endlich voneinander lösten, sagte ich: »Roi Danton wird bereits auf uns warten, Nayn.«

»Bestimmt.« Sie seufzte. Bevor ich es verhindern konnte, nahm sie mich in die Arme, wie Mrs. Wennein ihren Mann gepackt hatte.

In dem Moment trat Danton ein. Ich erstarrte innerlich.

»Würden Sie mir erklären, was hier vorgeht?«, fragte Rhodans Sohn mit eisiger Stimme.

Ich hatte das Gefühl, in einen Abgrund zu stürzen. Nayn ließ mich in ihrer Überraschung los, und ich stolperte über meine eigenen Füße. »Ich versuchte gerade, Miss Taibary über gewisse Vorgänge zu informieren, die sie falsch …« Danton musterte mich eisig. »Es handelt sich um ein Missverständnis«, fügte ich zaghaft hinzu. Ich wusste wahrhaftig nicht, wie ich die Zusammenhänge besser erläutern sollte.

35.

Bericht Oppouthand:

Den Worten der Aphiliker entnahm ich, dass sie uns endgültig eingeschlossen hatten. Es war unmöglich geworden, auszuweichen, ohne auf unsere Gegner zu stoßen. Nur noch der von Sopper eingeschlagene Weg war frei. Er endete an einem Schott, hinter dem ein wichtiges Informationszentrum lag. Sopper arbeitete an dem Öffnungskontakt. Als ich ihn erreichte, blickte ich über seine Schulter hinweg in einen kreisrunden Raum, der durch eine transparente Panzerplastwand halbiert wurde.

Wir traten ein. NATHAN fuhr das Schott hinter uns zu. Sofort war da das Gefühl, eine Falle betreten zu haben. Doch galt das nicht schon für unseren gesamten Aufenthalt auf dem Mond? Eine Steigerung gab es nicht. Wir waren längst von NATHAN abhängig, von Soppers Können und Reginald Bulls Person an sich. Er hatte einmal Vollmachten besessen wie nur wenige neben ihm.

Hinter der transparenten Wand erhoben sich die Säulen eines Transmitters.

»Hier liegen die wichtigsten Daten über die Versorgung der größten

Städte.« Sopper zeigte auf zahlreiche Speicherelemente. »Wenn das zerstört wird, bricht das öffentliche Leben in vielen Bereichen zusammen. Innerhalb weniger Stunden wird es nichts mehr zu essen, kein Wasser und keine Abfallbeseitigung mehr geben.«

Reginald Bull nickte zufrieden und schaltete sein Armbandgerät um. »Hier spricht Staatsmarschall Bull. Oberst Jupit, melden Sie sich.«

Die Antwort des Aphilikers kam augenblicklich. »Was haben Sie mir zu sagen?« Seine Stimme verriet deutlich, dass Reginald Bull für ihn keine Bedeutung mehr hatte.

»Sie wissen, wo wir uns befinden, Oberst«, fuhr der ehemalige Regierungschef der Erde gelassen fort. »Ziehen Sie Ihre Männer zurück!«

»Abgelehnt. Legen Sie die Waffen ab und kommen Sie mit erhobenen Händen heraus!«

»Darauf können Sie lange warten. Stellen Sie ein Raumschiff bereit, mit dem wir Luna verlassen können. Sollten Sie meinem Wunsch in dreißig Minuten noch nicht entsprochen haben, werden wir die Informationsspeicher zerstören. Was das bedeutet, muss ich Ihnen wohl nicht erläutern.«

Natürlich war Bull sich darüber klar, dass NATHAN einen solchen Eingriff nicht zulassen würde. Er hoffte jedoch, dass Oberst Jupit jedes Risiko vermeiden würde.

Mit einem Raumschiff war uns im Grunde genommen nicht gedient. Damit konnten wir nicht wirklich entkommen. Bull wollte Sopper nur Zeit verschaffen. Allein das war wichtig.

Hots Gesicht glich einer starren Maske. Das Mondgehirn hatte bislang keine eindeutige Haltung eingenommen. Es hatte sich weder klar für uns entschieden noch sich wirklich gegen uns gestellt. Sopper musste NATHAN dazu bringen, dass er uns half, den Mond zu verlassen.

Ich setzte meine ganze Hoffnung auf den Transmitter. Nur durch ihn konnten wir gerettet werden.

»Einverstanden«, antwortete Oberst Jupit. »Wir stellen Ihnen eine Space-Jet zur Verfügung. Mit ihr können Sie ungehindert starten.«

»Wann kann ich die Jet übernehmen?«

»In zehn Minuten.«

Bull schaltete die Verbindung ab. Er befahl mir, das Schott zu sichern. Dann diskutierte er mit Sopper. Er wirkte nicht eben zuversichtlich.

Ich fragte mich, ob unser Einsatz wirklich sinnvoll gewesen war. War es der PHARAO gelungen, das 3450 Lichtjahre entfernte Ziel zu erreichen? Ich würde das vielleicht nie erfahren.

Bericht Attra Rauent:

Die PHARAO flog in das Finder-System am 29.9.3580 ein. Ich befand mich in der Hauptleitzentrale, als das Schiff den Linearraum verließ und in das Einsteinuniversum zurückstürzte. Finder war ein kleiner gelber Stern. Der zweite Planet umkreiste ihn auf einer günstigen Bahn, die ähnliche Bedingungen wie auf der Erde erwarten ließ.

Ich konzentrierte mich auf die wenigen Daten, die ich von Ovarons Planet hatte. Der Planet drehte sich auffallend langsam, und der Tag war 5,9 Stunden länger als auf der Erde. In den südlichen Breitengraden war mit Durchschnittstemperaturen von etwa 34 Grad Celsius zu rechnen. Wir würden aber weiter im Norden landen, wo es kühler war.

»Es ist so weit, Nayn«, sagte ich. »Wir steigen um.«

Ich meldete mich ab und verließ zusammen mit ihr die Zentrale. Ein Beiboot wartete schon auf uns. Das kleine Schiff hatte eine lang gestreckte aerodynamische Form und bot zehn Personen ausreichend Platz.

Als die PHARAO sich Ovarons Planet bis auf 500.000 Kilometer genähert hatte, schleusten wir aus. Die Welt leuchtete wie ein blauer Edelstein vor dem tiefschwarzen Hintergrund. Nayn saß schweigend neben mir. Für sie musste der Anflug ein besonderes Gefühl sein.

Ovarons Planet wäre auch bei einer Gesamtbevölkerung von einer Milliarde Menschen noch dünn besiedelt gewesen. Etwa 2500 Menschen hätten eigentlich in Ruhe und Frieden dort leben können.

Es ist schon so, dachte ich. *Wenn wir keine Probleme haben, schaffen wir uns welche*.

»Hildenbrandt liegt auf dem Ploshor-Kontinent«, sagte Nayn, als wir in die obersten Luftschichten eindrangen. Sie zeigte auf eine Landmasse, die sich von Pol zu Pol zog und von zahlreichen Flüssen aufgelockert wurde. Dichte Wälder bedeckten einen Großteil des Kontinents.

Wenig später entdeckte ich die Hauptstadt. Sie war die einzige Siedlung. Nayn erklärte, dass sich bis auf wenige Ausnahmen keiner der Siedler weit von dem Ort entfernt hatte. Auf dem zweiten Kontinent war kaum jemand gewesen.

Die Stadt lag an der Küste eines Ozeans, der mehr als ein Drittel des Planeten bedeckte. Major Kernot Hildenbrandt hatte wirklich eine der schönsten Regionen ausgesucht.

Als wir noch zweihundert Kilometer entfernt waren, schaltete Nayn das Funkgerät ein und rief die Administratorin. Ich drosselte die Fahrt des Beiboots noch mehr und ließ es in geringer Höhe über die Küste hinwegtreiben. Erst nach Minuten baute sich ein Holo auf. Flammend rotes Haar umfloss das Gesicht einer etwa fünfzig Jahre alten Frau.

»Mayk Terna.« Nayn schien nichts anderes erwartet zu haben. »Sie sind die neue Regierungschefin?«

»Nayn Taibary«, rief die Rothaarige überrascht. Ihre Augen weiteten sich. »Sie sind wirklich zurück? Wo sind die anderen? Wo ist Marhola el Fataro? Wo ist Terfy Heychen? Und Nano Balwore? Haben Sie die Erde erreicht? Berichten Sie doch endlich!«

Mayk Terna konnte vor Freude kaum noch sprechen. Nayn antwortete jedoch nicht auf ihre Fragen, sondern dirigierte die Optik um. Jetzt musste sie mich sehen.

»Wer sind Sie?«, fragte die Frau verblüfft.

»Das ist Attra Rauent, Zweiter Offizier der PHARAO«, erklärte Nayn an meiner Stelle. »Ich komme mit ihm in einem Beiboot. In wenigen Minuten werden wir in Hildenbrandt landen.«

»Kann man ihm vertrauen, Nayn? Ist er ein ... Aphiliker?«

»Er ist immun – und ich verbürge mich für ihn.«

Ich bemühte mich um ein freundliches Lächeln, aber es gelang nur unvollkommen. In diesen Augenblicken kam ich mir vor wie ein exotisches Tier, das von allen begafft wurde. Mit wachsendem Unbehagen sah ich unserer Ankunft entgegen.

»Wir erwarten Sie, Nayn.« Mayk Terna brach das Gespräch abrupt ab.

»Die Frauen haben Angst«, stellte Nayn unruhig fest.

»Damit haben wir doch gerechnet.«

»Du ja, Attra, ich eigentlich nicht.«

»Sie waren zu lange allein.«

Die ersten Gebäude kamen in Sicht, einfache Blockhäuser inmitten landwirtschaftlich genutzter Gebiete. Auf den Feldern starrten Frauen zu uns herauf. Noch hatte sich die Nachricht von unserer Ankunft nicht verbreitet.

Der eigentliche Ortskern bestand aus modernsten Fertigbauten, wie sie auch auf der Erde nicht viel anders waren. Ich entdeckte ein Atomkraftwerk, eine Klinik, Sportanlagen und sogar Vergnügungszentren. Zwischen den Häusern liefen die Bewohner zusammen. Sie blickten zu uns herauf, als wir uns in langsamer Fahrt einem Bau näherten, den Nayn als Regierungssitz bezeichnete. Er war auf einer Anhöhe errichtet worden.

Als ich das Beiboot landete, stürmten drei Frauen aus einer Tür hervor. Sie hielten moderne Hochleistungsstrahler in den Armbeugen. In einer von ihnen erkannte ich Mayk Terna wieder, das flammend rote Haar fiel ihr über die Schultern. Zehn Meter entfernt blieb sie stehen und brachte ihre Waffe in Anschlag. Die anderen eilten um die Maschine herum.

»Das ist wirklich ein netter Empfang«, stellte ich sarkastisch fest.

»Ich gehe hinaus und kläre die Situation«, sagte Nayn energisch.

»Unsinn.« Ich ging an ihr vorbei, bevor sie es verhindern konnte.

Mayk Terna feuerte einen Warnschuss ab. Ich ließ mich dennoch nicht aufhalten.

»Nicht schießen!«, rief Nayn Taibary.

Ich kreuzte die Arme vor der Brust und ignorierte den Strahler.

»Glaubst du Närrin, dass wir alles auf uns genommen haben, nur damit du uns dann die Männer tötest?«, protestierte Nayn.

»Beruhige dich«, sagte die Administratorin mit bebender Stimme. »Niemand mag es, wenn du die Wilde spielst.«

Sie wandte sich mir zu und blickte mich forschend an. Ich stand immer noch in der Schleuse. Dabei muss ich zugeben, dass ich von höchst eigenartigen Gefühlen gequält wurde. Inzwischen hatten sich gut zweihundert Frauen vor dem Beiboot versammelt, und ihre Zahl wuchs weiter. Sie musterten mich erstaunt, voller Neugier und Sehnsucht. In den Augen vieler entdeckte ich aber auch namenlose Furcht. Ich war der erste Mann, den sie in ihrem Leben sahen. Sie wussten nicht, wer und wie ich war. Sie redeten durcheinander. Und Nayn versuchte, alle zu übertönen.

»Ruhe!«, brüllte Mayk Terna schließlich mit unglaublich kraftvoller Stimme.

Allmählich wurde es still. Ich stemmte meine Hände in die Hüften. »Sie brauchen keine Angst zu haben, dass Aphiliker auf Ovarons Planet kommen«, erklärte ich so laut, dass mich auch die weiter entfernten Frauen verstehen konnten. »An Bord der PHARAO befinden sich ausschließlich Immune, also Männer mit normalen Gefühlen. Männer, die der Liebe fähig sind.«

Meine Worte hatten eine unglaubliche Wirkung. Es wurde still. Gebannt warteten die Frauen darauf, dass ich weitersprach, aber ich wusste kaum, was ich sagen sollte.

»Marhola el Fataro, Terfy Heychen, Nano Balwore und natürlich Nayn Taibary haben sich bis zur Erde durchgeschlagen. Sie haben es verdient, dass sie wie Heldinnen empfangen werden.«

»Wer garantiert uns, dass an Bord der PHARAO nicht doch nur Aphiliker sind?«, fragte Mayk Terna.

»Wir!«, rief Nayn. »Komm an Bord! Von hier aus kannst du mit der Hauptleitzentrale der PHARAO sprechen und dich informieren.«

Mit verengten Augen blickte die Regierungschefin uns an. »Und falls einer mit angeschlagener Waffe hinter den Frauen steht und sie zwingt, genau das zu sagen, was wir hören sollen?«

»Wenn es den Männern der PHARAO darauf ankäme, unsere winzige Kolonie zu erobern, dann hätten sie das längst getan«, erwiderte Nayn heftig. »Sie brauchten sich nicht dabei anzustrengen. Und nun komm endlich an Bord!«

Mayk Terna kletterte in die Schleuse. Ich half ihr, indem ich ihr die Hand reichte. Sie musterte mich dafür, als hätte ich ihr eine Grobheit an den Kopf geworfen. Ich tat, als ob mir nichts aufgefallen sei, und führte sie in die Zentrale.

Bericht Oppouthand:

Sopper Round war dem Zusammenbruch nahe. Zu sehr hatte er sich während der letzten Stunden verausgabt.

Ich merkte, dass ich mir in meiner Nervosität die Lippen aufbiss. Die Zeit lief ab. Von den dreißig Minuten, die Reginald Bull als Frist gesetzt hatte, waren nur noch sieben übrig.

Weshalb sperrte sich NATHAN? Warum war er nicht konsequent, nachdem er uns nun schon so weit geduldet hatte?

Ich sah, dass Bull seine Kombination öffnete und den Zellaktivator abnahm, dem er seine potenzielle Unsterblichkeit verdankte. Er hängte ihn Sopper um den Hals. Hot riss dankbar und ungläubig zugleich die Augen auf und bat, ihn allein zu lassen. Bull nickte ihm zu und kam zu mir herüber.

Ich lehnte am Schott. Ein Akustiksensor haftete auf dem Stahl und ließ mich hören, was auf der anderen Seite gesprochen wurde. Dort hielten sich mehrere Aphiliker auf.

Ich deutete auf Sopper. »Können Sie ihm damit helfen?«, fragte ich flüsternd. »Ich erinnere mich, gehört zu haben, dass jeder Unberechtigte stirbt, der sich einen Zellaktivator umhängt.«

Bull schmunzelte amüsiert. »Alles ist relativ«, erklärte er. »Sehen Sie sich Ihren Freund doch an!«

Tatsächlich. Sopper wirkte schon jetzt nicht mehr so grenzenlos müde und erschöpft. Mit Hilfe des Aktivators gelang es ihm fraglos, sich wieder auf NATHAN zu konzentrieren.

»Sie sind ein feiner Kerl, Mücke«, fuhr Reginald Bull fort. »Wenn ich einen Schnaps hätte, würde ich mit Ihnen anstoßen.«

»Ich erlaube mir auch so, Sie Bully zu nennen.«

Er grinste. Aber damit überspielte er nur unsere Zeitknappheit.

Der Sensor reagierte. Ich hob abwehrend die Hand, als Bully etwas sagen wollte, und lauschte. Undeutliche Geräusche waren zu vernehmen. Als ob die Aphiliker schwere Maschinen transportierten.

»Da tut sich etwas«, sagte ich.

Bully nickte. »Noch zwei Minuten. Kommen Sie, Mücke, wir werden uns so teuer wie möglich verkaufen.«

Sopper massierte mit den Fingerspitzen seine Schläfen. Was immer er unternahm, es würde wohl zu spät sein.

Bericht Attra Rauent:

Mayk Terna wartete darauf, dass ich die Verbindung herstellte. Die PHARAO meldete sich. Das Gesicht des Funkoffiziers Hequarry erschien auf dem Schirm. Ich war überrascht, denn ich hatte erwartet, mit Gnaden Wennein zu sprechen.

»Geben Sie mir Danton!«

Das Bild wechselte, und Roi Danton erschien.

»Ich möchte Ihnen Miss Mayk Terna vorstellen, Sir«, sagte ich. »Sie ist die aktuelle Regierungschefin von Ovarons Planet.« Und an die Frau gewandt: »Mr. Danton ist der oberste Repräsentant der Immunen auf der Erde.«

»Ich will die Frauen sehen!«, drängte Mayk Terna. »Sofort!«

Danton blieb trotz ihres harschen Tonfalls gelassen. Er trat zur Seite. Marhola el Fataro, Terfy Heychen und Nano Balwore erschienen im Holo.

»Was soll das, Mayk?«, fragte Marhola. »Willst du die Männer beleidigen, die uns bislang geholfen haben?«

»Wieso beleidigen? Ich muss herausfinden, ob alles in Ordnung ist. Schließlich geht es um unsere Welt.«

»Nun weißt du, dass alles bestens ist. Die PHARAO wird landen, falls du keine Einwände hast.«

»Ich habe nichts dagegen«, erklärte Mayk Terna. »Allerdings habe ich noch eine Frage. Wie viele Männer werden zu uns kommen?« Sie wirkte angespannt.

Roi Danton ließ sich Zeit mit seiner Antwort.

»Nun sagen Sie schon!«, forderte Mayk Terna ungeduldig.

»Marhola hat es fertig gebracht, mir zweihundert Männer abzuschwatzen.«

»Zweihun…« Das Wort blieb ihr im Hals stecken. Dann lachte sie übergangslos. »Das kann doch nicht wahr sein. Zweihundert Männer? Ich hätte noch nicht einmal geglaubt, dass ein einziger kommen würde. Sie dürfen landen. Hildenbrandt heißt Sie willkommen. Bis gleich.«

Ihr Blick fiel auf mich, und ihre Lippen verzogen sich zu einem wohlwollenden Lächeln. »Du bist ein ganz hübscher Junge«, murmelte sie und versuchte, meine Wange zu streicheln. Ich wich ihrer Hand aus. »Willst du auch bei uns bleiben?«

»Voraussichtlich ja.«

»Was heißt hier voraussichtlich?« Sie wollte mich an sich ziehen, doch ich tauchte unter ihren Armen hindurch und eilte zur Schleuse.

»Du bist wohl blind, fette Gans?«, rief Nayn empört. »Das ist *mein* Mann!«

»Niemand hat das Recht, sich einen Mann zu schnappen. Sie werden unter uns verlost.«

»Du wirst dein blaues Wunder erleben, wenn du das versuchst.«

Mayk Terna stieg das Blut ins Gesicht. »Noch bin ich die Administratorin und bestimme. Du wirst …«

Ich umklammerte ihr Handgelenk, als sie versuchte, Nayn zu packen.

»Diese Männer kann man nicht einfach verlosen wie ein paar Salatköpfe«, erklärte Nayn triumphierend.

»Allerdings«, stimmte ich zu. »Es wäre ganz gut, wenn alle Bewohnerinnen von Hildenbrandt darüber informiert würden, dass jeder Mann seine eigene Persönlichkeit hat.«

»Das will ich meinen!«, rief Gnaden Wennein stolz.

Ich fuhr herum.

Gnaden schritt vor der Schleusenkammer des Beiboots auf und ab. Er hatte sich herausgeputzt wie ein Pfau. Eine leuchtend rote Uniform umschloss seinen zierlichen Körper. Seine Füße steckten in golden schimmernden Stiefeln. An dem weißen Gürtel hing ein mit blitzenden Edelsteinen verziertes Holster, in dem eine kostbare Waffe steckte. Er stützte die rechte Hand auf den Kolben und drückte den Daumen der linken unter den Aufschlag seiner Uniformjacke.

Wohlwollend betrachtete er die Frauen. Hin und wieder blieb er stehen, legte einer von ihnen die Finger unter das Kinn und musterte sie, wobei er würdevoll die Stirn runzelte.

Mir fehlten die Worte. Ich brauchte nicht zu fragen, woher Gnaden Wennein gekommen war. Es war klar, dass er sich an Bord des Beiboots geschlichen hatte.

Mir kam sein Auftritt ungeheuer lächerlich vor, den Frauen jedoch nicht. »Mann, Gnaden«, sagte ich stöhnend. »Weißt du überhaupt, was du angerichtet hast? Das kann dir der Kommandant ohne weiteres als Desertion auslegen.«

Wennein gab sich unbeeindruckt.

»Ich bin ein Sklave meiner Hormone«, behauptete er. »Niemand kann mich dafür verantwortlich machen, dass ich allein der Stimme meines Bluts folge. Oder bist du anderer Meinung …?«

Ein dumpfes Grollen übertönte seine Stimme. Ich blickte nach Westen. Die PHARAO tauchte aus den Wolken und näherte sich der Stadt.

Ich wartete ab. Nayn verhielt sich ruhig und gab damit den anderen Frauen ein gutes Beispiel. Die wenigsten hatten wohl je ein so großes Raumschiff gesehen.

Die PHARAO überflog die Küste und sank langsam herab.

»Alle Männer, die das Schiff verlassen, werden mit Gleitern hierher kommen«, rief ich den Frauen zu, als ich wieder in der Schleuse war. »Es wäre sinnlos, zur PHARAO zu laufen. Bleiben Sie hier!«

Bericht Oppouthand:

»Gib auf, Sopper. Es ist zu spät«, sagte ich, als mein Freund den Kopf hob.

»Warum denn?« Er lächelte, sprang erstaunlich frisch auf und gab Bully den Zellaktivator zurück.

»Es war ein wundervolles Erlebnis für mich, Sir.«

Hinter uns senkte sich die Transparentwand in den Boden. Wir drehten uns um und blickten auf den Transmitter. Zwischen seinen Säulen baute sich das Transportfeld auf.

»Du glaubst, wir dürfen NATHAN vertrauen?«, fragte ich.

»Bestimmt, Mücke. Außerdem bleibt uns kaum eine andere Wahl.«

»Allerdings«, bemerkte Reginald Bull. Er deutete auf das Schott. »Ich wette, dass es in Kürze geöffnet wird.«

Er schritt auf den Transmitter zu und blieb dicht davor stehen. Hatten die Aphiliker uns nun doch so weit? Ein Transmitter, für den es keine Gegenstation gab?

»Das Einzige, was mich stört, ist die Tatsache, dass ich es nie erfahren werde, falls NATHAN mich betrogen hat«, sagte Sopper.

»Wir haben keine Zeit mehr zu verlieren«, drängte Bully energisch. Er schob uns auf den Transmitter zu. Instinktiv sträubte ich mich, aber dann sah ich, wie Sopper in das wogende Nichts sprang. Bully winkte mir zu, er versprühte Zuversicht. Wenn ich schon sterben sollte, dann wenigstens nicht durch die Hand der Aphiliker. Ich warf mich in das Transportfeld und erwartete irgendwie Dunkelheit. Aber es wurde nicht dunkel vor meinen Augen, wenngleich die Farbe des Lichts übergangslos wechselte. Ich sah mich von schwer bewaffneten Männern umgeben. Doch sie senkten ihre Waffen schnell.

Bully lachte zufrieden. Hinter mir schaltete sich der Transmitter ab, und ein schlanker, ernst dreinblickender Mann tauchte vor mir auf. Mein Assistent Felik Fretts. Wir waren also wieder in Porta Pato.

»Wir haben einen Funkspruch von NATHAN selbst erhalten«, berichtete Fretts. »Er forderte uns auf, den Transmitter einzuschalten, gab aber keine Begründung dafür. Wir haben es getan, obwohl wir fürchteten, dass es sich um eine Falle handeln könnte. Man hätte uns schließlich auch eine Fusionsbombe schicken können.«

Reginald Bull blieb erstaunlich gelassen. Er tat, als sei alles so verlaufen, wie wir das geplant hatten. Nur mit halbem Ohr hörte ich, dass er Anweisungen gab. Die Immunen von Porta Pato respektierten ihn endlich. Nun wussten sie, dass er wirklich zu uns gehörte, dass sie sich auf ihn verlassen konnten. Von nun an würde er der zweite Führer neben Roi Danton sein.

Ich bewunderte ihn. Sollten die anderen ruhig fragen, wie es mit ihm auf dem Mond gewesen war. Ich würde schon dafür sorgen, dass ihn in Zukunft niemand mehr schief ansah. Für uns konnte es ungeheuer viel bedeuten, dass wir neben Roi Danton einen Mann wie ihn besaßen.

»Die PHARAO hat es geschafft«, sagte Fretts. »Aber Sie hören mir ja gar nicht zu, Sir.«

»Doch, doch. Die PHARAO ist also durchgekommen?«, fragte ich, obwohl ich es längst wusste. Warum sollte ich ihn nicht ein wenig reden lassen, wenn er schon einmal auftaute?

Bericht Attra Rauent:

Nayn hielt meinen Arm fest. Sie fürchtete offensichtlich, ich könnte in dem Durcheinander nach der Landung der Gleiter verschwinden.

Um uns herum hatten sich zahllose Gruppen gebildet. Unsere ursprüngliche Absicht, zunächst einmal »männerberechtigte« Frauen auszuwählen, würde sich nicht mehr realisieren lassen.

Roi Danton kämpfte sich zu mir durch. Er schüttelte zwei bildhübsche Blondinen ab und beteuerte dreimal hintereinander, dass er nicht die Absicht hatte, auf Ovarons Planet zu bleiben. Er war sichtlich erleichtert, als er die Schleuse erreichte.

»Das hatte ich mir aber doch etwas anders vorgestellt«, sagte er lachend. »Nun, sollen sie es selbst regeln. Das ist mir am liebsten. Haben Sie schon gehört, Attra, dass auch Mrs. Wennein von Bord gegangen ist?«

»Nein, Sir«, erwiderte ich überrascht.

Unvermittelt kam Geschrei auf. Ich drehte mich um.

Gnaden Wennein floh vor einer schwarzhaarigen Frau. Er entkam ihr, als er blitzschnell aus seiner Jacke schlüpfte und davonrannte. Er kam auf mich zu und hoffte wohl, sich in die Schleuse retten zu können. Als er sie fast erreicht hatte, tauchte Mrs. Wennein wie ein Schatten neben ihm auf.

»Diesmal entkommst du mir nicht«, rief sie mit dröhnendem Bass. Sie wollte sich abwenden, doch da griff die Schwarzhaarige nach seinem Arm. Das wiederum wollte Mrs. Wennein nicht zulassen. Gnaden flog zwischen beiden Frauen hin und her. Er gurgelte nur noch halb erstickt.

»Halt!«, rief Roi Danton. »So geht das nicht. Sie bringen ihn ja um.«

Die Frauen hielten inne, ohne Gnaden loszulassen. Sie standen Brust an Brust und blickten zu uns herüber. Gnaden befand sich irgendwie zwischen ihnen. Wie auf ein gemeinsames Zeichen hoben sie ihn hoch.

»Dann teilen wir ihn uns«, verkündete die Schwarze entschlossen.

»Das ist Ihre Entscheidung.« Danton biss sich auf die Unterlippe. »Er ist jedenfalls aus dem Dienst der PHARAO entlassen und steht zu Ihrer Verfügung.«

Gnaden blickte mich verzweifelt an.

»Junge«, sagte ich, »hast du noch einen Wunsch?«

»Ja, Attra«, antwortete er wimmernd. »Ich möchte nach Hause!«

Beide Frauen drehten sich wie auf ein geheimes Kommando hin um und eilten mit ihm auf das Regierungsgebäude zu. Ich sah, dass Gnaden wild mit den Beinen strampelte, aber das half ihm nichts.

Das Leben ging weiter – egal ob auf Terra oder auf Ovarons Planet. Und ich war auf die Zukunft gespannt.

ENDE

Perry Rhodan-Buch Nr. 84

EINE GALAXIS STIRBT

erscheint im November 2003

Allgemeines:

Die Kelosker sind das beherrschende Volk in der Kleingalaxis Balayndagar und Angehörige des Konzils der Sieben. Als Meister des mehrdimensionalen Denkens beherrschen sie die Mathematik der 7. Dimension. Doch trotz ihrer Genialität sind sie aufgrund ihres Körperbaus unfähig, komplizierte technische Geräte selbst herzustellen und zu bedienen. Ihre Raumschiffe werden deshalb von den Laren nach keloskischen Planvorgaben gebaut.

Eine über längere Zeiträume hinweg einheitliche Formgebung ist nur bedingt feststellbar, da die Kelosker stetig auf der Suche nach Verbesserungen sind. Für Forschungsvorhaben verwenden sie Raumschiffe von annähernd Pyramidenform. Im Bugbereich finden sich Zusatzkonstruktionen, zumeist Kugeln oder Würfel, die Spezialmaschinen sowie Versuchsapparaturen enthalten. Die Bedienungsinstrumente der Schiffe sind überaus robust und einfach konstruiert, damit sie von den plumpen Greiftentakeln bedient werden können. Das abgebildete Schiff weist eine Höhe von rund 200 Metern und eine maximale Breite von 70 Metern auf, seine Mindestbesatzung besteht aus 80 Keloskern.

Technische Da

1. Hyperenergi
2. austauschba
3. Dimesexta-V
4. Speicherbän
5. Energieversc Geschütze
6. Versuchslabo
7. Schwerkraftg
8. Astronomisc
9. Lebenserhal Notenergiea
10. Meditationsz
11. Hauptzentral
12. Hauptpositro
13. Wohnräume
14. Schutzschirn
15. Ausrüstungs
16. Beiboot
17. Hangar mit A
18. Schwerer Ar Fracht
19. Antigravtrieb
20. Fusionsreakt
21. ausfahrbarer
22. Bodenschleu
23. Impulstriebw
24. Linearantrieb
25. Projektoren f
26. mechanische
27. Maschinen-K
28. großer Frach

Une psychanalyse
Pourquoi ?

Du même auteur

Les Enfants inadaptés, Paris, Presses universitaires de France, 1972 (6e édition 1995).
Genèse de la personne, Paris, Presses universitaires de France, 1985.
Histoire de la psychanalyse, Paris, Presse universitaires de France, coll. «Que sais-je ?», 1988 (4e édition 2000).
L'Intelligence et ses troubles. Des déficiences mentales de l'enfance aux souffrances de la personne, Paris, Dunod, 2000.
Êpitre aux enfants qui se cachent dans des grandes personnes, Paris, Presses universitaires de France, coll. «Êpitres», 2000.

Avec J.-P. Aublé et Y. Compas, *L'Enfant en difficultés. L'aide psychologique à l'école*, Paris, Dunod, 1994 (3e édition 1998).
Avec M. Perron-Borelli, *Le Complexe d'Œdipe*, Paris, Presses universitaires de France, coll. «Que sais-je ?», 1994 (2e édition 1996).

Direction d'ouvrages

La Pratique de la psychologie clinique, Paris, Dunod, 1997.
Psychanalyse, neuro-sciences, cognitivismes, avec C. Couvreur, A. Oppenheimer, J. Schaeffer, Paris, Presses universitaires de France, coll. «Débats de la psychanalyse», 1996.

Dans la collection des Monographies de la Revue française de psychanalyse, Paris, Presses universitaires de France :
– avec A. Le Guen, A. Oppenheimer, *Complexe de castration et angoisse de castration*, 1991.
– avec D. Ribas, *Autismes et psychoses infantiles*, 1994.
– avec A. Fine, F. Sacco, *Psychanalyse et préhistoire*, 1994.
– avec G. Le Gouès, *Scènes originaires*, 1996.
– avec D. Le Bœuf, G. Pragier, *Construire l'histoire*, 1998.
– avec J. Chambrier, V. Souffir, *Psychoses*, 3 volumes, 1998.

À paraître

Sous la direction de A. de Mijolla, en coll. Avec B. Golse, S. de Mijolla-Mellor, *Dictionnaire de la psychanalyse*, Paris, Calmann-Lévy.

Roger Perron

Une psychanalyse Pourquoi ?

InterEditions

Dessin de couverture : *Jean-Pierre Desclozeaux*

ISBN 2 10 005321 3

Table des matières

II – Les bases de la psychanalyse

III – La psychanalyse et l'enfant

IV – La psychanalyse et l'adulte

Introduction

Pourquoi ce livre ?

La psychanalyse ne fait pas de miracles. Pourtant elle peut venir en aide à des personnes qui souffrent.

Le psychanalyste se propose d'aider à vivre, à mieux vivre, des gens qui endurent le malheur quotidien, insidieux, tenace, d'être « mal dans sa peau ». Des gens qui n'ont personne à qui le dire, en tout cas personne qui puisse l'entendre, et qui d'ailleurs ne trouveraient pas les mots pour le dire. Pourtant ces personnes se sont beaucoup dit, et on leur a beaucoup dit : « Mais enfin, secoue-toi, allez, courage, travaille, distrais-toi, intéresse-toi à ceci, à cela, regarde X, Y, eux, ils ont du ressort, etc. » Mais si vous constatez que justement c'est tout cela qui vous est impossible, vous vous le reprochez, et la misère s'augmente de se sentir ainsi incapable. Vous avez usé, et peut-être abusé de stimulants, de remontants, de drogues prescrites par un médecin, et peut-être d'autres drogues non remboursées, comme le tabac, l'alcool, voire pire…

Et encore ne s'agit-il là que de misères « ordinaires ». Il y a aussi cet homme qui vit dans un univers hostile peuplé d'obscurs persécuteurs, cette femme dont toute la vie n'est qu'une quête de l'homme introuvable qui lui donnera enfin ce qu'elle désire, même si elle ne sait pas ce que c'est ; il y a cette personne hantée par les microbes qui doit se laver les mains trente fois par jour ; il y a cet enfant autiste... La liste des malheurs humains est inépuisable.

Un jour vient où l'on se dit que ce n'est pas seulement « la faute à pas de chance ». On se dit que peut-être on y est pour quelque chose, dans sa façon d'être, de penser, de sentir, de se conduire... Mais de quoi s'agit-il ? Alors on réfléchit mais on se bute vite aux murs de l'incompréhensible. On se documente. On lit des articles de journaux ou de magazines, on attrape au vol une émission de radio ou de télévision qui traite de ces problèmes, mais on n'est guère plus avancé. On se dit qu'on a besoin de voir quelqu'un qui sache écouter et peut-être aider. Mais qui ? On se renseigne, on demande aux amis, on cherche dans les petites annonces et dans les rubriques « Psy » de l'annuaire des téléphones. Mais ceux qui proposent ainsi leurs services sont-ils fiables ? Il y a, paraît-il, des gens qui se disent psychanalystes et qui ne sont que des charlatans. D'ailleurs, tous les psychanalystes ne seraient-ils pas des charlatans ? Pourquoi faut-il payer, peut-être cher, et peut-être longtemps, pour simplement parler ? Ne risque-t-on pas d'entrer là dans une dépendance pire que le mal ? Et d'ailleurs, au fond, la psychanalyse, qu'est-ce que c'est ?

Toutes ces questions sont légitimes. Je les ai beaucoup entendues. J'ai souvent tenté d'y répondre, dans les termes les plus simples, les plus vrais que je pouvais trouver. Comme beaucoup de mes collègues, il m'est arrivé de recevoir en consultation quelqu'un qui avait manifestement grand besoin d'aide, mais qui, mal aiguillé, s'était trouvé aux mains d'un pseudo-psychothérapeute aux méthodes aberrantes ; on peut constater alors à quel point cela peut aggraver les choses. Ce que je ressens dans des cas de ce genre, c'est une certaine colère contre cet exploiteur – conscient ou inconscient, peu importe au fond – de la misère humaine. Mais la colère est vaine si elle ne débouche pas sur une action. Cette action ne peut être hélas que limitée : car aucune disposition légale ne protège actuellement en France les appellations « psychanalyste » ou « psychothérapeute ». Mais on peut au moins tenter de mieux informer le public.

C'est pour cela que j'ai écrit ce livre.

Comment lire ce livre ?

Les cinquante brefs textes qui suivent ont été rédigés de façon à pouvoir être lus indépendamment les uns des autres. Ainsi, flânez et grappillez autant qu'il vous plaira, fût-ce en ouvrant le livre au hasard.

Cependant, du point de vue de l'auteur, ils se succèdent selon une certaine logique. Il y est question d'abord des aspects pratiques de l'analyse, ensuite de quelques-uns de ses fondements théoriques, puis de l'approche psychanalytique de l'enfance et des troubles de l'adulte, pour enfin aborder quelques questions fondamentales, notamment celle de la liberté. De plus, chaque terme ne peut être redéfini à tout moment. Ainsi, si après le grappillage vous reprenez dans l'ordre, vous percevrez mieux cette construction du texte.
Bon courage !

1

Qu'est-ce que la psychanalyse ?

La meilleure définition qu'on puisse en donner est sans doute celle qu'avait énoncée Freud en 1922 :

> « Psychanalyse est le nom : 1) d'un procédé d'investigation des processus psychiques qui autrement sont à peine accessibles ; 2) d'une méthode de traitement des troubles névrotiques qui se fonde sur cette investigation ; 3) d'une série de conceptions psychologiques acquises par ce moyen et qui fusionnent progressivement en une discipline scientifique nouvelle. »

Autrement dit, le terme désigne tout à la fois une démarche de connaissance du fonctionnement psychique, une thérapeutique et une théorie. Chacun de ces termes demande cependant à être précisé.

• La psychanalyse est « un procédé d'investigation des processus psychiques qui autrement sont à peine accessibles ». Par « processus psychiques », on entend à peu près tout ce qui peut se passer au sein du psychisme.

Mais qu'est-ce que le psychisme ? La meilleure réponse est sans doute de considérer qu'en tout être humain fonctionne ce que Freud a très justement nommé un « appareil psychique », c'est-à-dire un système organisé, qui obéit à certaines lois de fonctionnement et sert un certain nombre de buts (ce sont ses « fonctions »). L'homme est un ensemble très complexe de tels systèmes fonctionnels, ou appareils, étagés en une structure d'ensemble elle-même hiérarchisée. Soit par exemple, en allant « de bas en haut » : le système qui règle les échanges biochimiques de la cellule ; le système immunitaire (ce qui se dérègle dans le sida), celui qui maintient constante la température du corps ; les grands appareils de la circulation sanguine, de la respiration, etc. ; le système perception-action (celui qui permet par exemple d'ajuster la vue d'un objet et sa préhension) ; le système de régulation des conduites (par exemple lorsqu'on utilise un apprentissage complexe comme tricoter ou écrire) ; enfin, couronnant le tout, le psychisme, lui-même considéré comme un « appareil ».

Il y a homologie de bas en haut, du fait que chacun de ces systèmes ou appareils est en quelque sorte tout à la fois « tourné vers ce qui lui est extérieur » et préoccupé de lui-même. Sur son versant externe, chacun concourt à la vie de l'individu par les fonctions qu'il assure : il a un rôle adaptatif, en tenant compte des conditions présentes de vie de l'individu (c'est évident, par exemple, en ce qui concerne la régulation de la température du corps). Sur son versant interne, chacun met en jeu, en son sein même, des régulations qui assurent sa cohérence et sa permanence au fil du temps (il est essentiel que le cœur soit et reste « auto-régulé »). Il en va de même de l'appareil psychique : il est au service de l'adaptation, aux objets, aux événements, aux personnes ; mais aussi, système très complexe, il s'efforce vigoureusement de maintenir sa cohérence et sa permanence dans le temps (dans le cadre d'une question ultérieure, on verra que c'est la source de puissantes résistances au progrès de la cure psychanalytique).

Les processus psychiques, c'est tout ce qui peut survenir au sein de l'appareil psychique : des sensations, des images, des souvenirs, des représentations, des émotions, des raisonnements logiques, etc.

Il n'y a rien là sans doute que ne puissent accepter n'importe quelle méthode, n'importe quelle théorie psychologique. Mais pourquoi Freud précise-t-il que la démarche qu'il désigne comme « psychanalyse » porte sur des processus « autrement à peine accessibles » ? Parce que, à la différence d'autres approches, il considère que pour une large part ces processus sont inconscients, c'est-à-dire restent inconnus du sujet lui-même. Il faut ici éviter un malentendu : s'ils restent inconnus, ce n'est pas par inattention, négligence, ou à la façon dont peuvent s'exécuter « automatiquement » des gestes familiers, dont cependant on pourrait suivre très exactement la séquence pour peu qu'on y prenne garde (on pourrait dire tout cela « subconscient » ; notons au passage que le terme est absent du vocabulaire psychanalytique). L'idée fondamentale de Freud – et qui reste centrale à la psychanalyse – c'est qu'il existe des processus psychiques inconscients *par nature*, parce que s'opposent à leur prise de conscience des mécanismes très actifs. Ainsi, si une dame déclare « le docteur a dit que mon mari pourrait manger tout ce que je veux » (au lieu de « tout ce qu'il veut »), elle exprime là fort bien sa position dans le couple, mais à la faveur d'un lapsus dont elle ne s'aperçoit pas. Si on le lui fait remarquer, il est assez probable qu'elle niera énergiquement une telle interprétation (et éventuellement tiendra rancune de la remarque à son auteur) : il s'agit bien de mécanismes qui s'opposent *activement* à l'admission d'un sens qui doit rester caché.

En évoquant ainsi des processus psychiques inconscients, Freud ne dit pas qu'ils sont « inaccessibles » (ce qui serait condamner la psychanalyse à mort dès sa naissance : car que pourrait-on dire de phénomènes radicalement inaccessibles, et quelle pourrait même être leur existence ?) ; il dit qu'ils sont « autrement à peine accessibles ». Ils le sont, par la méthode qu'il propose, mais à grand-peine…

• La psychanalyse est « une méthode de traitement des troubles névrotiques qui se fonde sur cette investigation ». Troubles névrotiques ? Le terme « névrose » est hérité de la psychiatrie du XIXe siècle, où l'on croyait que ces troubles (de l'humeur, de la pensée, de la conduite) étaient dus à une « inflammation des nerfs » :

cette conception naïve est depuis longtemps abandonnée, mais le terme est resté pour désigner des troubles de l'appareil *psychique* (il existe certes des altérations et troubles portant sur l'anatomie et la physiologie du système nerveux et des nerfs eux-mêmes, mais c'est l'objet de la neurologie). Lorsqu'il écrit cela, en 1922, Freud pense essentiellement à ce qu'il appelle les « psychonévroses » (hystérie, obsessions, phobies) et les « névroses actuelles », développées sous l'impact d'un traumatisme violent, d'une privation sexuelle insupportable, etc. : ce sont les cas mêmes dont l'étude l'avait conduit à créer la psychanalyse. Depuis, l'éventail des cas traitables s'est considérablement élargi, du côté des psychoses, des « états limites », des affections psychosomatiques, voire de certaines « structures perverses » (que le lecteur ne s'effraie pas de ces termes, ils seront envisagés plus loin), et du côté des troubles de l'enfance.

S'agit-il cependant uniquement de traiter des maladies et d'en rechercher la guérison, et le psychanalyste est-il nécessairement un médecin ? L'extension du champ des cures possibles conduit à répondre négativement à ces questions. Dans leur grande majorité, les personnes actuellement prises en charge par les psychanalystes ne peuvent en aucune façon être considérées comme des malades, au sens de la « maladie mentale » (terme pratiquement réservé aujourd'hui aux « grandes psychoses ») : ce sont la plupart du temps des personnes qui souffrent de conflits internes douloureux, amputants, désadaptants, et souvent d'un « mal être » vague mais fort pénible, et qui demandent une aide pour mieux vivre. Il ne s'agit donc pas de rechercher une « guérison », mais de favoriser une évolution vers plus d'équilibre interne et d'adaptation à l'entourage, bref, de permettre aux gens d'être plus heureux (ou moins malheureux, ce qui est déjà beaucoup...). Le psychanalyste n'est donc pas nécessairement un médecin (et Freud lui-même a toujours très nettement maintenu cette position).

• La psychanalyse est aussi « une série de conceptions psychologiques acquises par ce moyen et qui fusionnent progressivement en une discipline scientifique nouvelle ». Autrement dit, un corps de connaissances, patiemment élaboré, qui s'efforce de rendre compréhensibles des phénomènes observables (les processus psychiques) tout en assurant au mieux sa cohérence interne, et ceci par des démarches rationnelles. L'un des reproches les plus absurdes qui aient été faits à la psychanalyse, c'est sans doute en effet de l'accuser d'irrationalité (d'autres ont d'ailleurs au contraire reproché à Freud d'être trop « rationaliste », au sens du rationalisme prévalent au début du XXe siècle). Car ce reproche d'« irrationalité » confond la méthode et l'objet : la psychanalyse traite en effet de processus psychiques largement irrationnels (parce qu'inconscients, grevés de conflits, d'affects, d'émotions, etc.), mais elle s'efforce, sans conteste, d'en traiter rationnellement.

Est-elle pour autant « scientifique », comme l'affirme Freud ? Les controverses ne manquent pas à ce sujet, parmi les psychanalystes eux-mêmes ; tout dépend évidemment de ce que l'on entend par « science ». La psychanalyse n'est certainement pas, et ne sera sans doute jamais, « scientifique » au sens de la physique ou de la chimie ; peut-être l'est-elle en d'autres sens du terme, mais ceci sera repris plus loin.

2

À qui s'adresse la psychanalyse ?

Le psychanalyste aimerait pouvoir répondre : à tout le monde ; mais ce n'est pas exact. Si l'on a bien voulu lire la réponse à la question précédente (qu'est-ce que la psychanalyse ?), on admettra qu'il faut distinguer selon les demandes qui peuvent lui être adressées, en tant que démarche de connaissance, en tant que méthode d'aide au psychisme souffrant, ou en tant que corps théorique.

Considérons donc ces trois variantes de la question : à qui peut-elle s'adresser ?

• **La psychanalyse en tant que corps théorique, qu'ensemble de connaissances sur le fonctionnement psychique** : il va de soi – ou il devrait aller de soi – que ce savoir est par principe accessible à tout le monde, en tout cas à toute personne curieuse de s'informer. Comment ?

Sans doute d'abord en lisant. Mais quoi ? Il ne faut pas se précipiter sur n'importe quoi, si l'on ne sait rien de la psychanalyse ou si l'on en sait ce que tout le monde « sait », du genre : « Ah oui, le complexe d'Œdipe c'est quand le petit garçon veut coucher avec maman et tuer papa », déclaration qui risque d'être suivie d'un rire ironique et blasé, mais qui constitue (pardonne-moi, lecteur) une parfaite méconnaissance de la question. Donc lire. Qui, quoi ?

Sans aucun doute Freud. À peu près toute son œuvre écrite (considérable) est aujourd'hui traduite en français. Mais choisir : certains textes de Freud sont difficiles. Ne pas commencer par exemple par *Inhibition, symptôme et angoisse* (1926), commencer plutôt par l'*Introduction à la psychanalyse* (1916-1917), ou *La Psychopathologie de la vie quotidienne* (1901), ou encore, en plus drôle, « Le mot d'esprit et ses rapports avec l'inconscient » (1905), textes qu'il avait explicitement écrits pour faire comprendre ce qu'est la psychanalyse à un public non informé. Si l'on lit les textes cliniques de Freud réunis sous le titre *Cinq Psychanalyses*, bien garder présent à l'esprit que, même si ces observations et leurs commentaires sont passionnants, aucun psychanalyste sérieux ne procède plus ainsi aujourd'hui…

Qui d'autre que Freud ? Ici s'ouvre une énorme littérature, mais là encore choisir. Ne pas se précipiter sur Lacan, dont l'hermétisme risque fort de rebuter (un hermétisme porté sur des sommets vertigineux par certains de ses disciples : je dois bien avouer que, parfois, je n'y comprends rien…). La meilleure solution est sans doute de demander son opinion à tel ami qui a aimé un livre ou un article, voire à son libraire (s'il s'en trouve encore…), de tirer profit d'une conversation, d'une conférence, d'une émission de radio ou de télévision (encore que la psychanalyse, qui s'adresse au plus intime des souffrances personnelles, s'accommode mal des exigences du spectacle et de la recherche du sensationnel…).

Donc s'informer, par tout moyen disponible, en essayant de comprendre ce dont il est question, et en acceptant d'abandonner, provisoirement et « pour voir », des préventions du genre : « C'est forcément un tissu de sottises » ; on peut bien sûr rester sur cette position, mais c'est dommage… Si l'on accepte ce préalable (mais je sais que, puisque vous êtes en train de lire ceci, vous remplissez cette condition), si donc on l'accepte, alors on découvrira probablement un univers passionnant : ce qui se passe en soi-même, et qu'on ne soupçonnait pas. Saura-t-on ainsi *tout* de la psychanalyse ? non (par exemple, on peut très bien comprendre ainsi ce qu'est le transfert, mais c'est autre chose que de l'avoir éprouvé sur un divan, au fil des semaines, des mois, voire des années). Mais on aura beaucoup appris.

• **La psychanalyse en tant que méthode d'aide au psychisme souffrant** : lorsqu'un psychanalyste reçoit en consultation quelqu'un qui sollicite une telle aide, il se pose toujours une question fondamentale, à laquelle il consacre un ou plusieurs « entretiens préliminaires » : la psychanalyse en général, et moi en particulier, pouvons-nous répondre utilement à cette demande ?

La réponse peut être négative : la psychanalyse en tant que telle n'y peut rien, car la nature des difficultés et le fonctionnement psychique de cette personne relèvent d'autres modes d'action ; ou bien : peut-être un autre psychanalyste peut-il prendre ce cas en charge, mais pas moi. Bien entendu, dans tous ces cas, le psychanalyste s'efforce alors de rendre sa réponse négative acceptable, et de rediriger la demande ailleurs.

La réponse peut être positive ; mais quelle forme d'action choisir et proposer au consultant ? Ce peut être une « cure classique », dite « divan-fauteuil », à raison d'au moins trois séances de trois quarts d'heure par semaine (telles sont les règles incontournables que j'ai adoptées, en accord avec beaucoup de mes collègues). Ce peut être une « psychothérapie psychanalytique en face à face », une ou deux séances par semaine (trois quarts d'heure également), ou bien des rendez-vous « à la demande », au gré du consultant ; ou bien encore d'autres techniques thérapeutiques animées par un psychanalyste, telles que le psychodrame analytique, les thérapies mère-bébé, les thérapies familiales, certaines thérapies corporelles, etc. Ce que sont ces techniques, et ce qui préside à leur choix dans tel ou tel cas particulier, sera envisagé plus loin, sous d'autres questions.

• **La psychanalyse en tant que démarche de connaissance des processus psychiques** : bien entendu, c'est dans le cadre des situations proposées par un psychanalyste, et avec son aide, qu'on a les meilleures chances de la mettre en œuvre. Mais, dans une certaine mesure, le psychanalyste n'est pas indispensable. Reprenons le cas du lapsus de la dame qui dit : « Le docteur a dit que mon mari pouvait manger tout ce que je veux » (alors que son intention était de dire : « tout ce qu'il veut »). Elle le remarque, ou on le lui fait remarquer. Quatre réactions possibles de sa part : *a*) elle proteste, s'indigne, se met en colère, et risque fort, par la vivacité de sa réaction, de confirmer ce qu'elle dénie (une position de maîtrise sur son mari) ; *b*) elle déclare que « ça n'a pas de sens », et refuse de s'y intéresser ; *c*) elle déclare que c'est une simple erreur de langage, parce qu'elle était fatiguée, distraite, etc., parce que « je » et « il » sont des petits mots si proches qu'on peut bien s'y tromper, etc., c'est-à-dire se réfugie derrière une façade d'explications peut-être justes mais superficielles, qui ont précisément pour fonction d'éviter d'y regarder de plus près ; *d*) frappée de ce que ce lapsus pouvait exprimer d'inconscient, elle accepte d'y regarder de plus près et de s'interroger honnêtement sur ce qui, à son insu, s'est ainsi exprimé de ses relations à son mari. Elle est en bonne voie pour découvrir quelque chose sur elle-même, si pénible que ce puisse être... Personne ne peut empêcher quelqu'un de choisir l'une des trois premières solutions ; mais pour qui veut savoir un peu plus ce qu'il est, la quatrième est évidemment préférable. Si la personne qui choisit cette voie veut aller plus loin, alors elle peut aller voir un psychanalyste qui l'y aide...

3

Pourquoi souhaiter entreprendre une cure psychanalytique ?

Les demandes d'aide sont fréquemment du type : « Je me sens limité dans mes possibilités. Professionnellement, je reste cantonné dans un emploi médiocre, où j'exécute des tâches subalternes et sans intérêt, je n'arrive pas à m'affirmer en face de mes collègues et de mes chefs, on ne me fait pas confiance mais je ne me fais pas confiance moi-même, je n'ai pas de perspectives professionnelles », etc. Sur un plan plus personnel : « Je suis gauche, timide, j'ai des difficultés de contact, je parle peu, je crains toujours qu'on juge ridicule ou sans intérêt ce que je vais dire », etc. Parfois aussi : « Lorsque je dois fournir un effort intellectuel soutenu, je suis habité de pensées parasites qui m'empêchent de travailler ; si j'ai à passer un examen, surtout oral, ou plus simplement à répondre à des questions précises face à quelqu'un qui est investi d'autorité, je suis envahi par une panique qui me rend stupide. Certaines situations m'inspirent une telle crainte *a priori* que je les évite, de sorte que bien des occasions de contact social qui seraient à la fois agréables et utiles me sont fermées. Bref, je souffre de quantités d'inhibitions.

Je ne suis pas “bien dans ma peau”, et mon efficacité en est entravée. Peut-on arranger ça ? »

La demande est donc alors double : sortir d’un état de mal être qui rend la vie pénible ; et devenir « efficace ». Le sujet sent bien alors que l’un est condition de l’autre. L’analyste en est bien d’accord, mais il sait que, s’il répond à cette demande, il faudra du temps pour explorer les racines du mal être et saisir la genèse et le sens des inhibitions, afin de favoriser une réforme du fonctionnement psychique dans le sens désiré ; il pense que l’efficacité viendra, en quelque sorte, de surcroît. Le consultant lui, de façon bien compréhensible, veut des résultats rapides. Il n’est pas rare alors qu’il ait tendance à poser sa demande dans les termes usuels d’une consultation médicale : « Voilà ce qui ne va pas, arrangez-moi ça » ; et il risque d’être rebuté par la réponse de l’analyste impliquant que cela dépendra d’abord de la continuité de son effort de changement (mais, proteste-t-il intérieurement, c’est justement ça qui me manque !) et que cela risque d’être long. Peut-être se tournera-t-il vers une thérapie promettant des résultats plus rapides, une thérapie « efficace » (n’est-ce pas ce qu’il recherche ?), comportementale par exemple, voire une prescription de médicament, voire même l’inscription dans un groupe aux marges de la secte « psy » et qui promet des miracles. Il est libre, et même de mal choisir.

Mais s’il donne suite à sa demande, le psychanalyste va s’interroger sur la démarche thérapeutique envisageable, en fonction de ce qu’il perçoit des difficultés du consultant, de son mode de fonctionnement psychique, de la façon dont il présente sa demande, et de ce qu’il semble prêt à accepter. On peut en effet envisager trois types de travail (ceci dans mon expérience, mais une expérience partagée avec nombre de mes collègues).

• La première est l’analyse « classique » (divan-fauteuil). C’est souvent en principe la meilleure solution, mais en principe seulement. Elle suppose que le sujet ait déjà fait un certain chemin personnel vers la remise en cause de soi-même que cela suppose, qu’il l’accepte, et qu’il en attende réellement un bénéfice… pas trop et trop vite cependant. Car s'il vient avec l'illusion du miracle à brève échéance, l'analyste ne peut que tempérer cet enthousiasme : « Vous en tirerez bénéfice certainement, cependant cela ne peut se faire du jour au lendemain ; le chemin est long et difficile, mais il en vaut la peine. »

• Seconde solution, la poursuite du travail d'analyse en face à face. C'est préférable en bien des cas, notamment lorsque le sujet veut réellement rechercher ce qui en lui-même produit les inhibitions dont il souffre, mais dit souhaiter que cette recherche reste relativement localisée à ce type de problèmes. Il veut bien d'une réflexion assistée, mais il manifeste clairement qu'il tient à garder la maîtrise de ce qui se passera. L'analyste y voit bien à l'œuvre, d'emblée, les défenses auxquelles on aura affaire, mais il se dit qu'elles sont légitimes, et que d'ailleurs il ne servirait à rien de tenter de les forcer. Si le travail s'engage sur ces bases, cela prendra probablement figure pendant un bon moment d'introspection aidée, ce qui est déjà beaucoup ; progressivement cependant, il est probable qu'on ira vers du plus intime, du plus difficile, du plus fondamental, bref vers du « matériel » plus directement en prise sur l'inconscient.

• Il est des cas cependant où l'inhibition est massive et où les difficultés d'expression sont majeures ; le sujet ne parvient pas à trouver « les mots pour le dire », et d'ailleurs il a la sensation de n'avoir pas grand-chose à dire ; tout ce qu'il sait, c'est qu'il souffre de son isolement, de sa gaucherie, de son mutisme, sur le fond d'une sorte de vide intérieur. Dès lors la « cure par la parole », quelque forme qu'elle prenne, semble devoir être malaisée. On peut alors penser au psychodrame psychanalytique. En quoi cela consiste-t-il ? Il s'agit d'une sorte d'exercice d'improvisation théâtrale, impliquant un ou des patients, et plusieurs psychanalystes. Le patient évoque un événement de sa vie (présente ou passée), une personne de son entourage, un rêve, une idée, etc. Le thérapeute qui fait fonction de « directeur de jeu » en propose la mise en scène ; le patient définit les personnages et distribue les rôles, lui-même jouant toujours… et l'on voit ce qui se passe. La règle est de toujours « faire semblant », comme au théâtre ; mais cela bien sûr ne se développe pas au hasard. Le patient en vient vite à exprimer, sous les apparences de la fiction, des aspects essentiels des conflits qui l'habitent, et les thérapeutes orientent l'action pour faciliter cette expression. Après chaque scène, le meneur de jeu suggère, plus ou moins succinctement, une interprétation de ce qui vient de se passer. Cette technique, dont le côté ludique séduit souvent, peut être fort utile pour aider des personnes qui ne pourraient s'exprimer par le seul moyen de la parole, et qui parfois souffrent de plus d'inhibitions de la pensée elle-même.

Telles sont les principales démarches qui peuvent être proposées aux personnes qui demandent une aide pour dépasser ce qu'elles déplorent comme un manque d'assurance et d'efficacité dans leurs entreprises. Quelle que soit la solution adoptée, il faudra du temps, et d'abord pour que s'apaise le sentiment d'urgence. Nous vivons dans une civilisation où la réussite est glorifiée, où elle est tenue pour d'autant plus enviable qu'elle est plus éclatante et plus rapide. Les personnes dont j'évoque ici le cas ont souvent le sentiment humilié de ne « pas être à la hauteur » de ce qui est attendu d'elles et de ce qu'elles exigent d'elles-mêmes, et en demandent d'urgence la réparation. Il faut donc un certain temps pour les aider à apaiser cette humiliation et à accéder à autre chose : le simple plaisir d'être.

Cela peut paraître abstrait, cela ne l'est pas. Je pense à cet homme qui arrivait à sa séance d'analyse excédé des décisions à prendre, des courriers en instance, des coups de téléphone à donner, des fax à envoyer, etc., qui s'allongeait sur le divan avec un soupir de soulagement, qui disait : « C'est le seul endroit au monde où je peux trouver un moment paisible… », et qui, regardant les fleurs posées sur un guéridon, disait : « Quelle paix… ces fleurs, c'est ma mère quand j'étais malheureux : elle aimait les fleurs… » Il lui arrivait de somnoler en séance, et de s'en déclarer heureux. Winnicott a écrit quelque part, évoquant les fondements du psychisme : « Faire et être objet d'actions, certes, mais d'abord être » (« *doing, being done, but first being* »). D'autres civilisations, qui n'ont pas développé comme la nôtre le culte de l'efficacité des actions, savent cela : cela s'appelle la sagesse. Une analyse heureusement conclue permet d'atteindre une certaine forme de sagesse. Mais l'expérience montre que, lorsqu'on parvient ainsi à se rééquilibrer, a apaiser les tensions et les conflits internes, à vivre plus en paix avec soi-même et avec l'entourage, l'efficacité peut venir de surcroît.

4

Quelles sont les règles de la démarche psychanalytique ?

Il s'agira ici des règles et, plus largement, des principes généraux qui président aux situations où quelqu'un, un « patient » (et le terme peut-être pris dans bien des sens...) a sollicité et reçoit l'aide d'un psychanalyste dans l'intention de réduire les maux dont il souffre. Le « paradigme » – le modèle – est fourni par la « cure classique », c'est-à-dire la situation divan-fauteuil, mais il est transposé assez directement dans la situation « face à face », et au-delà dans des situations comme le psychodrame analytique, etc.

Deux règles fondamentales sont d'ordinaire énoncées, côté patient et côté analyste.

• Côté patient, il s'agit de la règle de libre association. Freud, après avoir essayé de l'hypnose et de la suggestion, où l'on *imposait* au patient certaines idées – ou l'éviction de certaines idées – s'était convaincu que, pour accéder à l'inconscient, mieux vaut laisser le patient, parfaitement vigile, laisser surgir en lui ce qui peut en témoigner, les « rejetons du refoulé » ; à une condition cependant, qu'il accepte de relâcher les contrôles, les censures, les exigences rationnelles qui en bloquent ordinairement l'émergence. Rien, dès l'instant où cela se présente à la conscience – une idée, une image, une sensation, une émotion – ne doit être écarté sous prétexte que c'est absurde, inconvenant, désagréable, etc. : tout doit être accepté et dit, et on en recherchera les connexions et les sens possibles. Cette règle est restée fondamentale. Elle est ordinairement énoncée lors de la première séance, sous une forme comme : « Vous dites tout ce qui vous vient à l'esprit, même si cela vous paraît sans importance, absurde, désagréable, difficile à dire. » Le patient s'aperçoit vite, en effet, que bien souvent il est tenté d'étouffer dans l'œuf ce qui se présente, ou, s'il n'y parvient pas, tenté de ne pas le dire, car cela pourrait être fort désagréable pour lui-même ou pour l'analyste. S'il joue le jeu, il verra bientôt que ces résistances sont à peu près immanquablement le signe qu'il s'agit en fait de quelque chose d'important…

• La seconde règle, côté analyste, allie l'« attention flottante » et la « neutralité bienveillante ». L'analyste est en fait dans une position aussi difficile que le patient, pour des raisons à la fois du même ordre et différentes. Il doit, lui aussi, laisser son esprit aussi ouvert que possible au surgissement de ce que suscitent en lui les dires du patient ; les idées préconçues, les convictions *a priori*, les théories rigides, sont ses pires ennemis, dans la mesure où elles risquent de fermer son écoute au plus précieux : l'inattendu. Et pourtant il est sans cesse attaché à établir des liaisons entre ce qui vient en ce moment et ce qui est venu auparavant (parfois des mois auparavant), à rechercher du sens, des sens souvent multiples et apparemment contradictoires, à réfléchir sur l'opportunité de dire quelque chose (et comment ?) ou de s'abstenir, etc. Autrement dit, laisser son esprit aussi libre, vacant et réceptif que possible, et cependant rester constamment sous tension. Il y réussit plus ou moins selon les moments, cela va sans dire, mais telle est bien sa visée. L'exercice est difficile ; c'est l'une des raisons majeures de la nécessité d'une analyse personnelle préalable et d'une formation longue, sur laquelle on reviendra plus loin. Quant à la « neutralité bienveillante », elle désigne une attitude où il s'abstient de tout jugement moral, et plus largement de tout jugement de valeur ; il doit impérativement s'efforcer de laisser de côté, le temps de la séance, ses propres options politiques, religieuses, sociales, morales, etc. : tout ce qui témoigne du fonctionnement psychique du patient est bon, en tant que témoin de la vie psychique, fût-ce une vie souffrante... Le terme « neutralité bienveillante » est cependant contestable : parce qu'une « bienveillance » paternaliste serait à l'opposé de l'attitude du psychanalyste (qu'il vaudrait mieux dire « fraternelle »), et parce que le psychanalyste n'est pas neutre : il centre toute sa position sur une valeur majeure, la Vie, et d'abord la vie psychique. Il vaut mieux vivre que mourir, et la vie psychique est la plus belle forme de ce miracle qu'est la vie elle-même. Cela ne se démontre pas, mais cela se communique.

Telles sont les deux règles fondamentales. Mais un certain nombre de principes généraux en découlent.

• Le psychanalyste ne donne jamais de conseils. Il devrait être bien connu que les conseils, si bien intentionnés soient-ils, connaissent deux destins : on les suit ou on ne les suit pas. Si l'affaire tourne mal, dans tous les cas on en voudra au conseilleur, et cela permettra fort opportunément de rejeter sur lui toute la responsabilité (il arrive même qu'on suive un conseil sachant que cela tournera mal, précisément dans ce but). Donc le psychanalyste ne donne jamais de conseils ; mais il aide son patient, dans toute la mesure du possible, à élaborer une position du problème et une solution qui seront bien les siennes, qui équilibrent au mieux son propre fonctionnement psychique. Cela, bien souvent n'est pas facile, car l'analyste ne peut, ce faisant, encourager l'élaboration d'une solution qui, exclusivement centrée sur la position du patient, apparaîtrait à l'évidence gravement préjudiciable à d'autres personnes (et c'est encore plus difficile s'il garde bien présent à l'esprit que ces personnes, ce sont celles dont lui parle le patient, et qu'il n'en connaît rien d'autre)....

• Le secret doit être absolument maintenu sur tout ce qui se dit et survient au cours de la cure. L'analyste s'interdit absolument de dire à quiconque ce qui se passe dans la cure de M. X, et même que M. X a entrepris avec lui un travail psychanalytique personnel (le patient, bien entendu, peut en parler à qui bon lui semble et autant qu'il le veut). Cependant, il y a des exceptions à cette règle du secret que s'impose l'analyste, et il faut ici que les choses soient bien claires. Il y en a trois : *a*) lors d'échanges informels entre analystes, lorsqu'on sollicite une opinion, un avis, un conseil (car c'est ici possible !) ; *b*) lors des « supervisions » où un analyste en cours de formation expose un cas à un collègue expérimenté ; *c*) dans le cadre de publications, nécessaires si l'on veut animer par de la clinique le travail théorique et l'information du public. Dans *tous les cas* l'anonymat du patient est rigoureusement préservé, même entre collègues. Lorsque des détails personnels permettraient une identification, les analystes qui discutent du cas entre eux s'engagent à participer du secret ; dans le cas des publications, on s'attache très soigneusement à transposer tous les détails (profession, âge, situation sociale, événements majeurs de la vie, etc.) qui permettraient cette identification (ce qui n'est pas toujours facile si l'on veut préserver la vérité des faits qui importent), et parfois on n'a d'autre solution que de demander l'accord du patient lui-même (mais il est préférable alors qu'il s'agisse d'une cure terminée). Le respect rigoureux par l'analyste de ces règles de secret est fondamental, car c'est seulement ainsi que la confiance du patient peut lui être assurée, et que lui-même peut sentir qu'il joue loyalement le jeu. Bien entendu, rien n'interdit à l'analyste de prendre des notes sur les séances, à son seul usage personnel ; quant à moi, comme beaucoup de mes collègues, je ne prends des notes qu'*après* la séance, pour ne pas gêner au cours de celle-ci le jeu de l'« attention flottante » (de sorte que l'image conventionnelle, familière aux caricaturistes, de l'analyste armé d'un bloc est à cet égard particulièrement mal venue).

• Il est préférable que le patient ne soit pas informé de la vie personnelle de l'analyste, qui s'abstient donc rigoureusement d'en dire quoi que ce soit (par contre, le patient a bien évidemment le droit de connaître sa situation professionnelle), comme d'exprimer ses opinions politiques, religieuses, etc. On exprime parfois cela en disant que l'idéal est que la personne de l'analyste soit ainsi pour le patient une pure « surface de projection », c'est-à-dire remodelable au gré des aléas du transfert selon des processus qu'on a ainsi les meilleures chances d'analyser ; ou encore que l'analyste se doit d'être un pur « miroir » pour le patient. Ces formulations sont contestables, dans la mesure où elles pourraient laisser croire que l'analyste idéal est passif ; bien au contraire, ainsi qu'il a été dit plus haut, sa meilleure position en séance est caractérisée par une sorte de tension permanente de son activité psychique.

- L'analyste s'attache au maintien rigoureux du « cadre » ; par ce terme, on désigne les conventions passées initialement par une sorte de « contrat » accepté par les deux parties, et qui concerne la fréquence des séances (au moins trois par semaine dans le cas d'une cure « classique », divan-fauteuil, mais Freud, lui, en imposait cinq ou six… ; une ou deux dans la situation de face à face), leur horaire, les honoraires, le paiement des séances manquées (car toute séance manquée est due, quelles qu'en soient les raisons : ceci, qui paraît parfois « léonin », c'est-à-dire relever du diktat, se fonde sur de fortes raisons, qui seront précisées plus loin), l'anonymat de l'analyste, etc. Il n'est pas rare qu'un patient qui à l'origine avait apparemment accepté ce contrat sans réticence le remette ensuite en cause, voire l'attaque avec vigueur. Au-delà des raisons qu'il invoque, il s'agit toujours de mouvements transférentiels majeurs (par exemple, il manifeste par là qu'il ressent la clause qu'il attaque comme une intolérable oppression de l'analyste, sur le même mode où, à l'adolescence, il avait attaqué l'autorité de son père). Face à ces « attaques du cadre », l'analyste doit rester solide, et s'attacher à en dégager le sens transférentiel. Il va de soi qu'il aura dû veiller, lors de la fixation du « contrat » initial, à en proposer des clauses qui ne soient pas abusives, notamment en termes de temps (convenir d'un horaire qui ne crée pas pour le patient des difficultés excessives) et d'argent (proposer des honoraires compatibles avec les revenus du patient, et tels que, même s'il y consacre une somme pour lui importante, sa vie n'en soit pas gravement altérée). Comme beaucoup de mes collègues, je suis très fermement opposé à la pratique des « séances à durée variable » (interrompues par l'analyste à tout moment). Cette pratique constitue une forme particulièrement pernicieuse d'oppression du patient, qui risque fort de se sentir livré par là sans défense au bon plaisir de l'analyste ; en conséquence, les séances sont toujours de 45 minutes, quoi qu'il advienne. Les interruptions pour vacances sont toujours énoncées dans leur principe général lors de la fixation du « contrat » initial, et annoncées longtemps à l'avance. L'analyste ne supprime une séance (toujours en en prévenant le patient à l'avance) qu'en cas de nécessité absolue, et donc en fait très rarement (à cet égard, il constate vite qu'il est beaucoup plus strictement lié à l'obligation d'être présent aux séances que certains de ses patients...). Enfin, en séance, l'analyste veille au respect du cadre en supprimant toute interférence extérieure en cours de séance.

En définitive, le respect de ces règles et de ces principes, malgré mais en fait grâce à leur caractère strict, instaure la situation la plus propice au cheminement du patient vers ce qui constitue le but de toute l'entreprise : aller vers sa vérité personnelle, accéder à plus de liberté.

5

Pourquoi un divan ?

L'idée d'aller s'allonger sur un divan plusieurs fois par semaine en présence de quelqu'un, « simplement pour parler », peut paraître au profane assez incongrue, voire vaguement effrayante ; d'ailleurs, ajoute-t-on parfois, « bien vite je ne saurais plus quoi dire... » Cette dernière déclaration est en fait plutôt de nature à faire plaisir au psychanalyste : ainsi, cette personne ne sait pas encore quel immense territoire constitue sa propre vie psychique, et quel plaisir – mêlé certes d'inquiétudes, voire d'angoisses – elle aura à le découvrir si elle donne suite à son projet...

Mais pourquoi un divan ? Simplement parce que, ainsi que Freud l'avait constaté il y a bien longtemps, cela favorise – en principe et dans la plupart des cas – une détente du corps et de l'esprit favorable au jeu de la libre association. L'analyste est assis derrière, hors du champ du regard du patient ; c'est ainsi que, sans doute, il constitue au mieux cette « surface de projection » évoquée dans la question précédente.

Il arrive cependant qu'au contraire quelqu'un vive cette perspective avec beaucoup d'appréhension. Il appartient bien sûr à l'analyste de ne pas la méconnaître, et d'aider le consultant à en envisager la nature et les sources. Ceci peut prendre beaucoup de temps ; il est donc alors préférable de continuer à travailler « en face à face », jusqu'à ce qu'advienne le temps du divan… s'il doit advenir.

Il faut en effet bien souligner ici qu'un travail authentiquement psychanalytique peut s'instaurer aussi bien en face à face que dans le dispositif divan-fauteuil. Désigner la première situation comme « psychothérapie » et la seconde comme « cure classique » est assez usuel, mais présente un inconvénient sérieux, celui de laisser croire que seule la seconde permet véritablement l'instauration d'un processus analytique, tandis que la première n'en serait qu'une pâle copie, instaurée faute de mieux. C'est inexact. Un travail psychanalytique au plein sens du terme peut s'instaurer dans l'un et l'autre cas. Ce qui compte en fait pour orienter vers l'une ou l'autre de ces deux situations, c'est le fonctionnement psychique du patient, dans les circonstances de sa vie et au moment où il présente sa demande, mais aussi celui de l'analyste, et leur accord, ou pour mieux dire leur « accordage », pour définir le meilleur plan de travail possible.

Il est des personnes qui souhaitent une telle aide sous le coup d'un deuil, d'une rupture affective, d'une grave désillusion, d'une amère déception professionnelle, etc., et sont lasses de chercher dans un soutien médicamenteux un secours qui leur apparaît insuffisant : bien au-delà d'un corps malade, c'est une personne qui souffre et demande à être entendue. Le plus urgent peut être alors d'aider ces consultants à passer un cap difficile dans le cours de leur vie ; ce n'est qu'ensuite que, éventuellement, on pourra proposer d'aller plus loin avec la « cure classique ». D'autres souhaitent explicitement une aide pour un certain travail d'introspection poursuivi depuis longtemps, mais qui leur paraît maintenant gagner à être assisté. Dans des cas de ce type, l'analyste a souvent conscience de « travailler au niveau du moi », comme il le dira peut-être en son jargon, c'est-à-dire d'être une sorte de collaborateur pour une réflexion soutenue du patient sur lui-même. Il se peut que le patient, remis sur pied (sorti de ce qu'en général il appelle sa « dépression »), reparte vivre sa vie. Il se peut aussi qu'il souhaite aller plus loin dans la recherche des causes profondes de la façon particulièrement malheureuse dont il a vécu cet épisode : c'est alors qu'on peut envisager le passage « sur le divan », pour retravailler bien plus avant toute son histoire personnelle, et analyser comment se sont mis en place les mécanismes responsables. Ce ne sera pas « mieux », ce sera plus.

Il est d'autres cas où d'emblée peut être posée l'« indication d'analyse » avec le dispositif divan-fauteuil. Il s'agit en général de personnes qui sont parvenues à la conclusion que « quelque chose » se répète dans leur vie, et qu'elles en sont au moins en partie responsables. Par exemple, lors d'engagements amoureux successifs, c'est toujours le même type de femme (ou d'homme...) qui séduit, la même phase initiale est vécue dans les mêmes illusions, les tensions surviennent ensuite sur le même mode, la rupture survient elle aussi sur le même mode... Lors des premières expériences le sujet se dit : « Cette fois ce sera bien différent... », mais le processus se répète. Alors vient un moment où cessant d'avoir recours aux procédés défensifs les plus banaux (c'est la faute aux autres, c'est la faute à « pas de chance », etc.), il se dit qu'il sollicite à son insu de telles répétitions, et que c'est d'abord en lui-même qu'il doit en rechercher les mécanismes. Il souhaite regarder en lui-même, même s'il sent bien que ce sera pénible. S'il vient dans ces dispositions consulter un analyste, celui-ci sera fondé à lui proposer d'emblée une « cure classique ».

Le travail de l'analyste ne se borne cependant pas à ces deux situations. Il est des cas où le fonctionnement psychique du patient ne permet pas un travail psychanalytique sous l'une des deux formes qui viennent d'être envisagées. C'est le cas lorsqu'une affection authentiquement organique, traitée par telle ou telle spécialité médicale, relève en partie de causes psychiques favorisantes, et en tout cas présente de graves répercussions à ce niveau : on peut alors suggérer une approche dite « psychosomatique » adaptée à ces cas, et qui met en œuvre des démarches spécifiques. Dans d'autres cas où les choses se jouent plus au niveau de l'action que de la pensée, on pourra diriger le consultant vers un psychodrame psychanalytique, ou vers une technique de relaxation conduite par un psychanalyste. Dans d'autres cas encore le problème est à traiter, non pas au niveau d'une personne, mais de deux ou plusieurs personnes : lorsqu'un bébé va très mal, on peut ainsi penser à traiter le couple mère-bébé lui-même, ou, lorsque c'est toute la famille qui souffre, envisager une thérapie familiale, etc.

Toutes ces démarches thérapeutiques sont conduites par des psychanalystes et supposent tout l'arrière-plan théorique et clinique de la psychanalyse, mais aussi une spécialisation au sein même de la psychanalyse. Cependant, tout psychanalyste lorsqu'il est consulté a pour charge de proposer la meilleure orientation possible, compte tenu de la nature des problèmes présentés et du fonctionnement psychique du consultant. Sa position lors du « premier entretien » (éventuellement poursuivi par un deuxième, un troisième...) est bien de diagnostic, mais aussi de pronostic dans telle ou telle solution envisageable.

Et pour le consultant ? Il est fréquent que dans un tel ouvrage on donne des conseils pour affronter le « premier entretien avec un psychanalyste ». Ce ne sera pas le cas ici. Il ne s'agit pas d'un examen (au sens scolaire ou au sens médical) à préparer. Le seul conseil qui puisse se donner est : dites aussi sincèrement, aussi spontanément que possible, et dans les mots qui viennent, ce qui vous fait souffrir... S'il s'agit de chercher une vérité de soi-même, cela commence ainsi.

6

Pourquoi payer ?

C'est peut-être la question qui revient le plus souvent. Dans une société préoccupée d'efficacité à court terme et de rentabilité des investissements, il paraît à beaucoup choquant de consacrer tant de temps et d'argent à… à quoi, au fait ? À parler ? Mais « ce ne sont que des mots »… On ne devrait cependant pas méconnaître le pouvoir des mots : ce sont eux qui, pour une bonne part, font l'amour… mais aussi la guerre. Et le psychanalyste a vu pour sa part bien des gens qui souffrent de ne pas trouver les mots pour le dire. Pour dire quoi ? Eh bien, justement, nous allons chercher ce qui jusqu'ici était indicible et si douloureux à être indicible. Mais, réplique le sceptique, « je peux très bien parler tout seul, et ça ne me coûtera rien ! ». Un temps viendra, peut-être, où il admettra que parler tout seul est fort triste, et qu'on y tourne en rond à faire soi-même les questions et les réponses, les seules questions et les seules réponses qui s'avèrent possibles dans le cadre d'un système fermé à, précisément, être seul ; et que parler à quelqu'un, pour quelqu'un, avec quelqu'un, ouvre une toute nouvelle dimension à la recherche de soi-même. C'est d'ailleurs le plus souvent une solitude intime mais douloureuse qui conduit quelqu'un chez le psychanalyste.

Bon, admettons. Mais pourquoi payer, et éventuellement payer cher ? un confesseur ne se fait pas payer… À cela, on peut faire observer que le contrat est d'une autre nature. Chacun peut bien sûr, s'il y trouve ce qu'il cherchait, parler avec un confesseur, un « directeur de conscience » (ce qui d'ailleurs n'est nullement incompatible avec le fait de parler aussi avec un psychanalyste). Mais ce qu'il y cherchera sans doute, c'est l'allégement de ses culpabilités, le pardon et le « rachat » de ses fautes, le renoncement à des désirs jugés coupables, l'affermissement dans une voie posée comme plus vertueuse, etc., c'est-à-dire précisément une « direction de conscience », au regard d'une morale fondée sur une transcendance (Dieu, ou de quelque façon qu'on nomme ce principe) ; quant au « directeur » lui-même, c'est cette transcendance qu'il sert, où il fonde ses raisons de refuser un paiement personnel. Le psychanalyste, lui, n'invoque aucune transcendance, c'est-à-dire qu'il se situe en marge de toute religion. Est-il extérieur à toute morale ? bien sûr que non ! Sans doute, il ne juge pas, ne condamne pas, ne promet aucun « pardon », n'offre aucun rachat, et n'oblige à rien. Mais il fonde son action sur quelques valeurs simples : il est au service de la vie, et tout ce qui sert la vie est meilleur que ce qui l'étiole, la fige, la compromet ; tout ce qui existe dans la vie psychique doit être reconnu comme existant, pour pouvoir être modifié de façon à jouer de façon plus souple, plus heureuse, plus naturelle ; le but est d'aider le patient à devenir sujet et agent de son propre destin ; enfin, tout ceci doit advenir dans le respect d'autrui.

Très bien. Mais si ses buts sont si nobles, pourquoi se fait-il payer ? D'abord, pour les mêmes raisons que vous : il doit bien gagner sa vie…

Mais il se fait payer très cher ? On entend souvent dire : il est choquant que de tels traitements soient réservés aux plus riches ! Il faut ici être clair. Il n'est pas exact que ce soit réservé aux gens riches : il n'est pas difficile actuellement, en France tout au moins, d'obtenir une prise en charge par la Sécurité sociale, et un certain nombre de centres de traitement accordent une gratuité totale (ou presque dans certains cas). Même lorsque ce n'est pas le cas, le psychanalyste sérieux veille à proposer des honoraires acceptables par le patient, ou, si cela reste en deçà de la marge qu'il s'est fixée, il le réoriente (en France, actuellement c'est-à-dire dans ces années 2000, la marge se situe entre 200 et 400 francs français, parfois moins, pour des séances de 45 minutes). Vous pensez qu'avec de tels honoraires il vit grassement ? Calculez son revenu mensuel, sachant qu'avec dix ou douze clients (s'il atteint ce nombre) qui viennent le voir une à trois ou quatre fois par semaine, il a fort à faire. Tenez compte qu'un psychanalyste sérieux (il n'a donc rien de commun avec tel ou tel personnage qui se pare abusivement du titre) s'est donné une formation qui, après ses études de médecin ou de psychologue clinicien (six à huit ans), a duré elle-même sept à dix ans… Et sachez que parfois, après toute une journée passée à recevoir toutes les misères du monde, il lui arrive d'être bien las… Somme toute, est-il illégitime qu'il se dise qu'il a, lui aussi, le droit de gagner sa vie ?

Vous pouvez cependant objecter, à juste titre, que si les revenus de l'analyste ne sont pas exorbitants, la charge peut être bien lourde pour le patient qui, lui, paie cela une à trois ou quatre fois par semaine. Je redirai d'abord que le contrat initial doit prévoir une charge qu'il puisse assumer, même si éventuellement elle représente une part notable de son revenu. Mais d'autres considérations, liées à la nature même de l'entreprise, entrent en jeu.

La plus importante est que, dans la société où nous vivons, l'argent est un signe autant qu'un témoin de la valeur accordée aux choses. Témoin cette mésaventure d'un jeune analyste que je ne nommerai pas : ému par le triste sort d'un consultant qui avait fait état de ressources très modestes, il avait fixé des honoraires eux-mêmes très modestes ; par la suite, il a fallu longtemps à ce patient pour avouer qu'il avait triché, et pour quitter son sentiment qu'un analyste qui demandait si peu ne valait pas cher (en fait, il avoua tout cela quand sa femme entreprit elle-même une analyse avec quelqu'un qui demandait le double, ce dont il se montra fort humilié…). Chaque séance, si elle est payée un prix qui ne soit pas négligeable, prend de ce fait valeur et consistance : on hésite alors à y tuer le temps en la meublant de broutilles sans intérêt. On hésite encore plus à la manquer (sachant qu'elle devra être payée) sous prétexte qu'on ne « se sent pas en train » : il y a inévitablement, dans le cours d'une analyse, des moments où l'on sent bien que ce sera pénible, et où on est tenté de dire comme l'enfant qui rechigne à aller à l'école, qu'on a « bobo ventre »…

Mais enfin, il peut se produire des circonstances exceptionnelles ? L'analyste ne doit-il pas continuer à s'occuper de son patient, même si dans un cas extrême celui-ci ne peut plus payer ? Écoutez donc cette histoire. C'est celle d'une jeune avocate, fort intelligente, mais en grande souffrance psychique, qui gagnait bien sa vie au début de son analyse. Pour des raisons liées à des difficultés intimes qui détruisaient sa vie, elle traverse une crise profonde où elle renonce à toute vie personnelle, résilie le bail de son appartement, se dépouille de tous biens matériels et cherche refuge dans un monastère ; elle quitte un emploi qui lui répugnait et vit de travaux mineurs. Vient le moment où elle déclare à l'analyste qu'elle ne peut plus payer, et l'analyste a toutes raisons de penser que c'est vrai. Elle le supplie de continuer, mais gratuitement. L'analyste est alors pris dans un dilemme : va-t-il lui dire qu'on arrête, et la renvoyer seule avec sa souffrance ? impossible. Va-t-il accepter de continuer gratuitement ? impossible aussi, car à ses yeux le sens de tout ceci est clair : sans qu'elle l'ait vraiment délibéré, elle a fait en sorte d'en arriver à un extrême dénuement, où elle obtienne enfin ce que, ressent-elle, elle n'avait jamais obtenu de son père : qu'il l'aime. Si l'analyste accepte de continuer à la recevoir, trois fois par semaine, « pour rien », ce sera, enfin, le signe qu'il l'aime. Il a traversé un moment difficile, en proie à des supplications de plus en plus insistantes. Finalement, il a proposé un compromis : réduire la fréquence des séances de trois à une fois par semaine, mais au même tarif que précédemment. S'il a alors été intraitable sur le maintien du paiement, croyez bien que ce n'était pas par appât du gain… Il lui paraissait vital de maintenir le lien et de conserver des chances d'analyser ce qui se jouait là. Il a fallu deux ans ensuite pour que cette crise se résolve, mais elle l'a été, heureusement.

C'est peut-être un cas exceptionnel, mais il met bien en lumière la nécessité du paiement. Car si un analyste prend quelqu'un gratuitement en traitement, on n'évitera pas que la question se pose : pourquoi ? qu'attend-il en retour ? Cherchez vos réponses, vous verrez bien quelles idées peuvent vous venir… Le paiement est ce qui garantit le caractère professionnel de la situation.

Voici pour l'argent (ce qui n'épuise pas la question bien sûr). Et le temps ? Pourquoi cela doit-il durer si longtemps ? Je soigne un rhume, une grippe, avec un médicament qui me guérit en trois jours ; si je me casse une jambe, elle sera réparée en trois heures, et je marcherai comme avant dans trois semaines. Alors, vous, les psychanalystes, accélérez un peu votre rythme, mettez au point des techniques plus efficaces ! c'est d'autant plus nécessaire que la pharmacopée psychiatrique (les antidépresseurs, les anxiolytiques, etc.) s'enrichit de jour en jour, et que bientôt personne n'aura plus besoin de vous… À ceci on peut répondre qu'il n'est certes pas question de négliger ces actions médicamenteuses, mais qu'elles ne sauraient répondre à tout : le savent bien les personnes qui traînent depuis des années la même misère intime, provisoirement et répétitivement calmée par une drogue qu'il faut prendre et reprendre, jusqu'à en faire une quasi-toxicomanie ; et que, si par exemple le drame est de n'être pas aimé, et de ressentir cela depuis son enfance, aucun médicament ne peut guérir cette blessure, tandis que le seul fait de pouvoir en parler à quelqu'un qui sait se taire mais entendre, pour la première fois, change tout.

Bien. Mais quelques séances pourront y suffire, et je partirai rassuré ? Plût aux Dieux qu'il en allât ainsi ! Mais, en général, ce n'est malheureusement pas le cas ; et le psychanalyste a de bonnes chances de voir revenir, sous quelques semaines ou quelques mois, le patient qui s'était prématurément déclaré en bonne forme après une amélioration passagère. C'est certes fâcheux, mais c'est ainsi. Les raisons n'en sont pas difficiles à trouver. Car une misère personnelle, un malheur persistant, voire un mal être qui gâchent la vie, peuvent certes être dus pour une part à des circonstances malheureuses ; mais pour une bonne part aussi les causes en sont internes à la personne même : l'humanité applique depuis toujours, avec brio, le vieux précepte : « Faites votre malheur vous-même ! » C'est sur cela que l'analyse peut agir. Alors, pourquoi est-ce si long ?

Simplement parce que cette personne qui est là, qui a quarante ans, et qui depuis quarante ans (ou presque) contribue à son propre malheur, a mis quarante ans à se construire ainsi. Il n'est pas imaginable qu'elle se refasse, pour mieux fonctionner, en quelques semaines. Un long cheminement va être nécessaire pour que se modifie en elle, au plus intime d'elle-même, ce qui allait mal.

7

Comment choisir un psychanalyste ?

Il faut savoir, tout d'abord, que le titre de psychanalyste n'est protégé en France par aucune disposition légale : n'importe qui, avec ou sans formation, peut se prévaloir du titre ; les gens ne manquent pas, malheureusement, qui s'en prévalent sans qualification sérieuse, voire sans aucune qualification. Le titre de médecin, ou de psychologue, ne suffit pas : au-delà de ces formations de base, la pratique de la psychanalyse exige une formation spécifique. Il faut donc être prudent avant de consulter. La référence à telle ou telle « association internationale », voire « mondiale », n'offre en elle-même aucune garantie, puisque les statuts d'une telle association peuvent être déposés sous la loi de 1901 avec un minimum de formalités et sans que les pouvoirs publics contrôlent ce qu'elle recouvre (sauf atteinte à l'ordre public, aux bonnes mœurs ou aux dispositions relatives aux sectes). Quant à la publicité dans des journaux ou magazines de tel ou tel « praticien », cela devrait être plutôt un facteur dissuasif…

Le monde de la psychanalyse est en France si divers qu'il est difficile cependant de donner une description générale des procédures de formation sérieuses. On ne parle bien que de ce que l'on connaît : je donnerai donc ici des informations sur les procédures suivies par les deux instituts de psychanalyse (Paris et Lyon) qui sont les organes de formation de la *Société psychanalytique de Paris* (*SPP*), association 1901 reconnue d'utilité publique, qui compte actuellement environ six cents membres. Ceci pour la double raison que je les connais bien et qu'elles s'inscrivent dans le cadre de règles générales édictées par l'*Association psychanalytique internationale* (*API*, ou, selon le sigle en anglais, *IPA*).

Quelques mots d'abord sur cette *API*. Il s'agit d'une organisation fondée par Freud lui-même en 1910 et qui depuis s'attache très soigneusement à définir et faire appliquer les règles de la formation et de la pratique psychanalytiques au sein des sociétés nationales composantes (actuellement, une soixantaine de sociétés ou groupes d'études locaux), lesquelles réunissent environ dix mille membres.

C'est dans le cadre général des règles édictées par l'*API* que se situe la formation des psychanalystes conduite par les instituts de la *SPP*. À quelques exceptions près, il est demandé aux candidats à cette formation d'être médecins (de préférence psychiatres) ou psychologues cliniciens, soit cinq à huit ans pour cette préparation de base.

Seconde clause, qui ne souffre aucune exception : faire une analyse personnelle, étant posé qu'on ne saurait être analyste sans être passé soi-même, longuement, par une telle expérience (et la faire avec un membre de la *SPP*, ceci seul pouvant assurer suffisamment une bonne transmission). À la différence d'autres sociétés composantes de l'*API*, la *SPP* a supprimé depuis longtemps toute distinction entre analyse « didactique » (entreprise dans le but de devenir analyste) et analyse « thérapeutique » (pour des raisons plus personnelles) : on avait constaté en effet qu'arguer d'une analyse « didactique » pouvait, chez certaines personnes campées sur une position du genre « je vais très bien, c'est juste un diplôme de plus... », servir de cuirasse contre la remise en cause personnelle profonde qu'exige toute analyse.

Après une durée qui, disent les textes, « ne peut qu'exceptionnellement être inférieure à trois ans », toute personne qui satisfait à ces conditions préalables peut demander à être admise comme élève par un institut de la *SPP*. Elle est alors reçue en entretien par trois membres formateurs de la *SPP*, qui en rendent compte à une commission dite « du cursus », laquelle choisit entre trois éventualités : acceptation, ajournement (ce qui signifie que la demande pourra être représentée plus tard), ou refus.

Si elle est acceptée, cette personne devient élève de l'institut et admise à la pratique de cures contrôlées (ou « sous supervision »). Ceci signifie que l'analyste en formation est admis à pratiquer deux analyses, dans le dispositif divan-fauteuil de la « cure classique », au rythme minimum de trois séances de trois quarts d'heure par semaine, sous condition d'en rendre compte et d'en discuter chaque semaine avec un analyste formateur (pour l'un des cas en relation individuelle avec un formateur, pour l'autre dans le cadre d'un groupe de supervision conduit par un autre formateur). Après une durée de supervision qui pour chaque cas va en général de deux à quatre ans, l'analyste formateur en rendra compte à la commission du cursus qui suit le parcours de l'élève. Celui-ci, parallèlement, aura fréquenté des séminaires et groupes de travail, qu'il choisit librement dans un très large éventail d'activités animées par les membres de la *SPP* (aucun programme n'est imposé).

Vient le moment où, au terme de ce parcours, l'élève demande la « clôture » de son cursus de formation : celle-ci est prononcée par la commission du cursus, sur la base des informations disponibles (rapports des superviseurs, avis des directeurs de séminaires, activités dans le cadre de l'institut, etc.). Aucun diplôme n'est délivré, mais l'intéressé peut prendre le titre d'« ancien élève de l'Institut de la *SPP* ».

Il n'est pas possible ici de préciser les raisons de telle ou telle de ces dispositions, qui ont été longuement élaborées (la réflexion sur ces procédures n'a pas cessé depuis la création de la *SPP* en 1926), et continuent à l'être. Ce qui vient d'être énoncé est en effet le tableau de la situation au moment où ces lignes sont écrites, janvier 2000, mais pourra être quelque peu modifié par la suite.

Depuis le début de l'analyse personnelle jusqu'à la clôture du cursus, la formation aura donc duré en général huit à dix ans, qui s'ajoutent aux cinq à huit ans de la formation préalable de médecin (psychiatre) ou de psychologue clinicien.

Le parcours n'est cependant pas pour autant terminé, car, au-delà de ces procédures, l'analyste ne cesse jamais en fait sa formation théorique et clinique. Il pourra la poursuivre au mieux, dans le fil de cette trajectoire, en devenant membre de la *SPP*. Il pourra alors en effet, s'il le souhaite, poser sa candidature au titre de « membre affilié » de la *SPP*, et y être admis selon les procédures usuelles dans une association 1901 (examen de la candidature par une commission des candidatures et vote sur rapport de cette commission). Il pourra par la suite, s'il remplit les conditions nécessaires, accéder au rang de membre adhérent, puis de membre titulaire (formateur).

8

Quel est le déroulement de la cure ?

Lorsqu'un consultant, en réponse à sa demande d'aide, se voit proposer une analyse, il pose souvent, et légitimement, deux questions : « Combien de temps cela va-t-il durer ? » et : « Comment cela se passe-t-il ? » À la première question, on peut répondre, pour que l'entreprise ne démarre pas sur un malentendu : « Cela se compte en années… » Il est beaucoup plus délicat de répondre à la seconde question. On peut bien sûr donner la définition du cadre (divan-fauteuil, ou face à face), énoncer la règle de libre association et en expliciter l'intérêt, et s'il en est temps énoncer les clauses du « contrat » qui pourrait être proposé. Au-delà, il n'est guère d'autre réponse possible Certes, le psychanalyste pourrait en dire bien plus, en pensant à toutes les cures qu'il a déjà conduites, et en en tirant quelques informations générales. Mais il risquerait fort alors de rebuter le consultant par une formulation mal venue, et surtout de pré-diriger en quelque sorte l'analyse à venir en semblant en fournir un modèle à suivre. La seule chose qu'il puisse dire est à peu près : aucune cure n'est semblable à une autre, parce que chacune est une aventure ; nous verrons bien, et l'intérêt de l'entreprise est justement de laisser la cure se dérouler comme *vous* aurez besoin qu'elle se développe ; la visée de toute cure psychanalytique est la liberté, et la liberté ne peut pas se définir *a priori*.

Il est possible que le consultant ne soit guère satisfait de cette réponse, voire la prenne pour une dérobade. Il se peut alors qu'il préfère ne pas donner suite : c'est son droit, mais c'est sans doute que sa motivation était assez chancelante. Mais si sa motivation est mieux affirmée, s'il attend de l'entreprise des bénéfices personnels, il est probable qu'au contraire sa curiosité sera aiguisée, et qu'il donnera son accord. Et, effectivement, on verra bien…

Mais nous ne sommes pas ici dans une telle situation ; c'est pourquoi on peut en dire plus. Il n'y a rien là de secret, puisqu'il s'agit, en bref, de ce qui se trouve par ailleurs largement exposé, commenté, discuté, dans quantité d'ouvrages et de revues de psychanalyse. Qu'on se rappelle bien, cependant, que ce « schéma type » n'est qu'une sorte d'image générique du déroulement de la cure, que chaque cas est spécifique, et que telle ou telle phase, tel ou tel aspect peut y manquer ou au contraire y prendre une importance et une durée particulières.

Les premières séances sont souvent marquées par l'émotion de la première rencontre et par une très vive curiosité marquée de quelque inquiétude. Chez la plupart des patients, cette inquiétude porte sur la position de l'analyste dans cette situation inédite, sur leur propre position (la crainte de ressentir, d'exprimer, de dire, voire d'agir des idées et des émotions d'ordinaire barrées par les règles usuelles des contacts sociaux), et, en deçà sur l'émergence possible de ce monstre redoutable, l'inconscient. Phase souvent très riche par sa spontanéité, et où l'analyste peut alors repérer quelques-uns des thèmes essentiels à venir. Il ne le dit bien sûr pas tout de suite, bien au contraire : non qu'il pense devoir le dissimuler, mais parce qu'il sait bien que tout un cheminement préalable va être nécessaire pour que ce soit admissible par le patient et prenne réellement fonction dans son travail psychique (l'interprétation sauvage prématurée est toujours inutile, parfois néfaste).

À cet émoi du début succède ce qu'on qualifie parfois, avec un peu d'humour, de « lune de miel analytique », faite d'émerveillement du patient devant la richesse insoupçonnée de son propre fonctionnement psychique, et de gratitude pour l'analyste qui en permet la révélation, un analyste volontiers idéalisé. L'analyste cependant garde la tête froide : il sait bien que cela n'a qu'un temps…

Car vient le temps des choses sérieuses – non pas qu'elles soient plus importantes, mais elles sont sans doute plus graves. Car la cure analytique a pour fonction essentielle de remettre au jour tout ce qui auparavant était rendu et maintenu inconscient par le jeu du refoulement et d'autres défenses (la dénégation, le déni, l'isolation, etc.), mais aussi de réactiver tout ce qui, sans être à proprement parler inconscient, était tenu à l'écart et rendu aussi inactif et indolore que possible. Ceci par des attitudes du type : « Puisque je n'y peux rien, je mets mon mouchoir par-dessus, je m'y résigne, je fais ce que je peux pour penser à autre chose, travaillons ça vaut mieux, j'ai d'ailleurs tout pour être heureux », etc. Toutes ces tactiques peuvent s'avérer utiles pendant un temps, mais ne résolvent pas le problème ; en général l'insatisfaction, l'amertume, l'angoisse montent progressivement, et le sujet en vient à se dire qu'il en est train de gâcher sa vie : c'est alors qu'il se décide à consulter un psychanalyste. Lorsque, dans cette seconde phase de la cure, après la « lune de miel », tout cela revient en force, il vit des moments difficiles à mesure qu'émergent les désirs insatisfaits et les interdits qui s'y opposent, les frustrations, les deuils méconnus, les haines obscures, les culpabilités, les pensées inavouables, etc. Les défenses se mobilisent. Elles peuvent, selon les patients, produire des effets bien différents. Certains sont tentés d'abandonner, fût-ce en se saisissant de prétextes. Ce fut le cas de cet homme qui souffrait de graves inhibitions ; d'abord animé d'une foi du charbonnier envers l'analyse, il faillit rompre le jour où il découvrit que son analyste avait par ailleurs quelques fonctions d'enseignement : il avait vécu toute sa scolarité comme un martyre imposé par des sadiques… D'autres réagissent par une aggravation de leurs troubles, comme pour bien établir que tout cela est inutile, et même nuisible, qu'il faut donc arrêter (et l'entourage ne manque pas, assez souvent, de proclamer : « Je te l'avais bien dit ! »). D'autres encore cimentent de solides défenses contre l'émergence même de tout ce qui est trop pénible :

c'est la « traversée du désert », où se succèdent les séances consacrées à la relation de petits faits rendus sans importance parce que vidés de toutes leurs résonances, etc.

L'analyste s'y attend. Il sait qu'il doit tenir bon ; il ne cherche pas à bousculer son patient, à brusquer les choses, car il sait bien qu'à attaquer les défenses de front il risquerait fort de les durcir. Sans relâche cependant il établit des liens, suggère des sens possibles, offre des interprétations : toute sa visée est de maintenir l'analyse vivante. En tout ceci bien sûr il est particulièrement attentif au développement et aux modalités du transfert (c'est-à-dire de la façon dont jouent à son égard des sentiments, des attitudes, des schémas relationnels, etc., antérieurement mis en place avec d'autres personnes, au premier chef les parents).

Si tout va bien, on sort un jour du désert, et l'analyse prend son véritable essor. Alors se réélabore toute la dynamique psychique, alors se réécrit l'histoire personnelle ; ce qui s'y joue fera l'objet de la plupart des questions posées plus loin.

Vient le moment où l'on peut envisager la fin de la cure. Cela s'analyse, et il arrive que cela prenne du temps : car il s'agit d'une séparation, après un long parcours commun, et de tout ce que cette séparation peut raviver d'inquiétudes, de blessures anciennes, de deuils même. L'objectif est qu'elle se fasse à l'amiable, sur une date décidée en commun, ni trop éloignée, ce qui lui ôterait toute réalité, ni trop proche pour qu'on ait le temps de s'y ajuster…

Répétons-le, il s'agit là d'une sorte d'image générique du déroulement de la cure analytique, sans qu'aucun cas particulier s'y ajuste vraiment, exactement comme une photo générique n'est le portrait d'aucune personne réelle…

9

Qui interprète, pourquoi, comment ?

On trouve en général dans le grand public deux images parfaitement contradictoires du psychanalyste : c'est un monsieur (une dame) qui de temps à autre vous dit ce qu'il faut penser de ce que vous venez de dire, ou de ne pas dire, mais en définitive de vous-même ; ou : c'est un monsieur (une dame) qui ne dit strictement jamais rien. S'il se rencontre un analyste conforme à l'une de ces deux images, je pense personnellement qu'il a tort. Le premier de s'installer comme une sorte de devin qui vous délivrerait des vérités sur votre inconscient, des vérités que vous seriez prié d'accepter telles quelles ; le second de vous laisser indéfiniment livré à vos questions, vos doutes, vos angoisses, votre solitude.

Car à la question : qui interprète ? la meilleure réponse est je crois : le psychanalyste et le patient, mais sans doute le patient d'abord. Simplement parce que l'expérience montre qu'une interprétation donnée prématurément par l'analyste est sans effet, voire fâcheuse parce qu'elle risque de conforter des résistances. Par exemple : tout patient aujourd'hui sait bien au début de son analyse qu'il y sera question de son père, de sa mère, et de ses relations avec eux ; il sait quelque chose, même de façon approximative, des « marottes » des psychanalystes, et notamment du complexe d'Œdipe. De sorte que si on interprète trop vite en termes œdipiens un incident de son enfance, il risque de l'accueillir comme une banalité : oui, bien sûr, mais ça ne m'apprend rien... Et effectivement ça ne lui apprend rien. Si par contre cet incident ayant été évoqué, on lui laisse le temps de cheminer, si peuvent en surgir les résonances affectives, parfois très vives mais jusque-là occultées, si par association viennent d'autres souvenirs, d'autres pensées, d'autres émotions, alors se constitue un réseau vivant, vivant de tout son poids de passé et de présent, de douleurs, d'inquiétudes, d'amour et parfois de haine, un réseau beaucoup plus significatif que la banalité initiale.

Mais c'est sans doute d'abord aux yeux du psychanalyste que cette signification d'ensemble se dégage, parce qu'il y est préparé par sa position d'écoute quelque peu en recul de ce qui se rejoue là sous ses yeux, par les arrière-plans théoriques dont il dispose, et par son expérience clinique. Il se peut qu'alors tout cela s'organise à ses yeux sous le signe de la conflictualité œdipienne. S'il juge que les temps sont mûrs, il le fait remarquer à son patient (en termes aussi simples que possible, et en s'abstenant d'explications abstraites et de références théoriques). Il a alors la satisfaction d'entendre son patient dire : « Oui, bien sûr... », et par là reconnaître clairement ce qu'au fond maintenant il savait, parce qu'il avait cheminé assez longuement vers cette compréhension pour l'avoir « au bord de la conscience », comme on dit « l'avoir sur le bout de la langue ».

La bonne interprétation c'est certainement cela : une mise en forme par le langage permettant qu'émerge à la pleine lumière de la conscience ce qui jusque-là peinait à y accéder. La cure analytique est une collaboration entre deux personnes. Si la parole y est si importante, c'est parce que, si tâtonnante soit-elle, elle permet au patient d'exprimer à l'analyste ce qui n'avait jamais pu être dit, et parce que l'analyste aide à trouver les mots pour le dire ; au-delà des mots, le langage est l'instrument nécessaire pour penser ce qui jusque-là ne pouvait pas l'être.

Il s'agit là du travail de l'interprétation, au sens le plus exact du terme. Cette définition est exigeante, de sorte que cela n'arrive pas tous les jours. Or le psychanalyste peut (et à mon sens doit) parler sans se limiter à cela.

Sa première tâche est de favoriser l'émergence d'un « matériel » utile à l'analyse. Il avance un « hmmm… ? » interrogateur et encourageant, il répète un mot du patient, il invite à développer une idée, une association, il met en évidence une émotion, parfois il demande un éclaircissement factuel, etc. De multiples façons il aide à désenclaver ce qui était enfermé : la pensée à peine esquissée et qui risquait de rester fugace, l'émotion vite réprimée, l'association aussitôt jugée inopportune, etc. Il y faut certes beaucoup de cette attention vigilante et cependant de cette ouverture à l'inattendu dont j'ai parlé à propos d'une question précédente (à propos des règles de la démarche analytique). C'est bien ainsi que se préparera le moment de l'interprétation.

Ce moment est préparé aussi par les interventions de l'analyste qui aident à créer des liens. Car il se pose très souvent la question : quel rapport entre ceci et cela ? ceci qui vient d'être dit après cela, sans lien apparent, alors que le patient a lui-même le sentiment de sauter du coq à l'âne. Mais quel rapport entre le coq et l'âne ? Il n'y a pas de hasard : si le patient est passé de ceci à cela, c'est bien qu'un cours de pensée sous-jacent, même inaperçu de lui, même inapparent pour moi, l'y a conduit : quoi ? À se poser cette question, on s'aperçoit très souvent qu'en effet il n'y a pas de hasard, et l'on se donne des chances de mettre en lumière ce courant souterrain. De même, il arrive à l'analyste d'intervenir pour dire : vous vous souvenez que vous m'aviez dit… rapporté tel rêve… etc., faisant ainsi référence à des moments de l'analyse qui peuvent être très antérieurs (parfois, des années après que cela a été évoqué) ; ceci toujours pour suggérer un lien, un sens commun. Il arrive que le patient admire cette « mémoire phénoménale », et se demande comment diable l'analyste peut se rappeler tant de choses. Il n'y a pas de mystère : comme tout le monde, l'analyste se souvient de ce qui était lesté de son poids de sens et d'affect. Cela ne faisait pas sens pour le patient à l'époque, il a oublié ; mais c'est parce que, déjà, cela faisait sens pour l'analyste qu'il se souvient.

Certaines interventions se situent cependant tout autrement que « dans le sens ». Je crois nécessaire, et tout simplement humain, lorsque l'analyste est en présence d'un moment de grande souffrance de son patient, qu'il témoigne de sa présence, fût-ce par un simple « oui… » dont la tonalité marque qu'il reconnaît cette souffrance. Il ne s'agit pas de compassion, ou de pitié, ou d'attitude charitable ou réparatrice, toutes positions qui seraient très inopportunes. Bien plus que de pitié, quelqu'un qui vit un tel moment de grande souffrance a besoin, tout simplement, que ce soit entendu de quelqu'un, et respecté. Le travail de l'analyse pourra reprendre ensuite, pour en éclairer les résonances et les sources, c'est-à-dire réduire la souffrance ; mais d'abord, reconnaître qu'elle existe.

Enfin, il est un type d'interventions, assez rares, qui interviennent plutôt dans la dernière phase d'une analyse, et qu'on désigne comme des « constructions ». L'analyste y rassemble des interprétations antérieurement travaillées et acceptées d'un commun accord, dans une visée synthétique et pour une part conclusive. C'est un peu comme si l'on reparcourait un paysage dont on aurait auparavant laborieusement exploré le détail, mais que maintenant on pourrait revoir et apprécier dans son ensemble…

10

La psychanalyse guérit-elle ?

Poser cette question suppose, implicitement, qu'elle est une technique thérapeutique pour venir en aide à des malades, pour guérir des maladies. Qu'est-ce donc qu'un malade, une maladie ? La question peut surprendre si l'on n'y a pas spécialement réfléchi : un malade, c'est quelqu'un qui va voir un médecin parce qu'il souffre de quelque chose ; le médecin va poser un diagnostic, c'est-à-dire identifier une maladie, puis la soigner (éventuellement la guérir), et le tout sera authentifié par la Sécurité sociale. Bien. Mais le médecin généraliste sait bien, lui, quelle différence il convient de faire entre ce monsieur apparemment bien portant qui présente cependant les signes indiscutables d'un cancer, et cette dame âgée et solitaire qui vient se plaindre, sous des prétextes variés, simplement pour trouver une oreille attentive et un contact humain ; s'il fait bien son métier, il reçoit, écoute et tente d'aider cette dame, mais il ne la considère certainement pas comme une malade, en tout cas pas au même sens du terme que ce monsieur dont il faut d'urgence sauver la vie.

Si l'on veut sortir de cette conception banale, on peut prendre un dictionnaire. *Le Petit Robert* se borne à dire que la maladie est « une altération organique ou fonctionnelle considérée dans son évolution, et comme une entité définissable ». C'est peu, mais c'est déjà beaucoup. « Considéré dans son évolution » implique en effet qu'on peut situer le début de cet état fâcheux (à l'apparition de certains signes), le dater (même approximativement), identifier la nature du mal par le repérage de symptômes et ainsi le classer dans le tableau général des maladies de même type (la nosographie), connaître (en principe) les causes (l'étiologie), prévoir son cours (car l'on connaît l'évolution typique), enfin mettre en œuvre des techniques thérapeutiques appropriées. La tuberculose est une maladie, parce que tous ces critères lui sont applicables ; ils ne le sont pas dans le cas du pied bot, qu'on ne peut donc considérer comme une maladie bien que ce soit une altération anatomique.

L'idée d'« altération organique » est assez claire : il s'agit d'une anomalie « géographique » d'une partie du corps ou d'un organe, clairement identifiable par comparaison avec la « bonne forme typique » donnée par les traités d'anatomie : c'est le cas par exemple d'une anomalie congénitale de la structure du muscle cardiaque, ou de brûlures graves. L'idée d'« altération fonctionnelle » est beaucoup plus floue : elle implique que l'organe fonctionne mal, qu'il soit anatomiquement normal ou pas. C'est le cas par exemple de troubles graves du rythme cardiaque ; dans ce cas, personne n'hésitera à considérer qu'il s'agit d'une maladie. Mais si quelqu'un se plaint de migraines, de troubles du sommeil, de perte d'appétit, de fatigue ? Il n'est pas rare qu'au terme d'examens de plus en plus raffinés le médecin déclare qu'il ne décèle aucune maladie ; il est fâcheux qu'il dise, par un usage inapproprié du terme, qu'il ne s'agit que de « troubles fonctionnels », plus fâcheux encore qu'il renvoie son consultant en lui disant « vous n'avez rien » : le consultant sait bien, lui, qu'il souffre... Il vaut bien mieux (et ceci devient heureusement plus fréquent) que le médecin le reconnaisse et, s'il le juge utile, l'adresse à un « psy » (psychiatre, psychanalyste, psychologue clinicien), supposant à juste titre qu'il s'agit de troubles à prendre en charge à un autre niveau que l'organique.

Mais ce « psy » va-t-il considérer, lui, qu'il a affaire à un malade, à une maladie ? La plupart du temps, non ; non pas qu'il nie une souffrance à laquelle il faut porter remède, mais simplement parce que les critères énoncés plus haut sont inapplicables. Pour comprendre pourquoi, un peu d'histoire est ici nécessaire.